KB128231

THE BURNING ROOM

THE BURNING ROOM

마이클 코넬리 지음

버닝 룸

한정아 옮김

천사의 도시를 위해 봉사해 주신 릭 잭슨 형사님께
감사의 마음을 담아.
두 번째 은퇴는 끝까지 가기를.
딴 길로 새지 마세요!

일러두기

- 괄호 속의 설명은 모두 옮긴이가 쓴 것이다.

1

보슈의 눈에는 피해자가 고통을 두 배로 겪고 있는 것처럼 보였다. 코라존이 스테인리스 테이블 위로 등을 웅크린 채 내장을 모두 들어낸 몸통 깊숙이 피 묻은 장갑을 낀 두 손을 집어넣어, 그녀가 '버터나이프'라 부르는 날이 긴 도구와 겸자를 가지고 부검을 하는 중이었다. 키가 크지 않은 코라존은 까치발을 하고 서서 골반 한쪽을 부검 테이블에 붙여 몸을 지탱한 채로 시신을 내려다보며 일하고 있었다.

이 소름 끼치는 광경을 지켜보는 보슈는 아주 오래전 끔찍한 고통을 당한 사람에게 다시금 못 할 짓을 하는 것 같아 마음이 안 좋았다. 시신은 두 다리가 없었고, 한쪽 팔이 어깨에서 잘려 나간 상태에, 수술 흉터는 오래됐는데도 생긴 지 얼마 안 된 것처럼 붉고 생생했다. 남자는 입을 벌린 채 소리 없는 비명을 지르고 있었다. 천장을 향한 두 눈은 신에게 자비를 갈구하는 듯했다. 남자가 이미 죽었고, 따라서 더는 삶의 잔혹함에 고통받지 않는다는 사실을 잘 알았지만, 그럼에도 보슈의 입에서는 "이제 그만해, 그만하면 됐어"라는 말이 금방이라도 튀어나올 것만 같았다. "도대체 언제 끝나는데? 죽으면 삶의 고통에서 벗어나 편히 쉴 수 있어야 하는 거 아냐?"라고 묻고도 싶었다.

그러나 보슈는 아무 말도 하지 않았다. 그동안 수백 번도 넘게 보아온 장면을 잠자코 지켜볼 뿐이었다. 오를란도 메르세드에게 지속적으로 가해지는 잔혹 행위에 대해 분노를 표출하는 것보다, 코라존이 망자의 척추에서 빼내려 애쓰는 총알이 지금은 더 중요했다.

코라존이 잠깐 쉬려고 뒤꿈치를 내려 바닥을 디디고 섰다. 숨을 내쉬자 오염 방지 마스크에 김이 서렸다. 뿌예진 플라스틱 너머로 그녀가 보슈를 흘끗 쳐다보았다.

"거의 다 돼가." 코라존이 말했다. "근데, 그 옛날에 이걸 끄집어내려고 애쓰지 않았던 건 잘한 결정이었어. T-12를 다 잘라내야 했을 거야."

T-12가 척추뼈 중 하나인가 보다 생각하며 보슈는 고개를 끄덕였다.

코라존이 부검 도구들이 널려 있는 테이블을 향해 돌아섰다.

"또 뭐가 필요하지……." 그녀가 중얼거렸다.

코라존은 버터나이프를 스테인리스 개수대에 놓았다. 수도꼭지를 계속 틀어놓아 물 넘침 방지 구멍 높이까지 물이 차올라 있었다. 그녀는 개수대 왼편으로 손을 뻗어 살균 소독된 도구들 속에서 길고 가느다란 핀셋을 골라 집었다. 그러고는 피해자의 빈 몸통 속으로 두 손을 집어넣고 작업을 재개했다. 모든 장기와 창자는 꺼내서 무게를 잰 후 봉투에 담아놓은 상태라, 둥근 갈비뼈 속 공간이 완전히 비어 있었다. 그녀는 다시 발끝으로 서서 상체의 힘과 핀셋을 이용해 척추에 박힌 총알을 힘겹게 빼냈다. 총알이 튕겨 나와 흉곽에 툭 떨어지는 소리가 났다.

"됐어!"

코라존은 몸통에서 두 손을 빼어 핀셋을 내려놓은 뒤 테이블에 붙은 호스로 겸자에 물을 뿌렸다. 이어 겸자를 높이 들어 포획물을 살펴본 다음, 한 발로 바닥에 있는 버튼을 눌러 녹음기를 켜고 녹음을 시작했다.

"12번 흉추에서 탄환 제거 성공. 탄환은 파손되어 납작하게 뭉개진 상태. 사진 촬영 후 탄환 표면에 담당의의 이니셜을 기입하여 LA 경찰국 미제사건 전담반 소속 히에로니머스 보슈 형사에게 넘길 예정."

코라존이 발로 버튼을 다시 눌러 녹음기를 껐다. 그러고는 플라스틱 마스크 너머로 보슈를 바라보며 싱긋 웃었다.

"미안, 해리. 알잖아, 내가 격식 좀 차리는 거."

"내 이름을 아직도 기억하는 줄은 몰랐군."

보슈와 코라존은 한때 잠깐 연인 사이였지만 그것도 오래전 일이었고, 그의 본명을 완전하게 알고 있는 사람은 거의 없었다.

"당연히 기억하지." 코라존이 나무라듯 말했다.

테레사 코라존에게서 과거에는 볼 수 없었던 겸손함이 느껴졌다. 야심가였던 그녀는 바라던 대로 법의관실 수장 자리까지 올랐고, 그에 따르는 온갖 명예와 명성을 누렸다. 심지어 리얼리티 프로그램에도 출연했다. 그러나 공공기관의 최고 책임자 자리에 오른 사람은 정치적으로 변모하기 마련이고, 그러고 나면 대개 인기를 잃는다. 코라존도 결국 호되게 넘어져 처음 시작했던 자리, 그러니까 동료들과 마찬가지로 산더미처럼 쌓인 업무에 시달리는 일반 부검의로 돌아왔다. 그나마 상부에서 개인 부검실은 계속 쓸 수 있도록 해주었다. 물론 당분간만이겠지만.

코라존은 총알을 작업대에 올려놓고 사진을 찍은 뒤 지워지지 않는 검은색 펜으로 표면에 자기 이름의 이니셜을 적었다. 보슈가 들고 있던 작은 비닐 봉투 속으로 그녀가 총알을 떨어뜨리자, 보슈는 증거물 보관의 연속성을 확보하기 위해 봉투 겉면에 자신과 코라존의 이니셜을 적었다. 그런 다음 비닐에 담긴 뭉개진 총알을 관찰했다. 뭉개지긴 했지만 308구경이 확실해 보였고, 이는 소총에서 발포되었다는 뜻이었다. 그게 사실이라면 중대한 정보를 새로 확보한 셈이다.

"더 보고 갈 거야? 아니면 이걸로 끝?"

코라존이 둘 사이에 다른 할 일이 남아 있기라도 한 듯이 물었다. 보슈는 증거물 봉투를 들어 보였다.

"갖고 가서 할 일이 많아. 보는 눈이 많은 사건이거든."

"그렇겠지. 그럼 나 혼자 마무리할게. 근데 파트너는 어디 갔어? 아까 로비에서 본 것 같은데."

"통화할 데가 있대."

"아, 그래? 난 또 우리끼리 오붓하게 있으라고 자리를 피해준 줄 알았지. 우리 얘기 했어?"

코라존이 웃으면서 눈을 깜박거리자 보슈는 어색하게 고개를 돌렸다.

"아니, 그런 얘기 잘 안 하는 거 알잖아."

코라존이 고개를 끄덕였다.

"그래, 절대 안 하지. 비밀을 지키는 남자니까."

보슈가 코라존을 돌아보았다.

"그러려고 노력하지." 그가 말했다. "게다가, 옛날 일이잖아."

"불꽃도 사그라졌고, 그치?"

보슈는 본론으로 돌아갔다.

"사인은, 병원에서 얘기하는 것 외에 다른 건 안 보이지?"

코라존도 본론으로 돌아가 고개를 가로저었다.

"응, 안 보여. 패혈증 맞아. 보도 자료에 그렇게 내."

"그리고 그걸 그 총격사건과 연결하는 데도 아무 문제 없고? 증언할 수 있겠어?"

보슈의 말이 끝나기도 전에 코라존은 고개를 끄덕이고 있었다.

"메르세드 씨의 직접적인 사인은 패혈증이지만, 난 그가 살해된 거라고 봐. 이건 10년에 걸친 살인이야, 해리. 기꺼이 그렇게 증언할 거고. 범인을 찾아내는 데 그 총알이 도움이 되기를 바라."

보슈는 고개를 끄덕이며 총알이 담긴 증거물 봉투를 꼭 쥐었다.

"나도 그러기를 바라." 그가 말했다.

2

보슈는 엘리베이터를 타고 1층으로 올라갔다. 지난 몇 년간 카운티 정부가 법의관실을 개조하는 데 3000만 달러나 쏟아부었는데도, 느려터진 엘리베이터는 예나 지금이나 마찬가지였다. 보슈는 뒤쪽 하역장에서 루시아 소토를 발견했다. 그녀는 바퀴 달린 빈 들것에 기대서서 휴대전화를 들여다보고 있었다. 작은 키에 균형 잡힌 몸매, 기껏해야 50킬로그램이나 나갈까 싶은 체격이었다. 여형사들 사이에서 유행하는 최신 바지 정장 차림이었는데, 그 덕에 권총을 가방에 넣는 대신 허리에 차고 다닐 수 있었다. 바지 정장은 스커트로 절대 표현할 수 없는 권력과 권위를 드러내는 수단이기도 했다. 크림색 블라우스에 짙은 갈색 바지 정장이 소토의 부드러운 갈색 피부와 잘 어울렸다.

보슈가 다가가자 소토는 흘끗 올려다보더니 나쁜 짓을 하다가 들킨 아이처럼 화들짝 놀라며 들것에서 떨어져 똑바로 섰다.

"꺼냈어." 보슈가 말했다.

그는 총알을 담은 증거물 봉투를 들어 보였다. 소토가 봉투를 받아 비닐 속의 총알을 잠깐 살펴봤다. 시신 운반을 맡은 법의관실 직원 둘이 그녀 뒤로 다가와 이른바 '대형 냉장고' 문을 향해 빈 들것을 밀고 갔다. 대형 냉장고는 새로 만든 시신 안치실로 메이페어 시장에 맞먹는 규모였다. 법의관실로 들어오는 시신은 모두 부검 일정이 잡힐 때까지 이곳에서 대기했다.

"크네요." 소토가 말했다.

보슈가 고개를 끄덕였다.

"그리고 길지." 보슈가 덧붙였다. "소총을 찾아봐야 할 것 같아."

"모양이 엉망이에요." 소토가 말했다. "머시룸 효과(총알이 피격 물체에 닿는 순간 충격으로 인해 탄두가 버섯처럼 납작하게 퍼지는 현상)겠죠."

소토가 증거물 봉투를 돌려주자, 보슈는 그것을 외투 주머니에 집어넣었다.

"그래도 분석할 만큼은 뭔가 남아 있을 거야." 보슈가 말했다. "그 정도 운이야 우리한테도 있겠지."

소토 뒤의 직원들이 대형 냉장고의 문을 연 뒤 들것을 밀고 들어갔다. 불쾌한 화학약품 냄새를 실은 차가운 바람이 하역장으로 훅 하고 불어왔다. 소토는 문이 닫히기 전에 고개를 돌려 거대한 안치실을 구경했다. 스테인리스 다단 선반 위에 시신이 네 단으로 쌓여 있었다. 망자의 몸은 불투명한 비닐 시트로 싸여 있었지만, 발은 노출된 채였다. 발가락에 걸린 꼬리표가 냉장실 환풍구에서 나오는 바람에 펄럭였다.

소토는 재빨리 고개를 돌렸다. 얼굴이 하얗게 질려가고 있었다.

"괜찮아?" 보슈가 물었다.

"네, 괜찮아요." 소토가 말했다. "보기만 해도 으스스하네요."

"지금은 많이 나아진 거야. 전에는 복도에도 시신이 늘어서 있었어.

사건 사고가 많은 주말 직후에는 시신이 겹겹이 쌓여 있기도 했고. 고약한 냄새가 진동했지."

소토가 손을 들어 보슈의 말을 막았다.

"제발 그만요. 여기 일은 다 끝난 거예요?"

"끝났어."

보슈가 움직이기 시작하자 소토가 한 발짝 뒤에서 그를 따라갔다. 소토는 항상 보슈 뒤에서 걷곤 했는데, 보슈의 나이와 지위에 대한 경의의 표시인지, 자신감 부족이나 뭐 그런 유의 다른 문제인지는 알 수 없었다. 보슈는 하역장 끝에 있는 계단을 향해 걸어갔다. 그 계단이 방문객용 주차장으로 가는 지름길이었다.

"이제 어디로 가죠?" 소토가 물었다.

"이거 총기 분석반에 갖다줘야지." 보슈가 말했다. "운이 좀 따르긴 하나 봐. 오늘은 예약할 필요가 없는 수요일이잖아. 거기 갔다가 홀런벡에 들러서 자료와 증거물을 받아 가자고. 이제부터 우리 사건이니까."

"네."

그들은 계단을 내려가 직원용 주차장을 가로지르기 시작했다. 방문객용 주차장은 건물 옆에 있었다.

"통화했어?" 보슈가 물었다.

"네?" 소토가 어리둥절한 표정으로 되물었다.

"통화할 데가 있다며."

"아, 네, 했어요. 죄송합니다."

"죄송하긴. 필요한 건 얻었고?"

"네, 감사합니다."

보슈는 통화할 데가 있다던 소토의 말이 핑계였으리라 짐작하고 있었다. 사람 배를 가르고 장기를 꺼내는 걸 한 번도 본 적이 없기에 부검 참관을 피하려고 둘러댄 거짓말일 터였다. 소토는 미제사건 전담반의 신참일 뿐만 아니라 살인사건 수사에 있어서도 초짜였다. 이번이 보슈와 함께 맡은 세 번째 사건이자, 부검할 시신이 있는 유일한 사건이었다. 아마 미제사건 수사를 자원했을 땐 부검을 참관하게 되리라 예상하지 못했을 것이다. 살인사건 수사에서 시각적인 요소와 악취는 익숙해지기 가장 힘든 부분이다. 반면 미제사건에서는 보통 둘 다 걱정할 필요가 없었다.

최근 몇 년 사이 로스앤젤레스의 범죄율이 전반적으로 눈에 띄게 감소했고, 그중에서도 살인사건이 가장 극적인 감소율을 보였다. 이로 인해 LA 경찰국의 수사에서 우선순위와 관행이 바뀌었다. 수사할 살인사건이 줄어들자 경찰국은 미제사건에 주목하기 시작했다. 지난 50년간 등록된 미제 살인사건이 1만 건이 넘었으니 할 일은 차고 넘쳤다. 작년 한 해 동안 미제사건 전담반은 규모가 세 배 가까이 커졌고, 현재는 경감 한 명과 경위 두 명으로 구성된 간부진이 전담반을 진두지휘하고 있었다. 강력계의 특수살인사건 전담반 같은 여러 엘리트 전담반에서 경험 많은 형사가 다수 영입되었을 뿐 아니라, 수사 경험이 거의 없는 젊은 형사도 많이 들어왔다. 경찰국 건물 10층에 자리한 경찰국장실에서는 이제 새 세상이 왔다며 수사를 도울 첨단 기술과 새로운 방식에 대한 메시지를 내려보냈다. 그 어떤 것도 수사관의 노하우를 능가하진 못하겠지만 새로운 관점과 다양한 경험의 도움을 받아 나쁠 것은 없다는 얘기였다.

이 신참 형사들이—일각에서는 조롱을 담아 '아이돌 집단'이라고 부르기도 했다—미제사건 전담반에 차출된 배경은 정치적 인맥에서부터 특별한 감각과 기술, 공무 수행 중에 보인 영웅적 행위에 대한 보상에 이르기까지 다양했다. 그들 중 한 사람은 경찰이 되기 전 대형 병원 체인의 전산실에서 근무한 경력을 바탕으로, 전산화된 처방전 조달 시스템을 이용한 환자 살인사건의 해결에 결정적인 역할을 했다. 로즈 장학생으로 화학을 전공한 형사도 있었고, 심지어 아이티 경찰국에서 수사관으로 근무했던 사람도 있었다.

소토는 이제 겨우 스물여덟 살이었고, 경찰이 된 지 5년도 채 되지 않았다. 경찰 제복에 작대기 하나 달지 못한 신참이지만 다문화 가정 출신이라 비교적 빨리 승진할 수 있었다. 멕시코계 미국인이어서 영어와 스페인어가 유창했다. 또한 무장 강도와의 치명적인 총격전을 치르며 일약 스타로 떠오른 일도 그녀의 형사 승진에 크게 한몫했다. 소토와 파트너는 피코-유니언의 주류 상점에서 무장 강도 네 명을 맞닥뜨렸다. 파트너는 총에 맞아 사망했지만, 소토는 강도 둘을 쓰러뜨린 뒤 나머지 둘을 골목으로 몰아넣고 경찰특공대가 올 때까지 대치했다. 그 강도들은 LA에서 활동하는 가장 폭력적인 범죄조직인 '13번가'의 조직원들이었다. 소토의 무용담은 신문과 인터넷과 텔레비전을 도배했다. 그레고리 말린스 경찰국장은 그녀에게 무공훈장을 수여했고, 사망한 파트너에게도 똑같은 훈장을 추서했다.

미제사건 전담반의 새 반장인 조지 크라우더 경감은 전담반에 유입된 신참 형사들을 관리하기 위해서는 기존의 파트너 조직을 해체하고 미제사건 수사 경험이 있는 형사와 경험이 전무한 신참 형사를 한 명씩 짝짓는 것이 최선의 방법이라 생각했다. 그리하여 전담반의 최고 연장자이자 미제사건 수사 경력도 가장 오래된 보슈는 가장 젊은 소토와 파트너가 되었다.

"해리, 당신이 나이도 있고 베테랑이잖아요." 소토를 맡기면서 크라우더는 말했다. "그러니까 애송이를 맡아서 잘 좀 키워줘요."

보슈는 자신의 나이와 경력을 상기시키는 표현들이 썩 유쾌하지 않았지만, 그렇게 파트너를 배정받은 것은 마음에 들었다. 경찰국의 퇴직유예 제도, 즉 DROP에 따른 계약 기간이 종반으로 치닫고 있으니 올해가 경찰국에서 일하는 마지막이 될 터였다. 그에게는 하루하루가 너무나 소중했다. 매시간이 다이아몬드요, 지구상에서 가장 값진 보물이었다. 경험 없는 신참 형사를 교육하고 자신의 경험과 노하우를 전수하는 것이야말로 경찰 생활을 마감하는 가장 이상적인 방식이라는 생각이 들었다. 새 파트너가 루시아 소토라고 크라우더 반장이 말했을 때, 보슈는 기뻤다. 경찰국의 다른 직원들처럼 그도 소토의 무용담을 익히 들어 알고 있었다. 공무 수행 중에 파트너를 잃었을 때의 기분이 어떤지, 다른 사람을 죽였을 때의 느낌이 어떤지, 보슈는 잘 알고 있었다. 소토가 깊은 슬픔과 죄책감에 괴로워하고 있으리라는 것도 잘 알았다. 소토와 잘 협력할 수 있을 것이며 그녀를 믿음직한 수사관으로 키울 수 있으리라고 그는 생각했다.

보슈가 소토와 팀을 이루어서 좋은 점은 또 있었다. 소토가 여성이니 출장을 갈 때 한 방에서 자는 일은 없을 터였다. 따로 방을 잡는다는 것, 이건 굉장한 장점이다. 미제사건 전담반에서는 출장이 차지하는 비중이 상당히 높다. 살인을 하고도 잡히지 않고 무사히 빠져나간 범인들은 다른 지역으로 도망가는 경우가 허다했다. 자신과 자신이 저지른 범죄 사이에 물리적 거리를 둠으로써 경찰의 손아귀에서 완전히 벗어날 수 있으리라 믿는 것이다. 이제 홀리데이 인의 비좁은 2인실에서 파트너와 화장실을 같이 쓰거나 파트너의 코골이나 방귀를 참을 필요 없이 경찰

생활을 마감할 수 있다고 생각하니 정말로 기대가 되었다.

소토가 스페니시 타운의 골목길에서 수적 열세에 몰린 상태로 권총을 빼 들고 조폭들과 대치할 땐 주저하지 않았는지 모르겠지만, 부검 참관은 다른 문제였다. 그날 아침 보슈가 방금 사망자가 발생한 살인사건을 맡았다고, 법의관실에 가서 부검을 참관해야 한다고 말했을 때, 소토는 망설이는 표정이었다. 소토가 제일 먼저 물어본 것도 반드시 파트너 둘 다 시체 해부를 지켜봐야 하느냐는 거였다. 대다수의 미제사건에서 시신은 땅에 묻힌 지 오래였고, 필요한 해부라면 오래된 수사 기록과 증거물 분석이 전부였다. 보통의 경우라면 미제사건 전담반에서 소토는 실제 부검과 살인 현장을 참관할 필요 없이 극악한 범죄인 살인사건을 수사할 수 있을 터였다.

그러나 그날 아침 보슈가 집에서 크라우더 경감의 전화를 받으면서 상황이 달라졌다.

경감은 보슈에게 오늘 자《로스앤젤레스 타임스》를 읽었느냐고 물었고, 보슈는 신문을 구독하지 않는다고 말했다. LA의 법 집행기관과 언론 매체 사이에 존재하는 무시와 경멸이라는 오랜 전통에 따라서 말이다.

그러자 경감이 그날 아침 1면에 나온 기사에 대해 이야기하면서 보슈와 소토에게 그 사건을 맡겼다. 보슈는 경감의 말을 들으며 노트북을 켜고 신문사 홈페이지에 접속했다. 인터넷에도 그 기사가 대서특필되어 있었다.

오를란도 메르세드의 사망 소식을 전하는 기사였다. 10년 전, 메르세드는 보일 하이츠에 있는 마리아치 광장에서 발생한 총격사건의 의도치 않은 피해자로 이름을 알렸다. 메르세드의 복부를 뚫고 들어간 총알은 보일 거리 근처에 있는 마리아치 광장을 가로질러 날아왔는데, 아마 조폭들 간의 싸움에서 발사된 것으로 추정되었다.

총격은 토요일 오후 4시에 일어났다. 당시 메르세드는 31세였고, 마리아치 악단에서 멕시코 전통음악의 주축을 이루는 5현 악기로 기타와 비슷하게 생긴 비우엘라를 연주했다. 그날 그 광장에는 메르세드와 동료 연주자 셋으로 구성된 악단 외에도 대여섯 개의 마리아치 악단이 더 있었고, 다들 식당에서의 공연이나 킨세아녜라(라틴아메리카에서 15세 생일을 맞이하는 소녀를 위해 여는 성대한 생일 파티), 혹은 결혼 피로연 같은 행사가 들어오기를 기다리는 중이었다. 메르세드는 복부 비만인 거구의 남자였는데, 어딘가에서 갑자기 날아온 총알이 그가 들고 있던 비우엘라의 마호가니 외장을 쪼개고 그의 복부를 뚫고 들어가 앞쪽 척추뼈에 박혔다.

무슨 일이건 언론이 잠깐 관심을 보이다가도 금세 다들 잊곤 하는 이 도시에서, 메르세드 또한 흔한 피해자들 중 한 사람으로 지나가버릴 수도 있었다. 영어 뉴스 채널에서 30초짜리 뉴스 한 꼭지, 《로스앤젤레스 타임스》에는 네 문단으로 된 기사 한 개 정도 나오고, 스페인 언론에서는 조금 더 길게 보도가 되고 마는 식으로 말이다.

그러나 운명의 장난으로 그의 인생이 송두리째 바뀌었다. 총격사건이 나기 3개월 전 메르세드가 속한 로스 레예스 할리스코 악단은 아르만도 세야스 시의원의 결혼식에서 연주를 했는데, 총격사건 발생 당시 세야스는 시장 선거 출마를 선언하고 선거운동을 준비하는 중이었다.

메르세드는 살아남았다. 총알은 그의 척추를 손상시켰고, 그에게 하반신 마비와 대의명분을 선물했다. 선거운동이 시작되자 세야스는 메르세드를 휠체어에 태워서 유세장마다 데리고 다녔다. 그는 메르세드를 로스앤젤레스 동부 지역사회가 겪고 있는 무관심과 차별의 상징으로 내세웠다. LA 동부는 높은 범죄율에 비해 경찰의 관심도가 낮은 지역이었다. 메르세드를 쏜 범인조차 아직 잡지 못하고 있었다. 경찰은 범죄조직 간의 폭력사건을 손 놓은 채 보고만 있었고, 지하철 노선인 메트로 골드 라인 연장 같은 숙원 사업들도 계속 미뤄지는 형편이었다. 세야스는 그런 상황을 바꾸는 시장이 되겠다는 약속과 함께, 메르세드와 LA 동부 지역을 이용해 수많은 다른 경쟁자들을 물리칠 토대와 전략을 마련했다. 세야스는 결선투표까지 올라 무난하게 당선되었다. 그러는 동안 메르세드는 차로(멕시코 카우보이 민속 의상)를 입고, 때로는 피격 당일에 입었던 피로 얼룩진 블라우스까지 입고서, 휠체어에 앉아 항상 세야스의 곁을 지켰다.

세야스는 재선에도 성공했다. LA 동부는 시 정부와 경찰국으로부터 새로이 주목을 받았다. 범죄율이 감소했다. 골드 라인이 연장되었고, 심지어 마리아치 광장에 지하철역까지 생겼다. 시장은 성공의 기쁨을 만끽했다. 그러나 오를란도 메르세드를 쏜 범인은 잡히지 않았고, 세월이 흐르면서 총알이 메르세드의 몸을 서서히 잠식해 들어갔다. 그는 감염 질환으로 수도 없이 입원과 퇴원을 반복하고 수술까지 받아야 했다. 처음에는 다리 하나를, 그다음에는 남은 다리마저 잃었다. 설상가상으로, 악기를 연주해 멕시코 민속음악의 리듬을 만들어내던 팔도 빼앗겼다.

그리고 결국, 오를란도 메르세드는 사망했다.

"이제 공은 우리 쪽으로 넘어왔어요." 크라우더 반장이 보슈에게 말했다. "빌어먹을 신문이 뭐라고 하든 알 바 아니고, 이게 살인사건인지 아닌지 결정하는 건 우리니까. 메르세드의 죽음이 10년 전 피격사건에서 비롯한 거라는 부검 결과가 나오면, 이 일을 사건화해 당신하고 럭키 루시가 다시 수사해 줘요."

"알았어."

"부검에서 타살이라는 결론이 안 나오면, 메르세드의 자연사로 상황 종료고."

"그래, 그렇겠지."

자신이 맡는 사건이 점점 줄고 있다는 것을 잘 아는 보슈로서는 새로운 일을 거절할 이유가 없었다. 그러나 크라우더 경감이 메르세드 사건을 자신과 소토에게 맡기는 이유가 무엇인지는 생각해 볼 문제였다. 보슈는 메르세드를 맞힌 총알이 범죄조직의 총에서 나온 것으로 추정된다는 사실을 사건 발생 당시부터 알고 있었다. 그렇다면 보일 하이츠를 장악하고 있던 '화이트 펜스'를 비롯한 LA 동부의 유명 범죄조직들이 중점 조사 대상에 오를 터였다. 따라서 이 사건은 기본적으로 스페인어를 사용하여 수사를 진행해야 할 것인데, 소토야 스페인어를 유창하게 구사하는 반면 보슈는 한계가 있었다. 타코 트럭에서 음식을 주문하거나 용의자에게 무릎 꿇고 두 손을 머리에 올리라고 말할 수는 있지만, 스페인어로 신중하게 조사를 하고 나아가 심문을 하는 것은 능력 밖이었다. 그렇다면 그 일을 소토가 맡아야 하는데, 보슈가 판단컨대 아직 그녀에겐 그만한 능력이 없었다. 미제사건 전담반에는 스페인어에 능통하면서 수사 경험이 많은 팀이 적어도 두 팀은 더 있었다. 크라우더 반장은 그중 한 팀에 이 사건을 맡겼어야 했다.

크라우더가 확실하고 올바른 선택을 하지 않았다는 점이 보슈의 의심을 불러일으켰다. 어쩌면 보슈와 소토 팀에 수사를 맡기라는 지시는 경찰국장실에서 내려온 것인지도 몰랐다. 이 건은 언론의 주목을 끌 것이고, 영웅 대접을 받는 소토에게 수사를 맡기면 그들에게서 긍정적인 반응을 끌어낼 수 있을 테니까. 더 암울한 가능성도 있었다. 크라우더가 보슈-소토 팀의 실패를 바라서, 그 실패를 통해 경찰국장이 미제사건 전담반을 새로 구성하며 전통과 경험을 등한시한 대가가 바로 이런 것이라고 공개적으로 비난하기 위해서일 가능성이었다. 강력계에 자리가 나기를 기다리는 베테랑 형사들을 제쳐둔 채 젊고 경험 없는 경찰관들을 중용한 국장의 처사는 경찰국 내 평직원들의 원성을 사고 있었다. 크라우더가 그런 결정을 내린 국장을 공개적으로 망신 주려는 건지도 몰랐다.

소토와 함께 모퉁이를 돌아 방문객용 주차장으로 들어가면서, 보슈는 전담반장의 속내에 관한 추측들을 머릿속에서 애써 떨쳐냈다. 그러고는 오늘의 할 일을 생각하다 보니, 그들이 홀런벡 경찰서에서 1.5킬로미터도 채 떨어지지 않은 곳에 있고 마리아치 광장과는 더 가까이에 있다는 생각이 문득 들었다. 미션 대로를 거쳐 1번가로 가서 101번 도로 아래를 지나가면 바로 마리아치 광장이었다. 길어봤자 10분. 그는 소토에게 말했던 경로를 살짝 조정하기로 했다.

그들이 주차장에 들어서서 차를 향해 절반쯤 걸어갔을 때, 뒤에서 소토의 이름을 부르는 소리가 들렸다. 보슈가 돌아보니 한 여성이 무선마이크를 들고 직원용 주차장을 가로질러 걸어오고 있었다. 그 뒤에서는 카메라맨이 카메라를 높이 쳐든 채 차들 사이를 힘겹게 비집고 나아오는 중이었다.

"빌어먹을." 보슈가 투덜거렸다.

보슈는 주위를 둘러보며 다른 사람이 있는지 살폈다. 누군가가—아마도 코라존이—언론에 정보를 흘린 것이 틀림없었다.

안면이 있는 기자였지만, 어느 뉴스 혹은 기자회견에서 봤는지는 기억이 나지 않았다. 서로 아는 사이는 아니었다. 기자가 마이크를 들고 소토에게 다가갔다. 언론에는 소토가 보슈보다 유명 인사였다. 적어도 최근에는.

"소토 형사, 채널 5의 케이티 애슈턴이에요. 기억하시죠?"

"아, 저는……"

"오를란도 메르세드 씨의 사망 원인이 타살로 공식 판명 났나요?"

"아뇨, 아직." 보슈는 카메라 앵글 밖에 있었지만 재빨리 끼어들어 대답했다.

카메라와 기자가 동시에 보슈를 돌아보았다. 보슈는 뉴스에 나갈 마음은 없었지만, 사건과 관련해서 언론보다 몇 걸음 앞서가고는 싶었다.

"현재 법의관실이 메르세드 씨의 의료 기록을 살펴보는 중이니, 곧 사인이 나올 겁니다. 조만간 결론이 나길 우리도 바라고요."

"그러면 메르세드 씨 피격사건에 관한 수사가 재개되는 건가요?"

"현재로서는 아직 종결되지 않은 사건이라고만 해둡시다."

애슈턴은 더 말하지 않고 오른쪽으로 90도를 돌아 소토의 턱에 마이크를 갖다 댔다.

"소토 형사, 피코-유니언 총격전의 공적을 인정받아 LA 경찰국에서 무공훈장을 받으셨는데요. 이번엔 오를란도 메르세드 씨를 쏜 범인을 쏘실 건가요?"

소토는 잠시 당황한 듯했지만 곧 대답했다.

"저는 누구도 쏠 생각이 없습니다."

보슈가 카메라맨 옆을 지나가자 카메라맨은 돌아서서 애슈턴의 왼쪽 어깨 너머로 보슈를 카메라에 담았다. 보슈는 소토에게 다가가 차가 있는 쪽을 향해 그녀를 돌려세웠다.

"자, 오늘은 여기까지. 더 궁금한 게 있으면 홍보실로 전화해요." 보슈가 말했다.

그들은 기자와 카메라맨을 남겨두고 차를 향해 바삐 걸었다. 보슈가 운전석에 올랐다.

"대답 잘했어." 보슈가 시동을 켜면서 말했다.

"무슨 대답요?" 소토가 되물었다.

"메르세드를 쏜 범인을 쏠 거냐는 질문에 대한 대답."

"아."

그들은 차를 타고 미션 대로로 달려가 남쪽으로 향했다. 법의관실에서 두세 블록 멀어진 뒤에 보슈가 도로변에 차를 세웠다. 그러고는 소토에게 손을 내밀었다.

"잠깐 휴대전화 좀 보여줘." 보슈가 말했다.

"네?" 소토가 되물었다.

"전화기 좀 보여달라고. 내가 부검 들어갈 때 통화할 데가 있다고 했잖아. 그 기자한테 전화한 건 아닌지 확인해야겠어. 언론에 정보를 흘리는 파트너하고는 같이 일 못 하니까."

"아뇨, 형사님, 기자한테 전화 안 했는데요."

"다행이군. 어쨌든 전화기 좀 줘봐."

소토는 불쾌한 표정으로 보슈에게 휴대전화를 건넸다. 보슈의 것과 똑같은 아이폰이었다. 보슈는 통화 기록을 열었다. 소토는 전날 저녁 이후로 전화를 걸지 않았고, 마지막 수신 전화는 그날 아침 메르세드 사건을 맡았다는 걸 알리려고 건 보슈의 전화였다.

"문자를 보냈나, 기자한테?"

보슈는 문자 앱을 열어, 가장 최근에 보낸 문자메시지의 수신인이 아드리아나라는 여성임을 확인했다. 메시지는 스페인어로 적혀 있었다. 그는 파트너에게 휴대전화를 들어 보였다.

"이 여잔 누구야? 뭐라고 쓴 거야?"

"제 친구예요. 저기요, 전 그냥 그 방에 들어가고 싶지가 않아서……"

보슈가 소토를 바라보았다.

"무슨 방? 지금 무슨 얘길……"

"부검실요. 부검을 참관하고 싶지 않았다고요."

"그래서 거짓말한 거야?"

"죄송합니다, 형사님. 부끄럽지만, 정말 도저히 못 견디겠더라고요."

보슈가 휴대전화를 돌려주었다.

"앞으로 나한테 거짓말하지 마, 루시아."

보슈는 사이드미러를 확인한 뒤 다시 출발했다. 두 사람은 1번가로 내려가 좌회전 차선으로 들어설 때까지 아무 말도 하지 않았다. 그러다가 지금 총알을 가지고 주립 과학수사 연구소로 향하는 것이 아님을 알아차린 소토가 먼저 입을 열었다.

"어디 가는 거예요?"

"사건 현장이 이 동네잖아. 잠깐 마리아치 광장부터 둘러보고 홀런벡에 가서 사건 자료를 받아 오자고."

"네. 그럼 총기 분석반은요?"

"거긴 그다음에 가야지. 부검 참관하기 싫은 거, 자네가 겪은 총격전하고 관계가 있나?"

"아뇨. 실은 잘 모르겠어요. 그냥 보고 싶지 않았어요."

보슈는 일단 그냥 넘어가기로 했다. 2분 후 마리아치 광장에 다가가면서 보니, 생방송을 위해 송신기를 장착한 TV 중계차 두 대가 도로변에 서 있었다.

"아주 난리구먼." 보슈가 말했다. "나중에 오자."

그는 서지 않고 계속 달렸다. 1킬로미터 가까이 달려가자 홀런벡 경찰서가 나타났다. 신축 건물인 데다 햇빛을 다각도로 반사하는 전면 유리로 되어 있어서, 경찰서라기보다는 어느 기업의 본사 같은 느낌이었다. 보슈는 방문객용 주차장으로 들어가 시동을 껐다.

"재미있을 거야." 보슈가 말했다.

"뭐가요?" 소토가 물었다.

"보면 알아."

3

빼앗는 쪽이든 빼앗기는 쪽이든, 보슈는 이첩 사건에 엮이는 것이 싫었다. 할리우드 경찰서 강력반에서 일할 땐 대형 사건을 본청의 강력계에 빼앗기는 경험을 종종 했고, 그러다가 강력계로 옮겨서는 입장이 바뀌어 관할서 강력반의 사건들을 자주 빼앗아 왔다. 다행히 오래되어 먼지가 풀풀 날리는 사건을 주로 다루는 미제사건 전담반에서는 그런 경우가 드물었다. 그러나 메르세드 피격사건의 수사 기록은 사건 발생 후 10년이 지난 지금까지도 경찰국 기록 보관소로 넘어오지 않았다. 당시 사건을 맡았던 담당 형사 두 명이 여전히 수사 기록을 보관하고 있었다. 지금까지는.

보슈와 소토는 직원용 출입문으로 들어선 뒤 뒤쪽 복도를 통과해 형사과로 갔다. 보슈가 열려 있는 형사과장실 문을 노크했다.

"가르시아 경위님?"

"그런데요."

보슈가 비좁은 형사과장실로 들어가자 소토가 뒤따랐다.

"미제사건 전담반의 보슈 형삽니다. 이쪽은 소토 형사고요. 메르세드 사건 수사 기록을 가지러 왔는데, 로드리게스와 로하스 형사 좀 만날 수 있을까요?"

가르시아가 고개를 끄덕였다. 그는 전형적인 경찰행정가의 모습이었다. 흰 와이셔츠에 밋밋한 넥타이를 매고, 재킷은 벗어서 의자 등받이에 걸쳐놓았다. 와이셔츠 소맷동에 달린 작은 경찰 배지 모양의 단추가 눈에 띄었다. 일선 경찰관 중에는 저렇게 소맷동 단추가 보이도록 입고 다니는 사람이 없었다. 너무 눈에 띄고, 실랑이를 벌이다가 떨어지기 쉽기 때문이었다.

"네, 위에서 연락받았어요. 형사들이 준비 끝내고 기다리고 있죠. 대민범죄 전담반은 수유실 지나서 뒤쪽 모퉁이에 있습니다."

"고맙습니다, 경위님."

보슈가 돌아서다가 소토와 부딪칠 뻔했다. 그녀는 경위와의 용무가 벌써 끝났다는 사실을 알아차리지 못한 채였다. 그녀가 주춤거리며 뒤로 물러서더니 방을 나가려고 돌아섰다.

"저기, 형사님들?" 가르시아 경위가 불렀다.

보슈가 그를 돌아보았다.

"부탁 하나 할까요? 사건 종결하면, 우리 형사들 잊지 말아줘요."

유명세를 탄 사건을 종결할 때 따라오기 마련인 논공행상 이야기였다. 이첩 사건의 문제는, 관할서 형사들이 힘들게 기초 작업을 해놓으면 본청의 엘리트 형사들이 나타나 사건을 쏙 가로채 용의자 체포에 따르는 영광을 독차지한다는 점이었다. 이첩 사건의 이편과 저편에 다 있어본 보슈는 가르시아의 말뜻을 즉시 이해했다.

"그럼요, 잊다뇨." 보슈가 말했다. "사실, 경위님이 그 형사들 시간을 좀 빼주시면 때가 무르익었을 때 같이 마무리할까 하는데요."

보슈는 용의자 체포 이야기를 하고 있었다. 용의자를 특정하고 구속영장을 집행하거나 체포하는 순간이 오면 로드리게스와 로하스 형사를 데리러 올 생각이었다.

"그래주면야 고맙죠." 가르시아가 말했다.

형사과장실을 나온 보슈와 소토는 수유실 옆 쑥 들어간 공간에서 대민범죄 전담반 자리를 발견했다. 시 정부는 최근 직원들이나 방문인들이 남의 눈을 신경 쓰지 않고 편안하게 모유 수유를 할 수 있도록 모든 공공기관에 수유실을 마련하라고 지시했다. 시내에 있는 열아홉 개 경찰서 중 건축할 때 수유실을 설계한 곳은 하나도 없었기 때문에, 형사과에 있는 조사실 하나를 시 정부의 지시에 맞는 공간으로 개조하라는 지침이 다시 내려왔다. 수유실은 부드러운 파스텔 색조로 새로 칠해졌고, 벽에는 만화 캐릭터 스티커가 붙었다. 가끔 용의자가 넘쳐나 조사실이 부족할 땐, 얼떨결에 잡혀 들어온 용의자가 스폰지밥이나 아기 개구리 커밋 같은 만화 캐릭터들 앞에서 조사를 받기도 했다.

홀런벡 경찰서 대민범죄 전담반은 총 다섯 개의 책상으로 구성되어 있었다. 두 팀이 파트너끼리 서로 책상을 맞대고 마주 보는 형태에, 한쪽 끝에는 전담반장의 책상이 붙어 있었다. '대민범죄 전담반' 팻말 밑에 앉아 있는 두 사람을 보고, 보슈는 그들이 오스카 로드리게스와 베니토 로하스 형사이리라 짐작했다.

한 책상 위에 파란색 바인더 세 개가 쌓여 있었다. 그중 두 바인더의 책등에는 '메르세드'라는 이름이, 세 번째 바인더에는 '제보'라고 적혀 있었다. 빨간색 증거물 테이프로 봉해진 판지 상자도 보였다. 책상 옆에는 검은색 악기 케이스가 기대어 세워져 있었는데, 아마 오를란도 메르세드의 악기가 들어 있는 듯했다. 케이스에 붙어 있는 여러 장의 범퍼 스티커를 보니, 그동안 이 악기가 이 나라의 남서부 지방은 물론 멕시코의 여러 마을까지 두루 돌아다녔음을 짐작할 수 있었다.

"안녕, 친구들." 보슈가 말했다. "미제사건 전담반에서 나왔습니다."

"어이구, 어서 오십시오." 한 형사가 말했다. "높으신 분들이 오셨군요, 드디어."

보슈는 고개를 끄덕였다. 과거에 사건을 빼앗길 때 그도 그런 식으로 반응했었다. 그는 화가 나 있는 형사에게 손을 내밀어 악수를 청했다.

"난 해리 보슈. 이쪽은 루시아 소토. 자네가 오스카? 아니면 베니토?"

남자는 마지못해 보슈의 손을 잡았다.

"벤입니다."

"반갑네. 그리고 미안하게 됐고. 우리 둘 다 미안하게 생각해. 어느 쪽이든 이런 걸 원하는 사람은 없지. 사건 이첩하는 거. 자네들이 일 많이 해놨다는 거 알아. 우리가 갖고 가버리는 게 공정하지 않다는 것도 알고. 근데 어쩌겠나, 높은 분들이 하라는 대로 할밖에."

보슈의 말에 로하스는 기분이 좀 누그러지는 것 같았다. 로드리게스는 무표정한 얼굴이었다.

"어서 갖고 가세요." 로드리게스가 말했다. "행운을 빕니다, 형사님."

"근데 자료만 싸 들고 가고 싶진 않은데." 보슈가 말했다. "좀 도와줘. 사건에 대해 물어보고 싶거든. 지금도 그렇고, 나중에 조사하면서도 그럴 테고. 이 사건에 관해서는 자네들이 전문가잖아. 발생 첫날부터 매달렸으니. 자네들에게 도움 요청 안 했다가는 내가 내 발등을 찍게 되겠지."

"총알은 빼냈답니까?" 로드리게스가 물었다.

"그래." 보슈가 말했다. "지금 부검 보고 오는 길이야."

보슈는 주머니에 손을 넣어 총알이 든 증거물 봉투를 꺼낸 뒤 로드리게스에게 주고 그의 반응을 살폈다. 로드리게스가 봉투를 파트너에게 건넸다.

"허, 이런." 로하스가 말했다. "308구경 같은데요."

보슈는 봉투를 돌려받으면서 고개를 끄덕였다.

"그런 것 같아. 이따가 총기 분석반에 갖다주려고. 소총이라고는 생각 못 했지?"

"그렇게 생각할 이유가 없잖아요." 로드리게스가 말했다. "총알도 없었고요."

"병원에서 엑스레이 확인 안 하셨어요?" 소토가 물었다.

홀런벡 경찰서의 두 형사가 소토를 빤히 쳐다보았다. 그녀가 자기들 수사에 대해 묻는 것이 주제넘은 짓이라고 생각하는 것 같았다. 보슈는 베테랑이니까 물어볼 수 있지만 소토는 아니라는 것이다.

"엑스레이 확인했지, 물론." 로드리게스가 언짢은 어조로 말했다. "각도가 안 좋았어. 머시룸 효과로 다 뭉개져가지고 아무것도 확인이 안 되더라고."

소토는 고개를 끄덕였다. 보슈는 형사들의 못마땅한 시선에서 그녀를 구해주고 싶었다.

"저기, 지금 안 바쁘면 커피나 한잔하면서 이 자료에 대해 들어보고 싶은데. 커피는 내가 사지."

이어 로드리게스의 표정을 본 보슈는 자신이 실수를 저질렀음을 알아차렸다.

"여기에 10년을 쏟아부었는데 커피 한잔 얻어 마시면서 다 얘기하라고요?" 로드리게스가 말했다. "됐다고 봅니다. 커피 필요 없어요."

로드리게스가 턱으로 소토를 가리켰다.

"게다가, '에로이나 콘 라 피스톨라(권총을 든 여자 영웅)'를 파트너로 두셨잖아요. 럭키 루시. 우리 도움 같은 거 굳이 필요하겠어요?"

로드리게스는 사건을 빼앗긴 것만 가지고 화를 내는 게 아니었다. 자기는 아직도 일선서 강력반을 못 벗어나고 있는데, 수사 경험이 전무한 소토는 고속 승진으로 강력계 미제사건 전담반에서 일한다는 사실에 분노하는 것이다. 당장으로서는 손쓸 수 없는 상황이라, 보슈는 분위기가 더 험악해지기 전에 홀런벡을 떠나기로 했다. 하지만 그들 중 로하스는 파트너를 거들어 소토를 조롱하거나 사건 이첩을 두고 날을 세우지 않은 터였다. 이 사실을 떠올리며 보슈는 준비가 되면 돌아와 이 친구를 만나야겠다고 마음먹었다.

"알았어. 그럼, 자료 가지고 가지."

보슈가 앞으로 걸어가 바인더 세 개를 증거물 상자 위에 놓고 한꺼번에 들어 올렸다.

"루시아, 기타 가방 챙겨." 그가 말했다.

"비우엘란데요, 형사님." 로드리게스가 말했다. "기자회견 하려면 제대로 알고 계셔야죠."

"그렇지, 참." 보슈가 말했다. "고마워."

보슈는 짐을 들고 서서 빠뜨리고 가는 것은 없는지 책상을 확인했다.

"자 그럼 친구들, 협조해 줘서 고마워. 또 연락하자고."

보슈가 그 공간을 나와 걸어가자 소토가 뒤를 따랐다.

"그러시죠." 로드리게스가 그들의 등에 대고 말했다. "다음엔 커피라도 사서 갖고 오세요."

보슈와 소토는 조용히 건물을 나가 주차장에 들어서고 나서야 입을 열었다.

"죄송해요, 보슈 형사님." 소토가 말했다. "제가 이 사건을 맡으면 안 됐나 봐요. 아니, 이 전담반에 있는 게 문제인 것 같아요."

"그 친구들 말 귀담아듣지 마, 루시아. 잘해낼 테니까. 내가 자네를 필요로 할 거라고. 자넨 아주 중요한 역할을 할 거야."

"통역요? 그건 형사 업무가 아니잖아요. 능력도 없이 과분한 일을 떠안은 기분이에요. 저더러 어느 부서로 갈지 선택하라고 했을 때부터 그런 느낌이 들었어요. 절도사건 전담반을 택했어야 했는데."

보슈는 증거물 상자와 바인더를 보닛 위에 올려놓고 차 열쇠를 꺼냈다. 트렁크를 연 뒤 소토와 함께 차 뒤쪽으로 가서 악기 케이스와 증거물 상자와 바인더를 넣었다. 비좁은 공간에 잘 맞춰 넣은 다음, 보슈는 악기 케이스의 걸쇠를 풀어 열고 비우엘라를 눈으로 살펴보았다. 총알 구멍 하나가 매끈한 악기의 외장을 쪼개놓은 모습이었다. 보슈는 케이스를 닫고 다시 걸쇠를 걸었다. 그러고는 돌아서서 그제야 파트너의 말에 대꾸했다.

"내 말 잘 들어, 루시아. 절도사건 전담반에 갔다면 시간을 낭비하고 있었을 거야. 함께 일한 지 몇 주 안 됐지만, 자네가 유능한 경찰관이라는 걸 바로 알겠어. 훌륭한 형사가 될 것 같아. 그러니까 자신을 깎아내리는 짓은 그만해. 방금 겪었듯이 앞으로도 자넬 깎아내리려는 사람이 심심찮게 나올 거야. 그 사람들에게 영향받지 않도록 신경 써. 그들은 자네가 가진 걸 부러워하는 거야. 그건 자네가 어찌할 수 없는 거고."

소토가 고개를 끄덕였다.

"감사합니다. 그리고 루시라고 부르세요. 계속 루시아라고 하시면 우린 영원히 진정한 파트너가 못 될 것 같아요."

"그래. 그럼 루시, 잘 기억해 둬. 이런 게 바로 이첩 사건이야. 짠 하고 나타나서 쏙싹 빼앗아 가는 거. 강력계가 와서 사건 가져가는 걸 좋아할 사람은 아무도 없어. 그래서 다들 구시렁거리지만, 그뿐이야. 아까 그 친구들? 사건 종결하기 전에 그 친구들이 큰 도움을 줄 거야. 두고 보라고."

소토는 못 믿겠다는 표정이었다.

"로드리게스를 잘 모르지만, 저 때문에 굉장히 화가 난 것 같던데요."

"하지만 어찌 됐든 형사야. 두고 봐, 옳은 일을 할 거야. 가자고."

"네."

그들은 차에 올라 1번가를 달리다가 중국인 묘지를 지나서 10번 고속도로를 탔다. 거기서부터 과학수사 연구소가 있는 캘스테이트 출구까지는 2분밖에 안 걸렸다.

주립 과학수사 연구소는 대학 캠퍼스 한가운데에 자리한 5층짜리 건물이었다. LA 경찰국과 LA 카운티 보안관국의 합작으로 설립되었는데, 이 두 기관이 캘리포니아주에서 발생하는 범죄의 3분의 1 이상을 담당하고 그 상당수의 관할권이 겹친다는 점을 감안하면 합작 연구소의 설립은 대단히 전략적인 결정이었던 셈이다.

그러나 연구소 안에는 두 기관이 별도로 운영하는 시설이 다수 있었는데, 그중 하나가 LA 경찰국의 총기 분석반이었다. 여기에는 탄환 분석실이 따로 마련되어, 연구원들이 실험실의 어두운 조명 아래 레이저와 컴퓨터를 사용하여 특정 사건에 쓰인 탄환과 다른 사건 사이의 연관성을 찾아내려 애쓰고 있었다.

메르세드 사건의 희망이 바로 여기에 있었다. 10년 전 로드리게스와 로하스가 철저하게 수사했겠지만 현장에서는 탄피 하나 발견되지 않았고, 총알도 지금까지는 메르세드의 몸 속에 박혀 있었다. 가능성이 높진 않지만 만약 피해자의 척추에서 나온 총알이 다른 범죄와 연관이 있는 것으로 밝혀진다면, 보슈와 소토의 수사에 새로운 길이 열릴 터였다.

보통은 총알이나 탄피를 제출한 다음 대답을 듣고 보고서를 받기까지 몇 주씩 기다려야 하는 경우도 종종 있었다. 그러나 예약 없이 제출 가능한 수요일에는 그날 의뢰가 들어오는 것들을 선착순으로 처리해 주었다.

보슈는 탄환 분석실 책임자에게 연락해, 건 정Gun Chung이라는 이름의 연구원을 배정받았다. 전에 그와 일해본 적이 있어서 '건'이 별명이 아니라 출생증명서에 적힌 본명임을 알고 있었다.

"건, 잘 지냈어?"

"네, 형사님. 오늘은 뭘 갖고 오셨습니까?"

"우선 새 파트너랑 인사부터 하지. 루시 소토. 그리고 오늘은 좀 까다로운 걸 갖고 왔어."

정은 소토와 악수를 나눈 뒤 보슈가 건네는 증거물 봉투를 받아 들었다. 그가 가위로 봉투를 자르고 총알을 꺼냈다. 총알을 손바닥에 놓고 들어서 살펴보더니, 조명등이 달린 확대경을 잡아당겨 그 밑에 총알을 놓았다.

"레밍턴 308구경이네요. 소프트 노즈(탄환 끝부분에만 피막을 입히지 않은 탄환으로 탄심이 노출되어 목표물에 명중했을 때 더 큰 손상을 유발한다)라 머시룸 효과가 극대화됐고요. 이런 건 장거리 사격에 주로 쓰이는데."

"저격용 소총 같은 거?"

"그보다는 사냥용 소총요."

보슈는 고개를 끄덕였다.

"그래서, 어떻게 해볼 수 있겠어?"

보슈는 총알의 상태 때문에 비교 분석을 할 수 없는 것은 아닌지 묻고 있었다. 총알은 비우엘라의 앞면과 뒷면 나무판을 통과한 뒤 오를란도 메르세드의 몸을 뚫고 들어가 12번 흉추에 박혔다. 이렇게 여러 단계의 충격을 겪으면 총알이 버섯처럼 퍼져 샤프트의 모양이 제대로 남아 있지 않을 수 있었다. 총알을 발사한 총의 총열에 새겨진 가로 줄무늬가 샤프트에 독특한 문양을 만들어내기 때문에, 샤프트의 모양이 온전하다면 불릿트랙스 데이터베이스(국립 탄도학적 증거 데이터베이스)에 등록된 다른 탄환들과 비교해 볼 수 있을 것이었다.

보슈가 정에게 준 총알에서 파손되지 않은 부분은 0.5센티미터 정도에 불과했다. 정은 총알을 확대경으로 자세히 살펴보면서 탄환 분석이 가능할지 고민하는 것 같았다. 보슈는 옆에 선 채 열심히 그를 설득했다.

"10년 된 사건이야." 보슈가 말했다. "그건 조금 전에 부검의가 피해자의 흉추에서 빼낸 거고. 지금으로선 그게 수사를 진행할 유일한 단서이자 희망이야."

정이 고개를 끄덕였다.

"두 단계를 밟아야 돼요." 정이 말했다. "먼저 분석할 만큼 뭐가 충분히 남아 있는지 봐야겠죠. 그런 다음엔 데이터 뱅크에 넣고 돌려봐야 하는데, 일치하는 총알을 찾을 거라는 보장이 없어요. 소총 탄환에 관한 데이터베이스는 한정되어 있거든요. 총격사건 대부분이 권총을 사용해서요."

"알지, 물론." 보슈가 말했다. "그래서, 어떻게 생각해? 분석할 만큼 뭐가 충분히 있긴 한 거야?"

정은 확대경에서 고개를 들고 보슈와 소토를 바라보았다.

"해볼 만할 것 같아요." 정이 말했다.

"다행이군." 보슈가 말했다.

"시간이 얼마나 걸릴까?"

"오늘은 일이 별로 없으니 지금 당장 해보죠. 뭐가 나오나."

"고마워, 건. 방해 안 되게 우린 나갈까? 아니면 옆에 있어도 돼?"

"편하신 대로 하세요. 커피 마시고 싶으시면, 1층에 카페가 있어요."

"그게 좋겠군."

보슈는 블랙커피를, 소토는 다이어트 콜라를 주문해 카페에 자리를 잡고 앉자마자 보슈의 휴대전화가 진동했다. 크라우더 반장이었다.

"어디예요, 해리?"

"총알 가지고 탄환 분석실에 와 있어."

"좋은 소식 있어요?"

"아직은. 분석 끝나기를 기다리는 중이야."

"좋아요. 그럼 지금 당장 사무실로 들어와요."

"왜, 무슨 일인데?"

"메르세드 유족과 기자들이 와 있어요. 25분 후에 기자회견이고."

"무슨 기자회견? 뭐가 있다고……."

"상관없어요, 해리. 여기 있는 기자들 숫자가 임계치를 넘어서서 국장이 그냥 기자회견을 하기로 했어요. 법의관은 사망 원인을 타살로 판단한다고 이미 발표했고요."

보슈는 코라존을 향해 욕설이 튀어나오려는 것을 겨우 참았다.

"국장이 당신이랑 소토가 뒤에 서 있길 바라네요." 크라우더 경감이 말했다. "그러니까 얼른 들어와요. 지금 당장."

보슈는 잠깐 아무 말도 하지 않았다.

"해리, 내 말 들었어요?" 크라우더가 물었다.

"들었어." 보슈가 말했다. "지금 가."

4

경찰국 2층 홍보실 옆에는 기자회견장으로 사용되는 커다란 기자실이 있었다. 보슈와 소토는 그 옆에 딸린 작은 대기실에서 기자회견이 어떻게 이루어질 것인지에 대해 홍보실의 드시몬 경위로부터 설명을 들었다. 드시몬은 우선 말린스 경찰국장이 나서서 간단한 인사말을 한 뒤 오를란도 메르세드의 유족을 소개할 거라고 했다. 그런 다음에는 보슈와 소토에게로 마이크가 넘어올 예정이었다. 참석한 기자들 대다수가 스페인어 언론매체 소속일 테니, 기자회견 이후에 이어질 인터뷰에는 소토가 응하라고 했다. 보슈는 드시몬의 말을 중간에 끊고 기자회견에서 정확히 무슨 내용을 발표할 것인지 물었다.

"수사 이야기를 해야죠. 어제 메르세드 씨가 사망함으로써 수사팀이 재가동되었다고." 드시몬이 말했다.

보슈는 '재가동' 같은 단어를 싫어했다.

"그 말 하는 데 얼마나 걸린다고. 기껏해야 5초?" 보슈가 말했다. "굳이 기자회견까지 할……"

"형사님." 드시몬이 보슈의 말을 잘랐다. "이 사건에 대해 브리핑을 요구하는 전화가 오늘 오전 10시까지 홍보실로 몇 통이나 왔는지 아십니까? 정확히 열여덟 통이에요. 형사님이 어떻게 생각하시든, 분명한 건 이 사건이 하이에나 같은 기자들의 관심을 끌고 있다는 겁니다. 기자회견이 최선의 방책인 시점에 이르렀다고요. 그러니까 형사님은 수사 진행 상황을 요약하고, 부검 결과를 알려주세요. 사망 원인이 타살로 결론 났다는 건 이미 다들 알고 있지만요. 그리고 10년간 피해자의 몸에 박혀 있던 총알을 꺼내 현재 국립 데이터베이스에 등록된 수천 개의 다른 총알과 대조하고 있다는 사실도 말씀하시고요. 그런 다음에는 질문 몇 개 받으면 돼요. 15분 정도 수고해 주시면 다시 현장으로 돌아가실 수 있습니다."

"솔직히 기자회견 별론데." 보슈가 말했다. "내 생각에는 아무짝에도 쓸모가 없거든. 괜히 일만 복잡하게 만들지."

드시몬이 보슈를 바라보며 싱긋 웃었다.

"저기요, 형사님? 지금 중요한 건 형사님 생각이 아니거든요. 다시 말씀드리지만, 곧 기자회견 시작합니다."

보슈는 소토를 흘끗 쳐다보았다. 그녀가 뭐라도 깨닫는 것이 있기를 바랄 뿐이었다.

"곧 언제?" 보슈가 물었다.

"기자들은 벌써 회견장에 들어가 있고요. 우린 국장님과 함께 들어갈 겁니다. 내려오시는 대로 바로."

주머니에서 휴대전화의 진동이 느껴졌다. 보슈는 드시몬에게서 멀찌감치 물러나 전화를 받았다. 탄환 분석실의 건 정에게서 온 전화였다.

"기쁜 소식이어야 돼, 건." 보슈가 말했다. "제발."

"죄송해서 어쩌죠, 형사님. 불릿트랙스에는 일치하는 게 없네요."

보슈는 소토와 눈을 맞추면서 고개를 가로저었다.

"여보세요? 보슈 형사님?"

"응, 다른 소식은 없어?"

"있어요. 형사님이 찾는 무기가 뭔지 알아낸 것 같습니다."

그 말을 들으니 실망감이 조금 누그러졌다.

"뭔데?" 보슈가 물었다.

"홈 여섯 개에 오른쪽으로 도는 나선형 구조라…… 아마 킴버 84에서 발사된 것 같아요. 카탈로그에 '몬태나'라고 나와 있는 거요. 사냥용 소총."

홈과 나선형 구조는 킴버 소총 총열 내부의 특징이었다. 정은 총알을 발사한 무기를 특정하지는 못했지만, 그 특징 덕분에 무기의 모델을 알아낼 수 있었다. 아무 소득도 없는 것보다는 나았다. 보슈는 부검에서 새로운 정보를 확보했다는 정도로 만족하기로 했다.

"도움이 될까요?" 정이 물었다.

"정보는 다 도움이 돼." 보슈가 말했다. "비싼 총이야?"

"싸진 않죠. 하지만 중고로 살 수도 있어요."

보슈는 고개를 끄덕였다.

"고마워, 건."

"별말씀을요. 이거 가지러 오실 거예요? 아니면 제가 보관하고 있을까요?"

"가지러 갈게. 증거물 보관소에 갖다줘야 하니까."

"알겠습니다. 그리고요 형사님, 탄피를 주시면 이야기는 완전히 달라질 거예요. 데이터베이스에는 총알보다 탄피가 더 많거든요. 탄피를 보면 더 많은 걸 알려드릴 수 있는데."

보슈는 그게 불가능한 일이라는 걸 알고 있었다. 10년 전에 발사된 총알의 탄피를 어디서 찾는단 말인가.

"알았어, 건. 고마워."

보슈는 전화기를 집어넣고 드시몬에게로 돌아갔다.

"탄환 분석실에서 전화 왔는데, 데이터베이스에는 메르세드의 몸에서 나온 총알과 일치하는 게 하나도 없다는군. 원점으로 돌아간 거지. 기자회견 취소해요, 발표할 게 없으니까."

드시몬은 고개를 가로저었다.

"취소하긴요. 총알 얘기는 안 하면 되죠. 수사에 관해 시민들의 도움을 요청하세요. 10년 전에도 제보 전화가 엄청나게 쏟아졌으니 한 번 더 해보죠. 게다가 형사님도 총알에서 아무것도 알아낸 게 없다고 말하고 싶진 않을 거 아닙니까. 범인이 보고 경찰이 중요한 걸 쥐고 있을지 모른다고 생각하길 바라시잖아요."

보슈는 홍보실 경위가 자기 일에 이래라저래라 하는 것이 마음에 안 들었다. 건 정이 총격에 사용된 소총 모델을 잠정적으로나마 밝혀냈다는 사실을 굳이 얘기하지 않은 것도 그래서였다. 가식적인 기자회견에서 들러리를 서느니 그냥 돌아서서 나가버릴까 하는 생각이 들었다. 하지만 그러면 소토 혼자 남아 잘 알지도 못하는 일을 해야 할 것이다. 게다가 보슈가 이 사건에서 손을 떼야 할 수도 있었다.

그때 드시몬의 무전기가 삑삑거리더니, 경찰국장이 엘리베이터를 탔다는 말소리가 들렸다.

"좋아요. 갑시다."

그들은 복도로 나가 엘리베이터가 10층에서 내려오기를 기다렸다.

문이 열리자 국장이 먼저 내렸고, 한 남자가 뒤따라 내렸다. 보슈는 즉시 그를 알아보았다. 10년 전 오를란도 메르세드라는 명분을 이용했던 아르만도 세야스 전 시장이었다. 국장이 기자회견을 위해 그를 부른 모양이었다. 아니면 세야스가 제 발로 찾아왔거나. 그렇잖아도 요즘 주지사 출마를 준비한다는 소문이 돌고 있었다. 과거에도 메르세드 사건을 이용해 정치적으로 도움을 받았는데, 한 번 더 받지 말라는 법이 있을까?

냉소적인 생각이 금세 보슈의 머릿속을 채웠다. 그런 일을 몇 번이나 경험한 터였다. 반면에 소토는 세야스를 보고 눈을 반짝였다. 라틴계 지역사회에서 세야스는 영웅이요 선구자였다.

경찰국장과 세야스를 뒤따라 내린 사람도 보슈가 아는 사람이었다. 전 시장의 선거 전략 책임자였던 코너 스피박. 다음 선거에서 주지사 관저 입주권을 따내겠다는, 별로 비밀스럽지도 않은 계획을 마련 중인 세야스와 다시 한배를 탄 모양이었다.

드시몬이 국장에게 다가가 귓속말을 했다. 말린스는 고개를 한번 끄덕이더니 보슈에게로 걸어왔다. 말린스와 보슈는 수십 년 전부터 아는 사이였다. 비슷한 또래에, 순찰대를 거쳐 할리우드 경찰서와 강력계에서 일하는 등 경찰국 내에서 걸어온 길도 비슷했다. 그러나 보슈는 강력계에 정착한 반면, 말린스는 살인사건 해결 그 이상의 야망을 갖고 있었다. 그는 행정부서로 옮겨 갔고 승진에 승진을 거듭해 고위 간부직에 올랐으며, 마침내 경찰위원회로부터 경찰국장에 임명되었다. 이제 첫 5년 임기가 끝나가는 시점이고, 곧 재임명 논의가 나올 것이다. 재임명은 떼어놓은 당상이라는 것이 경찰국 내의 지배적인 의견이었다.

"보슈 형사." 국장이 다정하게 말을 건넸다. "기자회견을 마뜩잖아 한다면서?"

보슈는 약간 당혹스러운 표정으로 고개를 끄덕였다. 공간이 협소해 다른 사람들에게 대화가 들릴 수 있었다. 그렇지만 기자회견에 관한 우려를 밝히지 않을 수 없었다.

"확보한 총알에서 별다른 결과가 나오지 않아서요." 보슈가 말했다. "기자들에게 해줄 말이 없습니다, 국장님."

말린스는 고개를 끄덕였지만 보슈의 판단에 동의하지 않았다.

"할 말이야 많지. 오를란도 메르세드는 절대로 잊히지 않을 거라고 시민들 앞에서 다시 한번 약속해야지. 범인을 계속 찾고 있으며, 꼭 찾아낼 거라는 다짐도 해야 하고. 그런 메시지가 그 무엇보다 중요하네. 단서보다도 말이지."

보슈는 자기 의견을 고집하지 않기로 했다.

"그렇게 말씀하신다면, 해야겠네요." 그가 말했다.

국장이 고개를 끄덕였다.

"그래, 그래야지. 언젠가 자네도 말하지 않았나. 모두를 위한 것이 아니면, 누구를 위한 것도 아니다."

보슈는 고개를 끄덕였다.

"오, 멋지구먼!" 세야스가 말했다. "모두를 위한 것이 아니면, 누구를 위한 것도 아니다. 좋은 말이군요."

보슈는 경악스러운 표정을 감출 수가 없었다. 그 말이 세야스의 입에서 나오니 꼭 선거운동 구호처럼 들렸다.

국장이 보슈 너머로 소토를 바라보았다. 소토는 언제나처럼 보슈보다 두 걸음 뒤에 서 있었다. 국장은 보슈 옆을 돌아 그녀에게 가서 악수를 청했다.

"소토 형사, 강력계에서는 선배들이 잘해주나?"

소토가 국장의 손을 맞잡았다.

"아주 잘 대해주십니다, 국장님. 최고의 형사님께 배우고 있습니다."

소토가 고갯짓으로 보슈를 가리켰다. 국장이 미소를 지었다. 소토의 말로 보슈에게 한 방 먹일 기회를 얻은 셈이었다.

"이 친구?" 국장이 말했다. "실버백(고릴라 무리의 우두머리)이지. 실버백이 퇴장하기 전에 배울 수 있는 건 모두 배우게."

"네, 국장님." 소토가 씩씩하게 대답했다. "날마다 배우고 있습니다."

소토가 환하게 웃었다. 국장도 환하게 웃었다. 모두가 행복했다. 그 순간 보슈는 소토를 자신과 짝지은 사람이 국장이었음을 알아차렸다. 크라우더 반장은 국장의 지시를 따랐을 뿐이다.

"자, 가시죠." 드시몬이 말했다. "메르세드 씨의 유족이 벌써 와서 맨 앞줄에 앉아 있습니다. 먼저 국장님께서 인사 말씀을 하시고 유족들을 소개하시겠습니다. 그런 다음에는 전 시장님이 한 말씀 하시고, 바로 보슈 형사님이 마이크를 받아서……"

"그거 소토 형사가 하면 어떨까?" 국장이 말했다. "수사와 관련해서 보슈 형사가 아는 것은 소토 형사도 다 알고 있지 않나? 그래, 그렇게 하자고. 괜찮겠지, 보슈 형사?"

국장이 보슈를 바라보았다. 보슈는 고개를 끄덕였다.

"괜찮습니다." 그가 말했다. "결정권자는 국장님이시니까요."

그들은 복도를 걸어갔다. 기자실의 열린 문 밖에 서 있던 드시몬의 부하 직원 중 하나가 국장의 도착을 알리기 위해 안으로 들어갔다. 곧이어 조명과 카메라와 녹음기가 일제히 켜졌다.

소토가 보슈에게 다가와 속삭였다.

"보슈 형사님, 저 이런 일은 한 번도 안 해봤는데요. 무슨 말을 해야 하죠?"

"드시몬 경위가 하는 얘기 들었잖아. 짧게 말해. 우리가 사건을 다시 살펴보는 중이고, 시민들의 도움이 필요하다고. 사건에 관해 기억나는 사실이나 알고 있는 것이 있으면, 제보 번호로 전화를 주거나 미제사건 전담반으로 직접 연락해 달라고 해. 소총 얘기는 하지 마. 그건 우리끼리만 알고 있자고."

"네."

"잊지 마, 짧게 말해야 돼. 정치인들은 말을 길게 할 거야. 그 사람들처럼 하면 안 돼."

"네."

그들은 기자실로 들어갔다. 앞쪽 연단 중앙에 연설대가 설치되어 있었고, 연단 앞에는 기자들을 위한 테이블이 세 줄로 정렬되어 있었다. 세 줄의 기자석 뒤에 또 하나의 연단이 있었는데, 거기에는 기자들 머리 너머 앞쪽을 찍기 위한 비디오카메라가 여러 대 설치되어 있었다. 보슈와 소토는 국장과 전 시장을 따라 걸어가 연단 뒤쪽에 섰다. 보슈는 기자석 앞에 마련된 첫째 줄을 살펴보았다. 여자 세 명과 남자 한 명이 거기 앉아 있었는데, 오를란도 메르세드와 어떤 관계인지는 알 수 없었다. 보슈는 사건을 맡은 지 얼마 안 된 터라 아직 유족을 만나지 못했다. 그것도 이 자리가 불편한 또 하나의 이유였다.

"참석해 주셔서 감사합니다." 드시몬이 연설대의 마이크에 대고 말했다. "먼저 그레고리 말린스 경찰국장님을 소개하겠습니다. 국장님이 인사 말씀을 하신 다음, 아르만도 세야스 전 시장님의 말씀이 이어지겠습니다. 그런 다음 루시아 소토 형사가 수사 관련 브리핑을 하겠습니다. 국장님?"

국장이 마이크 앞에 서더니 메모도 보지 않고 인사말을 이어갔다. 기자들과 카메라 앞에 서는 상황이 더할 나위 없이 익숙한 듯했다.

"10년 전 오를란도 메르세드 씨는 마리아치 광장에서 빗나간 총알에 맞았습니다. 부상으로 신체가 마비된 메르세드 씨는 회복해서 생산적인 삶을 살기 위해 무던히도 애를 썼습니다. 그러나 어제 아침 그는 그 싸움에서 졌고, 오늘 우리는 그를 결코 잊지 않겠다는 각오를 다지기 위해 이 자리에 모였습니다. 오늘부로 사건을 맡게 된 우리 경찰국 미제사건 전담반은 최선을 다해 수사하여 오를란도 메르세드 씨를 쏜 범인을 반드시 찾아낼 것입니다. 아시다시피, 메르세드 씨의 죽음은 타살로 간주됩니다. 우리는 범인을 살인죄로 체포할 때까지 결코 수사를 멈추지 않을 것입니다."

국장은 미친 듯이 타이핑을 하고 있는 신문 기자들을 기다려줄 요량인 듯 잠시 말을 멈추었다.

"오늘 이 자리에는 메르세드 씨의 유족이 나와 계십니다. 메르세드 씨의 아버지 엑토르, 어머니 이르마, 여동생 아델리타와 아내 칸델라리아입니다. 우리는 이분들께 메르세드 씨를 결코 잊지 않을 것이며, 최선을 다해 완벽하게 수사할 것을 약속드립니다. 이제 메르세드 씨와 유족들의 친구인 아르만도 세야스 전 시장님이 한 말씀 하시겠습니다."

국장이 뒤로 물러나고 세야스가 앞으로 나섰다.

"저는 우리 지역사회에 찾아온 범죄와 폭력의 고통을 알게 되었습니다. 오를란도 메르세드 씨를 통해서." 세야스가 말했다. "또한 제 친구가 된 이 사람에게서 그 밖에도 훨씬 더 많은 것을 배웠습니다. 인내심을 배웠고, 연민을 배웠고, 자신에게 주어진 상황을 받아들이며 살아가는 방법을 배웠습니다. 오를란도에게서 저는 인간 정신의 회복력을 똑똑히 보았습니다. 오를란도는 '왜 나야?'라고 묻지 않았습니다. '다음은 뭔데?'라고 물었죠. 오를란도는 자신에게 주어진 운명을 받아들이고 최선을 다해 살았으며, 그래서 제게는 영웅이었습니다. 그가 살아가는 모습은 한때 그가 연주했던 음악보다 훨씬 아름다웠습니다. 저는 이 자리에서 약속합니다. 어떤 식으로든 최선을 다해 수사를 돕겠습니다. 더 이상 시장은 아니지만, 저는 여전히 이 지역과 지역민들을 사랑합니다. 이런 때일수록 우리는 정신을 가다듬고 협동하여 진정한 천사의 도시를 만들어야 합니다. 이런 때일수록 우리 도시, 우리 사회에서 모두를 위한 것이 아니면 누구를 위한 것도 아니라는 말을 되새겨야 합니다. 감사합니다."

드시몬이 다시 마이크로 돌아와, 이제부터 수사를 담당하게 된 보슈와 소토 형사를 청중에게 소개했다. 소토가 영어로 브리핑을 한 다음 스페인어로 반복할 거라고도 말했다. 소토가 머뭇거리면서 마이크 앞으로 걸어가 자기 키에 맞게 마이크를 낮췄다.

"어, 저희는 다각도로 수사를 진행 중이며, 시민 여러분의 도움을 청합니다. 10년 전에도 시민 여러분께서 큰 도움을 주셨습니다. 많은 분이 전화를 걸어 제보해 주셨습니다. 이번에도 이 총격사건에 대해서 무엇이라도 알고 계신 분은 저희에게 연락해 주시길 간곡히 부탁드립니다. 경찰국 제보 번호를 통해 익명으로 전화를 주셔도 좋고, 미제사건 전담반으로 직접 전화하셔도 좋습니다. 경찰이 이미 알고 있겠거니 싶은 정보라 하더라도 알려주시기 바랍니다."

소토가 더 할 말이 있는지 묻는 듯 보슈를 돌아다보았다. 세야스가 이때를 틈타 연설대 앞으로 돌아왔다. 그는 한 손으로 소토의 등을 부드럽게 어루만지면서 다른 손으로는 마이크를 자기 쪽으로 끌어당겼다.

"하나 더 말씀드리고 싶은 것이 있는데요, 제가 10년 전 기자분들 앞에 서서, 이 범죄를 해결할 결정적인 정보를 제공하는 분께는 사재를 털어 2만 5000달러를 지급하겠다고 약속했습니다. 하지만 아직 현상금을 수령한 사람은 없지요. 그 약속은 여전히 유효합니다. 다만 이번에는 액수를 두 배로 높여 5만 달러의 현상금을 약속합니다. 그뿐 아니라 시의회에 있는 옛 동료들과 상의해 시 정부에서도 그에 상응하는 현상금을 지급하겠습니다. 감사합니다."

보슈는 신음이 터져 나오려는 것을 가까스로 억눌렀다. 현상금이 제보 전화의 양상을 바꿀 것은 불을 보듯 뻔했다. 현상금을 노리고 무턱대고 찔러보는 사람이 끝도 없이 밀려들어, 그는 소토와 함께 수십 통의 쓸데없는 전화를 받고 걸러내야 할 터였다. 전 시장의 현상금 제의가 모든 것을 바꿔놓았다.

드시몬이 소토 옆으로 다가와 기자들을 향해 질문이 있느냐고 물었다. 여러 명이 동시에 소리를 질러서 드시몬이 선택을 해야 했다. 첫 번째 기자는 보슈도 아는《로스앤젤레스 타임스》기자로, 정확한 사망 원인이 무엇인지, 총격이 있고 10년이 지나 사망했는데 타살로 판단한 근거가 무엇인지 물었다. 소토는 어떻게 대답할지 몰라 보슈를 돌아보았다. 보슈가 나와 마이크를 자기 쪽으로 끌어당겼다.

"부검이 오늘 아침에 진행된 터라 공식 결과는 아직 나오지 않았습니다. 그러나 부검의의 소견상 메르세드 씨는 10년 전의 총격사건으로 인해 사망한 것으로 보입니다. 비공식적인 사인은 패혈증으로, 피격에 의한 부상과 직접적인 관련이 있다고 합니다. 따라서 우리는 살인사건으로 판단하고 수사에 임하고 있습니다."

기자가 재빨리 추가 질문에 나서서 총알이 시신에서 회수됐는지, 그리고 그것이 수사에 유용한 단서가 될 것인지 물었다. 보슈는 마이크 앞에 계속 서 있었다. 기자는 지금 맨 앞줄에 앉아 있는 네 명의 유족이 사랑하는 남자의 시신에 관해 지극히 임상적인 이야기만을 늘어놓고 있었다.

"네, 회수됐고 주립 과학수사 연구소에 분석과 대조를 의뢰한 상태입니다. 그 총알이 수사에 대단히 유용한 단서가 되리라 믿고 있고요."

"일치하는 결과가 나왔습니까?" 다른 기자가 큰 소리로 물었다.

드시몬이 소토의 옆쪽으로 재빨리 다가오더니 보슈에게서 마이크를 빼앗았다.

"지금은 그 질문에 답변드릴 수 없습니다." 드시몬이 말했다. "수사를 적극적으로 진행하고 있다는 말씀을 드리면서 기자회견을 마치겠습니다."

"경험이 많지 않은 수사관을 이 사건에 배정한 이유가 뭡니까?" 《로스앤젤레스 타임스》 기자가 소리쳐 물었다.

잠깐 침묵이 흘렀다. 드시몬이 조금 전 기자회견을 끝내겠다고 했는데 이 질문을 받아야 할지, 받는다면 누가 대답해야 하는 것인지 알 수 없었다. 결국 드시몬이 입을 열었다.

"말씀드렸다시피, 기자회견을 이만 마……" 국장이 드시몬의 뒤로 다가와 그의 어깨를 톡톡 쳤다. 드시몬이 뒤로 물러나고 국장이 앞으로 나섰다.

"소토 형사는 경찰 경력은 짧을지 몰라도, 현장 경험이 풍부하고 사명감이 투철한 경찰관입니다. 그뿐 아니라 일선 형사들 중에서 가장 경험이 풍부한 형사와 한 팀으로 일하고 있고요. 이 도시에서 살인사건 수사 경험이 보슈 형사보다 많은 형사는 아마 없을 겁니다. 그러므로 저는 수사관에 대해서는 전혀 걱정하지 않습니다. 우리는 반드시 사건을 종결할 겁니다."

말을 마친 국장이 뒤로 물러나자 드시몬이 기자회견을 마치겠다고 다시 한번 선언했다. 이번에는 그의 포고령이 제대로 발효되었다. 기자들이 일어서고 카메라맨들이 장비를 분해하기 시작했다. 보슈는 연단에서 내려와 맨 앞줄로 가서 메르세드의 유족들과 악수를 나누고 자기소개를 했다. 하지만 자기가 하는 말을 그들이 거의 알아듣지 못한다는 것을 금세 알아차리고 소토를 손짓해 불러, 유족들이 편한 시간으로 최대한 빨리 만날 수 있도록 약속을 잡으라고 지시했다. 유족들과 서둘러 이야기를 나누고 싶었지만, 기자들이 있는 곳에서는 아니었다.

보슈는 뒤로 물러나 소토가 유족들과 대화하는 모습을 지켜보았다. 그때 드시몬이 뒤에서 다가와 국장이 사무실에서 보자고 했다는 말을 전했다. 보슈는 기자실을 나가서 국장과 수행단을 따라잡을 생각으로 엘리베이터가 있는 곳을 향해 바삐 걸어갔지만 한발 늦었다. 다음 엘리베이터를 타고 10층으로 올라가 국장실로 들어서자 곧바로 집무실로 안내되었다. 말린스는 책상 너머에 앉아서 기다리고 있었다. 세야스와 그의 선거 전략 책임자는 보이지 않았다.

"들러리 세워서 미안하네, 보슈 형사. 기자회견 안 좋아하는 거 아는데."

"괜찮습니다. 어쩔 수 없는 일도 있으니까요."

"이 사건을 꼭 해결해 주게. 최선을 다해서."

"최선은 늘 다하고 있습니다."

"그래서 자네한테 맡기라고 한 거야."

보슈는 고개를 끄덕였다. 신참 형사와 짝을 지어 정치색 짙고 실패할 가능성이 높은 살인사건을 수사하게 해줘서 고맙다고 말해야 할지 판단이 잘 서지 않았다.

"제가 더 알아야 할 일이 있습니까, 국장님?"

국장은 잠깐 고개를 돌려 메모장을 살펴보더니, 명함 한 장을 집어 책상 너머로 보슈에게 건넸다. 보슈는 명함을 받아서 읽었다. 명함에는 코너 스피박의 이름과 전화번호가 적혀 있었다.

"시장 참모야. 그 사람들한테 수사 진행 상황을 꾸준히 알려주게."

"전 시장 말씀이죠?"

말린스는 알면서 뭘 묻느냐는 듯한 표정으로 보슈를 쳐다보았다.

"수사 정보를 계속 주란 얘기야." 국장이 말했다.

보슈는 명함을 셔츠 주머니에 넣었다. 스피박에게는 수사에 관해 최대한 말을 아낄 생각이었다. 국장도 이미 짐작할 터였다.

"그건 그렇고, 저를 늙은 고릴라로 생각하신다고요." 보슈가 말했다.

국장이 미소를 지었다.

"발끈할 것 없어, 보슈 형사. 칭찬이니까. 실버백은 무리에서 아는 것이 가장 많은 고릴라를 이르는 말이거든. 경험도 가장 풍부하고. 전에 내셔널 지오그래픽에서 봤지. 고릴라 무리를 군단이라고 부른다는 것도 거기서 알게 됐고."

보슈가 고개를 끄덕였다.

"유용한 정보군요."

5

기자회견이 끝난 뒤 보슈와 소토, 크라우더 경감 그리고 미제사건 전담반의 2인자인 윈즐로 새뮤얼스 경위는 전담반장인 크라우더 경감의 사무실에 모여 앉았다. 보슈는 탄환 분석실에서 알아낸 사실과 특히 지난 10년간 모르고 있었던, 그러니까 메르세드가 소총에 피격됐다는 사실을 그들에게 알렸다. 그는 당분간은 이 정보를 언론에 공개하지 말자고 했고, 크라우더와 새뮤얼스도 동의했다.

"그럼 이제부터 어느 방향으로 가죠?" 크라우더가 물었다.

"소총이 상황을 완전히 바꿔놨어." 보슈가 말했다. "차를 타고 가면서 소총으로 쐈다? 그럴 리가. 가능성이 거의 없는 일이야. 이웃에서 잘못 날아온 총알이다? 그럴지도 모르지. 하지만 소총은 또 다른 새로운 가능성을 제시하고 있어."

"그럼 이 건은 우리 반의 규정에 어긋나네요." 새뮤얼스가 말했다. "마법의 탄환이 없으면 수사도 없다. 특수살인사건 전담반으로 넘기죠."

미제사건 전담반은 미제사건 수사에 관한 규정을 마련하여 따르고 있었다. 재수사 여부는 새로운 증거에 따라 결정되었다. 새로운 증거는 보통 발전된 과학수사 기법을 미제사건에 적용하여 국가 공공기관의 데이터베이스에 저장된 DNA와 탄도학적 증거, 지문 정보를 대조해서 얻어냈다. 이 세 가지가 가장 중요한 정보, 즉 마법의 탄환이었다. 이 데이터베이스 중 어느 하나에서라도 일치하는 결과가 나오지 않으면, 사건은 종결 가능성이 희박한 것으로 간주되어 기록 보관소로 돌려보내지곤 했다.

메르세드 사건은 규정에 따라 기록 보관소로 돌려보내야 마땅했다. 국립 탄도학적 증거 데이터베이스에서 피해자의 몸에서 회수한 총알과 일치하는 결과를 찾아내지 못했기 때문이다. 범행 무기의 종류와 모델명은 밝혀졌지만, 그것만으로는 수사를 진행하기에 충분치 않았다. 그러나 국장의 관심은 말할 것도 없고, 언론의 관심이 집중되는 데다 정치적 입김도 들어오는 사건이니 수사는 틀림없이 계속될 것이었다. 결국 새뮤얼스의 말은 미제사건 전담반의 보슈와 소토가 아닌 다른 사람이 이 수사를 해야 한다는 뜻이었다. 새뮤얼스 경위는 전담반의 총무로서 사건 종결률 통계와 비용을 관리하고 있었다. 그로서는 팀이 별 소득도 없이 발품만 팔다 말 가능성이 높은 사건을 맡는 것이 반가울 리 없었다.

"계속 내가 맡을게." 보슈가 크라우더 반장을 바라보며 말했다. "국장이 특별히 맡긴 거니까 계속하지, 뭐."

"지난번에 세어보니까 수사 중인 사건이 열여섯 건이나 되던데요, 보슈 형사님." 새뮤얼스가 끼어들었다.

"전부 과학수사 연구소 분석 결과를 기다리는 중이야. 이건 현재 진행 중인 뭔가가 있는 사건이고. 소총은 10년 만에 찾은 최초의 새로운 단서야. 거기서부터 시작해 보려고. 다른 사건에서 분석 결과가 나오면,

그것도 알아서 처리할게."

"게다가 조금 전에 기자회견도 했잖아요." 소토가 재빨리 덧붙였다. "오늘 수사를 맡았다가 내일 그만둬버리면 사람들 눈에 어떻게 비치겠어요?"

크라우더가 생각에 잠긴 표정으로 고개를 끄덕였다. 보슈는 논쟁에 끼어들어 자기를 거들어준 소토가 기특했다. 그러나 선을 넘어 새뮤얼스의 주장을 거스른 셈이니, 언젠가 그 대가를 치르게 될지도 몰랐다. 물론 소토는 그런 사실을 깨닫지 못한 것 같았지만.

"일단은 이대로 갑시다." 크라우더가 말했다. "두 사람이 계속 맡아서 수사하고, 48시간 후에 다시 모이는 걸로 하죠. 그때 얘기를 듣고 국장한테 보고한 뒤 사건을 계속 맡을지 말지 결정할게요."

"이건 미제사건이 아니라니까요." 새뮤얼스가 말했다. "피해자가 어제 죽었다고요."

"48시간 후에 봅시다." 크라우더가 회의를 마무리했다.

보슈는 고개를 끄덕였다. 적어도 이틀은 더 사건을 맡으라는 얘기군. 그가 가장 듣고 싶었던 말이었지만, 듣고 싶었던 유일한 말은 아니었다.

"전 시장이 내건 현상금 때문에 제보 전화가 빗발칠 거야." 보슈가 말했다. "그거 해결해 줄 거지?"

"그거 그냥 대중의 관심을 끌려고 한 말일 거예요." 크라우더가 말했다. "주지사 출마하려고."

"그런 건 내가 알 바 아니고." 보슈가 말했다. "어쨌거나 전화벨이 계속 울릴 텐데, 온종일 전화기 앞에 붙어 있을 수는 없잖아."

크라우더가 새뮤얼스를 쳐다보자 새뮤얼스는 고개를 가로저었다.

"다들 수사 중인 사건이 있어요." 새뮤얼스가 말했다. 전담반의 다른 팀들 이야기였다. "그리고 지금 두 사람이 미제사건을 맡는 것도 아니고. 누굴 더 배정할 수가 없어요."

얼마가 될지 모를 시간 동안 보슈와 소토를 미제사건 수사에서 제외해야 하는 셈이었으니 새뮤얼스로서는 결코 유쾌할 리가 없었다. 더욱이 제보를 받으라고 형사를 추가로 빼주는 것은 상상도 할 수 없는 일이었다.

보슈도 거절당할 것을 예상했지만, 나중에 그와 소토가 다른 것을 요구할 때 이 일을 유용하게 써먹을 수 있으리라는 생각이 들었다. 크라우더는 공평성을 중시하는 관리자라, 지난번 요청이 거절된 것을 상기시키면 다른 청을 들어주는 방향으로 기울 수 있었다.

"그리고 또 하나." 새뮤얼스가 말했다. "메르세드가 시민이긴 했던 겁니까?"

보슈가 그를 쳐다보았다. 소토가 보슈보다 먼저 입을 열었다.

"왜요? 그게 중요한가요?"

소토가 정곡을 찔렀다. 피해자가 미국인이 아니라는 이유로 추가 인력 지원을 반대하는 거라면 그 문제를 공론화하려는 생각이었다. 보슈는 소토가 그 질문을 한 것이 마음에 들었다. 그러나 새뮤얼스가 대답하기 전에 크라우더가 끼어들었다.

"내가 어떻게 해볼게요." 크라우더가 말했다. "국장실의 숙녀분들 중 한 분이 내려와서 며칠 전화를 받을 수 있을 것 같은데. 안 그래도 날마다 들어오는 제보 전화를 받아줄 사람이 필요하다고 국장한테 요청할 생각이었거든요. 어떻게 됐는지는 나중에 알려줄게요. 세야스 그 개자식이 우리 엿 먹인 거 생각하면, 5만 달러를 날리든 말든 내가 알 바 아니고."

"알았어." 보슈가 말했다.

사실이었다. 시장으로 재직하는 동안 세야스는 경찰국의 친구라 할 수 없었다. 시의원 대다수가 세야스에게 충성하여 그의 정책을 충실히 따랐고, 그가 요구한 것은 모두 승인해 주었다. 그들은 시 정부를 장악했던 지난 8년간 경찰국의 초과근무 수당 예산을 여러 차례 삭감했고, 9000명에 달하는 시 경찰 공무원에 대한 최소한의 임금 인상에도 강경한 반대 입장을 고수했다.

보아하니 회의는 이걸로 끝난 듯했다. 보슈가 일어서자 소토도 따라 일어섰다. 새뮤얼스는 그대로 앉아 있었다. 보슈와 소토를 내보낸 뒤 반장과 의논할 거리가 더 있는 모양이었다.

"48시간 후에 다시 얘기하자고요, 해리." 크라우더가 말했다.

"알았어."

보슈와 소토는 자신들의 칸막이 자리로 돌아왔다. 좌우 칸막이벽에 각자의 책상이 붙어 있어서 두 사람은 서로를 등지고 앉아 일했다. 이전 파트너인 데이브 추와 일할 때의 배치 그대로였다. 추는 베테랑 수사관이라 보슈가 일일이 챙겨줄 필요가 없었으니 이런 배치도 괜찮았지만, 베테랑이 되려면 아직 한참 먼 소토와는 사정이 달라서 보슈는 두 책상이 마주 보도록 재배치해 달라고 시설관리과에 요청해 둔 터였다. 그게 벌써 소토가 전담반에 들어온 첫 주의 일인데, 두 사람은 여전히 그 상태로 기다리는 중이었다.

기자회견장으로 출발하기 전에 갖다 놓은 악기 케이스와 증거물 상자와 바인더 세 개가 보슈의 책상 위에 놓여 있었다. 보슈는 홀런벡을 나서면서부터 증거물 상자를 열어 들여다볼 순간을 고대하고 있었다. 그는 선 채로 작은 주머니칼을 꺼내 상자에 묶인 빨간색 테이프를 잘랐다.

증거물 식별 스티커가 붙어 있지 않아서 로하스와 로드리게스가 언제 봉인을 했는지 알 수 없었다.

"아까 말 잘했어." 보슈가 말했다. "우리가 수사를 계속 맡아야 한다며 했던 얘기 말이야."

"누구나 생각할 수 있는 논리였는데요." 소토가 말했다. "근데 새뮤얼스 경위님은 메르세드가 시민인지 왜 물었을까요?"

"이론가니까. 통계 수치가 주요 관심사거든. 인력을 효율적으로 동원해서 최대한 많은 사건을 해결하는 게 그 친구 목표야. 그래야 통계 수치가 좋아지니까. 그 친구는 우리가 메르세드 건은 잊고 쉬운 사건으로 옮겨 가기를 바라는 거야."

"메르세드가 시민이 아니면 중요도가 떨어지고, 따라서 우리가 다음 사건으로 옮겨 가도 된다는 뜻인가요?"

보슈가 증거물 상자에서 고개를 들어 소토를 바라보았다.

"그게 정치야." 보슈가 말했다. "살인사건 전담반이 그런 데라고."

증거물 상자를 열어보니, 의외로 안에 든 것이 거의 없었다. 보슈는 고무줄로 묶은 DVD 케이스 두 묶음을 꺼내 옆에 내려놓고, 각각 봉투에 따로 넣어둔 피 묻은 옷을 꺼냈다. 메르세드가 피격됐을 때 입고 있었던 마리아치 복장이었다.

"개새끼." 보슈가 말했다.

"네?" 소토가 물었다.

보슈는 피가 말라붙은 흰 블라우스가 담긴 갈색 종이봉투를 들어 보였다.

"메르세드의 셔츠야." 보슈가 말했다. "피격될 때 입고 있었던 거."

보슈가 소토에게 봉투를 건네자 소토는 두 손으로 받아 들고 안을 들여다보았다.

“네, 그런데요?” 소토가 다시 물었다.

“수사 기록을 아직 못 봤으니 잘은 모르지만, 세야스가 시장 선거운동을 할 때 메르세드를 휠체어에 태워 유세장마다 데리고 돌아다녔던 건 분명히 기억나. 그리고 메르세드가 사건 당일에 입었던 것으로 보이는 피 묻은 셔츠를 입고 나온 적이 여러 번 있었다는 것도.”

자신의 영웅인 세야스가 표를 구걸하기 위해 대중 앞에서 사기극을 벌일 정도로 비열한 사람이었다는 사실에 소토는 충격을 받은 표정이었다.

“그분이 그런 일을 했다니 너무 슬프네요.”

보슈는 오래전부터 모든 정치인에 대해 부정적인 생각을 품고 있었지만, 그런 생각을 소토에게 전달하는 것이 썩 유쾌하진 않았다.

“세야스는 아마 모르고 있었을 거야.” 보슈가 말했다. “스피박 알지? 아까 기자회견에 따라왔던 선거 전략 책임자. 아주 옛날부터 시 정치판에서 굴러먹던 사람이야. 이런 일은 다 그 사람이 계획했을 거야. 후보한테는 자세히 얘기도 안 했을 거고. 완벽한 용병이지, 그 친구.”

소토는 아무 말 없이 셔츠가 담긴 봉투를 보슈에게 돌려주었다. 보슈는 그것을 책상 위의 다른 옷 봉투들 옆에 놓은 뒤 증거물 상자를 다시 들여다보았다. 바닥에 8×10 사이즈의 사건 현장 사진 몇 장뿐이었다. 확보한 물질적 증거가 이렇게 빈약하다니 매우 실망스러웠다.

“끝이네.” 보슈가 말했다. “증거물이라고 모아놓은 게 이게 전부야.”

“죄송해요.” 소토가 말했다.

“자네가 왜 죄송해? 자네 잘못이 아닌데.”

보슈는 DVD 한 묶음을 집어 들고 고무줄을 뺐다. 총 여섯 개의 플라스틱 케이스 겉면에 각각 이름과 날짜와 행사명이 적혀 있었다. 행사는 한 건을 제외하고는 전부 마리아치 광장 총격사건이 있기 전의 것들이었다. 네 건은 결혼식이었고 두 건은 생일 축하 파티였다.

"메르세드 악단이 결혼식과 생일 축하 파티에서 연주한 영상인 모양이군." 보슈가 말했다.

그는 다음 묶음도 고무줄을 빼고 살펴보았다. 케이스 세 개에 각각 다른 제목이 붙어 있었다.

1번가 다리

마리아치 악기와 음반

포키토 페드로스

"포키토 페드로스." 보슈가 소리 내어 읽었다.

"리틀 피터스." 소토가 말했다.

보슈가 그녀를 바라보았다.

"아, 죄송해요." 소토가 말했다. "모르시는 줄 알고."

"5분마다 한 번씩 죄송하다고 할 거야, 계속? 이것들은 광장을 찍은 CCTV 영상 같은데. 포키토 페드로스는 광장에서 반 블록 떨어진 곳에 있는 식당이야. 아까 지나오면서 봤어. 그리고 1번가 다리에는 자살 방지 차원에서 CCTV를 달아놨고."

"자살요?"

"10년인가 12년 전쯤 한 여학생이 다리에서 콘크리트 강바닥으로 뛰어내려 자살했어. 그 후로 따라 하는 사람들이 많이 생겼지. 특히 청소년들. 희한한 게, 자살이 전염병처럼 퍼지더라고. 그래서 캘리포니아 교통국이 곳곳에 CCTV를 설치했어. 상황실에서 다리를 감시할 수 있게 말이야. 그렇게 빈번하게 자살 사건이 발생하는 곳에 카메라를 설치해 지켜보고 있다가 누가 뛰어내릴 용기를 내는 것 같으면 얼른 사람을 보내 막는 거지."

소토가 고개를 끄덕였다.

"이것들 다 봐야 돼." 보슈가 말했다.

"지금요?" 소토가 물었다.

"차례가 되면. 우선은 수사 기록부터 읽어야지. 항상 그것부터 시작하는 거야."

"일을 어떻게 나눌까요?"

"나누지 말자. 사건의 모든 면에 대해 우리 둘 다 속속들이 알고 있어야 하니까. 둘 다 모든 걸 다 읽어야 돼. 제보 내용을 담은 기록까지 전부. 근데 이걸 복사를 맡기면 한참 기다려야 되잖아. 그러니까 자네가 먼저 읽고 있는 게 어때? 나는 탄환 분석실에 다시 가서 총알과 분석 결과 보고서를 가져올 테니까. 내가 돌아올 즈음 자넨 첫 번째 기록을 다 읽었을 거고, 그럼 내가 그걸 가져다 이어 읽는 거지."

"아뇨, 형사님이 먼저 읽으셔야 할 것 같은데요. 오늘 1시에 상담이 있거든요. 제가 지금 탄환 분석실에 들렀다가, 점심 간단히 먹고 차이나타운으로 가면 될 거예요. 돌아올 때쯤이면 형사님이 두 번째 기록을 읽고 계시겠죠."

보슈는 고개를 끄덕였다. 살인사건 수사 기록을 당장 읽을 수 있다는 생각에 흥분이 되었다. 소토는 매주 차이나타운에 있는 행동과학 센터에서 경찰국 소속 정신과 의사와 상담이 있었다. 사망자가 발생한 총격전을 겪었기 때문에—이 경우에는 소토의 파트너와 무장 강도 두 명이 사망했다—경찰국 규정에 따라 사건 발생 후 1년간 심리 평가와 외상 후 스트레스 장애 치료를 지속적으로 받아야 했다.

"그래, 그럼 그렇게 하지."

보슈는 DVD 두 묶음을 책상 한쪽으로 치우고 옷이 담긴 봉투들을 증거물 상자에 도로 넣었다. 그런 다음 상자를 의자 뒤에 내려놓은 뒤 악기 케이스를 바라보았다. 케이스를 열기에 앞서, 그는 케이스 앞면을 덮고 있는 스티커들을 하나하나 살폈다. 스티커들은 메르세드가 유랑하는 연주자로, 북으로는 새크라멘토에 이르는 센트럴밸리 전역과 남으로는 멕시코 전국을 돌아다녔다는 사실을 말해주고 있었다. 애리조나와 뉴멕시코, 텍사스에 자리한 국경 마을 스티커도 눈에 띄었다.

이제 보슈는 케이스를 열고 비우엘라를 관찰했다. 악기가 놓인 칸은 보라색 벨벳으로 덮여 있었다. 그는 악기를 조심스럽게 빼내 목 부분을 잡고 들어 올렸다. 그러고는 악기를 돌려서 뒷면에 생긴 총알의 사출구를 살펴보았다. 총알이 1차 충격으로 으스러져 사출구는 앞면에 난 사입구보다 컸다.

보슈는 연주자처럼 악기를 들고 총알구멍이 자기 몸의 어느 부분에 닿는지 가늠해 보았다.

"〈스테어웨이 투 헤븐Stairway to Heaven〉 부탁해, 해리."

보슈는 옆의 칸막이 자리를 들여다보았다. 전담반의 농담꾼 팀 마샤가 신청곡을 외친 거였다.

"그건 내 스타일 아닌데." 보슈가 말했다.

그가 그날 아침 읽은《로스앤젤레스 타임스》기사에 따르면 메르세드는 피격 당시 피크닉 테이블에 앉아 있었다. 보슈는 의자에 앉아 넓적다리 위에 악기를 내려놓았다. 다섯 개의 현을 한번 튕겨본 뒤 총알구멍이 몸의 어느 부분에 닿는지 재차 확인했다.

“건 정한테서 총알하고 보고서 받은 다음엔 탄도 분석실에 가봐. 가서 내일 누가 탄도 측정 장치 가지고 마리아치 광장으로 와줄 수 있는지 알아봐.”

소토가 고개를 끄덕였다.

“그럴게요. 근데 탄도 측정 장치가 뭔데요?”

“튜브와 레이저.”

보슈는 다시 비우엘라를 튕겨서 소리를 냈다.

“총알이 여기에 구멍 두 개를 내며 관통해서 메르세드의 몸에 박혔잖아. 메르세드의 위치와 자세를 대충이라도 알면, 총알이 어디서 날아왔는지도 알 수 있거든. 소총이라니까 어딘가에 자리를 잡고 쐈겠지.”

“로하스와 로드리게스 형사가 이미 해보지 않았을까요?”

“권총이라고 생각했거나 차를 타고 지나가면서 쐈을 거라고 생각했다면 안 했을 거야. 아까 반장한테 말했듯이, 소총이라는 사실이 모든 상황을 완전히 바꿔놓았어. 이게 무작위 사격이 아니었다는 뜻이지. 차를 타고 가면서 쏜 것도 아닐 거고, 심지어 범죄조직과 아무런 관련이 없을 수도 있어. 처음부터 다시 시작해야 돼. 제일 먼저 할 일은 총알이 어디에서 날아왔는지 알아내는 거고.”

“알겠습니다.”

“좋아. 그럼 차이나타운 다녀와서 보자고.”

6

형사들의 수사 기록을 볼 때마다 보슈는 그들에 대해, 또 그들이 어떻게 수사를 했는지에 대해 많은 것을 짐작할 수 있었다. 완벽한 요약과 알아보기 쉽게 쓴 메모, 조서의 논리적 흐름은 유능한 수사관의 특징이었다. 또한 보슈는 대다수의 파트너 형사들 사이에서는 노동 분업이 이뤄진다는 것도 알고 있었다. 보통 글재주가 있거나 서류 작업이 적성에 맞는 형사가 기록을 맡았다. 이는 지력과 체력을 나누는 것만큼이나 단순 명쾌한 일이었다. 보슈는 서류 작업을 피하는 쪽이었는데, 물론 언제나 그렇게 되는 것은 아니었다. 기록을 담당할 때면 보슈는 디테일에 집중했다.

로하스와 로드리게스 조에서는 로드리게스가 기록 담당인 듯했다. 거의 모든 서류에 로드리게스의 서명이 있었고, 그걸 보니 그가 사건을 빼앗긴 것에 그토록 화를 낸 이유를 알 것 같았다. 그의 요약은 간결하면서도 완벽했다. 경찰 용어나 사실만 속기로 나열해 놓은 수준이 아니었다. 증인들의 진술뿐 아니라 성격까지 잡아낸 증인 조서는 그야말로 큰 도움이 되었다. 동시에 보슈는 홀런벡에서 자신이 로드리게스와 로하스에 대해 잘못된 판단을 내렸다는 사실을 깨닫게 되었다. 로드리게스는 이 사건에 애착을 갖고 있어 화를 냈던 거였고, 반면 그의 파트너인 로하스는 사건에 감정적으로 매여 있지 않았다. 그렇다면 로드리게스에게 접근할 방법을 찾아야 했다. 의지할 사람은 로드리게스였다.

사건의 기본 개요는 이제야 '살인사건 수사 기록'으로 불리게 될 파란색 바인더의 첫 몇 페이지에 모두 나와 있었다. 2004년 4월 10일에 작성된 사건 조서에 누가, 언제, 어디서, 무엇을 했는지가 전부 담겨 있었다.

오를란도 메르세드와 세 명의 악단 동료들은 그날 벌써 한 건의 공연을 마친 뒤였다. 한 소녀의 부모가 에코 파크 호수 한가운데 자리한 섬에서 열어준 딸의 열다섯 살 생일 파티였다. 그날은 가장 바쁜 토요일이라, 악단은 저녁 일거리도 잡을 수 있기를 바라며 승합차를 타고 마리아치 광장으로 돌아왔다. 광장은 일을 기다리는 마리아치 악단들로 붐볐다. 로스 레예스 할리스코 악단의 단원 네 명은 광장 동쪽에 있는 피크닉 테이블에 자리를 잡고 앉아, 전통에 따라 악기를 연주하며 광장의 다른 악단들과 경쟁을 벌였다. 서로 다른 음악이 만들어내는 불협화음이 너무 커서 총성을 들은 사람은 몇 없었다. 들은 사람은 세모꼴 광장의 서쪽, 보일 거리 부근에서 총성이 들렸다고 진술했다. 로드리게스가 목격자들의 진술 내용을 꼼꼼히 확인한 뒤 작성한 조서에 따르면, 메르세드는 콘크리트 석판으로 만든 테이블 위에 앉아 벤치에 두 발을 올려놓고 있었다. 그의 동료들은 총성을 듣지 못했고, 그가 피크닉 테이블에서 땅바닥으로 넘어지는 걸 보고서야 총에 맞은 것을 알아차렸다. 오후 4시 11분, 동료 한 명이 911에 신고했다.

총성을 들은 사람도 있고 못 들은 사람도 있었기 때문에, 조서에는 사건 현장이 아수라장이었다고 묘사되어 있었다. 총성을 들었거나 메르세드가 쓰러지는 것을 본 사람들은 경악해서 숨을 곳을 찾아 사방으로 흩어졌다. 무슨 일인지 영문을 모르는 이들은 혼란스러워했다. 도망치는 이들을 따라가는 사람들도 있었고, 대체 무슨 일인지 어리둥절해서 사방을 두리번거리는 사람들도 있었다. 지나가는 차에서 총을 쏘는 누군가를 보았거나 걸어가며 총을 쏘는 사람을 보았다는 목격자는 나오지 않았다. 목격자도 없고, 현장을 벗어나는 용의자로 추정되는 사람이 CCTV에 포착되지도 않았지만, 총성을 들은 이들은 이구동성으로 보일 거리 쪽에서 소리가 났다고 말했다.

노스 보일 거리는 보일 하이츠 지역의 주요 도로로, '화이트 펜스'라는 라틴계 범죄조직이 장악한 영토의 심장부를 가로지르고 있었다. 라 푸리시마 성당을 둘러싼 흰색 말뚝 울타리에서 이름을 딴 이 조직의 기원은 1930년대에 활동했던 성당 남성 신자들의 모임으로 거슬러 올라간다. 그로부터 수십 년의 세월이 흐르면서 화이트 펜스라는 이름은 이 도시의 백인 권력층과 로스앤젤레스 동부에 거주하는 라틴계 서민들을 가르는 경계선의 상징이 되었다. 돈 있는 사람들과, 돈 있는 사람들의 집을 청소하고 잔디를 깎아주는 서민들의 경계선. 민족적 자긍심과 연대감은 제쳐둔 채 화이트 펜스는 도시에서 가장 폭력적이고 무서운 조직들 중 하나가 되었으며, 라틴계 동포들을 괴롭히는 경우도 허다했다. 화이트 펜스의 낙서가 마리아치 광장의 모든 벽과 바닥을 가득 채웠다. LA 경찰국의 조직범죄 전담반은 화이트 펜스 조직원들이 그 광장에서 일을 기다리는 연주자들에게서 정기적으로 자릿세를 걷고 있으리라 추측했다.

로드리게스와 로하스 형사는 수사 초기부터 화이트 펜스에 주목했다. 보일 거리에서 갈라져 나가 광장의 뒤쪽 경계선을 이루는 플레전트 거리에는 화이트 펜스의 강성 조직원이 여럿 살고 있는 것으로 알려져 있었다. 오를란도 메르세드의 악단 동료들은 화이트 펜스와의 분쟁에 휘말리거나 그곳 조직원이 자릿세를 내라고 접근한 적이 없다고 말했지만, 로하스와 로드리게스는 초동수사 때 플레전트 거리에 사는 조직원들에게 집중했다. 사건 발생 후 며칠간 화이트 펜스 조직원 여러 명이 연행되어 신문을 받았다. 그러나 이 조직의 개입을 증명하거나 범행 동기 혹은 기타 정보로 이어지는 의미 있는 진술은 전혀 나오지 않았다.

보일 거리나 플레전트 거리에서 탄피가 발견되기는커녕, 정확한 발포 지점조차 밝혀지지 않았다. 총알이 쉰 명 이상의 사람들이 모여 있는 광장을 가로질러 날아왔는데 믿을 만한 목격자가 단 한 명도 나오지 않았다니, 보슈는 도무지 이해가 가지 않았다. 화이트 펜스의 권력과 위협이 그렇게 막강했던 것일까?

로하스와 로드리게스는 오를란도 메르세드가 그 총격사건의 구체적인 표적이었는지를 확인하기 위해 피해자에 대한 배경 조사도 실시했다. 하지만 그렇다고 결론지을 만한 근거는 전혀 없었다. 메르세드는 무작위 총격사건의 무고한 피해자로 보였고, 이후 시민들에게도 그렇게 발표되었다.

얼마 지나지 않아 형사들의 일은 시민들의 제보 전화를 확인하는 정도로 축소되었다. 제보들 중 그럴싸한 단서를 제공한 것은 하나도 없었다. 용의자 명단조차 작성하지 못했으나, 수사 기록에 포함된 조서의 내용으로 볼 때 아마도 형사들은 C. B. 갈라르도라는 화이트 펜스의 2세대 고위 간부를 주목했던 듯했다. C. B.는 세르코 블랑카cerco blanca('화이트 펜스'를 뜻하는 스페인어)의 약자였다. 그의 아버지는 자신이 충성을 맹세한 범죄조직의 이름을 따서 아들의 이름을 지은 것이다.

로하스와 로드리게스는 통상적인 수사 전략을 사용해, 작은 혐의로 갈라르도를 잡아들인 뒤 큰 혐의를 추궁하기로 했다. 그들은 갈라르도가 발포를 명령하지는 않았더라도 마리아치 광장을 향해 총을 쏜 사람이 누구인지 알고 있으리라 확신했다. 또한 갈라르도가 자동차 정비소를 운영한다는 것과, 그 정비소가 실은 훔친 자동차를 분해해 부품과 고철을 미국과 멕시코 전역에 팔아넘기는 장물 가게라는 사실을 알고 있었다. 형사들은 총격사건 발생 열흘 뒤 자동차 절도사건 전담 형사들과 함께 1번가에 있는 '엘 푸엔테 오토'를 급습했다. 그런 뒤 가게에 있는 여러 부품의 식별 번호를 추적해 그것들이 웨스트사이드와 샌퍼낸도 밸리에서 도난 신고가 들어온 자동차들의 부품이라는 것을 확인하자, 갈라르도를 자동차 절도와 장물 소지 혐의로 체포했다.

그러나 자기가 속한 범죄조직의 이름을 가진 이 남자는 무너지지 않았다. 메르세드 피격사건에 관해 여러 시간에 걸쳐 조사를 받았지만, 갈라르도는 관련 혐의를 모두 부인했고 나중에는 묵비권을 행사했다. 결국에는 자동차 절도 혐의에 관해서만 유죄를 인정해, 웨이사이드 교도소에서 6개월을 복역했다.

C. B. 갈라르도에 관한 로드리게스의 견해를 요약하자면, 갈라르도가 메르세드 사건의 유력한 용의자라는 것이었다. 범행 동기는 마리아치 광장에서 일을 찾는 연주자들의 마음에 공포를 심어줌으로써 좀 더 고분고분하게 자릿세를 바치게 하는 것이었다는 게 로드리게스가 조서에서 주장하는 내용이었다. 이 이론에 따르면, 메르세드는 목적 없이 광장으로 날아든 총알을 우연히 맞은 무고한 피해자였다. 홀런벡 경찰서 형사들은 2년 전 갈라르도와 마지막으로 만났는데, 당시 갈라르도는 살

인미수로 유죄 평결을 받고 샌퀜틴 교도소에서 복역 중이었다. 이전과 마찬가지로 그는 묵비권을 행사했다.

보슈는 소토가 정신과 상담을 마치고 차이나타운에서 돌아오기도 전에 수사 기록 두 권을 전부 읽었다. 다음으로 그는 증거물 상자에서 DVD를 꺼내 자신의 노트북컴퓨터에 넣고 재생했다. 우선 마리아치 공연 영상부터 보기 시작했다. 악단이 다양한 실내외 행사에서 공연하는 모습을 그는 몇 분쯤 지켜보았다. 오를란도 메르세드에게 집중했고, 메르세드가 악기를 어떻게 들고 연주하는지 유심히 살폈다. 거의 모든 영상에서 메르세드는 서서 연주했지만, 결혼식 공연 영상에서는 단원 네 명 모두가 의자에 앉아 연주했다. 보슈의 예상과 달리 메르세드는 넓적다리에 악기를 올려놓은 채 연주하지 않았다. 비우엘라를 좀 더 높이 들어 불룩한 배에 대고 있었다. 메르세드를 맞힌 총알의 탄도를 예측할 때 고려해야 할 요소였다. 연주할 때 어떻게 앉아 있고 악기를 어떻게 들고 있는지가 중요한 고려 사항이 될 터였다.

공연 영상 하나는 총격사건 발생 당일에 찍은 것으로, 로스 레예스 할리스코가 그날 오후 에코 파크에서 연주한 생일 파티 공연이었다. 보슈는 다른 동영상은 대부분 2배속으로 돌려봤지만, 이 영상은 총격사건의 단서가 될 만한 무언가를 찾을 수 있길 바라면서 정속도로 처음부터 끝까지 다 보았다. 물론 로하스와 로드리게스가 이미 보았을 테지만 그건 상관없었다. 보슈는 수사관으로서 자신감이 있었고, 남들이 보지 못하는 것을 자신이 볼 수 있으리라 믿었다. 자만에 찬 생각인지 몰라도, 건강한 자신감은 이 일을 하는 데 꼭 필요했다. 자기가 찾고 있는 미지의 범인보다 자신이 더 똑똑하고 더 거칠고 더 용감하고 더 회복력이 뛰어나다고 믿어야 했다. 그리고 미제사건을 수사할 땐, 자기보다 먼저 수사를 했던 형사들에 대해서도 같은 믿음을 가져야 했다. 그러지 않으면 수사는 실패로 돌아갈 것이다. 보슈가 경찰 생활 마지막 해에 소토에게 전해주고 싶은 것이 바로 이러한 사명감이었다.

에코 파크 동영상에는 행복한 가족이 딸의 킨세아네라를 축하하고 있었다. 많은 친구들과 친척들이 참석한 가운데 피크닉 테이블마다 전통 음식이며 선물이 넘쳐났다. 주인공인 소녀는 흰 드레스 차림에 숫자 15가 적힌 작은 왕관을 썼고, 주위에는 들러리 격인 소녀 여섯 명도 함께 있었다. 악단이 킨세아네라 전통음악인 듯한 노래를 연주하자 그에 맞춰 몇몇이 춤을 추었다. 행사 중간에 소녀의 부모는 두 가지 전통 의식을 치렀다. 어머니는 딸에게 어린 시절의 끝을 상징하는 '마지막 인형'을 선물했고, 아버지는 딸의 신발을 납작한 샌들에서 하이힐로 바꿔 신겼는데, 이는 소녀가 이제 여인이 되었다는 뜻이었다.

동영상만 봐도 가족이 얼마나 서로를 사랑하고 애틋해하는지 잘 알 것 같았다. 영상을 보던 보슈의 생각이 사건에서 딸에게로 옮겨 갔다. 그는 딸에게 늘 죄책감을 느끼고 있었다. 보슈는 한부모였지만, 일을 하는 데 너무 많은 시간을 쏟는 터라 거의 부재중 부모라 할 수 있을 정도였다. 딸은 열여섯 살 생일 파티도 제대로 치르지 못한 채 벌써 열일곱이 되었다. 둘이서 조촐히 축하하는 자리 말고는 생일 파티를 열어준 적이 한 번도 없었다. 에코 파크의 파티 영상을 보고 있자니, 새삼 자신이 얼마나 부족한 아빠인가 하는 생각과 함께 목구멍에 무언가 걸린 듯한 느낌이 들었다.

보슈는 동영상을 껐다. 잠시라도 되새겨 볼 만한 점도, 그로부터 두세 시간 후에 일어날 총격사건의 단서가 될 만한 것도 찾을 수 없었다. 메르세드와 악단 동료들은 프로답게 파티 손님들과 말을 섞거나 어울리지 않았다. 카메라의 중심에 자리하는 경우도 거의 없이, 배경으로만 몇 번 보일 뿐이었다. 보슈는 디스크를 빼고 두 번째 DVD 묶음으로 넘어갔다.

이 DVD 세 장은 광장 근처에 설치된 CCTV 영상을 담고 있었다. 따라서 광장을 중심으로 보여주기보다는 그날 일어난 일의 단편들을 포착했을 뿐이었다. 그런데 놀랍게도, 멀리서 흐릿하게 찍힌 모습이긴 했지만 메르세드가 총에 맞아 쓰러지는 장면이 첫 번째 동영상에 담겨 있었다. 그가 알기로 이 영상이 공개된 적은 한 번도 없었다. 동영상은 1번가를 사이에 두고 광장 건너편에 자리한 마리아치 악기와 음반 상점 내부에서 촬영된 것이었다. 들치기를 예방할 목적으로 상점 천장 한구석에 설치한 카메라였는데, 그 시야가 상점 앞쪽 판유리 창문을 통과하고 1번가를 가로질러 광장까지 미쳤던 것이다.

보슈는 동영상의 피격 장면을 몇 번이고 되감아, 메르세드가 비우엘라를 연주하다가 척추에 총알이 박히자 테이블에서 뒤로 넘어가 땅바닥에 쓰러지는 모습을 지켜보았다. 대여섯 번을 반복해서 본 다음엔 동영상을 끝까지 재생하며 피격 이후에 벌어진 일들을 집중해서 살폈다. 거리가 먼 데다 가게 창문에 적힌 문구들로 장면이 선명하지 않았다. 게다가 카메라의 초점은 길 건너에서 벌어지는 일들이 아니라 상점 내부에 맞춰져 있었다.

총알이 몸에 박히는 순간, 메르세드는 악단 동료들에 둘러싸여 있었다. 피크닉 테이블에 앉아 벤치에 두 발을 올려놓은 메르세드의 오른쪽에는 아코디언 연주자가 앉아 있었고, 왼쪽으로 한 걸음 뒤에는 기타리스트가 서 있었다. 트럼펫 연주자는 테이블 뒤로 이동하면서 두 손으로 트럼펫을 잡아 입으로 가져가던 참이었다.

보슈는 총알이 메르세드를 테이블에서 자빠뜨리는 장면을 다시 보았다. 그 순간 트럼펫 연주자는 즉시 프레임 오른쪽으로 달려가 화면에서 사라진 반면, 기타리스트는 기타로 몸을 가리면서 몸을 구부려 테이블 밑으로 숨어들었다. 아코디언 연주자는 무슨 일인지 몰라 혼란스러운 것 같았다. 몸짓으로 보아, 처음에는 메르세드가 총에 맞았다는 사실을 알아차리지 못한 듯했다. 기타 연주자가 테이블 밑으로 숨는 것을 보고서야 자신도 벤치에서 미끄러지듯 내려와 테이블 밑에 숨었다. 시간이 좀 지난 뒤, 두 사람은 테이블 밑에서 기어 나와 메르세드에게 다가갔다. 트럼펫 연주자도 프레임 안으로 돌아와 쓰러진 동료 옆에 꿇어앉았다.

보슈는 영상을 끊지 않고 계속 보았다. 곧 사람들이 피크닉 테이블로 달려와 총에 맞은 피해자 주위로 몰려들었다. 많은 사람들에 둘러싸여 있어서 메르세드의 모습이 잘 보이지 않았다.

다음 30분 동안은 신고를 받고 출동한 경찰과 응급구조대의 모습이 이어졌다. 메르세드는 땅바닥에 누운 채로 응급처치를 받다가 이어 바퀴 달린 들것에 실려 프레임에서 사라졌다. 피크닉 테이블과 그 주변은 노란색 출입 저지선으로 통제되었고, 순경들은 형사들을 위해 목격자를 찾기 시작했다. 그 순간 동영상이 끝났다. 로드리게스와 로하스가 동영상을 편집한 것인지, 혹시 음반 가게에서 받아 온 동영상이 더 있을지 보슈는 궁금했다.

이어 다른 두 개의 동영상도 확인했지만, 첫 번째 것만큼 흥미롭거나 유용한 내용은 없었다. 두 영상 모두 시각이 찍혀 있어서 피격 순간을 찾아 확인할 수 있었는데 새로운 정보는 거의 나오지 않았다. 하나는 사건 현장에서 적어도 한 블록은 떨어진 포키토 페드로스 주차장의 CCTV 영상으로, 마리아치 광장보다는 보일 거리와 1번가의 교차로 모습을 주로 보여주었다. 현장을 지나가는 차량이나, 총격 직후 교차로를 쏜살같이 달려가는 차량은 찾아볼 수 없었다.

세 번째 영상은 1번가 다리에 설치된 자살 방지용 CCTV에 찍힌 영상이었다. 광장에서 대여섯 블록 떨어진 곳인 데다, 보일 거리와 1번가 모퉁이에 있는 오래된 호텔에 가려져 총격 장면은 전혀 보이지 않았다. 보슈는 영상을 한 번 확인한 뒤 별 쓸모가 없겠다고 판단하고 노트북에서 꺼냈다.

그러고는 잠깐 생각을 정리했다. 사건을 혼자서 조금씩 알아가기보다는 로드리게스와 로하스를 만나 자세한 이야기를 들어봐야 한다는 생각이 들었다. 그는 전화기를 들고 홀런벡 경찰서 형사과로 전화를 걸었다. 로하스가 더 적극적으로 나올 것 같았지만 로드리게스를 바꿔달라고 했다.

"로드리게스 형삽니다."

"보슈 형산데, 잠깐 통화 가능해?"

대답이 없었다. 보슈는 잠깐 기다렸다가 말을 이었다.

"자네가 작성한 메르세드 사건 수사 기록 방금 다 읽었어."

그러고는 말을 멈췄다. 여전히 반응이 없었다.

"수사 철저하게 잘했더라는 둥 입에 발린 소리 할 생각은 없어. 거짓말이라는 거 자네들도 이미 잘 알 테니까. 그보다는 몇 가지 물어보고 싶은 게 있어서. 뭐, 로하스와 통화를 할 수도 있었어. 오늘 보니까 멍청이는 아닌 것 같았거든. 그래도 자넬 바꿔달라고 한 건, 이게 자네 기록이라서야, 로드리게스. 보니까 알겠더라고. 내가 도움을 청해야 할 사람은 자네란 생각이 들었어. 자네가 나 좀 도와줄 수 없을까?"

여전히 아무 반응이 없었지만, 이번에는 보슈가 더 기다렸다. 결국 로드리게스가 반응을 보였다.

"뭘 알고 싶은데요, 보슈 형사님?"

보슈는 고개를 끄덕였다. 그의 직감이 맞았다. 유능한 형사들은 모두 마음속에 빈자리를 갖고 있는 법이다. 항상 불이 타오르는 공간. 무언가를 향한 그 불길을 어쩌면 정의라고 불러도 좋을 것이다. 무언가를 알아야 할 필요성이라고 해도 괜찮다. 악한 인간들이 영원히 어둠 속에 숨어 있지는 못하리라 믿어야 할 필요성이라고 해도 좋다. 어쨌든 로드리게스는 좋은 형사였고, 보슈가 원하는 것을 그도 원했다. 오를란도 메르세드가 마땅히 누려야 할 정의를 희생하면서까지 계속 화를 내며 입을 다물고 있을 수는 없다.

7

통화를 마친 뒤 보슈는 다시 컴퓨터 앞에 앉아 메르세드 사건에 관한 1차 조서를 작성하기 시작했다. 주로 수사의 진전 상황을 기록하고, 사망 원인에 관한 부검의의 소견과 현존하는 증거 및 수사 단서에 관한 평가를 포함하는 내용이었다. 조서 작성을 시작한 지 20분쯤 지났을 때, 책상에 놓인 전화에서 벨이 울렸다. 그는 심리상담을 끝낸 소토의 연락이겠거니 생각하며, 화면을 쳐다보지도 않고 수화기를 들었다.

"보슈입니다."

"네, 현상금에 당첨되고 싶어서 전화했는데요."

전 시장의 발표가 부른 전화였다. 보슈는 응대를 하면서 컴퓨터의 인터넷 창을 열고《로스앤젤레스 타임스》웹 사이트에 접속했다.

"'당첨'된다는 건 무슨 뜻이죠, 선생님? 이건 복권이 아닌데요. 우리를 도울 수 있는 정보를 갖고 계십니까?"

과연 뉴스 사이트 1면에 벌써 기사가 떠 있었고, 기자회견장에서 현상금을 거는 세야스의 사진도 함께 실려 있었다.

"네, 물론 있죠." 전화기 저편의 남자가 말했다. "총격범은 호세라는 자예요. 어디다 좀 써놔요."

"호세 뭐요?"

"성은 모르고 이름이 호세라는 것만 알아요."

"그럼, 호세가 범인이라는 건 어떻게 아시죠, 선생님?"

"그냥 알아요."

"호세가 총을 쐈다는 거군요."

"네, 맞아요."

"아는 사람입니까? 그 사람이 왜 그랬는지 아세요?"

"아뇨, 하지만 놈을 체포하면 다 알 수 있겠죠."

"어디서 체포하면 될까요?"

그 질문에 전화를 건 남성이 코웃음을 치는 것 같았다.

"그야 나도 모르죠. 당신이 형사지, 내가 형산가."

"네, 선생님, 그러니까 저보고 밖에 나가서 호세라는 남자를 찾아내 체포하라는 말씀이군요. 성도 모르고, 행방도 모르지만요. 어떻게 생겼는지는 아십니까?"

"멕시코 사람처럼 생겼어요."

"알겠습니다, 선생님, 감사합니다."

보슈는 수화기를 소리 나게 내려놓았다.

"미친 새끼." 그가 혼잣말로 중얼거렸다.

수화기에서 아직 손도 떼지 않았는데 전화벨이 다시 울렸다. 보슈는 짜증스러운 목소리로 전화를 받았다.

"보슙니다."

"저기, 현상금에 관해 궁금한 게 있는데요."

다른 남자 목소리였다.

"뭐가 궁금하시죠?"

"제가 자수를 해도 현상금을 받을 수 있을까요?"

보슈는 할 말을 잃었다. 이것도 아까처럼 쓸데없는 전화라는 생각이 들었다.

"좋은 질문이네요." 보슈가 말했다. "안 될 이유가 있을까요? 유죄 평결을 이끌어낼 만한 정보를 제보한 사람에게 현상금을 주겠다는 얘기니까요. 자수도 자격 조건이 될 것 같은데요. 자수하실 계획입니까?"

"네, 그러려고요."

"하지만 선생님이 범인이라는 걸 증명해야 할 텐데요. 선생님 말씀을 그대로 받아들일 수는 없어요. 무슨 뜻인지 아시겠습니까, 선생님?"

"네, 알아요."

"그래서, 왜 그런 짓을 하셨죠?"

"마리아친지 뭔지가 너무 싫어서요. 여긴 미국이잖아요. 미국에 왔으면 미국 음악을 해야지."

"그렇군요. 그래서 어떤 무기를 사용하셨죠?"

"스미스 & 웨슨이요. 내가 명사수거든요."

보슈는 직감이 맞았음을 확인하고 고개를 끄덕였다.

"그렇군요. 전화 주셔서 감사합니다."

보슈는 전화를 끊었고, 전화벨이 다시 울릴 것을 예상하며 수화기를 오랫동안 노려보았다. 아니나 다를까, 다시 벨이 울렸는데 화면을 보니 내선 번호였다. 그는 수화기를 들었다.

"보슙니다."

"형사님, 교환실의 그웬입니다."

경찰국 전화교환원이었다. 보슈는 그녀가 정확히 건물 어디에서 일하고 있는지 알지 못했다. 교환원들은《로스앤젤레스 타임스》기사에 실린 강력계 전화번호와 경찰국 대표번호로 걸려오는 모든 전화를 받아 원하는 곳으로 연결해 주었다.

"그래요, 그웬."

"스페인어를 쓰는 사람이 메르세드 현상금 건으로 전화했는데요. 받아보시겠습니까?"

보슈는 고개를 절레절레했다. 그가 크라우더와 새뮤얼스에게 경고했던 제보 전화의 공습이 시작되고 있었다.

"지금 스페인어를 할 줄 아는 사람이 없는데. 이름하고 전화번호만 받아줘요. 나중에 전화하겠다고 하고."

"알겠습니다."

이번에는 전화기를 살살 내려놨다. 그는 〈라 오피니온La Opinión〉 웹사이트에 접속해 '로칼레스Locales' 페이지를 클릭했다. 과연 그곳에도 세야스의 사진과 함께 메르세드 사건 관련 기자회견과 현상금 제안에 관한 기사가 실려 있었다. 언론의 기사 확산 속도가 어찌나 빠른지 어안이 벙벙할 지경이었다.

보슈는 쓰고 있던 조서로 돌아가 속도를 냈다. 소토가 돌아오든 말든 한시라도 빨리 사무실을 나가고 싶었다. 곧 전화가 그의 목을 둘둘 감는 닻이 되리라는 예감이 들었다. 이대로라면 제보 전화의 바다에 빠져 가라앉고 말 것이었다. 그가 타이핑을 끝내기도 전에 전화벨이 다시 울렸고, 받아보니 맨 처음 전화했던 사람이었다.

"이봐요, 내 이름을 안 물어봤잖아요."

"네, 선생님. 알 필요가 없어서요."

"그럼 현상금은 어떻게 되는 거죠?"

"현상금은 없습니다. 선생님께 드릴 것은요."

"말했잖아요, 호세가 범인이라고. 호세가 그랬다니까."

"경찰이 호세라는 남성을 체포했다는 얘기가 들리면, 그때 다시 전화 주세요."

이번에는 수화기를 어찌나 거칠게 내려놓았는지, 그 소리에 다른 칸막이 자리에 있던 형사들이 놀라 돌아볼 정도였다. 보슈는 아무런 설명도 하지 않았다. 수화기에서 손을 떼기도 전에 전화벨이 다시 울렸다. 그는 수화기를 들고 퉁명스럽게 말했다. "또 왜요?"

"교환실의 그웬인데요."

"아, 그래요, 그웬, 무슨 일이죠?"

"아까 그 스페인어를 쓰는 제보자가 이름과 전화번호 밝히기를 거부했다는 말씀을 드리려고요."

"그래요, 그웬. 크게 신경 쓸 필요가 없는 전화 같네. 고마워요."

전화를 끊은 뒤, 보슈는 쓰고 있던 조서를 서둘러 마무리해 구멍이 세 개 뚫린 종이에 인쇄한 다음 살인사건 파일에 끼워 넣었다. 이어 수화기를 들고 교환실로 전화를 걸어 그웬을 바꿔달라고 했다.

"그웬, 나 보슈 형산데, 나는 외근 나가고 파트너도 자리에 없어요. 그러니까 메르세드 사건 현상금과 관련해서 걸려 오는 전화는 모두 새뮤얼스 경위에게로 연결해 줄래요?"

"새뮤얼스 경위님요? 네, 알겠습니다."

"고마워요, 그웬. 거기 메모해서 붙여놓으면 좋을 것 같은데. 모든 제보 전화는 새뮤얼스 경위에게 연결하라고. 내가 나중에 다시 연락할 때까지."

"네, 그렇게 할게요, 형사님. 즐거운 하루 보내세요."

"당신도, 그웬."

보슈는 일어서서 사무실 문 위에 걸린 벽시계를 바라보았다. 소토의 심리상담은 보통 한 시간 정도 진행되었고 통원 시간은 편도로 30분쯤 걸렸다. 건 정에게 총알을 받으러 탄환 분석실에 들렀다고 해도, 지금쯤이면 자리에 돌아와 있어야 했다. 소토에게 시간관념이 없는 것 같아서 보슈는 마음이 언짢았다. 수사를 이어가야 하는데 자꾸만 업무 중에 사라지지 않는가. 혹시라도 행동과학 센터장인 이노호스 박사와 아직도 상담 중일 수 있기에 소토의 휴대전화로 전화를 걸고 싶지는 않았다. 그러나 늦는다고 문자 한 통 보내지 않는 소토의 무심함에 기분이 상하는 건 어쩔 수 없었다. 어쨌든 그가 먼저 문자를 보내 어디냐고 묻지는 않을 작정이었다.

보슈는 열쇠와 동영상 DVD 묶음을 집어 들고는, 문 옆에 걸린 출결 상황판의 자기 이름 옆에 '국과수'라고 적은 뒤 사무실을 나갔다.

로드리게스는 CCTV 동영상을 분석반에 가지고 가 화질 개선이 가능한지 알아보지는 않았다고 했다. 영상에 총격범이 찍혀 있지 않아서 그렇게까지 할 필요는 없을 것 같았다는 얘기였다. 게다가 10년 전의 영상 분석이라는 것도, 형사가 이미 살펴본 동영상을 연구원이 한 번 더 보는 정도에 지나지 않았다.

오늘날은 달랐다. 소리와 화질을 개선할 수 있는 전문가들로 구성된 영상 분석반이 있어서, 그냥 볼 땐 분명하게 보이지 않는 정보를 찾아내는 경우가 많았다. 지난 10년간 동영상을 수사의 도구로 사용한 사례가 폭발적으로 늘었다. LA는 공공의 것이든 개인의 것이든 감시 카메라의 도시였다. 과거에는 수사를 시작할 때 사건 현장 주변을 탐문하면서 목격자를 찾았지만, 요즘에는 현장에서 CCTV부터 찾아보았다. 이런 변화에 발맞추어 영상 분석반이 따로 생겨난 것이다. 모든 카메라의 성능이 같지는 않기 때문에, 사건 현장 주변의 CCTV에 찍힌 영상을 최대로 개선할 수 있는 전문 기술이 필요했다.

영상 분석반까지는 20분쯤 걸렸다. 그리로 가는 중에 소토가 전화를 걸어 심리상담이 끝났다고 알렸다.

"새로운 총기 사범들 때문에 상담이 쫙 밀렸더라고요." 소토가 말했다. "이제야 탄환 분석실로 가는 길인데, 총알 받아서 들어가겠습니다."

"아냐, 그쪽 일은 됐어." 보슈가 말했다. "내가 가는 중이야, 동영상 가지고. 가는 김에 건을 만나서 총알 받아 올게."

"벌써 다……"

소토가 말끝을 흐렸지만 보슈는 그녀가 뭘 물으려고 했는지 알 것 같았다.

"그래, 다 확인했어. 그런데 별거 없더라고." 보슈가 말했다. "악기 상점 CCTV에 메르세드가 총에 맞아 쓰러지는 장면이 찍히긴 했는데, 화질이 너무 안 좋아. 영상 분석반이 어떻게 해볼 수 있을까 싶어서 갖고 가보는 거야."

"네."

목소리를 듣자 하니 소토의 기분이 썩 좋지는 않은 듯했다.

"원한다면 기다렸다가 자네한테 보여주고 가도 돼."

"아뇨, 아뇨, 그냥 가세요. 그러시는 게 좋겠어요. 사무실로 다시 오실 거예요?"

"아니, 사무실에서 최대한 멀찍이 떨어져 있으려고. 전 시장이 현상금을 제안했다는 소식이 인터넷 뉴스 사이트에 쫙 퍼져서 제보가 쏟아져 들어오고 있어. 사무실에 있으니 전화만 받게 되더라고."

보슈는 과학수사 연구소 건물 앞 주차장으로 들어가 빈자리를 찾기 시작했다.

"하지만 중요한 제보 전화가 오면요?"

"그럴 가능성은 100만분의 1쯤 될걸. 진짜 총격범을 제보할 사람이라면 어떻게 해서든 우리에게 연락할 거고. 어쨌든 지금 당장은 모든 제보 전화가 새뮤얼스 경위에게 연결되도록 말해놨어. 전화 받다 보면 '어맛, 뜨거워라' 하고 제보 전화 담당자를 구해줄지도 모르지, 우린 수사에만 전념할 수 있게."

"네, 그러면 내일 탄도 측정 시간은 몇 시로 말해놓을까요?"

보슈는 그 일을 까맣게 잊고 있었다는 것을 깨달았다. 지금 생각해 보니 너무 이른 감이 있었다.

"그건 잠깐 미루지. 영상 분석에서 뭐가 나오는지부터 보자고. 그게 탄도 측정에 도움이 될 수도 있으니까."

"네, 그럼 저는 어디로 가면 되죠?"

"30분 후에 마리아치 광장에서 만나자. 기자들이 떠났는지 보자고."

"스타벅스에 들를 시간이 있을 것 같은데, 뭐 사다 드릴까요?"

보슈는 자기 몸속 카페인 농도에 대해 잠깐 생각했다.

"아냐, 난 괜찮아. 이따 봐."

보슈는 주차하고 차에서 내렸다. 과학수사 연구소 건물 현관을 향해 걷고 있는데, 전화벨이 다시 울렸다. 새뮤얼스 경위였다.

"보슈 형사, 어딥니까, 도대체?"

"국과수. 상황판에 써놨잖아. 무슨 일이야?"

"무슨 일이냐뇨. 제보 전화로 전화통에 불이 났는데."

"그걸 나보고 어쩌라고? 지금 수사 중인데. 국과수에서만 두 군데나 들러야 하고, 그다음엔 사건 현장에서 파트너를 만나야 돼. 이렇게 될 거라고 말했잖아, 내가."

"럭키 루시는 지금 어딘데요?"

"수요일 오후에는 심리상담 받잖아. 뭐 좋은 제보라도 들어왔어?"

"그걸 내가 어떻게 알아요? 이거 다 형사님이 꾸민 일이죠!"

"내가 꾸미다니. 난 처음부터 현상금 거는 거 반대한 사람이야. 이럴 줄……"

"됐고요, 전화통 앞에 누구라도 앉혀놓을게요. 내일 아침부터."

새뮤얼스는 보슈가 뭐라 대답하기도 전에 전화를 끊어버렸다. 과학수사 연구소 출입문을 밀고 들어가는 보슈의 입에는 웃음이 떠올라 있었다.

8

마리아치 광장에 도착해 보니 루시아 소토가 먼저 와 있었다. 기자들은 사건 현장에서 모두 철수한 것 같았다. 보슈는 주위를 둘러보며 광장을 가로질러 걸어갔다. 광장은 저녁 공연을 잡으려는 연주자들로 벌써부터 북적였다. 보일 거리의 차도와 인도 사이에 마련된 주차 공간에는 차체 옆면에 밝은색 페인트로 악단 이름과 전화번호를 적어놓은 승합차들이 꼬리에 꼬리를 물고 서 있었다. 광장에 있는 테이블과 벤치는 모두 꽉 차 있었다.

소토는 발치에 악기 케이스를 내려놓고 벤치 하나에 끼어 앉은 세 남성과 이야기를 나누고 있었다. 그들은 흰 블라우스에 짧은 넥타이를 매고 금색 공단이 섞인 검은색 반코트 차림이었다. 보슈는 파트너에게 다가가면서 그들을 향해 가볍게 고개를 숙여 보였다. 소토는 휘핑크림을 얹은 아이스커피 비슷한 음료를 들고 있었다.

"메르세드 씨가 총에 맞은 날 이분들도 여기 있었대요." 소토가 흥분해서 그에게 말했다.

"뭐 기억나는 게 있대?" 보슈가 물었다.

"바로 이 자리에 앉아 있었대요. 총소리를 듣고 벌떡 일어나 동상 뒤로 숨었고요."

보슈는 벤치 뒤에 있는 동상을 바라보았다. 자잘한 무늬가 있는 드레스에 숄을 걸친 차림으로 뒷짐을 지고 선 여성의 동상이었다. 동상은 콘크리트와 나무로 된 커다란 받침대 위에 세워져 있었다. 동상 발치 명판에는 '마리아치의 여왕 루차 레예스'라고 적혀 있었다. 과달라하라 출신으로 1920년대에 LA에 거주하며 마리아치 음악을 연주했다는 설명도 보였다.

"당시에 조사를 받았대?"

소토가 남성들에게 스페인어로 물어본 뒤 보슈에게 통역해 주었다. 보슈도 그들의 대답을 상당 부분 알아들을 수 있었지만 잠자코 있었다.

"네, 진술했대요."

보슈는 고개를 끄덕였다. 그러나 동상 뒤로 숨었다는 목격자 진술을 수사 기록에서 읽은 기억이 나지 않았다. 중요하지 않다고 판단해 누락한 모양이었다.

"동상 뒤 어디에 숨었는지 보여달라고 해봐."

소토가 남자들에게 말하자 한 사람이 일어나 동상 쪽으로 갔다. 그는 쭈그리고 앉은 채 두 손을 받침대에 올려놓고 동상의 발 옆으로 고개를 내밀어 누가 총을 쐈는지 보는 시늉을 했다. 그의 시선은 보일 거리 쪽을 향해 있었다.

보슈는 그날의 모습을 상상하며 고개를 끄덕였다.

"왜 총알이 저쪽에서 날아왔다고 생각했대?" 보슈가 보일 거리 쪽을 가리키며 물었다.

소토가 통역하자 남자는 어깨를 으쓱였다. 그때 벤치에 앉아 있던 다른 남자가 보슈로서는 이해하기 힘들 만큼 빠른 속도로 뭐라 말했다.

"자기는 총소리를 듣고 숨을 곳을 찾아 뛰었다고 하네요. 여기 다른 두 분도 따라 숨었지만 실제로 총소리를 듣진 못했고요. 그냥 다들 도망가는 걸 보고 따라 뛰었대요."

"뭐 본 건 없고?"

두 명이 고개를 가로저었고 세 번째 남자는 "나다('아무것도'라는 뜻의 스페인어)"라고 중얼거렸다.

"메르세드와는 아는 사이였대?"

소토가 통역하고 대답을 들었다.

"아뇨." 소토가 보슈에게 전했다. "광장에서 일을 기다리는 모습만 몇 번 봤을 뿐이래요."

보슈는 그 자리를 떠나 지하철역으로 이어지는 에스컬레이터를 향해 걸어갔다. 지붕 역할을 하는 유리 구조물이 마치 입구를 보호하는 거대한 독수리의 날개처럼 설계되어 있었다. 독특한 아즈텍 문양이 새겨진 날개의 깃털은 다양한 색상의 판유리로 이루어져, 거기 반사된 햇빛이 다채로운 빛으로 광장을 비췄다.

상·하행 에스컬레이터 사이에 타일을 깐 넓은 계단이 있었다. 보슈는 계단 꼭대기에 서서 광장을 돌아보았다. 고개를 왼쪽으로 돌리니 1번가 너머에 있는 악기 상점이 보였다. 메르세드가 총에 맞는 장면이 찍힌 CCTV가 설치된 곳이었다. 보슈는 오른쪽으로 몇 걸음 움직이면서, 메르세드가 앉아 있던 피크닉 테이블이 여기 어디쯤 있으리라 생각했다. 이런 추측에 과학적 타당성이 없다는 점은 그도 알고 있었다. 그건 나중에 탄도 분석팀이 해결할 문제였다. 그러나 지금 그가 메르세드가 충격을 당했던 지점 가까이에 서 있는 것만은 확실했다.

보슈는 총알이 날아왔던 방향인 보일 거리 쪽을 돌아보았다. 이제는 지나가는 차량이나 지면 고도에서 날아왔을 가능성이 거의 없다는 사실을 알았기에, 그의 시선은 광장 건너편 길모퉁이에 있는 건물을 향했다. 보일 호텔은 한때 보슈에게 익숙한 곳이었다. 마리아치 호텔이라는 별명으로 더 유명한 그 호텔은 100여 년 전에 지어진 앤 여왕 시대 양식의 3층짜리 석조 건축물로, 로스앤젤레스 전역에서 가장 오래된 건물 중 하나였다. 그러다 수십 년 전부터 쇠락의 길로 접어들어 떠돌이 마리아치 악단이나 단기 여행객들이 찾는, 바퀴벌레가 우글거리는 싸구려 여관으로 전락했다. 예전에 보슈도 머그샷을 들고 용의자를 찾아 마리아치 호텔에 들어간 적이 몇 번 있었다.

그러나 지금은 모든 것이 달라졌다. 마리아치 광장의 지하철역 건설 공사가 진행되면서 보일 호텔도 수백만 달러를 들여 새 단장을 했다. 이젠 호텔이 아니라, 적정 수준의 임대료를 요하는 아파트와 상업용 공간이 함께 들어선 주상복합건물이었다. 빨간 벽돌 외장과 독특한 둥근 지붕은 개조 공사 후에도 살아남았지만, 적정 수준의 임대료라는 것이 LA 동부를 떠도는 대다수의 마리아치 연주자들에게는 너무 비쌌다. 그들은 이제 다른 곳에 숙소를 구해야 했다.

소토가 다가오더니 보슈의 시선을 좇았다.

"총알이 저기서 날아왔을까요?" 소토가 물었다.

"어쩌면." 보슈가 말했다. "가서 확인해 보자고."

광장으로 돌아가면서 보니 벤치와 테이블 주위로 연주자들이 모여들고 있었다. 5시, 일자리를 찾길 희망할 시각이었다. 한 무리의 연주자들 뒤에 있는 작은 상점이 보슈의 눈에 들어왔다. 리브로스 슈미브로스. 문

위의 벽면에는 페인트로 '서점 겸 책 대여점'이라고 적힌 간판이 있었다. 보슈는 계속 걸어가면서 그곳을 가리켰다.

"라틴계 세상이 되기 전까지 여긴 유대인들의 세상이었어." 그가 말했다. "20~30년대에. 50년대 들어서는 다들 페어팩스로 이주했지만."

"백인들의 이주(도심지의 범죄를 우려한 백인들이 교외로 이주한 현상)였군요." 소토가 말했다.

"그런 셈이지. 내 조부모 중 한 분도 여기 사셨던 것 같아. 이곳에 대한 어렴풋한 기억이 남아 있거든. 오래된 홀런벡 경찰서 건물, 50년대에 어머니와 함께 왔던 일……."

과거를 돌이켜보니 흐릿하면서도 왠지 모르게 불편한 기억이 떠올랐다. 그는 태어나서 열한 살 때까지 어머니와 함께 살았고, 가끔은 예전 마리아치 호텔의 투숙객들처럼 떠돌이 생활을 했다. 돌아다닌 곳이 너무 많아 다 기억이 나지 않을 정도였다. 모두 50년 전의 일이다. 보슈는 화제를 돌렸다.

"자넨 어디서 자랐어, 루시?"

"여러 곳을 옮겨 다녔어요. 외가 쪽은 엘 토로 근처 오렌지카운티에 살았죠. 친가 쪽 조부모님은 40년대에 차베스 라빈에서 쫓겨나 웨스트레이크에 정착하셨고, 전 거기서 태어났어요. 성장한 곳은 주로 밸리 지역이었지만요. 파코이마요."

보슈는 고개를 끄덕였다.

"그럼 다저스 팬은 아니겠군."

"경기 보러 간 적도 없고, 앞으로도 안 갈 거예요." 소토가 말했다. "제가 갔다는 소리가 들리면 아버지가 저를 죽이려고 할걸요."

LA 역사상 가장 큰 규모의 토지 수탈이라 할 만한 차베스 라빈 사건에 대해서는 보슈도 잘 알고 있었다. 어린 시절 샌디 쿠팩스와 돈 드리스데일의 투구를 보았던 그 야구장이 품고 있는 추악한 사연을 극복하고 야구와 다저스에 대한 사랑을 지켜내기 위해 그는 평생을 노력해야 했다. 이 도시의 모든 빛나는 성공에는, 보통 눈에 띄지 않는 곳 어딘가에 어두운 뒷이야기가 감춰져 있는 것만 같았다.

수십 년간 차베스 라빈은 가난한 멕시코계 이민자들의 거주 구역이었다. 이들은 언덕에 판잣집을 짓고, 자기들을 필요로 하지만 원하지는 않는 이 도시에서 어떻게든 살아가려 애를 썼다. 그러던 중 제2차 세계대전의 종전과 함께 도시에 새로운 번영의 바람이 불면서, 연방 정부가 저소득계층의 주거 환경을 개선하기 위해 자금을 풀었다. 원래 계획은 차베스 라빈에 살던 모든 주민을 퇴거시키고 판잣집을 밀어버린 뒤 저소득층을 위한 고층 아파트 단지를 건설하여 원래 살았던 주민들을 다시 불러오는 것이었다. 그 아파트 단지는 성공을 향한 위대한 아메리칸 드림을 반영하는 이름까지 부여받았다. 엘리시언 파크 하이츠.

일부는 기꺼이 차베스 라빈을 떠났고, 또 다른 사람들은 강제로 쫓겨났다. 주택과 교회와 학교가 모두 철거되었다. 그러나 고층 아파트 단지는 건설되지 못했다. 그즈음엔 세상이 다시 바뀌어 있었다. 저소득층을 위한 아파트 단지 건설은 사회주의로 낙인찍혔다. 새로 뽑힌 시장은 이를 전혀 미국적이지 않은 지출이라며 비난했다. 대신 시 정부는 이 도시가 나라의 서쪽 끝에 위치한 영화 산업 기지 이상의 이미지와 입지를 확보하기 위해 프로스포츠 팀을 영입할 필요가 있다고 결정했다. 브루클린 다저스가 서쪽으로 오면서, 저소득층 아파트 단지가 건설될 예정이었던 부지에 웅장한 야구장이 지어졌다. 차베스 라빈의 주민들은 결국 뿔뿔이 흩어졌다. 그 후손들은 오늘날까지도 깊은 원한을 갖게 되었고,

엘리시언 파크 하이츠는 청사진을 벗어나지 못한 예쁜 이름으로만 남게 되었다.

보슈와 소토는 말없이 보일 거리를 건너 한때 마리아치 호텔이었던 곳의 출입문 앞에 이르렀다. 굳게 닫힌 문 옆에 입주민과 관리실 호출을 위한 키패드가 붙어 있었다. 소토가 보슈를 바라보았다.

"들어가실 거예요?"

"그럴까 하는데."

소토는 '오피시나(사무실)'라고 적힌 스티커 옆에 달린 버튼을 눌렀다. 신원 확인도 없이 곧바로 윙 하고 잠금장치가 해제되는 소리가 들렸다. 보슈는 고개를 들어 문틀 귀퉁이에 달린 카메라를 올려다보았다.

소토가 출입문을 열어 그들은 현관으로 들어섰다. 벽에 붙은 유리 진열장 안에 입주자 안내판과 지도가 있었다. 일단 지도부터 살피던 보슈는 개축과 동시에 합병 공사도 함께 진행되었다는 사실을 알게 되었다. 세 개의 건물이 합쳐져 하나의 복합건물이 되어 있었다. 원래 보일 호텔이었고 19세기 지도에는 '커밍스 블록'으로 알려져 있던 맨 앞의 건물은 이제 상가로 용도 변경이 되어 있었고, 인접한 두 건물은 아파트였다. 보슈는 입주자 안내판 쪽으로 걸어가 명단에 있는 다양한 소규모 사무실들의 이름을 훑어보았는데, 대다수가 '변호사/아보가도' 사무실이었다.

보슈는 문 오른쪽에 계단이 있는 것을 보고 그리로 걸음을 옮겼다.

"관리실은 1층인데요, 보슈 형사님." 소토가 말했다.

"알아." 그가 말했다. "먼저 좀 둘러본 다음에 가보려고."

2층으로 올라가니 전면이 유리로 된 사무실 문 세 개가 나왔다. 그중 둘은 변호사 사무실로 각각 '세 아블라 에스파뇰(스페인어 가능)'을 알리는 안내문이 붙어 있었다. 세 번째 사무실인 211호는 임대가 안 되어 비어 있는 듯했다.

보슈는 한 걸음 뒤로 물러나 복도를 둘러보았다. 깨끗하고 밝은 분위기가 예전의 모습과는 전혀 딴판이었다. 그땐 코딱지만 한 방이 따닥따닥 붙어 있었고 복도 끝에 있는 공동 화장실에서는 하수구 냄새가 지독했었다. 이 건물이 그런 수치와 황폐에서 구조되어 다행이라는 생각이 들었다.

보슈는 다음 층을 향해 계단을 올라갔고 소토가 뒤따라왔다. 3층에는 사무실이 더 많았는데, 절반 정도는 비어 있는 것 같았다. 보슈는 '지붕'이라고 적힌 문을 열어보았다. 잠겨 있지 않았다. 그가 둥근 지붕을 향해 다음 계단을 오르자 소토도 따라 올라갔다.

지붕은 사방팔방으로 트여 있어 다리 건너 저 멀리 시내까지 시가지 풍경이 한눈에 내려다보였다. 콘크리트 강(로스앤젤레스 강, 대홍수를 막기 위해 총 길이 77킬로미터에 이르는 강의 대부분을 콘크리트로 덮어 생긴 별칭)과, 시내를 리본처럼 감싸고 도는 열차 선로도 보였다. 보슈는 동쪽으로 돌아서서 마리아치 광장을 내려다보았다. 저녁 공연을 잡았는지 한 악단의 연주자들이 작은 승합차에 악기를 챙겨 넣고 있었다.

"총알이 여기서 날아왔을까요?" 소토가 물었다.

보슈는 고개를 가로저었다.

"아니, 너무 개방된 곳이잖아. 각도도 지나치게 가파르고."

보슈는 두 팔을 들어 소총을 든 시늉을 하고 메트로 지하철역 계단 꼭대기를 향해 상상의 총을 겨누더니 고개를 끄덕였다. 총알이 메르세드의 악기를 뚫고 그의 몸통에 박히기에는 각도가 너무 가팔랐다.

"그리고 이 지붕은 개조된 것 같아. 10년 전엔 이 위에 뭐가 없었던 것으로 기억하거든."

광장 벤치에 혼자 앉아 있는 남성이 보슈의 눈에 띄었다. 그는 보슈를 올려다보고 있었다. 그때 지붕으로 이어진 계단 밑에 있는 문이 열리더니, 한 여성이 나타나 속사포처럼 스페인어를 쏟아내며 바삐 계단을 올라왔다. 소토가 나서서 경찰 배지를 보여주고 둘의 신분을 밝혔다. 그녀는 그들이 지붕에 올라와서 화가 난 게 분명했다.

잠시 후 소토가 여자의 말을 전했다.

"이분은 블랑카 부인인데요, 여기 올라오면 안 된대요. 먼저 관리실에 들렀어야 했다네요. 그래서 미안하다고 했어요."

"개축 공사 전에도 여기서 근무했는지 물어봐."

소토가 통역하기도 전에 블랑카가 고개를 저으며 아니라고 대답했다.

"영어 할 줄 알아요?" 보슈가 물었다.

"네, 조금." 블랑카가 대답했다.

"그럼 영어든 스페인어든 편한 말로 대답해 줘요. 이 건물, 보호되고 있죠? 역사협회에 의해서?"

"네, 역사적인 건물로 지정됐어요. 1889년에 건립됐거든요."

"개축 공사 시작할 때 호텔에 있던 기록은 어떻게 됐죠?"

블랑카는 어리둥절한 표정이었고, 소토가 질문과 대답을 통역했다.

"예전 호텔 장부와 프런트 데스크에 있던 모든 기록은 역사협회에서 가져갔대요. 지금은 시에서 보관하고 있지만 되찾아 와서 전시할 계획이고요."

보슈는 고개를 끄덕였다. 로드리게스와 로하스가 작성한 수사 기록에 마리아치 호텔 객실을 돌아다니며 총격 당시 보거나 들은 것이 있는지 탐문했다는 내용은 없었다.

보슈는 그게 실수였다고 생각했다.

9

보슈는 늦게까지 사무실에 남아 메르세드 사건 기록에 포함된 조서와 보고서들을 다시 읽으며 주목할 만한 새로운 사실이나 떠오르는 의문들을 메모했다. 수요일 밤이니 그의 딸은 언제나처럼 할리우드 경찰서에서 주최하는 청소년 경찰학교 프로그램에 참가하느라 바쁠 터였다. 경찰공무원 취업을 고려하는 고등학생들을 위해 마련된 프로그램으로, 참가자들은 매주 수요일 경찰차에 동승해 순찰을 다니면서 다양한 경찰 업무를 직접 체험할 기회를 얻었다. 보통 저녁 늦게까지 활동이 있으니, 보슈로서는 집에 일찍 들어갈 이유가 전혀 없었다. 비록 오늘은 새벽 동이 트기도 전에 크라우더 경감의 전화를 받아 평소보다 긴 하루를 보내긴 했지만 말이다.

하루 업무가 끝난 뒤라 사무실은 완전히 비어 있었다. 보슈는 그 완벽한 고요와 창문 너머로 보이는 세상의 어둠을 즐겼다. 이따금씩 자리에서 일어나 이리저리 거닐고 다른 칸막이 자리를 기웃거리면서 다른 형사들은 책상을 어떻게 꾸미고 관리하는지 구경하기도 했다. 정부에서 지급한 관용 의자를 없애고 조절 가능한 팔걸이와 허리 지지대가 있는 고성능 의자를 사용하는 형사들이 꽤 있었다. 물론 LA 경찰국의 생리를 잘 아는 의자 주인들은 퇴근 전에 자전거 자물쇠로 의자를 책상과 연결해 묶어놓았다.

문득 서글픈 생각이 들었다. 경찰국 본부 안에서마저 도난을 걱정해야 한다는 사실 때문이 아니라, 경찰국이 점점 더 많은 시간을 책상에 앉아 보내는 조직으로 변해가고 있어서였다. 컴퓨터 자판과 휴대전화가 요즘 수사관의 주요 도구였다. 형사들은 1200달러짜리 의자에 앉아서 일했고, 술이 달린 명품 구두를 신었다. 두꺼운 고무 깔창의 시대, 형식보다 기능을 중시하던 시대는 끝났다. '엉덩이 붙이고 앉아 있지 말고 발로 뛰어라'가 형사들의 모토였던 시대는 영영 가버린 것이다. 형사과 사무실 안을 돌아다니던 보슈는 울적한 기분으로, 이제 정말 경찰 일을 마무리할 때가 되었나 보다고 생각했다.

8시가 되자 보슈는 수사 기록을 모두 서류 가방에 넣어 들고 사무실을 나와 메인 거리를 걸어 니켈 다이너로 향했다. 테이블에 혼자 앉아 플랫 아이언 스테이크와 뉴캐슬 맥주 한 병을 주문했다. 어느새 그는 혼자만의 식사에 다시 익숙해지고 있었다. 올해 초 해나 스톤과의 관계가 끝나 혼자 보내는 저녁 시간이 많아진 터였다. 그는 서류 가방에서 일거리를 꺼내려다가 먹는 중에는 일에도 쉴 시간을 주자 싶어서 그만두었다. 대신 간간이 식당 주인인 모니카와 이야기를 나누며 식사를 했다. 모니카는 베이컨을 올리고 메이플 시럽을 바른 도넛을 서비스로 내와 식탁을 풍성하게 했다. 거한 저녁 식사 덕분에 다시 활력을 찾고 보니, 빈집에 들어가기에는 너무 이르다는 생각이 들었다.

경찰국으로 돌아가던 중 보슈는 블루 웨일 앞에서 걸음을 멈추고 프로그램을 살피며 요샌 누가 연주를 하는지, 이번 달에는 누가 나오는지 확인했다. 기쁘고도 놀랍게도 그레이스 켈리가 4인조 악단과 함께 공연 중이었다. 그레이스는 강력한 사운드를 자랑하는 젊은 색소폰 연주자 겸 가수였다. 보슈는 그녀의 연주 몇 곡을 휴대전화에 저장해 들으며, 가끔은 그녀가 자신이 좋아하는 색소포니스트 중 하나인 저 위대한 프랭크 모건의 계보를 잇는 것 같다는 생각을 하곤 했다. 그러나 그녀의 공연을 직접 본 적은 없었다. 그는 입장료를 내고 들어가 맥주 한 병을 주문한 다음 뒤쪽에 자리를 잡고 서류 가방을 두 발 사이에 내려놓았다.

연주자들의 하모니, 특히 그레이스와 리듬악기가 주거니 받거니 연주하는 부분이 마음에 들었다. 그러나 무엇보다 보슈의 감성을 깊이 자극한 것은 그레이스가 독주로 마무리한 곡이었다. 〈오버 더 레인보우 Somewhere over the Rainbow〉였는데, 그녀는 어떤 인간의 목소리도 낼 수 없는 소리를 색소폰으로 만들어냈다. 애잔하고 슬픈 곡이었지만 희망이 그 밑에 깔려 있음을 느낄 수 있었다. 그 곡을 듣다 보니 아직 기회가 있다는 생각이 들었다. 주어진 시간이 아무리 짧다 해도, 그게 무엇이 되었든 그가 찾고 있는 것을 결국은 찾아낼 수 있을 터였다.

1부가 끝나자 보슈는 바를 나와 경찰국으로 돌아갔다. 두 블록을 걸어가면서 딸에게 문자를 보내 아직도 경찰학교 활동 중인지 물었다. 곧바로 답장이 왔다. 벌써 집에 왔고 이제 자려는 참이라고 했다. 학교 수업과 경찰학교 활동을 연달아 하느라 피곤하다고 했다. 손목시계를 보고서야 보슈는 시간이 훌쩍 지나갔음을 깨달았다. 벌써 11시가 다 되어 가고 있었다. 그는 매디에게 전화를 걸어 자러 들어간다니 아빠는 늦게까지 일하다 가겠다고 말했다.

"아빠 늦게 들어가도 되지?"

"당연하지. 아빠 일해?"

"응, 저녁 먹고 사무실로 돌아가는 중. 검토할 게 있어서."

"술 마신 것 같은데."

"저녁 먹으면서 맥주 한 병 마셨어. 괜찮아. 두 시간만 더 있다 갈게."

"항상 조심해."

"알았어. 오늘 밤엔 청소년 경찰들한테 뭘 시키던?"

"음주운전 단속했어. 우린 구경만 했지 뭐. 근데 어떤 운전자는 술도 한 방울 안 마신 채로 완전히 벌거벗고 있더라. 너무 역겨웠어."

"아이고, 그래서 할리우드가 아니라 할리위어드Hollyweird 경찰서라고들 하잖아. 평생의 상처로 남으면 안 되는데."

"걱정 마. 금방 잊어버릴 거야. 그 사람은 순경들이 담요로 감싸서 입건했어."

"잘했네. 자, 이제 잘 자고 내일 아침 학교 가기 전에 보자."

전화를 끊은 뒤 보슈는 딸이 정말로 경찰이 되고 싶은 건지, 아니면 아빠를 기쁘게 하기 위해 싫은데도 억지로 하려는 것인지 다시금 생각해 보았다. 이 문제에 대해 이노호스 박사와 이야기해 볼 작정이었다. 매디는 매달 한 시간씩 경찰국 소속 정신과 의사인 이노호스 박사에게 상담을 받고 있었다. 어머니가 사망한 후 아버지와 살게 된 매디를 위해 박사는 기꺼이 시간을 내주었다.

사무실은 여전히 비어 있었지만, 주위를 둘러보던 보슈의 눈길이 파트너의 책상에서 멈췄다. 소토의 핸드백이 의자에 놓여 있었다. 보통 그녀는 아침에 출근해서 가방을 의자에 던진 뒤 커피를 사러 나가곤 했다. 필요한 돈만 꺼내고 지갑은 의자에 놓아두었다. 그런데 밤 11시인 지금 거기 그녀의 핸드백이 있었다. 퇴근할 때 잊어버리고 두고 갔나 하는 생각이 먼저 들었지만, 평소 열쇠는 물론이요 퇴근할 땐 권총까지 그 커다란 가죽 핸드백에 넣어서 다니니 아무래도 그건 아닌 것 같았다.

보슈는 제자리에서 한 바퀴 돌며 사무실 안을 둘러보았다. 소토의 모습은 보이지 않았다. 그러나 그때 희미한 커피 향이 코에 스친 듯했다. 사무실 안 어딘가에 소토가 있었다.

보슈는 휴대전화를 꺼내 소토에게 어디냐고 묻는 문자를 보냈다.

집이에요. 이제 자려고요. 왜요?

어찌해야 할지 난감한 상황이었다. 그가 다시 문자를 보냈다.

아니, 그냥.

두 번째 문자를 보낸 직후, 근처 어디에서 작은 문자 알림음이 들린 것 같았다. 보슈에게 오는 문자메시지 대부분은 딸이 보낸 것이고, 딩동거리는 알림음으로 일에 방해를 받고 싶지 않았기 때문에 그는 알림을 늘 진동으로 설정해 두었다. 그러나 소토는 달랐다. 그녀는 휴대전화의 알림음을 켜놓았고, 보슈는 방금 전 자신이 그 소리를 들었다고 확신했다. 그는 다시 문자메시지를 작성했다.

내일 보자.

전송 버튼을 누른 다음 이번에는 꼼짝 않고 서서 귀를 기울였다. 문자를 보낸 것과 거의 동시에 알림음이 다시 들렸다. 소리가 나는 곳으로 고개를 돌리니 사무실 반대편 끝에 자리한 기록 보관실 문이 열려 있는 것이 보였다.

기록 보관실은 미제사건 전담반에서 검토 중인 살인사건 수사 기록들과 증거물 상자들을 보관하는 거대한 창고였다. 공간은 꽤 넓었지만 자료가 너무 많아 전년도부터는 대학 도서관이나 대기업에서 흔히 볼 수 있는 이동식 서가를 설치했다. 바닥에서 천장까지 닿는 서가 밑면에 바퀴가 달려서 좌우 어느 쪽으로든 밀어 벽에 바짝 붙일 수 있었다. 이동식 서가는 한정된 공간에 저장할 수 있는 자료의 양을 크게 늘려주었다. 특정 사건 기록이 필요하면, 해당 기록이 있는 서가의 손잡이를 돌려 열면 되었다. 미제사건 전담반 형사들은 각 조별로 서가 한 줄을 통째로 부여받아 담당 사건 자료들을 보관했다.

보슈는 기록 보관실의 열린 문을 향해 조용히 걸어가 안을 들여다보았다. 커피 향이 더 진해졌다. 소토와 보슈가 공유하는 서가는 닫혀 있었다. 그러나 3미터쯤 더 들어간 곳, 다른 조의 형사들이 쓰는 서가가 열려 있었다.

보슈는 방으로 들어가서 열린 서가를 향해 조용히 걸어갔다. 그 근처에 이르러 잠깐 망설이다가 조금 더 앞으로 나아가 서가들 사이에 만들어진 1미터 정도의 복도를 바라보았다.

아무도 없었다.

어리둥절해진 그는 보관실 구석으로 시선을 돌렸다. 마지막 서가 너머에 공간이 있었고, 거기에 복사기가 있었다. 그곳을 향해 걸어가자 몇 걸음 앞두고 복사기 돌아가는 소리가 들렸다.

그 소리가 보슈에게 좋은 엄폐물이 되어주었다. 그는 재빨리 앞으로 나아가 안쪽을 들여다보았다. 루시아 소토가 보슈에게 등을 돌리고 복사기 앞에 서 있었다. 오른쪽 작업대 위에는 살인사건 수사 기록을 담은 바인더가 고리가 벌어진 채로 펼쳐져 있었다. 곁에 세 권의 바인더가 더 쌓여 있었고, 그 옆에는 근처 24시간 영업 카페인 'LA 카페' 로고가 박힌 커피 한 잔이 김을 모락모락 피워내고 있었다.

보슈는 소토가 살인사건 파일의 모든 기록과 조서를 복사하는 모습을 말없이 지켜보았다. 복사된 서류가 선반에 쌓여갔다.

난감한 상황이었다. 이유는 모르겠지만, 소토는 그들 담당이 아닌 살인사건의 수사 기록을 복사하고 있는 것이 분명했다. 보슈는 열린 서가로 돌아가서 살펴보았다. 미제사건 전담반의 각 조는 특정 연도별로 사건을 배정받았고, 각각 배정된 서가에 붙은 표지 칸에 명함을 꽂아놓았다. 확인해 보니 열려 있는 서가는 휘태커와 듀보스 형사 담당이었다. 그들이 몇 년도 사건들을 맡았는지 바로 기억이 나진 않았지만, 소토가 복사기 앞에 갖다둔 바인더 네 권은 꽤 오래된 것 같아 보였다. 바인더의 파란색 비닐이 갈라지고 색이 바랜 데다, 그 안에 있는 종이들도 누렇게 변해 있었다.

보슈는 벽감을 바라보면서 들어올 때처럼 조용히 나갈까 하다가, 여러 가지 생각이 들어서 잠깐 망설였다. 우선 파일을 복사하는 소토가 너무 어리석다는 생각이었다. 모든 형사는 복사기 사용을 위한 고유 번호를 갖고 있어서 그 번호를 자판에 입력해야만 복사기가 작동했다. 이는 소토가 언제 얼마나 복사를 했는지 흔적이 남는다는 뜻이었다. 두 번째로 든 생각은, 누구나 아는 사실이지만 최근 경찰공무원 채용 기준이 낮아졌다는 사실이었다. 경미한 마약 관련 범죄를 저지르거나 범죄조직에 연루된 전력이 있는 사람들이 채용되는 경우도 없지 않았다. 범죄조직이나 테러조직 조직원들이 경찰 내에 침입했다고 믿는 사람들까지 있는 형편이었다. 소토가 경찰국 외부의 누군가를 위해 일하고 있는 것은 아닐까, 낮에는 미제사건 전담반 형사로, 밤에는 수사 정보 수집원으로 이중생활을 하는 것은 아닐까 하는 의심이 보슈의 머리를 스쳤다.

터무니없는 상상이겠지만, 어쨌든 소토가 문자메시지로 거짓말을 한 것은 사실이었다. 보슈에게 숨기려 하는 것이 대체 무엇일까?

이제껏 보슈가 어떤 문제에 부딪쳤을 때 조용히 뒤로 물러선 적은 단 한 번도 없었다. 문득 그는 어떻게 할지 마음을 먹고 벽감으로 돌아갔다. 소토는 두툼한 사본 뭉치를 복사기에서 꺼내 들고 있었다. 일에 완전히 몰입해서 보슈가 다가오는 것도 모르고 있었다.

"복사 다 했어?"

소토는 펄쩍 뛸 듯이 놀랐다. 홱 고개를 돌려 보슈를 보더니 터져 나오려는 비명을 가까스로 참았다. 그녀는 잠시 마음을 가라앉힌 뒤 대답했다.

"형사님! 깜짝 놀랐잖아요. 여기서 뭐 하세요?"

"그건 내가 묻고 싶은 말인데, 루시아."

소토는 두 손으로 놀란 가슴을 진정시키는 시늉을 하며 뭐라고 대답해야 할지 생각할 시간을 벌었다.

"옛날 사건을 보고 있는데요."

"그래? 자네한테, 아니 우리한테 배정되지도 않은 사건을 보고 있다고?"

"살인사건 수사에 대해 배울 게 아직 많잖아요. 그래서 지난 수사 기록을 살펴보곤 해요. 가끔은 복사해서 집에 갖고 가서 보기도 하고요. 규정 위반이라는 건 알지만…… 큰 문제는 아니라고 생각했어요. 오늘도 잠이 안 와서 복사 좀 하려고 들어왔고요."

그 내용이나 대답하는 태도에서 거짓임이 너무나 명확히 드러나 듣는 사람이 당혹스러울 정도였다. 보슈는 안쪽의 작업대로 다가가 소토가 복사하고 있던 바인더의 원본을 뒤집어 내용을 훑어보았다. 사건 1차 조서와 요약 내용이 담긴 맨 첫 페이지였다. 무슨 사건인지 금방 알 수 있었다.

"그러니까, 아무거나 꺼내서 읽어본다는 거야?"

"네, 그런 셈이죠."

다른 바인더 세 권의 책등을 본 보슈는 바인더 네 권 모두 같은 사건의 수사 기록이라는 사실을 알아차렸다. 1993년에 발생한 보니 브레이 아파트 화재사건이었다. 웨스트레이크 지역의 아파트에서 발생한 화재로 총 아홉 명이 목숨을 잃었다. 피해자 대다수가 어린이였다. 피해자들은 저소득층 아파트의 지하에 자리한 무허가 어린이집에 있다가 화염과 연기에 갇혀 고립되었다. 좁은 공간에 몰려 있던 어린이 중 절반이 연기 흡입으로 질식사했다. 화재는 방화로 밝혀져 소방서 방화 전문가들과 LA 경찰국 수사관들로 구성된 합동수사반까지 가동되었지만, 용의자 한 명 특정하지 못한 채 미제로 남았다.

보슈는 소토가 복사한 원본 낱장들을 고리에 끼운 뒤 바인더 네 권을 차곡차곡 쌓아서 안아 들었다. 그러고는 돌아서서 소토 옆을 지나갔다.

"커피 들고 와." 그가 말했다.

보슈는 바인더를 칸막이 자리로 가지고 와서 자기 책상에 내려놓았다. 소토에게는 그녀의 책상을 가리키며 앉으라고 말했다. 소토는 핸드백을 치운 뒤 의자에 앉았다.

보슈는 그대로 선 채 소토의 등에 대고 말했다. 소토는 자신의 죄상을 듣는 용의자처럼 고개를 숙인 채 눈을 내리깔고 있었다.

"이 이야기는 지금 딱 한 번만 할 거니까 잘 들어." 보슈가 말했다. "자네가 또 나에게 거짓말을 하고 내가 그걸 알게 되면, 우리의 파트너 관계는 그걸로 끝이야. 그리고 자네가 무공훈장을 받았든 말든 경찰관 생활도 끝나게 내가 만들 거고."

보슈는 걸음을 멈추고 소토의 목덜미를 바라보았다. 소토도 그 눈길을 느낄 수 있을 것이었다. 그녀가 고개를 끄덕였다.

"보니 브레이 화재." 보슈가 말했다. "내가 수사를 하진 않았지만, 당시 여기 있었기 때문에 기억하고 있어. 아홉 명이 죽었고, 미제로 남았지. 당시엔 피코-유니언에서 활동하던 라 라사라는 갱단이 불을 냈다는 소문이 돌았어. 아파트 관리소장이 그 건물에서 마약 거래 하는 걸 막았다는 이유로 말이야. 내가 아는 건 그게 다야. 말했듯이, 내 담당은 아니었거든. 하지만 큰 사건이었고 소문이 무성했지."

보슈는 걸음을 멈추고, 소토의 의자 등받이를 잡아 돌려 그녀와 마주 보았다.

"자넨 13번가 총잡이들 두 명을 쓰러뜨리고 영웅이 되어 여기에 왔어. 그런데 우연인지 뭔지, 13번가와 피코-유니언의 라 라사는 예전부터 철천지원수잖아."

보슈가 자신의 관자놀이를 가리키며 총을 쏘는 시늉을 했다.

"지금 자네가 보니 브레이 사건 자료 복사하는 걸 보고 있자니 그런 생각이 들더라고. 어, 이 친구 웨스트레이크에서 태어나 밸리 지역으로 이사 갔다고 했잖아. 도대체 누굴 위해 자료를 뽑는 거지?"

"그런 거 아니에요. 전……"

"내 말부터 다 듣고, 할 말 있으면 이따 해."

보슈는 소토에게서 고개를 돌려 자기 책상에 쌓여 있는 바인더를 내려다보았다. 갑자기 화가 치밀었다. 그가 다시 소토를 돌아보았다.

"다들 알다시피, 최근 경찰국이 경계심 없이 직원들을 무분별하게 늘리면서 의심스러운 친구들도 많이 받아들였어. 딴 데서 이상한 짓을 하고 돌아다니다가 여기 와서 경찰 일을 하는 애들도 많지. 하지만 분명히 말하는데, 나는 그 꼴 못 봐. 내가 코밑에 똥을 갖다 대는데 냄새도 못 맡는 늙어빠진 멍청이라고 생각하나? 처음부터 자넨 뭔가 좀 이상했어. 경찰이 되고 싶지 않잖아. 다른 무언가를 원하는 거지."

"아니에요. 그런 거 아니라고요."

소토는 일어서려 했지만 보슈가 한 손으로 그녀의 어깨를 눌러 앉혔다.

"아니, 내 말이 맞아. 그러니까 거기 앉아서 자네가 뭘 하고 있었는지, 왜 하고 있었는지 얘기해 봐. 안 그러면 해가 뜨고 다른 형사들이 출근해서 우리더러 뭐 하는 거냐고 물을 때까지 계속 여기 있어야 할 거야."

소토의 오른손이 그녀의 상반신을 가로지르자 보슈는 긴장했다. 그러나 그 손은 왼쪽 손목으로 갔다. 소토는 소맷동의 단추를 풀더니 소매를 거칠게 걷어 올렸다. 그러고는 팔을 돌려 팔뚝 안쪽에 새긴 문신을 보여주었다. 묘비에 다섯 개의 이름이 새겨진 애도의 문신이었다. 호세, 엘사, 마를레나, 후아니토, 카를로스.

"불이 났을 때 저도 그 지하실에 있었어요." 소토가 말했다. "이 아이들은 제 친구들이었고요. 그때 죽은."

보슈는 천천히 자기 책상으로 걸어가 의자를 끌어내 앉았다. 바인더를 잠깐 쳐다보다가 다시 파트너를 돌아보았다.

"사건을 해결하고 싶은 모양이구먼." 보슈가 말했다. "혼자서."

소토는 고개를 끄덕이고 소매를 내렸다.

10

다음 날 아침, 보슈와 소토는 형사과 사무실에서 만나 출결 상황판에 출근 체크를 한 뒤 곧장 사무실을 나와서 보슈의 차에 올라 과학수사 연구소로 향했다. 보슈가 전날 CCTV 판독을 맡겼던 영상 분석가에게서 연락이 온 터였다. 영상 분석가 베일리 코플런드는 처음에는 동영상 세 개를 분석하는 데 적어도 이틀은 필요하다고, 그것도 언론의 주목을 받는 중대 사건이라 일정을 최대한 앞당긴 거라고 했었다. 그러나 그날 아침 보슈가 101번 도로를 달리고 있을 때 전화가 걸려 왔다. 뭔가를 발견했는데 지금 당장 보러 오는 게 좋겠다고 했다.

과학수사 연구소로 가는 동안, 전날 밤 보슈가 소토의 비밀 수사에 대해 알게 된 것과 관련해서는 두 사람 모두 말을 아꼈다. 보슈는 소토의 동기를 즉시 이해했다. 그도 과거에 혼자서 사건을 해결하겠다고 나선 적이 있었다. 그래서 소토에게 자신도 돕겠다고, 하지만 수사는 정당한 방식으로 이루어져야 한다고 말했다. 은퇴와 동시에 연금을 일시불로 수령하기까지 1년도 채 남지 않은 지금, 경찰국이 연금 지급을 피하기 위해 어떤 위반 사항이라도 이용해 그를 해고하지 않으리라 확신할 수 없는 형편이었다. 그는 소토에게 보니 브레이 사건을 공식적으로 이관받을 계획을 마련한다면 수사를 돕겠다고 했다. 그러나 배정되지 않은 사건을 수사하는 건, 그에게는 물론이고 그녀에게도 위험한 행동이라고 경고했다.

영상 분석반은 과학수사 연구소 3층에 있었다. 벽에는 멀티스크린이, 실험 테이블에는 음향 영상 기기가 설치된 비디오 부스 안에서 코플런드가 그들을 기다리고 있었다. 부스는 좁고 조명이 어두웠다. 코플런드는 보슈와 소토를 위해 의자 두 개를 갖다 놓았다.

"일찍 와주셔서 감사합니다." 코플런드가 말했다. "찾아낸 걸 보여드리고 퇴근하려고요."

"이것 때문에 밤새운 거야?" 보슈가 물었다.

"네. 흥분이 돼서 두고 갈 수가 있어야죠."

"그랬군. 고마워. 그래, 뭘 발견했는데?"

실험 테이블은 꽤 높은 편이었고 코플런드는 키가 작은 여자였다. 그녀가 계속 서서 설명했지만, 뒤에 앉아 있던 보슈와 소토도 어렵지 않게 스크린을 볼 수 있었다.

"먼저 끝까지 쭉 한번 보고 나서 돌아오도록 하죠. 우선 이 세 개의 동영상에 삼각측량법을 적용해서 시간을 맞췄어요. 셋 중 적어도 하나의 영상에서 시간 카운터가 꺼져 있을 경우, 모든 동영상에 공통으로 나타나는 한 가지 사물을 토대로 시간을 측정해 맞추는 방식이죠."

코플런드가 키보드의 단추를 누르자 그들 앞에 화면 세 개가 켜졌다. 각각 저마다의 각도에서 마리아치 광장이나 그 앞의 거리들을 보여주는 영상이었다. 그녀가 곧 다른 버튼을 누르자 화면이 정지되었다. 코플런드는 악기 상점에서 찍은 동영상이 나오는 중앙의 화면을 가리켰다.

"여기 악기 상점 앞을 지나가는 포드 타우루스 보이시죠. 저 차가 동영상마다 나와요."

코플런드가 각각의 동영상에 나온 포드 타우루스를 가리켜 보였다. 보슈는 동영상의 화질이 전날 자신이 봤을 때보다 훨씬 나아진 걸 알 수 있었다. 코플런드가 미세 조정을 통해 더 선명하게 만든 것이었다.

"저 차의 움직임을 토대로 세 동영상의 시간을 똑같이 맞춰서 동시에 재생하는 거예요. 보시죠."

코플런드가 자판을 누르자 동영상이 다시 재생되었다. 세 화면이 옆으로 나란히 놓여 한눈에 보기가 어렵지 않았다. 코플런드가 총격이 일어나기 1분 전쯤 그곳을 지나간 포드를 삼각측량법의 기준으로 삼았기 때문에, 그들은 기대감에 차서 곧 메르세드가 테이블 뒤로 넘어져 바닥으로 떨어지고 동료들이 허둥지둥 도망가기 시작하는 모습이 나타나기를 기다렸다.

"자, 지금부터는 느린 화면으로 볼게요." 코플런드가 말했다. "뭐가 보이는지 말씀해 주세요."

코플런드가 영상을 재생했다. 보슈는 메르세드가 테이블에 앉아 있는 모습이 나타난 중앙의 화면을 주로 보았다. 그것이 가장 선명한 데다 피해자의 모습을 보여주는 유일한 동영상이기 때문이었다. 곧 일어날 일을 알고 있는 상태에서 느리게 재생되는 화면을 지켜보고 있자니 기분이 묘했다. 동영상을 처음 보는 소토는 몸을 앞으로 숙인 채 집중하고 있었다.

메르세드가 총에 맞는 시점에, 보슈는 세 화면을 동시에 살폈다. 그러나 총격이 발생한 순간 그의 주의를 끄는 것은 아무것도 없었다.

코플런드가 화면을 정지시켰다.

"보셨어요?" 그녀가 물었다.

"뭘 봤냐는 거야?" 보슈가 되물었다.

코플런드가 미소를 지었다.

"자리를 한번 바꿔볼까요."

코플런드가 명령어를 입력하자 세 영상의 자리가 바뀌었다. 이제 포키토 페드로스 식당의 주차장 카메라에 찍힌 장면이 중앙에 나타났다.

"자, 다시 보세요."

코플런드가 동영상을 느리게 다시 재생했고, 보슈는 중앙에 있는 화면을 집중해서 보았다. 전날 노트북으로 봤을 때보다 화질이 선명해지긴 했지만, 바로 앞의 거리와 두 블록 떨어진 곳에 있는 마리아치 광장의 일부는 여전히 흐릿했다.

"저기." 소토가 말했다. "봤어요."

"뭘?" 보슈가 물었다.

"창문요."

소토가 보일 호텔 2층의 어느 창문을 가리켰다. 어두운 방이었다.

"눈썰미가 있네요." 코플런드가 말했다. "다시 한 번 보시죠."

코플런드가 동영상을 재생했고, 보슈는 파트너가 가리킨 창문만을 뚫어지게 쳐다보았다. 잠깐 기다리니 총격 순간 어둠 속에서 작은 섬광이 번쩍하는 것이 보였다. 코플런드가 재생을 멈췄다.

"저거?" 보슈가 물었다.

"네, 저거요." 코플런드가 말했다. "CCTV는 대개 저장 용량이 부족해서 저속으로 촬영되요. 게다가 10년 전 것이라면 더더욱 그렇겠죠. 이 카메라는 프레임 속도가 초당 열 개예요."

“그러니까 저 작은 빛의 점이 총구에서 나온 섬광이란 말이지?”

“네, 맞아요. 카메라가 잡아낸 게 저것밖에 없지만, 이걸로 충분해요. 총알은 바로 저 창문에서 날아왔어요.”

보슈는 정지된 화면을 물끄러미 바라보았다. 이제 탄도 측정은 필요 없었다. 총알은 마리아치 호텔 2층 객실에서 날아왔다.

“저기만 자세히 볼까요.” 코플런드가 말했다.

명령어를 입력하자 중앙 화면의 영상이 확대되었다. 그녀는 창문을 화면 한가운데 놓았고, 그들은 검은 바탕에 찍힌 흰 점을 관찰했다.

“저 호텔 숙박부를 확보해야겠는데요, 보슈 형사님.” 소토가 말했다.

“211호야.” 보슈가 말했다.

“압수수색영장 준비할까요?” 소토가 물었다. “깔끔하게 처리하게?”

보슈가 고개를 끄덕였다.

“더 있어요.” 코플런드가 말했다.

코플런드가 동영상의 위치를 재조정하자 메르세드가 찍힌 영상이 다시 중앙으로 왔다. 그녀는 악단 연주자 한 명에게 원형 테두리를 적용했다. 메르세드가 아니었다. 서 있는 동료 중 한 명이었다. 트럼펫 연주자. 코플런드가 영상을 재생하자 테두리가 적용된 그 사람만 선명하게 나타나고 나머지는 약간 흐릿해졌다.

“저 사람을 잘 보세요.” 코플런드가 말했다.

보슈는 그녀가 시키는 대로, 이번에는 메르세드가 총에 맞는 순간 트럼펫 연주자가 보인 반응에만 집중했다. 트럼펫 연주자는 재빨리 몸을 피해 화면 밖으로 사라졌다.

“그래, 그런데?” 보슈가 말했다. 코플런드가 뭘 보여주고 싶었던 건지 알 수가 없었다. “뭘 보라는 거야?”

"두 가지요." 코플런드가 말했다. "우선 저 사람의 반응을 보세요. 이건 비디오 화질과는 아무 관계가 없어요. 그가 어떤 반응을 보이는지 보시라고요. 다른 사람들도 보시고."

코플런드는 다른 연주자에게로 원형 테두리를 옮긴 뒤 동영상을 다시 틀었다. 메르세드와 함께 피크닉 테이블 위에 앉아 있던 아코디언 연주자였다. 그는 메르세드가 뒤로 자빠지는 것을 보고 웃기 시작했다. 관심을 끌려고 일부러 그랬다고 생각한 모양이었다. 그러나 기타리스트가 테이블 뒤에 몸을 숨기는 것을 보고는 자신도 테이블에서 뛰어내려 최대한 몸을 낮춰 테이블 밑으로 기어들었다.

"이번엔 기타리스트예요." 코플런드가 말했다.

테두리가 테이블 뒤쪽 모퉁이에 서서 기타를 연주하는 남자에게로 옮겨 갔다. 그는 메르세드가 총에 맞자 처음에는 어리둥절해하다가 곧 상황을 파악하고 쭈그려 앉아 기타와 테이블 뒤로 몸을 숨겼다.

"트럼펫 연주자 다시 한 번 보지." 보슈가 말했다.

그들은 조용히 지켜보았다.

"한 번 더." 보슈가 말했다.

다시 지켜보았다.

"좋아." 보슈가 말했다. "그러면 테두리 없이 전체를 다시 볼까."

동영상 재생이 끝났는데도 보슈는 화면을 노려보고 있었다.

"무슨 말인지 아시겠어요?" 코플런드가 물었다. "뛰어간 걸 두고 뭐라고 하는 게 아니에요. 그건 이해할 수 있는 행동이죠."

"총알이 날아오리라는 걸 알고 있었다는 건가요?" 소토가 물었다.

"그건 나도 모르죠." 코플런드가 말했다. "내가 하고 싶은 말은, 그가 어리둥절한 반응을 보이지 않는다는 거예요. 도주 본능만 나타나죠. 메르세드가 총에 맞았다는 걸 곧바로 알아차린 것 같아요. 다른 사람들은 어느 정도 시간이 지난 다음에 알아차렸는데."

보슈는 고개를 끄덕였다. 좋은 지적이었다. 그는 전날 동영상을 여러 번 보면서도 그 사실을 알아차리지 못한 채 넘어갔었다. 메르세드만 주목하고 다른 연주자들에게는 주의를 기울이지 않은 탓이었다.

"누구지, 저 사람?" 보슈가 물었다.

"트럼펫 연주자 말이죠? 이름이…… 오헤다." 소토가 말했다. "앙헬 오헤다였어요. 진술서에 도망쳤다고 쓴 사람요."

"자, 그럼 지금부턴 오헤다 씨의 위치에 대해서 얘기해 보죠." 코플런드가 말했다. "삼각측량법을 이용해 총격사건의 디지털 모델을 만들 수 있었어요. 근데 좀 조잡해요. 품질보다는 속도에 치중하느라."

코플런드는 명령어를 입력해 중앙의 화면만 남겨둔 채 다른 건 전부 없앴다. 그러고는 악기 상점에서 찍힌 총격 사건의 디지털 모델을 열었다. 악단 연주자들은 알파벳이 하나씩 붙은 막대 인간으로 나타났다. 메르세드는 막대 인간 A, 오헤다는 막대 인간 B였다.

"이건 공간의 단계적 변화를 측정해서 우리가 조종할 수 있는 다차원적인 동영상을 창조해 내는 프로그램이에요."

코플런드는 키보드와 마우스로 동영상을 조종했다. 카메라가 악기 상점의 창문 밖으로 나가 피크닉 테이블 주위에 있는 네 명의 연주자를 클로즈업했다. 코플런드가 명령어를 입력하자 총격이 느린 동작으로 일어났고, 총알의 탄도를 가리키는 빨간 선이 화면을 가로질러 날아가 테이블에 앉아 있는 메르세드를 맞혔다.

"좋아요. 이젠 위에서 내려다보는 각도로 다시 볼게요." 코플런드가 말했다.

화면이 바뀌어 이제 그들은 테이블을 내려다보고 있었다. 오버헤드 숏이었다. 코플런드가 시뮬레이션을 실시하자 총알이 다시 빨간 선을 그리며 날아가 메르세드를 맞혔다. 총알이 메르세드의 몸에 닿는 순간, 뒤에 있던 트럼펫 연주자 오헤다가 테이블 뒤로 움직이고 있었다. 메르세드가 없었다면 총알은 틀림없이 오헤다를 향해 날아갔을 것이었다.

"와우!" 소토가 탄성을 질렀다.

코플런드는 시뮬레이션을 두 번 더 했다. 첫 번째는 또 다른 오버헤드 숏으로, 하늘 높이에서 광장 전체는 물론 인근 거리들과 보일 호텔까지 포괄하여 찍은 장면이었다. 이 시뮬레이션에서는 총알의 탄도를 가리키는 빨간 선이 호텔에서 시작되어 화면을 가로질러 피크닉 테이블로 날아갔고, 총알이 오헤다를 맞히기 전에 메르세드가 이를 막아 세웠다는 사실을 다시금 설득력 있게 보여주었다.

마지막 시뮬레이션은 호텔에서 피크닉 테이블까지의 광경을 지상 각도에서 보여주었다. 코플런드는 총알이 메르세드를 맞히는 순간 프로그램을 정지시켰다. 이어 다시 작동시켰고, 다시 멈췄다가 한 번 더 작동시킨 다음 시뮬레이션을 끝냈다.

"탄도와 표적에 관해서는 총기 분석반 사람들하고 얘기해 보셔야 할 거예요." 코플런드가 말했다. "어쨌든 총격범이 조준경으로 인물 B를 추적하고 있었다면, 인물 A, 그러니까 피해자가 사선射線에 있다는 사실을 알아차리기 전에 발사했을 가능성이 있어요."

보슈가 고개를 끄덕였다.

"터널 비전(터널 속으로 들어간 것처럼 시야가 극도로 좁아지는 현상), 그러니까 조준경 시각장애를 가진 사람들이 있지. 표적만 보이는 거야."

보슈는 자리에서 일어섰다. 흥분이 되어 앉아 있을 수가 없었다.

"트럼펫 연주자를 찾아야겠어." 그가 말했다.

코플런드는 작업대 한쪽에 놓아두었던 DVD 케이스를 집어 소토에게 건넸다.

"시뮬레이션 동영상 사본이에요. 도움이 되길 바라요. 법원에서 필요하다면 그땐 좀 더 신경 써서 만들게요."

소토는 고개를 끄덕이며 디스크를 받았다.

"네, 고맙습니다."

"베일리, 집에 가서 푹 자." 보슈가 말했다. "그럴 자격 충분하니까."

11

보슈와 소토는 서둘러 경찰국으로 돌아가 업무를 분담했다. 보슈는 보일 호텔 숙박 기록에 대한 압수수색영장 신청서를 작성한 뒤 형사법원으로 가져가 판사의 서명을 받아 오기로 했다. 소토는 로스 레예스 할리스코 악단 생존 단원 세 명의 행방을 추적하는 일을 맡았는데, 트럼펫 연주자인 앙헬 오헤다의 행적을 우선적으로 수소문할 계획이었다.

소토가 업무 시작에 앞서 커피를 사러 간 사이, 보슈는 반장실로 가서 문을 두드렸다. 크라우더 경감에게 수사 진척 상황을 보고하기 위해서였다. 상관에게 수사 상황을 자세히 알리는 것은 보슈로서는 이례적인 일이었지만, 크라우더 반장이 부하인 새뮤얼스 경위에게 휘둘려 메르세드 사건을 미제사건 전담반에서 강력계로 이첩하게 내버려두고 싶진 않았다. 수사에 진전이 있다는 사실을 알면 크라우더도 굳이 사건을 이첩하려 하지는 않을 것이었다. 어쨌든 보슈와 소토가 사건을 해결하면, 그들의 상관인 크라우더도 피의자 체포에 따라오는 모든 영예와 영광을 안게 될 테니까.

불행히도 크라우더 반장은 보슈의 보고를 같이 듣자며 새뮤얼스 경위를 전화로 호출했다. 보슈로서는 사건 이첩을 강력히 주장하는 경위를 굳이 끼워주고 싶지 않았었다.

보슈는 두 상관에게 영상 분석반에서 가져온 주요한 정보에 대해 간략히 설명했다. 이제 총알이 어디서 날아왔는지 알게 되었고, 사건 당일 마리아치 호텔의 그 방을 빌린 투숙객이 누군지 알아내려고 조사 중이라고. 하지만 베일리 코플런드가 만든 시뮬레이션 동영상에 관해서는 말하지 않았다. 메르세드를 맞힌 총알이 어쩌면 트럼펫 연주자인 앙헬 오헤다를 맞히려던 것일지 모른다는 얘기도 꺼내지 않았다. 크라우더와 새뮤얼스에게 보고하기 전에 그 문제에 대해 더 조사하고 싶었다. 그는 소토가 악단의 생존 단원 세 명을 재조사하기 위해 소재 파악에 나섰다고만 알렸다.

"수고했어요, 보슈 형사님." 크라우더가 말했다. "진전이 꽤 있었네. 계속 수고해 줘요."

"알았어, 반장."

"제보 전화 받는 건 오늘부터 홀컴이 전담합니다." 새뮤얼스가 말했다. "퀼스는 재판이 있어서."

세라 홀컴과 에디 퀼스는 미제사건 전담반의 한 팀이었다. 퀼스가 베테랑 형사고 홀컴은 새로 발령된 젊은 형사인데, 그들이 맡은 사건은 현재 재판 중이라 고참 형사인 퀼스가 법정에 출석해 검사를 돕고 증언을 해야 했다. 홀컴도 방청은 할 수 있었지만 할 일이 별로 없을 터였다. 홀컴을 방청객으로 자리나 채우게 하느니 사무실로 불러들여 메르세드 사건에 걸린 현상금 때문에 쇄도하는 제보를 처리하게 하겠다는 게 새뮤얼스의 판단이었다. 평소의 보슈라면 좀 더 경험 있는 형사가 제보 전화를 확인하길 바랐겠지만, 이번에는 신참이 담당하는 게 자신이 계획 중인 일을 실행하는 데 유리할 것 같았다.

자리로 돌아와보니 1층 자판기에서 뽑은 커피가 책상에 놓여 있었다. 딱히 훌륭한 커피는 아니지만 커피가 낼 수 있는 소기의 효과는 늘 얻을 수 있기에 보슈는 소토에게 감사 인사를 전했다.

"다음엔 내가 살게." 보슈가 말했다. 소토는 벌써 컴퓨터로 작업을 시작한 참이었다.

"안 그러셔도 돼요." 소토가 모니터에서 고개도 돌리지 않은 채 말했다. "제가 형사님께 배우는 게 얼마나 많은데요."

보슈는 노트북을 켜고 압수수색영장 신청서를 작성하기 시작했다. 처음 몇 페이지는 견본을 참고하여 수색 장소와 찾는 물건을 적는 칸을 채우기만 하면 되었다. 어려운 부분은 보일 호텔의 과거 기록이 있는 곳을 특정하는 것이었다. 개조 공사는 한 기관에서 진행했고, 보슈가 찾는 자료들은 다른 기관으로 넘어갔다. 역사협회가 자료들을 어딘가에 보관 중일 터였다. 한편 수색하고자 하는 자료의 위치 말고도 중요한 게 있었다. 수색의 이유를 요약해서 적어야 하는데, 그것은 견본을 참고할 수 없었다. 보슈는 지금은 사라지고 없는 호텔의 옛 기록을 일시적으로 압수할 권한을 달라고 판사를 설득해야 했다. 그 기록이 사건과 어떤 관련이 있는지를 보여줄 필요가 있었다.

그는 오전 시간을 거의 다 쏟아붓고 나서야 압수수색영장 신청서 작성을 끝냈다. 점심시간 직전에 신청서를 인쇄해서 소토에게 한번 읽어보라고 건네주었다. 그가 '파트너십'을 주입하고 형사의 일상 업무를 가르치는 한 방법이었다. 수색영장은 수사관의 가장 유용한 도구 중 하나이니까. 소토가 검토를 끝내자, 보슈는 도보로 법원에 다녀올 동안 악단

단원들의 소재 추적을 계속하라고 일렀다. 소토는 로스 레예스 할리스코 단원 두 명의 소재를 벌써 파악했는데, 둘 다 이 도시에 살고 있더라고 말했다. 그러나 가장 찾고 싶은 앙헬 오헤다는 찾기가 힘들었다. 오헤다는 총격사건 직후에 악단을 탈퇴했고, 심지어 로스앤젤레스를 떠난 것 같았다. 법 집행기관의 데이터베이스에 그에 관한 내용은 전혀 없었고, 이민귀화국 데이터베이스에는 오헤다가 3년 전 영주권을 갱신하지 않은 것으로 나왔다.

"다른 두 명이 알고 있겠지, 그 친구가 어디 사는지." 보슈가 의견을 내놓았다.

"저도 그렇게 생각해요. 아니면 그의 행방을 알고 있는 누군가를 소개해 줄 수도 있겠고요. 오늘 오후에 이 일 하실 시간 있어요?"

"응, 그럼. 속도가 붙었을 때 몰아붙여야 돼. 수색영장은 가는 길에 역사협회에 던져주면 되고."

"좋아요."

지금 보슈가 가는 곳은 클라라 쇼트리지 폴츠 사법 센터였지만, 그 명칭을 사용하는 사람은 아무도 없었다. 명칭이 너무 길고 어려워서 다들 형사들이 즐겨 부르는 쉬운 이름을 썼다. 경찰과 변호사 대다수는 그곳을 형사 법정 건물Criminal Courts Building의 머리글자를 따 'CCB'라고 부르거나, 법원 주소인 웨스트템플 거리 2-10을 줄여 간단히 '2-10'으로 불렀다. 경찰국에서 완만한 오르막길을 한 블록만 올라가면 되는 데다 차를 몰고 가도 주차 공간을 찾는 게 그보다 훨씬 오래 걸렸기 때문에, 보슈는 걸어서 다녀오기로 했다.

보슈는 운이 좋았다. 대기 중인 영장 전담 판사가 검사 시절부터 보슈와 알고 지낸 법조인인 셔마 바틀렛이었다. 그들은 업무 관계로 만나긴 했지만 친구처럼 편안한 사이를 유지해 오고 있었다. 보슈가 영장을 갖고 와 있다고 비서를 통해 알리자 판사는 즉시 그를 불러들였다. 보통은 신청서만 판사실로 가고, 심사하는 동안 형사들은 빈 법정에서 기다리곤 했다.

"해리, 아직도 일선에서 뛰고 있다니 믿을 수가 없네요." 보슈가 들어서자 바틀렛 판사가 말했다.

그녀는 일어나 책상을 돌아와서 보슈와 악수를 나누었다.

"기를 쓰고 뛰는 중이죠." 보슈가 말했다. "DROP 계약이 1년 정도 남았는데, 끝까지 뛸 수나 있을지 모르겠어요."

"당신이? 나가라고 질질 끌어내도 안 나갈 것 같은데. 앉으세요."

바틀렛 판사는 책상 뒤로 돌아가면서 책상 앞에 놓인 의자를 가리켰다. 평소에는 더없이 상냥하고 원만한 여성이라 법정에서 지극히 엄격한 모습을 보여줄 때면 적응이 안 될 정도였다. 검사 시절에는 '회계사'라는 별명으로 불렸는데, 금융 관련 범죄가 전문 분야였을 뿐 아니라 형법 조항에서부터 전화번호, 피고인에게 구형한 형량에 이르기까지 숫자로 된 모든 것에 대해 놀라운 기억력을 갖고 있었다. 보슈는 90년대에 금전적인 이득을 노린 살인사건 두 건에서 그녀와 함께 일한 적이 있었다. 바틀렛이 엄격한 공사장 감독처럼 굴어도 보슈로서는 불평할 수가 없었다. 그들은 두 번 다 1급 평결을 받아냈다. 보슈는 압수수색영장 신청서를 책상 너머로 판사에게 건넸다.

"뭘 갖고 온 거예요?" 바틀렛이 영장 신청서를 들춰서 개요가 적힌 페이지를 펼치며 물었다. "기록에 대한 압수수색영장이네."

"맞아요." 보슈가 말했다. "호텔 숙박부에서 이름 하나 찾으려고요."

"역사협회라……."

보슈는 대꾸하지 않았다. 판사가 신청서를 읽으며 중얼거린 말이라는 걸 알아서였다. 그는 기다렸다.

"메르세드 사건 기억나요. 검찰을 나왔을 때지만 이 건은 기억이 나네요. 그 사람이 죽었군요."

"그래요. 신문에 났는데."

"여기 일에다가 남편과 애들까지 있어서 신문 읽을 시간이 거의 없어요. 당최 세상이 어떻게 돌아가는지 모르죠."

판사의 시선이 수색영장 신청서를 향해 있었지만, 보슈는 고개를 끄덕였다.

그녀가 책상에 있는 작은 판사 봉을 집어 들었다. 보슈는 그것이 판사봉 모양의 펜이라는 것을 곧 깨달았다. 판사는 맨 앞 페이지에 있는 판사 서명란에 서명한 다음, 웃으면서 신청서를 보슈에게 돌려주었다.

"도움이 되길 바라요, 형사님."

"나도 그러길 바랍니다. 고맙습니다, 판사님."

보슈는 일어나 문을 향해 돌아섰다.

"은퇴일이 언제죠?" 판사가 그의 등에 대고 물었다.

보슈가 바틀렛 판사를 돌아보았다.

"내년 말일걸요, 아마."

"아마?" 판사가 되물었다.

보슈는 어깨를 으쓱였다.

"사람 일은 모르는 거니까."

"끝까지 잘해낼 거예요, 해리." 판사가 말했다. "은퇴 기념 파티에 제리와 나도 초대해 줄 거죠?"

남편 이름이 제리인 모양이었다. 보슈는 싱긋 웃었다.

"초대 손님 명단에 올려둘게요."

법원을 나온 보슈는 푸에블로를 거쳐 알라메다 거리로 갔다. 그는 먼저 프렌치 딥 샌드위치를 사 먹기 위해 필립스부터 들렀다. 필립스에서 음식을 사는 방법은 100년 전이나 지금이나 늘 똑같았다. 카운터를 사이에 두고 고기를 써는 직원들 앞에 줄을 선 채 자기 차례가 오기를 기다리는 것. 빨리 주문하고 싶다면 가장 빨리 움직이는 줄을 고르면 된다. 손님과 잡담을 즐기는 직원은 아무래도 느렸다. 보슈는 진지하게 일만 하는 듯 보이는 여직원 앞에 늘어선 줄을 골랐고, 그의 선택은 옳았다. 줄이 착착 짧아져, 곧 그는 샌드위치와 감자 샐러드와 콜라를 들고 공동 테이블로 갈 수 있었다.

언제나처럼 샌드위치 맛이 환상이라 다시 줄을 서서 하나 더 살까 하는 유혹을 느꼈지만, 보슈는 배를 더 채우지 않기로 했다. 그가 필립스를 선택한 것은 프렌치 딥 말고 다른 이유도 있었다. 그 식당은 거리를 가로질러 유니언역 맞은편에 자리하고 있었다. 식사를 마친 보슈는 식당에서 나와 알라메다 거리를 건너 기차역의 거대한 대합실로 들어갔다. 입구 옆에 구식 공중전화 부스가 길게 늘어서 있었다. 보슈는 부스로 들어가, 목소리를 줄이기 위해 넥타이로 송화구를 감쌌다.

12

보슈가 경찰국 사무실로 돌아갔을 때 소토는 준비를 마친 채 기다리고 있었다. 그녀가 찾아낸 로스 레예스 할리스코 악단 단원들은 둘 다 노스할리우드에, 그것도 겨우 두세 블록 떨어진 곳에 살고 있었는데, 이는 그들이 연주자로, 그리고 친구로 아직도 교류하고 있을 가능성이 크다는 뜻이었다. 그들을 만나 사건에 관해 새로이 드는 생각이나 기억나는 것이 있는지 알아볼 필요가 있었다. 어쩌면 아직도 행방이 오리무중인 앙헬 오헤다에 관한 정보를 갖고 있을 수도 있었다.

"역사협회에 영장 던져놓고 밸리로 가면 돼요." 소토가 말했다. "차 막히기 전에 빨리 출발하시죠."

"차는 언제나 막혀." 보슈가 말했다.

먼저 조사할 사람은 악단의 기타리스트 에스테반 에르난데스였다. 그는 노스랭커심에 있는 대규모 아파트 단지에 살았는데, 단지 중앙에는 주민들이 모여 시간을 보낼 수 있도록 연못을 메워 만든 작은 마당이 마련되어 있었다. 보슈와 소토가 밖으로 노출된 복도를 걸어 3-K호 쪽으로 가는 동안, 연못을 덮은 콘크리트 바닥에 모여 있던 사람들이 그들을 올려다보며 자유롭게 이야기를 나누는 소리가 들려왔다. 보슈는 '폴리시아(경찰)', '에로이나(영웅)', '라 티라도라(총잡이, 사수)'라는 단어들을 듣고, 그들이 소토를 알아본 모양이라 짐작했다.

3-K호 앞에 다다르자 보슈가 문을 쾅쾅 두드린 후 기다렸다.

"저 밑에 있는 사람들이 자넬 알아본 것 같아." 보슈가 말했다. "말하는 거 들었어."

"TV에서 봤나 보네요." 소토가 말했다.

"신경 안 쓰여? 13번가 쪽에서 자네한테 현상금을 걸지 않았을까?"

"걸었겠죠, 아마도. 하지만 그때 교훈을 얻었을 거예요."

"무슨 교훈?"

소토가 대답하기 전에 아파트 문이 열리더니 악기 상점 CCTV 영상에서 보았던 덩치 큰 남자가 그들 앞에 나타났다. 넓은 어깨에 비쩍 마른 엉덩이, 불룩한 배를 하고 두꺼운 빗자루 같은 콧수염을 기른 모습이었다.

"에르난데스 씨?" 보슈가 말했다. "LA 경찰입니다."

보슈는 경찰 배지를 들었다가 금방 내린 뒤 소토를 소개했다. 소토가 에르난데스에게 스페인어로 인사하자 에르난데스도 스페인어로 대답했다. 그들은 작지만 깔끔한 원룸형 아파트로 들어갔다. 에르난데스는 벽에 베개 몇 개를 기대어 소파처럼 만들어놓은 야전침대에 앉았다. 보슈는 문 옆에 선 채 조사를 주도할 소토를 중앙으로 들였다. 소토가 에르난데스 앞에 자리를 잡고 섰다.

보슈는 소토가 하는 말을 거의 다 알아들을 수 있었다. 소토는 먼저 메르세드 피격사건이 이제 살인사건으로 전환되었고, 자신과 보슈가 수사를 맡았다고 설명했다. 그러고는 그 사건에 관해서 새로 떠오르는 것이나 10년이 지난 지금 덧붙일 얘기가 있는지 물었다. 에르난데스의 대답은 보슈가 이해하기 힘들었다. 걸걸하게 쉰 목소리인 데다, 그들이 오기 전에 술을 마시고 있었는지 혀가 꼬여 웅얼거리기도 했다. 그러나 수사 기록에 포함된 진술서에 이미 기록되어 있는 것 외에 덧붙일 내용은 없다고 대답하는 것이 분명했다.

이어 소토는 생존한 다른 두 단원, 앙헬 오헤다와 알베르토 카브랄의 소재를 아는지 물었다. 소토가 카브랄의 소재를 이미 파악했음에도 그에 대해 물어본 것이 보슈의 마음에 들었다. 이는 노련한 형사가 참고인의 진실성을 확인하기 위해 사용하는 수법이었다. 소토에게 그 수법을 따로 전수할 필요가 없겠다는 생각에 그는 흡족했다.

에르난데스는 오헤다에 관해서는 고개를 가로저었지만, 카브랄이 어디 사는지는 안다며 엄지손가락으로 어깨 너머를 가리키고 주소를 얘기했다. 소토는 몇 가지 일반적인 질문을 더 던진 뒤 조사가 끝날 즈음 사건 당일에 오헤다가 왜 도망친 것 같으냐고 물었다. 에르난데스는 어리둥절한 표정이었다.

"케(뭐라고요)?"

소토는 피격 장면이 찍힌 영상이 있는데 메르세드가 총에 맞자마자 오헤다는 이미 무슨 일인지 알고 있었던 것처럼 도망쳤다고 설명하면서 질문을 다시 했다.

에르난데스는 메르세드가 총에 맞았다는 것을 깨닫고 자기 한 몸 숨기느라 정신이 없었기 때문에 오헤다의 행동이 어땠는지 몰랐다고 대답했다. 소토는 이에 수긍한 듯 질문의 방향을 틀어, 총격사건 당시 오헤다에게 원한을 품은 사람이 있었는지, 오헤다가 어떤 곤란을 겪고 있지는 않았는지 물었다.

에르난데스는 별 도움이 되지 못했다. 오헤다에 대해 정말로 잘 모르거나, 혹은 모르는 시늉을 하는 것 같았다. 그의 말에 따르면 오헤다는 총격사건이 터지기 9개월 전에 악단에 합류했고, 사건 직후에 악단을 떠났다. 그 후 에르난데스와 카브랄은 다른 연주자 두 명을 영입해 로스 레예스 할리스코 악단의 명맥을 이어오고 있었다.

오헤다가 어디 출신이고 어떻게 악단에 합류하게 되었냐는 질문에 에르난데스는 어깨를 으쓱였다. 치와와 출신이란 얘기는 들었지만, 그가 악단에 합류하게 된 구체적인 정황은 기억나지 않는다고 했다. 카브랄이 마리아치 광장에서 오헤다를 만났고, 트럼펫 연주자를 추가하면 더 괜찮은 일감이 들어오리라 생각해서 악단에 합류시킨 것으로 안다고 말했다. 하지만 이야기를 하다 보니 더 많은 것이 떠오르는 모양이었다. 그는 오헤다가 굉장히 잘생겼고 그것도 그를 악단에 영입한 이유 중 하나라고 덧붙였다. 오헤다가 일종의 팬을 거느리고 있어서, 일을 잡을 때 외모 덕을 볼 수 있겠다고 판단했다는 것이다. 광장에서는 어떤 비교우위라도 있는 게 좋았다.

소토가 에르난데스에게 감사를 표했고, 보슈는 목례를 했다. 그런 다음 두 사람은 랭커심 북쪽으로 두세 블록을 더 달려가 카브랄이 사는 아파트 단지로 향했다. 에르난데스가 사는 곳과 흡사한 곳이었다. 카브랄은 집에도, 단지 중앙의 마당에도 없었다. 한 무리의 남자들이 마당의 그릴 주위에 둘러앉아 식사를 준비하고 있었다. 소토가 카브랄의 행방에 대해 물었지만 남자들은 고개를 가로저었다. 그들은 아무 도움이 되지 못했다.

보슈와 소토는 시내와 경찰국에서 북쪽으로 꽤 멀리까지 온 김에 한동안 차에 앉아 카브랄이 나타나는지 기다려보기로 했다. 카브랄이 나타났을 때 놓치지 않기 위해 보슈는 아파트 단지 정문 옆 빨간색 선으로 표시된 주차 금지 구역에 차를 댔다.

"이제 어떻게 하는 게 좋을까요?" 주차를 마치자 소토가 물었다.

"아깐 정말 잘했어." 보슈가 말했다.

"감사합니다."

"계획한 대로 해야겠어. 오헤다를 찾아야지. 치와와로 돌아갔으면 곤란한데. 건초 더미에서 바늘 찾기가 될 테니까."

"그러니까요. 영주권이 만료된 걸 보면 돌아간 것 같아요."

"문제는 왜 돌아갔느냐지."

소토가 고개를 끄덕였다.

"에르난데스가 한 말 믿으세요? 오헤다와는 연락이 끊겼다는 말?"

보슈는 잠깐 생각하다가 고개를 끄덕였다.

"응. 악단 연주자들은 유랑인들이잖아. 떠돌아다니다 보면 연락이 끊길 수도 있겠지."

소토가 다시 고개를 끄덕였다. 그들은 한동안 아무 말도 하지 않았다. 잠시 후 보슈는 소토와 하다 만 이야기가 있다는 것을 기억해 냈다.

"아까 현상금과 13번가에 대해서 하던 얘기 마저 할까? 그들이 교훈을 얻었을 거라고 했잖아."

소토가 고개를 끄덕였다.

"네, 조직범죄 전담반 형사들이 13번가 두목들을 찾아가서 그랬대요. 저한테 무슨 일이 생기면 LA 경찰과의 전면전을 각오해야 할 테고, 이 지역에서 사업할 생각도 접어야 할 거라고요. 숨도 못 쉬게 될 거라고 했대요."

"그래서 놈들이 약속했대? 자넬 절대로 해치지 않겠다고?"

"그랬다네요."

보슈는 고개를 끄덕이며 소토와 그녀의 행보에 대한 생각을 이어갔다. 이어 그는 보니 브레이 사건에 관해 묻기 시작했다.

"그날 일, 뭘 기억하고 있어? 화재 사건 말이야. 여섯 살, 아니 일곱 살이었나?"

소토는 잠시 생각을 정리한 뒤 입을 열었다.

"일곱 살요. 제일 선명하게 기억나는 건 문 밑으로 새어 들어오는 연기예요. 우린 탈출을 시도했지만 결국 다시 방으로 돌아가야 했어요. 계단통에서 불길이 치솟고, 복도 반대편 계단은 막혀 있었거든요. 그래서 방으로 가 문을 닫았죠. 도망갈 방법이 없었어요."

"교사도 있었나?"

"네, 곤살레스 선생님……. 그분도 돌아가셨어요. 방 안에 있는데 아무도 우릴 구하러 오지 않았어요. 곧 연기가 들어오기 시작했죠. 그림 그릴 때 쓰는 앞치마가 있었는데, 곤살레스 선생님과 아델이라는 도우미 아줌마가 그 앞치마를 가위로 잘라줬어요. 그걸 어항에 집어넣어 물을 적신 다음에 코와 입을 감쌌죠."

"잘했네."

"하지만 연기가 계속 들어와서 다들 기침을 하고 구역질을 했어요. 결국 모두 비품 창고로 들어가서 문을 닫았는데, 선생님이 들어올 자리가 없었어요. 그래서 선생님은 밖에 남아 계속 도움을 요청했죠. 도와달라고 소리를 질렀어요."

"그런데도 아무도 안 왔고?"

"네, 오랫동안. 곧 선생님 목소리가 들리지 않았어요. 연기는 비품 창고로 들어오고 있었고요."

남겨진 어린이들과 어른이 얼마나 무서웠을지, 보슈로서는 상상할 수도 없었다.

"그러다가 연기가 너무 독해서 다들 정신을 잃었어요. 몇 명은 영원히 깨어나지 못했고요. 저는 소방관이 살려줬어요. 인공호흡을 하고 산소마스크를 씌워줬죠. 구급차에 실려 가면서 구조대원들이 내 친구 엘사를 살리려고 애쓰는 걸 봤어요. 근데 살리지 못했죠. 나는 살리고 그 친구는 못 살렸어요. 이해가 안 되더라고요, 당시에는."

보슈는 무슨 말을 해야 할지 몰라 한동안 침묵을 지켰다. 그러다 마침내 입을 열었을 땐 이야기의 긍정적인 부분을 끄집어내고자 노력했다.

"그 소방관이 누군지는 알았고?"

"아뇨, 몰랐어요. 수사 기록에 이름이 나와 있을 것 같긴 한데, 아직 기록을 못 봐서."

보슈는 고개를 끄덕였지만, 조금 전부터 그의 관심은 백미러에 쏠려 있었다. 길가에 주차된 차들을 따라서 자동차 한 대가 천천히 다가오고 있었다. 창문을 다 내린 고물 차였다. 차를 타고 다니며 못된 짓을 일삼는 깡패 같아 보였다.

보슈는 벨트에서 권총을 꺼내 총신이 운전석 문을 향하게 한 뒤 한쪽 무릎에 내려놓았다.

"뭔데요?"

"아무것도 아닐 거야."

소토가 조수석 문을 등지고 돌아앉았다. 그녀도 권총을 꺼내 두 손으로 감싸 쥐고 무릎에 놓았다.

"날 쏘지만 마." 보슈가 말했다.

보슈는 자기 목소리에서 긴장감을 느꼈다. 아드레날린이 혈관 속으로 흘러들었다. 그 차는 이제 뒤로 차 두 대쯤 떨어진 곳까지 와 있었고, 그 안에는 적어도 세 사람이 있었다. 앞 좌석에 둘, 뒤쪽 한가운데 하나.

차가 천천히 지나가는 사이 조수석에 앉은 남성, 이어 뒷좌석에 앉은 남성과 보슈의 시선이 마주쳤다. 둘 다 목 전체에 문신이 있었다. 그들은 보슈를 노려보았지만 다른 수상한 짓은 하지 않았고, 차는 계속 나아갔다. 차가 지나간 뒤 보슈는 무기를 쥔 손에서 힘을 빼고 그 차의 번호판을 확인했다.

경찰 무전기 마이크는 고리가 사라져서 룸 미러에 걸쳐두고 있었다. 보슈는 마이크를 잡고 상황실을 호출해 차량 번호를 불러준 뒤 차주 조회를 요청했다.

"혹시 아는 얼굴들이야?" 기다리는 동안 보슈가 소토에게 물었다. "13번가 놈들인가?"

"아뇨, 조폭 같기는 한데 처음 보는 애들이에요. 13번가 놈들이 뭐 하러 여기까지 올라왔겠어요?"

"자네 때문에 올라왔겠지. 아까 에르난데스가 사는 곳 마당에 있던 남자들이 자넬 알아봤잖아. 피코-유니언에서 총 쏜 경찰이라고. 그들 중 13번가랑 관련된 놈이 있을지 모르니까……. 자기들 관할 밖에서 자넬 제거하면 아무 문제 없을 거라 생각했을 수도 있지."

소토는 대꾸가 없었다. 보슈가 말을 이었다.

"그리고 저 고물 차에 타고 있던 촐로(스페인계와 아메리카 원주민의 피가 섞인 라틴아메리카인)들은 젊은 애들이었어. 그런 애들은 경찰과 거래를 하는 두목들 말에 늘 복종하지도 않지. 유명해지고 싶어 하는 애들이거든."

상황실 직원이 번호판 조회 결과를 전했다. 차는 샌퍼낸도에 주소지를 둔 차주의 명의로 등록되어 있었다. 샌퍼낸도는 밸리 지역의 한복판에 위치한 소도시로, 모든 면이 로스앤젤레스와 맞닿은 곳이었다.

"13번가 근거지는 아니네요." 소토가 마이크를 룸 미러에 거는 보슈의 모습을 지켜보며 말했다.

"그래도 항상 조심하자고."

문제의 차는 한 블록 올라가더니 우회전을 해서 사라졌다. 이는 그들이 두 사람을 재차 확인하거나 더 위험한 짓을 하기 위해 돌아올 수도 있다는 뜻이었다.

보슈는 시동을 걸고 출발했다. 한 블록을 올라가 그 차가 우회전했던 곳에서 우회전을 했다. 블록을 한 바퀴 돌았지만 차는 보이지 않았다. 보슈는 아까 주차했던 곳으로 돌아와 다시 차를 댔다.

"아무것도 아니었나 봐요." 소토가 말했다.

목소리에서 가짜 희망 같은 것이 느껴졌다.

"그런가 보네." 보슈가 대답했다.

30분을 더 기다렸지만, 카브랄은 나타나지 않았다. 보슈는 10분만 더 기다려보자고 했다. 5분쯤 지나자 시내버스 한 대가 교차로 정류장에 멈춰 섰다. 여러 명이 내렸는데, 그중에는 보슈가 동영상에서 보았던 아코디언 연주자인 듯한 남자도 있었다.

"저 친구 아니야?"

소토가 지그시 바라보더니 고개를 끄덕였다.

"맞는 것 같은데요."

그들은 동시에 차에서 내렸다. 보슈는 도로에 서서 주위를 둘러보며 조금 전 그들을 노려보고 지나갔던 조폭들의 차가 있는지 살폈다. 아무것도 보이지 않는 것을 확인한 뒤, 그는 차를 돌아 인도에 서 있는 파트너 곁으로 갔다.

알베르토 카브랄로 추정되는 남자는 천으로 된 장바구니 두 개를 들고 있었다. 둘 다 통조림을 비롯한 여러 생필품들로 꽉 들어차 꽤 무거워 보였다. 보슈와 소토는 그의 길을 막아섰다. 소토가 경찰 배지를 보여주며 그의 신원을 확인했다. 그녀는 먼저 영어로 말하기 시작했다.

"오를란도 메르세드 피격사건과 관련해서 물어볼 게 좀 있어서요."

카브랄은 어깨를 으쓱이려고 했지만 양손에 하나씩 들고 있는 장바구니가 너무 무거워서 어깨가 올라가지 않았다.

"난 아무것도 몰라요." 그가 스페인어 억양이 강한 영어로 말했다.

"메르세드 씨가 돌아가셨다는 소식은 들으셨어요?" 소토가 물었다.

"네, 들었어요."

"앙헬 오헤다가 어디 있는지 압니까?" 보슈가 물었다.

"네, 오헤다 알죠."

"오헤다가 어디 있는지 알아요? 그 사람을 만나야 하는데."

소토가 같은 질문을 스페인어로 반복하자 카브랄은 영어로 대답했다.

"네, 털사로 갔어요"

"오클라호마주 털사요?" 소토가 되물었다.

카브랄이 고개를 끄덕였다. 그는 팔이 아픈지 인도에 장바구니를 내려놓았다. 보슈가 보기엔 면담을 하기에 장소가 마땅치 않은 듯했다. 이 면담을 통해 오헤다에 관한 정보를 얻게 될 것 같았기에 더더욱 그런 생각이 들었다. 그는 허리를 굽혀 가까이 있는 장바구니를 집어 들었다.

"도와드리죠. 집에 들어가서 얘기합시다."

5분 후 그들은 카브랄의 허름한 아파트에 들어와 있었다. 악단 동료 에르난데스와 마찬가지로 카브랄도 혼자서 곤궁하게 살아가고 있었다. 계속되는 밤일과 들쭉날쭉한 공연 일정은 외로운 삶을 가져오기 마련이다. 아내나 자식이 있는 흔적은 전혀 찾아볼 수 없었다. 사진 액자 하나 보이지 않았고, 냉장고에도 학교에서 그린 그림 한 장 붙어 있지 않았다. 보슈는 언젠가 보았던 '아코디언 연주=감옥행'이라는 범퍼 스티커가 떠올랐다. 많은 점에서, 마리아치 연주자로서의 카브랄의 삶은 유폐 생활이나 다름없었다.

"앙헬 오헤다가 털사에 있다는 건 어떻게 아세요?" 소토가 물었다.

이제 양팔을 아래로 잡아끄는 장바구니가 없어서 카브랄은 어깨를 으쓱일 수 있었다.

"글쎄요. 악단에서 나갈 때 오클라호마로 간다고 했으니까요. 거기 가서 삼촌이 운영하는 바에서 일할 거라고요."

"그러니까 그게 10년 전 얘기죠?" 소토가 물었다. "메르세드 씨가 총에 맞은 직후?"

카브랄이 고개를 끄덕였다.

"맞아요, 그러고 얼마 안 돼서죠."

카브랄이 작은 부엌에 서서 사 온 식료품을 꺼내는 동안 보슈와 소토는 조리대 맞은편에 서 있었다. 카브랄은 냉장고 문을 열어 작은 우유 한 통을 꺼냈다. 냉장고에 두었다곤 하지만, 너무 오래 묵은 음식에서 나는 고약한 냄새가 방 안으로 확 풍겨 왔다.

"그 후로 오헤다에 관해서 소식 들은 거 있어요?"

"아뇨."

"하지만 털사로 간 건 확실하고요?" 보슈가 물었다.

"네, 털사." 카브랄이 말했다. "그 친구가 우리와 마지막으로 번 돈을 우편환으로 보내줘야 했기 때문에 알아요."

보슈는 부엌으로 들어가 카브랄 앞에 바짝 다가섰다. 이제부터 나올 질문들은 아주 중요했다.

"수표를 어디로 보냈는지 기억해요?"

"말했잖아요, 털사라고."

"주소 말입니다. 털사의 어딘지 기억하느냐고요."

"기억 안 나요. 그 친구가 일하던 바였는데."

"바 이름은 기억나요?"

"네, 엘 치와와."

"털사에 있는 바 이름이 엘 치와와라고?"

"네, 맞아요. 자기가 태어난 곳 지명이랬어요. 개가 아니고."

보슈는 고개를 끄덕였다. 바 이름은 좋은 정보였다. 보슈는 질문의 방향을 바꾸기로 했다.

"오헤다를 왜 악단에 끌어들였죠?" 보슈가 물었다. "할리스코 출신도 아닌데."

카브랄이 또다시 어깨를 으쓱였다.

"트럼펫이 있으면 좋겠다고 생각했는데 마침 그 친구가 항상 광장에 있었어요. 연주도 곧잘 하는 것 같고. 안 될 이유 있나 싶었죠."

"그 친구랑 갈등을 빚은 사람은 없었어요?"

"모르겠는데요. 그런 얘긴 못 들었어요."

"오헤다가 총격에 관해서 얘기한 적 있어요? 그러니까 사건이 있고 나서. 털사로 가기 전에 말입니다."

이번에는 카브랄이 어깨를 으쓱이는 대신 얼굴을 찌푸리며 고개를 가로저었다.

"그냥, 우린 운이 좋았고 오를란도는 운이 없었다고 했어요."

"어떻게 된 일인지 안다는 말은 안 했고요? 누가 총을 쐈고 왜 쐈는지 안다거나."

카브랄은 그 질문에 놀라 보슈를 날카롭게 쳐다보았다. 보슈가 판단하기에는 합당한 반응 같았다.

"아뇨, 전혀."

보슈는 그의 말을 믿었다. 그는 아파트 안을 둘러보며 더 물을 것이 있는지 생각했다. 구석에 있는 작은 책상 위에 장부 몇 권이 쌓여 있고 롤로덱스 명함 정리대도 놓여 있었다.

"그러니까 당신이 악단 총무인가 보군, 그렇죠?" 보슈가 물었다.

"네, 맞아요."

"공연 예약도 당신이 받고?"

"네, 예약이 들어오면요. 하지만 이젠 마리아치 악단을 부르는 경우가 별로 없어요. 전통이 별 의미가 없어져서."

보슈는 다시 고개를 끄덕였다. 그도 카브랄의 생각에 동의했다.

유익한 면담이었다. 이로써 추적해 볼 것이 생겼다. 그러나 보슈는 곧장 그곳을 떠나는 대신 카브랄에게 커브볼을 던져보기로 했다. 때로는 조사 대상자가 방심한 틈을 타 기습 공격을 하는 것이 큰 효과를 내곤 했다.

"마약은?" 보슈가 물었다.

카브랄이 눈을 가늘게 떴다.

"마약이라뇨?" 그가 되물었다.

"오헤다가 약쟁이라고 들었는데."

카브랄은 고개를 가로저었다.

"내 앞에서는 안 했어요. 우리 규칙이었거든요. 약은 안 한다."

"그렇구먼." 보슈가 말했다. "약은 안 한다."

어쨌든 물어볼 가치는 있었다.

면담을 마친 뒤 보슈와 소토는 차로 돌아왔다. 보슈는 뒤편 범퍼 쪽으로 돌면서 보니 아까 보았던 조폭들의 고물 차가 지금은 4차선 도로 너머 40미터쯤 올라간 길가에 서 있는 것이 보였다. 보슈는 무심히 차를 쳐다보며 여전히 세 명이 타고 있다는 것을 확인했다.

그는 포드 차의 잠금장치를 풀고 운전석 대신 뒷좌석 문을 연 뒤 재킷을 벗어 벨트에 찬 권총과 경찰 배지를 드러내 보였다. 이어 천천히 재킷을 접은 다음 허리를 굽혀 차 안으로 몸을 넣고는 뒷좌석에 재킷을 놓았다. 소토는 이미 조수석에 앉아 있었다. 보슈가 침착한 목소리로 그녀에게 말했다.

"자네 친구들이 돌아왔어."

"친구들이라뇨?"

"샌퍼낸도 친구들."

"어디요?"

"길 건너편."

소토는 걱정스러운 얼굴로 그 차를 유심히 바라보았다.

"어떻게 할까요?"

"지원 요청하고 가만히 앉아 있어. 내가 가볼게."

"보슈 형사님, 지원 기다렸다가……."

보슈는 차 문을 닫고 포드 뒤쪽으로 가 트렁크를 열었다. 허리를 굽혀 산탄총 받침대의 똑딱단추를 푼 뒤 트렁크 뚜껑을 방패막이 삼아 거리를 살피면서 다른 차가 없는 순간을 기다렸다. 소토가 무전으로 비응급 지원을 요청하는 소리가 들렸다. 다른 차가 한 대도 보이지 않자 보슈는 레밍턴 870을 들고 트렁크에서 물러나 대각선으로 길을 건너 조폭들의 차를 향해 걷기 시작했다. 동시에 그 차에서 시동을 거는 소리가 들렸다.

보슈는 산탄총의 그립을 조작해 탄환을 약실로 보냈다. 중앙 차선에 이르렀을 때 차가 덜컹거리며 연석에서 떨어지더니 끽 소리를 내며 급히 유턴을 해서 도망갔다.

"야, 어디 가?" 부리나케 내빼는 차 뒤꽁무니에 대고 보슈가 외쳤다.

소토가 권총을 꺼내 들고는 빠른 걸음으로 길을 건너왔다.

"형사님, 뭐 하시는 거예요?" 그녀가 외쳤다.

보슈는 대답 없이, 차가 다음 블록에서 우회전해서 사라질 때까지 지켜보았다.

"메시지를 보낸 거야." 보슈가 말했다.

"무슨 메시지요?" 소토가 말했다. "13번가 놈들인지 확실하지도 않은데."

"어느 조직이든 상관없어. 우리 조직이 너희들 조직보다 더 크다. 그게 메시지거든."

그들 뒤에서 순찰차가 천천히 다가왔다. 파란색 경광등을 밝히고 있었지만 사이렌은 울리지 않았다. 보슈는 산탄총을 가로로 들어 넓적다리에 댄 채 허리를 굽혀 순찰차 운전자와 이야기를 나눴다.

13

그 지역으로 몰려든 순찰조들에게 상황을 설명하고 문제의 차량을 찾아낼 때까지 기다리느라 장장 한 시간이나 허비했다는 것만 빼면, 보슈는 산탄총을 들고 조직폭력배들을 위협한 일에 대해 한 점의 후회도 없었다. 차가 완전히 사라진 것이 확인된 다음에야 보슈와 소토는 풀려날 수 있었다. 그러나 시내로 돌아가는 그들을 가로막는 오후의 교통 정체나 산탄총 때문에 일어난 작은 분란도 보슈의 마음속 흥분을 누그러뜨리지는 못했다.

비록 10년 전 얘기이긴 해도 오헤다가 털사에 있다는 정보가 동영상 분석 결과와 함께 수사에 확연히 속도를 붙였다. 트럼펫 연주자가 총격사건 이후에 오클라호마로 갔다면 틀림없이 그 행적을 추적할 수 있을 거라는 확신이 들었다. 거주지를 확인한 다음 그곳에 가서 직접 그를 만날 계획이었다. 총격사건의 용의자는 아니었지만, 오헤다는 사건 발생 당시 진술했던 것보다 더 많은 것을 알고 있음이 분명했다. 총격의 동기가 완전히 다른 방향이었을 가능성이 높은데도, 그는 과거 수사팀이 조직폭력배의 무차별 폭력이라는 가정하에 잘못된 길을 가도록 내버려두었다. 오헤다가 그 사실을 일부러 숨기는 거라면, 전화 통화나 오클라호마 경찰을 통해서 그 문제를 조사할 수는 없었다. 보슈는 소토에게 크라우더를 설득해서 털사로 직접 가야 할 것 같다고 말했다.

"거기 가보신 적 있어요?" 소토가 물었다.

"털사? 비행기 타고 갔다가 바로 비행기 타고 돌아온 적은 한 번 있어. 5년 전에 맡았던 사건 용의자가 털사 북쪽에 있는 작은 마을에 살았거든. 나중에 토네이도로 초토화된 마을 중 하나지. 지금 생각해 보면 참 웃기는 사건이었어. 당시에는 화가 머리끝까지 났었고, 그 사건 이후로 다른 경찰국과의 공조수사를 기피하게 됐지만."

"무슨 일이 있었는데요?"

보슈는 소토에게 그 사건에 대해 들려주었다. 시작은 1990년 한 가정에서 발생한 강도 및 강간 살인 사건 증거물의 DNA에서 콜드 히트(옛 사건의 증거물에서 나온 DNA가 전국 범죄자 데이터베이스에 등록된 DNA와 일치하는 것으로 밝혀지는 일)가 나오면서였다. DNA의 주인은 58세의 프랭크 톰린슨이라는 전과자로, 어릴 때 소년원을 들락거리면서 시작된 전과가 끊임없이 이어지다가 한동안 끊겨 있던 상태였다. 2006년에 보호관찰 조건을 어기고 잠적해서 행방이 묘연했지만, 톰린슨의 가족이 LA에 살고 있어서 보슈와 당시 파트너였던 데이브 추는 작전을 세웠다. 그들은 톰린슨의 연로한 어머니와 형제의 전화에 대한 통신 감청 영장을 법원에 신청해서 받아냈다. 그런 다음 보슈가 그들의 집을 방문해 톰린슨에 대해 물으면서, 그를 1990년 사건의 용의자로 보고 찾는 중임을 넌지시 밝혔다. 같은 시각, 추는 감청실에서 보슈가 그 집을 떠난 뒤에 나올 발신 전화 내용을 들으려고 기다리고 있었다.

예상했던 대로 형제는 톰린슨에게 전화를 걸어 경찰이 다녀갔다는 사실을 알렸다. 전화의 수신지는 오클라호마주 비컨이라는 작은 마을의 무선 기지국으로 밝혀졌다. 보슈는 비컨 경찰서에 연락해 헤이든 경사라는 사람과 통화를 했다. 보슈가 이메일로 보낸 톰린슨의 사진을 확인한 경사는 자기 마을에서 일하는 두 명의 택시운전사 중 한 명인 톰 프레이저임을 알아보았다. 보슈는 자신과 추가 다음 날 그곳에 도착할 때까지 프레이저 혹은 톰린슨을 감시할 인력이 있는지 물었다. 형제의 전화를 받고 겁을 집어먹은 용의자가 다시 행방을 감출까 봐 걱정이 되어서였다. 헤이든은 감시는 문제없지만 자기가 먼저 나서서 톰린슨을 체포해 유치장에 가둬놓으면 어떻겠냐 제안했다. 보슈는 그 제안을 거절했다. 톰린슨이 체포되어 변호인의 조력을 구할 권리를 행사하기 전에 통상적인 참고인 조사로 가장한 채 용의자를 조사해 보고 싶어서였다.

헤이든은 용의자에게 접근하지 않겠다고 약속하고, 보슈에게 털사행 비행편의 세부 일정을 이메일로 보내달라고 요청했다. 자기가 공항으로 마중 나가 그들을 태우고 용의자의 집으로 곧장 데려가겠다는 것이었다. 톰린슨은 야간 근무라서 낮에는 집에 있을 거라고도 덧붙였다.

보슈가 그곳에 도착할 때까지 몰랐던 사실이 있었으니, 비컨은 너무나 작은 마을이라 경찰관이 네 명밖에 없다는 점이었고, 이는 근무 중인 경찰이 늘 한 명뿐이라는 뜻이었다. 헤이든은 털사 공항으로 LA 형사들을 마중 나오며 톰린슨을 감시할 다른 경찰관을 세워두지 못했다. 용의자는 그때를 틈타 도주했다. 보슈와 추가 톰린슨이 사는 목장 주택, 그러니까 헤이든이 공항으로 출발하기 직전까지 지켜보았던 곳에 도착했을 때 그는 이미 한참 전에 떠나버리고 없었다.

"농담하시는 거죠?" 소토가 물었다.

"농담이면 얼마나 좋겠어."

"그래서 잡았어요? 톰린슨 말예요."

"결국은 잡았지. 놈이 또 은둔을 시도했더라고. 미네소타의 어느 작은 시골 마을로 가서 숨어 살기 시작했지. 마침 그곳 경찰서장이 LA에서 퇴직한 사람이었는데, 자기 책상에 올라오는 수배자 명단을 눈여겨본 거야. 거기서 톰린슨을 발견하고 체포했지. 그게 작년 일이야."

"결국 잡긴 잡았네요."

"응, 하지만 오클라호마에서의 그 작은 혼란 때문에 놈이 4년을 더 자유롭게 돌아다닐 수 있었다는걸 생각하면 마냥 웃기는 이야기만은 아니지."

보슈의 휴대전화가 진동을 했다. 그는 역사협회의 번호임을 확인하고 전화를 받았다. 회장 비서가 영장에서 요구한 자료를 찾아놨으니 가져가라는 얘기였다. 보슈는 바로 가겠다고 했다.

보슈와 소토가 형사과로 돌아왔을 때 사무실은 거의 비어 있었다. 역사협회에서 받아 온 호텔 숙박부는 소토가 들고 있었다. 사무실로 돌아오면서 투숙객 추적은 소토가 맡기로 결정한 터였다. 그녀는 메르세드가 총에 맞던 날 그 총알이 발사된 곳으로 추정되는 객실 211호에 묵었던 투숙객의 이름을 이미 찾아보았다. 로돌포 마틴이라는 이름이 숙박부에 적혀 있었다. 그러나 다양한 경찰 데이터베이스를 이용해 숙박부에 올라 있는 모든 투숙객의 이름을 검색하고 전과나 가명 등 관심을 끌 만한 사항이 있는지 더 조사할 작정이었다.

소토는 즉시 그 일에 착수했고, 보슈는 크라우더 경감이 퇴근하기 전에 만나보려고 반장실로 갔다. 출장 허락을 받아내 털사행 항공편을 예약하고 싶었다. 보슈가 반장실로 들어갔을 때 크라우더 경감은 외투를 입고 있었다.

"좋은 소식이 있나 보죠, 해리?" 크라우더가 말했다.

부르지 않은 형사가 자기 방에 들어올 때마다 그는 늘 이렇게 인사를 건네곤 했다.

"좋은 소식 전하려고 열심히 노력 중이야. 털사에 사는 중요 증인에 관한 정보를 입수했어. 그래서……."

"어떤 증인인데요?"

"피해자의 악단 동료. 어떤 사실을 알아냈고, 그 때문에 그를 만나볼 필요가 생겼어. 직접."

"전화로 하면 안 돼요?"

"협조적인 증인이 아니야. 그 친구가 당시에 어떤 사실을 알고 있으면서도 담당 형사들한테 말하지 않은 것 같아. 게다가 사건 직후에 여길 떠났고."

"마리아치 악단은 원래 떠돌이 아닌가? 일을 찾아 여기저기 돌아다니잖아요."

"맞아. 하지만 로스앤젤레스를 떠나 털사로 가진 않지. 일은 여기 있으니까."

크라우더는 재킷을 매만지더니 책상 너머의 의자에 도로 앉아 대화를 이어나갔다.

"털사에서 그 친구가 마리아치 일을 독점하고 있는 거 아닐까요?"

보슈는 한동안 반장을 물끄러미 쳐다보았다.

"가지 말라는 거야?"

"위험인물이에요?"

보슈는 고개를 끄덕였다. 오헤다가 위험인물이라서가 아니라, 크라우더가 털사 출장 허가를 망설이는 이유를 알 것 같아서 였다. 크라우더는 출장 경비를 걱정하고 있었다. 그가 반원들에게 이메일을 보내 올해 마지막 두 달간 출장은 우선순위를 고려해 허가하겠다고 알린 것이 2주 전이었다. 미제사건 전담반의 출장 예산이 경찰국에서 이미 최고를 기록했으며, 예상보다 일찍 고갈되었다는 이유였다. 살인범 잡는 일의 가치를 상황에 따라 달리 매기는 듯한 이런 언급들이 보슈를 좌절감에 빠뜨렸다.

오헤다가 위험인물이냐는 질문은, 형사를 한 명만 보내면 출장 경비를 반으로 줄일 수 있으리라는 생각에서 나온 것이 분명했다.

"그렇게 해서는 효과가 없어." 보슈가 말했다.

"뭐가요?" 크라우더가 반문했다.

"한 명만 보내서는. 한 명만 보낸다면 소토가 가야겠지. 이 친구가 영어를 하는지 어떤지 모르니까. 소토는 유능해. 그건 벌써 알겠어. 하지만 이 일을 시작한 지 한 달밖에 안 된 신입을 혼자 보내도 될지는 모르겠군."

"그건 그렇지만……."

"우리 둘이 같이 가야 돼. 사건의 표적이 원래 그 친구였을 가능성이 있는 것 같아."

그 말에 크라우더는 아무 반응도 보이지 않았다. 보슈가 느끼기엔 아무래도 출장을 불허하고 전화로 처리하게 하려는 것 같았다.

"내 말 못 들었어? 그 총알이 원래는 털사에 있는 그 친구를 맞히려고 날아갔던 것일 가능성이 있다고."

"들었어요. 근데 털사에 있다고 추정될 뿐이지 확실한 건 아니잖아요. 그자가 팀북투(서아프리카 말리의 북부 내륙에 있는 도시)에 있을지 누가 알아요?"

"맞아. 하지만 거기 있다면 털사에서 거기로 간 흔적을 찾아낼 수 있겠지."

이 말에 반장은 또 한 번의 침묵으로 화답했다.

"이봐, 반장, 저 위 10층에 판공비 같은 게 있을 거 아냐." 보슈가 말했다. "국장이 이 일에 관심이 많으니까 꿍쳐놓은 돈 좀 풀라고 해. 아니면 전 시장을 찾아가든지 해야겠군. 현상금을 내건 사람이니 출장비도 주겠지."

크라우더가 한 손을 들어 진정하라는 시늉을 했다.

"전 시장은 빼고 얘기하죠. 이미 골치 아픈 일을 충분히 만들어준 사람을 뭐 하러 또 끼워 넣어요."

그러더니 절대 반대에서 대찬성으로 완전히 입장을 바꿔 금세 결정을 내렸다.

"좋아요, 해리, 돈 걱정은 하지 말아요. 경비 마련은 내 문제니까. 언제 가게요?"

보슈는 크라우더가 마음을 바꾸기 전에 얼른 마무리하고 반장실을 나가고 싶어서 재빨리 대답했다.

"빠를수록 좋아. 바에서 일한다는 정보를 입수했거든. 내일 갔으면 하는데. 내일은 반드시 나와 있겠지. 금요일은 주급이 나오는 날이고 주말의 시작이기도 하니까."

"좋아요, 그럼 그렇게 준비해요. 내일 아침까진 어떻게든 돈 나올 구멍을 찾아놓을 테니까."

"고마워, 반장."

보슈는 반장실을 나왔다. 칸막이 자리로 돌아와보니 의자가 소토의 책상 옆으로 옮겨져 있고, 전 시장의 현상금 발표로 쏟아져 들어오는 제보 전화 처리를 떠맡은 세라 홀컴 형사가 거기 앉아 있었다.

"좋은 소식이라도 있어?" 보슈가 칸막이 안으로 들어서면서 물었다.

홀컴이 보슈의 의자에서 일어서려고 하자, 보슈가 한 손으로 그녀의 어깨를 잡았다.

"괜찮아, 그대로 앉아 있어. 난 커피 사러 갈 거니까."

"정말요?"

"응. 커피 마실 사람?"

두 사람 모두 사양했다.

"사건 해결됐나, 홀컴? 자백 전화 있었어?"

"그건 아니고요."

소토가 보슈에게 제보 내용을 적은 쪽지를 내밀었다.

"이건 좀 흥미로워요." 소토가 말했다.

보슈는 쪽지를 받아서 홀컴이 쓴 요약문을 읽었다.

> 발신자에 따르면, 메르세드 피격사건은 1993년 보니 브레이 화재 사건과 관련되어 있다고 함. 메르세드가 방화범의 정체를 알았고, 따라서 위협이 되었음.

보슈는 쪽지를 뒤집어 뒷면에 다른 내용이 있는지 살폈다. 아무것도 없었다. 그가 쪽지를 돌려주자, 소토는 뒤돌아 앉아서 보슈를 올려다보았다. 그녀는 그 제보자가 보슈라는 사실을 알고 있었다.

"익명인가 보지?" 보슈가 물었다.

"네." 홀컴이 말했다. "유니언역 공중전화에서 걸었더라고요. 번호 확인했어요."

보슈는 쪽지 너머로 홀컴을 바라보았다. 번호를 조회했다는 사실에 약간 놀라움을 느꼈다. 그러나 혹시라도 그런 일이 있을까 싶어 공중전화를 찾아가 전화를 건 것이다.

"좀 살펴봐야겠는데." 보슈가 말했다. "93년이라……. 휘태커와 듀보스가 담당했던 해인 것 같군. 그 친구들한테 물어봐야겠어, 뭐 생각나는 거 있는지. 관련 가능성이 별로 없을 것 같긴 하지만 보니 브레이 수사 기록도 한번 봐야 할 테고. 양쪽 기록에 똑같이 등장하는 이름이 있나 대조라도 해봐야지."

"제가 할까요?" 홀컴이 적극적으로 나섰다.

"아냐, 우리가 할게." 보슈가 말했다. "어쨌든 제보 전화 내용 너무 믿지는 마. 다들 꿍꿍이속이 있어서 전화하는 거니까, 알았지?"

"네, 그럼요." 홀컴이 말했다. "속이 빤히 보이는 사람도 많아요."

"조금이라도 그럴듯한 건 뭐 없고?"

책상 위에는 제보 내용을 적은 쪽지들이 수북이 쌓여 있었다.

"없어요." 홀컴이 말했다. "정말 말도 안 되는 내용들을 루시한테 보여주는 중이었어요."

홀컴은 제보 내용들을 한 줄로 요약해 적어놓은 클립보드를 참조하며 말을 이었다.

"어디 보자……. 한 명은 '슬리피'를 만나보래요. 자기 동네에 사는 사람인데, 화이트 펜스가 관련된 총격사건에 관해서는 아주 빠삭하다고요."

"슬리피." 보슈가 말했다. "오케이."

"총격범이 누군지 시장이 이미 다 알고 있다고 주장하는 여성도 있었어요. 전 시장을 말하는 것 같은데, 제보자와 직접 통화를 하진 않았어요. 밤사이 음성 사서함에 메시지를 남겨놨더라고요. 익명으로. 스페인어 억양이 강했어요."

"얼씨구." 소토가 말했다. "현상금 내건 사람을 걸고넘어지겠다?"

보슈가 미소를 지었다.

"그래도 꽤 창의적인 생각이네." 그가 말을 이었다. "메르세드를 맞히라고 세야스가 시킨 거다? 휠체어에 태워 밀고 유세를 다니면서 도움을 받아 당선되려고?"

"멋진 계획이네요." 소토가 말했다. "결과도 완벽했고."

"또 다른 건?" 보슈가 물었다.

"백인우월주의 단체를 조사하라는 제보가 몇 건 있었어요." 홀컴이 말했다. "마약범죄조직이 사건의 배후라는 제보는 그보다 더 많았고요. 또 어떤 남자는 전화해서 펠릭스라는 남자가 범인이라고 하더라고요. 광장에서 마리아치 악단을 고용했다가 형편없는 연주에 화가 나서 그런 거라나. 아, 그리고 멕시코 마피아가 범인이라는 제보자도 있었어요. 이유는 모르겠대요."

"하나같이 엄청나게 유용한 내용이군." 보슈가 말했다.

"그러니까요." 홀컴이 말했다. "메르세드가 멕시코인이니 그렇게 당해도 싸다는 둥 말 같지도 않은 말을 늘어놓은 인종차별주의자들 얘기는 아직 꺼내지도 않았지만요."

현상금을 내걸었을 때 이미 예상한 일들이었다. 온갖 미치광이들이 다 기어 나왔다. 제보 내용 중 보슈를 놀라게 한 것은 전혀 없었고, 재고

해 볼 가치가 있는 것도 없었다. 보니 브레이 사건과 관련되었다는 제보에 대해 어떤 후속 조치를 취할 것인지만 생각하면 되었다. 보슈는 홀컴의 인내심에 고마움을 표한 뒤 사무실을 나와 1층 커피 자판기로 갔다.

자리로 돌아와보니 홀컴은 가고 없었다. 보슈는 소토와 다음 날 일정을 상의하면서, 오헤다를 만나러 털사에 가게 될 것 같으니 자료들을 모두 가지고 오라고 했다.

"근데 문제가 있어요." 소토가 말했다.

"뭐?"

"아까 컴퓨터로 엘 치와와라는 바를 찾았거든요. 전화해서 물어봤더니……."

"전화를 했어?"

"네, 오헤다가 거기 있는지 확인해야 된다고 하셨잖아요."

"그랬지. 하지만 직접 전화해서 확인해야 한다고는 안 했는데. 그러면 겁을 집어먹을 수 있거든."

"네, 어쨌든 직접적으로든 간접적으로든 그 사람하고 통화는 못 했어요. 전화 받은 남자 말로는 거기 직원 중에 오헤다라는 이름을 가진 사람은 없대요."

"그만뒀겠지. 10년이나 지났잖아."

"물어봤죠. 그런 이름을 가진 사람이 거기서 일한 적이 있냐고. 그 남자 말로는 없대요. 그런 이름은 들어본 적도 없다고 하더라고요. 그리고 자기는 거기서 일한 지 10년이 넘었다고 했고요."

보슈는 카브랄이 제공한 정보와 지금 들은 이야기를 비교하며 오랫동안 생각해 보았다. 카브랄이 거짓말을 하는 것 같지는 않았다. 그는 자기 얘기를 확신하고 있었다.

"그래도 가자." 마침내 보슈가 말했다. "내일 다른 일정 없지?"

소토가 고개를 끄덕였다. 그녀에게 연인이 없다는 건 보슈도 이미 알고 있었고, 자유 시간엔 주로 보니 브레이 사건을 살펴본다는 사실도 이제 알게 되었다.

"털사 경찰국에 전화해서 오헤다를 알고 있는지 물어볼까요?"

"아니, 그건 절대 금지야. 비컨 얘기 기억 안 나? 정말 꼭 필요한 경우가 아니면 현지 경찰에 정보를 줘선 안 돼."

질책을 당한 소토는 화제를 바꾸었다.

"휘태커와 듀보스 형사에게는 뭐라고 하면 좋을까요?"

"자네가 얘기해 봐. 내가 나서면 뭔가 있나 보다 생각할 수도 있어. 사실대로 말하지 말고, 제보가 들어와서 그러는데 수사 기록 좀 보여달라고 해."

"그분들이 수사 기록에서 제 이름을 보면 어떡하죠? 목격자 명단에서요. 당시에 조사를 받았거든요."

보슈는 고개를 가로저었다.

"그 친구들 그런 식으로 일 안 해. 기록을 읽지도 않았을걸. 과학적 증거 부분만 찾아봤겠지. 법과학적 증거가 없으면 쳐다도 안 본다고."

소토는 고개를 끄덕였지만 여전히 걱정스러운 표정이었다.

"왜?" 보슈가 물었다.

"전화 거실 때 공중전화 부스 근처에 CCTV 없는 거 확인하셨어요?"

그 말에 보슈는 잠시 얼어붙었다. 그 생각을 못 했었다.

"확인 안 했는데." 보슈가 대답했다. "하지만 이 제보 얘기가 더 확대되진 않을 테니 카메라까지 확인할 일은 없을 거야."

"홀컴 형사가 번호를 검색할 거라는 것도 예상 못 했잖아요." 소토가 말했다. "근데 조회했고요. 형사님이 곤란해지실까 봐 걱정돼요."

"걱정하지 마, 그런 일 없을 테니까."

"DROP 계약자가 너무 많아서 비용을 절감하려고 계약 만료 전에 내보낼 방법을 찾고 있다는 소문이 돌아요."

"그런 얘긴 어디서 들었어? 자네가 DROP 계약에 대해 고민하려면 앞으로 20년은 더 남았는데."

"〈블루 라인〉에서요. 과월 호에 경찰관들이 보낸 편지가 실렸어요. 그 사람들이 그러더라고요."

보슈는 고개를 끄덕였다. 그도 그 편지들을 읽었다. DROP, 그러니까 퇴직 유예 제도는 참으로 좋은 의도에서 시작되었다. 연금액이 최고에 이른 경험 많은 경찰 및 형사들이 정년퇴직 이후 그 숙련된 기술을 갖고 다른 곳으로 가는 대신 경찰국을 위해 계속 일할 수 있도록 보장해 주는 제도였다. 이 제도에 따라, 그들은 연금 전액을 은행에 넣어두고 상당한 이자를 챙기는 한편 다시 일을 시작해 본봉을 받고 새로 연금을 쌓아갈 수 있었다. 그러나 정치인들과 고위 간부들의 입김이 작용하면서 업무 능력이나 기술 수준에 상관없이 근속 25년 차가 된 경찰관이라면 누구나 그 제도를 신청할 수 있게 되었다. 결국 DROP 신청자가 너무 많아지면서 이자 지출이 제도의 파산을 위협하기에 이르렀고, 경찰국은 지출 절감의 일환으로 5년 계약이 만료되기 전에 대상자들을 강제로 내보낼 방법을 모색하고 있었다.

"그런 건 걱정 안 해." 보슈가 말했다. "지금 내가 걱정하는 건 자네밖에 없어. 내가 여길 나갈 때 자네가 바통을 이어받을 수 있도록 준비시키는 게 제일 큰 걱정이지."

소토는 미소를 감추려 애쓰며 보슈를 바라보았다.

“준비 잘할게요.” 소토가 말했다.

“그래야지.” 보슈가 말했다.

오랜만에 집에서 딸을 볼 수 있는 밤이었다. 요즘 매디는 청소년 경찰학교 모임과 활동뿐 아니라 바깥출입을 못 하는 사회적 약자에게 저녁 식사를 배달하는 자원봉사 활동까지 하고 있었다. 집은 밤에 잠만 자는 용도로 쓰는 것 같았다. 이제 딸과 함께할 시간이 많지 않음을 아는 보슈로서는 이런 상황이 그리 달갑지 않았지만, 딸이 스스로 원하는 일을 해나가는 중이라는 점 또한 알고 있었다. 게다가 학교에서 이 모든 활동을 자원봉사로 인정해 주었고, 이는 대학 입학 지원서를 작성하는 데 도움이 될 것이었다. 매디는 로스앤젤레스 소재의 캘스테이트를 염두에 두고 있었다. 최고의 형사행정학과 법과학 프로그램을 자랑하는 곳이었다. 보슈는 딸의 선택이 만족스러웠다. 같은 도시에 있는 대학이라는 점도 그랬고, 주립 과학수사 연구소가 그곳 캠퍼스 안에 있어 보슈가 경찰로 근무하는 마지막 몇 달 동안은 학교에서 딸을 볼 기회도 종종 있을 것이다.

부녀는 저녁으로 먹을 황새치 스테이크를 굽고 다음 화요일에 있을 청소년 경찰학교 활동에 관해 이야기를 나누면서 저녁 시간을 보냈다. 매디와 다른 청소년 경찰들은 함정수사에 참여할 예정이었다. 도청 장치를 몸에 지니고 할리우드에 있는 편의점에 투입되어 학생에게 술을 파는지 알아본다는 것이다. 매디는 기대감에 잔뜩 부풀어 있었다. 이런 함정수사는 비교적 안전했지만, 그럼에도 보슈는 어떤 작전에서든 상황이 예상과 다른 방향으로 흘러갈 가능성이 있다는 걸 딸이 명심했으면 했다. 자기보다 앞서 편의점에 들어간 잠복근무 순경이나 근처에서 대기하는 순찰조에만 의지해서는 안 되었다. 본인이 항상 조심해야 했다.

"알았어, 아빠, 알았다고." 매디가 말했다.

몇 달 전부터 매디는 어떤 일에 관해서든 이미 다 알고 있으니 더 얘기하지 말라며 아빠를 무시하는 듯한 어조로 말을 자르곤 했다.

"한 번 더 들어둬서 나쁠 건 없잖아." 보슈가 말했다. "아빠도 갈까?"

"아니, 창피하게 왜 그래!" 매디는 보슈가 학교 무도회에 따라가겠다고 말한 것처럼 발끈 화를 냈다.

"알았어, 알았어, 그냥 물어본 거야."

그들은 뒤편 베란다에 있었다. 작은 가스 그릴에 황새치를 굽던 보슈는 스테이크를 뒤집으며 화제를 바꿨다.

"일요일 오후까지는 돌아올 거야." 보슈가 말했다. "밤에 저녁 같이 먹자."

털사 출장 이야기였다. 매디는 아버지의 잦은 출장에 익숙해 있었고, 혼자서도 잘 지냈다.

"일요일엔 도시락 배달 봉사 있는데." 매디가 말했다. "미안, 아빠."

매디가 하는 도시락 배달 자원봉사 활동이 부녀가 함께 식사하며 대화를 나누는 소중한 시간을 많이 빼앗아 갔다.

"나도 무료 급식 신청해야겠다. 밤에 내 딸 얼굴 좀 보려면."

"아빠, 나 이거 꼭 해야 돼. 캘스테이트에 장학생으로 들어가고 싶거든. 이런 활동이 큰 도움이 돼."

"나도 알아, 매디. 내가 불만을 가지면 안 되는데. 아빠야말로 당장 출장을 가면서 말이야."

보슈가 포크를 들어 스테이크를 접시에 옮겼다. 저녁 준비가 끝났다.

"출장 가야지." 매디가 말했다. "수사할 날도 얼마 안 남았는데."

보슈는 고개를 끄덕였다. 딸의 말이 옳았다.

접시를 들고 집 안으로 들어가면서, 매디는 함정수사 역할에 맞게 주말에 코에 피어싱을 할까 생각 중이라고 말했다.

보슈는 접시를 떨어뜨릴 뻔했다.

"그러니까 코에, 구멍이 없어야 하는 곳에, 구멍을 뚫겠다고?"

"응, 멋질 것 같아. 영원히 뚫려 있지는 않을 거야. 문신만큼 영구적인 건 아니래."

황새치 스테이크에서 너무나 맛있는 냄새가 났지만, 보슈는 갑자기 식욕이 사라졌다.

14

보슈와 소토는 댈러스를 경유해 털사로 가는 오전 11시 비행기를 탔다. 운 좋게 첫 항공편을 잡을 수 있었고, 두 사람 사이의 좌석은 비어 있었다. 그들은 이 이코노미 클래스 좌석을 사건 수사 자료를 놓는 공간으로 사용했다. 보슈는 비행시간 동안 보니 브레이 사건 자료와 메르세드 사건 발생 당시의 수사 자료를 다시 살펴보기로 마음먹었다. 답은 으레 디테일에 숨어 있다고 그는 굳게 믿었고, 반복된 경험으로 이를 확인한 바 있었다. 두 자료 모두 엄청난 양의 디테일을 담고 있었다.

먼저 댈러스까지 가는 동안에는 보니 브레이 사건 자료 읽기에 전념하기로 했다. 댈러스 이후에는 메르세드 사건으로 넘어갈 생각이었다.

보니 브레이 사건 수사 자료는 메르세드 사건 자료와 달리 연대순이 아닌 항목별로 정리되어 있었다. 사건이 장기간에 걸쳐 있거나 내용이 광범위해 여러 개의 바인더가 필요한 경우라 하더라도 보통은 연대순으로 이어지기 마련이었다. 형사들은 수사 진행 순서에 따라 차례로 바인더를 사용했고, 덕분에 그 내용을 시간의 흐름에 따라 확인할 수 있었다. 그러나 보니 브레이 사건은 달랐다. 보니 브레이 사건 수사를 처음 담당한 곳은 소방서 수사관들과 공조하여 방화사건을 수사하는 LA 경찰국 방화사건 전담반이었다. 희생자가 아홉 명이나 나온 대형 사건이라 처음부터 여러 방향에서 수사에 착수한 모양이었다. 첫 번째 바인더에는 수사 중에 나온 조서와 보고서가 순차적으로 정리되어 있었고, 두 번째 바인더에는 피해자들의 신원과 배경에 대한 수사 자료가 담겨 있었다. 다음 바인더는 피코-유니언의 범죄조직 라 라사에 관한 수사 내용이고, 네 번째 바인더에는 보니 브레이 아파트 화재 원인과 확산 원인 분석에 관한 각종 보고서와 함께 이 사건에 관한 신문 기사 스크랩이 들어 있었다. 인터넷 이전 시대라 신문 기사가 주요 보도 수단이었다. 서류 봉투 몇 개에 스크랩한 기사가 뒤죽박죽 섞여 있어 이 바인더가 넷 가운데 제일 두툼했다.

완벽하지는 않아도 첫 번째 바인더가 표준 수사 기록과 가장 유사했기 때문에 보슈는 이것부터 살펴보기 시작했다. 그가 수사 기록을 읽는 동안, 소토는 노트북컴퓨터로 털사 출장 1차 보고서를 작성하고 있었다. 모든 출장은 전담반의 예산에 미친 타격을 정당화하기 위해 철저히 기록으로 남겨야 했다. 이번 경우에는 크라우더 반장이 국장실 판공비를 끌어와 출장비를 댄 터라 보고서 작성이 더욱 중요했다.

보슈가 검토하는 바인더의 조서들은 거의 모두 잭 해리스라는 방화사건 전담반 3급 형사가 작성한 것이었다. 형사 3급은 경사와 같은 계급으로, 해리스는 총 다섯 명으로 꾸려진 보니 브레이 사건 수사팀의 팀장이었다. 다섯 명의 형사 모두 보슈에겐 생소한 인물들이었지만, 해리스라는 이름은 들어본 적이 있었다. 80년대와 90년대에 큰 뉴스가 됐거나 경찰들 사이에서 유명했던 방화사건을 거의 도맡아 수사한 인물인데 아마도 지금은 퇴직했을 터였다. 그가 무능하다고 생각할 이유는 전혀 없었고, 21년 동안이나 미제로 남은 사건의 기록을 들여다보고 있는 보슈의 마음은 그래서 더 무거웠다. 자신과 소토가 그 결과를 바꿀 가능성은 희박하다는 것을 그는 알고 있었다. 휘태커와 듀보스는 보슈에게 수사 기록을 넘겨주면서, 전년도에 과학적인 근거를 찾기 위해 그 기록을 철저히 살펴봤지만 헛수고였다고 말했다. 미제사건 전담반의 의무는 예전 사건들을 다시 살펴 새로운 수사 방향을 찾는 것이었다. 첨단 법과학을 적용할 수 있는 분야가 주된 공략 대상이며, DNA와 지문 식별 기술이 노력의 발판이 되어주었다. 하지만 보니 브레이 사건에는 그런 증거가 없었다.

파트너가 그 사건에 정서적으로 연결되어 있었기에, 보슈는 그녀에게 회의적인 생각을 드러내지 않았다. 그는 그 방대한 서류철을 모두 검토하겠다고 소토에게 약속했고, 실제로 메르세드 사건 수사에 지장을 주지 않는 범위 내에서 최대한 검토할 생각이었다. 비행시간이 그 약속을 이행할 기회였다.

보니 브레이 아파트 화재의 피해 상황은 주로 연기로 인해 발생했다. 화염이 미친 피해는 주로 지하의 복도와 지하실 한 칸에 국한되었는데, 그 방에는 아파트 건물 다섯 개 층에서 두 개의 활송장치를 통해 버리는 쓰레기가 내려와 담기는 대형 쓰레기통이 여럿 놓여 있었다. 화염은 이 지하 쓰레기장을 전소시키고 복도로 확산되는 정도에 그쳤다. 그러나 화염에서 발생한 연기가 계단통과 복도와 쓰레기 활송장치를 타고 급속도로 건물 전체에 퍼졌고, 지하의 무허가 어린이집에 있던 어린이들과 교사들의 대피로를 막았다.

이 사건이 이토록 오랫동안 미제로 남은 것은 사건 발생 후 2주라는 소중한 시간이 지나고 나서야 방화로 결론이 났기 때문이었다. 살인사건 수사가 그렇게 오랫동안 지연되면 극복하기 어려웠다. 첫 48시간 안에 해결되지 못한 사건들은 대개가 영구 미제로 남았다. 2주나 수사가 지연된 점이 사건 해결 가능성을 현저히 떨어뜨렸다.

수사 지연의 주된 이유는 처음에 소방서 감식 전문가들이 이를 실화失火로 판단했다는 데 있다. 화재 발원지는 쓰레기 활송장치 밑에 있던 대형 쓰레기통이었던 것으로 밝혀졌다. 쓰레기통에 담긴 가연성 물질이 위층 어딘가에서 활송장치로 던진 담배꽁초와 만나 불이 붙은 것으로 추정되었다. 쓰레기 수거일을 하루 앞둔 날이라 쓰레기통이 가득 차 있었다고 아파트 경비원은 진술했다. 쓰레기통에서 시작된 불은 삽시간에 천장의 나무 들보로 옮겨붙어 방 전체로 번졌다. 불길이 어찌나 거셌던지, 화재를 진압한 뒤 쓰레기통에는 젖은 재밖에 남아 있지 않았다.

실화라는 소방서의 발표에도 불구하고, 램파트 경찰서 순경들은 여러 끄나풀들을 통해 방화라는 소문을 듣기 시작했다. 보니 브레이의 관리소장이 단지 안에서 공개적으로 마약거래를 하려는 피코-유니언 라라사를 제지해 조직과 관리소장 사이에 갈등이 있었다는 이야기를 다수의 정보원이 전해 왔다. 화재는 조직의 마약 사업을 방해하면 응분의 대가를 치르게 될 거라는, 소장을 향한 경고였다는 것이다. 그러나 사망자 발생은 고의가 아니었다고 했다.

한동안은 떠도는 소문에 지나지 않았지만, 새크라멘토 화재 감식 연구소가 전소된 쓰레기통에서 나온 까맣게 그을린 잡석 샘플에 대한 감식 결과를 발표하면서 상황이 달라졌다. 가스 크로마토그래피 분석 결과, 화재 현장의 쓰레기통에서 채취한 샘플 모두에서 적어도 두 종류의 발화성 액체 잔여물이 검출되었다. 보고서에는 석유와 바졸이라는 물질이 촉진제로 작용했다고 적혀 있었다. 쓰레기통에 이런 종류의 화학물질이 다량으로 존재한 이유를 합리적으로 설명하는 것이 불가능하다는 결론이었다. 그렇게 보니 브레이 화재사건은 방화 살인사건 수사로 전환되었다.

보슈는 노트북컴퓨터로 타이핑을 하고 있는 소토를 돌아보았다.

"지금 인터넷 연결돼 있지?"

"네, 뭐 필요하세요?"

"구글로 뭐 좀 찾아봐 줄래? 바졸이라고, 발화성 액체 잔여물이라는데, 그게 뭔지……."

"고급 도료 희석제예요. 꽤 고가죠. 기계공장이나 자동차 정비소 같은 데서 엔진 부품을 닦을 때 많이 쓴대요."

보슈는 소토의 지식에 깊은 인상을 받아 그녀를 물끄러미 바라보았다.

"처음 조서를 읽을 때 찾아봤어요." 소토가 말했다. "촉진제를 밝혀낸 것이 수사 방향에 큰 영향을 끼쳤잖아요. 바졸이 워낙 고가라, 수사관들은 방화범이 이걸 직접 구입했다기보다 어디선가 어려움 없이 손에 넣었으리라 추측했죠. 그래서 이 물질을 쉽게 접할 수 있는 곳에서 일하는 사람일 거라고 생각했고요. 기계 부품을 바졸로 깨끗이 닦고 나면 기름이 섞인 바졸이 남을 거잖아요. 그걸 용기에 담아 불을 붙인 다음 활송장치로 떨어뜨린 거죠."

"화염병을 만든 셈이군."

"맞아요."

"폭발이 있지 않았을까? 소리를…… 사람들이 들었을 것 같은데?"

보슈는 이렇게 물으며 자기가 말한 그 '사람들' 속에 어린 소토가 포함되어 있었다는 사실을 의식했다.

"제일 많이 기억나는 것 중 하나가 그거예요. 그런 질문을 많이 받았다는 거요. 하지만 쓰레기장은 지하였고, 어린이집과는 복도 하나를 사이에 두고 있었어요. 게다가 우리가 워낙 시끄럽기도 했고요. 그렇게 폐쇄된 작은 공간에 아이들이 열 명이나 있었으니까요. 아무 소리도 못 들었어요. 들었으면 좋았을 텐데."

보슈는 고개를 끄덕였다. 일곱 살 때 화염병 터지는 소리를 못 듣고 친구들과 놀기 바빴다는 사실에 소토가 죄책감을 느끼고 있는 것은 아닌지 걱정이 들었다. 물론 소토의 잘못이 아니지만, 20년이 넘도록 죄책감을 가슴에 품고 살아온 사람을 설득할 자신은 없었다.

보슈는 다시 조서를 읽기 시작했다.

"탐폰 선서 진술서가 나오면 말씀하세요." 소토가 말했다.

보슈는 잘못 들었나 싶어 고개를 들고 그녀를 바라보았다.

"뭐?"

"탐폰 선서 진술서요. 진짜 황당해요."

보슈는 고개를 끄덕이고는 다시 수사 기록을 읽기 시작했다. 발화성 액체 잔여물이 확인되자 LA 경찰국 방화사건 전담반이 소방서와의 공조수사를 위해 투입됐지만, 이미 2주나 흐른 뒤라 수사의 추진력이 떨어진 상태였다.

수사관들은 거리의 소문, 즉 그 화재가 애초의 계획과 달리 통제 불능으로 번지고 만 범죄조직의 협박 전술이었을 가능성에 집중했다. 이 수사에서는 아파트 관리소장이 중요 증인이 되어 피코-유니언 라 라사에게 받았던 협박에 관해 정보를 제공했다. 사건 발생 4주 후, 방화사건 전담반은 라 라사 조직원 스물아홉 명의 거주지와 직장에 대해 광범위한 압수수색영장을 신청해 받아냈다. 동이 트기 전 방화사건 전담반과 조직범죄 전담반의 수사관들로 구성된 합동수사팀이 한꺼번에 그 장소들을 급습했고, 수색을 통해 마약과 총기와 방화사건의 잠정적 증거물을 압수함과 동시에 이와 관련된 혐의로 조직원 스물두 명을 체포했다.

수색영장을 집행한 후 법원에 제출한 영장 집행 보고서 사본을 읽어보니, 압수된 품목 중 보니 브레이 방화사건과 직접적인 관련이 있는 것은 거의 없었다. 그나마 관계가 있어 보이는 것은 빅터 차파라는 조직원이 기계공 보조로 일하고 있던 정비소에서 압수한 1갤런짜리 바졸 용기였다. 그것을 제외하고는 모두 전시용, 그러니까 기자들이 사진 찍기 좋게 테이블에 늘어놓을 만한 마약과 총기류로, 보니 브레이 사건의 증거로는 아무 의미가 없는 것들이었다.

그러나 압수와 체포로 피코-유니언 라 라사를 압박하기에는 충분했다. 조직원 대다수가 전과자였기 때문에 사소한 혐의로라도 유죄판결을 받으면 징역형을 면치 못할 것이었다. 이러한 상황이 조직원들로 하여금 잭 해리스의 수사팀에 협조하고 한편 그들끼리는 서로 등을 돌리게 하는 강력한 동기가 되어주었다.

압박 작전의 핵심 공격 대상은 빅터 차파였다. 그물망에 걸린 모든 조직원 가운데, 화재 현장의 재 속에서 발견된 촉진제에 직접 접근이 가능한 사람은 차파밖에 없었다. 보니 브레이 아파트 관리소장은 자신을 협박한 조직원이 차파라고 특정하지 못했지만, 차파는 여전히 바졸을 구해 화염병을 제조할 가능성이 가장 높은 인물로 여겨졌다. 그렇게 추정한 것은, 그가 여자와 동거하고 있지 않은데도 거주지 압수수색 중 욕실 수납장에서 탐폰 한 상자가 발견되었기 때문이었다. 방화사건 전담반 감식 전문가들은 탐폰이 화염병에 연결하는 심지로 흔히 사용된다는 것을 알고 있었다.

수사관들은 차파의 아파트를 수색하면서 코카인 소지 혐의로 그를 체포했다. 남자 넷이 동거하는 아파트 거실의 재떨이에 자동차 안테나 끄트머리로 만든 파이프가 있었고, 그 속에서 코카인 잔여물이 나왔다고 수사관들은 주장했다. 허튼소리였지만 차파를 48시간 동안 구금하고 땀을 빼게 하기에는 충분했다. 그는 장시간 조사를 받은 뒤 구금자로 가장한 순경이 들어가 있던 유치장에 갇혔다. 자기 알리바이에 대해 상세히 진술한 내용을 빼면, 차파는 수사관이나 유치장 동기에게 아무 말도 하지 않았다. 그는 무엇도 포기하지 않았다. 당시 그는 스물여덟 살이었고 오래전부터 피코-유니언의 조직원으로 활동하고 있었다. 장물 소지죄로 주립 교도소에 투옥된 적도 있었다. 그는 의연하게 있다가 심리 이후에 보석금을 내고 풀려났다. 그 심리에서 차파의 변호인은 차파의 전 여자친구에게서 받은 진술서를 제출했는데, 자기가 차파의 아파트에 탐폰을 놔뒀다는 내용이었다.

"예전에 쓰던 생리대다, 그거구먼." 보슈가 말했다.

"그렇게 말하면 어쩔 수가 없는 거죠."

보슈가 소토의 노트북을 넘겨다보니 화면에 지도가 떠 있었다.

"뭐야, 그거?"

"엘 치와와가 어디 있는지 찾아봤어요. 털사에 리틀 멕시코 지역이 있는데, 거기 있네요."

"잘했어. 이따가 밤에 가봐야겠군."

"형사님이 거기 들어가시면 금방 눈에 띌 것 같은데."

"그렇겠지. 어쨌든 가보자고."

보슈는 다시 수사 일지로 돌아갔다. 기록에 따르면, 새벽의 급습으로 체포된 라 라사 조직원 중 보니 브레이 방화사건에 관해 알고 있다고 진술한 사람은 한 명도 없었다. 다들 이에 대해 모른다며, 아홉 명이, 그것도 대다수가 어린이에 모두 자기네 영역인 라 라사에 사는 사람들이 사망한 사건에 조직이 연루되었다고 의심을 받는 것은 대단히 모욕적인 일이라고 주장했다.

불시 압수수색과 체포가 별 효과를 거두지 못하자 해리스의 수사팀이 느끼는 압박감은 점점 더 커졌다. 이 사건은 그해의 가장 큰 사건으로 모든 언론의 주목을 받았고, 경찰국 홍보실은 수사에 관해 매일 진전 상황 브리핑을 요구했다. 이런 압력 때문에 해리스는 작전을 쓰기로 했으니, 이것이 치명적인 역효과를 낳았다. 그는 계속 차파를 압박하는 한편, 경찰이 이번 급습으로 협조적인 증인을 확보했으며 그가 곧 대배심에서 증언할 것이라는 얘기를 피코-유니언 거리에서 활동하는 정보원들에게 전략적으로 흘렸다.

이는 차파가 압박감을 느끼고 무릎을 꿇을 거라는 계산에서 나온 작전이었다. 차파로서는 경찰이 던져주는 동아줄을 붙잡고 협조해 자신이 화염병 확보에 어떤 역할을 했는지, 또 그 화염병을 활송장치로 떨어뜨린 사람이 누구인지 밝히는 것 외에 다른 선택지가 없을 터였다.

해리스는 일종의 신변보호조치로 차파를 감시하면서 압박감이 이 기계공을 무너뜨리면서 나타날 결과를 기다렸다.

오래 기다릴 필요도 없었다. 감시 둘째 날, 협조적인 증인에 관한 소문이 피코-유니언에 쫙 퍼지자마자 해리스와 그의 수사팀은 압박 작전이 틀어지면서 차파에게 최악의 결과가 생기는 상황을 목격했다.

수사팀은 차파가 견습공으로 일하는 6번가의 자동차 정비소에 진을 쳤다. 정비소와 그 주변이 잘 보이는 옥상에서 정비 칸 셋으로 이루어진 정비소를 들고나는 모든 손님과 그들의 차를 지켜보았다. 지상팀은 퇴근하는 차파를 미행할 준비를 갖춘 채 근처 교차로 주변에 숨어서 기다리고 있었다.

그러나 차파는 퇴근하지 않았다. 정비소 영업시간이 지나 차고 문이 내려올 때도, 퇴근하는 직원들 사이에서도, 그의 모습은 보이지 않았다. 경찰은 잠재적인 생명의 위협을 근거로 내세우며 영장 없이 정비소로 쳐들어갔지만 차파를 찾지 못했다. 나중에 실시된 감찰 결과, 방화사건 전담반의 작전과 감시가 차파 자신은 물론 그가 속한 범죄조직의 조직원들에게 모두 알려진 것으로 판단되었다. 차파는 누군가에 의해, 혹은 자발적으로, 그날 수리를 마친 자동차의 트렁크에 실려 정비소를 빠져나간 뒤였다. 이후 마약 소지 혐의와 관련한 법원 심리에도 출석하지 않아 체포영장이 발부되었지만, 그의 모습은 어디서도 다시 볼 수 없었다.

차파가 실종되고 해리스와 그의 수사팀이 감찰을 받으면서 수사 열기는 완전히 식어버렸다. 팀이 해체되고, 수사는 방화사건 전담반 형사들 사이를 여러 차례 옮겨 다니며 점차 능동적이기보다는 그때그때 반응하는 형태가 되어갔다. 어떤 명목으로든 피코-유니언 라 라사의 조직원이 체포될 때마다 그 시점에 보니 브레이 방화사건을 담당하는 방화사건 전담반 형사가 당시의 사건에 대해 묻는 정도였다. 물론 이런 노력은 헛수고로 돌아갔고 사건은 미제로 굳어졌다.

보슈가 보고 있는 바인더 속 파일에는 1993년 당시 피코-유니언 라 라사의 조직도가 접힌 채 들어 있었다. 아주 오랫동안 펴본 적이 없는지 종이 가장자리가 갈라지고 부스러졌다. 소토가 보슈에게로 몸을 기울이고 그 조직도를 건너다보았다.

“전에 이거 본 적 있어?” 보슈가 물었다.

"아뇨, 그건 못 봤는데요."

조직도에는 조직 고위 간부들의 이름과 사진이 포함되어 있었는데, 대개가 과거 체포됐을 때 찍은 머그샷이었다. 각 간부가 1993년 당시 투옥 중인지 여부와 마약 판매, 수송, 생산, 무기, 무력 가운데 어느 분야를 책임지는지를 밝혀놓은 도표도 있었다.

"여기서부터 시작해야 할 것 같아."

"어떻게요?" 소토가 물었다.

"이 이름들을 조회해 보는 거야. 일부는 죽었을 거고 일부는 감옥에 있겠지. 그걸 이용하자고. 감옥에 있는 자들을 만나서, 다시 햇빛을 보게 해주겠다고 제안하는 거야. 혹하는 녀석이 있을 걸. 그 조직의 누군가가 방화사건의 범인이라면, 그게 누군지 아는 놈이 있을 거라고. 감옥에서 나올 방법을 궁리하는 놈을 찾아 잘 설득하면 입을 열 수도 있어."

"휘태커와 듀보스 형사님이 이미 해보지 않았을까요?"

"게을러서 안 했을 거야. 과학적 증거가 없으면 다음 사건으로 넘어가는 식이잖아. 굳이 사무실을 나가 움직일 필요를 못 느꼈겠지."

보슈는 더 이상 종이가 망가지지 않도록 조심스럽게 조직도를 다시 접었다.

"자넨 그러지 마." 그가 말을 이었다. "좋은 형사가 되려면, 밖으로 나가 문을 두드리고 돌아다녀야 돼."

"네, 형사님, 그럴게요." 소토가 말했다.

댈러스 공항에 착륙할 준비를 하겠다는 기장의 안내 방송이 나왔다. 보슈는 바인더를 덮고 눈의 피로를 풀기로 했다. 사건에 관한 스크랩 기사를 포함해서 아직도 볼 게 많이 남아 있지만, 그것들은 다시 여유 시간이 생길 때까지 미뤄둬야 했다.

"차파는 어떻게 됐을까?" 보슈가 물었다. "죽었을까, 살았을까?"

"죽었겠죠." 소토가 말했다. "살아 있다면 그사이 어디에라도 나타나지 않았겠어요? 아마 사막 어딘가에 묻혀 있을 거예요."

보슈는 고개를 끄덕였다. 소토의 말이 옳았다. 차파는 스스로의 의지로 정비소에서 사라진 것이 아니었다. 경찰 끄나풀이라는 냄새를 풍기는 즉시, 조직원들 사이에는 우정이고 뭐고 없었다.

비행기가 댈러스를 향해 고도를 낮추는 동안 보슈는 다른 화제를 꺼냈다.

"바비큐 좋아해?"

"네, 뭐, 가끔 먹어요."

반응이 시큰둥했다. 보슈는 고개를 끄덕였다.

"왜요?" 소토가 물었다.

"댈러스 공항 터미널 안에 커즌스라는 식당이 있거든." 그가 말했다. "바비큐 맛집이야. 비행기 갈아타기 전에 거기 들를까 해서."

"그럼 식사하시고 게이트에서 만나요, 형사님. 괜찮죠?"

"좋아. 출발하기 전에 경전 확인했어? 털사에도 뭐가 있던가?"

미제사건 전담반 형사들이 출장을 다닌 도시들에 관해 이런저런 정보를 자유로이 적어 공유하는 기록장 이야기였다. 형사들은 거기에 경찰국이 허용하는 일일 출장 경비 안에서 숙박하고 식사하기 좋은 곳들을 적어두는가 하면, 현지 경찰과 사법부 사람들을 대하는 방법도 공유했다. 미제사건 전담반이 운영된 지도 벌써 10년 가까이 되어서 다들 안 가본 데가 없었다. 경전은 그동안 쌓인 여행 정보로 두툼해졌고, 기금 마련 수단으로 출판하자는 얘기까지 나올 정도였다. 이미 제목까지 지어놓았다. 〈블루 투어 스페셜: 먹고 마시고 즐겨요, 경찰 아저씨〉.

"그럼요." 소토가 수첩을 넘기면서 말했다. "아침은 지미스 에그라는 곳이 괜찮고요, 저녁은 마호가니에 가보라는데, 제 생각엔 스트립 바 같아요. 그리고 브라우니스라는 가게는 파이가 맛있다네요."

보슈는 미소를 지었다.

"파이라, 릭 잭슨이 은퇴하기 전에 적어놓은 모양이군. 파이 마니아였거든."

"맞아요. 잭슨 형사님이 쓰셨어요."

"경찰국에 관해서는 뭐 없었어?"

"있었어요. 잭슨 형사님이 함께 일한 털사 경찰국 사람 이름도 써놓으셨더라고요. 리키 차일더스. D지국 야간상황실장이래요. 물론 2년 전 얘기지만요. 잭슨 형사님이 '괜찮은 인간'이라고 적어놓으셨던데요."

"좋아, 그럼 그 사람을 만나야겠군."

15

출장 간 형사들이 현지 경찰에 연락해서 방문 목적과 방문 예정지를 설명하고 확인받는 과정은 미제사건 전담반의 출장 규정 중 하나였다. 보통은 일종의 요식행위로 로스앤젤레스에서 온 형사들은 자유롭게 볼 일을 보도록 허용되었지만, 현지 경찰이 자기네 경찰관 한 명과 동행하도록 요구한다든가, 반대로 출장 온 형사들이 누군가를 찾거나 용의자를 체포하기 위해 현지 경찰의 도움을 필요로 하는 경우도 종종 있었다. 이미 소토에게 설명했듯이, 도착하기 전에 미리 연락하는 것이 예상치 못한 문제를 일으킬 수 있다는 사실을 보슈는 경험으로 알고 있었다.

때로는 현지 경찰이 경솔하게 표적을 미리 정찰해 의도치 않게 표적에게 정보를 제공하거나 경계심을 심어주기도 했다. 심지어는 보슈가 도착하기도 전에 먼저 나서서 용의자를 체포하는 바람에, 용의자가 변호사의 조력을 얻을 권리를 요구하기에 앞서 넌지시 떠볼 가능성마저 없애버린 경우도 몇 번 있었다. 자주 있는 일은 아니었지만, 통화를 한 현지 경찰관이 표적과 결탁되어 있을 가능성도 무시할 수 없었다. 언젠가 한번은 보슈가 살인 용의자를 체포하기 위해 세인트루이스 출장을 준비하며 현지 경찰서 형사에게 전화를 건 적이 있었다. 그로서는 통화를 한 상대가 형사이자 용의자와 인척이라는 사실을 알 리가 없었다. 보슈가 두 사람의 관계를 알게 된 건 현지에 도착하여 용의자가 전날 밤 도주했음을 깨닫고 나서였다.

"그다음부터는 절대 연락 안 해." 보슈가 소토에게 말했다. "이젠 늘 예고 없이 다니지."

그들이 시내에 있는 털사 경찰국에 도착한 건 저녁 8시가 다 되어서였다. 그날 밤 일이 어떻게 전개될지 알 수 없었고, 혹시 자정이 넘어 호텔에 도착해 예약이 취소되는 상황이 생길까 봐 먼저 근처에 있는 호텔에 체크인을 하고 나온 터였다.

프런트 데스크에 앉은 정복 경찰관은 보슈와 소토의 LA 경찰 배지에 그다지 깊은 인상을 받지 못한 듯했지만, 어쨌든 위층 형사과로 전화를 걸어 차일더스 형사가 있는지 물어봐주었다.

다행히도 차일더스 형사가 자리에 있어서, 전화를 건 경찰관에게 보슈와 소토를 올려보내라고 했다.

엘리베이터를 타고 한 층을 올라가보니 2층 형사과 사무실 앞에 또 다른 카운터가 있었다. 사람이 없어서 1분쯤 기다리자 카운터 뒤에 있는 문이 열리더니 한 남자가 나왔다.

"릭 잭슨 형사님은 안녕하시죠?" 그가 물었다.

"얼마 전에 은퇴했어요." 보슈가 말했다. "아마 어디서든 골프를 치고 있겠죠."

"부럽네요."

형사가 카운터 너머로 손을 내밀었다.

"리키 차일더스입니다. 야간상황실장이죠."

돌아가며 악수를 나눈 뒤, 보슈는 아래층에서 그랬듯 경찰 배지를 슬쩍 보여주는 대신 차일더스에게 통째로 건네주었다. 소토도 그렇게 했다. 존중의 표시였다.

"미리 전화하셨습니까?" 차일더스가 물었다. "경감님한테서 아무 연락 못 받았는데."

"아뇨, 그냥 왔습니다." 보슈가 말했다. "오늘 아침에야 우리가 만나야 할 자에 대한 정보를 입수하고 급히 비행기에 올랐죠. 미리 연락할 여유가 없었어요."

차일더스가 고개를 끄덕였지만 그 말을 그대로 믿지는 않는 듯 했다. 그는 유능하고 노련한 사람 같아 보였다. 풍채 좋고 느릿한 말투에 긴 콧수염이 입가로 늘어진 40대 남성으로 겉모습 때문인지 옛 서부영화에 나오는 청부 살인자 같은 분위기가 풍겼는데, 보슈가 보기엔 그 자신이 이를 잘 알고 의도적으로 그러한 분위기를 내는 것 같았다. 재킷도 없이 멜빵에 달린 총집에 권총을 꽂은 모습 또한 서부영화 속 청부살인자 이미지에 일조했다.

"누구를 만나시려는 거죠?" 차일더스가 물었다.

"수사 중인 사건의 목격잡니다." 보슈가 말했다. "살인사건의 목격자. 아는 걸 전부 다 말한 게 아닌 것 같아서 다시 얘기해 보려고요."

"숨기는 게 있다고요?" 차일더스가 되물었다. "그러면 쓰나. 이름이 뭐죠?"

"앙헬 오헤다요." 소토가 말했다. "나이는 39세, 9년 내지 10년 전부터 이 지역에 거주하는 것으로 추정되고요."

소토는 차일더스에게 캘리포니아에서 마지막으로 발급된 오헤다의 운전면허증 사본을 건네주었다.

"9년 내지 10년? 그럼 미제사건이네요?" 차일더스가 물었다.

"맞아요." 보슈가 말했다. "우리가 입수한 정보에 따르면, 이 친구가 여기 엘 치와와라는 바에서 일한다고 하던데. 알아요? 엘 치와와?"

"네, 물론 알죠. 이스트털사의 가넷이라는 동네에 있어요. 리틀 멕시코 구역요."

"어떤 곳이죠?"

"당구대가 있는 허름한 선술집이에요. 순찰대가 싸움을 뜯어말리려고 일주일에도 두세 번씩 들락거리죠. 이 친구가 거기서 일한다고요?"

"그게 거의 10년 전 정보이긴 한데, 그래도 거기서부터 시작해 보려고요."

"원하신다면 모셔다드리겠습니다. 하지만 먼저 사무실로 들어가서 오헤다 씨 기록이 있는지 확인부터 하죠. 제가 제대로 말했나요, 소토 형사? '헤'로 발음하는 게 맞나요?"

"잘하시네요." 소토가 말했다.

차일더스가 카운터 끝에 있는 간문을 가리키더니 그리로 들어오라고 손짓했다. 보슈는 미제사건을 수사하면서 전국의 형사과 사무실을 두루 다녀보았지만, 어디나 형사과 사무실은 거의 비슷했다. 털사 경찰국의 형사과든, 시애틀이나 볼티모어, 아니면 탬파베이의 형사과든, 다 거기서 거기였다. 어수선한 책상과 벽에 늘어선 캐비닛, 곳곳에 붙어 있는 수배 전단. 밤 시간이라 사무실은 거의 비어 있었다. 정복 차림의 한 순경이 책상 앞에 앉아 있었고, 또 다른 책상 앞에는 형사가 앉아 있었다. 차일더스는 보슈와 소토를 자기 자리로 안내했다.

"의자 하나씩들 갖고 오세요." 차일더스가 말했다.

보슈와 소토는 빈 책상에서 의자를 끌어와 앉았다. 차일더스도 자기 자리에 앉아 조용한 컨트리 음악이 흘러나오고 있는 시계 겸용 라디오의 스위치를 껐다. 행크 윌리엄스 주니어의 노래인 듯했다.

"우리 쪽에 어떤 정보가 있는지 한번 볼까요?"

차일더스가 운전면허증 사본을 보면서 데스크톱컴퓨터에 내용을 입력했다. 오헤다가 어떤 식으로든 털사 경찰과 만난 적이 있는지 내부 데이터베이스를 검색하는 모양이었다. 연방 데이터뱅크는 LA를 떠나기 전에 소토가 이미 확인했는데, 거기에는 일치하는 정보가 하나도 없었다.

차일더스는 입력 버튼을 누른 뒤 마치 마술이라도 부린 양 두 손을 들고 결과를 기다렸다. 몇 초 후 컴퓨터 화면 상단에 세 단어가 떴다.

일치하는 결과 없음

"이런, 이런." 차일더스가 말했다. "엘 치와와에서 일하는 사람이라면 증인이나 피해자, 신고자, 어떤 형태로든 등록되어 있을 텐데. 정보 확실해요?"

"확실했죠. 10년 전에는." 보슈가 말했다. "개명했나? 엘 치와와로 검색하면 어떨까?"

"그럼 밤을 새워야 할 텐데 괜찮겠습니까?"

차일더스가 바 이름을 치자 이번에는 일치하는 검색 결과가 972개 있다는 메시지가 떴다.

"여기엔 7년 치 정보밖에 없어요." 차일더스가 말했다. "그 전엔 종이에 작성했죠. 다 찾아보시게요? 그렇게 하도록 해드릴 수는 있는데."

보슈는 어떻게 해야 시간을 가장 잘 활용할 수 있을지, 그리고 어떻게 하면 컴퓨터 검색의 범위를 좁힐 수 있을지 잠시 생각해 보았다. 소토의 판단이 빨랐다.

"그냥 직접 가서 살펴보죠." 소토가 말했다. "거기 있는지 눈으로 확인하자고요. 그러려고 온 거니까."

"그게 좋을 것 같군요." 차일더스도 거들었다.

보슈는 고개를 끄덕였다.

차일더스가 운전을 했다. 시내에서 동쪽으로 20분을 달려가자 리틀 멕시코 구역이 나왔다. 밤이었지만 가로등이 밝게 비추는 거리의 풍경은 보슈의 예상과 꽤 다른 모습이었다. 널찍한 도로에 풀밭으로 이루어진 중앙분리대가 있었고, 주변에는 주택과 교회와 상점이 보였다. 몇몇 상점들은 이미 문이 닫힌 채였다. 털사 순찰차 한 대가 영업을 마친 주유소 앞에 서 있었다. 보슈는 한참을 살펴보고서야 겨우 그라피티 하나를 찾아낼 수 있었다.

"그러니까, 여기가 멕시코인 구역이라고요." 보슈가 말했다.

"네, 맞아요." 차일더스가 말했다.

보슈는 소토에게 앞자리를 양보하고 뒷좌석에 앉아 있었다. 그러면 혹시라도 오헤다를 찾아 조사를 위해 경찰국으로 데려갈 때 그의 옆에 앉아 갈 수 있을 터였다.

차일더스는 먼저 엘 치와와 옆을 천천히 지나쳤다. 빨간 지붕으로 보아 예전에는 그 자리에 피자헛이 있었던 모양이었다. 창유리는 덧칠이 되고, 정면에 붙은 다양한 합판 간판에는 페인트로 '세르베사(맥주)', '치차론(돼지고기 튀김)', '데포르테(스포츠)'라는 단어가 적혀 있었다. 기다란 봉에 매달려 불을 밝히고 있는 간판에는 바의 상호와 함께 멕시코 치와와주의 이름을 딴 치와와 개가 이를 드러내고 권투 글러브를 낀 앞발을 쳐든 채 싸울 태세로 선 만화 그림이 그려져 있었다.

밤 10시가 가까운 시각인데도 주차장은 만원이었다. 건물 양쪽에 있는 출입구 앞에서 남자들 몇 명이 술병을 들고 담배를 피우며 이야기를 나누고 있었다.

"저건 위법인데." 차일더스가 말했다. "'열린 술병 법' 말이에요. 밖에서는 술을 마실 수 없거든요."

"잘됐네." 보슈가 말했다. "그걸 이용합시다."

차일더스는 주차장을 지나 도로변에 차를 세우고는 룸 미러로 보슈를 쳐다보았다. 소토가 아니라 보슈가 명령권자임을 아는 것이다.

"어떻게 할까요?" 그가 물었다.

보슈는 잠깐 생각했다.

"아까 오래된 주유소에 샤무('범고래'를 뜻하지만 '순경', '탐정'을 뜻하는 속어로도 쓰임)가 있던데." 보슈가 말했다. "그 친구를 불러올 수 있을까요?"

"샤무요?" 차일더스가 되물었다.

"순찰차에 있던 친구. 순찰 대기 중인 것 같던데."

"아, 샤무. 고래 같다 이거죠. 좋은 표현이네. 예, 이리로 부르죠."

"그래요, 데려와요. 다 같이 들어가서 살펴봅시다. 우리가 찾는 놈이 있으면 순경 시켜서 밖으로 불러내는 거지. 공공장소 음주 금지법 위반 혐의를 들먹이면서. 그게 먹히면 차에 태우고, 그다음에는 우리가 알아서 할게요. LA 얘기는 하지 말고 당신들 배지를 씁시다."

차일더스가 고개를 끄덕였다.

“좋은 계획이네요.”

차일더스는 앞 좌석 사이에 놓인 무전기를 집어 들고 상황실을 통해서 근처에 있는 순찰차에 출동 지시를 내린 뒤 마이크를 내려놓았다.

“저기 있는 친구들 얼마나 거칠까요?” 보슈가 물었다.

“우린 괜찮을 겁니다.” 차일더스가 말했다. “근데 저 안에 여자가 거의 없어서, 소토 형사가 들어가면 다들…… 순간적으로 얼음이 될걸요. 무슨 말인지 아시죠?”

“그건 제가 알아서 할게요.” 소토가 말했다. “차에서 기다리자고 여기까지 온 거 아니니까.”

논쟁을 불허하는 어조였다.

“뭐, 그렇담 나도 상관없고요.” 차일더스가 말했다.

순찰차가 나타날 때까지 10분쯤 흘렀다. 가넷 거리로 다가오는 순찰차를 향해 헤드라이트를 깜박이자, 순찰차는 중앙 차선을 넘어오더니 서로의 운전석 창문이 나란히 놓이게끔 차를 댔다. 파트너 없이 순경 혼자서 순찰을 돌고 있었는데, 자금난에 허덕이는 지방 경찰서에서는 흔히 볼 수 있는 모습이었다. 차일더스는 그 순경과 아는 사이였지만 보슈와 소토를 로스앤젤레스에서 온 형사들이라고 소개할 뿐 굳이 길게 부연 설명을 늘어놓지 않았다. 차일더스가 보슈의 작전을 순경에게 전하자 순경은 기꺼이 가겠다고 대답했다.

차일더스가 차를 돌려 순찰차를 따라갔다. 바 주차장에는 자리가 남아 있지 않았다. 그들은 주차장 옆을 따라가다가 뒤쪽으로 돌아 다른 옆면으로 나와서 바 출입문 근처에 차를 세웠다. 문 앞에서는 여전히 남자 몇 명이 선 채 술을 마시며 담배를 피우고 있었는데, 다들 실외에서 술을 마시다가 순경과 옥신각신했던 경험이 있는지 순찰차를 보자마자 허둥지둥 바 안으로 들어갔다.

모두 차에서 내려 출입문을 향해 걸어갔다. 안에서 쿵쾅거리는 요란한 음악이 흘러나왔다. 보슈는 소토의 왼쪽으로 가서 섰다. 안에 뭐가 있을지 모르는 문을 향해 걸어갈 때 그들은 늘 이렇게 섰다. 보슈는 왼손잡이였고 소토는 오른손잡이여서 이런 구도가 안전했다.

순경은 190센티미터는 족히 넘는 장신에 술통 같은 가슴을 갖고 있었다. 경찰복 안에 방탄조끼를 입고 있어서 덩치가 더 커 보였다. 순경이 먼저 안으로 들어가 손님들을 비집고 길을 만들기 시작했다. 예상했던 대로 소토가 눈길을 끌었는데, 이것이 보슈에게는 이롭게 작용했다. 그는 주위의 얼굴을 하나하나 확인하면서 10년 전 캘리포니아에서 찍은 운전면허증 사진 속의 앙헬 오헤다와 비슷하게 생긴 사람을 찾기 시작했다.

운이 좋았다. 두리번거리기 시작한 지 얼마 안 되어 술집의 오른쪽 바 뒤편에서 오헤다처럼 생긴 남자를 발견했다. 아마 세 명의 바텐더 중 하나인 듯한데, 주문을 받거나 맥주병을 따는 대신 금전등록기 옆의 뒤쪽 카운터에 기대선 채 북적거리는 술집 안을 둘러보는 중이었다. 곧 갈색 얼굴들 사이에서 백인의 얼굴을 식별해 낸 듯 그의 눈길이 보슈에게 닿았다. 순간 보슈가 경찰인 것을 알아챈 듯 했지만 LA에서 온 경찰이라 생각하는 것 같지는 않았다.

이제 보슈와 소토는 나란히 있지 않았다. 군중을 헤치며 나아가는 길이 너무 좁아 그들은 한 줄로 움직였다. 소토가 앞서가고 있었는데, 보슈보다 키가 훨씬 작은 그녀의 시야는 다른 사람들에 의해 완전히 가려져 있었다. 라틴 비트가 가미된 일렉트로닉 댄스음악이 스피커에서 요란하게 울렸다. 사방 벽과 바 위에 걸린 평면 TV에서는 축구와 권투 경기가 한창이었고, 공기 중에는 마리화나 특유의 냄새가 가득했다.

보슈가 소토의 어깨 위로 몸을 숙여 귀에 대고 큰 소리로 말했다.

"찾았어. 바 뒤에 있어. 차일더스에게 알려."

메시지가 전달되었고, 보슈 일행이 바에 도착했을 땐 이미 순경이 지시받은 바를 이행하는 중이었다. 그가 금전등록기 옆에 있는 남성을 손짓해 불러서 밖으로 나가자고 하자 남자는 망설이며 손님들을 가리켰는데, 이 사람들은 어쩌냐는 뜻인 것 같았다. 거구의 순경이 바 위로 허리를 굽히고 무언가 결정적인 말을 했는지, 남자가 카운터의 접이식 상판을 올리고 나왔다. 그는 뒤에 남은 바텐더에게 손짓으로 무언가를 전한 뒤 가까이 있는 출입문을 향해 걸어갔다. 순경이 보슈 일행에게 문을 가리켰고, 그들은 모두 술집 안을 가로질러 걸어 나갔다.

바 밖으로 나오자마자 보슈의 표적인 이 남성이 갑자기 공세로 돌아서서 순경을 향해 불만을 쏟아냈다. 항상 사복형사가 책임자라는 사실을 모르는 모양이었다.

"왜 와서 귀찮게 해요? 장사하느라 바쁜데."

"진정하시고요, 선생님." 순경이 말했다. "문제가 있어서 잠깐……."

"문제는 무슨 문제? 아무 문제 없어요, 나."

보슈는 이자가 오헤다가 맞는다는 확신과 함께, 그가 영어를 잘해서 다행이라는 생각이 들었다.

"케빈, 내가 말할게." 차일더스가 말했다.

순경이 뒤로 물러서자 차일더스가 그 공간으로 들어가 바텐더 앞에 바짝 다가섰다.

"성함은요, 선생님?"

"왜요? 이름을 말해야 할 이유가 뭐죠?"

"큰 문제가 있으니까요, 선생님. 협조 안 하시면 문제가 더 커집니다. 자, 성함은요?"

"프란시스코 베르날. 됐어요?"

"신분증 있어요, 프란시스코 베르날 씨? 운전면허증?"

"운전 안 해요. 바 뒤에서 사는데 운전은 무슨."

"좋아요. 그럼 영주권은? 아니면 여권 있습니까?"

그는 백인 경찰들을 따라다니며 동포들을 괴롭히다니 역겹다는 표정으로 잠시 소토를 바라보고는, 곧 지갑을 꺼내 접힌 종이 한 장을 빼냈다. 그가 종이를 차일더스에게 건네자, 차일더스는 종이를 펼쳐 쓱 훑어보고서 바로 보슈에게 건네주었다. 그러고는 이제부턴 보슈가 나설 수 있도록 옆으로 비켜섰다.

보슈가 서류를 들자 순경이 손전등으로 불빛을 비춰주었다. 서류는 프란시스코 베르날이라는 사람의 영주권 사본이었다. 원래 영주권자는 늘 영주권을 소지하고 다닐 의무가 있었다. 그러나 워낙 소중한 물건이기도 하고 분실하거나 도난 당할 경우 재발급이 어려워 다들 원본은 잘 모셔놓고 사본을 들고 다녔다. 일상적인 경찰 검문 때는 이런 사본도 그냥 넘어갔다. 그러나 보슈는 영주권 자체를 위조하는 것보다 사본을 가짜로 만드는 편이 더 쉽다는 것을 알고 있었다.

서류를 살펴보는 동안 술집 손님 몇 명이 무슨 일인가 싶어 밖으로 나왔다. 차일더스가 그들에게 위협적으로 다가가 문을 가리키며 도로 들어가라고 명령했다. 손님들은 재빨리 지시에 따랐다.

보슈는 서류에서 고개를 들어 자신이 보기에 앙헬 오헤다가 틀림없는 남성을 바라보았다.

"원본 안 갖고 다니는 건 경범죄라는 거 알죠?"

남성은 기가 막힌다는 표정으로 고개를 가로저었다.

"이건 또 뭔 개 같은 소리야." 그가 중얼거렸다.

보슈가 그에게로 다가가 품속에 지니고 있던 접힌 종이를 건네며 물었다.

"이것도 개 같은 소린가?"

남자가 보슈의 손에서 종이를 빼앗아 펼쳤다. 그의 옛날 사진이 박힌 캘리포니아 운전면허증 사본이었다. 보슈는 사진을 알아본 바텐더의 눈동자가 흔들리는 것을 놓치지 않았다. 오헤다 본인임을 확인한 순간이었다.

"당신, 방금 경찰관한테 거짓말했지." 보슈가 말했다. "당신이 갖고 있는 신분증 겸 이민 서류는 위조된 거잖아. 큰일 났네, 이제."

보슈는 한 걸음 뒤로 물러선 뒤 순경을 향해 고개를 끄덕였다.

"수갑 채워요, 케빈."

순경은 손전등을 끄고 명령을 이행했다.

16

형사과 사무실이 어디건 다 비슷해 보이듯이, 조사실도 마찬가지였다. 조사를 기다리는 사람에게 절망을 불어넣기 위해 설계된 밝은 조명 아래의 작고 삭막한 방. 절망에서 타협과 협조가 나오는 법이다. 보슈는 오헤다를 한 시간 가까이 혼자 앉혀둔 뒤에야 조사실에 들어갔다. 보슈가 먼저 나서서 조사하고, 별 효과가 없으면 소토가 바통을 이어받아 다른 각도에서 조사할 계획이었다. 보슈가 조사할 동안 소토는 다른 방에서 영상을 통해 지켜보기로 했다.

오헤다는 작은 테이블 앞에 앉아 있었다. 차가운 불빛 속에 드러난 그는 잘생긴 남자였다. 칠흑 같은 머리에 부드러운 피부를 가졌고 체격이 다부졌다. 짙은 갈색 눈에는 피로감 혹은 슬픔이 어려 있었다. 보슈는 그의 맞은편에 놓인 의자를 끌어내면서 오헤다의 영주권 사본을 테이블로 툭 던졌다.

"뭐라고 불러줄까? 앙헬? 아니면 프란시스코?" 보슈가 물었다.

"변호사나 불러줘요." 오헤다가 말했다. "나도 내 권리 아니까."

보슈는 고개를 끄덕였다.

"그럼, 그럼. 변호사 부를 권리 있지. 근데 일단 불러들이고 나면 어떻게 되는지도 알고 있나? 우린 자넬 이민법 위반으로 입건해서 구금할 거고, 그렇게 되면 보석으로 나올 수도 없어."

오헤다의 얼굴에 고통의 기색이 역력했다.

"정말이라니까." 보슈가 말했다. "이민국에 알아봤더니 자네가 준 사본이 가짜라더군. 가지고 가서 똥이나 닦으라고. 딱 그 정도의 가치밖에 없으니까."

엄포였다. 금요일, 그것도 자정 가까운 시각에 털사에서 이민국의 확인을 받을 가능성은 제로에 가까웠다. 그러나 보슈는 오헤다가 내어준 프란시스코 베르날이라는 이름의 영주권이 가짜임을 확신했다. 합법적인 그린카드였다면 이민국의 지문 확인 과정이 있었을 것이고, 그랬다면 그의 본명이 드러났을 테니까.

"일이 아마 이렇게 진행될 거야. 한 달쯤 구치소에 있다가 판사 앞에 끌려가 드디어 심리를 받게 되겠지." 보슈가 말을 이었다. "근데 공문서 위조 건은 어떻게 손을 쓸 수가 없단 말이야. 변명의 여지가 없거든. 그러니 치와와로 강제 추방 되겠지, 분명히."

자신의 말이 오헤다의 머리에 새겨질 시간을 잠깐 준 뒤, 보슈는 다시 말을 이었다.

"그래서 묻는 건데, 그게 자네가 원하는 거야? 그렇다면 고개만 끄덕여. 그럼 유치장으로 데려다줄게. 그리고 자네한테 아무 도움도 못 줄 변호사에게 전화하도록 25센트짜리 동전도 한 개 쥐여주지."

오헤다는 가슴 위로 팔짱을 꼈다. 조사실에 집어넣기 전에 수갑을 풀어준 터였다. 그에게서 뭔가 원하는 게 있다는, 따라서 협상이 가능할 수도 있다는 뜻을 전하는 작은 힌트였다. 그런데도 대뜸 변호사를 요청하다니, 아무래도 감지하기 힘든 힌트인 모양이었다.

"자넬 도울 수 있는 사람은 나밖에 없어." 보슈가 말했다.

이제야 오헤다도 조금씩 말뜻을 알아채기 시작하는 듯했다.

"원하는 게 뭐요?" 그가 물었다.

보슈는 벨트에서 경찰 배지를 떼어내 오헤다에게 잘 보이게끔 테이블에 올려놓았다. 오헤다는 팔짱을 낀 채로 몸을 숙이고 배지를 보았다.

"LA? 거기서 여기까지 왜?"

"그건 자네가 더 잘 알잖아, 앙헬."

"아뇨, 모르는데. LA를 떠난 지가 언젠데……."

"오를란도 메르세드가 죽었어."

오헤다가 고개를 들고 보슈를 쳐다보았다. 그 소식을 처음 듣는 모양이었다.

"사흘 전에 죽었지. 척추에 박혀 있던 총알 때문에. 자네를 향해 날아왔던 그 총알 말이야."

오헤다는 허리를 꼿꼿이 세우고 앉아 보슈를 노려보았다.

"10년 전에 자네는 경찰한테 거짓말을 했어, 앙헬. 의도적인 누락도 거짓말이거든. 무슨 뜻인지 알지? 진실을 다 말하지 않았잖아. 자네가 알고 있는 것을 전부 다 밝히지 않았다고."

"아는 게 없었으니까요."

"아니, 있었어. 자넨 다 알고 있었어. 그런데도 우리에게 말하지 않았고, 그건……"

"아니라니까!"

"……공무집행방해죄에 해당하지. 하지만 그것도 그 옛날 얘기고, 이젠 살인죄야. 자네가 우릴 돕지 않으면 살인범을 돕는 셈이거든. 상황이 완전히 달라진다고. 사후종범(정범의 실행 행위가 이미 끝난 뒤에 그를 돕는 행위)이 되는 거야. 살인을 도운 사람. 그 말인즉슨, 자네가 캘리포니아 교도소에서 형을 다 살 때까지는 치와와로 돌려보내지 않을 거라는 뜻이고."

"미치겠네, 정말."

"누가 자네를 향해 총을 쐈지, 앙헬? 자넨 무엇 때문에 오클라호마로 도망쳐서 이름까지 바꾸고 산 거야?"

오헤다는 보슈의 말이 귓속으로 들어오지 못하게 막으려는 듯 고개를 세차게 흔들었다.

"나한테 뭘 어떻게 하라고 시킨 사람 없어요. 상황을 단단히 잘못 알고 계시네. 이름을 바꾼 건 삼촌이 이 바 사장인데 여기 와서 자기 아들 노릇을 하라고 부탁해서예요. 그래서 삼촌 성을 따른 것뿐이라고요."

보슈는 테이블 위로 팔을 뻗어 경찰 배지를 가져와 벨트에 꽂았다. 이제 어느 방향으로 나아갈지 생각할 시간이 필요했다. 마리아치 호텔 숙박부에 있던 이름이 떠올라 우선 그걸로 시간을 좀 벌어보기로 했다.

"로돌포 마틴이 누구야?" 보슈가 물었다.

오헤다가 혼란스러운 표정으로 다시 고개를 가로저었다.

"몰라요. 들어본 적도 없어요."

"광장 건너편 호텔에 있던 사람이야. 그가 총을 쐈고, 자넨 그를 봤어. CCTV에 다 찍혀 있다고, 앙헬. 그래서 도망친 거잖아. 총을 가진 사람을 봤고, 그가 자넬 겨누고 있다는 걸 알았으니까. 메르세드가 그 총알을 대신 맞았고!"

"아니, 내가 누굴 봤다고 그래요? 난 아무도……"

"로돌포 마틴이 누구냐고!"

"모른다니까!"

보슈는 마음을 가다듬고 침착한 어조로 말을 이었다.

"다 털어놓는 게 좋을 거야. 아니면 내가 자넬 도울 수가 없어. 무슨 일이 있었는지 얘기해 봐."

오헤다가 처음으로 고개를 끄덕였다. 이제 됐다. 그가 입을 열 참이었다. 보슈는 기다렸고, 마침내 오헤다는 눈을 내리깐 채 테이블만 노려보면서 운을 뗐다.

"연주자였을 때, 여자들이 좀 따랐어요. 잘사는 집 여자들이. 지금도 술집에서 여자들이 붙긴 하지만, 그런 여자들과는 급이 다른 여자들이었죠."

예상했던 이야기는 아니지만 보슈는 고개를 끄덕였다. 무슨 말인지 알 것 같았다. 오헤다는 눈에 띄는 미남인 데다 당시에는 연주자이기까지 했다. 최근 보슈의 딸이 인터넷에서 봤다며 거리에서 무작위로 행한 실험 조사 이야기를 들려주었는데, 여성들은 모르는 남성이 접근할 때 서류 가방을 든 남성보다 악기를 든 남자에게 전화번호를 알려주는 경우가 더 많다는 내용이었다.

"그래. 그래서?"

"그때 만나면 안 되는 여자를 만났고, 그래서 이 사달이 난 거예요."

보슈가 예상한 건 마약 얘기였다. 여자가 아니라.

"그랬군. 그 여자 얘기 좀 해봐. 누군데? 어디서 만났지?"

오헤다가 목덜미를 긁으면서 말을 이었다.

"공연 가서 만났어요. 대저택에서. 무슨 산 위에 우뚝 솟은 성 같은 곳이었는데, 거기서 특별한 사람을 위한 대규모 연회가 열렸어요. 손님이 많이 왔죠. 그 공연에서 만났어요. 공연 끝나고 다들 악기를 챙길 때 담배 한 대 피우러 밖으로 나갔는데, 그 여자도 거기 있더라고요. 같이 담배를 피웠죠. 여자가 전화번호를 주면서 전화하라고 했어요."

"그래서 전화했어?"

"아름다웠거든요. 전화를 걸었죠."

"유부녀였나?"

오헤다가 고개를 끄덕였다.

"남편이 그 저택 주인이더라고요. 권력가에 엄청난 부자였어요. 사람들이 '콘크리트 왕'이라고 부르는. 그 집이 그 여자네 집이었던 거죠."

"성을 가진 왕이랑 결혼해 놓고 자네한테 전화하라고 했단 말이지."

이것은 질문이 아니었다. 오헤다의 이야기를 간결하게 요약하고 보니 그 이야기의 부조리함이 확실하게 느껴졌다.

"나중에 그러더라고요, 외로웠다고. 하지만 남편이 위험한 사람이라 떠날 수가 없다고요. 힘도 있고 돈도 있는 사람이라서요. 떠나지 않겠다는 서약서를 쓰고 서명하게 했대요."

"혼전 계약서 말이군. 그 여자를 처음 만났다는 그 공연, 정확히 언제한 거야?"

"몰라요. 기억 안 나요."

"총격이 있기 얼마 전이었어?"

"모른다니까요. 하지만 그 전이었던 건 맞아요. 그건 확실해요."

"새 악단과 함께였어? 로스 레예스 할리스코?"

"네, 맞아요."

"좋아, 그럼 총격이 있기 6개월 전쯤? 아니면 한 달 전?"

"석 달 전쯤이었던 것 같아요."

"그리고 그때부터 그 여자와 깊은 관계였다는 거지?"

오헤다가 고개를 끄덕였다.

"그 관계가 얼마나 오래갔어?"

"일단 몇 주쯤."

"그러다가 남편이 알았고?"

오헤다가 다시 고개를 끄덕이곤 말했다.

"내 집에 찾아와서 협박했어요. 그만두지 않으면 죽여버리겠다고. 자기 아내도 같이."

"그래서 그만뒀어?"

오헤다는 보슈의 눈을 피하더니, 잠시 후 고개를 가로저었다.

"아뇨. 그 여자를 아주 많이 사랑했거든요."

마지막 얘긴 거짓말 같았다. 그가 만들어내 10년 동안 간직해 온 변명 중 일부일 것 같았다. 욕정이 아니라, 제일 꼭대기 선반에서 뭔가 꺼내고자 하는 모든 인간의 욕구가 아니라, 진짜 사랑이었다고 믿고 싶은 것이다. 자신의 욕망이 결국 한 사람의 인생을 망쳐놓았으니 정당한 변명이 있어야 했으리라.

"그 여자는? 남편이 여자한테도 자네와의 관계를 끊으라고 했대?"

"얘기했지만, 우린 멈추지 않았어요."

오헤다는 자신의 결정이 치명적인 결과를 가져왔다는 사실을 인정하듯 고개를 숙였다.

"남편이 자네한테 경고한 시점과 메르세드가 광장에서 총에 맞은 시점 사이엔 어느 정도의 시간차가 있었지?"

"길지 않아요. 한 달?"

"나한테 묻지 말고 대답을 해. 어느 정도야?"

"한 달쯤요."

보슈는 의자에 등을 기댄 채 오헤다를 바라보며 지금까지 들은 내용과 그 진실성을 가늠해 보았다.

"여자 이름이 뭐지?"

"마리아요."

"성까지 다."

"마리아 브루사드. 근데 멕시코 여자였어요. 결혼 전 성은 푸엔테스랬어요."

"남편 이름은?"

"브루스."

"브루스 브루사드. 확실해?"

"여자가 남편을 그렇게 불렀어요."

"그래, 그러면 그 파티가 열렸던 대저택은 어디 있었어? 성 말이야."

"산 위에요. 산 한쪽 면이 다 그 집이었어요."

"주소가 어떻게 되는데?"

"그건 모르죠. 딱 한 번 갔는데. 게다가 그 집으로 올라갈 땐 승합차 뒷좌석에 앉아 있었고."

"그럼 다른 때, 그러니까 그 여자와 따로 만날 땐 다른 장소에서 만난 거야?"

"주로 호텔에서 만났어요. 내 집에 온 적도 한 번 있고."

"어느 호텔?"

"여러 군데요. 시내 곳곳에 있는. 유니버설에도 한 번 갔었고, 건물 바깥쪽에 유리로 된 엘리베이터가 있는 호텔에도 한 번 갔고요."

"그 여자가 누군지는 처음부터 알고 있었지? 유부녀고, 그 집이 그 여자 집이었다는 거?"

오헤다는 대답을 망설였다.

"거짓말할 생각 마." 보슈가 말했다. "뭐에 대해서든 한 번이라도 거짓말을 하면 문제가 커지는 거야."

"그래요, 알고 있었어요."

"악단 동료들도 자네와 그 여자의 관계에 대해서 알았고?"

"아뇨, 그건 비밀이었어요. 그녀와 나만 아는."

"남편은 어떻게 알았지?"

"모르겠어요."

"여자가 말했나?"

"아뇨, 내 생각엔 여자를 미행한 것 같아요. 다른 사람에게 미행을 시켰거나."

"로돌포 마틴이 누구야?"

"그건 사실대로 말한 거예요. 누군지 몰라요."

그 이름은 가명일 가능성이 높았다. 몰래 숨어 총을 쏘려고 호텔에 체크인을 하면서 본명을 대지는 않았을 것이다. 보슈는 다음 질문으로 넘어갔다.

"마리아 브루사드와 마지막으로 이야기를 나눈 건 언제지?"

"10년 전요. 오를란도가 총에 맞은 다음 날, 그녀에게 전화를 걸어서 일이 어떻게 된 건지 다 알겠다고 했어요. 그 후로 다시는 그녀를 보지 못했고요."

"메르세드를 맞힌 총알이 자넬 맞히려던 거였다는 사실을 안다고 했다고?"

"네."

"여자가 뭐래?"

"자기는 못 믿겠다고, 나더러 거짓말쟁이라고 하더라고요. 그걸로 끝이었어요."

보슈는 메모를 하지 않았다. 차일더스가 카메라를 설치해 놓았고, 소토가 지켜보면서 메모를 하고 있었다.

그는 마지막 질문을 던졌다.

"아까 아주 특별한 사람을 위해 열린 파티에서 그 여자를 만났다고 했는데, 그 특별한 사람이 누구야?"

"이름은 기억 안 나요. 시장 선거에 나온 사람이었는데, 선거운동 자금으로 쓸 거라면서 사람들에게 디너파티 입장료를 받았어요."

보슈는 잠자코 앉아서 오헤다를 바라보았다. 그가 행방을 감추고 이름까지 바꾼 이유를 이제야 알 것 같았다. 그 감정이 사랑이었든 인간의 원초적인 욕망이었든, 순간의 선택이 정치와 살인이 소용돌이치는 검은 물결 속으로 그를 끌어들였던 것이다.

"아르만도 세야스였어? 그 특별한 사람?"

오헤다는 고개를 가로저었다.

"아뇨, 그 사람은 아니에요."

"확실해? 거짓말하면 어떻게 된다고 했는지 기억하지?"

"확실해요. 그 사람은 아니에요. 세야스가 누군지는 나도 알죠. 그 사람 결혼식 때 우리가 연주까지 했는데. 시장이 되고 싶어 하는 다른 사람이었어요. 백인 남자."

세야스의 경쟁자 중 한 명이다. 직접적인 관련성은 사라졌지만, 보슈는 여전히 검은 물결이 소용돌이치는 것을 느낄 수 있었다.

보슈는 비디오실에 앉아 오헤다 조사 과정을 계속 지켜보고 있던 소토에게로 갔다. 소토 혼자였다. 자판기에서 뽑은 감자 칩 봉지가 뜯긴 채 테이블에 놓여 있었다. 그것을 보니 댈러스에서 닭 가슴살 샌드위치를 먹은 뒤로 쭉 빈속이었다는 사실이 떠올랐다.

"리키는?"

"보다가 중간에 나갔어요. 할 일이 있다고. 건물 안 어딘가에 있을 거니까 필요하면 부르래요. 조사하느라 수고 많으셨어요."

보슈가 감자 칩 봉지를 집어 손을 넣었다. 소토는 제지하지 않았다.

"고마워."

"차일더스 형사님도 오헤다가 입을 여는 것까지는 보셨어요. '트루 게이터'라면서 자기 도움은 필요 없을 거라던데요. 그게 무슨 말이에요?"

보슈가 어깨를 으쓱였다.

"글쎄. 젊어 보이니 베트남에 다녀왔을 리는 없고."

"베트남에서는 무슨 뜻이었는데요? 저희 할아버지도 베트남전 참전용사셨거든요."

"할아버지? 거참 기분 좋구먼, 내가 그렇게 늙었다니."

소토는 보슈가 과자를 돌려주지 않아 화가 난 시늉을 하며 봉지를 확 잡아챘다.

"가서 사 드세요. 복도에 자판기 있어요. 할아버지는 형사님보다 훨씬 더 나이가 많았고, 해병대에서 평생을 복무하셨어요, 믿으시든 말든요. 그건 그렇고, 트루 게이터가 뭔데요?"

"게이터는 CIA에서 심문관interrogator을 부르는 줄임말이었어. '강화된' 심문 방법과 도구를 썼지."

"헬리콥터 방식 같은 거요? 할아버지가 종종 말씀해 주셨어요."

소토의 기억이 보슈의 기억을 끌어내려 하고 있었지만, 지금은 그런 것을 허용할 상황이 아니었다. 그는 다시 본론으로 돌아갔다.

"조사 막바지에 오고 간 얘기들, 수첩에 얼마나 받아 적었지?"

"아직 하나도 안 적었는데요."

"잘했어. 그건 당분간 비밀로 하자고."

"왜요?"

"뜨거운 문은 조심해야지. 불타는 방의 문을 섣불리 열면 안 되잖아. 조심스럽게 접근해서……"

보슈는 문득 자신의 표현을 의식하고 말을 멈췄다.

"미안해, 적절한 비유가 아니……"

"아뇨, 괜찮아요." 소토가 말했다. "무슨 말씀인지 알아들었어요. 근데 메모는 안 할 수야 있지만 동영상은요? 그걸 지우시게요?"

"아니, 동영상은 갖고 있되 반장에게 보여주지 말아야지. 반장한텐 보고서만 제출할 거야. 마지막 부분은 알리고 싶지 않아, 아직은."

"알겠습니다."

"그래. 그건 그렇고, 그 이름 말이야. 브루스 브루사드. 누군지 알아?"

소토가 고개를 가로저었다.

"어디서 들어본 것 같기는 한데, 어디에선지는 잘 모르겠어요." 소토가 말했다. "형사님은요?"

"나도."

"거물이겠죠? '콘크리트 왕'이라니. 형사님은 오헤다의 말을 믿으세요? 부자 남편이 있는 여자와 사랑에 빠졌다는 얘기 말이에요."

보슈는 잠깐 생각하다가 고개를 끄덕였다.

"지금까지는 믿어. 오헤다의 입장에서는 사랑이었을 수도 있겠지. 하지만 여자는? 글쎄, 모르겠군. 어쨌든 이 이야긴 아무한테도 하지 말자고. 보고서에도 쓰지 말고, 자네 친구들에게도 하면 안 돼. 경찰 배지가 있는 친구들이라도 말이야. 우선 마리아 브루사드에 대해서 좀 더 알아봐야겠어."

"반장님께는 뭐라고 얘기하시려고요? 우리를 여기로 보내면서 쓴 돈값을 했는지 궁금해하실 텐데."

"보고서는 내가 쓸게. 당분간 브루사드라는 이름은 뺀 채로 우리가 돈값을 했다고 믿게 만들어야지. 우선 내일 아침 비행기표를 예약해야겠는데."

"제가 인터넷으로 할게요. 오헤다는요?"

보슈는 잠깐 고민했다. 그를 풀어주면 다시 도주할 가능성이 있었다. 위험하지만 감수할 수밖에 없었다. 위조 신분증과 영주권을 들어 공문서위조죄로 입건했다가는 이 잠재적 증인이 검사 측에 등을 돌려버릴 게 뻔했다. 보슈는 방 한편에 줄지어 서 있는 장비를 가리켰다.

"조사 내용 카메라로 찍어놨잖아. 그걸 우리가 챙기고 진술서를 쓰자고. 전체 내용을 담은 진술서 말이야. 그걸 오헤다에게 보여주고 서명을 받은 다음 풀어주면 돼. 물론 진술서는 당분간 수사 기록에 넣지 말고. 만일을 위해서."

"어떤 만일요?"

"뭐가 됐든."

17

토요일 아침 보슈와 소토는 댈러스행 첫 비행기를 탔다. 댈러스에서 출발하는 LA행 항공편 세 곳의 대기자 명단에 이름을 올려둔 터였다. 그들이 털사에서 머문 시간은 열두 시간도 채 되지 않았고, 그동안 쓴 시 예산은 1000달러를 넘기지 않았다. 오헤다에게서 알아낸 내용을 감안하면 그리 큰 지출이 아니라고 보슈는 생각했다.

운 좋게도 댈러스에서 LA행 첫 항공편에 탑승할 수 있었다. 또 운이 좋았던 것은 무장 경찰관 두 명이 탑승한다는 사실을 보고받은 여객기의 기장이 그들을 좌석 업그레이드 명단 맨 위에 올려주었고, 그래서 두 사람은 서로 다른 열이긴 하지만 1등석에 앉아 갈 수 있게 되었다는 사실이었다. 보슈는 그렇게 고급스러운 자리로 향하면서 커즌스에서 사 온 샌드위치 봉투를 들고 있는 것이 민망스러웠다. 1등석 손님에겐 무료 식사가 제공될 거라는 승무원의 얘기도 들은 참이었다. 마침 군복 차림의 군인이 뒤쪽에 있는 자리를 찾아 복도를 걸어가는 것을 보고, 보슈는 샌드위치 봉투를 그에게 건네며 자기가 먹어본 가장 맛있는 닭 가슴

살 샌드위치라고 말했다. 군인은 봉투를 받았다.

"그건 두고 봐야 할 것 같은데요, 선생님." 군인이 말했다. "제가 멤피스 출신이라서요."

보슈는 고개를 끄덕였다. 언젠가 멤피스로 출장을 갔을 때 현지 경찰이 일주일 내내 매일 다른 바비큐 식당으로 그를 데리고 다녔던 기억이 떠올랐다.

"소스 뿌린 거, 안 뿌린 거?" 보슈가 군인에게 물었다.

"안 뿌린 거요, 선생님."

"랑데부?"

"거길 어떻게 아시죠?"

보슈가 고개를 끄덕이자 군인은 자리를 찾아 복도를 걸어갔다. 군인 뒤에 따라 들어오던 여성이 자기한텐 뭐 줄 것 없느냐고 물어서 보슈의 얼굴을 달아오르게 했다.

그는 객실 세 번째 열, 소토는 첫째 열이었다. 기장은 문제가 발생할 경우 그들이 신속하게 움직일 수 있도록 복도 쪽 좌석을 배정해 주었다. 이런 경우가 처음은 아니었다. 보슈가 만난 항공사 승무원들은 대개 조종석 근처 좌석으로 무장경찰을 기꺼이 맞아들였다.

이륙이 잠깐 지연되는 동안, 보슈는 이어폰을 끼고 색소폰 연주자인 프랭크 모건에 관한 영화에서 다운로드한 음악을 들었다. 모건이 재즈 세계로 컴백하기 전 여러 해 동안 수감 생활을 했던 샌퀜틴 교도소에서 열린 추모 음악회를 보여주는 다큐멘터리 영화였다. 추모 음악회를 연 밴드는 모건과 함께 활동했거나 모건을 존경하는 연주자들로 구성되었고, 이 위대한 연주자를 추모하는 마음을 열정 가득한 공연으로 보여주었다. 보슈는 디지 길레스피의 〈더 챔프The Champ〉를 두 번 연속으로 들었다. 그는 델피요 마살리스와 '선교사'라는 별명을 가진 마크 그로스가 트롬본과 색소폰으로 주거니 받거니 연주하는 부분을 특히 좋아했다.

마침내 비행기가 이륙하자 보슈는 음악을 끄고 일을 하기 시작했다. 살인사건 수사 기록을 소토와 나눠 갖고 있었는데, 보슈는 아직도 보니 브레이 방화 살인사건 기록을 갖고 있었다. 옆 좌석에 할리우드 영화 산업 관계자처럼 보이는 젊은 여성이 앉아 있었다. 사건 현장이나 부검 때 찍은 피해자들 사진이 들어 있는 바인더를 펼쳤다가는 그 여성이 놀랄 수도 있었기에 보슈는 두툼한 봉투를 꺼내 방화 및 살인 사건에 관한 신문 스크랩을 읽기 시작했다.

봉투에는 누렇게 변한 기사들이 접힌 채로 가득 들어 있었는데, 전부 전날 펼쳐보았던 라 라사 조직도처럼 금방이라도 부서질 듯한 상태였다. 천천히 조심해서 펴는데도 접힌 부분이 찢어졌다. 과거 사건 파일을 살펴볼 때 이런 일이 자주 있어서, 그는 찢긴 조각들을 고기 포장용으로 쓰는 방습지에 테이프로 붙여놓곤 했다. 형사과 사무실에 방습지 한 롤이 항상 비축되어 있었다. 그걸 쓰면 더 찢어지지 않고, 다시 접을 수도 있었다.

예상했던 대로, 《로스앤젤레스 타임스》에서 보니 브레이 방화 및 살인 사건에 대해 엄청나게 많은 기사를 쏟아냈다. 보도 내용은 크게 둘로 나뉘었다. 하나는 화재사건과 그 직후의 피해 상황에 대한 것이고, 다른 하나는 수사 진전 상황에 대한 보도로 6개월 후, 1년 후, 5년 후, 10년 후와 같이 일정한 간격을 두고 다룬 듯했다. 20주년 특집 기사는 실을 기회를 놓쳤거나 뉴스로서 가치가 없다고 판단했는지, 10주년 특집이 마지막이었다.

어떤 기사들이 있는지 훑어본 뒤, 보슈는 처음부터 읽기 시작했다. 첫날은 보니 브레이 화재 기사로 신문이 도배되다시피 했다. 1면의 사진 세 장과 다음 페이지로 이어지는 기사 세 개가 모두 화재 관련 내용이었다. 그중 비교적 작은 사진 두 장이 왼편에 나란히 붙어 있었는데, 하나는 연기에 휩싸인 아파트 건물을 빠져나오는 주민들의 모습을, 다른 하나는 두 여성이 검댕과 눈물로 범벅이 된 얼굴에 비통한 표정을 띤 채 거리에서 서로를 끌어안은 모습을 담고 있었다. 이 사진들의 오른쪽, 중앙에 자리한 더 큰 사진에는 팔다리가 축 늘어진 어린 여자아이를 안고서 건물을 빠져나오는 소방관의 모습이 담겨 있었다. 건물에서 나오기도 전에 심폐 소생술을 시작한 듯 소방관이 아이의 입에 공기를 불어 넣는 모습을 보니 당시 상황이 얼마나 다급했는지 짐작이 되었다. 보슈는 사진 밑에 있는 설명을 읽었지만 소방관이나 소녀의 신원은 밝혀져 있지 않았고, 소녀의 생사에 관해서도 아무런 설명이 없었다. 그는 사진을 다시 한 번 자세히 들여다보다가 고개를 들고 두 줄 앞에 앉아 있는 소토에게 시선을 고정했다. 좌석 등받이 위로 머리 윗부분이 조금 나와 있었다. 혹시 사진 속의 여자아이가 소토였을까?

문득 소토와 함께 일하기 시작한 뒤로 크고 작은 행운이 따라주었다는 생각이 들었다. 이 사건을 맡은 지난 48시간 동안만 해도 운이 좋았던 경우가 여러 차례였다. 압수수색영장을 신청하러 갔을 때 셔마 바틀렛 판사가 전담 판사로 앉아 있었던 것부터 시작해서, 털사 경찰국에서 리키 차일더스 형사를 만난 것도 그랬고, LA로 돌아오는 항공편에서 1등석에 앉게 된 것도 그랬다. 여러 면에서 행운이 따르는 삶이라니, 얻는 것이 있으면 잃는 것도 있다는 평균의 법칙에 맞지 않는 것 아닌가? 보슈는 잠시 생각에 잠겼다. 행운이 복불복으로 아무에게나 아무 때나 찾아가는 것인지, 아니면 치명적인 화재에서도 살아남고 주류 상점 앞에서 벌어진 치명적인 총격전에서도 살아남은 소토처럼 특정한 누군가를 한평생 따라다니며 지켜주는 것인지 자문해 보았지만 이렇다 할 답을 찾을 수는 없었다. 럭키 루시가 그저 별명에만 그치는 건 아니리라. 게다가, 럭키 루시가 갖고 온 행운에는 전염력이 있는 것 같았다.

"와, 진짜 옛날 기사를 보고 계시네요."

보슈가 옆을 돌아보았다. 옆에 앉은 여성이 그의 손에 들린, 누렇게 변하고 바스라져가는 신문의 1면을 쳐다보고 있었다. 보슈는 미소를 지으면서 어색하게 고개를 끄덕였다.

"네, 좀 오래된 기사죠."

"뭐 하시는 건데요?" 여성이 물었다.

보슈가 그녀를 바라보았다.

"죄송해요." 그녀가 말했다. "지나친 관심이라는 건 알지만 너무 궁금해서요."

"오래전에 일어난 사건을 다시 한 번 살펴보고 있는 겁니다."

"그 화재사건이군요." 그녀가 1면에 실린 사진들을 가리켰다.

"맞아요." 보슈가 말했다. "자세하게 말씀드릴 수는 없지만요. 사적인 문제라서."

"하나만 알려주실래요?" 여성은 꽤 끈질겼다. "저 소녀는 살았나요?"

보슈는 사진을 잠깐 바라보다가 대답했다.

"네, 살았어요. 운이 좋았죠."

"그러네요, 정말."

보슈가 고개를 끄덕이자 그녀는 다시 고개를 돌리고 대본을 읽기 시작했다.

보슈는 1면에 나온 기사들에 집중했다. 우측 상단에 실린 주요 기사는 사건의 기본 개요를, 적어도 사건 당일에 알려진 내용은 전부 담고 있었다. 그 밑에는 세로로 된 한 단짜리 관련 기사가 다음과 같은 표제 하에 실려 있었다.

무허가 어린이집의 비극

화재와 건물 지하에 있는 어린이집에서 발생한 사망 사건 사이의 인과관계를 보여주는 것이 이 기사의 목적인 듯했다. 만약 그 어린이집이 허가받은 시설이었다면 화재에 대비한 다수의 대피로가 마련되어 어린이들이 탈출할 수 있었을 것이며, 따라서 이들은 무허가 어린이집에 다님으로써 어떻게 보면 죽음을 자초했다는 논리가 기사의 논조에서 느껴졌다.

세 번째 기사는 총 210가구가 사는 그 아파트 단지의 보건안전법 준수 여부를 조사한 내용이었다. 해당 아파트는 이전 10년간 보건안전법을 위반한 사례가 대단히 많았다. 기사는 단지의 소유주가 그 지역에 다른 대규모 아파트 단지를 다수 소유하고 있던 부동산 지주회사라는 사실에 주목했다. 이 회사는 임대료를 비교적 낮게 책정했지만, 보건안전법 위반으로 적발된 사례가 다수 있었다. 화재가 방화로 결론이 나기 전에 나온 그 기사는 보건안전법 조항을 위반했거나 무시했기 때문에 화재가 발생했다는 결론을 염두에 두고 초석을 깔아놓으려는 의도로 쓰인 듯했다.

기사들은 다음 페이지로 이어졌고, 그 외에도 다른 관련 기사와 현장에서 찍은 사진이 다음 두 페이지를 가득 채우고 있었다. 화재를 취재한 기자들의 이름도 두꺼운 테를 두른 박스 안에 나열되어 있었다. 이름을 세어보니 모두 스물두 명이었다. 문득 그 옛날의《로스앤젤레스 타임스》에 대한 향수가 일었다. 가장 명석하고 유능한 기자들이 쓴 기사들과 광고로 가득 차 묵직했던 1993년의《로스앤젤레스 타임스》말이다. 그러나 요즘의《로스앤젤레스 타임스》는 흡사 항암치료를 받는 사람 같았다. 여위고, 불안정하고, 머지않아 죽음이 닥쳐올 것을 알고 있는 환자의 모습이었다.

A섹션에 있는 기사를 전부 읽고 사진을 살펴보기까지 한 시간 가까이 걸렸다. 수사를 다른 방향으로 진행해야 한다는 생각을 이끌어내는 기사는 하나도 없었다. 당시의 수사 방향에 가까이 접근한 것은, 사건이 발생한 동네에 대해 설명하면서 피코-유니언 라 라사라는 범죄조직이 이 지역을 장악하고 있음을 언급한 관련 기사뿐이었다. 기사에서 인용한 익명의 경찰 소식통은 보니 브레이 거리를 가리켜 '멕시코에서 넘어온 코카인 덩어리와 블랙 타르 헤로인이 넘쳐나는 드라이브 스루 시장'이라고 표현했다.

소토가 노트북을 편 채로 들고 자리에서 일어서는 모습이 보였다. 보슈는 재빨리 기사를 접어 스크랩 기사 뭉치 밑으로 밀어 넣었다. 소토로서는 거기 실린 사진들을 보고 싶어 하지 않을 수도 있었다.

소토가 노트북을 들고 보슈에게로 오더니 누렇게 변한 스크랩 기사 뭉치에 눈길을 던졌다.

"그걸 다 읽고 계시는 거예요?"

"응." 보슈가 대답했다. "일이라는 게 어떻게 될지 모르잖아. 옛날 자료에서 단서를 얻을 때도 종종 있거든. 인용된 누군가의 말이나 다른 무언가가 단서로 작용할 때가 있지. 그날 사건 현장에 있었던 사람들 이름을 적어놨어. 기자들과 주민들이더군. 전화해서 뭐 기억나는 게 있는지 물어볼 필요가 있을 것 같아."

"네."

보슈가 고갯짓으로 소토의 노트북을 가리켰다.

"그래, 무슨 일인데?"

소토는 보슈가 화면을 볼 수 있도록 기사 뭉치 위에 노트북을 내려놓았다.

"와이파이를 사용해서 검색했는데, 브루사드를 찾은 것 같아요."

보슈는 옆 좌석에 앉은 여자의 호기심 어린 시선을 차단하기 위해 약간 돌아앉아 화면을 보았다. 화면에는《로스앤젤레스 타임스》의 인터넷판이 떠 있었다. 새로 선출된 아르만도 세야스 시장이 찰스 '브루스' 브루사드를 공원휴양위원회 위원으로 임명했음을 알리는 9년 전 기사였다. 도시의 공원을 감독하는 위원회 소식이 대단한 뉴스거리는 아니어서 기사는 짤막했다. 브루사드는 오래전부터 지역 정치인들을 위해 기부금 모금에 앞장서 온 사업가라고 소개되어 있었다. 함께 실린 사진은 시장 선거일 밤에 찍은 것으로, 세야스가 브루사드와 어깨동무를 한 모습이었다. 옆에서 미소 짓고 있는 여자는 마리아 브루사드라고 사진 설명에 나와 있었다. 남편보다 훨씬 젊어 보였다.

"수고했어." 보슈가 소토를 올려다보지도 않고 말했다.

그는 사진을 제대로 보기 위해 컴퓨터 화면을 뒤로 약간 기울여 브루사드를 자세히 살펴보았다. 건장한 체격의 남자로, 비싸 보이는 정장을 입고 있었다. 사진을 찍을 당시에는 마흔 살쯤 된 것 같았다. 덥수룩한 턱수염을 길렀는데, 입가에서부터 표백제가 흘러내려 턱까지 하얗게 길을 낸 것처럼 특정 부분만 수염이 흰색으로 변해 있는 게 특이했다.

소토가 보슈에게로 허리를 굽히고 작은 소리로 말했다.

"근데 오헤다는 세야스가 아니라 다른 사람을 위한 기부금 모금 행사에서 마리아를 만났다고 하지 않았어요?"

보슈가 고개를 끄덕였다. 이야기가 맞지 않았다.

"오헤다가 거짓말을 했거나, 브루사드가 배를 갈아탄 거겠지." 보슈가 말했다. "어느 쪽인지는 우리가 알아내야 하고."

18

보슈와 소토는 전날 LA 공항까지 따로 차를 몰고 왔었다. 돌아올 때 상황이 어떨지 알 수 없었고, 소토는 공항 남쪽 레돈도 비치에, 보슈는 공항 북쪽 카후엥가 고갯길 위 언덕에 살고 있기 때문이었다.

그들은 9시 30분에 비행기에서 내려 4번 터미널 출입문을 향해 걸어가며 일정을 논의했다. 다음 날 아침 8시에 사무실에서 만나 반나절만 일하고 집에 가기로 했다. 보슈에게는 완벽한 일정이었다. 일요일은 딸이 밀린 잠을 보충하는 성스러운 날이다. 매디는 깨우지 않으면 정오까지 자다 일어나서 늦은 아침을 먹곤 했다. 오전 네 시간 동안 집중해서 업무를 본 뒤에는 딸과 시간을 보낼 수 있을 것이었다.

그들은 공항의 픽업 차선을 건너가 주차 타워로 들어간 뒤 헤어져서 각자의 길로 갔다. 보슈는 흥분을 느꼈다. 많은 정보를 수집하고 수사에 가속도가 붙은 것을 생각하면 짧은 출장에서 대단한 성과를 거둔 셈이었다. 심지어 LA로 돌아오는 비행기 안에서도 성과가 있었다. 소토가 다음 수사의 대상인 찰스 브루사드의 신원을 확인했으니 말이다.

공항을 나와 센추리 대로를 달리던 보슈의 머릿속에 다음 날 아침까지 기다려서는 안 될 일이 있다는 것이 떠올랐다. 그는 휴대전화를 꺼내 딸에게 전화를 걸었다. 매디가 금방 전화를 받았다.

"뭐 해?" 보슈가 물었다.

"조금 전에 일어났어." 매디가 말했다.

"오늘은 뭐 할 거야?"

"숙제."

"날이 얼마나 좋은데. 밖에 나가 놀아야지."

"벌써 온 거야, 아빠?"

"방금 도착했어. 근데 사무실에 잠깐 들러야 돼. 저녁 먹기 전에 집에 갈게."

"일요일에 온다고 하지 않았어?"

"그럴 것 같다고 했지. 왜, 하루 일찍 돌아오면 안 돼?"

"오늘 밤에 데이트 약속 잡았거든. 아빠가 집에 없을 줄 알고."

"뭐? 집에서 데이트를 한다고?"

보슈는 목소리에 깃드는 불안을 막을 수가 없었다.

"아니. 아빠가 집에 없을 거라고 생각해서 걔한테 데이트하겠다고 말했다고. 전화해서 취소할게."

"아냐, 매디, 그러지 마. 나갔다 와. 재밌게 놀다 오라고. 누구냐, 그 녀석? 이름이 뭔데?"

"아빤 모르는 애야. 조너선 페이스라고, 청소년 경찰학교에서 만났어."

"설마 거기 담당 경사는 아니지?"

언젠가 그런 스캔들이 있어서 매디에게도 단단히 주의를 준 터였다.

"아냐, 아빠, 징그럽게! 열일곱 살이야. 나랑 동갑."

"네 아빠가 경찰인 건 알고?"

이번이 매디의 첫 데이트는 아니었지만, 그렇다고 데이트를 많이 해 본 아이도 아니었다. 보슈는 딸에게 데이트를 신청하는 모든 남자한테 아버지가 늘 권총을 휴대하는 형사라는 사실을 알리라고 요구했다. 그러면 다들 무슨 말인지 알아들으니까.

"응, 아빠가 누군지, 직업이 뭔지 정확히 알고 있어. 걔도 형사가 되고 싶대."

"그래? 괜찮은 놈인가 보네. 언제 나가니?"

"7시에 그로브에서 만나 영화 보기로 했어."

"너희 둘만?"

"아니, 다른 친구들도 같이."

"남자애들이랑 여자애들 다 같이?"

"응."

"그래, 너 나가기 전에 집에 갈 거야. 그리고 그거 알아?"

"뭐?"

"거기 영화관 바로 옆에 서점이 있거든. 거기도 한번 가보지 그래?"

"아빠."

이제 보슈도 딸의 '아빠'라는 말이 때로는 '그만해'를 뜻한다는 걸 알고 있었다. 지금 들은 '아빠'가 바로 그랬다.

"미안, 내 생각엔 서점 나들이도 꽤 재미있는 것 같아서."

"토요일 밤이야. 누가 서점에 앉아서 책을 읽어? 재미나게 놀아야지. 책은 한 주 내내 학교에서 얼마나 많이 읽었는데. 지금도 숙제하느라 읽는 중이고."

"그래, 알았어. 조너선 페이스도 화요일 함정수사 같이 하니? 술 파는 편의점 단속 말이야."

"응, 우리 모두."

"그래, 그럼 그날 보면 되겠구나."

"아빠, 안 온다며! 아빠가 나타나서 보고 있으면 너무 쪽팔릴 것 같아. 우리가 어린애들도 아니고."

"그래, 알았어, 알아들었어. 네가 싫다면 안 갈게. 그때도 조심하고, 오늘 밤에도 조심하고. 이따 보자."

보슈는 딸과의 통화를 마친 뒤 곧장 전화번호 안내 서비스에 전화를 걸어《로스앤젤레스 타임스》편집국으로 연결해 달라고 요청했다. 교환원이 전화를 연결하는 사이 그는 북쪽 방향 405번 도로로 들어서는 원형 진입로에 올랐다. 통화 결과에 따라서 그 도로를 달리다가 세풀베다 고갯길을 올라 멀홀랜드로 향할 수도, 아니면 동쪽으로 달려가 10번 도로로 갈아타고 시내 경찰국으로 갈 수도 있었다.

잠시 후 누군가가 전화를 받아 이름을 밝히지 않은 채 "편집국입니다"라고만 말했다.

"네, 버지니아 스키너 기자를 찾는데요." 보슈가 말했다.

"오늘 쉬는 날이라서요. 메시지를 남기시겠습니까?"

"메시지를 곧바로 전해주실 수 있을까요? 스키너 기자 전화번호가 없는데 오늘 꼭 만나야 하거든요. 스키너 기자도 나를 만나고 싶어 할 거고요."

잠깐 침묵이 흐른 뒤 대답이 들렸다.

"노력은 하겠지만 약속은 못 드립니다. 메시지가 뭔데요?"

보슈는 성은 빼고 이름만 밝히며 전화번호를 알려준 뒤, 오늘 전화하라고, 아니면 기사는 없다고 전해 달라고 했다.

"그렇게만요?"

"그렇게만요."

보슈는 전화를 끊었다. 버지니아 스키너는《로스앤젤레스 타임스》가 편집국에 남겨놓은 몇 안 되는 베테랑 기자 중 하나였다. 20년 전 언론계의 마이너리그에서 20대의 대부분을 보내고《로스앤젤레스 타임스》에 입사한 스키너가 경찰 출입 기자로 일하기 시작한 때부터 보슈는 그녀와 알고 지냈다. 사실 스키너는 경찰과 사건 취재에 아무런 관심이 없었지만 신입 기자라면 무릇 경찰서에서 시작해야 하는 법이었고, 똑똑한 그녀는 그 일을 잘 해낼수록 승진이 빨라질 거라는 사실을 알았다.

정확한 판단이었고 스키너는 실제로 잘해냈다. 2년 후에는 한 단계 승진해 시청 출입 기자가 되었다. 지방과 주 정부 및 정치인들을 취재하는 것이 그녀가 늘 꿈꾸던 일이었고, 오늘날까지도 그 일을 계속해 오고 있었다. 이름마저도 그 일에 딱 맞지 않는가(스키너는 '가죽을 벗기는 사람'이라는 뜻). 스키너의 전문 분야는 정치인들의 프로필 기사였다. 후보들의 민낯을 낱낱이 까발리는 일이 예사였고, 심지어 그들의 당선 가능성을 없애 버리는 경우도 종종 있었다.

스키너가 경찰 출입 기자로 일하던 2년 사이, 보슈는 그녀의 정확하고 공정한 태도를 보며 호감을 갖게 되었다. 몇 건의 기사를 취재하는 과정에서 보슈는 공개로든 비공개로든 그녀에게 협조했으며, 그녀가 그를 곤란하게 만든 적은 한 번도 없었다. 그 후로 두 사람은 거의 만나지 않았지만, 경찰과 정치권의 유착에 관한 소문이 돌 때마다 스키너는 보슈에게 연락해 사실관계를 확인하고자 했다. 보슈는 알고 있는 바와 말할 수 있는 것을 알려주었다. 기자의 취재원이 되는 것이 썩 내키지는 않는다 해도 버지니아 스키너를 믿지 못할 아무런 이유가 없었다. 스키너의 전화번호는 그의 책상 속 깊숙한 곳에 감춰져 있었다. 기자의 전화번호를 휴대전화 연락처에 저장해 놓는 건 어리석은 짓이었다. 그러다가 그의 휴대전화가 들어가서는 안 될 사람의 손에 들어가서 보슈가 스키너의 연락처를 갖고 있다는 사실이 알려지기라도 하면 경찰국에 엄청난 파장이 일어날 것이 분명했고, 보슈는 해고의 위기에 몰릴 수도 있었다. 경찰국 수뇌부는 언론에 동조하는 직원을 탐탁지 않게 생각하는 데다, 그 언론이 《로스앤젤레스 타임스》라면 더더욱 그랬다.

보슈는 운전을 하면서 스키너와 마지막으로 통화를 한 것이 언제이며 무슨 일 때문이었는지 되짚어 보았지만 기억이 나지 않았다. 아마도 2~3년 전이었던 것 같았다.

고속도로에서 결정을 내려야 하는 순간이 다가올 때까지 전화는 걸려 오지 않았다. 딸이 저녁에 외출한다고 했으니, 지금이라도 다 제쳐두고 집에 가서 딸과 시간을 보낸 뒤 다시 경찰국으로 돌아가 밤에 일할 수도 있었다. 동쪽으로 빠지는 차선이 점점 가까워지는 것을 보며 어떻게 할지 망설이는데, 마침내 전화가 걸려 왔다. '발신 번호 표시 제한'이라는 글자가 떠 있었다. 보슈는 스피커폰으로 전화를 연결해 받았다.

"해리, 지니 스키너예요. 토요일인데 그렇게 중요한 일이 있다고요?"

"전화해 줘서 고마워. 우선 이 모든 건 비공개를 전제로 한다고 약속해 줘. 기사를 쓸 수 없단 얘기야."

"무슨 일인지 모르는 상태에서 약속하기는 힘든데."

기자들과 일을 할 때 경험하는 전형적인 딜레마였다. 기자들은 무슨 일인지 알기 전에는 비공개로 하겠다는 약속을 하려 들지 않았다. 그러나 무슨 일인지 알게 된 뒤에는 비공개로 할 수 없다고 나올 수도 있으니, 이래도 문제 저래도 문제였다. 이제 보슈는 신중하게 말을 골라야 했다.

"내가 미제 살인사건 수사하는 건 알고 있지?"

"알죠, 나도 우리 신문은 읽거든요. 마리아치 사건을 맡았다는 것도 알고."

보슈는 얼굴을 찌푸렸다. 자신이 무슨 사건을 담당하고 있는지 스키너가 모르기를 바랐었다.

"실은 동시에 여러 사건을 수사하고 있어, 지니. 그것도 알지?"

"아니까 본론으로 들어가요, 해리. 토요일이고 날씨도 화창한데, 난 내일이면 쉰 살이 되고, 젠장. 쉰 살 되기 전에 마지막으로 마가리타라도 한잔해야겠으니까 빨리 말해봐요. 원하는 게 뭐예요?"

"정말? 당신이? 쉰이라고?"

"그래요, 진짜라니까. 그 얘긴 그만하죠. 괜히 말 꺼냈네. 필요한 게 뭐냐니까요?"

"당신들 선거자금에 관한 기사도 쓰잖아, 맞지? 과거에 있었던 선거 관련한 기록도 다 갖고 있어?"

"언제 적 선거냐, 무슨 선거냐에 따라 다르죠. 어떤 건데요?"

"지난 세 번의 시장 선거에서 선거운동 자금을 기부한 기부자 명단을 보고 싶어."

그물을 최대한 넓게 던지면 스키너도 그의 진짜 표적을 알아차리기 힘들 터였다.

"와, 뭐가 그렇게 광범위해요?" 스키너가 말했다. "자료가 다 전산화되어 있긴 하지만, 그래도 그렇지. 건초 더미에서 바늘 찾아달라는 것도 아니고, 건초 더미 전체를 달라는 셈이네. 정말로 원하는 게 뭐예요, 해리? 구체적으로 말해줘요."

보슈는 전화를 끊고 월요일까지 기다렸다가 정당한 채널을 통해 필요한 정보를 얻을까 생각해 보았다. 그러나 수사를 속행해야 한다는 다급함이 신중론을 이겼고, 그는 다시 한 번 협상을 시도했다.

"비공개 합의를 안 해주면 더 구체적으로 말할 수가 없어. 당분간은 그래. 근데 뭔가 나오면 당연히 당신한테 먼저 알릴 거야."

"정치면 기삿거리예요? 나 정치 담당이잖아요, 범죄가 아니라."

110번 분기점이 다가오자 8차선 도로 전체에서 정체가 시작되었다. 스테이플스 센터(LA에 있는 다목적 컨벤션 센터. 운동경기장이자 콘서트장으로 쓰임)에서 무슨 행사가 있는 모양이었다. 운동경기나 콘서트가 열리기에는 너무 이른 시각이었다.

"둘 다야." 보슈가 말했다.

"정치와 살인사건이 만났다. 재미있는 기사인 건 확실하네." 스키너가 말했다. "좋아요, 그렇게 해요. 오프더레코드, 딥 백그라운드. 신호받기 전엔 기사 안 쓸게요."

딥 백그라운드란 보슈가 허락할 때까지 기사를 쓰지 않겠다는 뜻이었다. 보슈는 속으로 안도의 한숨을 내쉬었다.

"정치부장한테도 말하면 안 돼." 그가 말했다. "아무한테도, 절대로 말하면 안 돼."

"어차피 난 부장 안 믿어요." 스키너가 대답했다. "편집 회의 때 모두 앞에서 떠벌리고 자기 업적인 양 굴텐데. 어쨌든 알았어요, 얘기 안 해요."

보슈는 잠시 침묵했다. 지금 그는 기자와 돌아올 수 없는 강을 건널 참이었다. 스키너라면 신뢰할 수 있을 것 같았지만, 한편으로 경찰국 복도에는 기자를 믿다가 낭패를 본 경찰의 시신이 즐비한 터였다.

보슈는 천천히 110번 도로로 진입했다. 1.5킬로미터도 채 가지 않아 출구로 빠질 테지만, 차가 꼬리에 꼬리를 물고 기어가는 중이라 진출하는 데 15분은 걸릴 것 같았다.

"전화 끊은 거 아니죠, 해리?"

"응, 듣고 있어. 그래, 내가 원하는 건 이거야. 혹시 찰스 브루사드라는 남자 알아?"

"당연히 알죠. 다들 브루스라고 불러요. 엄청난 재산가죠. 고속도로 건설공사 현장에 설치하는 콘크리트 방호벽을 만드는 기업을 소유하고 있는데, 공사야 늘 있잖아요. 그 사람이 왜요?"

"개인적으로도 알아?"

"아뇨, 코멘트 따려고 한두 번 얘기해 본 정도? 그 사람, 세야스가 시장일 땐 세야스랑 엄청 친했어요. 그러다 지난 선거 때 엉뚱한 후보를 지원하는 바람에 시청 사람들이랑 사이가 틀어진 것 같고요. 아, 뭔지 알겠다. 브루사드는 세야스와 가까웠고, 세야스는 피격된 마리아치 연주자와 가까웠죠. 첫 선거 때 내가 그 연주자에 대해 기사를 쓰기도 했어요. 세야스 담당이었거든요."

"너무 앞서가지는 마. 지금 좀 만날까? 지난 몇 번의 선거에서 브루사드가 누구에게 기부했는지 알고 싶어. 브루사드 개인에 대해서도 알고 싶고. 당신이 아는 것 모두."

"지금 만나자고요? 월요일은 안 돼요?"

"월요일까지 기다릴 거면 굳이 당신에게 연락했겠어? 그땐 나 혼자서도 정보를 얻을 수 있다고."

이젠 스키너가 침묵했다.

"자, 어서." 보슈가 재촉했다. "만나면 마흔아홉 살의 마지막 날을 기념해서 내가 마가리타 한잔 살게. 엘 푸에블로 역사 공원 근처에 마가리타 잘하는 집 있잖아."

"그 말 들으니까 확 당기네." 스키너가 마침내 입을 열었다. "좋아요, 1시에 스프링 거리 쪽 출입문 앞에서 봐요."

보슈는 손목시계를 확인했다. 아직 두 시간 가까이 남아 있었다.

"그래, 이따 봐." 그가 말했다.

19

《로스앤젤레스 타임스》 건물은 스프링 거리를 사이에 두고 경찰국 본부 건물 바로 맞은편에 있었다. 두 건물이 너무 가까워서 한때 보슈의 상관 중 한 사람은 길 건너에서 타임스 기자들이 자신들을 엿보고 있는 게 틀림없다며 늘 사무실 블라인드를 내려두기도 했다. 보슈는 경찰국 지하 주차장에 주차했지만 사무실로 올라가지는 않았다. 대신 운동 삼아 1번가를 걸어 내려가 마리아치 광장에 가보기로 했다. 딱히 뭔가를 찾아볼 목적은 아니었지만, 그는 늘 수사 중인 사건 현장을 살펴보는 것이 좋았다. 범죄가 발생하고 여러 해가 흐른 뒤에도 현장에서 분위기나 사소한 단서들을 얻을 수 있었고, 한편으론 살해된 사람들의 원혼이 현장을 배회하는 듯한 느낌도 들었다. 다른 사람은 어떤지 몰라도 보슈에게는 항상 그렇게 느껴졌다.

LA 공항을 나올 때와 비교하면 시내는 매우 따뜻했다. 하긴 LA 공항은 서늘한 태평양 가까이에 있으니 추운 게 당연했다. 따뜻한 햇볕을 어깨에 받으며 1번가를 따라 내려가 리틀 도쿄를 통과해 걷고 있자니 상쾌한 기분이 들었다. 1번가 다리를 건너가면서 보니까 다리 한중간에 선 가로등에 꽃다발이 붙어 있었다. 꽃다발 속 하트 모양 카드에는 '바네사, 평안히 잠들기를'이라고 적혀 있었다. 보슈는 자기도 모르게 휴대전화를 꺼내 다리에서 뛰어내려 사망한 여성, 아마도 어린 여학생이었을 이를 위한 슬프고도 소박한 추모 물품을 사진에 담았다. 다리에 설치된 여러 대의 CCTV도 모든 자살 시도자들을 막을 수는 없었던 것이다.

보슈는 난간으로 다가가 허리를 굽히고 아래를 내려다보았다. 바네사가 강으로 떨어지던 마지막 몇 초 동안 자신의 결정을 후회하지는 않았을지 궁금했다.

곧 그는 손목시계를 확인한 뒤 걸음을 재촉했다. 두세 블록 더 가니 마리아치 광장이 나왔다. 토요일이라 작은 세모꼴 광장은 마리아치 연주자들과 지역 주민들, 음식과 꽃을 파는 노점상들로 붐볐다. 오를란도 메르세드가 총에 맞은 날도 이렇게 북적였을 것이다. 범인은 틀림없이 이를 예상했으리라. 토요일에는 숨을 곳이 더 많고, 혼란도 더 커지고, 더 많은 사람들이 사방으로 뛰어 달아날 거라고. 그것도 계획의 일부였겠지.

보슈는 1번가를 건너가 군중 속에 섞였다. 적어도 두 개의 악단이 연주를 하고 있었는데, 서로 경합을 벌이는 것 같지는 않았다. 오후와 저녁 공연이 들어오기를 기다리면서 연습을 하는 모양이었다.

열린 서점 문을 통해 안에 있는 사람들이 보였다. 보슈는 문 옆에 걸린 현수막을 읽었다.

로스앤젤레스는 당신의 뇌와 같다.

당신은 그것의 20퍼센트만을 사용한다.

전부 사용하면 어떻게 될까?

보슈는 지하철역 입구를 향해 걷기 시작했다. 여기까지 오는 데 예상보다 시간이 오래 걸렸고, 그는 스키너와의 약속에 늦고 싶지 않았다. 돌아갈 때는 골드 라인을 타고 다리를 건널 생각이었다. 리틀 도쿄에서 내려 걸어가면 15분은 절약할 수 있을 것이다.

에스컬레이터로 다가가는데, 뒤에서 누가 그를 불렀다. 돌아보니 루시 소토가 서 있었다.

"자네가 여긴 어쩐 일이야?" 보슈가 물었다.

"그건 제가 여쭤보려던 건데요." 소토가 말했다.

보슈는 어깨를 으쓱이며 둘러댈 말을 지어냈다. 기자를 만나 브루사드에 대한 정보를 얻으려 한다는 사실을 소토에게 알리고 싶지 않았다. 아직은.

"토요일에 이곳이 어떤지 보고 싶어서. 총격사건이 났던 날도 토요일이었잖아. 분위기 좀 파악하면 어떨까 싶더라고. 어떤 소리가 들리는지도 들어보고."

"저도 그래서 왔죠."

보슈는 고개를 끄덕였다. 소토가 좋은 형사로 성장하리라는 생각이 들었다.

"지하철역으로 내려가시는 길이었어요?" 소토가 물었다.

"응." 보슈가 말했다. "경찰국에 주차하고 걸어왔거든. 돌아갈 땐 절반이라도 지하철 타고 편하게 가려고."

"설마 해리 보슈 형사님이 교통카드를 가지고 다니실 리는 없겠죠?"

놀리는 듯한 말투였다. 보슈가 옛날 방식을 고수하는 노땅이라는 의미였다. 지하철이 이 도시에 들어온 건 최근의 일이고, 평생을 차로 돌아다닌 LA의 늙은 운전자들은 지하철 이용을 힘들어했다.

"이거 왜 이래? 진짜로 갖고 다니는데." 보슈가 말했다. "언제 필요할지 모르니 말이야."

"제가 태워드릴까요? 저쪽에 차를 대놨거든요."

소토는 악단들의 승합차가 줄지어 서 있는 쪽을 가리켰다. 승합차마다 옆면에 악단의 이름과 전화번호가 페인트로 적혀 있었다. 승합차들 끝에 지붕이 열린 빨간색 2인승 자동차가 보였다.

"나야 좋지."

소토의 자동차는 작고 바닥이 땅에 붙을 것처럼 낮았다. 보슈는 몸을 비틀어 비좁은 조수석에 천천히 몸을 구겨 넣어야 했다.

"카약에 탄 기분인데."

"긴장 푸세요." 소토가 말했다. "재밌어요. 따님도 이런 거 좋아할걸요."

"절대 못 타게 할 거야. 롤 바(차체를 보강하기 위해 덧댄 철제 막대)라도 설치해야 하는 거 아니야?"

"비좁아도 조금만 참으세요. 5분 안에 도착할 거니까."

"참아야지, 달리 도리가 없으니."

소토가 급발진으로 출발하는 바람에 보슈의 몸이 뒤로 젖혀지며 좌석과 머리 받침대에 부딪쳤다. 보일에서 신호등이 빨간불로 바뀌려는데도 소토는 그대로 달려가 1번가 다리로 올라섰다. 보슈는 웃음이 나오려는 걸 애써 참았다.

"보니 브레이 사건에 대해서는 아무 말씀도 안 하시네요." 소토가 큰 소리로 말했다.

보슈는 고개를 돌려 그녀를 바라보았다. 양옆에 바람막이가 달린 선글라스를 끼고 있어서 눈이 전혀 보이지 않았다.

"자료를 다 못 읽었어." 보슈도 큰 소리로 대꾸했다. "오늘 비행기에서 신문 기사부터 읽기 시작했는데, 아직도 남은 게 많아."

소토가 고개를 끄덕였다.

"네, 언제든 준비가 되면 말씀해 주세요."

알라메다에서는 신호에 걸려 차가 멈춘 덕에 보슈는 이제 고함을 칠 필요가 없었다.

"사실 수사할 게 많지는 않을 것 같아." 그가 말했다. "감옥에 있는 녀석들을 찾아가 구워삶아보자고 얘기는 했지만, 성공할 가능성이 거의 없어. 그 친구들, 경찰에 협조한다는 소문이라도 나면 쥐도 새도 모르게 죽을 수 있거든. 그런 위험을 무릅쓸 사람을 찾아내기가 쉽지 않을 거야."

"알죠." 소토가 풀 죽은 목소리로 말했다.

"그러니까 좀 더 두고 보자고." 보슈가 말했다.

두 사람 다 더는 말이 없었고, 2분 뒤 소토는 스프링 거리로 좌회전해 경찰국 본부 앞에 차를 세웠다. 그녀로서는 보슈의 목적지인 신문사 건물 코앞에 그를 내려주고 있다는 사실을 알 리가 없었다. 보슈는 조심스럽게 몸을 빼내 차에서 내렸다.

"태워줘서 고마워. 이제 집에 가는 거야?"

소토가 미소를 지으며 고개를 끄덕였다.

"그래야죠."

"그럼 내일 보자고."

"네, 내일 뵈어요."

소토가 출발한 뒤에도 보슈는 그녀가 두 블록을 더 내려가 방향을 바꿔 사라질 때까지 지켜본 뒤에 신문사 건물을 향해 스프링 거리를 건너

갔다.

출입문은 스프링 거리와 2번가가 만나는 모퉁이에 있었다. 건물 안으로 들어서자 로비에 서서 휴대전화에 뭔가를 입력하는 버지니아 스키너가 보였다. 2년 전 마지막으로 봤을 때와는 사뭇 다른 모습이었다. 헤어스타일과 안경이 바뀌었는데, 둘 다 전보다 더 잘 어울렸다.

"지니."

스키너가 고개를 들고 미소를 지었다.

"해리."

"기다리게 했다면 미안해."

"아뇨, 전혀. 딱 맞춰 왔네요. 전화 받고 너무 궁금해져서 자료 좀 찾아보려고 일찍 왔어요. 준비 끝내자마자 내려왔고. 일단 사무실로 올라갈래요?"

"그러지."

왠지 긴장이 되었다. 그동안 《로스앤젤레스 타임스》 기자들을 수도 없이 만나고 거래도 했지만 편집국에 올라가는 건 처음이었다. 경찰국과 신문사의 합의에 따라, 경찰국 직원들은 신분증만 제시하면 이 건물에 들어와 1층에 있는 카페를 자유로이 이용할 수 있었다. 경찰국 안에는 스낵 자판기밖에 없기 때문에 보슈는 이 카페를 자주 이용하는 편이었다. 하지만 편집국은 그에게도 낯선 금단의 땅이었다. 마침 토요일이라 경찰국과 신문사에 나와 있는 직원이 평소보다 적어 그나마 다행이었다. 보슈가 회색의 경계를 넘어가는 것을 보는 사람은 적을수록 좋았다.

3층에 자리한 편집국은 길 건너 경찰국 건물에 있는 형사과 사무실만큼이나 거대한 공간이었다. 그리고 마찬가지로 거의 비어 있었다. 스키너가 자신의 칸막이 자리로 보슈를 안내했는데, 그곳 역시 보슈의 자리와 거의 비슷했다. 그는 주위를 둘러보았다. 의자 등받이 뒤에 이름이 적혀 있고, 책상에 서류와 파일이 아무렇게나 쌓여 있는 것이 형사과 사무실의 풍경과 다를 게 없었다.

"왜요?" 스키너가 물었다.

"아무것도 아냐." 보슈가 말했다. "처음 와보는 거라."

"그냥 편집국이에요. 아니, 유령 마을이라고 하는 게 더 정확하려나. 저기 책상에서 의자 끌어다 앉아요. 이젠 거기 주인 없으니까."

스키너의 마지막 한마디는 비단《로스앤젤레스 타임스》뿐 아니라 신문업계 전체의 상황을 잘 드러내는 말이었다. 보슈도 최근 신문사들이 판매 부수 하락과 독자들의 인터넷 이동 경향에 대응하고자 노력하면서 편집국이 절반 가까이 비었다는 얘기를 들은 적이 있었다.

그는 의자를 가져와 스키너 옆에 앉았다. 스키너의 컴퓨터 화면에는 벌써 숫자로 가득한 자료가 떠 있었다.

"지난 세 번의 선거에 관심이 있다고요? 어느 것부터 보고 싶어요?"

"맨 처음 것부터."

"그럴 줄 알고 그것부터 열어놨죠. 특히 찰스 브루사드에 대해 알고 싶다고 했죠? 브루사드의 사생활이나 기업인 활동, 현물 기부 활동을 살펴보면, 위험 분산에 능하네요, 이 사람."

보슈는 컴퓨터 화면 쪽으로 몸을 기울여 바라봤지만, 그게 다 무슨 내용인지 잘 이해가 되지 않았다.

"뭘 보고 그렇다는 거야?" 그가 물었다.

"브루사드는 후보 두 명에게 제일 많이 기부했어요." 스키너가 말했다. "최종 당선인인 세야스, 그리고 결선투표 전에 떨어진 로버트 잉글린이죠."

보슈도 로버트 잉글린이라는 이름은 알고 있었다. 전직 시의원으로 공직 선거가 있을 때마다 출마하는 사람이었다. 우들런드 힐스 출신이고, 선거에 나올 때마다 밸리 지역 주민들의 폭넓은 지지를 받았다.

"현물 기부 활동이란 건 뭐지?" 보슈가 물었다.

"그걸 자세히 알려면 월요일에 기록을 뽑아봐야 돼요." 스키너가 말했다. "하지만 보통은 후보를 위한 기부금 모금 행사를 후원했다는 뜻이죠."

"디너파티 같은 거?"

"맞아요. 브루사드가 장소와 직원, 음식을 제공하고, 그 모든 것이 기부로 기록되는 거죠. 여기 통계자료에 다 나와 있어요. 2004년 1월 12일에 잉글린에게 현물 기부. 또 다른 기부자들을 찾아보면 같은 날 250달러씩 기부한 사람들이 엄청 나와요. 브루사드가 잉글린을 위해 디너파티를 열어주고, 거기 참석자들에게 식사 비용으로 250달러씩 받아 기부금으로 처리한 거죠."

보슈는 수첩을 꺼내 그 날짜를 적었다. 로스 레예스 할리스코 악단이 브루사드의 집에서 열린 기부금 모금 행사의 연주를 담당한 날이자, 앙헬 오헤다가 마리아 브루사드를 처음 만난 바로 그날인 것 같았다. 이것이 사실임을 확인할 수 있다면 오헤다 진술의 신빙성이 매우 커진다. 또한 보슈와 소토가 누군가를 기소하기 위해 검찰에 사건을 송치하는 시점에 이르러서도 이 사실은 아주 중요한 의미를 지니게 될 것이다.

"그래, 그건 됐고." 보슈가 말했다. "브루사드가 세야스에게 돈을 준 건 언제야?"

스키너가 화면을 스크롤해서 내렸다.

"세야스한테는 그 이후에 기부를 했어요." 스키너가 말했다. "1차 기부가 5월이었네요. 결선투표 직전에."

스키너가 화면에 손가락을 대고 가로로 쭉 선을 그었다. 보슈는 몸을 기울여 화면을 들여다보면서 날짜와 기부금 액수를 수첩에 적었다.

"그게 최대 금액이었네?" 보슈가 물었다.

"네, 그 시점까진 그래요." 스키너가 말했다. "있는 돈을 전부 끌어모은 것 같아요."

보슈는 등을 젖혀 의자에 기대고 수첩에 적어놓은 메모를 보았다. 브루사드가 1월에는 잉글린에게 걸었다가 5월에는 세야스에게 모든 걸 걸었다. 그리고 그사이, 4월 10일에 오를란도 메르세드가 총에 맞았다. 이런 사실을 생각하니 의문이 꼬리를 물었다. 브루사드는 정말 위험 분산을 위해 두 후보를 지지한 걸까? 아니면 단순히 지지 후보를 잉글린에서 세야스로 바꾼 것인가? 그렇다면, 왜?

"또 다른 건요, 해리?" 스키너가 물었다.

"그다음 선거에선 무슨 일이 있었지?"

스키너가 컴퓨터 자판을 두드려 2008년 선거자금 관련 자료를 불러냈다. 이어 브루사드의 기부에 관해 검색하더니 그 결과를 잠깐 살펴본 뒤 대답했다.

"이번에도 세야스 편에 섰네요." 스키너가 말했다. "또 최대 금액을 찍었고요."

"위험을 분산했어?" 보슈가 물었다.

"다른 후보들에게도 기부했냐고요?"

보슈가 고개를 끄덕였다. 스키너는 도표를 잠깐 살펴보더니 입을 열었다.

"다른 여러 선거에서는 그랬어요." 스키너가 말했다. "두 경쟁 후보에게 각각 기부한 적이 여러 번이네요. 하지만 세야스가 후보로 나왔을 땐 다른 후보에게 기부하지 않았어요. 아까 본 첫 시장 선거 이후로는요. 그때부터 세야스에게 올인했네요."

"그렇군." 보슈가 말했다. "이번엔 세야스가 주지사에 출마할 모양이던데, 기부금을 받기 시작했나? 브루사드가 아직도 세야스를 후원하고 있는지 알아봐줄 수 있어?"

"그건 주 정부 관할이라 확인을 좀……."

스키너는 숫자들이 가득한 다른 화면을 불러내 열심히 살펴보았다.

"그러네." 마침내 스키너가 말했다. "지금도 브루사드가 주요 기부자예요. 세야스의 주지사 선거운동 본부에 기부했네요."

보슈가 고개를 끄덕인 뒤 몇 가지를 메모했다.

"또 다른 건?" 스키너가 물었다.

"이 정도면 된 것 같아." 보슈가 말했다. "도와줘서 고마워."

"마가리타 안 잊었죠? 근데 무슨 일인지 얘기해 주면 마가리타는 없던 걸로 할 수도 있는데."

보슈는 어떻게 대답해야 할지 잠깐 고민했다. 뭔가를 주어야 했다. 그러지 않으면 스키너가 스스로 찾아 나설 것이 분명했고, 그러다가 찰스 브루사드의 관심을 끌면 말 그대로 재앙이 될 수 있었다.

"이렇게 하지." 보슈가 말했다. "당신이 준 정보를 가지고 수사를 하게 하루만 시간을 줘. 그다음에 말해줄게. 당신이 혼자 나가서 들쑤시고 다니는 거 원하지 않아. 그러다 일을 다 망칠 수 있거든."

스키너는 웃음을 참고 있었다.

"아, 정말 구미 당기게 만드시네. 뭔지 얘기 좀 해줘요. 네?"

"미안하지만 정말 안 돼. 오늘 당신이 큰 도움 준 거, 내가 빚진 거 잘 알고 있어. 하지만 먼저 몇 가지 확인할 필요가 있어서 그래. 내일은 뭐 해? 내일, 아, 아니다, 당신 생일이랬지. 깜빡했네."

"내일 아무 계획도 없어요. 설마 쉰 살 됐다고 광고하고 다니겠어요? 이 업계에서 나이 50은 해고 통지서나 마찬가진데. 당신한테도 말하지 말걸 그랬네."

보슈 또한 웃음이 나오려는 걸 참아야 했다. 문득 스키너에게 마음이 끌렸다. 뼛속까지 기자다운 그녀의 모습이 좋았다.

"그럼 이건 어때?" 보슈가 말했다. "내일 같이 저녁을 먹는 거야. 생일 얘기는 한 마디도 않는 걸로 하고. 그즈음이면 이 얘길 더 할 수 있을 것 같아. 물론 계속 오프더레코드로."

스키너가 미심쩍다는 듯한 표정으로 보슈를 바라보았다.

"저녁, 생일, 모든 걸 오프더레코드로?"

"응, 모든 걸. 근데 좀 일찍 만나야 돼. 딸이 저녁 8시 30분쯤 일을 마치고 올 거거든. 그러니까 우린 6시 30분이나 7시쯤 만나면 좋겠는데, 어때?"

스키너는 망설이지 않았다.

"좋아요."

20

토요일 밤, 보슈는 보니 브레이 사건 수사 자료를 모두 싸 들고 집에 돌아왔다. 그는 큰 진전을 보인 메르세드 사건에 집중하기로 마음을 먹었다. 이 사건에서 저 사건으로 옮겨 다니는 일은 그만두어야 했다. 집에서 보니 브레이 방화 및 살인 사건에 관한 자료를 마저 읽고 다음 날 아침에 루시 소토에게 의견을 들려준 뒤 메르세드 사건으로 넘어가 찰스 브루사드를 집중적으로 파볼 생각이었다. 수사 방향이 분명히 정해진 만큼, 메르세드 사건은 집중할 필요가 있었다.

일을 시작하기 전, 그는 데이트 나가는 딸을 배웅하며 그로브 쇼핑센터에서 만날 그 청년을 자기가 봤으면 더 좋았겠다고 얘기했다. 매디는 요즘 누가 아빠한테 남자친구를 보여주고 허락을 받아 데이트를 하냐며 발끈하더니, 어차피 단둘이 만나는 것도 아니고 할리우드 경찰서 청소년 경찰학교 학생들 몇 명이 단체로 모여 저녁 먹고 영화를 보는 정도라고 대꾸했다.

이 말에 마음이 좀 놓였지만, 그래도 보슈는 매디가 포옹을 하며 매튜

맥커너히가 나오는 공상과학 영화를 볼 때만 빼고 꾸준히 문자를 보내 상황을 알리겠다고 약속할 때까지는 딸을 문밖으로 내보내려 하지 않았다.

매디가 떠난 뒤 보슈는 일을 시작했다. 땅콩버터 젤리 샌드위치를 만들고, 보니 브레이 사건 자료를 식탁에 놓은 다음, 한동안 듣지 않았던 론 카터의 CD를 틀었다. '디어 마일스Dear Miles'라는 표제가 붙은 2007년 녹음판으로, 이 베이스 연주자가 마일스 데이비스의 악단에서 활동하던 1960년대를 그리며 만든 음반인 모양이었다. 보슈가 이 판을 고른 것은 그런 사연이나 음반 속에 담긴 데이비스의 곡들 때문이 아니었다. 그는 리드미컬한 음악을 찾고 있었는데, 4중주 악단을 이끄는 카터의 생동감 넘치는 베이스 선율이 딱 맞을 것 같았다. 이날 밤이 지나가기 전에 보니 브레이 사건 자료를 독파하고 메르세드 사건으로 뛰어들어야 했다. 론 카터의 리드미컬한 음악이 그를 도와주기를 바랐다.

보슈는 읽다가 중단한 곳에서부터 다시 시작하기로 하고, 스크랩한 신문 기사 뭉치를 꺼냈다. 이번에는 비좁은 비행기 좌석이 아니니, 커다란 직사각형 식탁 위에 기사들을 쫙 펼쳐놓았다. 이렇게 펼쳐진 사진과 기사가 단서를 던져주기를, 그동안 놓치고 있던 생각이나 사진 속의 디테일, 기사 제목 속의 한 단어가 새로운 연결 고리를 보여주기를 하는 마음이었다.

그는 여전히 사건 보도 첫날 기사에 머물러 있었다. 《로스앤젤레스 타임스》 A섹션 안쪽 면에 게재된 기사들이었다. 〈스테어웨이 투 헤븐〉이 보슈의 읽기에 가속을 붙여주어, 곧 샌드위치 절반이 사라지는가 싶더니 어느새 그는 B섹션 기사들로 넘어가 있었다. 이 기사들은 비극적인 사건의 인간적인 측면에 초점을 맞추었다. 사망한 어린이들에 관해 짧게 다루고, 연기와 불길 속에서 어린이들을 보호하려 애쓰다가 사망한 어린이집 교사 에스터 '에시' 곤살레스에 관해서는 좀 더 길게 소개하고 있었다. 화재 발생 1년 전에 찍은 것이라는 사진에는 그 교사가 어린이집에서 한 어린이를 안고 있는 모습이 담겨 있었다. 기사는 이 여성이 어린이들을 구하기 위해 자신을 희생한 훌륭한 교사였다고 묘사함으로써 무허가 어린이집의 난립을 비판한 1면의 기사와는 상반되는 논조를 보여주었다. 두 기사를 쓴 기자들이 사전에 내용을 조율하지 않은 모양이었다. 한 명은 시스템의 비극적인 결함에 대해, 다른 한 명은 그 시스템에서 등장한 영웅에 대해 글을 쓴 셈이다. 보슈는 어쩌면 이것이 보도에 있어 균형 감각을 유지하려는 신문사의 의도인지도 모르겠다고 생각했다.

기사가 중간에 끊기며 다음 페이지로 이어진다는 언급이 나왔지만 남아 있는 스크랩 기사 뭉치 속에서 뒷부분을 찾을 수 없었다. 읽고 있던 B섹션의 1면을 뒤집자, 거기 이어지는 기사가 보였다. 스크랩이지만 잘린 부분 없이 모두 들어 있었다.

기사를 다 읽은 보슈는 얼른 이 사건을 해결해야겠다는 다급한 마음이 들었다. 어린이들의 희생도 물론 끔찍한 비극이었지만, 그 범죄의 잔혹성을 절감하게 만든 것은 에시 곤살레스의 사연이었다.

그는 스크랩 기사를 뒤집어 여교사의 사진을 살펴본 뒤 다시 기사를 읽었다. 이윽고 뒷부분을 읽기 위해 신문 조각을 뒤집었을 때, 아까 보지 못한 기사가 눈에 띄었다. 보니 브레이 화재와 관계없는 다른 사건들에 관한 단신이었다. 첫 번째 기사가 그의 눈길을 끌었다.

시내 환전업체, 무장 강도에 습격당해

금요일 오전 윌셔 대로 소재의 체크-캐시 영업점(수수료를 받고 수표를 현금으로 바꿔주는 업체)에 중무장한 복면강도 두 명이 침입해 직원들을 폭행한 후 업체가 보유한 현금을 모두 챙겨 달아났다고 로스앤젤레스 경찰국이 밝혔다.

이 대담한 강도사건은 번화가인 윌셔와 벌링턴 사거리의 모퉁이에 위치한 이지뱅크에서 발생했다. LA 경찰국의 오거스터스 브레일리 형사에 따르면, 두 강도는 오전 10시 30분 짙은 색 세단을 타고 해당 업체에 도착했다. 총으로 무장한 두 사람은 차 문을 열어놓은 채 영업점으로 들어갔다.

중범죄 전담반 소속의 브레일리 형사는 강도들이 스키 마스크를 끼고도 상점 내부에 달린 CCTV 카메라를 향해 총을 쏴 무력화시켰다고 밝혔다. 목격자의 진술에 따르면 범인들이 휴대한 무기는 AR-15 돌격용 자동소총으로 추정된다. 강도들의 움직임이 대단히 빨랐던 탓에 영업장 안에 배치된 경비원도 침입을 막지 못했다. 강도 한 명이 총의 개머리판으로 경비원을 수차례 폭행하고, 경비원이 바닥에 쓰러지자 머리에 총을 겨눈 채 잠긴 철문을 열고 방탄유리로 막혀 있는 카운터 뒤로 길을 터주지 않으면 경비원을 죽이겠다며 직원들을 협박했다. 카운터 뒤로 들어간 강도들은 다시 직원 둘을 위협해 금고 하나와 서랍 세 개에 들어 있던 액수 미상의 현금을 모두 비우게 한 뒤 현금을 싸 들고 영업장을 나가 대기하고 있던 세단을 타고 도주했다.

브레일리 형사는 강도들이 영업장으로 들어온 직후 직원이 무음 경보를 울렸지만 워낙 순식간에 일어난 일이라 경찰이 도착했을 땐 강도들이 이미 도주한 뒤였다고 밝혔다.

경찰은 이 사건이 최근 몇 달 사이 로스앤젤레스에서 발생한 다른 강도사건들과 관련이 있는지 살펴보고 있다. 6주 전에도 패러마운트에서 스키

마스크를 쓴 남성 둘이 유사한 총기를 휘두르며 체크-캐시 영업점을 턴 사건이 발생한 바 있으나, 브레일리 형사는 해당 사건과 이번 강도사건의 연관성에 대해서는 언급을 거부했다. 강도의 공격을 받은 경비원은 현장에 출동한 구급대원들에게 치료를 받았고, 경찰은 그의 신원을 밝히지 않았다.

— 조엘 브레머, 《로스앤젤레스 타임스》 전속 기자

보슈는 그 기사를 다시 읽었다. 보니 브레이 화재 신고와 강도사건이 1993년 10월 1일 금요일에 15분 간격으로 발생했음을 알 수 있었다.

"어머니의 날." 보슈가 혼잣말을 했다.

그는 일어나 거실 한쪽 벽에 마련된 서가로 갔다. 그가 모은 레코드판과 CD가 책꽂이를 거의 다 차지하고 있었고, 딸이 몇 년 동안 모은 DVD도 꽤 되었다. 거기에는 로스앤젤레스의 지도가 담긴, 오래된 토머스 브러더스 지도책도 한 권 있었다. 지난 수십 년간 보슈가 이 지도책의 도움을 받아 로스앤젤레스 곳곳으로 누비고 다닌 거리만 수십만 킬로미터는 족히 될 것이다. 차에도 업데이트된 지도책을 비치해 두긴 했지만, 요즘은 주로 파트너가 GPS로 알려주는 내용에 의존하곤 했다.

그는 지도책을 식탁으로 가져와 페이지를 들춰서 피코-유니언 지역과 태평양까지 이어지는 윌셔 회랑지대의 초입부가 담긴 페이지를 찾아냈다. 방화 및 살인 사건이 있었던 보니 브레이 아파트 건물, 그리고 강도사건이 발생한 윌셔와 벌링턴 사거리의 이지뱅크 자리에 연필로 표시해 보니, 추측했던 대로 두 곳은 가까운 거리에 있었다. 강도사건은 보니 브레이 아파트에서 북쪽으로 두 블록 반, 서쪽으로 한 블록 떨어진 곳에서 발생했다. 자동차로 2분 안에 갈 수 있는 거리였다.

보슈는 의자에 등을 기대고 앉은 채 지도를 바라보면서 여러 가지 가능성에 대해 생각했다. '어머니의 날'은 정부가 지원하는 생활 보조금 수표가 우편함에 도착하는 날, 즉 매월 1일을 가리키는 은어였다. 양아치들이 정부 보조금이 나오는 날에만 어머니를 보러 집에 갔기에 붙은 명칭이었다.

어머니의 날이나 그 직후에 이지뱅크 같은 업체들은 늘어나는 수표의 현금화 수요를 맞추기 위해 금고와 서랍에 현금을 꽉꽉 채운다. 신문 기사에는 그 사건으로 도난당한 현금이 얼마인지 나오지 않았지만, 중범죄 전담반이 사건을 맡았다면 피해 액수가 적어도 10만 단위는 넘었을 것이다.

보슈는 90년대에 일했던 거스 브레일리를 알고 있었지만, 그와 함께 일을 해본 적은 없었다. 당시의 중범죄 전담반은 더 이상 존재하지 않았고, 브레일리는 세기가 바뀔 무렵 은퇴했을 것이 틀림없었다.

그는 음악 소리를 죽이고 휴대전화를 꺼내 연락처를 스크롤하며 살펴보았다. 당시 중범죄 전담반 소속이었던 이들 중 보슈가 잘 아는 사람은 딱 한 명, 최근에 은퇴한 릭 잭슨뿐이었다. 잭슨의 휴대전화 번호가 연락처에 있었다. 은퇴와 동시에 번호를 바꾸는 경찰이 많지만, 잭슨만은 그러지 않았기를 바라며 전화를 걸었다. 벨이 두 번 울린 뒤 잭슨이 전화를 받았다.

"릭입니다."

"해리 보슈야. 기억해?"

잭슨이 너털웃음을 터뜨렸다.

"여, 어쩐 일인가, 친구?"

이번에는 보슈가 웃었다.

"뭐야, 90년대에 은퇴한 사람처럼. 내 파트너 앞에서 그런 식으로 말을 하면 나를 타임머신 타고 온 사람 취급할걸."

"90년대가 얼마나 좋았는데. 자넨 뭐 하고 지내?"

"뭐 하냐고? 토요일 밤에도 일을 하다가 갑자기 궁금한 게 생겨서 전화했지. 혹시 전에 거스 브레일리하고 아는 사이였어?"

"그럼, 알다마다. 거스 브레일리, 그 망나니자식."

"아직 살아 있고?"

"그럼. 은퇴한 형사들 모임이 있어서 한 달에 한 번씩 만나 점심 같이 먹어. 매번 가진 않지만, 가면 꼭 그 친구가 있더라고. 팜 스프링스에 산다는 것 같던데. 브레일리가 왜?"

"브레일리가 예전에 맡았던 사건을 다시 보고 있는데 물어볼 게 있어서. 그 친구 전화번호 알아?"

"응, 잠깐만. 전화기에 있는 연락처를 찾아봐야 돼. 크게 불러주고 나서 전화기에 대고 다시 얘기할게. 오케이?"

"오케이. 이젠 롤로덱스는 안 쓰나 보지?"

"언제 적 얘길 하는 거야."

잭슨이 연락처를 찾는 동안 보슈는 잠자코 기다렸다. 곧 잭슨이 번호를 불러주었고, 보슈는 피코-유니언 지도가 나와 있는 페이지에 받아 적었다.

"됐지?" 잭슨이 다시 전화기를 입에 대고 물었다.

"됐어." 보슈가 말했다. "고마워. 그나저나, 요즘은 얼마나 쳐?"

보슈는 골프에 대해 아는 게 거의 없지만, 다들 그렇게 물어본다는 것 정도는 알고 있었다.

"꽤 치지." 잭슨이 말했다. "자주 치고 연습도 많이 하니까. 뭐랄까, 골프의 신이 되어가는 것 같아. 요새 싱글 친다고."

'싱글 친다'는 게 무슨 말인지 모르는 보슈로서는 대꾸할 말이 마땅찮았다.

"우리 안 보고 싶어?" 결국 그는 화제를 바꿨다. "일이 그립지 않아?"

"아직은 뭐. 사실 앞으로도 그럴 것 같진 않아. 자넨 얼마나 남았지?"

"글쎄, 1년쯤 남았나? 그 생각 안 하고 살려고 애쓰는 중이지."

"골프를 배워, 해리. 나중에 필드 한번 데리고 나갈게."

"그래, 골프. 배우게 되면 부탁하지."

보슈는 골프를 하는 자신의 모습이 그려지지 않았다. 특히 짧은 반바지를 입은 모습은 정말이지 상상 불가였다. 집에 반바지는 하나도 없었다.

"참, 어제 털사에서 리키 차일더스 만났어. 괜찮은 친구던데. 자네한테 안부 전해달라더라고."

"아, 내가 경전에 썼었지!" 잭슨이 탄성을 질렀다. "아직도 있구먼. 그래, 털사에서 파이도 사 먹었고?"

"아니, 시간이 없어서."

"저런. 어찌 됐든, 그 책 출판하자고 해. 인세 나눌 때 나 잊지 말고."

"걱정 마쇼. 자네 파이는 따로 챙겨둘 테니까."

두 사람은 껄껄 웃었다. 보슈는 잭슨에게 감사를 표하며 또 연락하겠다고 약속한 후 전화를 끊었다. 그러곤 곧장 잭슨에게 받은 번호로 전화를 걸었다.

브레일리가 받지 않아 전화는 음성 사서함으로 넘어갔다. 보슈는 이름과 전화번호를 얘기한 뒤 1993년 사건에 관해 물어볼 게 있다고 용건을 밝혔다. 이어 전화번호를 다시 한 번 불러준 다음 전화를 끊었다.

그는 연필을 집어 들고 식탁을 톡톡 두드렸다. 수사 자료 검토가 생각지 못한 방향으로 흘러가고 있었다. 뭔가가 있었다. 걸리는 것이 있어서 그냥 내버려둘 수가 없었다. 브레일리에게서 빨리 전화가 왔으면 싶었다.

마침 〈스텔라 바이 스타라이트Stella by Starlight〉가 흘러나와서 보슈는 볼륨을 높이고 자료 읽기로 돌아갔다. 서둘러 신문 기사를 다 읽었다. 처음 열흘 정도는 하루에도 여러 개의 기사가 쏟아져 나오더니 기사 수가 차츰 줄어들기 시작해, 나중에는 수사에 진척이 없다는 소식을 전하는 내용만 형식적으로 몇 번 실리다가 그쳤다. 다음으로 그는 다른 자료를 들고 죽은 어린이들과 성인 두 명의 부검 소견서와 사진들을 살펴보았다. 슬프게도 사진들은 하나같이 끔찍했지만, 보슈는 고개를 돌릴 수 없었다. 그는 루시 소토의 팔에 새겨진 이름들을 떠올리며 사진 속 어린이들의 이름과 대조했다. 문신을 하지 않아도 그 아이들의 이름을 잊을 수는 없었으리라.

자료를 읽으며 한 시간쯤 보낸 뒤, 보슈는 브레일리에게 다시 전화를 걸었다. 메시지를 남겼으니 그것을 들었다면 브레일리 쪽에서 전화를 했을 테지만, 그래도 한번 걸어보기로 했다. 놀랍게도 브레일리가 전화를 받았다.

"네?"

보슈는 리모컨으로 음악 소리를 줄였다.

"거스? 거스 브레일리 씨?"

"그런데요, 누구시죠?"

"강력계의 해리 보슈 형삽니다. 조금 전에 메시지 남겼는데요."

"아, 네, 들었어요."

보슈는 잠깐 침묵했다.

"전화 주실 생각이었습니까?"

"아, 물론 전화하려고 했죠. 잠깐 앉아서 93년 기억을 떠올리느라고 늦어졌소만. 어떤 사건을 얘기하는 건가 싶어서. 그해는 굉장히 바쁜 해였거든."

"윌셔에 있는 이지뱅크 강도사건입니다. 기억하세요?"

"이지뱅크라……. 그래, 기억나네요. 어머니의 날. AR-15로 무장한 두 놈."

"네, 그겁니다. 궁금한 게 생겼는데 오늘 집에서 일을 하다 보니 회사 컴퓨터에 접근할 수가 없어서요. 혹시 그때 사건 용의자를 체포했습니까?"

잠깐 침묵이 흘렀다.

"보슈, 당신 기억나는데. 살인사건 담당 아닌가? 근데 21년 전 금고 강도사건에는 왜 관심을 두죠?"

"맞습니다, 살인사건 담당. 지금은 미제사건 전담반 소속인데, 살펴보고 있는 사건에 그 강도들이 관련된 것 같아서요. 그래서, 용의자는 체포했습니까? 혹시 이름을 기억합니까?"

브레일리는 기억을 되살리는 중인지 몇 초간 말이 없었다.

"이 번호는 어떻게 알았죠? 집에서 일하는 중이라면서."

"릭 잭슨 씨한테 들었습니다. 못 믿으시겠으면 전화해 보세요. 내가 나쁜 놈이 아니라고 얘기해 줄 겁니다."

"글쎄, 좀 의심스럽긴 하네요. 토요일 밤에 미제사건을 수사하는 사람도 있나?"

말투가 여전히 90년대 형사 같았다.

"의심스러우면 전화해 보시라니까요. 잭슨 씨가 보증해 줄 겁니다.

좀 도와주세요, 거스."

보슈는 기다렸다. 21년 전의 강도사건에 관해 디지털 자료나 유형의 기록을 찾아낼 가능성은 거의 없었다. 공소시효가 만료된 지 오래였고, 경찰국이 그런 자료를 보관해 두었을 것 같지도 않았다. 기록의 전산화를 추구하며 대대적인 자료 선별 및 처분 과정을 거치는 동안 전산화의 대상이 되었던 건 기소할 가능성이 높은 사건들뿐이었다. 보슈에겐 브레일리의 도움이 절실했다.

"그 사건은 종결하지 못했소." 마침내 브레일리가 말했다.

"사건에 대해 얼마나 기억하고 계시죠?" 보슈가 물었다.

"당신도 종결 못 한 사건은 상세히 기억하고 있지 않나? 나도 그래요. 빌어먹을, 다 기억난다고. 난 강도사건을 수사했고 당신은 살인사건을 수사하고 있지만, 뭐가 됐든 해결하지 못한 사건들은 항상 우릴 따라다니잖소."

"그럼요, 알고말고요. 그 강도들이 이지뱅크에서 털어 간 현금은 얼마나 됐습니까?"

"끝자리까지 다 기억해요. 정확히 26만 6300달러였지."

보슈는 낮게 휘파람을 불었다.

"허, 설마요. 그 동네에서?"

"어머니의 날엔 한 명당 300에서 400달러씩 현금으로 바꿔 간다고 했으니, 합산하면 그 정도 되겠지."

"그리고 이 AR-15를 든 강도들은 그 사실을 알고 있었고요."

"조금만 생각해 보면 누구라도 그 정도야 알아낼 수 있지 않을까? 우린 놈들이 은행 내부에 스파이를 두고 도움을 받았으리라 생각했소. 하지만 그걸 입증할 수가 없다는 게 문제였지. 우리가 내부 스파이로 점찍은 사람이 '당신은 묵비권을 행사할 권리가 있으며' 운운하기도 전에 변호사를 대는 바람에."

"경비원이었습니까?"

"그걸 어떻게 알았지?"

"아, 그냥 짐작입니다. 신문에서 그 비슷한 이야길 읽은 것 같아서."

"자료가 없다고 하지 않았나?"

"없어요. 얘길 하자면 길지만, 어쨌든 지금 나한테 있는 건 사건 첫날 나온 신문 기사 스크랩뿐입니다. 그걸 보니 내부자가 필요했다면 아마 경비원이었겠다 싶더라고요. 경비원 이름 기억하십니까?"

"아니요. 로드니 뭐라고 했던 것 같은데, 성은 기억이 안 나는군. 백인이었고, 강도 두 놈도 백인이었소. 말을 한 놈은 특별한 억양이 없었고. 그리고 이 로드니라는 경비원은 방탄유리 뒤 카운터에 앉은 여직원하고 깊은 관계더군. 나중에 알아냈지. 그 여직원이 카운터 뒤로 들어가는 유리문을 열어줬더구먼."

"여직원도 한패였을까요?"

"아닐 거요, 강도들이 문 열라고 하기 전에 무음 비상벨을 누른 사람이 그 여직원이었거든. 영업점 앞에 차가 멈추고 스키 마스크를 낀 사람들이 내리자마자 벨을 눌렀다고 했소. 그래서 용의선상에 올리지 않았지. 물론 그래도 집요하게 추궁을 했고, 역시 한패는 아니라고 결론을 내렸소. 문을 열어준 건 놈들이 자기 남자친구 머리에 총을 겨누고 있었기 때문인 것 같고. 우린 그 남자친구, 그러니까 경비원에게 집중했소. 경비원이 그 여직원을 조종했던 셈이라 생각하고 말이오. 자기가 흠씬 두들겨 맞고 강도들이 자기 머리에 총을 겨누면 여자가 문을 열어주리라는 걸 알았을 테지. 하지만 경비원에게서도 나온 게 없었어요. 로드니가 그 일을 계획했을 수도 있지만, 아닐 수도 있다는 거요."

"다른 용의자는 없었고요?"

"당시에는 안 나왔지. 하지만 몇 년 지나 노스할리우드에서 발생한 총격전을 TV 뉴스에서 봤는데 그놈들인 것 같았소. 백인에, 2인조였고, 스키 마스크를 썼고, AR-15를 갖고 있더군."

브레일리는 1997년에 뱅크 오브 아메리카 노스할리우드 지점 앞 거리에서 발생한 그 악명 높은 총격전 이야기를 하고 있었다. 총기와 탄약으로 중무장한 강도 두 명이 경찰과 한 시간 가까이 벌인 이 총격전은 미국 땅에서 발생한 범죄자들과 법 집행기관 요원들의 교전 중 가장 치열했던 사례로 기록되었다. 게다가 그 총격전이 전 세계에 실시간으로 중계되었다. 총격전이 끝난 뒤 확인해 보니 사용된 탄환만 3000발이 넘었고, 총상과 부상을 입은 경찰과 시민이 열여덟 명에 달했으며, 두 강도는 결국 경찰의 총에 맞아 숨졌다. 이후 그 유혈이 낭자했던 오후의 총격전은 매년 경찰학교 신입생들에게 주어지는 사건 분석 사례가 되었다. 또한 그 사건으로 인해 LA 경찰관들이 휴대하거나 관용차에 넣어 다니는 무기의 종류와 화력이 업그레이드되기도 했다. 당시 두 강도가 경찰 전체를 진압한 듯 보일 정도로 화력의 차이가 컸기 때문이다.

보슈도 그 현장에 있었다. 총격전이 지속되자 시 전체에서 순경과 형사 수백 명이 동원되었다. 할리우드 경찰서에서 근무하던 보슈와 파트너 제리 에드거 형사는 '코드 3'가 발령된 즉시 로럴 캐니언 대로의 바리케이드로 달려갔다. 도착했을 땐 총격전이 거의 끝나가는 중이었고, 곧 상황 종료 선언이 이어졌다. 이후 그들은 범죄 현장 통제와 대규모의 사후 조사 임무를 맡았다.

"그래서 어떻게 됐습니까?" 보슈가 물었다.

"관련성을 입증하지 못했소." 브레일리가 말했다. "그렇다고 우리가 일을 허투루 했다고 생각하진 말았으면 좋겠군. 이 친구들 얘기 하나 더 해줄까? 93년 10월, 그러니까 이지뱅크 강도사건이 있고 2~3주쯤 지났을 땐데, 놈들이 글렌데일에서 체포됐소. 은행 근처에서 수상한 행동을 하길래 순경들이 놈들의 차를 세우고 검문을 했거든. 그때 차량 뒷좌석에서 담요 밑에 숨겨진 여러 정의 총기가 발견됐소. AR-15 두 자루를 비롯해 막강한 무기고를 차에 싣고 다녔던 거지. 거기 은행을 털려고 말이오. 경찰은 두 놈을 강도 미수 혐의로 기소했고, 두 놈 다 2년형을 살았소."

보슈는 이야기가 어디로 향하고 있는지 알 것 같았다.

"형사님은 당시 그 얘길 못 들었나 보죠?" 보슈가 물었다.

"한 마디도." 브레일리가 말했다. "글렌데일 경찰국이 그 사건을 꽁꽁 숨기는 바람에 우린 97년 뱅크 오브 아메리카에서 그 사달이 나고서야 알게 됐지. 그제야 글렌데일 사건을 들여다봤고, 우리의 이지뱅크 강도사건이 일어나고 한 달도 지나지 않은 시점에 놈들이 AR-15를 사용하고 있었다는 사실을 알게 된 거요. 드디어 종결이구나 싶더군. 근데 어떻게 됐는지 알아요?"

"AR-15가 사라졌겠죠."

"바로 그거요. 글렌데일 경찰국이 96년에 압수한 무기들을 모아서 불태워 없앴는데, 그때 놈들의 AR-15 두 자루도 그 용광로에 들어간 거지. 덕분에 그 총들이 우리 사건에 쓰인 총이 맞는지 확인할 기회조차 없었소."

브레일리의 목소리에서 씁쓸함이 느껴졌다. 충분히 그럴 만했다. 법집행기관 간의 소통 부족으로 인해 일을 그르친 것이 그때가 처음이 아니었고 단연코 마지막도 아니리라는 사실을 보슈는 잘 알고 있었다. 1993년은 무기나 사건에 관한 자료가 거의 전산화되어 있지 않았던 시기였다. 보다 확실하고 신속한 추적을 위한 컴퓨터 혁명이 막 시작되려던 시점이었다.

"그래서 종결을 못 했소." 브레일리가 말했다. "그때 파트너였던 지미 코빈이 은퇴를 했고, 6개월 후엔 나도 그만뒀지. 바통을 이어받겠다고 나선 사람도 없었고. 중범죄 전담반이 변화를 겪던 시기라 이런 사건엔 아무도 신경을 안 썼거든. 그 뒤에 어떻게 됐는지는 당신도 잘 알거고."

"네, 알죠."

강도사건을 주로 담당하던 중범죄 전담반은 해체되었고, 한참 뒤에야 테러 관련 수사와 첩보활동을 담당하는 전담반이 그 이름을 물려받게 되었다. 어쨌든 그런 역사는 차치하고라도, 노스할리우드 은행 강도들에 관한 이야기에는 뭔가 석연찮은 구석이 있었다. 그러나 보슈는 그게 뭔지 콕 집어낼 수도 없었고 떠오르는 것도 없었다.

그는 일단 그냥 넘어가기로 했다.

"몇 가지 더 여쭈어도 될까요, 거스?" 보슈가 물었다.

"그럼요, 물어봐요." 브레일리가 말했다. "재밌구먼, 옛날 사건들을 떠올리니 말이오. 퇴직 직후에는 아주 정나미가 떨어졌는데, 시간이 좀 지나니까 그립더구먼. 하루 종일 밖에 앉아 햇볕이나 쬐고 있으니 말이오."

보슈는 자신의 미래일 수도 있는 그의 얘기를 마음에 담아둔 뒤, 질문을 시작했다.

"강도들에게 카운터 문을 열어준 그 여직원 이름 기억하십니까? 아니면 다른 어떤 이름이라도?"

"아뇨, 미안해요. 로드니라는 이름만 기억나네. 여직원은 멕시코인이었소. 그 동네 주민이었는데, 통역이 필요해서 뽑았다더군. 거기 있던 또 다른 남자는 우크라이나 사람이었고. 이름이 뭐였더라? B로 시작했는데. 그래, 보이코. 맥스 보이코."

"그럼 영업점에 경비원, 여직원, 우크라이나 남자, 이렇게 셋만 있었던 겁니까?"

"그랬지. 오전이었고, 아직 일이 몰리기 전이었거든. 정오쯤 동네에 우편물이 배달되고 나서야 정신없이 바빠진다고 했소. 그래서 오후에는 인력을 더 준비해 놓은 상태였다더군."

"그렇군요. 그 우크라이나 사람은 어땠습니까? 직접 만나셨어요?"

"전부 다 만나봤지. 철저히 수사했거든. 우크라이나 친구는 그 체크-캐시 영업점의 공동 소유주였소. 동업자 몇 명과 함께 시내에서 비슷한 환전상 두세 곳을 운영하더군. 그 사람은 용의선상에 올리지 않았어요. 자기 돈을 자기가 훔칠 이유가 없을 테니까. 어머니의 날이라 보험 한도를 훨씬 넘어서는 엄청난 손해를 봤고. 말이 안 되잖소."

"그렇군요."

"아, 이런 게 있었소. 그 친구도 그 여직원하고 그렇고 그런 사이였더구먼."

"그 통역사요?"

"그래요, 그 멕시코 여자. 두 남자랑 놀아난 거지. 우크라이나인 지점장은 기혼이었고, 그래서 도난당한 돈보다 불륜이 알려질까 봐 더 걱정했던 걸로 기억해요. 그 사실이 알려져서 이혼당하면 잃을 게 많다고 하더군."

보슈는 브레일리의 말을 곱씹으며 그중 강도사건의 동기가 될 만한 요소가 있는지 생각해 보았다. 사건의 중요한 세부 사항들을 21년이나 지난 뒤에, 자료도 없이 파악하기란 쉽지 않았다.

"그랬군요." 보슈가 말했다. "강도사건으로 돌아가서, 신문 기사에선 놈들이 이지뱅크 출입문 바로 앞에 차를 댔다고 하던데요."

"그랬지, 튀어나와서 바로 차 타고 도망가려고."

"놈들이 영업점 안에 있는 CCTV 카메라를 모두 총으로 쏴서 꺼버린 건 알지만, 그러기 전에 찍힌 건 남아 있지 않았나요?"

"있었지. 영상을 확보도 했고. 5초에서 10초쯤 찍혔더군. 그 덕에 차종은 알아냈는데, 그게 다였소. 아, 도난 차량이었다는 사실도 알았지."

"그렇군요. 혹시 놈들이 어느 방향에서 왔는지도 기억하십니까? 이지뱅크는 벌링턴과 윌셔 사거리의 북서쪽 모퉁이에 있잖아요. 놈들이 윌셔에서 왔습니까? 아니면 벌링턴?"

브레일리는 즉답을 내놓지 않았다. 기억의 창고를 조심스레 뒤지고 있는 모양이었다.

"내 말을 100퍼센트 믿지는 마쇼." 마침내 브레일리가 말했다. "놈들이 벌링턴 쪽에서 달려와 영업점 문 앞에 차를 댔던 것 같아요. 그래서 차의 조수석이 이지뱅크 출입문 바로 앞에 있었지. 출입문과의 거리가 1.5미터나 됐을까. 조수석에 있던 놈이 먼저 내려 들어가서 카메라부터 꺼버렸고, 그런 다음 운전하던 놈이 따라 들어갔고."

"그러니까 놈들이 벌링턴에서 6번가를 따라 달려왔다는 거죠?"

"맞아요."

보슈는 잠깐 생각을 정리했다. 보니 브레이 아파트에서 이지뱅크로 오는 길 중에는 벌링턴에서 6번가를 타고 남쪽으로 내려오는 경로도 포함되어 있었다.

"네, 그럼 범행에 시간은 어느 정도나 걸린 것으로 기억하십니까?" 보슈가 물었다. "신문을 보니 놈들은 우선 카메라를 무력화시키고, 그다음엔 진짜든 연극이든 경비원하고 옥신각신하다가 경비원을 제압하고, 이어 직원들에게 금고 하나와 현금이 든 서랍 세 개를 열게 했다던데요. 그 모든 일을 마치기까지 얼마나 걸렸죠?"

"금고 여는 데 시간을 제일 많이 썼지." 브레일리가 말했다. "금고 번호를 알고 있는 지점장을 설득해야 했거든. 설득 방법은 뭐 비슷했소. 단지 이번에는 여직원에게 총을 겨누고, 금고를 열지 않으면 벽에 이 여자 피를 쫙 뿌려주겠다고 했다지. 그래서 지점장은 시키는 대로 했는데, 겁에 질려 번호를 잘못 누르는 바람에 두세 번 실패한 끝에 열었다더군."

"그런 다음 현금 서랍을 열었고요. 그래서, 범행에 걸린 시간이 총 얼마나 됩니까?"

브레일리가 기억을 더듬는 동안 다시 침묵이 흘렀다.

"길어야 6분? 사실 이런 짓을 하는 데 걸린 시간치고는 꽤 긴 편이었지만."

"그렇네요. 그리고 그 여직원은 즉시 비상벨을 눌렀다고요?"

"그래요, 똑똑했지. 문 앞에 선 차 안에 마스크를 낀 남자들이 있는 걸 보자마자 눌렀더군. CCTV가 꺼지기 전에 찍힌 영상에서 확인했소. 상황을 인지하고 곧장 비상벨을 누르던데. 망설이지도, 미적거리지도 않고. 그래서 그 여직원은 공범이 아니라고 확신하는 거요."

보슈는 고개를 끄덕였다. 납득할 만한 논리와 결론이었다.

"경찰이 출동할 때까진 시간이 얼마나 걸렸습니까?"

"꽤 길었어요. 출동까지 8분에서 9분 가까이 걸렸으니까. 다들 피코-유니언에서 발생한 대형 화재 현장에 가 있느라고. 기억하죠? 보니…… 잠깐만, 그거구먼? 그렇죠? 당신이 조사하는 사건이 그거였구먼."

"그 사건도 살펴보셨습니까, 거스?"

"그 화재가 강도사건에서 관심을 돌리기 위해 계획된 사건 아니냐는 의미겠지? 그래요, 지미랑 나도 그런 가능성에 대해 살펴봤소. 근데 잘 들어맞지 않더라고. 방화라는 결론이 나온 뒤에도 다시 살펴봤는데, 동네 범죄조직이 관련되어 있더군. 마약 관련 사건이었지. 반면에 우리가 찾고 있는 용의자는 백인 두 명이었고. 서로 맞지가 않았소."

"방화사건 전담반에서 누가 나와서 형사님 사건을 살펴보고 간 적은 있나요?"

"내 기억으로는 없는데."

이번엔 보슈가 침묵할 차례였다. 그는 두 사건에 대해 생각해 보았다. 방화사건과 강도사건이 세 블록 반 떨어진 곳에서 거의 동시에 일어났다. 세월이 흐른 뒤에야 당시에 보지 못했던 것이 명확히 보이는 경우도 있는 법이다. 사실 보니 브레이 사건에서 나온 증거 가운데 방화의 동기, 즉 범죄조직이나 마약과 관련이 있을 가능성을 가리키는 것은 하나도 없었다. 모두 언론과 지역사회 주민들의 입을 거치며 사실인 것처럼 굳어진 단순한 소문에 불과했다. 21년 전에는 아니라고 쉽게 무시했던 것도 지금은 그렇게 묵살할 수가 없었다.

"우리가 내부의 공범이라고 생각했던 친구에 대해서 방금 생각난 게 있소." 브레일리가 말했다.

"그게 뭐죠?"

"청원경찰이 대개 그렇듯이, 그 친구도 정식 경찰이 되고 싶었는데 못 했다고 하더구먼. 보안관국에도 지원해 보고 경찰국에도 지원했었다고 했소. 경찰학교에 입학은 했는데 퇴학당했다고."

"이유를 알아보셨나요?"

"알아봤지. 이유가 좀 이상하다고 생각했던 게 기억나는군. 카운터 뒤에 앉은 여직원과 그렇고 그런 사이였는데, 그 여잔 피부색이 짙은 구릿빛이었거든. 멕시코인. 근데 그 친구가 경찰학교에서 퇴학당한 이유가, 같은 반의 멕시코인 친구에게 인종차별적인 언행을 했기 때문이라더군."

"그 일은 언제 일어났죠? 강도사건보다 얼마나 먼저?"

"어허, 그건 당신이 알아봐야지. 기억이 안 나네. 적어도 2~3년 전이었을 거요."

보슈는 브레일리에게서 들은 이 마지막 정보에 대해서 잠시 생각해 보았다. 경찰학교 행정실이나 시 정부 인사과에 로드니라는 경비원에 관한 기록이 아직 있을지 궁금했다. 그걸 확인하려면 우선 성이 뭔지 알아야 했다. 경찰학교에서는 인종차별로 분란을 일으켜놓고 나중에는 라틴계 여성과 사귀었다는 로드니의 모순된 행동에 대해서는 더 생각해봐야 할 것 같았다.

"고맙습니다, 거스." 보슈가 말했다. "큰 도움을 주셨어요."

"수사에 성과가 있으면 나한테도 알려줘요." 브레일리가 말했다. "궁금하니까."

"그러죠."

21

일요일 아침 8시, 보슈가 형사과 사무실에 들어섰을 때 소토는 벌써 자기 자리에 앉아있었다. 전날 밤에 떠오른 보니 브레이 사건 전말에 관한 의견을 꺼내기도 전에, 그녀는 회전의자를 돌려 앉아 보슈를 쳐다보면서 흥분한 목소리로 메르세드 사건과 관련해 알아낸 사실들을 이야기하기 시작했다.

"어제 마리아치 광장을 떠나서 밸리로 올라갔거든요. 알베르토 카브랄을 만나려고요. 카브랄이 악단의 2004년 일정 달력을 보여줬어요. 거기 브루사드가 공연을 예약한 내용이 있더라고요. 기부금 모금 행사였는데 누구를 위한 거였냐면……."

"로버트 잉글린?"

소토는 깜짝 놀란 표정이었다.

"어떻게 아세요?"

"그냥 알아."

소토가 곧 증인이 될 수도 있는 사람을 혼자서 만나러 간 것에 대해

화를 내야 할지, 개인 시간을 할애해가며 수사에 달려드는 열정과 추진력에 감탄해야 할지 보슈는 알 수가 없었다.

"미리 얘길 했어야지, 루시. 그렇게 증인을 만나 얘기를 하다 보면 많은 일이 잘못될 수 있어. 증인이 나중에 용의자로 전환되는 경우도 종종 있고, 증인이 용의자와 친구여서 우리 얘길 듣자마자 용의자한테 홀랑 일러바치는 경우도 꽤 있지. 조심해야 돼. 적어도 어딜 가는지는 얘기해줬어야지. 그래야 나도 같이 갈지 말지 결정할 수 있었을 거 아냐."

"저 혼자 간 게 더 나았어요. 형사님이 안 계시니까 다 털어놓더라고요. 그리고 스페인어로 얘길 했고요."

"그게 문제가 아니라, 자네가 뭘 하는지, 어디에 있는지를 내가 알았어야 했다는 얘기야. 다음번엔 문자라도 꼭 보내줘."

소토가 눈을 내리깔고 고개를 끄덕였다.

"알겠습니다." 그러고서 소토는 잠깐 말이 없다가 다시 입을 열었다. "그런데 잉글린에 대해서는 어떻게 아셨어요?"

보슈는 들고 있던 바인더 더미를 자기 책상에 내려놓은 뒤, 의자를 끌어내 소토 쪽으로 돌리고 앉았다.

"잠재적 증인과 얘기해서 알아낸 건 아냐. 선거자금 기록을 보고 알았어."

"토요일에요?"

"자료에 접근할 수 있는 친구가 있거든."

소토는 의심스러운 눈초리로 보슈를 잠깐 바라보았지만 그 시선은 곧 누그러들었다.

"더 알아내신 건 없고요?"

"있지. 브루사드가 그해 1월에는 잉글린에게 붙었다가 5월에는 세야스에게 모든 걸 걸었어. 그다음 선거에서도 세야스를 지지했고, 현재 주지사직을 향한 세야스의 이른바 '용감한 도전'에서도 주요 후원자 역할을 하고 있지."

"왜 그렇게 방향을 바꾸었을까요? 그리고 메르세드 피격사건이 그 중간에 있었네요."

보슈가 집게손가락으로 소토를 가리켰다.

"100만 불짜리 질문이야."

소토는 허리를 꼿꼿이 세우고 똑바로 앉았다.

"참, 막 생각난 게 있어요. 홀컴 형사님이 받은 제보 전화 말인데요."

소토가 책상을 향해 돌아앉아 홀컴이 가져다 놓은 제보 쪽지 뭉치를 집어 들고는 종이들을 넘겨 한 장을 찾아냈다.

"여깄네요." 소토가 말했다. "금요일 새벽 12시 9분에 걸려 온 제보 전화예요. '여성 제보자. 시장이 오를란도 메르세드를 쏜 범인을 알고 있다고 함.' 내용은 이게 다예요. 신원을 밝히지는 않았지만, 전화기에 발신 번호가 자동으로 뜨기 때문에 번호는 확보돼 있어요. 전화해서 누가 받는지 볼까요?"

"설마 세야스가 마리아치 연주자의 청부살인을 의뢰했다고 생각하는 거야, 진짜?"

그 질문에 소토는 잠시 말을 잃었다. 보슈의 입에서 나온 말로 듣고 보니 그 생각이 완전히 미친 소리 같았다.

"그래도 전화해서 얘길 좀 들어보려고요." 소토가 말했다.

"해봐. 근데 자네가 알아서 처리하지, 나한테는 넘기지 말고."

"네, 그럴게요."

소토가 자기 휴대전화를 꺼내 들었다.

"자네, 번호 뜨는 거 막아놨어?" 보슈가 재빨리 물었다.

"그럼요, 막아놨죠."

소토는 제보 쪽지에 적힌 전화번호를 누른 뒤 통화 버튼을 눌렀다. 보슈는 신호가 가는 동안 그녀를 지켜보았다.

"안 받는데요." 소토가 말했다. "메시지를 남길게요."

"제보 번호를 남겨놔. 자네 휴대전화 번호 말고."

소토가 고개를 끄덕였다.

"안녕하세요, 로스앤젤레스 경찰국의 소토 형삽니다. 오를란도 메르세드 피격사건과 관련하여 제보해 주신 여성분께 전화드렸는데요. 몇 가지 여쭤볼 것이 있으니 메시지 들으시면 전화해 주시겠어요?"

소토는 제보 번호를 알려준 뒤 익명의 제보자에게 감사를 표하고 전화를 끊었다.

"전화 안 올 수도 있으니까 너무 기대하지는 마." 보슈가 말했다. "수사는 인내심을 가지고 차근차근 하는 거야, 루시. 번갯불에 콩 볶아 먹듯이 하는 게 아니라고."

"알죠."

"잠깐 딴 얘기 좀 할까? 자네한테 보여주고 싶은 게 있어."

보슈는 책상 쪽으로 몸을 돌려 맨 위에 놓인 바인더에서 보니 브레이 사건 관련 신문 스크랩 기사를 꺼낸 뒤 소토에게 건넸다.

"《로스앤젤레스 타임스》에 나온 곤살레스 선생님에 관한 인물 소개 기사야. 곤살레스 선생님 기억하지?"

"네, 물론이죠."

소토의 시선은 에스터 곤살레스의 사진에 고정되어 있었다.

"넘겨봐." 보슈가 말했다.

소토가 어리둥절한 표정으로 보슈를 바라보았다.

"뒷면에도 기사가 있으니까 넘기라고."

소토가 기사를 뒷면으로 넘기자 보슈는 의자를 끌어 가까이 다가가 이지뱅크 강도사건에 관한 단신을 손가락으로 톡톡 쳤다.

"이걸 읽어봐."

잠시 읽을 시간을 준 뒤, 소토가 고개를 들자 보슈가 입을 열었다.

"어젯밤에 거기 나온 거스 브레일리와 통화했어. 그 사건에 관해 기억하는 내용을 죄다 들었지. 브레일리는……."

"자료를 확인하면 되잖아요. 근데 뭘 찾으시려고……."

"자료가 없을 거야. 디지털 숙청 때 폐기됐을 거거든. 공소시효 만료로. 아무도 기소하지 못했잖아. 하지만 중범죄 전담반에 있던 강도사건 일지는 지금 강도사건 전담반장 사무실에 있지. 그걸 확인해야 돼. 보통은 피해자들 이름이 기록되어 있거든. 거기서부터 시작해야 해."

"뭘 시작하는데요?"

"브레일리 말로는 당시 그 강도사건에 내부 공범이 있다고 생각했대. 근데 입증을 못 했다는 거지. 그 말은, 강도사건 일지에 피해자로 이름이 올라 있는 사람 중 한 명이 공범일 수 있다는 얘기야. 그자를 찾아서 보니 브레이 일에 대해 물어보자고. 살인사건에 관해서는 공소시효가 없으니까."

"잠깐만요. 보니 브레이요? 어떻게…… 지금 무슨 말씀을 하시는 건지 잘 모르겠어요."

보슈는 고개를 끄덕였다. 소토는 모르는 정보를 가지고 자기 혼자 너무 앞서가고 있었다는 생각이 들었다.

"화재 신고가 들어오고 15분 후에 강도사건이 발생했어." 보슈가 말했다. "보니 브레이에서 세 블록 반 떨어진 곳에서. 치밀하게 계획된 범행이야. 우선 방탄유리로 막혀 있는 금고 공간으로 들어가야 했고, 그런 다음엔 직원들을 위협해 금고 하나와 현금 서랍 세 개를 열어야 했어. 시간이 걸리는 작업이었지. 그래서 다른 곳에 경찰의 관심을 끄는 일을 만들어 시간을 벌었던 게 아닐까 하는 생각이 들어."

"불을 질러서."

"바로 그거야. 근데 현재로선 아무런 근거가 없어. 브레일리 말로는 당시에도 그 생각을 했다가 접었대. 하지만 그땐 아파트 화재가 처음엔 사고로, 그다음엔 범죄조직과 마약이 관련된 사건으로 여겨졌기 때문이겠지. 게다가 강도사건 용의자들이 백인이라 라틴계만 사는 피코-유니언의 건물에서 일어난 화재와의 연관성을 찾기가 어려웠을 거야. 그래서 그 생각을 던져버렸다는데, 이제 우리가 주워 들어야 할 것 같아."

소토는 조용히 앉아 고개를 살짝 끄덕이면서 머릿속으로 시나리오를 살피고 있었다. 곧 보슈가 생각한 것을 그녀도 생각했는지, 고개를 들어 보슈와 시선을 마주했다.

"그럼 이제 어떻게 하죠?"

보슈가 일어섰다.

"일단 강도사건 전담반에 가서 일지부터 찾아보자."

그들은 사무실을 가로질러 걸어가 벽에 난 문을 통해 옆 사무실로 들어갔다. 특수강도사건 전담반 사무실에는 아무도 없었고 반장실 문은 잠겨 있었다. 보슈는 반장실 문 옆에 있는 유리 패널 너머로 어두운 반장실을 들여다보았다. 오래되어 여기저기 벗겨진 가죽 장정의 강도사건 일지들이 줄줄이 꽂힌 책꽂이가 보였다.

"관리실에 전화해 볼까요? 문을 열 수 있는지?" 소토가 물었다.

"안 열어줄 거야."

보슈는 문손잡이를 살펴보았다. 쉽게 딸 수 있을 것 같았다. 경찰국은 건물 내부 보안에 크게 신경을 쓰지 않았다.

"복도로 나가 있어." 보슈가 말했다. "누가 엘리베이터에서 내리면 나한테 알려줘."

"어쩌시려고요?"

"잔말 말고 가."

소토가 복도를 향해 걸어가는 동안, 보슈는 형사들의 칸막이 자리 사이를 거닐며 책상을 살펴보았다. 한 책상 위에 각종 페이퍼클립을 붙여 놓은 자석이 있었다. 그는 클립 두 개를 떼어내 반장실 앞으로 돌아가, 클립 하나를 완전히 펴고 다른 하나도 펴서 끝을 약간 구부렸다. 재킷 주머니에 잠금장치 따는 도구들을 늘 지참하고 다녔지만, 일요일 오전이라 자료나 뒤적이겠거니 싶어서 캐주얼하게 입고 나온 터였다.

보슈는 손잡이 앞에 쭈그리고 앉아 곧바로 일에 착수했다. 문이 열리기까지는 1분밖에 안 걸렸다. 반장실로 들어간 그는 클립을 책상 옆 쓰레기통에 버린 뒤 일지가 꽂혀 있는 책꽂이로 걸어갔다. 일지마다 장정된 책등에 해당 연도가 적혀 있었다. 한 해당 한 권씩, 모두 마흔 권의 파일이었다. 보슈는 '1993년'이라고 적힌 일지 파일을 재빨리 찾아 꺼낸 뒤 반장실을 나와 복사기가 있는 곳으로 갔다. 파일을 넘겨 이지뱅크 강도사건 발생일의 일지를 찾아냈다. 적힌 분량이 한 페이지의 3분의 1 정도밖에 되지 않았다.

보슈는 복사를 마친 다음 반장실로 돌아가 일지를 제자리에 꽂고 문을 잠근 뒤 나왔다. 복도 쪽 문을 향해 걸어가며 복사한 일지를 훑어보았다. 아주 기초적인 내용이었지만 경비원 로드니 버로스를 비롯한 피해자 세 명의 이름과 생년월일이 적혀 있었다.

그거면 충분했다.

소토는 유리벽 앞에 선 채 관청가를 내다보고 있었다. 일요일 아침이라 한가하고 조용했다. 시청 건물 뒤로 태양이 하늘 높이 떠오르며 건물의 검은 윤곽을 드러냈다. 하나로 된 거대한 저 덩어리는 아직까지도 이 도시에서 가장 유명한, 또 가장 많은 비밀을 품고 있는 건물이었다.

"찾았어." 보슈가 말했다.

그는 소토 옆을 지나치며 복사한 일지를 건네주고는 미제사건 전담반으로 돌아갔다. 소토도 짧은 일지를 읽으면서 보슈를 따라왔다.

칸막이 자리로 돌아왔을 때 소토는 벌써 수사 계획을 하나 떠올린 참이었지만 썩 좋은 생각은 아니었다.

"이 이름들 조회하고 소재 파악해서 찾아가보죠." 소토가 말했다. "누구부터 시작할까요? 경비원? 로드니 버로스라고 되어 있네요."

보슈는 의자에 앉으며 고개를 가로저었다.

"이 사건과 사람들에 대해 더 알아낸 다음에 찾아가야지." 보슈가 말했다. "버로스는 93년에 형사들이 그렇게 압박을 가해도 자백하지 않았어. 이제 와서 털어놓을 거라고 믿을 이유가 없잖아. 당시 담당 형사들이 갖고 있지 않았던 뭔가를 찾아야 돼. 이 사람들 입을 열게 만들 확실한 무기. 그걸 확보하기 전에는 접근해 봤자 소용없어."

"네, 알겠습니다." 소토가 말했다. "그럼 우선 이 사람들 배경부터 파악할게요. 또 뭘 더 할까요?"

"버로스가 경비원이 되기 전에 경찰학교에서 퇴학당했다나 봐. 아직 자료가 남아 있을지도 몰라. 우리에게 운이 따른다면."

"네, 확인해 볼게요."

보슈는 책상에 놓인 바인더 더미에서 하나를 골라 소토에게 건넸다.

"하나 더." 그가 말했다. "여기 보니 브레이에 살았던 입주자들 명단이 들어 있어. 당시 입주자들을 전부 만나서 조사했더라고. 그 명단에 나온 이름들 검색해 봐. 강도사건 발생 시점에 이지뱅크 안에 있었던 그 세 직원과 보니 브레이 사이에 무슨 관련이 있는지 알아보라고."

소토는 눈살을 찌푸리며 혼란스럽다는 표정을 지었다.

"경찰의 관심을 분산시키기 위해 화재를 계획했다면, 굳이 그 아파트를 고른 이유가 있었을 거야." 보슈가 설명했다. "거기 접근할 방법을 알았을 거고, 쓰레기 활송장치에 대해서도 알고 있었겠지. 활송장치로 화염병을 떨어뜨리면 지하에서 불이 나고, 그러면 경찰들이 거기로 몰려가 정신이 없을 거라 생각한 거야. 사전 계획도 없이 즉흥적으로 벌인 일일 리는 없어. 놈들은 알고 있었어. 적어도 한 명은 알고 있었다고. 누군가는 거기 살았던 적이 있을 거야. 분명히 무슨 연관이 있으니까 찾아내야 돼. 못 찾으면 그 직원들을 공략할 방법이 없어."

이제야 소토가 고개를 끄덕였다.

"알았어요." 소토가 말했다. "범인들은 거기 지하에 어린이집이 있다는 것도 알고 있었을까요?"

"글쎄, 그건 이제부터 우리가 알아봐야지."

그러곤 책상을 향해 돌아앉으려는데, 해야 할 이야기가 또 생각났다.

"자네가 아직 어렸을 때긴 한데, 혹시 97년에 노스할리우드에서 있었던 총격전 기억나?" 보슈가 물었다.

"어릴 때 일이라 기억은 안 나고요, 경찰학교에서 그 사건에 대해 공부한 적은 있어요." 소토가 말했다. "그 사건이야 워낙 유명하잖아요. 왜요?"

"거스 브레일리 말로는, 그 총격전 범인들이 이지뱅크 사건 용의자일 가능성이 있는 것 같았는데 그걸 입증할 수가 없었대."

"와우."

"그러게."

소토의 얼굴에 실망하는 기색이 잠깐 떠올랐다 사라지는 것을 보슈는 놓치지 않았다. 노스할리우드 은행 강도들은 사살되었다. 그녀는 보니 브레이 방화범을 찾으려는 자신의 노력이 재판도 처벌도 없이, 범인들이 이미 고인이 되어 법망에서 영원히 벗어났음을 알게 되는 것으로 허무하게 끝날 수 있다는 사실을 깨달은 것이다.

"그런 결론이 나오면, 감당할 수 있겠어?" 보슈가 물었다.

"다른 선택지가 없잖아요."

보슈는 고개를 끄덕였다. 소토도 실망감을 얼른 털어버리려는 것 같았다.

"그날 거기 가셨어요? 총격전 현장에요? 긴급한 업무가 없는 경찰관은 전부 거기로 출동했다고 들었는데요."

보슈가 고개를 끄덕였다.

"할리우드에서 그리로 올라갔지. 하지만 도착할 때쯤엔 이미 끝나가고 있더라고. 말하자면, 소송당하기 딱 좋은 시간에 도착한 거야."

"네? 그게 무슨 말이에요?"

"범인 중 한 명의 가족이 경찰국과 다수의 경찰관을 상대로 민사소송을 제기했거든. 우리가 놈을 길바닥에서 피 흘리다 죽게 만들었다면서. 구조대가 놈을 치료하지 못하게 한 시간이 넘도록 형사들이 막고 서 있는 바람에 치료가 늦어져서 과다 출혈로 사망했다는 거지."

"그 가족은 승소했어요?"

"아니, 재판 무효로 끝났고, 그렇게 흐지부지됐어. 재심도 없었고."

"그래서요?"

"뭐가 그래서야?"

"정말로 형사들이 구조대를 막았어요? 그 부분은 경찰학교에서 안 다뤘거든요."

"그땐 여전히 혼란스럽고 적대적인 분위기였어. 다른 총잡이들이 더 있을 가능성도 있었고. 정말 안전하다고 확신할 때까지는 구조대원들이 범인들에게 접근하게 할 수 없었지. 뭐, 쓰러져 누워 있던 그 범인에게 빨리 죽는 편이 모두를 위해 좋을 거라고 말한 경찰관도 몇 명 있긴 했을 거야. 사방에서 경찰관들이 총에 맞아 픽픽 쓰러졌으니, 그런 판국에 범인이 다쳤다고 연민을 느낀 경찰관이 많았을 것 같진 않군. 구조대원이 경찰관부터 전부 다 치료한 다음 놈에게 가도록 하고 싶었겠지."

소토는 입을 앙다문 채 고개를 끄덕였다. 경찰관들의 마음을 이해한 것이다.

"우리 편에선 사망자가 나오지 않았지만, 그날 총상을 입은 경찰관 넷은 영영 업무에 복귀하지 못했어." 보슈가 말했다. "육체적으로나 정신적으로나 완전히 망가졌거든."

"알아요. 경찰학교 수업 시간에도 그렇게 들었어요."

소토는 뭔가를 생각하는 눈치였다. 보아하니 자기 파트너의 목숨을 앗아 간 총격전을 떠올리는 것 같았다. 자연스러운 일이다. 소토는 총격전을 직접 경험한 사람이었다. 노스할리우드 총격전은 그녀가 경찰이 되기 한참 전에 일어난 일이지만, 그 이야기를 듣다 보면 어쩔 수 없이 자신이 겪은 총격전을 소환하게 될 터였다.

"자네가 이지뱅크를 맡고, 내가 메르세드를 맡는 게 어떨까? 두 사건을 동시에 수사하자고. 그렇게 하면 반장이 닦달할 일은 없을 거야. 다른 사람들도 눈치 못 채고."

소토가 고개를 끄덕였다.

"고맙습니다, 보슈 형사님."

"아직은 그런 말 하지 마. 종결 가능성이 별로 없는 사건이야. 둘 다."

"그래도요. 형사님까지 보니 브레이를 들여다볼 필요는 없었잖아요."

"하지만 자넨 들여다봐야 했지. 그게 어떤 느낌인지는 나도 잘 알아."

"언젠가 그 이야기 꼭 해주세요."

"그러지."

그들은 각자의 책상을 향해 돌아앉아 일을 시작했다.

22

보슈는 메르세드 사건 수사로 다시 관심을 돌렸다. 그는 제일 먼저 찰스 브루사드라는 이름을 데이터베이스에 넣고 전과 기록이 있는지 살폈지만, 사실 검색을 하면서도 별다른 것이 나오리라는 기대는 없었다. 그런 게 있다면 정치인들이 적어도 공식적으로는 그와 접촉하거나 그의 돈을 받는 일은 없었을 테니까. 과연 아무런 기록이 나오지 않았다. 브루사드는 전과 하나 없이 깨끗했다. 흔한 속도위반 딱지 하나 떼지 않았다.

보슈는 브루사드의 운전면허증에 나온 집 주소를 받아 적었다. 짐작건대 멀홀랜드 드라이브에 있는 이 집이 앙헬 오헤다와 마리아 브루사드가 처음 만나 불륜 관계를 시작한 바로 그곳인 것 같았다.

다음으로는 로스앤젤레스 카운티 부동산 정보망에 브루사드의 이름을 입력했다. 멀홀랜드 드라이브의 대저택을 포함해서 몇 건의 부동산이 검색되었다. 파코이마와 시티 오브 인더스트리(로스앤젤레스 산가브리엘 밸리에 자리한 공단 지역) 소재의 상업용 건물도 몇 채 있었는데, 아마 버지니아 스키너와 오헤다가 언급했던 콘크리트 사업과 관련된 건물인 것 같았다. 말리부 퍼시픽코스트 하이웨이 소재의 주거용 건물은 아마 해변 별장일 터였다. 브루사드가 소유한 부동산은 로스앤젤레스카운티에 있는 것만 쳐도 자산 가치 2천만 달러는 훌쩍 넘길 것으로 보였다.

보슈는 부동산 정보망에서 나와 캘리포니아주 기업 기록 정보망에 접속했다. 브루사드의 이름을 입력하자 여러 건의 법인이 떴다. 몇 개는 오래전 것들이었지만, 대다수가 현존하는 법인이었다. 그중 '브루사드 콘크리트 디자인Broussard Concrete Design'이라는 업체가 눈에 띄었다. 대표 겸 최고 경영 책임자로 그의 이름이 올라 있었다. 도로 건설공사에 쓰이는 콘크리트 차단막을 공급하는 업체로, 보슈가 기억하는 한 아주 오랜 옛날부터 고속도로 차단막에는 'B-C-D'라는 약자가 스텐실로 찍혀 있었다.

브루사드라는 이름은 다른 여러 법인에도 경영자나 이사로 등장했다. 특별히 눈길을 끄는 업체는 없었지만, 보슈는 그 이름과 소재지를 모두 적어놓았다.

이제는 존재하지 않는 기업 중 하나가 보슈의 눈길을 사로잡았다. 영업이 종료된 '화이트 테일 사냥터 & 사격장'의 사장으로 브루사드의 이름이 올라 있었다. 업체 소재지는 로스앤젤레스카운티 동쪽 경계선 바로 건너에 자리한 리버사이드카운티로, 시티 오브 인더스트리에 있는 브루사드의 건물과도 그리 멀지 않은 곳이었다.

주 정부 기록에 따르면 그 업체는 4년 동안 존속하다가 매각과 동시에 영업을 종료했지만, 그래도 보슈는 정보를 출력했다. 이는 브루사드가 사냥꾼이었거나 적어도 사냥꾼들과 아는 사이임을 뜻했다. 오를란도 메르세드를 쏜 총이 사냥용 소총이었다고 했던 탄환 분석실 건 정의 말이 떠올랐다.

어느새 11시였다. 보슈는 딸이 일어날 시각에 맞춰 집에 도착하고 싶었다. 컴퓨터를 끄면서 어깨 너머로 소토를 돌아보니 그녀는 컴퓨터 화면을 집중해서 쳐다보고 있었다.

"난 이제 가려고." 보슈가 말했다. "오늘은 딸내미랑 좀 있어야지."

"네, 들어가세요." 소토가 말했다. "전 조금 더 있다가 갈게요."

"뭐 나온 건 있고?"

"아뇨, 아직. 형사님은요?"

"응, 하나 건진 것 같아. 메르세드 피격사건 당시 브루사드가 리버사이드에 있는 사냥터와 사격장을 소유하고 있었어."

소토가 컴퓨터에서 눈을 떼고 보슈를 돌아보았다.

"그럼 그때 브루사드는 총을 쏠 줄 아는 사람을 100명도 넘게 알고 있었다는 얘기네요?"

"내 말이 그 말이야." 보슈가 말했다.

"좋은 정보네요! 근데 '소유하고 있었다'면, 이젠 아니라는 거예요?"

"메르세드 사건이 있고 1년 반쯤 지나서 팔았어."

"잉글린에서 세야스로 갈아탄 다음이고요."

보슈가 고개를 끄덕였다. 가능성이 더 확대되고 짙어지고 있었다.

"내일 봐." 그가 말했다.

"네, 보슈 형사님. 내일 뵈어요." 소토가 말했다.

101번 고속도로에 차가 그리 많지 않아 예상보다 일찍 집에 도착할 수 있을 것 같았다. 보슈는 바렴 출구로 나가 언덕으로 이어지는 갈림길을 향해 카후엥가를 달려 내려갔다. 언덕으로 오르는 경로는 두 개가 있었다. 하나는 좌회전을 해서 가는 멀홀랜드 드라이브, 다른 하나는 우회전을 해서 가는 우드로 윌슨 드라이브였다. 그의 집은 우드로 윌슨 드라이브에 있었지만, 보슈는 고속도로에서 시간을 벌었으니 브루사드의 집이나 한번 보고 가자는 생각에 좌회전을 해 멀홀랜드 드라이브로 들어섰다.

멀홀랜드 드라이브는 도시를 반으로 가르는 산맥의 등뼈를 타고 올라가는 산길이었다. 보슈가 적어놓은 브루사드의 집 주소는 샌퍼낸도 밸리가 한눈에 내려다보이는 멀홀랜드 드라이브의 북쪽 면에 위치해 있었다. 그러나 차를 몰고 그 주소지 옆을 지나가면서 확인하니, 집은 보이지 않고 대문과 진입로 입구만 시야에 들어왔다. 진입로가 내리막 경사로라 길 끝이 보이지 않았다. 보슈는 한 블록을 더 가서 시의 경치를 감상할 수 있는 전망대 주차장에 차를 세웠다. 그러곤 차에서 나와 멀홀랜드 드라이브를 걸어 브루사드의 주소지로 돌아갔다. 브루사드 저택 대문 앞에 도착한 보슈는 콘크리트를 부어 만든 진입로를 바라보았다. 진입로는 차고까지 구불구불 이어졌다. 알루미늄 프레임에 색을 입힌 유리로 된 차고 문은 통상적인 것보다 두 배나 넓었고, 그런 문 세 개가 연달아 이어져 있었다. 자세히 보니 차 여섯 대가 들어가는 차고는 다단으로 이루어진 저택의 맨 꼭대기 층이었다. 저택은 산의 한쪽 면에서 계단식으로 내려가는 형태로, 대담하게도 전체를 콘크리트만 발라 만든 건물이었다. 보슈가 알기에 흔히 '공장식 디자인'이라 부르는 건축 양식이었다.

보슈는 길 옆 가드레일에 한쪽 발을 올리고 허리를 굽혀 신발 끈을 묶는 시늉을 했다. 그러면서 저택을 관찰해 보니, 차고 양쪽 모퉁이와 대문 꼭대기에 CCTV가 달려 있었다. 보안이 철통같은 요새였다. 초대

받지 않은 손님은 들이지 않겠다는 단호한 의지가 엿보였다. 접근하는 사람이 누구든 지켜보고 있다는 경고도 느껴졌다. 보슈는 브루사드가 대체 무엇으로부터 자신을 보호하려 애쓰고 있는지 궁금했다.

그는 가드레일에서 발을 내리고 차로 돌아갔다.

오후 12시 15분, 보슈가 현관문을 열고 들어갔을 때 매디는 깨어 있었다. 소파에 앉아 TV를 보면서 시리얼을 먹는 중이었다.

"안녕, 딸."

"아빠 왔어?"

"아침이든 점심이든 같이 먹기로 한 거 아니었나?"

"맞아, 근데 너무 배가 고파서. 이건 애피타이저야."

보슈는 소파 맞은편 의자에 앉았다. 매디는 아직 잠옷 바람이었다. 체크무늬 트레이닝복에 'The 1975'라고 인쇄된 티셔츠. 'The 1975'가 딸이 좋아하는 밴드의 이름이라는 건 보슈도 알고 있었다. 지난해엔 딸과 친구들에게 헨리 폰다 극장에서 열린 그 밴드 공연 입장권을 사주기도 했다.

"오늘 뭐 하고 싶어?" 보슈가 물었다.

"글쎄." 딸이 말했다. "야외 활동."

보슈는 고개를 끄덕였다.

"저녁 봉사엔 몇 시까지 가야 돼?"

"5시 30분."

보슈는 손목시계를 보았다. 계획대로 하면 시간에 딱 맞출 수 있을 것 같았다. 어쨌든 시도는 해보기로 했다.

"리버사이드에 아빠가 가서 살펴봐야 할 사격장이 있는데, 어때? 너

총 쏜 지도 꽤 오래됐잖아."

몇 년 전까지 매들린은 사격 선수였고, 몇몇 대회에서 메달을 따기도 했다. 그러나 학교에서 공부할 것이 많아지고 봉사활동도 늘어나 일정이 빡빡해지자 사격에 대한 열정이 시들해졌다. 이성에 대한 호기심이 커진 것도 매디가 사격에서 멀어진 원인의 하나였다.

"응, 좋지." 매디가 말했다. "근데 리버사이드가 어디야?"

"그게 문젠데, 우리 옆 카운티에 있어. 동쪽." 보슈가 말했다. "도시락 배달 봉사 시간에 맞춰서 돌아오려면 지금 바로 출발해야 돼."

"옷만 갈아입으면 돼. 차에서 숙제해도 돼?"

"그럼. 가서 옷 갈아입고 와. 총은 내가 꺼내놓을게."

15분 후, 그들은 차를 타고 달리고 있었다. 보슈는 근무 때 사용하는 글록 30과 예전에 개인적으로 휴대했던 킴버 울트라뿐 아니라 매디의 대회용 권총까지 챙겼다. 화이트 테일 사격장은 사냥터 안에 있으니 아마도 장총 사격용으로 설계되어 있을 것 같았지만, 그에게는 소총이나 산탄총이 없었다. 필요하다면 빌릴 수 있는지 알아볼 작정이었다.

일요일이라 교통량이 비교적 적어 예상보다 빨리 도착했다 해도 웨스트코비나에서 잠깐 쉬며 간단히 요기를 한 것까지 포함하면 한 시간이 넘게 걸렸다. 매디는 휴대전화로 패스트푸드 식당을 찾을 때 빼고는 거의 아무 말 없이 숙제만 했다. 전에는 '패스트푸드' 하면 언제나 인&아웃 버거를 의미했었는데, 매디가 그해 초부터 적색육을 먹지 않는 터라 식당 고르기가 아주 까다로웠다. 매디가 고른 조니스 슈림프 보트라는 식당은 10번 고속도로에서 내리면 바로 나오는 글렌도라 거리에 있었다. 매디는 새우튀김을, 보슈는 칠리 라이스를 주문했다. 음식은 훌륭했다. 주차한 차 안에서 음식을 먹는 동안 매디는 교과서를 잠시 옆으로 치워두었다.

"그래, 어젯밤 데이트는 어땠어?" 보슈가 물었다.

"괜찮았어." 매디가 말했다. "재밌었어. 영화도 진짜 좋았고."

"그 조너선 페이스는 점잖은 녀석인가?"

"응, 아빠. 아주 괜찮은 애야."

"몇 명이 같이 갔는데?"

"가보니까 나랑 존밖에 없더라고."

"여러 명이 같이 간다고 하지 않았어?"

"그런 줄 알았는데 상황이 그렇게 됐어. 다들 안 나오는 바람에. 그래서 존이랑 나만 갔고, 모든 게 다 괜찮았어. 됐지, 아빠?"

"네가 괜찮았으면 나도 좋아."

보슈는 일회용 용기를 모두 모아 주차장에 있는 쓰레기통으로 가져가 버렸다. 차로 돌아온 뒤에는 딸과의 대화도 끝이 났다. 매디는 숙제로 돌아갔고, 보슈는 운전대를 잡고 리버사이드로 달려갔다.

원래의 기업은 발을 뺐는지 모르지만, 화이트 테일 사냥터 & 사격장은 헤멧이라는 작은 마을 외곽에서 원래의 상호를 그대로 사용하며 영업 중이었다. 사격장은 샌저신토 산기슭의 사유지에 있었다. 앞쪽에 실외 사격 연습장과 사무실, 합숙소, 사냥한 동물의 껍질을 벗기고 처리하는 헛간 등 부속 건물이 모여 있었다. 보슈가 딸과 함께 사무실로 들어가자 한쪽 벽면을 가득 채운 사진들이 그들을 맞았다. 사슴, 산양, 멧돼지 따위가 바닥에 쓰러져 있고, 사냥꾼들이 그 옆에서 소총을 든 채 포즈를 취한 모습이 담긴 사진들이었다.

"오, 맙소사." 매디가 정복당한 멧돼지의 거대하고 비틀어진 이와 주둥이를 찍은 사진을 보면서 중얼거렸다.

한 남자가 부속실에서 나와 카운터로 다가오자 보슈는 딸에게 쉿 하고 조용히 하라는 신호를 보냈다. 남자는 작업복 차림에 스미스 & 웨슨 로고가 붙은 낡은 야구 모자를 쓰고 있었다.

"어떻게 오셨습니까?" 남자가 물었다.

"아, 지나가다가 간판 보고 들어왔는데요." 보슈가 말했다. "사격장을 이용하려면 회원권이 필요합니까?"

"네, 당일 회원권도 있고요. 25달럽니다."

"단거리 사격장 있나요? 가진 게 권총뿐이라."

"그럼요, 물론 있죠."

"그럼 당일 회원권 두 장 끊읍시다."

보슈는 결제를 한 뒤 사격장 사용 규칙 동의서에 서명했다. 보슈와 매디는 총기와 탄환 상자를 들고 사격장으로 향했다. 단거리 사격장에는 그늘막이 쳐진 스탠드가 있었다. 두 사람은 12미터 사격장을 선택한 뒤 귀마개를 꼈다. 보슈는 매디더러 먼저 쏘라며 딸을 위해 탄환을 장전해 주었다. 매디가 발사한 첫 총알은 과녁을 빗맞혔지만 두 번째 클립부터는 제대로 들어가기 시작했고, 곧 예전의 실력이 나왔다. 자동차 사물함에 넣어 다니는 쌍안경을 챙겨 온 보슈는 쌍안경으로 과녁을 보면서 그루핑(총알이 과녁에 찍힌 모양)을 알려주었다. 매디의 사격 자세에 관해서는 더 조언을 할 필요도 없었다.

매디가 총 세 자루를 모두 사용해 사격을 이어가는 동안, 보슈는 스탠드 뒤편 벤치에 앉아 딸을 지켜보는 틈틈이 주위를 살폈다.

"아빠는 안 쏴?"

"응, 난 괜찮아. 너 쏘는 거 보기만 해도 돼."

"여기 온 다른 이유가 있는 거야?"

"응, 뭐. 나중에 얘기해 줄게."

사격장에 다른 손님은 셋뿐이었는데, 셋 모두 소총 사격장에 있었다. 단거리 사격장과 분리된 소총 사격장에는 그늘막이 없었기에 보슈는 그들 세 사람을 관찰할 수 있었다. 둘은 일행인 게 분명했고, 한 명은 혼자서 쌍안경을 봐가며 사격을 하고 있었다. 셋 다 주변 환경에 익숙한 듯 보이는 것이 당일 회원은 아닌 것 같았다. 여기 단골이 틀림없었다.

40분 후, 매디는 가져온 탄환을 모두 썼다. 보슈는 도구 선반에서 빗자루를 꺼내 매디에게 건넸다. 탄피는 재활용할 수 있으니 전부 모으라고, 자신은 사무실에서 기다리겠다고 했다. 사무실 직원과 이야기를 나눠볼 생각이었다.

그는 사무실로 들어가 기념사진 액자들이 걸려 있는 벽으로 걸어갔다. 혹시 킴버 사냥용 소총을 들고 있는 사냥꾼이 있는지 사진들을 살피고 있는데, 직원이 안쪽에 있는 방에서 걸어 나왔다.

"사격은 즐거우셨습니까?" 직원이 물었다.

"네, 그래요." 보슈가 말했다. "고마워요. 사냥에 관해 물어볼 게 있는데, 사냥도 당일 회원권으로 할 수 있습니까?"

"사냥하시려면 이틀권이 필요합니다. 하루만 하시더라도요. 돼지와 사슴 사냥 허가증도 지참하셔야 하고요."

"그렇군요."

보슈는 다시 벽에 걸린 사진을 살피기 시작했다. 그러면서 직원을 돌아보지 않은 채 말했다.

"딸이 탄피를 모으는 중이라서요. 다 모으고 가겠습니다."

"당일 회원권을 끊으셨으니 원하시는 만큼 있다 가셔도 되는데요."

"내가 전에 여기 한 번 온 적이 있는데 11년인가 12년 전쯤에. 브루스가 여길 개장했을 때 같이 와서 돼지를 한 마리 잡았죠. 그 사진이 여기 어디 있을 것 같은데."

"엄청 오래 전이네요. 사진이 남아 있다면, 아마 저 문 건너편에 있을 겁니다."

"그렇구먼. 고마워요."

보슈는 문의 오른쪽으로 걸어가서 사진들을 둘러보기 시작했다.

"당시 사진은 많이 없어요." 남자가 말했다. "브루사드 씨가 여길 팔고 떠나면서 사진을 거의 다 가져갔거든요. 특히 데이브가 나온 사진은 전부 다 떼 간 걸로 아는데, 그 일을 상기시키는 건 남겨두고 싶지 않았던 모양이에요."

보슈는 계속 사진들을 둘러보며 태연한 목소리로 물었다.

"그 일이라니, 무슨 일을?"

"사고 말이에요. 그 일 때문에 여길 팔았잖습니까. 자꾸 기억나는 게 싫어서."

이제 보슈는 돌아서서 직원을 바라보았다.

"무슨 사고였죠?"

직원은 한참 동안 그를 쳐다보다가 대답했다.

"그런 건 아실 필요 없고요, 중요한 건 내가 브루사드 씨한테서 여길 인수한 뒤로는 아무 문제 없었다는 거죠. 자, 이 정도로 하시죠."

"아, 미안합니다. 쓸데없이 남의 일에 참견하고 다니지 말라고 딸이 그랬는데 내가 또."

"따님이 똑똑하네요. 게다가 명사수고요. 제가 다 보고 있었죠."

"그러게요."

23

보슈가 월요일 아침 7시에 출근해 보니, 이번에도 소토는 벌써 와서 책상 앞에 앉아 있었다. 그는 소토가 전날과 같은 옷을 입고 있다는 것을 알아차렸다.

"여기서 밤 새웠어?"

"연결 고리를 찾다 보니 시간 가는 줄 모르겠더라고요. 아래층에 내려가서 두세 시간 눈 붙였어요. 집에 갔다가 다시 오는 게 별 의미 없는 것 같아서."

보슈는 고개를 끄덕였다. 지하 주차장 옆에 선착순으로 사용 가능한 작은 숙직실이 딸려 있었다. 남녀 경찰관 모두에게 개방되어 있지만, 여성 경찰관이 그 숙직실을 이용했다는 얘기는 들어본 적이 없었다. 보슈는 수사에 대한 소토의 열정에 다시금 감탄했다.

"연결 고리?" 그가 물었다.

"이지뱅크 피해자 세 명이랑 보니 브레이 아파트와의 연결 고리 말이에요."

"찾아낸 것 있어?"

"아직요. 하지만 아직 입주민 명단을 절반만 훑어본 상태니까 희망은 있어요. 오늘 안에 끝낼 수 있을 거예요."

보슈는 파일들을 책상 위로 툭 던지고는 의자에 풀썩 주저앉았다. 소토가 그 몸짓의 의미를 알아차렸다.

"무슨 일인데요?"

그는 고개를 가로저으며 파일에서 접은 종이 한 장을 꺼내 소토에게 건넸다. 2005년 3월 23일 자 〈리버사이드 프레스-엔터프라이즈〉 기사를 출력한 것이었다. 짧은 기사라 소토가 금방 읽었다.

"이 기사가 왜요?"

"브루사드가 흔적을 다 지웠다는 뜻이야." 보슈가 말했다. "놈을 잡아들이는 건 글렀어."

"이해가 안 가네요. 여기 그 사람 이름도 안 나와 있잖아요. 그냥 총기 사고 얘긴데요?"

"기사엔 그렇게 나와 있지. 오늘 리버사이드 보안관국 자료를 꺼내서 좀 봐야겠어."

"이건 어디서 구하셨어요?"

"어제 브루사드가 주인이었던 사격장에 다녀왔어. 딸하고 총 쏘러. 현 소유주 겸 사장 말로는, 그 사고 이후에 브루사드한테서 거길 인수했다더군."

보슈는 소토가 쥐고 있는 기사 출력물을 고갯짓으로 가리켰다.

"딸내미가 신문사 웹 사이트에서 찾아낸 거야. 이름은 안 나와 있지만, 브루사드 밑에서 사격장을 운영하던 남자가 총기 사고로 목숨을 잃었어. 제목 보여? '총기 사고로 친구를 죽인 사냥꾼.' 보안관국 사건 자료에 그 사냥꾼 이름이 브루사드라고 적혀 있다는 데 얼마 걸래?"

"후속 기사는 없었고요?"

"그러니까 말이야. 그 짧은 기사 이후로는 관련 기사가 하나도 안 나왔어. 힘깨나 쓰는 사람이 막은 거지."

소토가 이제 이해했다는 듯 고개를 끄덕였다.

"이젠 브루사드를 잡아들일 수 없을 거라고 확신하시는 이유는요?"

보슈가 두 팔을 펼쳐 보였다.

"마리아치 광장을 향해 총을 쏜 범인이 누구든 리버사이드의 사격장에서 온 사람이라고 가정한다면, 그건 사격장을 운영하던 사람이 꾸미거나 직접 행한 일일 거야. 어느 쪽이든 브루사드와 연관된 인물인데, 그 사람이 사라진 거지. 9년 전에 사망했으니까."

보슈는 기사 출력물이 자기 말을 입증해 주기라도 하는 것처럼 다시 종이를 가리켰다.

"그래도…… 오헤다가 있잖아요." 소토가 말했다.

"오헤다 하나로는 충분치 않아." 보슈가 말했다. "어떤 검사도 지금껏 우리가 확보한 것만 가지고는 이 사건을 거들떠도 안 볼걸. 비웃으면서 쫓아내겠지. 증거가 하나도 없잖아. 총도 없고, 직접적인 목격자도 없고……."

그는 갑자기 무슨 생각이 떠올라 말을 멈췄다.

"왜요?" 소토가 물었다.

"가능성이 희박하긴 한데……." 보슈가 말했다. "그 사격장 운영자의 이름을 알아내서 ATF(주류, 담배, 화기 단속국) 데이터베이스에 넣고 돌려봐야겠어. 어제 만난 거기 사장은 그 사람을 데이브라고 부르던데. 운이 좋으면 그 데이브가 킴버 몬태나의 소유자였던 걸로 밝혀지겠지.

우릴 검사실 앞으로 데려가기에는 충분치 않겠지만, 한 걸음 가까워지게 해주는 증거이긴 해."

보슈는 소토로부터 출력물을 받아 자기 책상을 향해 돌아앉고는 먼저 무엇부터 해야 할지 생각에 잠겼다. 다른 법 집행기관에 문의하는 건 다소 예민한 문제였다. 특히 그 기관이 LA와 아주 가까이 있다면 더더욱 그랬다. 늘 인적 교류와 업무 관계로 이어져 있는 곳에 무턱대고 전화를 걸었다가는 곤란한 상황을 야기할 수 있었다. 아는 사람을 통해 접근하는 것이, 직접적인 접근보다는 측면으로 돌아 접근하는 것이 항상 더 나았다.

연락해 볼 만한 사람이 몇 명 있긴 했다. 미제사건 전담반에서 근무한 지난 몇 년 동안 리버사이드카운티와 관련된 미제사건을 여럿 담당하며 그는 마음속 롤로덱스의 R 항목을 천천히 채워오고 있었다. 보슈는 리버사이드카운티 보안관국 실종사건 수사팀의 스티브 베넷 수사관에게 연락해 보기로 했다. 이 건은 실종사건이 아니지만, 보안관국에서 오래 근무하며 다양한 부서에서 일한 베넷이라면 보슈가 필요로 하는 것을 어디서 어떻게 찾을지 알고 있을 것 같았다.

오랜만이라며 반갑게 인사를 주고받은 뒤, 보슈는 베넷에게 9년 전 화이트 테일 사냥터에서 발생한 사망사고에 대해 알아봐줄 수 있겠냐고 물었다. 베넷은 정확한 사고 날짜를 묻더니, 자료를 찾아 개요를 파악하는 데 오래 걸리지 않을 거라며 찾아보고 연락 주겠다고 대답했다. 보슈는 자신이 부탁한 일을 비밀로 해줄 것을 부탁했다. 다른 사람이 알 필요는 없었다.

통화를 끝낸 보슈는 1번가를 한 블록 걸어 내려가 스타벅스에 다녀오겠다고 소토에게 말했다. 경찰국 로비 자판기에서 나오는 커피로 한

주를 시작하고 싶지는 않았다.

“기계에서 나오는 건 어딜 가나 마찬가지예요.” 소토가 대꾸했다. “어차피 다 커피 머신에서 나오잖아요. 기계가 놓인 장소가 더 멋지냐 아니냐의 차이죠.”

“그건 그렇지.” 보슈가 대꾸했다. “그래도 가끔은 인간의 손길이 느껴지는 걸 마시고 싶거든. 다른 사람이 내려주는 거 말이야.”

그는 언젠가 딸이 했던 말을 그대로 하고 있었다. 소토는 아무런 반응을 보이지 않았다.

“뭐 좀 사다 줄까?”

“아뇨, 괜찮아요. 실은 저도 인간의 손길을 느끼러 한 시간 전에 거기 다녀왔거든요.”

“알았어.”

보슈가 경찰국을 나와 스타벅스를 향해 절반쯤 갔을 때 휴대전화가 진동했다. 리버사이드카운티의 베넷 수사관이었다.

“별거 없는데요, 해리.” 베넷이 말했다. “서둘러 종결했더라고요. 진짜 비극적인 사건이네요. 한 남자가 절친한 친구를 죽였어요. 사냥하던 중에 친구를 사슴이나 돼지나 뭐 그런 야생동물로 착각하고.”

보슈는 그늘막이 드리운 버스 정류장의 벤치로 걸어가 앉아서 목과 턱 사이에 전화기를 고정한 채 메모를 했다.

“총 쏜 사람하고 피해자 이름은 나와 있고?” 보슈가 물었다.

“총 쏜 사람은 찰스 앤드루 브루사드. 브라보의 B, 로미오의 R……”

“철자는 아니까 통과. 피해자 이름은?”

“데이비드 알렉산더 월먼. 흔한 이름이니 철자는 아실 테고요. 나이는 42세. 그 사냥터 운영자였어요. 브루사드는 소유주였고. 둘이 헤멧에서 함께 자랐고, 고등학교 시절부터 막역한 친구 사이였다네요. 사고 당일에는 '돼지 미끄럼틀'이라고 불리는 곳에서 사냥을 하다가 서로 떨어졌대요. 목장 안에 있는 좁은 협곡을 그렇게 부른다더라고요. 그랬다가 월먼이 뜬금없는 곳에서 불쑥 나타난 거예요. 브루사드가 전혀 예상하지 못했던 곳에서. 그래서 브루사드는 자기들이 쫓고 있던 돼지인 줄 알고 30미터 거리에서 총을 쏜 거죠. 월먼은 목에 관통상을 입고 현장에서 즉사했어요. 과다 출혈로."

보슈는 나중에 내용을 떠올리게 해줄 힌트가 될 만한 단어를 몇 개 휘갈겼다.

"브루사드가 사용한 총은 뭐였대?" 그가 물었다.

"아, 잠깐만요……. 앙코르 프로 헌터요." 베넷이 말했다. "308구경."

"그럼 월먼은? 뭘 갖고 있었는지 나와 있어?"

"음…… 그에 대해서는 아무 언급이 없는데요."

"그렇군. 그럼 조서에 언급된 다른 증거물은?"

"브루사드의 총만 있어요."

월먼의 소총이 증거물 목록에 적혀 있거나 심지어 보관되어 있기를 바란 건 헛된 희망이었다.

"담당 수사관이 누구였지?" 보슈가 물었다.

"빌 템플턴요." 베넷이 말했다. "아직도 보안관국에서 일해요. 지금은 경감이죠."

"아는 사람이야?"

"알긴 아는데, 진짜로 아는 건 아니고요. 무슨 뜻인지 아시죠?"

"응."

보슈는 잠깐 말을 멈추고 다음 질문을 생각했다. 그때 버스 한 대가 정류장으로 다가와, 그는 소음을 피하기 위해 벤치에서 일어나 그늘막을 떠나야 했다.

"밖인가 보네요, 해리?" 베넷이 물었다.

"응, 커피 사러 가는 길." 보슈가 말했다. "그런데 스티브, 템플턴의 수사 방식은 어떤지 혹시 아나? 게을러서 수사를 얼른 종결해 버리는 그런 부류인가? 아니면 당시 종결하라는 압력을 받고 그렇게 서둘러 끝낸 거야?"

긴 침묵이 흐른 뒤 베넷이 대답했다.

"이 조서만 가지고는 대답하기 힘드네요. 같이 일해본 경험도 없고. 그런데 템플턴이 골프를 치거든요. 샷을 치기 전에 바람이 어느 방향으로 부는지 알아보려고 잔디를 조금 뜯어 공중으로 던져본다는 얘기는 들었어요."

보슈는 말뜻을 이해했다. 템플턴은 이 총기 사고에 관한 수사를 빨리 종결하라는 압력에 굳이 저항하지 않았을 것이다. 특히 그 압력이 상부에서 내려온 것이라면.

"해리, 직업안전보건청 조서 번호를 알려줄까요?" 베넷이 물었다. "그 조서는 여기 없지만 조회해 볼 수 있을 거예요. 번호만 알면."

보슈는 버스 정류장 벤치로 돌아가 번호를 받아 적었다. 이어 월먼의 생년월일과 집 주소, 그의 아내인 오드리의 인적 사항에 대해 물은 뒤 신속히 도와줘서 고맙다고 베넷에게 인사를 했다.

"아까 그 골프 얘긴 혼자만 알고 있어요, 알았죠?" 베넷이 말했다. "템플턴이 귀찮게 구는 건 싫으니까."

"당연하지." 보슈가 말했다. "신세 진 거 잊지 않을게."

통화를 끝낸 뒤 보슈는 커피를 포기하고 경찰국으로 돌아갔다. 더는 카페인의 도움이 필요 없었다.

보슈는 컴퓨터 앞에 앉아 각종 범죄 데이터베이스에서 데이비드 알렉산더 월먼을 검색했지만, 결과가 하나도 나오지 않았다. 월먼은 전과 기록이 없었다.

다음으로 ATF 총기 등록 사이트를 열어 월먼을 검색해 보았다. 월먼이 사망했어도, 그가 살았을 때 합법적으로 행한 모든 총기 거래 내용이 데이터베이스에 등록되어 있을 것이 분명했다. 이번에는 여러 건의 결과가 나왔다. 월먼은 6년 전 연방 면허증이 만료된 총기 거래자로 올라 있었다. 사망한 이후라 면허증을 갱신하지 못한 것이다.

추측건대, 월먼은 사냥터와 사격장도 운영하며 동시에 총기 거래도 했던 모양이었다. ATF 데이터베이스에는 월먼이 사망하기 전 8년 동안 행한 다수의 총기 거래 내역이 나와 있었다. 그는 수십 정의 총을 사고팔았다. 총기 구매 내역을 꼼꼼히 읽어보던 보슈는 킴버 84 소총 두 자루의 구매 사실을 확인했다. 월먼은 그 두 자루를 각각 2000년과 2002년에 구매했다. 오를란도 메르세드가 킴버 84 소총에 피격되기 훨씬 전이었다.

다음으로 판매 내역을 살펴보니 킴버 84 두 자루 중 한 자루만 재판매되었다는 사실을 알 수 있었다. 이는 월먼이 사망 당시 킴버 몬태나 한 자루를 소유하고 있었다는 뜻이었다. 그가 그 총을 갖고 있었다고 단언할 수는 없지만, 어쨌거나 총은 그의 이름으로 등록되어 있었다.

그 사실이 보슈의 마음을 들뜨게 만들었다. 살인 무기에 관한 정보를 얻은 것 같다는 생각이 들었다. 월먼이 사망한 지 9년이 지났다. 소총은 이미 오래전에 사라져버렸을지도 모른다. 메르세드 피격사건 직후에 월먼이 총을 버렸거나, 브루사드가 월먼을 살해한 다음 없애버렸을 수도 있었다. 한편, 단순한 추측에 불과하지만 월먼이 똑똑한 사람이라 친구 브루사드와의 협상에 무기로 쓰기 위해 소총을 꼭 붙들고 있었을 가능성도 존재했다. 총을 없앴다고 해놓고, 실제로는 일이 틀어질 경우를 대비해 어딘가에 숨겨놓았을 지도 몰랐다.

보슈는 소총의 고유 번호를 수첩에 적은 뒤 리버사이드카운티 부동산 거래 데이터베이스를 열어 새로운 검색을 시작했다. 잠시 후 그는 필요한 정보를 얻고서 소토를 향해 돌아앉았다.

"리버사이드에 다시 가봐야겠어." 보슈가 말했다.

소토도 보슈를 향해 돌아앉았다.

"거긴 왜요?"

"그쪽 수사관하고 통화를 했거든. 그 총기 사고에서 총을 쏜 사람은 브루사드였대. 자기 친구 데이비드 월먼을 죽였고, 사고로 판결이 났지. 그런데 월먼이 총기 거래자였단 말이지. 킴버 몬태나 두 자루를 샀는데 그중 한 자루는 팔지 않았어. 그게 어딘가에 있을 거야."

"어디에요?"

"아직은 모르겠어. 월먼의 옛날 집 주소는 구했는데, 아내가 남편 죽은 다음 2년이 지나 거길 팔고 더 좋은 집을 사서 이사 갔어. 지금은 랜초 미라지에 산다더군. 거기부터 시작해 볼까 해. 운이 좋으면 아내가 아직 총을 갖고 있을지도 모르지."

소토가 잠깐 생각하더니 말했다. "저도 같이 갈래요."

"총을 찾는데 파트너 없이 혼자 보낼 수야 없죠."

보슈는 고개를 끄덕였다.

"칠리 라이스 좋아해?" 그가 물었다. "가는 길에 칠리 라이스 잘하는 집이 있는데."

24

보슈는 소토와 함께 차를 타고 출발했지만, 일요일에 딸과 함께 갔을 때보다 시간이 훨씬 더 걸렸다. 무엇보다 고속도로에 차가 많았고, 랜초 미라지로 가려면 동쪽 코첼라 밸리 쪽으로 거의 한 시간을 더 달려야 하는 탓이었다. 보슈와 소토는 현재 수사 중인 두 사건과 앞으로 취할 조치들에 관해 논의했다. 오를란도 메르세드를 쏜 소총이 아직 데이비드 월먼의 유족에게 있을지 모른다는 보슈의 추측은 확인해 볼 만한 가치가 있었지만, 월먼 유족의 집에 대한 압수수색영장을 받아낼 만한 근거가 되지는 못했다. 결국 그들은 영장 없이 현관문을 두드려야 할 상황이었으니, 이제 유족의 협조를, 혹은 상당한 근거가 될 무언가를 얻게 되기를 바랄 뿐이었다.

웨스트코비나에 잠깐 들러 칠리 라이스로 이른 점심을 먹은 뒤 다시 출발하고부터는 대화가 잦아들었다. 보슈의 생각은 수사에서 전날 밤 버지니아 스키너와의 저녁 식사로 흘러갔다. 그녀와의 대화는 유익했고 즐거웠다. 심지어 로맨스의 문도 살짝 열렸다. 적어도 보슈가 느끼기에는 그랬다. 둘의 관계가 앞으로 어떻게 발전할지 생각하니 설레기까지 했다. 다시 누군가와 함께하게 될 가능성 때문만은 아니었다. 물론 인생에서 아마도 마지막이 될 연애의 기회가 세월이 흐름에 따라 차츰 줄어들고 있다는 것은 부인할 수 없는 사실이었다. 해나 스톤이 마지막 사랑이 되기를 바랐지만 그 희망도 지난해에 꺾여버렸다. 해나의 아들이 데이트 강간으로 유죄 평결을 받아 감옥살이를 하고 있었는데, 그의 보석 심리에 나가 지지 진술을 해달라는 해나의 부탁을 거절하자 그녀는 한순간에 돌변해 보슈와의 관계를 끊었다. 보슈로서는 해나가 아들을 도우려는 의도로 자신을 만났던 것이 아닌지 의구심을 느낄 수밖에 없었다.

보슈가 버지니아 스키너와의 연애에 대한 생각만으로도 묘한 설렘을 느끼는 보다 큰 이유는 그녀가 언론계에서 차지하는 입지 때문이었다. 기자와의 연애라니, 이런저런 복잡한 일이 끊이지 않는 무분별한 짓이 될 것이 뻔했지만 그런 위험부담이 있어야 스릴도 있는 법 아닌가. 그들은 무슨 일을 하든 둘만의 비밀로 지켜야 할 것이었다. 기자와의 연애는 경찰국 내에서 적과의 동침으로 간주될 것이 분명했다. 스프링 거리의 4차선 도로 양쪽에서 서로를 마주 보고 선 경찰국과 《로스앤젤레스 타임스》 사이에는 시청 건물의 두 배는 될 만큼 높고도 보이지 않는 벽이 놓여 있었다. 보슈가 버지니아 스키너와의 연애를 감행하려면 아주 신중해야 했다. 물론 그녀도 마찬가지였고.

"형사님이 따님한테 사격을 가르치셨어요?"

소토의 질문이 보슈를 생각에서 끌어냈다. 소토는 조금 전에 들었던 보슈의 일요일 오후 활동에 대해 생각하고 있었던 모양이었다.

"응, 내가 가르쳤지."

"좀 특이하네요?"

"집에 총이 많거든. 자기 보호를 위해 총기 사용법을 알고 있으면 좋겠더라고. 그래서 두세 번 사격장에 데리고 다니면서 가르쳤는데, 꽤 소질이 있어. 타고난 것 같아. 대회에 나가서 메달도 따고 트로피도 몇 개 받았지. 그리고 믿을지 모르겠는데, 경찰이 되고 싶대."

소토가 고개를 끄덕였다. 보슈의 딸이 사격을 배운다는 사실과, 파트너가 목숨을 잃은 총격전에서 소토 자신이 경험한 것 사이에서 무슨 연관성을 찾으려 하는 것은 아닌지 보슈는 궁금했다.

"한번 만나보고 싶네요." 소토가 말했다.

보슈가 고개를 끄덕였다.

"나도 매디가 자넬 만나면 좋을 것 같아."

"사모님은 어디 계세요?"

"몇 년 전에 죽었어." 보슈가 말했다. "딸아이가 그때부터 나하고 살게 됐지."

"그리고 총을 쏘기 시작했고요."

"그렇지."

랜초 미라지에 도착할 때까지 그들이 나눈 말은 이게 전부였다.

오드리 월먼이 남편 사망 후 이사한 집은 '데저트 뷰'라는 주택단지 안에 있었다. 보슈는 정문 경비실의 경비원에게 경찰 배지를 보여준 뒤 단지 안으로 들어가 2분 만에 그 집을 찾아냈다. 2000제곱미터의 땅에 지어진 3층짜리 주택으로, 다른 집들도 다 비슷한 크기였다. 집 앞에는 크고 작은 바위들 한가운데 조슈아 나무가 한 그루 서 있고, 그 둘레로 원형 진입로가 조성되어 있었다. 보슈와 소토는 현관문 앞에 도착해 벨을 누른 다음 기다렸다.

"저 나무를 왜 조슈아 나무라고 부르는지 아세요?" 소토가 물었다.

보슈는 중앙에 있는 그 나무를 다시 흘끗 바라보았다. 무성한 가지가 촛대 모양으로 뻗어 있었다.

"모르겠는데." 보슈가 말했다.

"모르몬교도들이 지은 이름이래요." 소토가 말했다. "저 나무를 보면 성경에서 여호수아가 하늘을 향해 두 팔을 벌리고 기도하는 장면이 연상된다고요."

보슈가 그럴 듯 하다고 생각하며 고개를 끄덕이는데, 뒤에서 떡갈나무로 된 육중한 현관문이 열렸다. 돌아보니 유니폼을 입은 가정부가 서 있었다. 가정부는 두 사람을 밖에 세워둔 채 문을 닫고 월먼 부인에게 그들을 만날지 물어보러 갔다. 보슈는 짜증이 났다. 틀림없이 경비실의 경비원이 그 집으로 연락해 형사들이 갈 거라고 일러두었을 것이기 때문이었다. 월먼 부인은 그들이 오리라는 걸 알고 있을 터였다.

그나마 그늘에 서 있는 것이 다행이었다. 건조한 사막의 열기가 보슈를 괴롭혔다. 입술이 바짝 마르고 갈라지는 느낌이 들기 시작했다. 그는 포르트 코셰르(건물 외부에 만든 개방형 공간으로, 차양이나 지붕이 있는 현관) 지붕 안쪽의 우아한 홈이음 솜씨를 감상했다. 그걸 보고 있자니, 데이비드 월먼이 사망하기 전까지 살았던 집과 지금 그의 미망인이 살고 있는 저택의 자산 가치에 엄청난 차이가 있다는 사실이 새삼스레 와닿았다.

"한 가지는 확실해." 보슈가 말했다. "월먼이 거액의 사망보험을 들어놨었거나, 어디서 크게 한몫 본 게 틀림없어. 이게 사냥터 운영자가 살 수 있는 집은 아니잖아."

"브루사드를 고소했나 보네요. 과실치사나 뭐 그런 걸로." 소토가 말했다.

보슈가 고개를 끄덕이는데 현관문이 다시 열리더니, 이번에는 쉰 살쯤 되어 보이는 여자가 오드리 월먼이라고 자신을 소개했다. 키가 크고 마른 몸에 금으로 된 장신구를 주렁주렁 달고 있었다.

"무슨 일이시죠, 형사님들?" 월먼 부인이 물었다.

보슈는 정공법을 택했다.

"로스앤젤레스에서 발생한 살인사건을 수사 중인데요, 그 일이 부인 남편의 죽음과 관련이 있는 것 같아서 찾아뵈었습니다. 들어가도 되겠습니까?"

"남편이 사망한 지 10년이 다 되어가는데 어떻게 LA의 살인사건과 관련이 있을 수 있죠?"

"들어가서 설명하죠."

그녀가 그들을 안으로 들여 거실로 안내했다. 보슈와 소토는 긴 소파에 앉았고, 월먼 부인은 맞은편에 놓인 등받이가 낮고 묵직한 안락의자에 앉았다.

"자, 이제 설명해 주시죠." 월먼 부인이 말했다.

"부인의 남편은 사망 당시 총기 몇 자루를 소유하고 있었죠." 보슈가 말했다.

"그럴 수밖에요." 월먼 부인이 말했다. "정부의 허가를 받은 총기 거래자였으니까요. 총을 사고파는 사람요."

"네, 압니다. 우리가 알고 싶은 건, 당시 남편분이 소유하고 있었던 총기 중 한 자루의 행방입니다."

월먼 부인은 몸을 앞으로 약간 숙이고 의심스러운 듯 눈살을 찌푸렸다.

"지금 농담하시는 거예요?" 그녀가 물었다.

"아뇨, 부인." 보슈는 조 프라이데이(1950년대에 방영된 TV 드라마 시리즈 〈드래그넷〉에 등장하는 형사 캐릭터)의 영혼에 빙의라도 된 양 진지한 표정으로 말을 이었다. "농담이라뇨. 꼭 알아야 합니다. 남편분 사망 후에 그분이 소유하고 있던 총들은 어떻게 됐죠?"

월먼 부인은 손바닥을 위로 향한 채 두 손을 들어 보였다. 대답은 너무나 뻔한테 뭐 그런 것 때문에 LA에서 여기까지 두 시간 반이나 달려왔느냐는 듯한 태도였다.

"팔았죠, 당연히. 다 팔았어요. 전부 합법적으로요. 그런 일이 있었는데 집에 총을 두고 싶겠어요?"

보슈가 듣고 싶었던 말이었다.

"그런 일이라면, 정확히 무슨 일을 말하는 겁니까?" 보슈가 물었다. "리버사이드 보안관국에 있는 사건 조서를 보긴 했는데요. 남편분은 어쩌다가 가장 친한 친구에게 죽임을 당한 거죠?"

월먼 부인은 그 얘긴 관두자는 듯 한 손을 내저었다.

"나 같으면 무슨 일이 있었는지 알아내려고 리버사이드 보안관국 자료를 찾아보진 않을 것 같네요." 그녀가 말했다.

보슈는 월먼 부인의 입에서 더 말이 나오기를 기다렸지만, 그것으로 끝이었다.

"그럼, 부인이 말씀해 주시겠습니까? 일이 어떻게 된 건지?" 그가 물었다.

"말씀드리고 싶지만, 못 해요." 월먼 부인이 말했다. "소송이 있었거든요. 내가 그 사람을 고소했는데, 아무튼 그 얘기는 하면 안 돼요."

월먼 부인이 손을 들어 천장과 호화로운 거실을 가리켜 보였다. 메시지는 분명했다. 소송에서 엄청난 합의금을 받았고, 합의 조건에 그녀의 침묵도 포함되어 있다는 뜻이었다.

"합의 조건에 기밀 유지 조항이 있었다는 겁니까?"

"맞아요."

"네, 알겠습니다. 근데 기밀 유지를 조건으로 합의하기 전에 부인이 소송에서 주장한 내용이 뭐였는지는 얘기할 수 있지 않나요?"

월먼 부인이 고개를 가로저었다.

"무엇에 대해서든 단 한 마디도 하면 안 돼요."

그녀가 손을 펴서 공기를 칼로 베는 시늉을 했다. 그 문제에 대해서는 그게 자신의 최종 입장이니 더 이상 말하지 말라는 뜻이었다.

보슈는 고개를 끄덕였다. 소송 문제는 더 파헤칠 방법이 없는 듯해 총 얘기로 돌아갔다.

"그래요. 그럼 그건 그렇다 치고, 부인이 팔았다는 총 이야기로 돌아가죠. 저희가 찾고 있는 문제의 총은 판매가 안 되었던데요. ATF의 데이터베이스에는 그 총이 아직 남편분 이름으로 등록되어 있던데."

"그럴 리가요. 완전히 합법적으로 다 팔았는데. 테드 샘프슨이 그랬어요. 그 사냥터를 산 다음 자기 총기 거래 면허증을 사용해서 전부 팔았다고요."

전날 화이트 테일의 사무실에서 만난 남자의 이름이 테드 샘프슨인 모양이었다.

"하지만 그 총만은 판매 기록이 없던데. 킴버 사냥용 소총인데요. 몬태나 모델. 뭐 기억나는 내용 없습니까?"

"아뇨, 전혀. 총에 대해선 잘 몰라요. 얘길 많이 들어보지도 못했고. 전 총을 혐오하거든요. 이 집에도 총이라곤 한 자루도 없죠. 이사 오기 전에 전부 처분했으니까요. 물론 재고는 꼼꼼히 기록해 놨고요. 일이 이렇게 되기 전엔……."

월먼 부인이 다시 손을 들어 집 안을 가리켰다. 소송 합의가 가져온 것들을 말하는 것 같았다.

"……그 총들을 판 돈이 내게 남겨진 유산 전부라고 생각했거든요. 그거랑 보험금 2만 5000달러랑."

"그랬군요." 보슈가 말했다. "만약 테드가 팔지 않은 게 있다면, 그건 지금 어디 있을까요?"

월먼 부인은 도저히 이해할 수 없다는 듯한 표정으로 고개를 가로저었다.

"저야 모르죠! 옛날 집 차고를 남편의 총기 창고로 썼는데, 그곳도 싹 정리하고 청소했어요. 확실해요. 테드가 청소를 끝냈을 땐 그 안에 아무것도 남아 있지 않았다고요. 난 꺼낸 총기를 전부 기록해두었고요."

"그 재고 기록, 아직도 갖고 있습니까?"

월먼 부인은 잠깐 생각을 더듬었다.

"어디 있긴 할 거예요."

"그것 좀 볼 수 있을까요, 월먼 부인? 중요한 증거가 될 수도 있을 것 같은데."

"여기서 잠깐 기다리세요. 아마 세금 자료 파일에 들어 있을 거예요."

월먼 부인이 일어서서 커튼이 드리운 유리문을 향해 거실을 가로질러 걸어갔다. 양쪽으로 문을 열자 서재가 들여다보였다. 보슈가 앉은 자리에서도 책상과 책장, 평면 TV 앞에 놓인 헬스 자전거가 눈에 들어왔다. 월먼 부인은 서재로 들어가 문을 닫았다.

부인이 자리를 비운 5분 동안 보슈와 소토는 아무 말 없이 서로 눈길만 주고받았다. 만약 수사가 살인 무기 없이 기소로 이어진다면, 그녀가 지금 찾고 있는 총기 재고 목록이 강력한 연결 증거가 될 수 있었다.

서재에서 나온 월먼 부인의 손에는 노란 종이 몇 장을 반으로 접고 돌돌 말아 고무줄로 묶은 것이 들려 있었다.

"찾았어요."

그녀가 다가오면서 고무줄을 뺐지만 고무줄은 흐르는 세월에 힘을 잃고 툭 끊어져버렸다. 부인은 의자에 앉아 종이들을 펴서 한 장 한 장 살펴보았다. 네 장째에 이르렀을 때 그녀의 손길이 멈췄다.

"여기 있네요, 총기 재고 목록."

월먼 부인이 종이를 보슈에게 건네주었다. 보슈는 자신의 수첩을 꺼냈다. ATF 기록을 살필 때 데이비드 월먼이 소유했던 킴버 모델 84의 고유 번호를 적어둔 수첩이었다. 소토도 몸을 기울여 보슈와 함께 종이에 적힌 내용을 살펴보았다. 목록에는 소총과 권총 모두 합해 총 열여덟 자루가 기록되어 있었고, 각각의 모델명 옆에는 판매 금액이 적혀 있었다. 킴버 제품은 한 자루도 보이지 않았다. 보슈가 수첩에 적어놓은 고유 번호와 일치하는 번호도 없었다. 데이비드 월먼의 킴버 소총은 판매되지 않은 것이다. 한편 재고 목록에는 탄띠 두 개도 포함되어 있었는데, 목록에 나온 어떤 총과도 어울리지 않는 제품이었다.

"이것 좀 빌릴 수 있을까요, 월먼 부인?" 보슈가 물었다.

"가져가시는 건 곤란해요." 월먼 부인이 대답했다. "복사해 드릴 수는 있지만요. 집에 복사기가 있거든요."

"원본을 가져가는 편이 나을 것 같아서요. 인수증 써드릴 거고, 필요가 없어지면 즉시 돌려드리겠습니다."

"이해가 안 가네요. 왜 굳이 원본을 원하시는 거죠?"

"중요한 증거가 될 수 있으니까요. 문제의 총이 우리가 수사 중인 살인사건에 사용된 범행 도구라면, 그 행방을 확인할 필요가 있거든요. 이 재고 목록은 총이 적어도 9년 전에 사라졌다는 사실을 보여주는 증거가 될 수 있죠. 부인이 남편의 총기를 기록한 시점, 그러니까 그분이 사망한 시점에 이미 사라졌다는 점을 보여주는 증거 말입니다."

"좋아요. 가져가세요." 월먼 부인은 마지못해 허락했다. "그 전에 내가 복사 좀 해놓을게요. 나중에 원본 꼭 돌려주시고요."

"그럼요. 약속드립니다." 보슈가 말했다.

"인수증 써드릴게요." 소토가 덧붙였다.

소토가 인수증을 작성하는 동안, 보슈는 조사가 끝날 때까지 붙들고 있던 질문을 월먼 부인에게 건넸다.

"사고 당일 남편은 어떤 총을 갖고 있었습니까?"

월먼 부인은 언짢은 듯 콧소리 섞인 한숨을 뱉어냈다. 보슈를 향해서라기보다는 그 질문 내용에 반감이 있는 것 같았다. 그런 반응을 보니, 그녀가 제기했고 기밀 유지라는 조건하에 합의에 이른 예의 소송이 일반적인 과실치사 배상 청구가 아니었을 거라는 생각이 맞는 듯했다. 보슈는 오드리 월먼이 남편의 죽음은 결코 우연한 사고가 아니라고 주장했으리라 추측했다.

"남편은 20구경짜리 산탄총을 들고 나갔어요. 항상 그걸 갖고 다녔죠." 월먼 부인이 말했다.

"산탄총요? 멧돼지를 사냥하러 가면서? 원래 그걸 갖고 합니까?"

"남편은 사냥을 하지 않았어요. 다른 사람이 했죠. 데이브는 그냥 가이드였어요. 그 다른 사람이 데이브한테 가이드를 부탁했고요. 그가 산탄총을 챙긴 건 멧돼지가 풀숲에서 갑자기 튀어나와 달려들 경우를 대비해서였어요. 그러면 쏴서 쓰러뜨리겠다고."

월먼 부인은 브루사드라는 이름을 입 밖에 내지 않았다. 그것이 소송 합의 조건의 일부일까, 아니면 남편을 죽인 범인의 이름을 차마 말할 수 없어서일까? 보슈는 법적 조치라는 자물쇠로 굳게 잠긴 방의 문을 열어 보고자 다시 한 번 시도했다.

"남편과 찰스 브루사드에 대해 알고 있는 게 있다면 말씀해 주시지요. 소송과 상관없는 내용이면 괜찮잖아요."

오드리 월먼은 보슈를 오랫동안 쳐다보더니 고개를 가로저었다.

"어떤 경우라도 그 사람 이야기를 할 수 없어요." 월먼 부인이 말했다. "그 사람 이름조차 말하면 안 된다고요. 이제 인수증 주고 그만 가주시겠어요? 할 일이 많아서요."

이거 아깝게 됐군. 보슈는 생각했다. 월먼 부인의 마음의 문이 거의 열릴 뻔하다가 닫혀버렸다.

25

15분 뒤 그들은 오드리 월먼의 집에서 나왔다. 보슈는 총기 목록이 적힌 종이를 서류 가방에 잘 모셔두었다. LA로 돌아가려면 10번 고속도로를 타는 경로가 가장 빨랐지만, 보슈는 헤멧 쪽으로 방향을 잡았다.

"어디 가는 거예요?" 소토가 물었다.

"데이비드 월먼이 죽기 전에 살았던 집."

"총 때문에요?"

보슈가 고개를 끄덕였다.

"그냥 느낌인데, 거기 어딘가에 있을 것 같아. 월먼이 총기 창고로 썼다는 차고를 살펴봐야 겠어."

"브루사드가 가져가지 않았을까요? 그러니까 안전하다 생각하고 월먼까지 제거했겠죠."

"그럴 수도 있겠지. 아니면 월먼이 마리아치 광장의 총격사건 이후에 브루사드에게 그 총을 처분했다고 얘기했을지도 모르고. 그랬다면 브루사드는 자긴 안전하다고 생각했겠지."

"그런데 실은 처분하지 않았다? 어딘가에 숨겨뒀다?"

보슈가 고개를 끄덕였다.

"그렇지, 보험 들듯이 말이야. 아내도 모르는 곳에 숨겨놓은 거지. 그래서 그가 죽은 다음 아내가 아무리 뒤져봐도 안 나왔던 거고."

소토가 고개를 끄덕여 동의를 표했다.

"좋아요. 그럼 압수수색영장이 필요할까요?"

보슈가 고개를 가로저었다.

"그냥 들여보내주면 영장은 필요 없지."

한동안 침묵 속에 달려가다가 소토가 다시 질문을 던졌다.

"오드리 월먼에 대해서 어떻게 생각하세요? 그 소송에 대해 진짜로 말하고 싶어 하는 것 같던데."

"맞아. 죄책감을 느끼는 모양이야."

"뭐에 대해서요?"

"돈을 받고 입을 다문 것에 대해서. 액수가 얼마나 되는지는 몰라도, 브루사드가 자기 죄를 무마하기 위해 쓴 돈이라는 걸 그 여자도 아는 거야. 세월이 흐른 뒤에도 그런 생각이 계속 따라다니니 힘들겠지. 아무리 궁전 같은 집에서 살아도 괴로울 거야. 결국 그 돈은 남편의 죽음에 대해 입을 다문 대가인 셈이잖아. 어쨌든 소송에 대해 알아볼 다른 방법을 찾아야겠어. 검찰에 연락해서 기밀 유지 조건을 깰 수 있는 방법이 있는지 확인해 볼까?"

"좋아요. 저도 정말 궁금해요."

30분 후 그들은 헤멧에 도착했다. 가는 길에 보슈는 크라우더 반장에게서 전화를 받았다. 수사 진행 상황을 보고받고 싶다는 용건이었다. 보슈는 살인 무기에 관한 단서를 좇고 있으며, 오후 혹은 다음 날 아침에는 구체적인 단서를 찾아 보고할 수 있을 것 같다고 말했다. 이 말에 조금 안심이 되었는지, 반장은 더 묻지 않고 전화를 끊었다.

데이브 월먼이 브루사드의 손에 죽임을 당하기 전 아내와 함께 살았던 집은 중산층 동네에 자리한 아담한 단층집이었다. 외벽은 새로 페인트칠이 되어 있었고, 깔끔하게 손질된 마당과 차 두 대가 들어가는 차고가 딸려 있었다. 보슈가 확인한 부동산 기록에 따르면 이 집은 현재 버나드 콘트레라스라는 사람 명의로 등록되어 있었다.

보슈가 문을 두드리자 서른 살쯤 되어 보이는 임신부가 문을 열어주었다. 임신 7개월쯤 된 것 같았다.

"콘트레라스 부인?"

"네, 그런데요?"

보슈는 경찰 배지를 꺼내 보여주면서 자신과 소토를 소개했다.

"살인사건 전담 형산데요, 수사 중인 사건과 관련이 있을지 모르는 총을 찾고 있습니다."

여자는 '총'이라는 단어로부터 배 속의 아기를 보호하려는 듯 부른 배를 한 손으로 감쌌다.

"무슨 말씀이신지 모르겠네요." 여자가 말했다. "우리 집엔 총이 한 자루도 없는데요."

"부인이나 남편 얘기가 아닙니다." 보슈가 말했다. "전에 살았던 사람이 총을 여러 자루 소지하고 있었거든요."

"살해당한 남자요?"

"맞습니다, 살해당한 남자요. 총기 거래자였거든요. 우린 그 사람 총들 중 한 자루를 찾고 있고요."

"아주 오래 전 일인데. 남편과 내가 이 집을 산 게……."

"네, 압니다. 그래서 부탁을 좀 드리려고요. 우릴 좀 도와주시지요, 부인."

여자는 경계를 늦추지 않은 채 의심스러운 눈초리로 보슈를 쳐다보았다.

"어떻게 도와드리면 되죠?"

"차고를 좀 보고 싶습니다."

"차고는 왜요?"

"전 주인, 그러니까 살해당한 남자가 자기 총들 중 일부를 여기 차고 안에 보관했거든요. 한번 살펴보고 우리가 찾는 총이 여기 없다는 걸 확인하고 싶어서요."

"우리가 여기서 산 지가 벌써 6년째예요. 총이 남아 있었다면 이미 발견했을 것 같은데."

"부인 말씀이 맞을 겁니다, 콘트레라스 부인. 근데 우린 경찰이라 직접 확인을 해야 그런 가능성을 배제할 수 있거든요. 게다가 혹시라도 총이 여기 있다면 아마 어딘가에 숨겨져 있을 거고요."

이제 긴장이 약간 풀린 듯 여자가 배에서 손을 내렸다. 그녀도 호기심이 동하는 모양이었다.

"수색영장이나 뭐 그런 거 갖고 오셨어요?" 여자가 물었다.

"부인이 우리를 안으로 들여서 수색하게 해주신다면 영장은 필요가 없죠." 보슈가 말했다.

여자는 잠깐 생각하는 눈치더니 곧 수색을 허락해 주었다.

"차고 문 열어드릴게요." 여자가 말했다. "근데 지금 그 안에 상자가 잔뜩 있어요. 보관하는 물건이 많아서. 그런 건 안 뒤지면 좋겠는데요."

"걱정 마세요, 콘트레라스 부인. 부인의 물건에는 절대 손대지 않을 겁니다.”

여자가 뒤로 물러서더니 현관문을 닫았다. 보슈와 소토는 진입로 쪽으로 이어진 판석 깔린 길을 걸어 차고 앞에 가서 기다렸다. 차고 문에는 창문이 하나도 없었다. 보슈가 보기에는 월먼이 차고에 총을 보관할 때 취했던 안전조치인 듯 싶었다.

차고 문이 천천히 위로 올라가기 시작했다. 콘트레라스 부인이 배에 한 손을 얹은 채 차고 안에 서서 기다리고 있었다.

보슈는 차고로 들어가 주위를 둘러보았다. 차 두 대가 들어가는 평범한 차고로, 작업대가 절반쯤 되는 공간을 차지하고 있었다. 뒤쪽 벽을 따라서는 선반들과 온수기가 놓여 있었다. 벽들은 전부 마감이 되지 않아 나무틀과 단열재가 그대로 드러난 채였다. 건축업자나 이 집의 첫 주인이 비용을 절감하기 위해 선택한 공법인 것 같았다.

작업대 옆 주차 공간에는 소형차가 한 대 서 있었다. 평소 콘트레라스 부인이 차를 차고에 넣어두고 남편은 진입로나 도로에 주차하는 모양이었다.

서까래가 드러나 보이는 천장에는 물건을 보관하는 나무 다락이 있고, 거기 상자 여러 개가 쌓여 있었다. 보슈가 그것들을 가리켰다.

“저 위의 상자는 전부 두 분 것인가요?”

“네, 우리 거예요. 처음 이사 들어왔을 때 여긴 완전히 비어 있었어요. 총이 있었다면 분명 봤을 텐데.”

작업대 양쪽 벽에는 2×4 규격의 각재로 짜인 틀 안에 스테인리스 캐비닛이 끼워져 나란히 서 있었다. 캐비닛에는 열쇠로 여는 자물쇠와 맹꽁이자물쇠를 끼울 수 있는 추가 걸쇠가 걸려 있었다.

“저 캐비닛은 총기 보관함인데요.” 보슈가 말했다. “전부터 여기 있던 겁니까?"

"네, 월먼 부인이 두고 갔어요."

"잠겨 있나요?"

"아뇨, 잠그지 않아요." 콘트레라스 부인이 말했다. "확인해 보셔도 돼요."

캐비닛을 열자마자 그곳이 일상적인 저장 공간으로 사용되고 있다는 걸 바로 알 수 있었다. 총은 없었다. 보슈는 작업대 옆에 있는 발판 사다리를 이용해 캐비닛 위도 살펴보았다. 먼지와 죽은 벌레 여러 마리뿐, 총은 없었다.

보슈는 작업대로 다가갔다. 길이가 2미터쯤 되는 작업대의 한쪽 끝에는 패드를 덧댄 손잡이가 달린 바이스가 장착되어 있었고, 한중간에는 그보다 작은 바이스가 있었다. 보슈는 가까이 다가가 냄새를 맡았다. 총기를 닦을 때 쓰는 브레이크-프리 오일과 보어 용액 냄새가 희미하게 풍겼다.

"이 작업대도 전 주인이 두고 간 겁니까? 여기 바이스는 소총의 구경을 손보거나 망원경을 장착할 때 총을 고정하는 용도로 쓰는 건데."

"네, 맞아요. 전 주인이 두고 갔는데, 우리가 계속 쓰기로 했어요. 근데 공간을 너무 차지하네요. 이것 때문에 차 한 대는 진입로에 세워둬야 하는데, 뭐 남편은 그래도 괜찮대요. 주말에 여기서 이것저것 손보는 걸 좋아하거든요."

보슈는 고개를 끄덕였다. 작업대를 살펴보니 표면에 기름얼룩이 배어 있었다. 작업대 역시 두께 2×4 규격의 각목과 합판으로 되어 있었는데 아마 직접 만든 것 같았다. 맨 위에는 작업 면이, 그 밑에는 선반이 달려 있었다. 두 표면 모두 두께 2.5센티미터짜리 합판이 깔려 있었고,

그 아래 각목을 덧대어 틀을 만들어놓았다. 견고하게 잘 만들어져 다양한 전동공구와 기타 장비들이 놓여 있는데도 끄떡없었다.

보슈는 한 손으로 작업대 상판을 잡고 쭈그리고 앉아서 밑면을 살펴보았다. 두꺼운 틀의 한쪽 모퉁이에 권총 한 자루가 케이블 타이로 묶인 채 붙어 있었다.

"여기 하나 있네요. 권총." 보슈가 말했다.

"어머나, 세상에!" 콘트레라스 부인이 소리를 질렀다.

보슈는 재킷 주머니에서 라텍스 장갑을 꺼내 양손에 꼈다. 이어 휴대전화를 꺼낸 뒤 다시 쭈그리고 앉아서 작업대 상판 밑면의 어둠을 밝히기 위해 플래시를 켜고 권총을 촬영했다. 그런 다음 작업대에 놓인 도구 중에서 커터를 골라 들고 케이블 타이를 끊었다.

보슈는 권총을 가지고 일어나서 소토와 함께 권총을 살펴보았다. 글록 P17이었다. 콘트레라스 부인도 잔뜩 겁먹은 표정으로 몸을 기울이고 권총을 들여다보았다.

잠시 후, 보슈는 어느새 라텍스 장갑을 끼고 있는 소토에게 권총을 건넨 뒤 재킷을 벗기 시작했다. 작업대 아래 선반의 밑면을 살펴보기 위해서는 기름얼룩이 있는 바닥에 엎드릴 수밖에 없었다. 콘트레라스 부인은 보슈가 뭘 하려는지 눈치채고 차고 뒤쪽에 있는 선반에서 방수포를 꺼내 왔다. 그녀가 방수포를 펴서 바닥에 깔았다.

"옷 더럽히면 안 되니까 이걸 쓰세요."

그는 바닥에 엎드려 아래쪽 선반 밑면의 후미진 곳을 휴대전화의 불빛으로 비추었다. 거기 또 한 자루의 총이, 이번에는 장총이 있었다. 보슈는 먼저 사진부터 찍은 뒤 커터를 건네받아 케이블 타이를 끊었다.

보슈가 장총을 소토에게 건네고 일어섰다.

"오, 하느님." 콘트레라스 부인이 중얼거렸다.

킴버 모델 84는 아니었다. 보슈는 그 총이 M60 기관총이라는 것을 알아보았다. 베트남전의 유물이었다. 탄띠를 두른 채 무거운 총을 들고 정글을 헤매는 군인들의 모습이 떠올랐다. 데이비드 윌먼의 아내가 남편의 사망 이후 팔아버린 총기의 재고 목록에 탄띠 두 개가 포함되어 있었던 것이 기억났다. 하지만 그 탄띠와 함께 사용할 총은 여기 있었다. 데이비드 윌먼이 이 기관총과 글록 권총을 여기 숨긴 건 그것들이 훔친 물건이기 때문이었을까, 아니면 가치 있는 기념품이기 때문이었을까?

"찾는 총이 맞아요?" 콘트레라스 부인이 물었다.

"아뇨, 아니네요." 보슈가 대답했다.

소토가 무거운 기관총을 들고 힘들어하는 듯 보여 보슈가 총을 받아 들었다. M60을 들고 베트남 정글을 누비던 군인이라면 이 총에 애증을 느끼지 않을 수 없었다. 정찰을 나가며 그 육중한 물건을 꺼내 들 때마다 그들은 총을 '돼지 새끼'라고 불렀다. 그러나 그렇게 무거워도 실전에서는 가장 의지가 되는 무기였다. 보슈는 작업대 위에 장착된 바이스에 기관총을 조심스럽게 걸쳐놓았다.

이제 작업대에서 물러나 차고 안을 다시 둘러보았다. 총 두 자루를 찾고 나니 기운이 샘솟았다. 그가 찾고 있던 건 아니지만, 어쨌든 윌먼이 총을 숨겨두었을 거라는 추측이 사실로 확인되었다. 그렇다면 킴버 몬태나를 찾을 수 있으리라는 희망도 아직 유효한 셈이었다.

보슈의 눈길이 천장 서까래로 향했다.

"원하시면 올라가보셔도 돼요." 콘트레라스 부인이 말했다.

이제 그녀는 곧 아기를 낳아 키우게 될 이 집 안에서 무기를 찾아내는 일을 전폭적으로 지지하고 있었다. 차고 안 그들이 서 있는 곳의 맞은편에 놓인 선반에 섬유 유리로 만든 연장식 사다리가 놓여 있었다. 보슈는 그리로 걸어가 선반에서 사다리를 꺼내 자동차를 건드리지 않도록 조심스럽게 들고 작업대로 가져왔다. 사다리를 늘여 대들보에 기대 놓고 꽉 붙들자 소토가 먼저 올라갔다. 이어 보슈도 따라 올라갔고, 곧 그들은 대들보 위에 합판을 깔아 임시변통으로 만든 다락에 쭈그리고 앉아 있었다.

이리저리 둘러보았지만, 소총이든 다른 무엇이든 숨길 만한 공간은 전혀 보이지 않았다. 수색을 포기하려는데, 소토가 그를 부르며 합판 바닥의 한쪽 끝을 가리켰다. 보슈는 한 손을 들어 지붕틀을 붙잡고 몸을 가누었다.

소토는 두 대들보 사이의 빈 공간 밑으로 보이는 철제 총기 보관함 중 하나를 가리키고 있었다. 보슈는 그녀가 뭘 보라고 하는 것인지 알 수가 없었다.

"뭔데?" 그가 물었다.

"캐비닛 뒤요." 소토가 말했다. "캐비닛이 끼워진 각목 틀 사이에 공간 있는 거 안 보이세요?"

소토의 말이 맞았다. 벽에 세로로 고정된 각목 사이에 30센티미터 정도의 공간이 있었다. 단열재로 빽빽이 채워져 있었지만, 그 안에 소총을 숨겨둘 수도 있을 만큼 큰 비밀 공간이었다. 아까 보슈가 캐비닛 위를 살펴볼 땐 생각지 못했던 가능성이었다.

"캐비닛 좀 치워봐야겠는데요." 그가 부인을 향해 말했다.

다 함께 캐비닛을 모두 열어 안을 비우고 보슈가 버나드 콘트레라스의 도구들을 사용해 첫 번째 철제 캐비닛과 각목 틀을 연결한 볼트를 풀기까지 30분이 넘게 걸렸다. 보슈는 소토에게 스패너를 건네며 볼트를 완전히 빼내라고 한 뒤, 육중한 철제 캐비닛을 두 손으로 받쳐 지탱했다.

소토가 발판 사다리에 올라가 헐거워진 볼트 네 개를 제거하자 철제 캐비닛이 보슈를 내리눌렀다. 너무 무거웠다.

"조심!"

보슈가 몸을 빼내자 캐비닛이 미끄러지듯 바닥으로 쓰러지며 굉음과 함께 시멘트 바닥에 부딪쳤다.

"다들 괜찮아요?"

두 여자가 괜찮다고 말했다. 보슈는 캐비닛이 있던 벽을 쳐다보았다. 과연 각목 사이에는 폭이 10센티미터쯤 되고 바닥에 나무토막이 박힌 수직 공간이 있었다. 총은 보이지 않았지만, 칼집에 든 칼이 거기 놓여 있었다. 보슈는 그것을 꺼내 자세히 살펴보았다. 칼집에는 먼지가 잔뜩 앉아 있었어도 그 속의 칼은 여전히 반짝이고 깨끗했다. 긴 칼날이 약간 굽은 것이 사무라이 검 같아 보였다.

보슈는 검을 작업대에 기대어놓고 두 번째 캐비닛으로 걸어갔다.

첫 번째 작업 때 요령을 깨우친 덕에, 보슈가 두 번째 캐비닛의 볼트를 풀고 소토를 사다리 위로 올려보내기까지는 10분밖에 걸리지 않았다. 아까 같은 일이 일어나지 않게끔 보슈는 몸을 천천히 낮추어 캐비닛을 바닥으로 미끄러뜨렸다. 그가 일어서기도 전에, 소토가 두 번째 비밀 공간에 총이 있다고 말했다.

소총이었다. 보슈는 몸속에서 아드레날린이 솟구치는 것을 느꼈다. 당장 총을 꺼내 들고 킴버가 맞는지 확인하고 싶었지만 소토가 휴대전화로 촬영을 마칠 때까지 기다려야 했다. 이어 그는 비밀 공간에서 총을 꺼내 가로로 들었다. 소토가 같이 몸을 숙이고 소총의 상표를 들여다보았다.

"돋보기가 없어서 잘 안 보이네." 보슈가 말했다.

"그거 맞아요!" 소토가 소총 몸통의 왼쪽 면을 가리키며 외쳤다. "킴버 모델 84. 우리가 찾던 게 틀림없어요."

상표 왼쪽에서 고유 번호를 찾아낸 소토가 보슈에게 번호 적어놓은 것 지금 가지고 있느냐고 물었다. 보슈는 총을 소토에게 맡긴 뒤 콘트레라스 부인에게 다가가 재킷을 건네받아서는 돋보기안경과 수첩을 꺼냈다. 그가 고유 번호를 적어놓은 페이지를 펼쳐서 번호를 불러주었다.

"일치해요."

소토의 목소리가 떨리고 있었다.

지금껏 행방을 모르던 데이비드 월먼의 소총을 찾아낸 것이다. 이젠 이 총이 오를란도 메르세드를 쏜 것이 맞는지를 확인해야 했다.

보슈는 재킷을 입은 뒤 차고 바닥에 엎어져 있는 캐비닛 두 개를 바라보았다. 그것들을 제자리로 돌려놓을 힘이 남아 있지 않았다.

"콘트레라스 부인, 이 총들은 우리가 가져가야겠습니다." 보슈가 말했다.

"제발 그래주세요." 그녀가 말했다. "남편이 기절초풍하겠네요."

"남편분께서 아주 언짢아하실지도 모르겠군요. 사실 이 캐비닛들을 제자리로 돌려놓을 수가 없을 것 같은데 어쩌죠."

"걱정 마세요. 남편과 남편 친구들이 알아서 할 거예요. 이 안에서 시간 보내는 걸 좋아하거든요. 게다가 이 일이 남편한테는 엄청난 이야깃거리가 되어줄 거고요."

"그렇다면 좀 안심이 되네요. 이 총들에 대해 인수증을 써드리죠."

보슈와 소토는 총들을 차 트렁크에 넣었다. 보슈가 잠복 수사용으로 가지고 다니던 담요를 꺼내 깔고 그 위에 잘 모셔두었다. 그런 다음 그들은 콘트레라스 부인에게 감사를 표하고 인수증을 주었다.

마침내 두 사람은 로스앤젤레스로 향했다. 돌아가는 내내 차 안에는 짜릿한 흥분감이 감돌았다. 아침만 해도 브루사드가 자기 보호에 만전을 기했다는 사실을 깨닫고 수사가 막다른 골목에 이르렀다는 좌절감 속에서 하루를 시작했었다. 그러나 이제 상황은 완전히 바뀌었다. 살인 무기로 판명될 것이 거의 확실한 총이 그의 트렁크 안에 있었다. 엄청난 급반전이었다.

보슈가 손목시계를 보니 5시가 다 되어서야 시내에 도착할 것 같았다. 그는 휴대전화를 꺼내 과학수사 연구소 탄환 분석실에 전화를 걸어 건 정을 바꿔달라고 했다.

“오늘 몇 시까지 있을 거야?” 보슈가 물었다.

“4시까지는 있을 것 같아요.” 건 정이 말했다. “무슨 일인데요?”

“마리아치 사건에 쓰인 총을 확보했어. 적어도 우리 생각에는 그래. 근데 시간 안에 못 갈 것 같네. 리버사이드에서 가는 중이라.”

“언제쯤 오실 수 있어요?”

“5시는 되어야 할 것 같아.”

“그럼 오세요. 기다릴게요. 바로 이쪽으로 오시면 대조해 보죠.”

“순서 기다려야 하는 거 아냐?”

“그때면 이미 근무 외 시간이니까 괜찮아요. 내가 하고 싶은 거 할 수 있어요.”

“고마워, 건. 최대한 빨리 갈게. 그리고 부탁 하나 더 해도 돼?”

“뭔데요?”

“지문 감식반에 전화해서 우릴 도와줄 사람이 있는지 좀 알아봐줘.

총에서 지문 뜰 수 있으면 뜨고 싶거든."

"알아볼게요."

보슈는 전화를 끊고 소토에게 곧장 탄환 분석실로 가자고, 건 정이 오를란도 메르세드의 척추에서 빼낸 탄알과 트렁크에 있는 소총의 총알을 대조하기 위해 그들을 기다리기로 했다고 설명했다.

"일치한다면, 우리가 살인 무기를 확보한 셈이네요." 소토가 말했다.

"그렇지."

"그럼 그렇다고 치고 시나리오를 짜볼까요? 이 일이 어떻게 전개될지 예상해 볼 겸."

보슈는 고개를 끄덕였다. 어느 정도까지는 괜찮은 시도였다. 평소 그는 시나리오를 미리 짜놓고 증거를 끼워 맞추는 방식을 좋아하지 않았다. 하지만 이번 사건의 경우, 그들이 살인 무기를 확보했다는 가정에서 시작해 보면 몇 가지 명백한 결론에 도달할 수 있다.

"그럼 자네부터 시작해 봐. 먼저 탄도학적 증거와 CCTV 동영상 증거를 바탕으로 한 우리의 원래 이론으로 돌아가서." 보슈가 말했다.

"메르세드를 맞힌 총알이 원래는 오헤다를 맞히려던 것이었다." 소토가 말했다.

"맞아. 그리고 우린 그 살인 무기가 데이비드 웰먼의 것이었다는 사실을 확인했지. 그럼 웰먼이 총을 쐈나? 그건 모르지. 웰먼이 그럴 만한 기술을 갖고 있었나? 그렇지, 갖고 있었어. 웰먼이 총을 주며 대신 쏘게 할 만한 사람을 알고 있었을까? 난 그것도 예스라고 생각해."

이어 보슈는 몇 분쯤 입을 다문 채 차를 몰며 그 시나리오를 머릿속으로 점검한 뒤 말을 이었다.

"좋아, 그럼 오헤다와 웰먼을 선으로 연결한다면, 그 선 중간에는 누가 끼어 있을까?"

"브루사드."

"그렇지, 브루사드. 그는 윌먼과 함께 자랐고 같이 사업도 했어."

"그리고 브루사드의 아내는 오헤다와 바람을 피우고 있었고요."

보슈가 고개를 끄덕였다.

"브루사드의 관점에서 생각해 보자고. 아마 그는 오헤다에게 경고했을 거야, 자기 와이프한테서 떨어지라고. 하지만 오헤다가 들은 척도 안 한 거지. 그래서 브루사드는 윌먼에게 가서 말해. '해결할 일이 하나 있는데, 친구.' 윌먼은 그 일을 맡아 저격수를 구해 일을 넘겼거나, 아니면 자기가 직접 처리하기로 했어. 내 생각엔 후자인 것 같아. 경험과 상식에 입각해 판단하건대, 음모에 관련된 사람은 적을수록 좋거든."

"맞아요. 제 생각에도 윌먼이 직접 했을 것 같아요."

"윌먼이 총을 쐈는데 오헤다 대신 메르세드가 맞은 거야. 그 순간 모든 일이 틀어지지. 이제 와서 다시 오헤다를 치면 경찰 입장에서는 첫 번째 총격사건이 우연한 오발 사고 혹은 범죄조직과 관련된 일이라고 믿을 근거가 사라지잖아. 무슨 일인가 벌어지고 있다는 걸 눈치챌 게 뻔해. 그래서 브루사드는 윌먼에게 물러나 있으라고 할 수밖에 없게 된 거지. 당분간만이라도."

"그러는 동안 오헤다는 경찰에게 거짓 진술이나 하고 돌아다니다가 이곳을 뜨고요."

"그렇게 그 총알은 소기의 목적을 달성한 셈이야. 엉뚱한 사람을 맞혔지만, 원래 표적이었던 사람도 결국에는 사라져줬으니까."

"그리고 윌먼은 브루사드에게 찝찝한 구석이 되죠. 비밀을 알고 있으니까."

"윌먼은 그날 왜 선뜻 브루사드와 함께 사냥을 나가기로 했을까? 아마 자기한테 보험이 있다고 얘기해 뒀겠지."

"총 말이죠."

"그래도 브루사드는 걱정할 것 없다고 생각했을 거야. 범행에 쓰인 총이 나타나 전체 상황을 연결시켜주는 일은, 그래서 자기가 관련되어 있다는 것이 드러나는 일은 절대로 없을 거라고 말이지."

소토는 보슈 쪽으로 완전히 돌아앉았다.

"총알 때문이었네요! 총알이 메르세드의 몸 안에 있었으니까. 메르세드가 살아남았고 총알을 빼낼 수 없다고 하니, 윌먼이 숨겨둔 비장의 카드도 별 가치가 없다고 생각한 거예요. 윌먼이 총을 숨겨뒀든 말든 상관없었던 거죠. 메르세드의 몸에서 총알이 제거되지 않고는 총이 나와도 대조해 볼 것이 없으니까요. 그 총이 범행에 사용됐다는 걸 입증할 방법이 없다고 생각한 거군요."

보슈가 고개를 끄덕였다.

"윌먼은 자신이 안전하다고, 브루사드에게 총을 주고 함께 사냥하러 숲으로 나가도 된다고 생각했지만 오판이었지."

그들은 한동안 말없이 앉아 있었다. 보슈는 지금껏 나눈 대화를 다시금 곱씹어보았다. 허점은 전혀 없었다. 사건에 관한 하나의 가설에 불과했지만 완전히 들어맞는, 타당한 시나리오였다. 물론 일이 반드시 그렇게 전개되었다고 확신할 수는 없었다. 모든 사건의 동기와 범행 방식에 관해서는 대답을 찾을 수 없는 의문과 미진한 부분이 조금씩은 남아 있기 마련이었다. 살인이 비합리적인 행동이라는 가정하에 수사를 시작하면 그에 관해 완벽히 합리적인 설명을 찾을 수 없다고 보슈는 늘 생각해 왔다. 그가 형사를 주인공으로 세운 영화나 TV 드라마를 즐겨 보지 않는 것도 바로 그 때문이었다. 이야기 속 형사가 관객들이나 시청자들의 바람대로 모든 의문에 대한 해답을 제시하는 모습을 볼 때마다 너무나도 비현실적이라는 생각이 들었다.

그는 고속도로 표지판을 올려다보았다. 건 정이 기다리고 있는 캘리포니아 주립 대학 방면 출구가 가까워지고 있었다.

26

오를란도 메르세드의 척추 속에 10년간 박혀 있던 총알이 그들이 찾은 킴버 소총에서 나온 것이 맞는다고 건 정이 확인해 주면서, 그들의 시나리오는 한층 더 타당성을 갖게 되었다.

킴버 소총에 대한 지문 채취 작업이 끝나자 정은 실험실에 있는 총알 탱크를 향해 한 발 발사한 뒤 그물채로 총알을 꺼내 쌍안현미경으로 메르세드의 몸에서 나온 총알과 비교 분석했다. 메르세드의 몸에서 나온 총알은 심하게 훼손되어 있었지만, 정은 10분도 채 걸리지 않아 두 총알이 같은 총에서 나온 것이 맞는다고, 법정에서 자신 있게 증언할 수 있다고 선언했다.

보슈는 정에게 월먼의 집에서 가져온 M60과 권총의 총알도 탱크에 발사해 보라고 하더니, 틈이 날 때 그 총알들의 디지털 프로필을 발사체 데이터베이스에 넣고 검색해 줄 것을 부탁했다. 그 두 총은 메르세드 사건과 아무 관련이 없을 가능성이 컸지만, 그래도 확인은 해야 했다. 월먼이 총을 숨겼을 땐 그럴 만한 이유가 있었을 것이다. 말하자면, 이 두 총은 해답을 찾아야 할 미진한 구석이었다.

사무라이 검에 대해서도 가능하면 정보를 확인해야 했다. 그러나 그것은 건 정의 영역이 아니었다. 보슈는 수사 중인 사건들을 종결하고 여유가 생기는 즉시 검 절도사건들과 그런 검을 사용한 범죄에 대해서 자료를 검색해 보기로 마음먹었다.

보슈와 소토가 경찰국으로 돌아왔을 땐 그들의 보고를 받을 사람이 한 명도 남아 있지 않았다. 크라우더 경감과 새뮤얼스 경위는 한참 전에 퇴근하고 없었다. 다른 수사관들도 거의 다 퇴근한 뒤였다. 보슈는 헤멧에서 수거해 온 총 세 자루와 사무라이 검을 자료실에 있는 총기 금고에 보관했다. 다음 날 아침엔 M60과 글록에 대해 ATF 데이터베이스를 검색해 볼 작정이었다.

칸막이 자리로 돌아가보니 소토는 세라 홀컴이 새로 가져다 둔 제보 쪽지들을 읽고 있었다.

"데이브 윌먼이라는 남자가 총을 쏜 범인이고 찰스 브루사드가 범행을 사주했다고 제보한 사람은 없어?" 보슈가 물었다.

"꿈도 야무지시네요." 소토가 말했다.

보슈는 책상 앞에 앉았다. 피곤했다. 요즘에는 운전만 조금 오래 해도 힘이 쪽 빠졌다.

"뭐 다른 특별한 것도 없고?" 그가 물었다.

"없어요. 전 시장이 모든 걸 알고 있다고 생각하는 익명의 여성이 제 메시지를 듣고 다시 전화했는데 홀컴 형사가 못 받았나 봐요. 똑같은 내용으로 또 메시지를 남겼네요. 세야스를 만나보라고요. 이번엔 홀컴이 그 번호를 확인해 봤는데, 등록이 안 된 번호라고 안내가 나오더래요.

일회용 전화인가 봐요."

"별로 놀랍지는 않네. 만약 그 사람이 시민권자가 아니라면, 신분증이 없고 은행 계좌도 못 만드니 합법적인 휴대전화를 개설하지 못했겠지. 이 도시에 있는 대다수의 불법체류자들은 일회용 휴대전화를 써. 가격도 싸고, 잡화점에서 쉽게 구할 수 있거든."

소토는 책상에 놓인 전화의 수화기를 들고 그 번호로 다시 통화를 시도하면서 대화를 이어나갔다.

"끈질기게 나오니까 호기심이 생기네요."

"뭐에 대해서? 전 시장이 메르세드 피격사건에 관련되었다는 얘기?"

"아뇨, 그건 아니고요. 그건 가능성이 별로 없을 것 같아요. 하지만 또 모르죠, 전 시장이 뭔가 알고 있을지도."

"좋아, 그럼 자네가 가서 존경하는 전 시장님께 뭐 좀 알고 계시냐고 여쭤봐. 익명으로 제보가 들어왔다고 하면서. 그러고 나서도 무공훈장을 빼앗기지 않는지 두고 보자고."

"알아요, 말도 안 되는 생각이라는 거."

"말도 안 되는 생각이라는 건 아니야. 다만 뭔가 가능성을 뒷받침할 만한 증거가 없는 한 경솔한 짓은 금물이라는 얘기지. 뭐, 그런 증거가 나올 것 같지는 않지만."

소토가 전화를 끊었다.

"또 음성 사서함으로 넘어가네요."

보슈는 앞으로 취할 조치들에 대해서 의논하자며 의자를 소토 옆으로 끌고 갔다. 브루사드와 월먼에 관한 인물 조사부터 마쳐야 했다. 보슈는 고참 형사라는 지위를 이용해 브루사드를 맡겠다고 먼저 나섰고, 그래서 소토는 월먼을 맡았다. 그런 다음엔 검찰청에 가서 기소 검사를 만나 그들이 무엇을 확보했는지, 기소를 하려면 무엇이 더 필요한지에 관해 의논해야 했다. 보슈가 내일 직접 기소 검사를 만나볼 작정이었다. 존 르윈이든 누구든 그 일을 제대로 해낼 검사를 만났으면 싶었다. 르윈은 어떻게든 수사관들과 협력해 사건을 기소하려는 사람이었다. 하지만 형사법원 17층에 있는 그의 동료들 중에는 기소를 안할 이유를 찾는 데 더 관심이 있어 보이는 검사들이 많았다.

"보니 브레이는 어떡하죠?" 보슈가 말을 마치자 소토가 물었다.

"그건 좀 미뤄둬야지." 보슈가 말했다. "적어도 당분간은 말이야. 메르세드 사건에 탄력이 붙었으니까 그것부터 밀고 나가야 돼. 게다가 브루사드가 우리 상황을 알고 대비 중이라는 가정하에 움직여야 할 거야. 메르세드가 죽었고 우리가 총알을 확보했다는 건 이미 알겠지. 벌써 우리 움직임을 주시하고 있을지도 모르고. 그러니까 우선은 메르세드 사건에 집중해서 수사를 빨리 진행하는 게 최선이야."

소토는 실망한 표정이었지만 보슈의 결정을 받아들였다.

"개인 시간에 따로 보니 브레이 사건을 수사하는 건 괜찮죠?" 소토가 물었다.

보슈는 잠깐 생각했다.

"개인 시간에 한다는데 하지 말라고는 말 못 하지." 보슈가 말했다. "이 업계에서는 그런 사건을 '심심풀이 땅콩 사건'이라고 불러. 물론 보니 브레이 사건에는 어울리지 않는 표현이라는 거 알아. 그 사건이 자네에게 어떤 의미인지도 알고. 가속이 붙은 김에 계속 달려가고 싶어 하는 마음도 이해해. 연결 고리 찾는 일을 마저 끝내고 싶겠지. 어찌 됐든, 메르세드 사건에 대해서도 최선을 다해 집중해 주면 좋겠어."

"그럴게요, 보슈 형사님. 약속해요."

"좋아, 그럼 할 일을 하자고."

퇴근길에 보슈는 우드로 윌슨 드라이브가 아니라 멀홀랜드 드라이브를 택해 찰스 브루사드의 집 앞으로 갔다. 거기서 뭘 보고 싶은 건지는 스스로도 알 수 없었다. 어차피 용의자를—그렇다, 그는 이미 브루사드를 용의자로 간주하고 있었다—만날 가능성은 거의 없었다. 그러나 보슈는 브루사드가 그토록 오랫동안 대중들과 법망을 피해 꼭꼭 숨어 지내온 그 콘크리트 요새에 자꾸만 마음이 끌리는 것을 느꼈다.

북쪽 전망대에 도착할 무렵에는 날이 어두워져 있었다. 해 질 녘부터 새벽까지 전망대를 닫는다는 표지판이 붙어 있었지만, 주차된 차가 여럿이었고 몇몇 사람들이 절벽 끝에 서서 반짝이는 거대한 카펫처럼 펼쳐진 밸리 지역을 내려다보고 있었다. 보슈도 그리로 걸어가 산 능선을 따라 오른쪽을 바라보았다. 브루사드의 콘크리트 저택 앞쪽이 그 집과 전망대 사이에 있는 다른 집들에 비해 두드러지게 튀어나와 있었다. 전면 창 안쪽에 불이 들어온 것이 보였고, 언덕을 따라 쭉 내려가 맨 아래쪽에 자리한 콩팥 모양의 푸른색의 풀장에도 조명이 밝혀져 있었다. 그러나 어디서도 사람이 움직이는 모습은 보이지 않았다.

보슈는 벤치에 앉아서 여느 관광객들처럼 경치를 감상했다. 그러나 마음속으로는 살인에 대해, 경쟁자나 적을 죽이기 위해 청부살인을 의뢰하는 사람들에 대해 생각하고 있었다. 세상이 자기들 중심으로 돌아간다고 생각하는, 자아도취에 빠진 사람들. 엷은 안개를 뚫고 반짝이는 10억 개의 불빛 가운데 그런 사람들이 사는 곳의 불빛은 몇 개나 될지 궁금했다.

권위적인 목소리가 들려 뒤를 돌아보니, 시립 공원 경비원이 손전등 불빛을 사람들 얼굴에 비추며 폐장 시간이니 나가라고, 그러지 않으면 무단출입으로 경범죄 딱지를 떼게 하겠다고 위협했다. 꽤 무례한 태도였지만, 챙이 넓은 '더들리 두-라이트(〈로키와 불윙클〉이라는 만화에 등장하는 캐릭터)' 모자를 쓴 탓에 권위는 없어 보였다. 다들 종종걸음으로 전망대를 떠나는 가운데 끝까지 남아 있는 보슈를 보고 경비원이 다가오자, 그는 경찰 배지를 들어 보이며 수사 중이라고 말했다.

"나가라고요." 경비원이 말했다. "공원 폐장이니까."

경비원 유니폼에 '벤더'라고 적힌 이름표가 붙어 있었다.

"우선 그 손전등 좀 치우죠. 그리고 지금 수사 중이라니까. 저기 있는 집을 지켜봐야 하는데, 그나마 제대로 보이는 곳이 여기뿐이에요. 10분 안에 갈 거고."

벤더가 손전등을 내렸다. 누군가 자신의 말에 반기를 드는 일에 익숙하지 않은 사람 같았다.

"근데 그 모자는 꼭 써야 하는 거요?" 보슈가 물었다.

벤더가 보슈를 노려보았고, 보슈도 지지 않고 상대를 노려보았다. 밑에서 올라오는 불빛 속에 벤더의 관자놀이가 팔딱이는 것이 보였다.

"배지는 봤는데, 형사님 성함은요?"

"보슈. 강력계. 물어봐줘서 고마워요."

그러고서 보슈는 벤더의 공격을 기다렸다.

"10분이에요." 벤더가 말했다. "확인하러 다시 옵니다."

보슈가 고개를 끄덕였다.

"그러시든가."

경비원이 주차장으로 이어지는 계단을 향해 걸어가자, 보슈는 다시 콘크리트 요새로 관심을 돌렸다. 그사이 수영장 조명이 꺼져 있었다. 보슈는 일어서서 전망대 끝을 향해 더 걸어 들어갔다. 가장자리에 허벅지 높이의 안전 장벽이 설치되어 있었다. 거기 기대어 바깥쪽으로 몸을 조금 숙이자 브루사드의 대저택이 더 잘 보였다. 재킷 주머니에서 소형 쌍안경을 꺼내 눈을 대니 불 켜진 창문 안쪽이 들여다보였다. 거실의 넓은 벽에 걸린 대형 추상화 여러 점, 그리고 부엌 조리대 뒤를 오가는 여자의 모습도 눈에 들어왔다. 식기세척기에서 그릇을 꺼내는 듯했다. 짙은 색 머리였는데 여자의 얼굴은 잘 보이지 않았다. 아마 마리아 브루사드인 것 같았다. 이 모든 불행의 발단이 된 여자.

갑자기 휴대전화의 벨이 울려서 보슈는 깜짝 놀랐다. 그는 몸을 절벽 안쪽으로 물린 뒤 쌍안경을 주머니에 넣고 전화를 받았다. 버지니아 스키너였다.

"우선, 어제 맛있는 저녁 사줘서 고마워요." 스키너가 말했다. "진짜 맛있었어요. 즐거웠고."

"나도 즐거웠어. 언제 또 먹자고."

스키너가 그 말의 의미를 가늠하는 사이 잠깐 침묵이 흘렀다.

"그리고, 찰스 브루사드에게 아직도 관심 있어요?" 스키너가 물었다.

보슈는 브루사드의 집을 한동안 노려보다가 대답했다.

"그건 왜 물어?"

"오늘 일이 별로 없는 월요일이라 책상에 가득한 온갖 잡동사니를 정리했거든요. 보도 자료, 정치 행사 초대장 같은 것들이 마구잡이로 쌓여 있어서 버릴 건 버리고 보관할 건 보관하려고. 한참 정리하다 보니까 눈에 띄는 보도 자료가 있더라고요. 브루사드가 내일 세야스 주지사 후보 선거운동 본부를 위해 공동으로 주최하는 기부금 모금 행사에 관한 내용이었어요."

"내일? 자기 집에서?"

"아뇨, 이번엔 베벌리 힐튼이에요. 세야스가 참석한다는 말은 없지만, 그래도 잠깐 와서 몇 마디 할 것 같긴 해요."

"거기 가려면 입장권이나 초대장 같은 게 필요한가?"

"내가 간다면야 그런 게 필요 없죠. 기자니까. 그렇지 않으면 1인당 500달러고."

"그래서, 갈 거야?"

"아뇨, 거긴 뭐 하러……. 뭐, 당신이 간다면 갈 수도 있고."

보슈의 머릿속에 이런저런 생각이 떠올랐다. 다음 날 밤 딸이 주류 판매 함정수사를 나가기로 되어 있었다. 매디는 아빠가 따라와 자신을 창피하게 만들까 봐 걱정했지만, 사실 보슈는 몰래 따라가서 지켜볼 계획이었다. 청소년 경찰학교 담당 경사가 보슈만큼 잘 지켜볼 것 같지가 않았다. 심지어 보슈가 아주 멀찌감치서 지켜본다 해도 말이다.

"행사가 몇 시지?"

"7시요. 머브 그리핀 룸에서."

"근처에 있다가 잠깐 들를 수도 있겠는데. 어떻게 할지 내일 알려줘도 될까?"

"그래요. 그나저나, 아직 브루사드에게 관심 있는 거 맞아요?"

"수사 얘기는 못 해. 약속했잖아, 기억 안 나?"

"기억하죠, 물론. 허락할 때까지는 절대 기사 금지. 그러니까 무슨 얘기든 편하게 할 수 있지 않나? 안 쓰겠다고 약속했으니까."

보슈는 전망대 입구로 이어지는 계단을 향해 걷기 시작했다. 전날 저녁 식사에 앞서 둘이 한 약속 내용을 스키너가 정확하게 요약하자 문득 대화가 어색하게 느껴졌다. 그러고서 그 약속에 대한 얘기는 피차간에 한마디도 없던 터였다.

"여보세요? 해리?"

"응, 뭘 좀 생각하느라. 내일 전화해서 거기 갈 건지 어떻게 할지 알려줄게."

"알았어요. 그럼 그때 얘기해요."

보슈는 전화를 끊고 휴대전화를 주머니에 넣었다. 차로 돌아가려고 계단을 향해 걸음을 옮기다가 브루사드의 집을 돌아보니, 발코니에 사람이 서 있는 것이 보였다. 그는 절벽 끝으로 돌아가 다시 쌍안경을 꺼냈다.

발코니에 한 남자가 서 있었다. 반바지와 티셔츠 위에 목욕 가운 같은 것을 걸친 모습이었다. 한 손에서 담배의 희미한 불빛이 보였다. 거구에, 턱수염이 덥수룩했다.

그리고 그는 보슈를 노려보고 있는 것 같았다.

매디는 보슈가 집에서 일할 때 늘 앉는 부엌 식탁 자리에 앉아 있었다. 노트북을 펴놓고 숙제를 하는 모양이었다.

"안녕, 딸. 오늘 저녁 메뉴는 뭐야?"

보슈가 허리를 굽히고 딸의 정수리에 입을 맞췄다.

"나야 모르지, 아빠 차례잖아."

"아냐, 어젯밤이 네 차례였는데 도시락 배달 자원봉사 가느라 건너뛰었잖아."

"그렇게 따지면 안 되지. 너무 복잡하잖아. 어느 요일이 자기 당번인지만 알면 돼. 월요일은 아빠 당번이고."

전에도 이 문제를 놓고 입씨름을 벌인 적이 있기에, 보슈는 딸의 말이

옳다는 것을 알고 있었다. 그러나 그는 찰스 브루사드로 추정되는 남자와 먼 거리에서 대치한 일로 신경이 많이 예민해져 있었다. 그러다 결국은 보슈가 먼저 고개를 돌리고 차로 돌아간 터였다.

"아무것도 준비 안 했는데." 그가 말했다. "아빠가 나가서 사 올까? 뭐 먹을래?"

"포키토 마스?"

"좋아. 늘 먹는 거?"

"응."

"금방 다녀올게."

포키토 마스는 그야말로 보슈의 집 바로 코앞, 언덕 아래 있었다. 뒤쪽 베란다에서 돌멩이를 잘만 던지면 식당의 지붕을 맞힐 수 있을 정도로 가까웠다. 베란다에 서 있자면 종종 그 멕시코 식당의 음식 냄새가 올라올 때도 있었다. 그러나 거기까지 가는 건 다른 문제였다. 우드로 윌슨 드라이브를 타고 빙 둘러서 언덕을 내려갔다가 카후엥가 대로로 2킬로미터 가까이 다시 올라와야 식당이 나왔다. 이 도시가 품고 있는 이상한 모순 중 하나였다. 아주 가까워 보이는 것도, 사실은 꽤 멀리 떨어져 있었다.

포키토 마스에서 주문한 음식이 나오기를 기다리는데 크라우더 경감에게서 전화가 왔다.

"벤더라는 공원 경비원 알아요?"

보슈는 얼굴을 찌푸리며 절레절레 고개를 저었다.

"아까 만났지."

"그 친구, 당신과의 만남이 유쾌하지 않았나 보던데."

"뭐야? 더들리 두-라이트가 나에 대해 민원이라도 넣었나?"

"내일 그 친구와 무슨 이야기를 나눴는지 보고서 작성해서 올려요."

"알았어."

"진짜로 그 친구 모자 가지고 놀렸어요?"

"뭐, 그랬던 것 같네."

"이런, 이런, 이런…… 보슈 형사님, 그런 친구들한테 유머 감각이라고는 눈곱만큼도 없다는 거 몰라요?"

"오래 살다 보니 진짜 별꼴을 다 보는군."

"그건 그렇고, 거기까지 가서 뭘 하고 있었던 거예요?"

"그냥 경치 감상."

"이 일이 더 커지지야 않겠지만, 어쨌든 보고서는 올려요, 알았죠?"

"알았어."

"메르세드 건은 진척이 좀 있고요?"

보슈는 브루사드라는 이름을 상관에게 내놓을 준비가 아직 안 됐다는 생각이 들어 그 이야기는 그냥 삼켰다.

"범행에 쓰인 총을 찾았어." 보슈가 말했다.

"뭐요? 그 얘길 왜 이제 합니까?" 크라우더가 비난하듯 물었다.

"사무실에 들어가니까 벌써 퇴근하고 없던데. 내일 아침에 보고하려고 했지."

"총이 어디 있었어요?"

"죽은 남자의 집에 숨겨져 있더라고."

"범인이 죽었다는 뜻이에요?"

"그런 것 같아."

"더 잘됐네. 재판이 없다는 뜻이니까. 그냥 종결하면 되겠어요."

"그건 아니지, 반장. 이 친구가 범인이라면, 누군가 범행을 사주했다는 뜻이거든. 그 사람을 찾아야지."

카운터 너머에서 여직원이 보슈의 번호를 불렀다. 포장 주문한 음식이 나왔다.

"그게 누군데요?" 크라우더가 물었다.

"지금 찾는 중." 보슈가 대꾸했다. "내일이면 더 알게 될 거야."

크라우더는 그보다 많은 정보를 원할 테지만, 보슈가 정보를 주는 즉시 10층으로 뛰어 올라가 전부 고해바칠 것이 뻔했다. 수사보다 정치가 판치는 곳에 브루사드의 이름을 꺼내놓기에는 아직 일렀다. 결국 크라우더가 한발 물러났다.

"알았어요." 크라우더가 말했다. "내일 다 보고해요."

"알았어, 반장."

보슈는 전화를 끊고 카운터에서 음식 봉투를 집어 들었다.

27

화요일 오후, 보슈와 소토는 검찰청 17층 대기실에서 20분을 기다린 뒤에야 기소 검사의 방으로 안내를 받아 들어갔다. 보슈는 자신이 기소 검사로 존 르윈을 콕 집어 요구했기 때문에 이렇게 오래 기다려야 하나 보다고 생각하던 중이었다. 그러나 배정된 검사는 르윈이 아니었다. 그들과 마주한 사람은 제이크 볼런드라는 젊고 야심 찬 검사로, 그의 작은 사무실 안 벽에는 하버드 법대 학위 증서가 자랑스럽게 붙어 있었다. 기소하느라 바쁜 오전 시간을 보냈는지, 그는 정장 재킷을 문 뒤쪽 옷걸이에 걸어둔 채 셔츠 소매를 걷어붙이고 앉아 있었다. 보슈와 소토는 그의 책상 앞에 나란히 놓인 의자에 앉았다.

"기소하려고 온 건 아닙니다, 아직은." 보슈가 말했다.

"그게 무슨 뜻이죠?" 볼런드가 물었다. "난 기소 검사예요. 뭔진 몰라도 기소합시다."

"기소할 정도까지 갔는지 아직 잘 모르겠어서요. 기소 가능 여부를 검사님한테 듣고 싶어서 온 거고. 하지만 이걸 기록하거나 기소 요청으로 받아들이면 곤란합니다. 만약 지금 거부당했다가 나중에 기소하면, 변호인은 애초에 검찰이 이 사건의 기소를 거부했었다고 배심원단 앞에서 떠들어댈 테니까. 그러니까, 우린 그냥 조언을 얻으러 왔다고 해두죠."

볼런드는 형사들과 사건으로부터 거리를 두려는 듯 등을 뒤로 젖혔다.

"그럼 시간을 많이 못 내어드리겠는데요. 기소해야 할 사건들이 워낙 많아서요. 기소 건수는 기소 검사의 능력을 재는 척도나 마찬가지거든요. 기소를 안 하면 내가 애타게 고대하고 있는 공판 검사 자리도 못 얻고 말이죠."

"그래도 쓸 만한 사건을 기소해야죠. 후진 걸 들이밀었다가는 법정 근처에도 못 갈걸요."

"저기, 다음 사건 처리해야 하니까 하고 싶은 말 있으면 빨리빨리 하고 나가주시겠습니까? 진짜로 기소를 하려고 찾아온 형사들이 저 바깥 대기실에 많이 있거든요. 두 분에게는 생소한 일일지 모르지만, 기소하는 형사들이 많아요."

보슈는 당장에라도 책상 너머로 팔을 뻗어 볼런드의 좁다란 보라색 넥타이를 움켜쥐고 싶었지만 가까스로 평정을 유지했다. 그는 소토와 번갈아가며 그들이 얻은 단서들을 젊은 검사에게 이야기하기 시작했다. 그날 아침에 확보한 중요한 정보들도 빼놓지 않았다. 탄환 분석실의 건 정이 밝혀낸 바에 따르면, 데이비드 윌먼의 작업대에 숨겨져 있던 다른 총 두 자루는 각각 라스베이거스와 샌디에이고에서 발생한 살인사건과 관련되어 있었다. 한 건은 메르세드 피격사건이 있기 전에, 다른 한 건은 그 후에 발생한 일이었다. 또한 메르세드를 쏜 총에서 채취한 지문이 데이비드 윌먼의 것으로 밝혀졌다.

이야기를 마치자, 볼런드는 다시 의자에 등을 기대더니 이번에는 고개를 치켜든 채 펜으로 턱을 톡톡 치면서 자신이 들은 이야기를 곱씹었다.

"그러니까 그 사냥터에 청부살인업자가 있었고, 두 분이 발견한 무기들이 그자와 세 건의 살인사건을 연결해준다, 그런 얘기죠?" 볼런드가 물었다. "세 건의 살인사건 사이에는 아무런 관계도 없고요?"

보슈가 고개를 끄덕였다.

"살인무기 세 자루가 모두 동일인의 소유였다는 사실 말고 다른 거요? 예, 전혀 없어요. 라스베이거스 사건 피해자는 투팍 샤커(미국의 래퍼이자 배우, 시인) 같은 래퍼 겸 DJ였는데 자기 차에서 기관총에 맞아 사망했죠. 경찰은 폭력조직이 관련된 사건으로 생각하고 수사했지만, 알고 보니 사업 거래가 틀어져서 생긴 비극이었어요. 샌디에이고 사건은 남편이 보험금을 노리고 아내를 살해한 것 같아요. 당시에도 그런 의심을 샀는데, 남편이 알리바이를 댔고 경찰은 다른 단서를 확보하지 못했죠. 오늘 우리가 전화할 때까진."

볼런드는 펜으로 턱을 두드리던 손짓을 잠시 멈췄다.

"검은 어떻게 된 거죠?"

"그건 아직 잘 모르겠습니다."

"이 사람들은 어떻게 알고 윌먼을 찾아가 살인을 청부했을까요? 인터넷에 광고라도 냈나?"

"그것도 잘 모르겠지만, 관련 기관들이 알아보고 있어요."

볼런드가 고개를 끄덕였다.

"그건 그렇고, 압수수색영장은 받아서 그 무기들을 찾으러 들어간 겁니까?" 볼런드가 물었다.

"아뇨. 현재 살고 있는 여자가 수색을 허락해 줘서 그냥 들어갔는데요."

볼런드는 얼굴을 찌푸렸다.

"서류 작업을 확실하게 했어야죠. 그래야 탈이 없지."

"탈이 있을 리가 있나." 보슈가 주장했다. "집주인 여자는 사건과 아무런 관련이 없고 6년 전에 월먼 명의의 집을 샀을 뿐인데. 주인 여자가 '제발 좀 살펴봐주세요'라고 부탁하는 판에 굳이 판사의 서명을 받을 필요가 있었을까요? 게다가 우리가 발견한 무기들은 전 주인이 버리고 간 것이 분명한데."

"상대가 주저할 땐 꺼내 흔들 수 있도록 항상 영장은 갖고 다녀야죠. 왜 이러십니까, 형사님. 그게 기본인데."

"근데 주저하는 기색이 없었다니까요. 수색도 별 탈 없이 잘 끝났고. 하버드 나온 거 맞아요, 검사님?"

볼런드의 얼굴이 벌게졌다.

"형사님, 또 뭐가 기본인 줄 압니까?" 볼런드가 분을 삭이면서 물었다. "기소 담당 검사를 모욕하지 마라."

"당신이 검사답게 행동하면 모욕할 일도 없겠죠. 그리고 우린 당신한테 기소 요청하러 온 게 아니라니까. 그러네 혹시 뭐가 빠졌는지, 뭐가 더 필요할지 물으려 왔을 뿐이지. 우리가 이미 손에 쥔 것들에 오줌을 갈기라고는 안 했다고."

소토가 그만하라는 듯 보슈의 팔을 잡아끌었다. 볼런드도 한 손을 들어 진정하라는 시늉을 했다.

"자, 자, 진정하시고, 정리해 봅시다." 검사가 말했다. "수색의 세부적인 사항은 그냥 통과. 죽은 청부살인업자에 관한 기소는 가능할 것 같아요. 하지만 브루사드나 다른 사람에 관해서는 안 돼요. 어림 반 푼어치도 없지."

"브루사드의 아내가 원래의 표적과 불륜 관계였는데도요?" 소토가 물었다.

"누가 그래요?" 볼런드가 물었다.

"증인이 있어요. 이야기를 들어보니까 말이 되더라고요." 소토가 대답했다. "게다가, 총을 쏜 사람은 브루사드의 동업자였고요. 고등학교 때부터 친했다던데요. 그걸로도 충분하지 않다는 말씀인가요?"

볼런드가 펜을 내려놓고 몸을 앞으로 기울였다.

"그래요, 형사님들, 충분하지 않습니다." 볼런드가 말했다. "지금까지 확보한 것만으로 브루사드를 기소하면 여러 가지 문제가 생길 수 있어요. 우선, 브루사드에게 확실한 알리바이가 있을 수 있죠. 장담컨대 아마 그는 당시 다른 주에 있었을 거고, 거기서 그를 본 사람이 적어도 열 명은 될걸요. 이런 친구들한테 알리바이 만드는 거야 식은 죽 먹기라고요. 둘째, 브루사드의 아내가 모든 걸 부인하겠죠. 불륜, 오헤다라는 남자, 남편이 이런 일을 벌였을 가능성 등등. 그녀는 피고인 측에 이로운 증인이 될 거예요. 그리고 세 번째, 두 분의 증인인 오헤다 말인데요, 아마 증인석에 앉기도 전에 말을 바꿀 겁니다. 브루사드 측에서 먼저 그를 찾아내 매수를 하든 겁을 주든, 둘 중 하나는 할 테니까."

소토는 맥 빠진 얼굴로 고개를 가로저었다. 그동안 공들여 쌓은 탑을 볼런드가 눈앞에서 무너뜨리고 있었다.

"브루사드가 월먼에게 청부살인을 의뢰했거나 그 대가를 지불했다는 사실을 보여주는 증거는 하나도 없잖아요. 아까도 말했듯이 월먼에 대해서는 유죄 평결을 받아낼 수 있겠지만, 그는 이미 죽었고. 브루사드와 범죄와의 직접적인 연관성이 필요해요. 브루사드와 월먼이 고등학교 때부터 친구였다는 사실 같은 거 말고. 그런 건 법정에서 아무것도 입증하지 못하니까."

"월먼 피격사건은 어떻소?" 보슈가 물었다.

볼런드가 어깨를 으쓱였다.

"리버사이드카운티에서 사고로 판정했다면서요. 직업안전보건청도 사고라고 결론 냈다고 하지 않았어요? 그걸 뒤집을 증거를 내놓지 않는 한, 사건 자체로는 아무런 의미가 없어요. 법정에서 증거 채택도 안 될걸요."

"브루사드가 월먼의 아내와 합의한 소송 건은? 기밀 유지 조건을 깨고 월먼 부인에게서 얘길 들어볼 가능성이 있지 않을까?"

"거의 없어요. 형사님들이 발견한 이 총들은 그 소송사건하고 아무 관련이 없잖습니까. 안 그래요?"

보슈는 마지못해 고개를 끄덕였다. 열심히 준비한 것이 기대에 못 미친다는 얘길 듣고 싶은 사람은 없을 것이다. 특히 거만한 검사 자식한테서라면 더더욱. 그러나 보슈는 볼런드의 불쾌한 성격과 그가 하는 말의 내용을 구분해서 받아들일 수 있었다. 젊은 검사의 말이 옳았다. 그들은 아직 기소할 준비가 되어 있지 않았다. 소토는 볼런드의 거부 의사에 맞서려 했지만, 이번에는 보슈가 그녀의 팔을 잡았다.

"그럼 뭐가 필요합니까?" 보슈가 물었다.

"서명한 자백 진술서는 늘 도움이 되죠." 볼런드가 말했다. "하지만 현실적으로 생각하면, 음모에 대해 직접 이야기할 증인 혹은 증거가 있는 게 좋을 겁니다. 월먼의 사망이 너무 아쉽네요. 살아 있었다면 브루사드와 경쟁을 붙여서 누구든 먼저 입을 열게 할 수 있었을 텐데. 뭐, 이제는 불가능한 방법이죠."

보슈가 보기에도 사건에 대한 볼런드의 판단은 정확했다. 브루사드가 메르세드 피격사건으로 기소당할 위험에서 이미 완전히 벗어났을 수 있다고 생각하니 맥이 빠졌다.

"좋아요." 보슈가 말했다. "뭘 더 할 수 있는지 알아봐야겠군."

"행운을 빕니다, 형사님들. 그리고 난 헛수고하는 거 좋아하지 않아요. 기소를 좋아하지. 하지만 형사님이 처음에 하신 말씀대로 승소할 수 있는 사건을 기소하고 싶어요. 안 그러면 평생 이 좁아터진 방에서 일해야 할 것 같으니까."

보슈는 자리에서 일어섰다. 볼런드의 성격은 영 호감이 가지 않았지만, 그 자신감과 재판을 내다보고 전략을 짜는 능력이 그를 유능한 공판검사로 만들어주리라는 확신이 들었다.

보슈와 소토는 스프링 거리를 걸어 경찰국으로 돌아왔다. 다음 목적지는 반장실이었다. 크라우더 반장과 새뮤얼스 경위가 수사 진행 상황 보고를 목이 빠져라 기다리고 있을 것이 뻔했다. 지금까지의 노력에 대한 볼런드의 반응을 고려하건대, 그 회의도 별 의미는 없을 듯했다. 그날 아침 크라우더 경감은 10층에서 엄청난 압력을 받고 있으니 얼른 결과를 가져오라며 다그쳤고, 보슈는 오늘 하루만 시간을 달라고 했다. 그리고 이제 하루가 지나가 크라우더는 그들을, 10층은 크라우더를 기다리고 있었다.

"저도 들어갈까요?" 소토가 물었다.

"나 혼자 들어가도 돼." 보슈가 말했다.

"이제 어쩌죠?"

"아직 잘 모르겠어. 반장한테는 브루사드에게 압박을 좀 가해보겠다고 말할까 하는데, 어때? 브루사드가 어떻게 나오는지 보려고."

"압박이라면?"

"아직 생각 중이야. 뭐, 찾아가서 집 현관문을 두드리거나. 아니면 신문에 유인 기사를 내볼까 싶기도 하고."

"가서 문을 두드리면 곧바로 변호사를 내세울걸요."

"그러면 뭔가 켕기는 게 있다는 뜻이겠지."

"신문에는 무슨 기사를 내시려고요?"

"모르겠어. 용의자를 한 명으로 좁혀가고 있다는 얘기? 이름은 물론 언급 안 하고. 아니면 살인 무기를 확보했다는 걸 터뜨릴 수도 있지."

"그러면 우리 쪽에서 사건의 진실에 근접했다는 걸 브루사드가 눈치챌 텐데요."

"바로 그게 문제야. 그런 식으로 우리의 수를 보여줘도 될까? 절박한 조치인데, 그걸 고려해야 할 수준에 이른 건가? 글쎄, 잘 모르겠어."

보슈는 절박한 마음으로 움직이는 게 싫었다. 그런 조치는 결국 상대에게 공을 넘기는 결과를 낳았다. 수사의 통제권을 잃는 셈이었다. 게다가 신문에 기사를 싣는다는 건 언론을 끌어들이는 꼴이고, 이는 늘 위험부담이 따랐다. 그런 다음엔 용의자가 반응하기를 기다려야 하는데, 용의자가 반드시 반응하리라는 보장도 없었고 어떻게 반응할지 예측할 수도 없었다.

보슈는 이러한 작전이 완벽하게 성공을 거둠과 동시에 완전히 틀어진 경우를 본 적이 있었다. 전에 그가 맡았던 사건에서, 수사팀은 경찰이 연쇄 강간 및 살인 용의자의 신원을 확보하고 수사망을 좁혀가고 있다는 내용의 거짓 기사를 내보내기로 결정했다. 용의자가 보면 경찰의 수사망이 자신을 쫓고 있음을 바로 알아차릴 만한 내용도 슬쩍 흘렸다.

용의자가 사무직 종사자이며 존경받는 남편이자 아버지라는 내용이었다. 이 기사가 나가자마자 911로 전화가 걸려 왔다. 용의자가 상관의 멱살을 잡고 비품 창고로 끌고 들어가 인질의 목에 가위를 겨눈 채 경찰과 대치한 것이다. 경찰이 건물 안으로 진입했지만, 벽장에서 벌어진 살인과 자살을 막기에는 너무 늦었다. 메르세드 사건 수사팀이 자신을 향해 수사망을 좁혀오고 있다는 사실을 브루사드가 알게 되면 무슨 일이 벌어질지 알 수 없었다.

보슈는 그날 밤 베벌리 힐튼에서 열릴 예정인 기부금 모금 행사를 떠올렸다. 거기서라면 언론의 힘을 빌리지 않고 브루사드에게 압력을 가할 수 있을 것 같았다. 적어도 메르세드 피격사건의 배후 인물로 추정되는 남자를 처음으로 가까이서 볼 수 있을 것이었다.

"형사님이 하시는 일, 무조건 저도 함께할게요, 보슈 형사님." 소토가 말했다.

"오늘 밤엔 뭐 해?"

"오늘 밤요? 별일 없는데. 브루사드의 집에 가보시려고요?"

"아니, 집 말고 다른 곳에서 기부금 모금 행사를 연다는데, 거기 가볼까 하고. 그자에게 우리 얼굴도 한번 보여줄 겸. 그리고 그 얘길 하면 크라우더 반장을 하루 더 기다리게 할 수 있을 것 같아. 상황 보고는 내일 하겠다고 말이야."

"괜찮은 계획이네요. 저도 갈게요."

"그래, 그러면."

그런 뒤 그들은 말없이 걸었다.

28

베벌리 힐튼은 출입문이 여러 개 있고, 결혼식이나 정치자금 모금 등 이런저런 행사를 주최할 수 있는 다양한 크기의 홀이 구비된 거대한 호텔이었다. 보슈는 지난 수십 년 동안 직업상, 혹은 개인적인 이유로 이 호텔을 방문한 적이 여러 번 있었다. 그와 소토는 주차장에 차를 대고 로비를 향해 걸어갔다. 각종 행사 참석을 위해 모인 사람들로 북적이는 로비에서 그들은 표지판을 보며 연회장으로 가는 에스컬레이터를 찾았다. 걸어가면서 보니 청색 재킷 차림에 무선 이어폰을 꽂은 호텔 보안 직원들이 로비 곳곳에 배치되어 사람들을 지켜보고 있었다. 세야스가 1인당 500달러짜리 만찬을 겸한 선거자금 모금 행사에 거물을 많이 초대한 모양이었다.

2층으로 올라간 두 사람은 다양한 연회실의 출입문이 나 있는 긴 복도를 걸어갔다. 머브 그리핀 룸은 복도 맨 끝에 있는 대연회장으로, 두 세트의 이중문이 활짝 열린 채 손님을 기다리고 있었다. 문 사이의 벽에는 웃고 있는 지지자들에게 둘러싸여 악수를 나누는 아르만도 세야스의 흑백사진이 담긴 3미터 길이의 포스터가 붙어 있었다. 어안렌즈로 찍은 사진이라 사람들 한가운데에 자리한 세야스가 과장스럽게 확대되어 있었다. 세야스를 에워싼 다양한 연령대와 성별과 인종의 사람들 위쪽에 적혀 있는 슬로건을 본 보슈는 경악을 금치 못했다.

모두를 위한 것이 아니면, 누구를 위한 것도 아니다!
세야스 2016

포스터 밑에는 책상보를 드리운 긴 테이블이 놓여 있고, 그 너머에 여자 셋이 앉아 참가자 접수 및 세야스의 주지사 선거 출마를 위한 정치자금 모금을 준비하고 있었다. 대연회장의 출입구 양옆에는 파란색 재킷을 입은 건장한 보안 직원이 하나씩 서 있었다.

보슈는 접수 직원들에게 신원을 밝히고 싶지 않아 소토에게 접수석 왼쪽 통로를 가리켰다. 그들은 실외 발코니로 나가는 유리문을 향해 짧은 복도를 걸어갔다. 저 실외 산책 공간이 흡연 구역으로 이용된다는 것을 보슈는 과거의 경험으로 알고 있었다.

"어디 가는 거예요?" 출입문을 밀고 나가면서 소토가 물었다.

"전략적 우위를 차지하러." 보슈가 말했다. "할 수 있는 최선을 다해 그걸 지켜야 해."

그들은 바람이 부는 야외 정원으로 나왔다. 차들이 꼬리를 물고 이어진 윌셔 대로가 훤히 내려다보이는 곳이었다. 베벌리 힐튼 호텔은 이 지역 교통의 양대 대동맥이라 할 만한 윌셔 대로와 샌타모니카 대로가 만나는 상습 정체 구간에 자리하고 있었다.

보슈는 발코니 난간에 두 팔꿈치를 댄 채 비스듬히 기대서서 차들을 내려다보았다. 예전 같으면 담배를 한 대 피워 물었을 것이다.

"우리의 전략적 우위가 뭔데요?" 소토가 물었다.

"신분을 감추는 거." 보슈가 말했다. "곧바로 다가가 배지를 보여주고 싶진 않았어. 그럼 돌아다니는 게 좀 힘들어질 거거든."

"브루사드를 직접 보고, 브루사드한테 우리 얼굴도 한번 보여주자면서요."

"맞아, 그랬지. 하지만 좀 은근하게 하자고. 브루사드가 생각하게끔 만들자는 거야. 호기심을 자극하는 거지. 무슨 말인지 알겠어?"

"알 것 같네요."

소토는 바깥 경치에 등을 돌리고 서서 호텔 건물의 웅장한 외관을 바라보았다.

"그러니까, 여기가 휘트니 휴스턴이 죽은 곳이군요." 소토가 말했다.

"맞아, 욕조에서."

"고등학교 졸업식 때 휘트니의 노래를 틀어줬었는데."

"어떤 거?"

"〈그레이티스트 러브 오브 올Greatest Love of All〉."

보슈는 고개를 끄덕였다.

"어디 나왔지? 가필드?"

"아뇨, 그땐 밸리 지역에 살았어요. 파코이마에 있는 샌퍼낸도 고등학교에 다녔죠."

"아, 거기 살았다고 했었지. 깜빡했네."

"형사님은요?"

"할리우드 고등학교에 다녔는데, 졸업은 못 했어. 조기 입대했고, 돌아와선 고졸 학력 인증서를 따야 했지."

"아, 베트남에 다녀오셨죠. 대학은 다니셨어요?"

"응, 2년제 시립 대학. 졸업하고 바로 경찰이 됐어. 자넨 고등학교 졸업 후에 어디서 공부했지?"

소토는 웃으면서 고개를 가로저었다. 대답하기 쑥스러운 모양이었다.

"밀스요. 오클랜드에 있는 여자대학이에요."

보슈가 휘파람을 불었다.

"와, 대단한데."

딸이 1년 뒤면 대학 입시를 치러야 해서 보슈는 대다수의 대학, 특히 캘리포니아에 있는 대학에 대해서는 잘 알고 있었다. 밀스는 들어가기 힘든 그리고 등록금을 대기는 더 힘든 학교였다.

"알아요, 알아." 소토가 말했다. "파코이마 여학생이 어떻게 밀스에 다니게 됐냐는 거죠?"

"아니, 그보다는 밀스 졸업생이 어쩌다 LA 경찰이 됐냐는 건데?"

소토가 고개를 끄덕였다. 좋은 질문이었다.

"장학금을 많이 준다고 해서 밀스를 선택했어요. 당시엔 변호사가 되고 싶었거든요. 민권이니, 법적 구조니, 임차인의 권리니 하는 것들에 관심이 있었어요. 근데 LA를 떠나 대학에서 공부하면서 앞으로 뭘 하고 살까 진지하게 생각해 보니까, 경찰이 되고 싶더라고요. 그게 제가 속한 지역사회를 돕는 최선의 길인 것 같았어요."

보슈는 고개를 끄덕였지만, 소토가 빠뜨린 얘기가 있다는 것도 잘 알고 있었다.

"그리고 보니 브레이 사건도 있었고." 그가 대신 말했다.

소토는 고개를 끄덕였다.

"네, 그것도 있었죠."

그 말을 끝으로 소토는 입을 다물었다. 보슈는 자신이 이 모금 행사에 와서 얻고 싶었던 것이 무엇인지 다시 생각해 보았다. 사실 브루사드를 직접 보겠다는 것 말고는 별다른 계획이 없었다. 코치가 상대 팀을 정찰하는 것과 같은 기분으로 와본 것이다. 자신이 주목하고 있는 사람을 직접 보고 평가하고 싶은 마음. 그러나 막상 와보니 상황이 호락호락하지 않았다. 브루사드를 관찰하기 위해서는 우선 머브 그리핀 룸에 들어갈 방법부터 강구해야 했다. 애초에 잘못 판단했다는 생각이 들기 시작했다. 이런 정치 행사는 늘 보안이 삼엄하다는 사실을 염두에 두었어야 했다. 사람들 사이에 끼어서 슬쩍 들어갈 수 있으리라 생각하다니, 비현실적이고 안이한 태도였다. 보슈는 그냥 포기하고 할리우드로 돌아가 딸이 어떻게 하고 있나 멀리서나마 지켜보는 게 나을지 잠시 고민했다.

"저기요, 보슈 형사님?" 소토가 그를 불렀다.

"왜?"

"곧 전략적 우위를 잃게 생겼는데요."

보슈가 대로에서 고개를 돌렸다. 소토는 산책로를 보고 있었다. 그녀의 시선을 따라가니 20미터쯤 떨어진 곳에 문이 보였다. 턱시도를 입은 남자 두 명이 언제 나왔는지 문 앞에서 바람을 등지고 웅크린 채 담배에 불을 붙이고 있었다. 그들이 허리를 펴고 섰을 때, 보슈는 그중 한 명이 세야스 후보의 오른팔인 코너 스피박임을 알아차렸다. 다른 한 명도 낯이 익었다. 덩치가 크고 턱수염이 덥수룩한 사람이었다.

"혹시 저 사람이……?" 소토가 물었다.

"맞아, 브루사드." 보슈가 말했다. "그런 것 같아."

그동안 브루사드의 모습은 사진으로 그리고 전날 밤 자기 집 발코니에 서 있는 윤곽으로만 보았을 뿐이었다.

"제대로 걸렸군." 보슈가 말했다.

보슈와 소토를 알아본 스피박이 다른 남자와 함께 그들을 향해 걸어오고 있었다.

"우리가 여기 있는 이유를 뭐라고 둘러대죠?" 소토가 낮은 목소리로 중얼거렸다.

"내가 알아서 할게." 보슈가 말했다. "자넨 추임새만 잘 넣어."

스피박의 얼굴에는 미소가 떠올라 있었다. 다른 남자는 그보다 한두 걸음 뒤에서 좀 더 천천히 걸어오고 있었다.

"형사님들?" 스피박이 말했다. "맞네, 두 분! 이런 우연이!"

그는 두 형사와 차례로 악수를 나누었다.

"여긴 어쩐 일이세요?" 스피박이 물었다.

"모금 행사가 있다는 얘길 듣고 와봤죠. 잠깐이라도 후보님을 만날 수 있을까 해서. 수사 진척 상황을 말씀드리려고요. 제보 전화에 현상금까지 걸어주셨잖습니까."

"사려도 깊으셔라. 후보님이 감동하시겠네요. 그런데 아직은 안 오셨는데 어쩌죠? 웨스트우드에 있는 유대교회당에 들렀다가 오시느라 저녁 식사가 끝난 뒤에나 도착해 몇 말씀 하실 것 같은데."

스피박이 말을 멈추고 손목시계를 보았다.

"앞으로 한 시간은 더 있어야 할 것 같군요." 그가 다시 말을 이었다. "저한테 수사 진척 상황을 말씀해 주시면 후보님께 전달하죠."

보슈는 브루사드를 흘끗 쳐다본 다음 다시 스피박을 마주 보았다.

"물론 은밀하게 해야겠죠." 스피박이 말했다. "소개부터 드리겠습니다. 이분은 오늘 저녁 행사를 주최하신 관대한 후원자들 중 한 분입니다. 찰스 브루사드 씨."

브루사드가 먼저 보슈에게 손을 내밀었다. 보슈는 오를란도 메르세드 피살사건의 살인 교사범으로 추정되는 남자와 눈을 마주보며 악수를 나눴다.

"친구들은 다들 브루스라고 부릅니다."

소토가 다음으로 그와 악수를 했다.

"아주 힘든 상황에서도 임무를 훌륭히 수행하고 계시더군요." 브루사드가 말했다. "최고의 행운이 여러분과 함께하기를 빕니다. 항상 무탈하시기를 바라고요."

"감사합니다." 소토가 말했다.

"브루스, 먼저 들어가 있을래요?" 스피박이 그에게 말했다.

"그러죠." 브루사드가 말했다. "한 모금만 더 빨고 정치판으로 뛰어들게요, 언제나처럼."

보슈는 브루사드를 보며 싱긋 웃었고, 스피박은 좀 과하다 싶을 정도로 껄껄 웃어젖혔다.

브루사드가 고개를 뒤로 젖혀 담배 연기를 내뿜은 뒤 꽁초를 바닥에 던져 발로 밟아 끄고는 스피박의 팔을 장난스레 툭 쳤다.

"안에서 보자고요, 스파키." 이어 그는 보슈와 소토에게도 인사를 건넸다. "만나서 반가웠습니다."

브루사드는 스피박과 함께 나왔던 문을 향해 산책로를 걸어가기 시작했다.

"저 안은 무대 뒤 대기실이에요." 스피박이 설명했다. "둘이서 몰래 빠져나왔죠."

"이런 행사의 주최자가 되려면 도대체 얼마나 기부해야 됩니까?" 보슈가 물었다.

"10만 달러요." 스피박이 주저하는 기색도 없이 곧바로 대답했다.

보슈가 휘파람을 불었다.

"그 정도 여유는 되는 사람이에요." 스피박이 말을 이었다. "메르세드 사건 관련해서 새로운 소식이 있다고 하지 않았나요, 형사님?"

"네, 후보님에게 전할 소식이 있죠." 보슈가 말했다. "후보님과 5분쯤 대화를 나눌 기회가 있을까요?"

"솔직히 말해서, 없을 것 같아요. 도착하자마자 연단에 올라가 한 말씀 하셔야 하고, 내려오는 즉시 공항으로 출발해 비행기를 타셔야 하거든요. 내일 아침에 샌프란시스코에서 조찬 기도회가 있어서."

"'모두를 위한 것이 아니면, 누구를 위한 것도 아니다'라면서, 단 5분도 시간을 못 내줍니까?"

스피박은 원하는 대답을 하지 못해 미안하다는 표정으로 고개를 가로저었다.

"죄송합니다, 형사님들." 그가 말했다. "오늘 상황이 여의치 않네요. 하지만 후보님께 전하고 싶어 하시는 소식은 제가 꼭 전달하겠습니다. 물론 아무도 모르게 후보님께만 직접 말씀드릴게요."

보슈는 고개를 앞뒤로 살짝 흔들며 스피박을 통해 소식을 전하는 방법에 대해 생각하는 시늉을 했다.

"나중에 말씀드리는 게 낫겠군요." 마침내 보슈가 말했다. "후보님께 수표책 준비하시라고만 전해주시죠."

보슈가 문을 향해 돌아섰다.

"사건 종결이 가까워졌다는 뜻인가요?" 스피박이 물었다.

그 목소리에 가득한 흥분을 느끼며 보슈가 그를 돌아보았다.

"꼭 후보님한테만 전하세요." 보슈가 말했다. "대중에 알리면 안 돼요. 알겠죠? 오늘 밤 연설이나 내일 아침 신문에 그 얘기가 나오면 아주 곤란해질 겁니다."

"물론, 물론이죠." 스피박이 말했다. "입단속 철저히 할게요."

보슈와 소토는 스피박을 두고 아까 들어왔던 문을 향해 걷기 시작했다. 스피박도 자신이 들어온 문 쪽으로 걸어갔다.

"브루사드에게 얘기할까요?" 건물 안으로 들어서자 소토가 물었다.

"글쎄." 보슈가 말했다. "아마도."

"아, 나도 보고 싶은데. 표정이 어떨지."

"이제 가지. 할리우드 경찰서에 들러야 돼."

짧은 복도를 걸어 연회장 앞에 이르러 둘러보니 문 앞의 접수 테이블이 비어 있었다. 연회가 시작되어 직원들까지 모두 안으로 들어간 모양이었다. 보안 직원들도 사라졌는데, 아마 행사가 진행되는 동안에는 문 안쪽에 버티고 서 있을 것이었다.

보슈는 주위를 둘러보면서 소토와 자기 빼고는 아무도 없다는 걸 확인한 다음 재빨리 접수 테이블 뒤로 가서 벽에 붙은 포스터를 뜯어냈다. 그러고는 그것을 돌돌 말기 시작했다.

"형사님, 지금 뭐 하시는 거예요?" 소토가 다급한 목소리로 속삭여 물었다.

"세야스가 내 말을 훔쳤어." 보슈가 말했다. "그래서 내가 다시 훔쳐 오는 중이지."

보슈는 포스터를 돌돌 말아 빳빳한 지팡이처럼 만들어 들고 다시 복도를 걷기 시작했다. 에스컬레이터 타는 곳에 거의 다다랐을 때, 버지니아 스키너가 모퉁이를 돌아 나타났다. 고개를 숙인 채 핸드백에서 뭔가 부피가 큰 것을 꺼내려는 중이었다.

"지니?"

스키너가 제때 고개를 든 덕에 두 사람은 충돌하지 않을 수 있었다.

"해리, 왔네요."

보슈는 돌돌 만 포스터를 소토에게 건네고 자동차 열쇠를 꺼냈다.

"이걸로 차 끌고 나와. 호텔 출입문 앞에서 보자고."

"알겠습니다." 소토가 말했다.

소토가 에스컬레이터를 타고 내려가는 것을 확인한 뒤, 보슈가 스키너에게 물었다.

"이건 취재 안 한다고 하지 않았나?"

"여기 올 거면 미리 알려주겠다고 하지 않았나?" 스키너가 맞받았다.

"순간적인 충동으로 잠깐 들른 거라. 오래 머물 생각은 없었어. 그래서 전화 안 했지."

"나도 순간적인 충동으로 온 거예요." 스키너가 말했다. "맞아요, 원래 이런 거 취재 안 해요. 근데 오늘은 잠깐 들러서 구경하고 칼럼에 한두 문단 넣어야겠다 싶더라고요. 세야스의 주지사 출마야 공공연한 사실이 됐으니, 이제부터 충실히 따라다녀야 하지 않을까 해서."

"그러니까 나나 우리가 얘기한 내용과는 상관없다, 그 말이지?"

"그럼요, 전혀 상관없다니까. 우린 거래를 했고, 난 거래 조건을 잘 지키고 있으니 걱정하지 말아요."

"그렇다면야."

"아까 그 여자한테 준 건 뭐예요? 돌돌 말린 거. 그 여자는 파트너예요? 젊던데."

보슈는 어느 질문에 먼저 대답해야 할지 알 수 없었다.

"맞아, 내 파트너야. 경찰국은 늘 노땅과 신참을 한 팀으로 붙여놓거든. 그리고 돌돌 만 건 기념품이고."

"무슨 기념품?"

"아무것도 아니야. 뭐, 중요한 건 아니지."

"브루사드는 봤어요?"

"응, 봤어. 실은 인사까지 나눴어. 스피박하고 같이 있더라고. 우연히 만났지."

"웩, 스피박. 세야스 보좌관들 중에서 내가 유일하게 못 참아주겠는 인간이에요. 너무 느끼하더라고요. 그 사람이 빠지면 세야스가 더 잘될 것 같은데. 특히 이젠 주 정부로 진출하는 마당이니. 스피박은 큰물에서 놀 만한 사람이 아니에요. 무능하고 별 볼 일 없는 촌놈이죠. 내 생각엔 그래요."

"브루사드는 그 친구를 스파키sparky('생기발랄한', '불꽃이 이는'이라는 뜻)라고 부르던데."

"아, 그 별명엔 사연이 있어요. 스피박이 예전에 어떤 후보를 위해 성명서를 작성한 적이 있거든요. 거기서 독극물 주입에 의한 사형을 전기의자에 의한 사형으로 대체해야 한다고 주장했죠. 전기의자가 억지력이 더 크다는 게 그의 논지였고요. 그 주장이 관철되진 못했지만, 그때부터 사람들은 그를 '스파키' 스피박이라고 부르기 시작했죠."

보슈는 고개를 끄덕였다.

"그랬군." 그가 말했다. "어쨌든 난 이만 가볼게."

"난 들어가볼게요." 스키너가 말했다.

"나중에 보자고."

"그래요, 나중에 봐요. 그리고 잊지 말아요, 해리. 거래는 쌍방이라는 거. 어떤 소식이든 다른 누구보다 내가 제일 먼저 듣고 싶다는 뜻이에요."

"걱정하지 마. 때가 되면 제일 먼저 알릴 테니까."

보슈는 에스컬레이터를 타고 한 번에 두 계단씩 걸어 내려갔다. 자동문을 통과해 대리 주차 구역으로 나가보니 소토가 포드에 앉아 그를 기다리고 있었다. 보슈가 차에 오르자 소토는 출발했다.

"아까 복도에서 만난 여잔 누구예요?" 소토가 물었다.

"친구." 보슈가 말했다. "실은 기자야."

"형사님과 친구 이상이 되고 싶어 하는 것 같던데요."

"진짜? 난 모르겠던데."

소토가 경찰국 주차장에 있는 자신의 차 앞에 내린 뒤 보슈는 뒤 할리우드로 돌아갔다. 차에 있는 무선통신 장치에서 할리우드 경찰서 채널을 찾아 튼 덕에 청소년 경찰학교 학생들의 주류 판매 단속 현장이 어디인지 금방 알 수 있었다. 현재 선셋 남쪽에 있는 라 브레아의 편의점에서 단속을 벌이는 중이었다. 보슈는 그리로 갔지만 너무 가까이 다가가지는 않았다. 그의 단색 포드는 경찰 차량으로 오해받기 쉬웠다. 그가 함정수사를 망치기라도 하면 딸이 곤란해질 게 분명했다.

보슈는 두 시간 동안 차에 앉아 할리우드 곳곳의 주류 판매 단속 상황을 들었다. 체포는 없었다. 체포는 단속 결과가 시 법률고문실에 보고되고 거기서 개인이나 영업허가증 소지자에 대한 고발이 결정된 후에야 이루어질 것이었다.

보슈는 현장 책임자의 입에서 단속 종료를 알리는 암호가 흘러나오는 것을 듣고서야 집으로 향했다. 로럴 캐니언을 타고 멀홀랜드 드라이브로 올라가 동쪽으로 달렸다. 브루사드의 집 앞을 지나가는 경로였다. 이번에도 전망대에 차를 세우고 콘크리트 대저택을 관찰했지만, 뒤쪽 발코니에는 불이 꺼져 있었고 사람의 모습도 보이지 않았다. 수영장 조명도 꺼진 상태였다.

보슈는 공원 경비원 벤더와 마주치기 전에 전망대를 떠나 딸보다 먼저 집에 도착했다. 매디에게 언제 오느냐고 문자를 보냈는데, 그로부터 5분 뒤에 매디가 집에 들어왔다. 그는 오늘 밤 일은 어땠느냐고 물었다. 자기가 몰래 지켜봤기 때문에 그 답을 알고 있다는 말은 하지 않았다.

"진짜 재밌었어." 매디가 말했다. "코에 가짜 피어싱도 했거든. 그것도 재밌더라고."

"몇 명이나 너한테 술을 팔데?"

"다 팔았어. 한 명도 빠짐없이 전부 다. 아무 데나 막 들어간 게 아니었거든. 판매 전력이 있거나 민원이 들어온 가게를 찾아갔었어. 어떤 틀딱은 내가 카운터 뒤로 가서 입으로 빨아주면 맥주 여섯 개들이 한 세트를 팔겠다더라. 끔찍하지 않아?"

"그러네."

무선통신망으로 경찰 무전을 들을 땐 그런 얘기가 나오지 않았다. 보슈는 더 묻지 않기로 하고 딸을 가만히 안아주었다.

"아빤 네가 자랑스러워." 보슈가 말했다.

"고마워, 아빠. 근데 나 진짜 피곤하고 내일 학교도 가야 되거든."

"그래, 그럼 자러 들어가."

"응. 잘 자, 아빠."

"잘 자."

보슈는 침실로 이어지는 복도를 향해 걸어가는 딸을 지켜보았다.

"매디."

매디가 돌아서서 보슈를 바라보았다.

"근데 '틀딱'이 무슨 뜻이야?"

"글쎄. 늙고, 소름 끼치고, 끔찍한 놈?"

보슈는 고개를 끄덕였다.

"그런 것 같더라. 잘 자."

"아빠도."

29

이번에도 소토는 보슈보다 먼저 출근해 있었다. 이젠 누가 더 일에 전념하는지, 누가 더 먼저 출근했다가 더 늦게 퇴근하는지 경쟁을 하고 있는 것 아닐까 싶을 지경이었다. 지금껏 함께 일했던 파트너 중 이런 사람은 없었다. 보슈는 깊은 감명을 받았다.

보슈가 책상에 서류 가방을 내려놓는 소리를 들을 때까지, 소토는 그가 온 줄도 모르고 있었다. 소리가 나자 그녀는 회전의자를 홱 돌리더니 눈을 크게 뜨고 활짝 웃으면서 그를 바라보았다.

"보슈 형사님! 연결 고리를 찾았어요!"

"보니 브레이 얘기야?"

"네, 보니 브레이요. 일찍 출근해서 입주자 명단을 다시 살펴봤거든요. 형사님 추측이 맞았어요. 보니 브레이와 이지뱅크 사이에 연결 고리가 있어요. 그것도 아주 큰."

보슈는 의자를 끌어다가 소토 앞에 놓고 앉았다.

"좋아, 얘기해 봐."

소토는 자기 책상에 펼쳐져 있는 바인더를 가리켰다.

"93년 입주자 명단부터 보기 시작했거든요. 1층부터 시작해서 2층, 3층으로 올라가다가 발견했어요. 3-G호, 스테파니 페레스라는 여자가 살던 방 두 개짜리 아파트예요."

"그 여자 기억해? 그때 그 여자를 알았어?"

"아뇨, 아파트가 꽤 큰 데다 전 너무 어려서요. 부모님이랑 에시 선생님 같은 어린이집 선생님들 빼고 어른은 하나도 기억 안 나요."

보슈는 고개를 끄덕였다.

"그렇군. 끼어들어서 미안. 계속해봐."

"네. 아무튼 그 스테파니 페레스도 조사를 받았어요. 소방서와 방화사건 전담반이 그 아파트 주민들을 모두 조사했고, 참고인 조사 보고서는 여기 세 번째 바인더에 들어 있어요. 수사관들이 참고인마다 점수를 매겨놨더라고요. 증인으로서의 가치와 그들이 제공하는 정보의 가치를 1부터 5까지의 점수로 표시했죠. 각 범주당 5가 제일 높은 점수고요. 스테파니 페레스의 점수는 1-1이었어요. 아는 게 전혀 없어서 조사 후엔 금방 잊혔죠. 당시 스물네 살의 미혼 여성, 랠프스 슈퍼마켓에서 계산원으로 일했어요. 범죄조직과 연루된 기록도 전무하고, 사건 당일 아침에는 직장에 출근하고 없었죠."

"그랬군."

"근데 그 여자가 방 두 개짜리 아파트에 혼자 살았잖아요. 빈방은 뭐냐는 질문에, 룸메이트가 한 달 전에 이사를 나가서 새로운 룸메이트를 찾는 중이라고 했대요."

보슈가 반사적으로 끼어들었다.

"이지뱅크 직원 한 명이 그 방을 빌리려고 했겠구먼."

"아뇨, 하지만 그 가능성도 생각은 했었어요. 그래서 스테파니 페레스가 뭐 기억하는 것이 있는지 알아보려고 추적을 했죠. 당시 형사들이 일정한 형식에 맞춰 입주민을 조사하고 보고서를 작성해 놨더라고요. 운전면허증 번호, 생년월일 따위가 전부 적혀 있어서 그 여자를 쉽게 찾을 수 있었어요."

"어디 살아?"

"아직 그 동네에 살아요. 윌셔 대로에 있는 건물에. 아직도 같은 랠프스 슈퍼마켓에서 일하고요. 지금은 부점장에, 결혼했다가 이혼했고, 아이가 둘이에요."

"전화한 거야?"

"30분쯤 전에요. 7시까지 기다렸다가."

보슈는 아무 말 없이 소토를 바라보았다. 그렇게 이른 시간에 전화를 거는 것은 좋은 방법이 아니었다. 자는 사람을 깨워 20년도 더 된 옛일에 대해 물어보면 화를 낼 수도 있었다. 소토가 그의 걱정을 읽은 모양이었다.

"아뇨, 불쾌한 기색은 전혀 없었어요." 소토가 말했다. "벌써 일어나서 출근 준비를 하고 있던데요."

"자네가 운이 좋았던 거야." 보슈가 말했다. "그 여자가 뭐래?"

"화재가 나고 얼마 안 돼서 이사를 나오느라 결국 빈방은 세를 주지 못했대요. 화재가 나기 전에도 방을 보러 오는 사람이 없었고요. 〈라 오피니온〉에 광고까지 냈는데도요."

"그럼 그 전에 이사를 나간 룸메이트가 연결 고리인가?"

"맞아요. 전 룸메이트가 애너 아세베도, 이지뱅크 여직원이었어요. 강도들에게 문을 열어준 사람."

보슈는 고개를 끄덕였다. 아주 좋은 단서이자 연결 고리였다. 수사의 탄력이 메르세드 사건에서 보니 브레이 사건으로 옮겨 가고 있었다. 이제 보니 브레이 사건에 집중할 차례였다. 하지만 그러기 위해서는 크라우더 반장을 구워삶아야 할 텐데, 쉽지 않은 일이 될 터였다.

"뭐 더 있어?" 보슈가 물었다. "그 여자가 또 뭐래?"

"더 좋은 소식이에요, 보슈 형사님." 소토가 말했다. "우리가 이미 짐작하고 있는 바를 확인해 주는 내용이죠. 스테파니 페레스는 그 아파트의 임차인이었어요. 아세베도에게 나가달라고 한 건, 아세베도가 남자친구 둘 사이에서 양다리를 걸치고 있었는데 그중 백인 남자가 야비하고 인종차별적인 언사를 함부로 내뱉었기 때문이라더라고요. 아세베도랑 사귀면서도 그런 말을 함부로 했대요. 스테파니는 혹시라도 그 백인 남자가 다른 남자친구의 존재를 알게 될 경우 자기까지 그 일에 휘말릴까 봐 걱정이 됐대요. 남자가 폭력적인 듯 보여서 더 불안했다고요. 아세베도한테도 몇 번이나 경고했는데 아세베도가 들은 척도 안 하더래요. 결국 스테파니는 아세베도에게 나가달라고 했고, 아세베도가 집을 나갔죠. 그게 화재가 일어나기 한 달 전 일이에요."

보슈는 특수강도사건 전담 반장실에서 슬쩍해 온 강도사건 일지 속에 있던 이름을 기억해 냈다.

"로드니 버로스?"

"그런 것 같아요. 스테파니가 이름은 기억 안 난다고 했지만, 혹시 로드니냐고 물으니까 그렇다고, 둘 중 한 명의 이름이 로드니였다고 했어요. 그래서 로드니 버로스냐고 다시 물었더니 성은 전혀 모르겠다더라고요. 식스팩(여섯 명의 사진을 나란히 붙여 편집한 사진. 용의자 식별용으로 쓰임)을 가게로 갖고 오면 확인해 보겠대요."

"그렇군. 또 다른 남자친구는?"

"마찬가지예요. 맥심 보이코냐고 물었더니 맥스라는 이름은 기억나는데 성은 모르겠대요. 식스팩에서 그 사람도 찾아보겠다고 했어요."

"그 친구들이 아파트에 오면 어느 정도나 머물다 갔는지도 얘기하던가? 자고 가고 그랬대? 쓰레기도 갖다 버리고?"

"그렇게 자세히는 안 물어봤어요. 쓰레기 건은 좋은 질문이네요. 제가 받은 느낌으로는 이 남자들이 자고 가곤 했던 것 같아요. 스테파니가 겁을 집어먹은 것도 그 때문이고요. 아세베도가 한 남자랑 있을 때 다른 남자가 들이닥칠까 봐 무서웠나 봐요."

"그렇군."

보슈는 그 시나리오에 대해서 잠깐 생각해 보았다. 찾고 있던 연결 고리가 맞는 것 같았다.

"이제 본격적으로 나서야 할 때인 것 같아요, 보슈 형사님." 소토가 말했다.

보슈는 고개를 끄덕였다. 하지만 그의 마음속에서는 아직도 다른 가능성들이 좌충우돌하고 있었다.

"혹시 스테파니는 아세베도가 불을 질렀을지 모른다고 생각해 본 적 있대? 아파트에서 쫓겨난 것에 대한 복수로?"

"그것도 안 물어봤어요. 물어봐야겠네요."

보슈는 다시 고개를 끄덕였다.

"좋아, 그럼 그 세 명을 넣어 식스팩부터 만들자고. 그런 다음 랠프스로 가서 스테파니 페레스 만나보고. 빨리 준비하고 나가야 돼. 반장이 출근해서 메르세드 사건 상황 보고하라고 닦달하기 전에."

"알겠습니다."

"근데 확인해 봤어? 이 이지뱅크 사람들, 전과가 있나?"

소토가 고개를 끄덕였다.

"일요일에 강도사건 일지에서 이름을 알아내고 그 사람들 주소 검색과 배경 조사부터 했어요. 아세베도와 보이코는 깨끗해요. 버로스는 2006년에 탈세로 연방 교도소에 수감됐었고요."

"탈세?"

"네, 90년대에 6년이나 세무 신고를 걸렀던 걸 국세청 직원들이 알아냈어요. 유죄 답변 거래로 감형받아 롬포크에서 22개월을 복역했고요."

"수고했어. 또 다른 건?"

"그게 전부예요."

"버로스는 지금 어디 살지?"

"그 사람, 무슨 사막쥐라도 되나 봐요. 아델란토라는 곳에 산다길래 구글 스트리트 뷰로 봤더니, 아무것도 없는 허허벌판 한중간 오두막집에 살벌하게 담장을 둘러놓았더라고요."

보슈는 고개를 끄덕였다. 외딴 시골에 살고, 탈세 전력이 있으며, 인종차별적인 언사로 경찰학교에서 퇴학당했다……. 로드니 버로스라는 인물의 그림이 그려지기 시작했다.

"탈세 사건 자료는 요청했어?" 보슈가 물었다.

"아뇨, 시간이 없었어요." 소토가 변명하듯 말했다. "어젠 메르세드 건으로 바쁘게 뛰었잖아요."

"그래, 알아. 그냥 한번 물어본 거야." 보슈가 말했다. "FBI에서 머그샷은 받았고?"

"인터넷에 있어요. 바로 출력하면 돼요."

"좋아. 아세베도와 보이코는 운전면허증 사진을 사용해야 할 거야,

전과가 없으니까."

"네, 그런데 아마 그건 비교적 최근 사진일 텐데 어쩌죠? 21년이나 지난 뒤라 스테파니가 못 알아보면요? 그 이후로 그 사람들 중 누구도 다시 본 적이 없다던데."

보슈는 위험부담을 가늠해 보았다. 그들이 시도했다가 틀어지거나 부정적인 결과가 나온 일이 나중에 재판에서 불쑥 튀어나와 타격으로 돌아올 수도 있었다.

"그래도 페레스에게 사진을 보여주는 게 좋겠어. 식스팩 편집은 자네가 하고, 난 FBI에서 일하는 지인에게 전화해서 버로스에 관한 수사 자료나 선고 전 보고서를 구할 수 있는지 알아볼게. 놈의 프로필을 채우기 시작해야 할 것 같아."

"알겠습니다."

"8시 전에 반장이 올 거야. 빨리 움직이자고."

"네."

"그리고 루시, 이 일 정말 잘했어. 수고했어."

"감사합니다."

보슈는 앉은 채로 책상을 향해 의자를 끌다가 멈추고는 소토를 쳐다보았다.

"저기 말이야, 내가 자넬 과소평가했던 것 같아. 2주 전만 해도 자네가 이 전담반에 어울리는지조차 확신하지 못했거든. 지금은 전혀 의심 없어."

소토에게서는 아무런 대꾸도 없었다. 보슈는 고개를 끄덕인 뒤 책상으로 돌아갔다.

그는 휴대전화 연락처를 열어 FBI 소속 레이철 월링 요원의 번호로 전화를 걸었다. 그녀와 마지막으로 통화를 한 지 적어도 2년은 더 된 것 같았다. 보슈는 그 번호가 아직도 살아 있기를, 그녀가 전화를 받기를 바랐다. 그리고 그녀가 아직도 로스앤젤레스 지부에서 일하고 있기를 바랐지만 FBI 요원이니 모를 일이었다. 오늘 여기서 일하다가도 내일 당장 마이애미나 댈러스, 혹은 필라델피아로 발령이 날 수 있는 자리였다. 기억하기에, 월링도 LA로 오기 전엔 노스다코타주 미노에서 일했다.

월링이 전화를 받았다.

"이런, 이런, 해리 보슈 형사님. 뭔가 필요할 때만 전화하는 사람."

보슈는 미소를 지었다. 자신이 생각하기에도 그런 비아냥을 들을 만했다.

"레이철, 잘 지냈어?"

"그럼, 잘 지내지. 당신은 어때?"

"불만 없어. 위에서 내 책상을 빼려고 눈에 불을 켜고 있는 것만 빼면. DROP 대상자거든."

"정년 보장되어 있지 않나, 65세까지?"

"이봐, 나 아직 그 정도로 늙진 않았다고!"

"알지. 근데 우리 동네에선 57세만 되면 내보내거든. 퇴직 유예 제도 같은 것도 없고."

"그건 좀 너무하네. 그래도 당신은 향후 20년은 그런 걱정 할 필요 없잖아, 안 그래?"

월링이 웃는 소리가 들리는 것 같았다.

"왜 이래, 해리. 나한테 뭔가 간절히 원하는 게 있나 보네."

"그냥 안부 전화이긴 한데, 뭐 그렇게 나를 돕고 싶다면 국세청의 아는 사람한테 부탁 좀 해주겠어? 옛날 자료 하나 찾아달라고 말이야."

침묵이 흘렀지만 길지는 않았다.

"국세청은 아무하고도 얘기 안 해. 심지어 우리하고도. 어떤 사건인데 그래?"

"06년, 탈세 사건. 2년 살다 나왔어. 지금은 사막에 거주하는데, 내가 보기엔 '요주의 인물' 같아. 극단주의자, 분리주의자, 생존주의자, 백인우월주의자 등등. 또 모르지, 심지어 일부다처주의자일지도. 게다가 6년간 세금을 안 냈었어. 그 정도면 실수가 아니라 선택 아니었겠어?"

"그 모든 주의자라면 우리한테도 자료가 있을 것 같긴 한데. 어떤 관점에서 살펴보는 거야? 아직 미제사건 전담반에서 일하지?"

"응. 이 친구를 93년에 체크캐시 영업점에서 25만 달러를 훔쳐 달아난 삼인조 강도의 일원으로 추정하고 있어. 아마 내부자였던 것 같아. 이 친구에 대해 알고 싶어. 그리고 공범이 누구였는지도."

"누가 죽었는데?"

"강도사건에서는 피해자가 안 나왔지만, 경찰의 관심을 돌리기 위해 몇 블록 떨어진 곳에서 방화를 했는데 거기서 아홉 명의 희생자가 나왔어. 대다수가 어린이였고. 당신이 LA로 오기 전의 일이었을 거야. 노스다코타에서 말 타고 돌아다닐 때."

"그때 얘긴 꺼내지도 말고. 일단 갖고 있는 정보 줘. 그럼 내가 뭘 찾아낼 수 있는지 알아볼 테니까."

보슈는 잠깐 망설였다. 약간 불안한 마음이 들었다. 일부러 자신이 수사 중인 내용을 두루뭉술하게 설명했었다. 거기에 이름과 다른 세부 사실까지 알려준다면 월링이 사건을 빼앗아 직접 수사를 하겠다고 나서도 막을 도리가 없었다. 그러나 다른 누구도 아닌 레이철 월링 아닌가. 그들은 오랜 세월 알아온 사이였다. 보슈는 안전할 거라고 판단했다.

"로드니 버로스." 보슈가 말했다.

"사건 번호나, 생년월일, 뭐 그런 건 없어?"

"잠깐만."

보슈는 휴대전화를 손으로 덮고 회전의자를 돌려 소토를 바라보며 버로스에 대한 정보를 알려달라고 했다. 소토가 정보를 적은 메모지를 건네자 보슈는 월링에게 그 내용을 읽어주었다.

"알려진 공범은?"

"없어. 공범이 있었는지 당신이 알려주면 좋겠다니까."

보슈는 다시 책상을 향해 돌아앉으면서 벽시계를 확인했다. 당장 사무실을 나가지 않으면 크라우더 반장과 맞닥뜨릴 것이고, 그러면 메르세드 사건에 관해 보고를 해야 했다. 그는 자리에서 일어섰다.

"됐어?" 보슈가 물었다. "더 필요한 거 있어?"

"있어." 월링이 말했다. "아침을 먹어야 하는데, 빚이 생겼으니 당신이 사는 게 어때? 9시에 다이닝 카에서 만날까?"

보슈는 스테파니 페레스를 만나서 랠프스로 가는 것을 생각해 보았다. 그녀가 일하는 슈퍼마켓은 퍼시픽 다이닝 카에서 그리 멀지 않은 곳에 있었다. 게다가 소토보다 먼저 출근하려고 아침까지 거르고 달려왔더니 배도 고팠다. 그래 봐야 소토에게 이기지도 못했지만.

"10시 어때?"

"너무 늦어. 9시 30분."

"오케이. 근데 파트너를 데려……"

"혼자 와, 해리. 다른 경찰을 만날 이유는 없으니까."

"알았어, 그럴게."

보슈는 자기 말이 끝나기도 전에 월링이 전화를 끊었다는 사실을 알아차렸다.

랠프스 슈퍼마켓까지는 언제나처럼 보슈가 운전했다. 그는 새로이 활기를 띤 수사와 관련해서 어떤 조치를 취해야 할지 생각해 보았다. 그들에겐 단 한 번의 기회일 터였다. 그것을 잘 사용해 로드니 버로스를 궁지로 몰고 무너뜨려야 했다. 하지만 당장으로선 그럴 수 있을 만한 도구가 없었다. 목격자도, 물질적 증거도. 그들이 가진 근거는 타이밍과 공간의 근접성뿐이었다. 그리고 예감이 있었다.

"안으로 들어가서 페레스를 만나기 전에 잠깐 정리를 해보자." 보슈가 말했다.

"좋아요."

"그러니까 이지뱅크 직원인 애너 아세베도는 방화사건 발생 한 달 전까지 보니 브레이 아파트에서 살았어. 맞지?"

"맞아요."

"그리고 그 여자는 역시 이지뱅크의 직원인 맥심 보이코와 로드니 버로스 사이에서 양다리를 걸치고 있었고."

"네, 맞아요."

"그러니까 그 얘기부터 하자고. 페레스가 말하는 사람들이 우리가 짐작하는 그들이 맞는지 확인하고, 아세베도가 남자친구들을 정기적으로 그 아파트로 불러들였다는 사실도 확인해야겠지. 로드니 버로스를 보니 브레이와 묶어야 해."

"그건 이미 확보했잖아요. 버로스 때문에 스테파니가 아세베도를 쫓아냈고요. 아무래도 사달이 날 것 같은데, 자기 집에서 그런 일이 일어나는 걸 원하지 않았으니까."

“그래, 그래도 그 부분에 대해서 페레스에게 다시 한 번 확인해야 돼. 더 확실하게. 버로스가 쓰레기를 내다 버리곤 했다는 얘길 듣고 싶거든. 그가 아파트 단지를 잘 알고 있었다는 얘기도 듣고 싶고.”

“네.”

“그리고 아세베도에 대해서도 더 알아보고, 아세베도가 불을 냈을 가능성도 확인하자고.”

“복수심에서. 좋아요.”

“이번 조사는 자네가 진행해. 이미 페레스와 통화를 하면서 친밀한 관계를 형성했잖아. 둘 다 그 지역에 살기도 했고. 필요하다면 그 사실을 이용해도 괜찮을 것 같아.”

“네, 그리고 둘 다 스페인어가 편하고요.”

“그렇지. 나는 뒤에서 지켜보고 있다가 물어볼 게 생각나면 끼어들게.”

“좋아요.”

“아, 몇 가지 더. 페레스가 아세베도를 어떻게 알게 됐는지 물어봐. 어쩌다 룸메이트가 되었냐고. 그리고 지난 20년간 이들 중 누구하고라도 교류를 지속해 왔는지도 물어보고.”

“후자에 대해서는 전화로 이미 아니라고 말했어요. 그래도 다시 확인할게요.”

보슈가 흘끗 보니 소토는 그가 갖고 다니는 것과 똑같은 수첩에 질문할 내용을 받아 적고 있었다. 수첩은 거의 새것이었다. 수첩이 지금에야 보슈의 눈에 들어왔다.

5분 후 그들은 버몬트 3번가에 자리한 랠프스 주차장으로 들어섰다. 놀랍게도 이른 아침부터 주차장이 꽉 차 있었다. 야간 근무자들이 퇴근길에 슈퍼마켓에 들러 장을 보는 모양이었다.

보슈와 소토가 매장 앞쪽에 있는 사무실에 들어가 스테파니 페레스를 만나러 왔다고 말하자, 그녀가 담당하는 농수산물 코너로 가보라는 대답이 돌아왔다. 페레스는 아주 작고 통통한 여자로 헐렁한 흰색 종업원 재킷을 입고 있었다. 소토와 통화를 한 뒤였지만 그래도 막상 형사들이 직장에 나타나자 꽤 불안한 듯 보였다. 소토가 조용히 얘기할 곳이 있느냐고 묻자 페레스는 매장 뒤편에 있는 휴게실로 그들을 데리고 갔다. 휴식을 취하기에는 아직 이른 시각이라 세 사람이 그 공간을 독점할 수 있었다.

페레스가 스페인어로 얘기해도 되는지 물어서 보슈는 고개를 끄덕였다. 참고인을 되도록 편안하게 해주는 것이 제일 좋았다. 이번에는 소토가 대화를 녹음해도 되느냐고 물었고, 페레스가 허락했다. 소토는 자기 휴대전화를 테이블에 올려놓고 녹음 기능을 켰다. 조사를 마치면 녹음에 관해 참고인의 허락을 구할 필요가 없다는 얘기를 해줘야겠다고 보슈는 생각했다.

곧이어 여자들이 대화를 시작했다. 보슈는 그들의 이야기를 이해해보려 집중했다. 그의 스페인어는 말하기보다 듣기가 훨씬 나았지만, 그래도 곧 갈피를 못 잡게 되어 간간이 한두 단어만 귀에 들어올 뿐이었다. 게다가 휴대전화가 진동하기 시작해서 정신이 분산됐다. 주머니에서 휴대전화를 꺼내 화면을 보니 크라우더 경감이었다. 보슈는 전화가 음성 메시지로 넘어가도록 내버려둔 채 이해할 수 없는 대화에 다시 귀를 기울였다.

20분쯤 흐른 뒤 소토가 보슈를 돌아보았다.

"지금 사진을 보고 싶대요."

보슈는 잠깐 생각했다. 중대한 결정의 순간이었다. 페레스가 이지뱅크 직원들을 알아보지 못하면 이것이 향후에 문제로 돌아올 수도 있었다. 어떻게 해야 할지 마음을 먹어야 하는데 소토가 결정을 그에게 미루고 있었다.

"좋아, 보여주자고." 보슈가 말했다.

소토는 챙겨 온 서류철을 꺼냈다. 서류철마다 여섯 명의 사진을 모아 만든 식스팩이 한 장씩 들어 있고, 각각의 식스팩마다 이지뱅크 직원 한 명의 사진이 포함되어 있었다. 같은 인종에 연령대가 비슷한 다섯 사람의 사진을 무작위로 뽑아 같이 넣어놓았다. 사진들은 판지를 잘라서 만든 창 안에 들어가 있었다. 그들은 페레스가 비교적 쉽게 알아볼 만한 사람부터 시작했다. 애너 아세베도. 캘리포니아나에 인접한 주의 정보를 모두 뒤졌지만 어디에서도 아세베도의 현재 운전면허를 찾을 수 없었다. 이는 아세베도의 행방이 묘연하다는 뜻이어서 그 자체로 걱정스러운 일이었고, 또한 이지뱅크 강도사건이 발생했던 당시의 운전면허증 사진을 식스팩에 사용해야 한다는 의미이기도 했다. 페레스로서는 가장 수월한 작업이 될 것이었다.

소토는 라틴계 여성 여섯 명의 사진이 들어 있는 서류철을 펼쳤다. 2초도 지나지 않아 페레스가 아세베도의 사진을 손가락으로 짚었다.

"이 여자가 아세베도예요."

"아, 그렇군요."

소토는 사진을 판지로 만든 액자에서 꺼내 페레스에게 건네고는, 그녀가 선택한 사진이라는 표시로 뒷면에 서명을 해달라고 요청했다. 이어 다시 사진을 받아서 판지 액자에 끼우고 서류철에 넣은 뒤 옆으로 밀어두었다. 이제 다음 서류철을 펼쳤다. 거기엔 동유럽계 남성 여섯 명의 사진이 들어 있었다. 페레스가 몸을 기울이고 사진 여섯 장을 찬찬히 뜯어보더니 맥심 보이코의 사진을 톡톡 두드렸다.

“이 남자가 맥스 같은데요.”

소토는 이번에도 사진 뒷면에 페레스의 서명을 받았다.

이제 제일 큰 문제가 남았다. 마지막 식스팩을 열어 페레스 앞에 내려놓는 동안 소토는 한 마디도 하지 않았다. 참고인에게 정답을 암시하는 어떤 말이나 몸짓도 하지 않는 것이 중요하다는 사실을 알기 때문이었다. 그러지 않으면 판사와 배심원단은 신원 확인 작업이 오염되었다고 생각할 수 있었다.

페레스가 다시 한 번 몸을 숙이고 사진들을 관찰했다. 이번에는 40대 중반의 백인 남성 여섯 명의 사진이었다. 모두 본토박이 미국인이었다. 인종 간 신원 확인에는 정확성과 관련해 갖가지 문제를 불러일으킬 만한 요인이 존재한다. 그러므로 사진을 보여주고, 신원을 암시할 수 있는 어떤 언급도 없이 그저 기다리는 것이 그들이 할 수 있는 최선이었다. 페레스가 신원을 확인해 준다면, 그 과정의 정확성과 관련한 문제는 나중에 법정 대리인들이 다툴 일이었다.

페레스는 1분 가까이 사진들을 뜯어보더니 손가락을 들어 천천히 사진 한 장을 짚었다.

“이 사람.” 페레스가 말했다. “이 남자가 로드니예요.”

보슈와 소토는 서로 눈길을 주고받았고, 소토는 페레스가 선택한 사진에 그녀의 서명을 받았다. 로드니 버로스의 사진이 맞았다.

“반장하고 통화해야 해서 먼저 나가봐야겠어.” 보슈가 소토에게 말했다. “마무리하고 나와. 난 차에 있을게.”

보슈는 페레스에게 협조해 줘서 고맙다고 인사한 뒤 슈퍼마켓 매장을 나와 차로 걸어가며 크라우더가 남긴 음성 메시지를 들었다.

"해리, 크라우더 반장인데, 개수작 부리지 말고 상황 보고 빨리 합시다. 전화 줘요. 지금 당장."

보슈는 운전석에 올라 시동을 걸었다. 서늘한 아침이라 히터를 틀고 싶었다. 그는 반장의 직통 번호로 전화를 걸었다.

"어디예요?" 크라우더가 질문으로 인사말을 대신했다.

"밖에 나와 있어." 보슈가 말했다. "새로운 상황이 발생해서."

"그 얘긴 됐고, 메르세드 건에 대해 보고해 봐요. 어떻게 됐어요? 좋은 소식이어야 할 겁니다."

30

소토가 주차장으로 돌아오자 보슈는 경찰국을 향해 차를 몰았고, 이제 두 사람은 새로운 소식을 교환하기 시작했다. 먼저 소토와 스테파니 페레스의 면담 내용을 들은 뒤, 보슈는 크라우더와 통화한 내용에 대해 이야기했다. 메르세드 사건 수사가 일시적으로 중단됐다는 소식에 반장이 화를 냈다고, 하지만 보슈와 소토가 그보다 훨씬 더 큰 보니 브레이 방화 및 살인 사건에 관해 돌파구를 찾았으며 그 돌파구가 메르세드 사건과 관련해서 걸려 온 익명의 제보 전화에서 나왔다는 얘기를 들은 뒤에는 많이 누그러졌다고 그는 말했다.

"크라우더 반장 얘기가 나왔으니 말인데, 자넬 경찰국에 내려주고 난 아침 먹으러 다녀와야겠어." 보슈가 말했다. "반장 말로는 홍보실에서 자네와 〈라 오피니온〉 기자와의 인터뷰를 승인했대. 오를란도 메르세드가 사망한 지 일주일이 지났으니 그동안의 수사 진척 상황을 싣고 싶은가 봐. 그래서 지금 바로 인터뷰하게 해달라고 했지. 그래야 오늘 나머지 시간을 자유롭게 쓸 수 있잖아. 자네가 인터뷰하는 동안 난 FBI

다니는 친구 좀 만나고 오려고."

"알겠습니다." 소토가 말했다. "인터뷰에서는 어느 정도까지 얘기할까요?"

보슈는 110번 고속도로의 고가도로를 달리며 아래를 흘끗 내려다보았다. 열 개 차선 모두 꽁꽁 얼어붙은 듯 꽉 막혀 있었다.

"브루사드라는 이름은 말하지 마."

"네. 소총은요?"

그 문제는 보슈로서도 판단이 서지 않았다.

"크라우더 반장에게 물어봐." 그가 말했다. "반장더러 결정하라고 해. 그 얘길 꺼내면 꽤 시끄러워지고, 그러면 브루사드도 압박을 받을 것 같군."

"네, 반장님께 여쭤볼게요. 반장님도 브루사드에 대해서 아세요?"

"보고할 때 그건 뺐어."

"우리가 누군가를 지켜보고 있다는 건요?"

"그것도 뺐어."

"알겠습니다."

"좋아. 그리고 인터뷰 끝날 때까지 내가 돌아오지 않으면 애너 아세베도의 소재부터 파악해. 제일 궁금한 건 버로스 쪽이지만, 이야기를 연결해 완성시키기 위해서는 아세베도도 만나볼 필요가 있어. 보이코도 마찬가지고."

"네."

"참, 페레스한테 물어봤어? 아세베도가 불을 냈을 거라고 생각해 본 적 있대?"

"물어봤는데, 그런 생각은 한 번도 안 해봤대요. 아세베도가 좋은 룸메이트는 아니었지만, 좋은 사람이긴 했다더라고요. 그런 일은 절대로 하지 않았을 거라고 확신하던데요."

보슈는 이 대답에 대해 생각해 보았다. 그들에게 중요한 건 애너 아세베도가 좋은 사람인지의 여부가 아니라, 그녀가 보니 브레이 방화사건, 적어도 불을 낸 범인들이나 이지뱅크 강도사건과 직접적인 관련이 있느냐였다.

"보슈 형사님, 제 정신과 상담은 미룰까요?"

보슈는 생각에서 벗어나 소토를 쳐다보았다. 오늘이 수요일이라는 걸 잊고 있었다. 소토가 행동과학 센터에서 이노호스 박사에게 상담을 받는 날이었다.

"아, 혹시 이번 주만 건너뛸 수 있는지 알아봐. 이 사건과 관련해서 상황이 진전되고 있으니까, 탄력 받았을 때 더 달려가자고." 보슈가 말했다.

"이노호스 박사님께 전화할게요."

"난 한 시간 안에 돌아올 거야. 그때쯤엔 버로스에 대해 더 많이 알게 되겠지."

"만나는 요원이 누군데요?"

"전략팀에서 근무하는 여자야. 그물을 던지는 곳이지. 그런 다음 분석하고."

"여자일 거라고 생각했어요. 아까 통화하실 때 목소리가 완전히 달라지더라고요. 따님하고 통화할 때랑 비슷하게요. 아주 인자한 목소리로 바뀌던데요."

보슈는 소토를 흘끗 바라보았다. 인지능력을 칭찬해야 할지, 자기 할 일이나 신경 쓰라고 말해 줘야 할지 알 수가 없었다.

"그래, 그럴 거야. 오랜 친구거든."

"그리고 그분은 형사님하고 둘이서만 만나고 싶어 하고요."

"그 친구는 항상 그런 식이야. 우리 둘만 있을 때 얘길 더 많이 하지."

"그렇다면야 혼자 가셔야죠, 보슈 형사님."

보슈는 고개를 끄덕였다. 이 정도로 레이철 월링 얘기를 그만둘 수 있어서 다행이었다.

"좋아, 그럼 자네가 내리기 전에 스테파니 페레스에 대해 잠깐만 더 얘기해 보자. 그 여자를 통해서 우린 이지뱅크 직원 세 명 모두를 보니 브레이 사건과 연결할 수 있게 됐어, 그렇지?"

"네, 확실히 연결돼요. 페레스한테 식스팩을 보여주며 확인했고, 서명도 받았고, 버로스에 대한 진술로 그가 인종차별주의자적인 태도를 갖고 있었다는 것도 확인했고요."

"좋아. 그럼 아세베도는? 아세베도와 페레스는 어떻게 만나게 된 거래? 아세베도를 내보내기 전에 둘이 얼마나 같이 살았지?"

"스테파니 말로는 1년 같이 살았대요. 그냥 아파트 세탁실 게시판에 룸메이트를 구한다는 광고를 붙였더니 연락이 왔다더라고요."

"아세베도가 이미 그 아파트에 살고 있었다는 거야?"

"아뇨, 그땐 아니었지만 어렸을 때 거기 살았대요. 친구들을 만나러 왔다가 광고를 보고 스테파니한테 연락한 거라고요. 워낙 잘 아는 곳인데다 걸어서 출퇴근할 수 있어서 그 아파트에 살고 싶다고 했대요. 차가 없었대요."

보슈는 고개를 끄덕였다. 모두 좋은 정보였다. 소토가 페레스와의 면담을 요약하면서 들려준 이야기에 따르면, 버로스는 아세베도가 나가달라는 얘길 듣는 시점까지 석 달 동안, 적어도 일주일에 이틀씩 그 아파트에서 지냈다. 보이코의 경우 버로스보다는 방문 횟수가 적었지만, 그래도 가끔 와서 밤에 자고 갔다. 페레스가 그런 상황에 대해 불평하기 시작하자 아세베도는 두 남자에게도 집안일을 시켰고, 집안일에는 쓰레기 버리기 같은 사소한 일도 포함되어 있었다.

이 모두는 스테파니 페레스의 21년 전 기억을 토대로 한 것이었지만, 수사에 속도를 높이는 긍정적인 내용이었다. 이제 보슈와 소토에게 필요한 것은 아세베도와 버로스, 보이코, 이 세 사람의 입을 통해 사실을 확인하는 일이었다.

"애너 아세베도를 반드시 찾아야 돼." 보슈가 말했다.

"말씀드렸잖아요. 찾고 있다고." 소토가 대답했다.

그들은 경찰국에서 두세 블록 떨어진 1번가와 힐 사거리에서 신호에 걸려 멈춰 섰다.

"당시 담당 형사였던 거스 브레일리 말로는, CCTV 확인 결과 강도들이 들어오기도 전에 아세베도가 비상벨을 울렸다고 했어." 보슈가 말했다. "그걸 근거로 아세베도는 공범이 아니라고 판단했다더군."

"형사님 생각은 달라요?"

"아직까진 확실한 건 아니지만, 어쨌든 그 CCTV 영상을 다른 각도에서 보고 있지."

"무슨 뜻이죠?"

"CCTV가 자길 비추고 있는 이상, 비상벨을 누르지 않으면 용의자로 보일 거라는 걸 알고 있었을 거라는 뜻."

소토가 보슈의 말을 잠깐 곱씹더니 고개를 끄덕였다.

"그러네요, 정말."

"그래서 아세베도를 찾아내 조사해 봐야 한다는 거야." 보슈가 말했다. "자네가 그랬지, 사라졌다고. 운전면허증도 없고, 전과 기록도 없고, 소재 파악도 안 되고. 그럼 곤란한데."

"그러게요. 혹시 죽었을까요? 놈들이 실컷 이용해 먹고 사막에 묻은 건 아닐까요?"

보슈는 고개를 끄덕였다. 그랬을 가능성도 있었다.

"다른 문제는, 그 무장 강도 두 명에 대해 아무런 정보가 없다는 거야. 지금 우리가 얘기한 세 사람은 모두 이지뱅크 안에 있었어. 그 사람들이 실제로 강도질을 하진 않았지."

"불을 지르지도 않았고요."

"이 셋 중 하나가 내부 공범이라면, 다른 두 범인에 대해서 우리에게 알려주겠지."

"잠깐만 뒤로 물러서서 사건이 어떻게 전개됐는지 상상해 볼까요?"

신호가 바뀌어 보슈는 다시 출발했다.

"두 무장 강도가 차에 타고 있어." 보슈가 말한다. "놈들은 우선 보니 브레이 아파트부터 들르지. 한 놈이 안으로 들어가서 쓰레기 활송장치로 화염병을 던지는 거야."

"그렇게 불을 지르고 나서, 체크캐시 영업점으로 향하죠." 소토가 이어 말했다.

"그렇지. 놈들은 차에 무선통신 장치를 갖추고 있어. 그래서 범행 대상인 이지뱅크 근처에 차를 세워놓고 화재에 경찰이 어떻게 대응하는지 귀를 기울이지. 모두 화재 현장으로 출동하라는 무전 지시를 듣자마자, 놈들은 이지뱅크로 가는 거야. 아니, 그렇게 세련된 방식이 아니었을지도 몰라. 그냥 차 세워놓고 사이렌 소리를 기다리지. 그러다가 경찰이 다들 화재 현장으로 몰려가자 이지뱅크에 들어가서 현금을 챙겨 유유히 사라지는 거야. 경찰이 도착하기 전에."

보슈는 경찰국 앞 정원에 차를 바짝 붙여 세웠다. 소토가 내리더니 허리를 숙이고 차 안을 들여다보았다.

"진짜 그랬을 것 같아요." 소토가 말했다.

보슈가 고개를 끄덕였다.

"한 시간 뒤에 보자."

레이철 월링은 6번가에 있는 식당 밀실의 칸막이 테이블에서 보슈를 기다리고 있었다. 거물들과 단골들을 위해 따로 마련해 둔 방이었다. 대규모 모임을 위한 원형 테이블이 셋, 소규모 모임을 위한 칸막이 테이블이 셋 있었는데, 테이블마다 손님들이 앉아 있었다. 거기 손님들 중 절반 정도는 시청 직원들로 보였다. 보슈에겐 하나같이 낯선 사람들이었지만, 평일 오전 9시에 식당에 앉아 아침을 먹고 있는 것을 보면 적어도 중간 간부는 되는 듯했다.

레이철 월링은 보슈와 마지막으로 만난 이후로 단 하루도 나이를 먹지 않은 것 같았다. 날렵한 턱선에 탄력 있는 목, 새카만 머리칼이 드문드문 섞인 갈색 머리. 언제나 보슈를 사로잡는 것은 그녀의 눈이었다. 무슨 생각을 하는지 알 수 없는, 상대를 꿰뚫어 보는 듯한 짙은 색의 눈. 월링을 향해 다가가는 동안 보슈는 가슴이 두근거리는 것을 느꼈다. 그 옛날 그녀를 만날 때의 설렘을 몸이 아직도 기억하고 있었다. 한때 그는 그녀와 연인 사이였지만 결국 관계가 틀어졌다. 인생에 들어온 여성들과 관련해서 그가 아쉬움을 느끼는 경우는 거의 없지만, 월링과의 관계는 드문 예외 중 하나였다.

보슈가 칸막이 안으로 들어오자 월링은 접어서 읽고 있던 신문을 옆으로 치우며 미소를 지었다.

"해리."

"늦어서 미안."

"별로 안 늦었는데 뭐. 뭔가 일이 일어나고 있는 건가?"

"일어나기 시작했지."

월링이 옆으로 치워둔 신문을 가리켰다.

"지난주에 마리아치 연주자 사망과 관련해서 당신 신문에 나온 거 봤어. 로드니 버로스에 대해 궁금해하는 게 혹시 그거랑 관련 있어?"

"아니, 다른 일 때문에. 동시에 여러 사건을 수사한다는 거 당신도 알잖아."

"알지. 그냥 그 사건 때문인가 궁금해서 물어본 거야."

"아냐, 전화로도 얘기했지만 내 관심사는 어린아이들이 여럿 희생된 방화 및 살인 사건이야. 뭐 좀 구했어? 신문 말고 다른 건 안 보이네, 서류철이라든가."

월링은 무례한 태도를 참아주겠다는 듯이 싱긋 웃었다.

"우린 수사 자료를 내돌리지 않아. 남들과 공유하는 걸 별로 안 좋아해서."

웨이터가 커피 주전자를 들고 다가오자, 보슈는 자기도 한잔 달라는 시늉을 했다. 웨이터는 그냥 주문할 건지, 메뉴판이 필요한지 물었다. 지난 25년간 퍼시픽 다이닝 카에서 보슈가 메뉴판을 필요로 했던 적은 한 번도 없었다. 그가 레이철을 바라보았다.

"뭘 좀 먹을까, 아니면 커피나 한잔하고 갈까?"

"먹어야지." 월링이 말했다. "말했잖아, 배고파 죽겠다고."

그들은 메뉴판 없이 바로 주문했고, 웨이터는 테이블을 떠났다. 보슈는 뜨거운 커피를 한 모금 마시곤, 이제 입을 열 때가 되지 않았냐는 표정으로 월링을 바라보았다.

"그래서." 보슈가 입을 열었다. "로드니 버로스는……."

월링이 고개를 끄덕였다.

"좋아. 먼저 확인할 게 있어." 월링이 말했다. "어떻게 로드니 버로스를 알게 됐는지 모르겠지만, 사실 놈은 오랫동안 우리 레이더망 안에 있었어. 하지만 탈세 혐의로 유죄 평결을 받고 복역한 뒤에는 조용했지, 적어도 우리가 보기엔. 그래서 당신이 하는 일 때문에 FBI가 곤란해질 가능성은 없는지 먼저 알고 싶은데."

보슈는 단호하게 고개를 저었다.

"93년에 FBI가 나서서 일을 망친 게 아니라면 그럴 가능성은 없어. 엄밀히 말해서 이건 미제사건 수사야, 레이철. 버로스는 지금 아델란토에서 쥐새끼처럼 조용히 살고 있지. 내가 알기로는 그래."

"좋아, 그건 당신 말을 믿을게."

"자, 그러니까, 뭘 갖고 나왔는지 말해 봐. 버로스가 FBI 레이더망에 걸려든 건 언제였지?"

"우린 90년대 초반부터 이런 유의 사람들을 눈여겨보기 시작했어. 민병대 동조자, 포세 코미타투스(고대 잉글랜드의 민병 제도에서 이름을 따온 극우주의 단체), 크리스천 아이덴티티 같은, '나 건드리면 다 죽어' 하는 식으로 나오는 반정부 극우 인종주의 단체들. 2년도 안 되어 와코(1993년 텍사스주 와코에서 다윗교라는 종교 집단과 FBI 사이에 벌어진 51일간의 대치전으로 70명 이상의 사망자를 낸 사건)와 루비 리지 사건(1992년 아이다호주 바운더리 카운티 루비 리지에서 백인 우월주의자 랜디 위버 일가와 FBI 및 연방 보안군이 만 열흘 동안 대치하며 총격전까지 벌인 사건)이 일어나고, 여기 LA에선 92년 폭동이 일어나면서 너도나도 무기를 구입하기 시작했지. 이런 움직임은 많은 소외계층의 사람들을 자극하는 법이니까. 당신이 찾는 버로스 같은 사람들은 이런 폭동이 곧 일어날 인종 전쟁에 대한 첫 번째 경고라고 생각했어. 여기에 반정부적인 시각, 자기방어를 목적으로 한 무기 구매, 아까 당신이 말했던 여러 '주의자'들과의 연합이 모두 더해져 폭력적인 반정부 운동이 시작됐고, 우린 나라 곳곳에서 이런 일이 일어나는 걸 목격했어. 물론 제대로 주목하지 못한 일도 많이 있었지. 95년에 발생한 오클라호마시티 폭탄 테러 같은 거."

"그래서 버로스는?"

"버로스와 멍청이 친구들 몇 명이 모여 '웨이브WAVE'라는 단체를 결성했어. 약어만 보면 아무런 악의가 느껴지지 않지만, 사실 '백인 미국인의 목소리가 온 천지에White American Voices Everywhere'라는 구호의 줄임말이야. 그들은 인종 전쟁이 벌어지면 국경을 봉쇄하고 백인 미국인들을 보호할 준비를 하려는 극우 인종주의단체들과 연합했어."

"찰리 맨슨(미국의 사교 집단 맨슨 패밀리의 두목이자 살인마. 35명 이상을 살해함)도 당시 그 비슷한 짓을 벌이지 않았나?"

"그랬지. 하지만 그때 누구든 맨슨을 주시했었어야 했는데 하지 않았던 반면, 우린 버로스와 그의 단체를 주시하기 시작했어."

"언제부터?"

"94년경부터. 그들이 LA에서 샌디에이고까지 돌아다니면서 자동차 창문에 전단을 끼워놓기 시작했을 때부터지. 참, 그놈들은 샌디에이고를 밴디에고Ban Diego(ban은 '금지하다', '막다'라는 뜻이며 디에고는 라틴계에서 흔한 이름이다)라고 부르더라고."

"재밌군. 그런데 내 사건은 그것보다 한 해 전에 일어났는데."

"알아. 그래서 직접적인 도움은 못 될 거라니까. 버로스에 대해 정보를 갖고 있냐고 물었잖아. 우리한테 있는 건 전부 94년 이후의 내용이야."

"전단 돌리는 거 말고는 놈들이 무슨 일을 했지?"

"별거 없었어. 캐스태익 근처에 기지를 마련해 사격 연습도 하고 신병 훈련도 시키고 스테레오로 스피드 메탈도 듣고. 보통의 극우 단체들이 대개 그렇듯 미사여구는 화려한데 실질적인 건 하나도 없었지. 그들이 한 가장 대담한 일이라 해봐야, 인종차별주의 성명서를 인쇄하고 캠프 오픈하우스 초대 전단을 돌린 정도? 뭐 하는지 간간이 확인하고, 클럽하우스에 심어놓은 장치를 통해 이런저런 얘기도 듣고 나서, 우린 이 사자들이 목소리만 클 뿐 행동은 하지 않는다는 결론을 내렸어. 전쟁을 시작할 사람들이 아니라, 기껏해야 뒤에서 치어리더나 하고 있을 녀석들이었지."

"심어놓은 장치? 도청했어?"

"아니, 정보원이 있었어. 웨이브 회원 한 명이 다른 일로 우리한테 약점 잡힌 게 있어서 정보를 제공하기로 했거든."

"그 기지 운영자금은 어디서 나왔던 거야? 이 친구들한테 직업이 있었나?"

"여기 오기 전에 읽은 보고서에는 조직의 자금이 아주 넉넉했다고 나와 있는데, 자금의 출처가 어딘지는 기록되어 있지 않더라고. 다들 경비원이나 장거리 트럭 운전사로 일을 했는데 말이지. 그걸로 자금이 충당됐을 것 같진 않은데."

"내가 얘기한 강도사건에서 범인들은 26만 달러를 쓸어 담아 달아났어. 그 사건이 일어나기 몇 달 전에도 유사한 일이 있었고."

"그렇게 생각하면 풍부한 자금의 출처가 설명되네. 하지만 보고서에는 그런 얘기 없던데."

"버로스가 우두머리였나?"

"아니, 버로스는 일개미였어. 웨이브의 설립자는 개릿 헨리라는 장거리 트럭 운전사로, 최초의 신병 모집인이었지."

보슈는 수첩을 꺼내 그 이름을 적었다.

"그래봤자 못 만나." 윌링이 말했다. "12년 전에 죽었어. 탈세 혐의로 기소되고 자살했지. 잡혀 들어갈 걸 알고 그랬을 거야. 우리가 이 친구들을 거의 다 그런 식으로 잡아들였거든."

"그럼 또 누가 있었지?" 보슈가 물었다. "버로스의 알려진 동료가 있나? 내 사건에 버로스 말고도 무장 강도 두 명이 관련되어 있거든."

윌링이 옆으로 치워둔 신문을 집어 펼쳤다. 윌링이 칼럼 가장자리에 메모를 해놓았다는 것을 보슈는 이제야 알아차렸다. 윌링은 메모를 살핀 뒤 신문을 다시 접었다.

"요약 보고서에는 버로스와 절친한 회원이 둘 있고 그 둘이 형제간이라고 적혀 있었어. 매트와 마이크 폴러드. 그리고 도주 차량 운전자를 찾는다면, 스톡 카(일반 승용차를 개조한 경주용 차) 운전이 꿈인 남성이 있었어. 이름은 스탠리 낸스, '내스카(미국 개조 자동차 경기 연맹) 낸스'라는 별명으로 불렸는데, 아마 그 사람이 도주 차량을 운전했을 거야."

윌링의 설명을 듣자니 흡족한 마음이 들었다. 퍼즐이 딱딱 들어맞고 있었다. 윌링도 그의 흥분을 알아차렸다.

"일어나서 춤이라도 출 것 같네. 내 말 끝까지 들어. 이 세 남성에 대해 급히 조사를 해봤는데, 결과가 마음에 안 들지도 몰라."

"왜?" 보슈가 물었다.

"내스카 낸스는 지금 태양계를 달리고 있거든. 96년에 차를 몰고 시속 150킬로미터로 달리다가 교각을 들이받고 죽었어. 그리고 폴러드 형제는 탈세 혐의로 유죄 평결을 받고 연방 교도소에 수감됐다가 한 명만 살아서 나왔지. 플로리다 콜먼 연방 교도소에 수감된 마이크 폴러드는 06년에 교도소 도서관에서 칼에 찔려 죽었어. 범인은 잡히지 않았지만 인종 갈등으로 인한 살해였으리라 추정되고."

"다른 녀석은?"

"매트 폴러드는 루이스버그 교도소에서 복역하다가 09년에 가석방됐어. 보호관찰 5년이라는 꼬리표가 붙어서 필라델피아 연방 가석방위원회에 꾸준히 보고를 했는데, 두 달 전에 보호관찰이 끝나고는 소재 파악이 안 돼. 이 끈질긴 반정부 인사들은 납작 엎드려서 숨어 살기를 좋아하거든. 운전면허증도 안 만들고, 사회보장 번호도 안 받고, 세금도 안 내고."

보슈는 얼굴을 찌푸렸다. 애너 아세베도도 비슷한 식으로 레이더망에서 사라졌다는 사실이 문득 떠올랐다. 그건 그렇고, 그 웨이브 회원 셋과 관련해 이해가 잘 되지 않는 부분이 있었다.

"버로스가 감옥에 간 건 06년이나 되어서였는데." 보슈가 말했다. "그랬다가 22개월 후에 나왔고."

"뭐 어쩌겠어? 일 처리 과정이 워낙 느리잖아." 윌링이 말했다. "각 사건의 자세한 내용은 모르겠지만, 한 번에 한 명씩 잡아넣었고, 버로스가 맨 마지막으로 잡힌 경우였나 보지."

그 설명으로도 보슈의 찜찜함은 풀리지 않았다.

"그래, 그렇다 치자고. 근데 버로스는 롬포크 교도소로 올라갔잖아." 보슈가 말했다. "폴러드 형제가 루이스버그와 콜먼으로 갔는데 어떻게 버로스는 어떻게 롬포크로 갈 수 있었지? 루이스버그와 콜먼에 비하면 롬포크는 컨트리클럽이잖아."

윌링이 고개를 끄덕였다.

"세 사건 자료를 다 꺼내서 직접 살펴봐. 셋이 어쩌다 다른 줄에 서게 됐는지. 버로스에 대한 정보만 달라고 했지, 나한테 그걸 부탁하진 않았잖아. 모르지 뭐, 버로스의 범법 행위가 그렇게 심각하진 않았을지. 게다가 유죄 답변 거래도 했고. 반면에 형제는 재판으로 갔으니, 양형의 차이를 설명할 수 있는 요인은 많아."

"알아, 알아. 난 그냥 버로스가 그 옛날에 FBI의 비밀 정보원 노릇을 해주고 보수를 받은 게 아닌가 싶어서."

윌링은 고개를 가로저었다.

"내가 살펴본 자료에서는 피고인이 수사에 상당한 도움을 주었다는 내용을 전혀 찾아볼 수 없었어."

"그렇다고 그런 일이 일어나지 않았다는 뜻은 아니지." 보슈가 대꾸했다.

"어느 쪽이 됐든, 당신은 지금 내 급여 등급 이상의 일을 묻고 있는 거야. 난 정보원 명단에 접근할 권한이 없어. 당연한 일이지만, 그런 건 가장 안전한 곳에 잘 보관되어 있거든."

"사건 번호 써놨어? 검사를 만나보고 싶은데."

"써놨어."

"웨이브를 담당했던 FBI 요원은 누구였어?"

"닉 야들리. 지금도 LA 지부에 있어."

"날 만나줄까?"

"그럴지도. 하지만 잊지 마, 버로스는 국세청 사건으로 감옥에 갔어.

엄밀히 따지자면 우린 그 과정에서 국세청을 지원했을 뿐이고. 닉이 그렇게 말하면서 국세청에 가보라고 할 수도 있는데, 그러면 그냥 포기해. 국세청은 현지 경찰 상대 안 하니까."

"알지 물론."

"닉을 만나도 나랑 만났다는 얘긴 하면 안 돼. 법원 자료에서 정보를 얻었다고 둘러대."

"당연히 그래야지."

웨이터가 음식을 가져왔다. 보슈는 당장 나가서 수사를 이어가고 싶었지만, 그렇게 무례한 짓을 하면 다시는 월링의 도움을 받을 수 없을 터였다. 그런 위험을 무릅쓰고 싶진 않았다.

음식을 먹으며 보슈는 일상적인 대화를 시도했다.

"그래서, 잭은 요즘 어떻게 지내?" 그가 물었다.

레이철은 전직《로스앤젤레스 타임스》기자인 잭 매커보이와 지난 몇 년간 연애를 해왔다. 보슈도 매커보이와 잘 아는 사이였다.

"잘 지내." 월링이 말했다. "행복하고, 운도 따르고. 요즘의 언론 시장을 고려하면 말이지."

"아직도 그 탐사 보도 웹 사이트에서 일하나?"

"최근에 딴 데로 옮겼어. '페어 워닝Fair Warning'이라고, 소비자 보호를 목적으로 하는 탐사 보도 사이트인데, 한번 들어가서 봐. 정부나 신문사는 더 이상 일반 시민들을 지켜주지 않잖아. 그 사이트에 재밌는 기사들이 꽤 올라와 있어. 잭도 일을 재밌어하더라고."

"잘됐군. 한번 들어가보지. 페어 워닝 닷 컴인가?"

"닷 오알지. 비영리 기관이거든."

"그래, 찾아볼게."

이어 기자와 연애를 하며 직장에서 아슬아슬하게 줄타기를 하는 기분이 어떠냐고 물어보려는데, 주머니에 있는 휴대전화에서 진동이 느껴졌다. 그는 포크를 내려놓고 전화기를 확인했다. 소토에게서 온 문자 메시지였다.

출발 준비 완료

얼른 수사하러 가자는 퉁명스러운 재촉이었다. 월링을 보니, 그녀는 느긋하게 베이글에 크림치즈를 바르고 있었다.

"가야 돼?" 월링이 고개도 들지 않고 물었다.

"응." 보슈가 대답했다.

"그럼 가. 나 신경 쓰지 말고."

"도와줘서 고마워, 레이철. 계산은 내가 하고 갈게."

"고마워, 해리."

보슈는 접시에서 잉글리시 머핀을 집어 들었다.

"아, 이거 갖고 가."

월링이 테이블 너머로 신문을 건넸다. 보슈는 신문을 받아 들고 자리에서 일어났다.

"잭한테 전해줘, 자네 정말 운 좋은 남자라고."

"왜? 새 직장 얘긴가?"

"아니, 레이철 당신을 잡았잖아."

31

괜히 사무실에 들어갔다가 크라우더 반장이나 새뮤얼스 경위한테 붙잡히고 싶지는 않았다. 보슈는 소토에게 문자를 보낸 다음 한 시간 전 그녀를 내려준 곳에서 기다렸다. 10분도 채 지나지 않아 소토가 경찰국 건물을 나와 광장을 가로질렀다. 손에는 아이패드를 들고 있었다.

소토가 차에 오른 뒤에도 보슈는 곧바로 출발하지 않았다. 오늘 할 일에 대해 계획을 세워야 했다. 또 현재 수사 중인 두 사건과 관련해서 소토가 크라우더 반장에게 어떤 말을 했는지 궁금하기도 했다.

"자, 현재 상황은?" 보슈가 물었다.

"인터뷰는 잘 마쳤어요." 소토가 말했다. "특별히 까다로운 질문은 없더라고요. 기자한테는 총에 관한 정보만 말해줬어요. 엄청 좋아하던데요. 반장님과 경위님도 만족하셨고요. 이젠 보니 브레이 사건 수사하러 가도 돼요."

"보니 브레이 건에 대해서는 반장한테 뭐라고 했어?"

"이지뱅크 강도사건에서 관심을 분산시키기 위해 벌인 일 같은데 당시 담당 형사들은 그런 관점에서 사건을 보지 못했다고요. 두 현장 사이에 분명한 연관성이 있는 걸 파악했고, 그걸 확인하기 위해 오늘은 나가봐야 한다고 했죠."

"아주 잘했어. 이제 버로스와 보이코는 소재 파악이 됐고, 애너 아세베도만 남았군. 맞지?"

소토가 낙심한 표정으로 고개를 끄덕였다.

"도무지 찾을 수가 없어요. 모든 소프트웨어와 데이터 뱅크를 샅샅이 뒤졌는데도요. 오토 트랙, 교통국 전산망, 법무부 전산망, 공공서비스 전산망, 유권자 등록 명부, 자동차 담보대출자 명단까지 다 봤다고요."

"죽었으려나?"

"죽었다면 사망 기록이 있어야 하는데, 그것도 없어요."

"그럼, 개명했나 보다."

보슈가 애써 희망적으로 말했지만, 마음속에서는 애너 아세베도가 살해되어 절대로 발견되지 않을 곳에 묻혔을 거라는 심증이 굳어가고 있었다. 만약 버로스와 다른 두 강도에게 이용당했다면, 그녀는 범행이 끝나자마자 골칫거리가 되었을 것이다. 게다가 보니 브레이에서 사망자가 그렇게 많이 나왔으니 너무도 위험한 존재였을 것이다.

"그것도 예상하고 찾아봤는데 아무것도 없었어요." 소토가 말했다. "혼인신고도 안 되어 있고, 개명 신청도 없고. 이름을 바꿨다면 법적인 절차를 밟지 않았든가, 아주 멀리 가서 했을 거예요."

"멕시코 같은 곳."

"가서 다시 돌아오지 않은 모양이에요. 혹은 돌아왔다 해도 운전면허증이나 은행 계좌나 케이블 TV를 신청하지 않았거나요. 그냥 뿅 하고 사라져버렸어요. 실종 신고를 한 사람도 없고요. 적어도 이 주에는요."

지난주에 소토가 일을 얼마나 잘해냈는지 돌이켜보면, 애너 아세베도에 대한 그녀의 조사가 철저하지 못했을 거라고 의심할 이유는 전혀 없었다.

"좋아, 그럼 그걸 우리에게 이롭게 이용해 보자고." 보슈가 말했다. "버로스와 보이코를 찾아가서 아세베도를 찾고 있다고 하면 어떨까? 그런 각도에서 놈들에게 접근하는 거야."

소토가 고개를 끄덕였다.

"좋아요." 그녀가 말했다. "누구한테 먼저 갈까요?"

"버로스." 그러고서 보슈는 말을 이었다. "아까 아침 먹으면서 들은 이야기에 따르면, 주범은 버로스야. 이지뱅크 강도사건은 당시 버로스가 관여하고 있던 백인우월주의 단체에 자금을 지원하기 위해 벌인 일이고."

"굉장한 인간이네요. 그 이야기 빨리 듣고 싶어요."

"그러게. 대단한 시민이지."

보슈는 1번가를 달리다가 로스앤젤레스 거리로 갈아타 잠시 후 고속도로로 진입했다. 모하비 사막에 있는 아델란토까지 가 두 시간은 족히 달려야 했다. 월링이 제공한 로드니 버로스에 대해 정보를 전부 소토에게 얘기해 주고도 남을 만한 시간이었다.

아델란토로 가려면 라스베이거스행 15번 고속도로를 달리다가 중간쯤에서 빠져야 했다. 보슈는 운전을 하면서 조용히 생각을 정리했고, 소토는 아이패드를 보며 애너 아세베도의 소재 파악에 주력했다. 지난 10년에 걸쳐 사람을 찾는 데 사용할 수 있는 디지털 검색 사이트가 폭발적으로 증가한 터였다. 거의 모든 사이트가 이름과 생년월일, 사회보장 번호와 같은 기본 인적 사항을 요구했고, 그런 개인 정보의 사용 범위는 굉장히 넓었다. 부동산 정보 사이트부터 시작해서 은행 정보나 법 관련 정보를 제공하는 사이트는 물론, 자동차 구매 정보나 금융 정보를 검색할 수 있는 사이트도 있었다. 요는, 신중한 수사관은 확실한 결과를 얻기 위해 검색 엔진 한두 개에 의존하지 않는다는 점이다. 더 확인해 볼 데이터베이스는 늘 있었다.

소토가 가끔씩 내뱉는 욕설이나 "또 아니네!" 혹은 "아, 제발 좀!"이라고 중얼거리는 소리를 들으며, 보슈는 자신이 얼마나 심각한 상황 속으로 들어왔는지 서서히 깨닫고 있었다. 오늘 아침만 해도 보니 브레이 아파트 화재는 해결 가능성이 희박한 추상적인 사건으로, 그에겐 소토를 격려하고 도움으로써 파트너로서의 연대감을 강화하는 수단에 지나지 않았다. 그러나 소토가 수사를 잘해낸 덕분에, 이제 그들은 소토의 어릴 적 친구들을 포함해 아홉 명이 사망한 방화 및 살인 사건의 범인으로 추정되는 남자를 만나러 가는 중이었다. 소토를 이 남자 근처에라도 두어서는 안 되었지만, 보슈 자신이 만들어낸 상황 때문에 그 일은 불가피해질 것이었다. 두 사람이 만나면 보슈는 버로스뿐 아니라 소토에게도 신경을 써야 했다.

"기분 어때, 루시?" 보슈가 물었다.

소토는 아이패드 화면을 내려다보고 있었다. 그녀가 보슈를 흘끗 쳐다보았을 때 그의 시선은 다시 도로를 향해 있었다.

"오전 내내 함께 있었는데 그건 왜 물어보세요?" 소토가 물었다.

"뭐, 버로스가 범인일 수 있으니까. 괜찮겠어?"

"괜찮고말고요. 걱정 마세요."

보슈는 다시 도로에서 눈길을 돌려 한참 동안 소토를 바라보았다.

"왜요?" 그녀가 물었다.

"정말로 걱정할 필요가 없는지 확인하는 거야."

"전 경찰이고, 경찰답게 행동할 거예요. 완벽한 프로답게요. 미쳐 날뛰면서 그 사람한테 달려들거나 하는 일은 없을 거라고요. 이건 복수가 아니라 정의를 실현하는 일이니까요."

"그 둘 사이의 경계가 모호하다는 게 문제지. 자네가 허튼수작을 부릴 것 같으면 내가 즉시 끼어들어 자넬 제압할 거니까 그런 줄 알아. 알겠어?"

"네, 알겠습니다. 이제 일 계속해도 될까요?"

소토가 아이패드를 들어 보이며 물었다.

"그렇게 해. 아무튼 그놈을 만나면 내가 이끄는 대로 따라와. 실종자를 찾는 척하면서 아세베도 이야기를 끌어낼 수 있는지 보자고. 거기서부터 시작하는 거야."

"좋은 작전이에요."

"좋아, 그럼."

로드니 버로스의 주소지는 좁고 깊숙한 부지에 작은 주택이 다닥다닥 붙어 있는 동네에 있었다. 나무나 관목 한 그루 보이지 않고, 심지어 잔디밭도 없는 곳이었다. 사막의 태양 아래 모두 말라 없어졌는지 흙먼지만 풀풀 날리고 있었다.

버로스의 집은 굵은 철사를 다이아몬드 모양으로 엮어 만든 울타리에 에워싸여 있었고, 울타리 위에는 날카로운 칼날 같은 것이 촘촘히 꽂혀 있었다. 버로스가 복역한 연방 교도소의 울타리와 크게 다르지 않을 것 같았다. 보슈는 버로스가 그 유사성을 느끼지 못했을지 궁금했다.

무시무시한 울타리를 두른 버로스의 집을 둘러보던 보슈의 마음속에

참 아이러니하다는 생각이 떠올랐다. 그와 비슷한 신념이나 관습을 지닌 다른 많은 사람들이 그랬듯이, 버로스는 부당하고 불공평한 사회와 도시를 벗어나기 위해 도시에서 130킬로미터를 달려와 사막 마을에 숨어들었다. 사회 기반 시설을 천천히 망가뜨리고 정부로부터 실업수당을 받아 생활하는 소수 인종과 이민자들이 도시에 넘쳐나는 현실이 모든 문제의 근원이라는 생각에, 백인우월주의자들이 흔히 하는 말마따나 탁 트인 공간과 백색의 얼굴을 찾아 도시를 떠나온 것이다. 그는 아델란토를 발견하고 여기에 둥지를 틀었지만, 이 작은 마을도 대도시와 전혀 다를 바 없다는 사실을 곧 깨닫게 되었을 것이다. 이곳은 대도시의 축소판이었다. 큰 솥에 푹 담갔다가 뜨면 똑같은 건더기가 담겨 올라오는 국자라고나 할까. 아델란토는 소수 인종이 다수를 이루는 마을이었고, 그래서 버로스가 2미터 높이의 울타리 안에 스스로를 가둔 채 세상과 담을 쌓고 사는 것이 보슈로서는 전혀 놀랍지 않았다. 게다가 이 아이러니한 상황의 절정은 아델란토가 '진보'를 뜻하는 스페인어라는 사실이었다.

버로스의 집 울타리에는 경사진 통로가 나 있어서 보슈는 그리로 들어가 출입구에 달린 초인종 박스 옆에 차를 세웠다. 박스에는 키패드와 카메라 렌즈, 호출 버튼이 달려 있었고, 그 위에는 '개 조심' 표지판과 '우린 911 안 불러'라는 문구 위에 권총이 검은 실루엣으로 그려진 다른 표지판도 붙어 있었다.

초인종 박스와 그 표지판들을 보는 순간 보슈는 불편한 마음이 들었다. 이런 장치들을 통해 버로스는 첫 대면에서부터 상황의 주도권을 쥘 수 있을 것이다. 소토도 불안한 모양이었다.

"어떡하죠?" 소토가 물었다.

“뭐 어쩌겠어.” 보슈가 말했다. “문을 열어주는지 봐야지.”

보슈는 차창 밖으로 팔을 뻗어 호출 버튼을 눌렀다. 두 번을 누르자 퉁명스러운 남자 목소리가 들렸다.

“뭐요?”

그는 카메라를 향해 경찰 배지를 들어 보였지만, 돋을새김된 ‘로스앤젤레스’라는 글자는 한 손가락으로 가린 채였다.

“경찰입니다, 선생님. 대문 앞으로 잠깐 나와주셔야겠는데요.”

“내가 왜요?”

“수사 중인 사건에 선생님의 협조가 필요해서요.”

“무슨 사건인데?”

“선생님, 나와주시겠습니까?”

“뭔 일인지 알아야 나가든가 말든가 하지.”

“실종사건입니다. 몇 분만 시간 내주시면 돼요.”

“실종자가 누구요? 난 이 동네에 아는 사람 없는데. 나한테는 다들 실종자나 마찬가지요.”

방법이 잘 먹히지 않았다. 보슈는 좀 더 세게 나가기로 했다.

“선생님, 지금 바로 대문 앞으로 나와주십시오. 거부하시면 문제가 생길 겁니다.”

한참 침묵이 이어지더니 남자가 다시 말했다.

“잠깐 기다려요. 몇 분 걸리니까.”

“감사합니다, 선생님.”

보슈는 문을 열고 내릴 공간을 확보하기 위해 초인종 박스 앞에서 차를 후진시켰다. 그는 주차를 한 뒤 소토를 바라보았다. 자신의 생명을 빼앗지는 않았지만 어린 시절 겪은 큰 비극의 원흉인 남자를 보고 그녀가 어떤 반응을 보일지 여전히 짐작도 할 수 없었다.

"내가 내려서 아무렇지 않은 척 놈을 기다릴게." 보슈가 말했다. "자넨 차 안에 있어. 자네 도움이 필요하면 신호를 보낼 테니까."

"알겠습니다." 소토가 말했다. "어떻게 하실 건데요?"

"잘 모르겠어. 되는대로 해보려고."

"좋은 계획이네요."

보슈는 안전벨트를 풀고 차에서 내렸다. 차 앞쪽으로 걸어가 태연하게 보닛에 기대선 뒤 두 손을 뒤로 뻗어 보닛을 짚었다. 집은 진입로에서 50미터쯤 떨어진 곳에 있었다. 곧 차고 문이 열리더니 거기 정면으로 주차되어 있던 픽업트럭이 대문을 향해 움직이기 시작했다. 트럭이 다가오자 보슈 앞에 있는 자동문이 옆으로 미끄러지듯 움직이며 열렸다. 트럭 운전석에 남자가, 그 옆에는 개가 한 마리 앉아 있었다. 운전석 머리받이 뒤에 달린 선반에 소총이 놓여 있는 것이 보였다. 보슈는 슬슬 걱정이 되기 시작했지만, 드러내지 않으려고 애를 썼다. 트럭이 대문에서 5미터 떨어진 곳까지 와서 멈추자 남자가 시동을 끄지 않은 채 내렸다. 그가 개에게 얌전히 있으라고 말하는 소리가 들렸다.

남자가 트럭 문을 닫을 때 보슈의 눈에 제일 먼저 들어온 것은 벨트에 찬 서부영화 스타일의 권총집과 오른쪽 허벅지에 두른 가죽띠였다. 권총집에는 권총이 들어 있었다. 이것을 보자 보슈는 정신이 번쩍 들어 태연한 척하던 연기를 그만두고 차에서 떨어져 똑바로 섰다. 그러고는 남자를 손가락으로 가리키며 명령했다.

"거기 서세요, 선생님!"

남자는 그 자리에 멈춰 서더니 어리둥절한 듯 주위를 두리번거렸다. 그는 보슈의 예상보다 키가 작았다. 보슈의 상상 속에서는 무슨 이유에서인지 적들이 늘 거대한 모습으로 나타났지만, 실제로 보면 예상에 못 미치는 경우가 많았다. 버로스는 체크무늬 남방과 청바지 차림이었다. 뚱뚱한 체격에 얼굴에는 붉은 턱수염이 덥수룩했고 낡은 존 디어 야구 모자를 쓰고 있었다.

"뭐요?" 버로스가 물었다.

"선생님, 권총은 왜 차고 계시죠?" 보슈가 큰 소리로 물었다.

"늘 차고 있어요. 그리고 내 집 안에서 내가 차겠다는데 뭐가 문젭니까?"

"성함이 뭐죠, 선생님?"

"로드니 버로스. 그 '선생님' 소리 좀 그만할 수 없어요?"

"알겠습니다, 버로스 씨. 왼손을 몸 오른쪽으로 뻗어 권총집에서 총을 꺼내 트럭 보닛 위에 놓으세요."

주인과 멀리 떨어지기 싫었는지 운전석으로 옮겨 앉아 있던 개가 보슈의 목소리에서 위협을 감지한 듯 짖어대기 시작했다.

"내가 왜 그래야 하죠?" 버로스가 물었다. "여긴 내 땅인데."

"제 안전을 위해서요, 선생님, 아니 버로스 씨." 보슈가 대꾸했다. "총을 트럭 보닛 위에 놓으시라고요."

보슈가 트럭을 가리키자 개가 다시 발작하듯 짖어대기 시작했다. 운전석에서 앞뒤로 움직이는가 하면 조수석과 운전석을 뛰어다니기도 했다. 뒤에서 포드의 조수석 문이 열리는 소리가 들렸다. 소토도 차에서 내린 모양이었다. 그러나 보슈는 앞에 서 있는 무장한 남자에게서 눈을 떼지 않았다.

버로스가 두 손을 펴서 들어 올리는 모습에, 보슈는 소토가 권총으로 버로스를 겨누고 있음을 알아차렸다.

"선생님!" 소토가 긴장한 목소리로 날카롭게 외쳤다. "총 보닛 위에 올려놓으세요!"

"소토, 내가 알아서 할 테니까 물러서 있어." 보슈가 말했다.

"선생님!" 소토가 보슈의 말을 무시하고 다시 외쳤다. "어서요!"

"알았어요, 알았어." 버로스가 말했다. "한다고."

버로스가 오른손을 권총집을 향해 움직이기 시작했다.

"왼손!" 보슈가 외쳤다. "왼손!"

"아, 미안." 버로스가 태연하게 말했다. "왼손이지. 빌어먹을!"

그는 왼손으로 권총집에서 총을 뽑아 픽업트럭의 보닛 위로 툭 던졌다. 총이 강철 뚜껑에 쾅 하고 부딪치자 개가 짖는 소리와 움직임이 더욱 커졌다.

"롤라, 조용히 해!" 버로스가 소리쳤다.

개는 말을 듣지 않았다. 이제 버로스의 총이 트럭에 놓여 있어서 보슈는 마음 놓고 소토를 돌아보았다. 그녀는 경찰 표식이 없는 경찰차의 열린 조수석 문 뒤에 서서 두 팔을 창 위에 올린 채 양손을 모아 권총을 쥐고 버로스의 몸통을 겨누고 있었다.

"소토, 진정해." 보슈가 말했다. "내가 알아서 할게."

"제가 지원할게요, 파트너." 소토가 말했다.

"물러서 있어." 보슈가 차분하게 말했다. "총 집어넣고."

보슈는 소토가 지시대로 할 때까지 기다렸다가 다시 버로스를 향해 돌아서서는, 그녀가 버로스를 보지 못하도록 몸으로 가로막은 채 앞으로 걸어갔다.

그는 버로스를 트럭에서 떼어내 경찰차로 떠밀고 갔다. 이어 포드의 보닛 위로 몸을 숙이게 한 뒤 혹시 다른 무기가 있는지 몸을 수색하면서 버로스의 몸 위로 소토를 노려보았다.

"충고 하나 할까?" 보슈가 버로스에게 말했다. "경찰이 문을 두드리는데 허리띠에 권총을 차고 트럭에는 소총을 둔 채로 나오면 안 되지."

"지금 뭐 하는 거야?" 버로스가 반항했다. "여기 내 땅이야. 내 땅에서 내가 내 총을……"

"유죄 평결을 받고 복역한 전과자가 총기를 소지하고 있잖아." 보슈가 말했다. "큰일 나려고. 또 들어가고 싶어?"

"당신네 법을 내가 어떻게 알아?"

"모르는 건 자네 사정이고. 그래도 법은 자넬 잘 알거든. 다른 무기가 또 있나?"

"칼이 있어." 버로스가 말했다. "뒷주머니에. 근데 대체 무슨 일이야? 정부가 선량한 시민을 괴롭히다니. 그리고 이놈의 보닛은 왜 이렇게 뜨거워!"

보슈는 대꾸하지 않았다. 보닛이 뜨겁든 말든 상관없었다. 그는 칼을 꺼냈다. 접이식 칼이었다. 용수철 단추를 누르자 길이 10센티미터쯤 되는 칼날이 툭 튀어나왔다. 그는 소토를 향해 칼을 높이 들어 보였다. 나중에 경찰이 그 칼을 몰래 심어놓았다고 주장할 가능성을 미연에 방지하기 위해서였다. 그러고는 칼날을 다시 집어넣은 뒤 포드의 보닛 위에 놓고 버로스의 손이 닿지 않는 곳으로 밀었다.

보슈는 버로스의 가슴이 보닛에 닿도록 더욱 세게 눌렀다. 버로스가 불평한 대로 뜨겁긴 뜨거웠다. 이어 움직이지 못하도록 한 팔로 버로스의 등뼈를 누른 채 허리띠에서 수갑을 풀어 버로스의 왼쪽 팔목에 수갑을 채웠다.

"이봐, 지금 뭐 하는 거야?" 버로스가 물었다.

보슈는 버로스의 왼팔을 뒤로 당기고 다른 팔뚝으로 체중을 옮겨 버로스를 누른 채 이번엔 오른 팔목을 뒤로 끌어와 수갑을 마저 채웠다. 그러고는 버로스를 일으켜서 돌려세웠다.

"이럴 수는 없어." 버로스가 말했다. "내 집에서 나를 체포하다니."

"틀렸어." 보슈가 말했다. "이제 넌 내 거거든, 버로스. 집 안에 다른 사람 있나?"

"뭐? 아니, 아무도 없는데."

"트럭 안에 있는 개 말고 다른 개는?"

"없어. 대체 이게 무슨 짓이야? 원하는 게 뭔데?"

"말했잖아. 실종자에 대해서 얘기하고 싶다고."

"누구?"

"애너 아세베도."

보슈는 버로스의 반응을 지켜보았다. 버로스가 그 이름을 알아듣고 기억해 내기까지 얼마나 걸리는지 확인해야 했다. 그는 2~3초 만에 아세베도를 기억해 냈다.

"그 여자 안 본 지 수십 년은 된 것 같은데."

"좋아. 그 얘길 해보자고. 자넨 이제 중대한 결정을 내려야 돼, 로드니. 여기 집 안에 들어가서 얘기할까? 아니면 우리와 함께 LA로 돌아가 경찰서에서 얘기할까?"

"LA에서 온 건가?"

"맞아. 그 얘길 하는 걸 깜빡했군. 그래서, 여기서 얘기할 거야, 아니면 LA로 가?"

"난 변호사를 부르고 당신은 나한테 아무것도 안 물어보는 건 어때?"

"그것도 방법이군. 그럼 LA에 도착하자마자 전화기를 줄 테니까 변호사 불러."

"아니, 지금 당장, 여기서. 내 변호사는 여기 있다고. LA? 그 거지 소굴엘 내가 왜 가? 다신 거기 안 가."

"그러니까 선택권을 준다잖아. 여기서 우리와 얘기하든가, LA로 가서 변호사 부르든가. 내일 아침까진 빼내주겠지. 동물원에서 하룻밤 자고 나면 말이야."

버로스는 말없이 고개를 가로저었다. 보슈는 자신이 지금 버로스의 변호인 요청을 아주 아슬아슬하게 에둘러 무마하고 있다는 걸 의식하고 있었다.

"그래, 그럼 가지." 보슈가 말했다.

그는 버로스의 등을 떠밀며 포드 차 뒷문을 향해 걸어가기 시작했다.

"저 개는 유기 동물 관리사를 불러서 데려가라고 해야겠구먼."

그의 말에 갑자기 버로스가 움찔하며 걸음을 멈추었다.

"알았어, 알았어." 그가 말했다. "집에 들어가서 얘기하자고. 하지만 미리 말해두는데, 애너 아세베도에 대해서는 아무것도 몰라."

"그거야 두고 보자고."

"내 개는? 트럭은?"

보슈는 트럭을 돌아보았다. 아직 시동이 걸려 있었다. 개가 계기판에 앞발을 올려놓은 채 보슈를 뚫어져라 쳐다보았다.

"괜찮을 거야." 보슈가 말했다.

보슈는 한 손으로 버로스의 팔을 잡아 그를 집 쪽으로 돌려세운 뒤, 다른 손으로 소토에게 손짓을 보내 총과 칼을 수거하라고 지시했다.

"대문 닫아야 돼." 버로스가 말했다. "안 그러면 놈들이 들어올 거야."

"누구?" 보슈가 물었다.

“저 밖에 사는 놈들. 거리를 헤매는 애새끼들.”

“문을 어떻게 닫는데?”

“트럭에 리모컨이 있어.”

“트럭 문은 안 열 거야.”

“안 물어. 짖는 걸 좋아할 뿐이야.”

“좋아, 그럼 트럭을 열지. 하지만 개가 달려들면 쏠 거야.”

“안 달려든다니까.”

보슈는 픽업트럭으로 걸어가면서 소토에게 버로스를 맡으라고 손짓했다. 그러곤 권총을 빼내 옆으로 내려 들었다. 트럭 문을 열자 개는 발작하듯 짖어대면서도 조수석 문 쪽으로 물러났다. 보슈는 팔을 뻗어 창문 선바이저에 클립으로 고정된 리모컨의 버튼을 눌렀다. 버로스 기지의 대문이 닫히기 시작했다.

“롤라, 내려와.” 버로스가 소리쳤다.

개가 트럭에서 뛰어내리더니 보슈 옆을 지나쳐 바람처럼 달려갔다. 보슈가 권총을 들었을 땐 이미 버로스 옆에 가 있었다.

“그래그래, 착한 녀석.” 이어 버로스가 보슈를 향해 말했다. “이제 시동 좀 꺼주지? 이 동네 기름값이 장난 아니거든.”

“그건 어디나 마찬가지야.”

보슈는 다시 팔을 뻗어 시동을 끄고 선반에서 소총을 꺼냈다.

32

보슈는 집 안으로 들어가 이리저리 돌아다니면서 아무도 없다는 것을 확인할 때까지 버로스의 수갑을 풀어주지 않았다. 부엌에 식탁과 의자가 있어서 나치 깃발이 붙어 있는 벽 앞의 의자에 버로스를 앉혔다. 총 두 자루를 조리대 위에 올려둔 뒤, 그는 버로스에게 돌아와 수갑을 풀어주고 맞은편 의자에 앉았다. 소토는 보슈의 오른쪽, 총이 놓인 조리대 옆에 서 있었다. 그 옆에 붙은 싱크대는 더러운 접시와 컵으로 가득했다. 버로스가 엄살을 떨면서 팔목을 문지르는 사이 소토는 휴대전화를 꺼내 녹음 기능을 켠 뒤 조리대에 내려놓았다.

개가 뒷문 옆에 놓인 밥그릇으로 가더니 시끄러운 소리를 내며 물을 마셨다. 그들은 소리가 잦아들 때까지 기다렸다.

"품종이 뭐지?" 보슈가 물었다.

"핏불하고 로트바일러가 반씩 섞였어." 버로스가 대답했다.

보슈는 고갯짓으로 나치 깃발을 가리켰다.

"개도 깃발하고 잘 어울리네?"

버로스는 대꾸하지 않았다. 개는 문 옆으로 가서 두어 번 돌더니 바닥에 앉았다.

"여기 혼자 사나?" 보슈가 물었다.

"그래." 버로스가 말했다. "호구조사는 건너뛰면 안 될까? 빨리 끝내고 싶은데."

"그러지. 총은 어디서 구했어?"

"투손의 총기 박람회에서. 둘 다 합법적인 거야. 당시엔 거기 살았으니까."

"중범죄 전과자라는 말을 깜빡 잊고 안 한 것만 빼면 말이지?"

"일반인한테서 샀는데, 그런 건 묻지도 않았다고. 게다가 내 변호사가 그 전과 기록 삭제 신청을 법원에 낼 거거든. 형을 살았고 보호관찰 기간도 끝났으니까."

"그래, 잘해봐. 집 안에 다른 총기도 있나?"

버로스는 즉답을 못 하고 망설였다.

"거짓말할 생각은 마." 보슈가 말했다. "여기 다 뒤집어놓는 꼴 보고 싶지 않으면."

"침대 옆에 산탄총이 한 자루 있어." 버로스가 말했다. "아까 집 안을 돌아다니면서도 그걸 못 찾데. 내가 방금 망설인 건 당신이 집 안에 있는 총기에 대해 물어서야. 트럭 글러브 박스 안에 콜트 45도 한 자루 있거든. 어쨌든 트럭에 있냐곤 안 물었잖아."

보슈가 소토에게 고개를 끄덕이자 그녀는 무기를 수거하러 부엌을 나갔다. 보슈는 녹음 중인 휴대전화를 놓고 갔는지 확인한 다음 다시 버로스를 돌아보았다.

"좋아, 그럼 자네의 권리를 읽어주지."

"뭔 소리야? 그냥 얘기나 하자는 거 아니었어?"

"맞아. 하지만 총기에 대해선 어떻게 할지 결정 안 했거든. 접이식 칼도 불법 무기고. 우리 얘기가 잘될지 어떨지 모르니 만반의 준비를 해두자는 거지."

보슈는 앞에 있는 남자에게서 눈을 떼지 않은 채 경찰 배지 지갑을 꺼내 거기 들어 있는 카드를 슬쩍 살피면서 미란다 원칙을 고지했다.

"읽어준 권리들 이해했어?" 보슈가 물었다.

"나는 그런 거 인정 안 해." 버로스가 말했다.

"인정 안 하는 거야 자네 사정이고. 내가 읽어준 걸 이해했냐고."

"그래, 하지만 난……."

"세금은 내고 있지?"

"마지못해서."

"그래, 납세랑 비슷해. 내가 읽어준 것들은 이 나라 정부 밑에서 자네가 누릴 권리들이지. 자네가 이 정부에 항의할 수야 있지만, 규칙은 규칙이라고. 여기서 조사 계속 받을 거야? 아니면 그냥 우리 차 타고 LA로 내려갈래?"

"권리 이해했어. 변호사 입회 없이 조사에 응하겠다고."

"좋아, 이제야 말귀를 알아듣는군. 애너 아세베도는 어디 있지?"

그 단도직입적인 질문이 돌이 되어 타격을 가하기라도 한 듯, 버로스가 몸을 뒤로 젖혔다.

"그건 내가 처음부터 얘기한 것 같은데." 버로스가 항변했다. "그 여자가 어디 있는지 나는 전혀 모른다고. 20년 동안 본 적도 없다니까."

"그럼 언제, 어떤 상황에서 아세베도를 마지막으로 봤지?"

대답이 나오기 전에 소토가 부엌으로 돌아왔다. 소토는 새로 수거한 총기 두 자루를 다른 총기 옆에 놓은 뒤 조리대 옆에 다시 자리를 잡고 섰다.

보슈는 버로스를 돌아보고 같은 질문을 반복했다.

"애너 아세베도를 마지막으로 봤을 때 얘기를 해봐."

"그걸 어떻게 얘기해. 90년댄데. 정확한 일자를 내가 어떻게……."

"그 여자랑 동거했잖아. 언제 마지막으로 봤는지 정도는 기억할 수……."

"동거라니, 무슨 소리야. 누가 그래? 난 절대……."

버로스가 말끝을 흐렸다.

"절대 뭐?" 소토가 물었다. "갈색 인종하고는 같이 안 산다?"

보슈가 소토에게 눈짓을 했다. 나서지 말라는 뜻이었다. 버로스가 경계심을 품어서는 안 되었고, 이를 위해서는 한 사람이 조사를 주도하는 것이 최선이었다.

"동거까지는 안 했더라도, 적어도 보니 브레이 아파트로 그 여자를 만나러 가기는 했지." 보슈가 말했다. "목격자들이 있다고."

"그래, 맞아, 그랬어." 버로스가 말했다. "그 여잘 만나러 거기 들락거리기는 했어. 하지만 그 아파트에 살진 않았다고. 거기 산 적도, 그 여자랑 동거한 적도 없어."

애너 아세베도를 이용해 보니 브레이 방화 및 살인 사건과 관련하여 경찰 측에는 유용하되 버로스 자신에겐 불리하게 쓰일 만한 정황들을 인정하게 만드는 것이 보슈의 계획이었다. 이제 보슈는 가장 중요한 첫 단계를 확인한 참이었다. 버로스가 아세베도를 만나러 보니 브레이 아파트에 간 적이 있다는 사실을 인정했고, 이로써 그들은 버로스가 그 장소에 익숙했으리라는 가설을 사실로 확인하는 과정에 첫발을 디딘 셈이었다. 그 마지막은 그가 쓰레기 활송장치의 위치를 알고 있었다는 사실이 될 터였다.

"아세베도하고는 정확히 어떤 관계였지?"

"같은 직장에서 일했는데, 그 여자가 먼저 나한테 추파를 던졌어. 규정에 어긋나는데도 자꾸 대시를 하더라고. 그래서 사귀게 됐지. 6개월도 못 가서 헤어졌지만."

소토가 코웃음을 쳤다. 보슈는 못 들은 척했다.

"체크캐시 영업점 얘긴가?" 보슈가 물었다. "사내 연애가 규정 위반이었어?"

"그래, 우리 둘 다 거기서 일했어." 버로스가 말했다. "1년간. 난 경비원이었고. 그러다가 그 여자가 직장을 그만두면서 나한테도 헤어지자고 하더라고. 그 후로는 다시 못 만났지. 맹세해, 그걸로 끝이었다고."

"직장은 왜 그만뒀는데?"

"강도사건이 있었거든. 그때 난 폭행을 당했고, 그 여자는 협박을 당했지. 범인들이 그 여자 머리에 AR-15를 겨누고 위협했거든. 잔뜩 겁을 먹어서, 다시는 거기서 일하고 싶지 않다고 하더군. 외상 후 스트레스 장앤가 뭔가였던 것 같아. 뭐, 당시엔 그런 용어도 없었지만. 아무튼 이후로는 못 만났어. 강도사건이 일어나고 딱 한 번 병원으로 면회 오고는 끝이었지."

"그 여잔 어디로 갔는데?"

"말했잖아, 모른다고."

"찾으려고 노력도 안 했고?"

"뭐 하러 해. 우리는 그러니까…… 그냥 섹스 파트너였어. 사랑한 게 아니라고. 그래서 '그래, 가라' 하고 말았지."

"웨이브 동료들도 그 여자에 대해 알았나?"

버로스의 눈에 놀라는 기색이 떠올랐다가 사라졌다. 보슈가 웨이브에 대해 알고 있을 줄은 몰랐던 것이다. 대답이 돌아오지 않자 보슈는 더욱 강하게 밀어붙였다.

"동료들에게 말했어?" 보슈가 물었다. "클럽하우스 친구들에게 멕시코 여자랑 잤다고 자랑했냐고 묻는 거야. 그 여자를 뭐라고 불렀지? 국경의 원숭이?"

"아니, 얘기 안 했어." 버로스가 입을 열었다. "누구한테도 얘기 안 했고, 그 여자를 그렇게 부르지도 않았어."

보슈는 버로스를 오랫동안 빤히 쳐다보며 그 말이 사실일지, 이제 어느 방향으로 가는 게 좋을지 생각에 잠겼다.

"보니 브레이에는 몇 번이나 갔었어?" 보슈가 물었다.

"몰라." 버로스가 말했다. "서른 번? 마흔 번? 꽤 자주 들락거렸어. 우린……"

"우린 뭐? 서로 사랑했다고?"

"아니, 그런 말이 아니야. 사랑은 아니었다니까."

"거기 옷도 두고 다녔나?"

"아침에 출근하기 편하게 제복을 놓고 다녔어."

"빨래도 하고, 쓰레기도 내다 버리고?"

"그래, 집안일을 좀 도왔지. 그렇다고 우리가……"

"사랑하지도 않는 여자를 위해 쓰레기를 내다 버렸다?"

"이봐, 형사 양반, 왜 자꾸 말을 이상하게 하지?"

"내가 뭘? 쓰레기 내다 버렸어, 안 버렸어?"

"쓰레기 버려줬어. 하지만 그건 아무 의미 없는 일이었다고. 20년이 넘도록 연락 한 번 없었고, 어디 사는지도 모른다니까."

보슈는 잠깐 침묵했다. 듣고 싶었던 말을 들었기에 마음속에서 환호성이 터지고 있었지만 겉으로는 애써 차분함을 유지했다.

"현재 직업은, 로드니?" 보슈가 물었다.

"트럭 운전사. 부품을 실어 나르지." 버로스가 말했다.

"무슨 부품?"

"미국산 자동차 부품."

"애너 아세베도는 어딨어? 그 여잘 어떻게 했지?"

"뭐? 난 아무 짓도 안 했어! 어디 있는지도 모른다고!"

버로스가 버럭 고함을 지르자 바닥에 엎드려 있던 개가 고개를 번쩍 들었다.

"더 이상은 안 되겠군." 버로스가 말했다. "LA로 가자고. 변호사 불러줘."

버로스가 몸을 일으키기 시작했다. 보슈가 기다리던 움직임이었다. 보슈는 벌떡 일어나 식탁 너머로 팔을 뻗어서는 버로스의 어깨를 꽉 눌러 다시 주저앉혔다.

"앉아. 내가 일어서라고 할 때까지 일어서지 마."

문 쪽에서 개가 낮게 으르렁대는 소리가 들렸다.

"당신들은 내 민권을 침해하고 있어." 버로스가 외쳤다. "내 땅, 내 집에 들어와서 나한테 이래라저래라 할 권리가 당신들한텐 없다고."

보슈는 소토 쪽을 바라보며 고갯짓으로 휴대전화를 가리켰다. 버로스가 변호사를 요청했으니 엄밀히 따지면 그 순간 조사는 끝난 셈이다. 소토가 녹음 기능을 껐다.

보슈는 다시 버로스를 돌아보았다.

"웃기는군. 네놈들은 어떻게 다들 똑같은 말을 하지?" 보슈가 말했다. "이 나라, 이 나라의 법과는 조금도 엮이기 싫다면서 우리한테는 자기들이 그렇게 거부하는 법에 따라 행동하라니."

"변호사 불러줘."

"자네가 들어오라고 했잖아, 버로스. 선택권을 줬더니 집으로 초대를 했잖냐고. 이제 와서 변호사를 원한다니, 당장 이 모든 걸 중단하고 LA로 데려가서 입건해야겠군."

버로스는 두 팔꿈치를 식탁에 괸 채 양손으로 얼굴을 비볐다.

"아니면, 이지뱅크 강도사건에 대해서 얘기해 보든지."

버로스가 어쩔 수 없다는 듯 고개를 가로저었다.

"두 놈이었어." 그가 입을 열었다. "두 놈이 지점으로 들어와서 공중에 대고 총을 쏘더니 개머리판으로 나를 쳤어. 난 두개골이 골절되고 쓰러지면서 뇌진탕을 일으켰지. 그 후로는 정신을 잃었어. 나중에 듣자니, 놈들이 내 머리에 총을 겨누고 보안문을 열지 않으면 쏘겠다고 위협했다더군."

"그래서 어떻게 됐지?" 보슈가 물었다.

"아세베도가 문을 열었어. 그땐 이미 비상벨을 누른 뒤라, 경찰이 출동하리라는 걸 알고 문을 연 거지. 그러자 강도들이 들어와서 직원들에게 금고와 현금 서랍을 열게 했어."

"금고 문은 누가 열었는데?"

"지점장이 아세베도와 함께 있었거든. 그 사람이 열었어."

"지점장이 누구였는데?"

"아, 이름은…… 기억이 안 나. 러시아인 이름 같았는데."

"우크라이나인?"

"그거나 저거나."

"이름이 맥심이었나?"

"맞아, 그거야. 우린 맥스라고 불렀지."

"맥스도 아세베도랑 그렇고 그런 사이였고. 맞지?"

이번에도 버로스는 놀라는 기색이 역력했다.

"아냐, 말도 안 돼." 버로스가 말했다. "그건 말도 안 돼."

"왜?"

"그랬다면 내가 알았겠지."

"그래? 함께 살진 않았다며. 매일 밤 갔던 것도 아니고. 조금 전에 그러지 않았나?"

"그래도 알았을 거야."

"일주일에 몇 번이나 보니 브레이에 갔지?"

"서너 번. 더 자주 갈 수도 있었겠지만 그 여자 룸메이트가 날 좋아하지 않았어. 하지만 다른 남자는 없었다고."

"강도사건이 있고 나서 애너 아세베도가 직장을 그만두고 자네하고도 헤어졌다고 했지?"

"맞아, 그랬어. 외상 후 스트레스 장애였다니까, 그 여자."

"직장을 관둔 건 이해가 가는데, 자네와 헤어진 건 왜지?"

"날 보고 있으면 가게에서 일어난 일이 떠오른다고 했어."

"무슨 가게?"

"우리가 일했던 곳. 이지뱅크. 우린 거길 가게라고 불렀어."

"아세베도가 그만두고 나서 둘이 다시 만난 건 언제였지?"

"도대체 몇 번을 얘기해야 돼? 작별 인사를 하러 병원에 면회 왔었다니까. 그 후로는 못 봤고."

"그러니까 자넬 차버린 셈이구먼. 강도사건 이후에 경찰은 자넬 어떻게 대했지?"

"그래, 당신들이 조사해야 하는 건 그쪽이야. 그 개자식들, 나한테 전부 뒤집어씌우려고 했다고. 다 내가 계획한 일이라고 하더라고. 그럼 내 두개골이 달걀처럼 깨진 것도 내 계획이었다는 건가?"

"자넬 체포했나?"

"아니, 기소되진 않았어. 왜냐고? 난 그 사건이랑 아무 관련이 없으니까. 뇌진탕으로 병원에 누워 있는데 경찰 놈들은 내가 그 모든 걸 계획했다고 주절거리더라니까. 도대체 말이 되는 소릴 해야지!"

보슈는 아무 대꾸도 않고 머릿속으로 상황을 가늠해 보았다. 확인하려던 건 모두 확인했다. 버로스가 보니 브레이에 들어갔었고 쓰레기를 내다 버렸다는 증언을 확보했다. 쓰레기를 버렸다면 쓰레기 활송장치에 대해 알고 있었을 것이다. 이젠 날을 세우고 집중할 때였다. 보슈가 소토를 흘끗 쳐다보자 소토는 고개를 약간 끄덕여 보였다. 다시 녹음기를 켜두었다는 뜻이었다. 버로스의 진술에 법적 효력이 있을지는 의문이었지만, 보슈는 이 부분도 녹음해 놓기를 바랐다.

"화재에 대해 얘기해 봐." 보슈가 말했다.

버로스는 어리둥절한 표정이었다.

"무슨 화재?" 그가 물었다.

"보니 브레이 아파트 화재."

"같은 날 일어난 화재? 얘기할 게 뭐 있어, 아무것도 모르는데. 그땐 아세베도가 거기 살지도 않았다고. 룸메이트한테 쫓겨났거든. 그 화재는 동네 깡패들이 일으킨 걸로 아는데. 그 전년도에 있었던 폭동 때처럼 그 새끼들이 자기네 동네를 불태우고 자기네 애들을 죽게 한 거잖아. 완전 미친놈들 아냐? 결국 우리 주장이 딱 들어맞은 셈이지."

조리대에 편안하게 기대 있던 소토가 몸을 떼고 똑바로 서는 것이 보슈의 시야 가장자리에 잡혔다. 보슈는 그녀를 돌아보며 나서지 말라고 눈짓으로 경고했다. 지금은 개인의 감정을 표출하며 인종차별주의자와 충돌할 때가 아니었다. 그들에겐 목적이 있었다. 버로스가 말을 더 많이 할수록 그 목표에 가까워질 것이 분명했다.

"그건 무슨 소리야?" 보슈가 버로스에게 물었다. "우리라니, 누구? 우리 주장이라니?"

"웨이브." 버로스가 대꾸했다. "우린 그런 일이 벌어질 걸 알고 있었어. 언제 벌어질지는 시간문제일 뿐이었지."

"인종 전쟁 이전에?"

"그렇게 부를 수도 있고. 뭐라고 부르든 상관없어. 중요한 건 그런 일이 벌어지리라는 사실이었지."

"폴러드 형제 중에서 누가 화염병을 만들었지?"

"화염병이라니?"

"보니 브레이 아파트 쓰레기 활송장치에 떨어뜨린 것."

버로스는 너무 놀라 입을 떡 벌린 채였다.

"이지뱅크를 털기 전에." 보슈가 말했다.

"미쳤구먼." 버로스가 말했다. "우리는 완전히 비폭력주의였다고. 아무도 해치지 않았어. 그걸 우리한테 뒤집어씌우려 하다니. 게다가 당시엔 그 형제를 알지도 못했어. 다 나중에 알게 됐지."

보슈는 식탁 위로 몸을 기울였다.

"허튼소리 집어치워. '인종 전쟁에 동참하겠습니다.' 이렇게 말만 하고 끝이었고? 넌 그 형제를 알고 있었고, 네가 뭘 원하는지도 잘 알고 있었어. 캐스태익에 클럽하우스를 지으려면 돈이 필요했지."

"아냐! 당신 완전히 미쳤구먼. 됐어, 그만둬. 날 데리고 가서 입건하든 말든 상관없어. 내 집과 내 땅에서 썩 물러가. 지금 당장!"

보슈는 일어나서 버로스에게 손짓을 했다.

"자, 일어서."

"왜? 뭐 하려고?"

"LA로 가야지."

"아, 왜 이래, 진짜."

"일어나라고 했어."

"다 얘기했잖아! 다 도와주지 않았냐고! 원하는 게 뭐야? 애너 아세베도? 그 여자에 대해서는 아무것도 모른다니까. 난 그 화재사건하고는 아무 관련이 없어. 내가 범인이라는 증거도 전혀 없잖아. 폴러드 형제는 그로부터 1년 후에 캐스태익에서 만났고."

보슈는 식탁을 돌아서 버로스에게 다가갔다. 소토도 그 뒤를 따랐다. 그들의 움직임이 암시하는 바는 분명했다.

"그래, 알았어." 버로스가 두 손을 들어 보였다. "알았다고. 당신들, 진실에 대해서는 전혀 관심 없지? 희생양이 필요할 뿐이잖아. 그 희생양은 바로 나고. 빌어먹을, 난 왜 항상 희생양이지?"

"맞아." 보슈가 말했다. "제대로 이해했군."

버로스가 일어서자 소토는 그의 뒤로 가서 두 손목에 수갑을 채웠다.

소토가 총을 모두 챙겼고, 보슈는 버로스의 등을 떠밀며 집에서 나갔다. 개는 집 안에 둔 채 문을 닫은 뒤 진입로를 걸어 내려갔다. 트럭 앞에 이르자 보슈는 차 문을 열고 리모컨으로 대문을 열었다.

버로스를 포드 뒷좌석에 앉히고 총은 트렁크 속 담요 위에 두었다. 보슈는 소토에게 트럭 쪽으로 오라고 손짓했다. 버로스가 두 사람의 이야기를 듣지 못하게 하기 위해서였다.

"어떻게 생각해?" 보슈가 물었다.

"예상대로 인종차별주의자 개자식인 것 같네요." 소토가 말했다. "형사님 생각은요?"

"나도 마찬가지야. 근데 내부 공범은 아닌 것 같아."

"왜요? 보니 브레이를 제집 드나들듯 했다고 자기 입으로 말했잖아요. 쓰레기 활송장치가 어디 있는지도 알았다고 인정했고요. 현장에 갔고, 동기도 있었고. 거기서 사람이 다칠 수 있다는 건 신경도 안 썼을 거야 뻔하고요."

보슈는 오랫동안 말없이 소토의 머리 너머로 포드를 바라보았다. 버로스가 고개를 숙이고 있는지 그의 얼굴은 보이지 않았다.

"저놈한테 들은 말 때문에 그런 생각을 하는 게 아니야." 보슈가 말했다. "내가 본 것 때문이지. 내가 받은 느낌, 직감, 그런 거 말이야. 버로스는 보이코와 아세베도의 관계를 모르고 있었어. 사건에 대해서도 아는 게 별로 없었고."

"뭐예요? 설마 버로스의 말을 믿으시는 거예요?"

"루시, 나는 40년 가까이 별별 인간들을 다 만나왔어. 그러다 보면 직감을 믿을 수 있는 순간에 이르게 되지. 지금 내 직감은 버로스가 범인이 아니라고 말하고 있어."

소토는 가슴 앞에 팔짱을 꼈다.

"저도 그렇게 뛰어난 직감을 갖고 싶네요. 직감이 틀린 적은 없었어요?"

"많이 있지. 완벽한 사람이 어디 있겠어? 하지만 그렇다 해도 지금 내

느낌은 변하지 않아."

"그럼 어떡해요? 그냥 풀어줘요? 카우보이처럼 엉덩이에 총을 차고 있는 놈을?"

"아니, 풀어주겠다는 건 아냐. 총기 소지 혐의로 샌버나디노 보안관에게 넘기고 거기서 해결하게 하고 싶어. 그런 다음 우린 여길 떠나서 다음 친구에게 가보는 거지."

"보이코요?"

"응. 그리고 아세베도도. 아세베도를 찾아야 해. 그렇다고 버로스와 관련한 모든 조사를 중단한다는 뜻은 아니야. 던져둔 그물을 거두자는 게 아니라고. 버로스에 대한 지금의 느낌을 바꾸게 만들 뭔가를 건져 올릴 수도 있겠지. 하지만 당분간은……."

보슈는 다시 포드를 돌아보았다. 이제 버로스는 고개를 든 채 똑바로 앉아 창 너머로 그들을 노려보고 있었다.

"보안관국엔 제가 전화할까요?"

"그래. 동물 관리사도 부르라고 하고."

소토는 침울한 표정으로 고개를 끄덕였다.

"알겠습니다."

33

그들은 샌버나디노 보안관국에서 순찰차가 올 때까지 거의 한 시간을 기다렸다. 그다음에는 상황을 설명하고 마뜩잖아하는 부관에게 버로스의 신병을 인도하기까지 또 30분이 걸렸다.

보슈와 소토가 다시 고속도로에 오른 것은 오후가 다 지나간 뒤였고, 보슈는 소득도 없는 일에 시간을 낭비했다는 생각에 초조함을 느꼈다. 반면에 소토는 조용했다. 아무 말 없이 아이패드 화면만 바라보고 있었다.

"배고파?" 보슈가 물었다. "차 세우고 뭐 좀 먹고 갈까?"

"아뇨, 나중에요." 소토가 말했다.

"바로 보이코부터 만나죠."

"좋아. 어디로 가야 돼? 노스할리우드?"

"네, 근데 집이 아니라 직장으로요. 직장에 있을 시각이거든요. 지금은 이지뱅크의 전무예요. 이지뱅크 본사는 노스할리우드, 랭커심과 옥스너드 교차로에 있고요."

"오케이."

체크캐시 체인점 본사는 옥스너드의 소규모 공장단지 안, 간판도 달지 않은 건물에 있었다. 거기까지 가는 데만 두 시간 가까이 걸렸다. 이번에도 보슈는 출입구 앞에 차를 바짝 붙여 CCTV 카메라를 향해 경찰 배지를 보여주어야 했다.

여기서는 출입구가 순순히 열렸고, 보슈는 안으로 들어가 차를 댔다. 차에서 내리기 전에 그는 소토에게 보이코와의 대화 전체가 녹음되게끔 휴대전화의 녹음 기능을 미리 켜두라고 지시했다. 곧 차에서 내린 두 형사는 '출입문'이라고 적힌 문을 열고 현금을 파는 업체의 본사로 들어섰다. 그들이 들어간 곳은 작은 대기실로, 벽에는 어디서나 볼 법한 평범한 풍경화가 몇 점 걸려 있었다. 접수 직원이 책상 너머에 앉아 있고 제복을 입은 경비원이 다른 문 옆에 서 있었는데, 특이하게도 문에 손잡이가 없었다.

"맥심 보이코 씨를 만나러 왔는데요." 보슈가 말했다.

접수 직원이 책상에 놓인 달력을 보더니 얼굴을 찌푸렸다.

"약속하고 오셨나요?"

직원의 말투에서 동유럽인의 억양이 약간 느껴졌다. 보슈는 경찰 배지를 다시 꺼내 보여주었다.

"경찰입니다." 보슈가 말했다. "보이코 씨한테 강도사건 때문에 경찰이 왔다고 전해줘요."

직원이 찌푸린 얼굴로 수화기를 들어 어디론가 전화를 걸었다. 우크라이나어로 추정되는 언어로 짧게 이야기한 뒤 지시 사항을 듣고서 전화를 끊더니 경비원을 바라보았다.

"전무님 방으로 안내해 주세요."

경비원이 돌아서서 문 위에 설치된 카메라 렌즈를 올려다보며 고개를 끄덕였다. 찰칵 소리와 함께 문이 자동으로 열리자 경비원이 소토와 보슈를 위해 문을 잡아주었다. 세 사람은 중간 대기실로 들어가 첫 번째 문이 닫히고 다음 문이 열리기를 기다렸다. 이어 두 번째 문이 열리고, 그들이 닫힌 문 여러 개를 지나치며 걸어가 복도 끝에 이르자 작은 사무실이 나타났다. 나란히 붙은 책상 두 개가 수십 개의 CCTV 화면으로 이루어진 벽을 향해 놓여 있었다. 본사 내 여러 부서는 물론이고 각 체크캐시 영업점의 실내를 비춘 화면이었다. CNN 인터내셔널에 채널이 고정된 모니터도 하나 있었다. 수많은 화면 위쪽에는 붉고 흰 색깔로 '우크라이나에서 손 떼!'라는 구호가 적힌 포스터며, 러시아 군대와 복면을 한 우크라이나 반군들과의 전투를 찍은 사진들이 콜라주처럼 붙어 있었다. 중무장한 러시아 군인들을 향해 새총으로 돌을 날리는 남자를 찍은 사진도 보였다.

두 책상 중 하나는 비어 있었고, 다른 한 책상 너머에 숱이 듬성한 검은 머리에 젤을 발라 올백으로 넘긴 쉰 살가량의 남자가 앉아 있었다. 그가 경비원을 향해 고개를 끄덕였다. 이제 됐으니 나가보라는 뜻이었다.

"맥심 보이코 씨?" 보슈가 물었다.

"네, 난데요." 남자가 말했다. "반 누이스 건 때문에 오셨습니까, 아니면 휘티어 건인가요?"

로스앤젤레스에서 수십 년을 살았지만 보이코의 말투에는 아직도 모국어의 억양이 강하게 남아 있었다. 보슈는 최근 반 누이스와 휘티어의 이지뱅크 영업점에서 강도사건이 발생했나 보다고 추측했다. 사막에서 이리로 내려오며 소토가 보이코와 이지뱅크에 대해 검색한 결과를 알려준 터였다. 이지뱅크는 현재 샌루이스 오비스포, 샌타바버라와 벤투라 등 세 카운티에 서른여덟 개의 지점을 두고 성업 중이었고, 그중 3분의 2 이상이 로스앤젤레스 시내와 그 주변부에 집중되어 있었다.

"둘 다 아니고, 웨스트레이크 건입니다." 보슈가 말했다. "1993년 사건. 기억납니까?"

"이런 세상에." 보이코가 말했다. "네, 기억하죠. 내가 거기 있었거든요. 강도들을 잡은 겁니까?"

보슈는 대답하지 않았다. 그는 작은 사무실을 둘러보며 앉을 곳을 찾았다. 의자라고는 책상 의자 둘뿐이었는데, 그중 하나에는 보이코가 앉아 있었다.

"어디 앉아서 얘기할 곳이 있을까요?" 보슈가 물었다.

"아, 물론이죠. 따라오세요."

보이코는 그들을 데리고 사무실을 나가 복도를 걸어갔다. 문을 하나 열고 나가니 하역장이 나왔다. 거기에 흰색 승합차가 세 대 있었는데, 차 옆면에는 24시간 배관 수리 서비스 광고가 붙어 있었다.

"현금수송 차량을 이렇게 위장해서 다니죠." 보이코가 말했다. "현금이 실려 있다는 걸 아무도 모르게 하려고요. 게다가 공짜 광고를 해주는 대가로 배관업자한테서 광고비도 받고요."

보슈는 고개를 끄덕였다. 좋은 아이디어였다. 그러잖아도 다들 굳이 무장한 현금수송 트럭을 사용해서 여기 현금이 있다고 광고를 하고 다니는 이유가 뭔지 늘 궁금했다. 배관업자가 비용을 지불하는 데 그게 왜 공짜 광고냐는 말은 굳이 꺼내지 않았다.

그들은 하역장을 가로질러 갔고, 보이코가 또 다른 사무실의 문을 열었다. 그 안에 식탁과 의자 네 개가 놓여 있었다.

"여기서 얘기합시다." 보이코가 말했다.

“커피 드릴까요?”

보슈와 소토는 사양했다. 모두 의자에 앉은 뒤 보슈가 공식적으로 자기소개를 했다. 그는 이번에도 버로스를 조사할 때와 똑같은 전술을 쓰기로 했다. 애너 아세베도를 이용해 보니 브레이 방화사건에 관한 정보를 파보자는 생각이었다. 그러나 보이코는 전과도 없는 깨끗한 인간이라, 버로스 때만큼 잘 먹히지는 않을 터였다. 이번에는 심리를 이용해 섬세하게 접근해야 했다. 강도사건 발생 당시 보이코가 사건 자체보다는 여직원과의 불륜이 들통날까 봐 더 걱정하는 것 같았다던 담당 형사 거스 브레일리의 말이 떠올랐다. 이것이 보슈가 이용할 무기였다. 강력하지는 않더라도, 시도해 볼 만은 했다.

“우리가 93년 강도사건을 다시 살펴보는 중인데, 선생님의 도움이 필요해서요.” 보슈가 말했다.

“당연히 도와드려야죠.” 보이코가 대답했다. “그때 손실이 굉장히 컸죠. 근데 21년이나 지나서요? 왜 이제야 오셨죠?”

“다른 사건을 조사하던 중에 이 사건이 엮여 나왔거든요. 최근 일인데 어떤 사건인지는 말씀 못 드리고.”

“그렇군요. 그럼 돈을 돌려받게 되는 겁니까?”

보슈는 순간 이 사건에도 현상금이 걸려 있었나 싶어 기억을 되새겨 보았다.

“무슨 돈 말씀인지요?” 보슈가 물었다.

“강도들에게 빼앗긴 돈 말입니다.”

“아, 그거요. 하지만 아까 말씀하셨듯이 21년이나 지났으니 돈이 남아 있을 것 같진 않군요. 그래도 또 모르죠.”

“네, 그렇군요.”

"보험회사에서 피해 보상을 받지 않았나요?"

"다는 못 받고 일부만요. 손해가 엄청났죠. 그래도 보험에 대해 배우는 계기가 됐습니다. 보험이 보장하는 한도 이상은 보유하지 말 것. 이제 그런 문제는 다신 없을 겁니다."

"다행이군요. 그리고 사세가 많이 확장됐네요. 그땐 영업점이 두세 개 정도였는데, 지금은 가는 곳마다 이지뱅크가 있더라고요."

"네, 크게 성공한 케이스죠."

"축하합니다. 아내분과 자녀들이 아주 자랑스러워하겠는데요."

"네, 아내가 좋아하죠. 자녀는 없습니다. 너무 바빠서요. 그동안 일만 하느라."

"그렇군요. 그 좋아하는 일을 못 하게 너무 오래 붙잡고 있진 않겠습니다. 선생님을 찾아온 건, 지금 우리가 누굴 찾고 있는데 선생님이 우릴 도와줄 수 있을 것 같다는 얘길 들어섭니다."

"찾는다는 분이 누굽니까?"

"애너 아세베도."

보이코는 순간적으로 얼굴을 찌푸렸다가 곧 영문을 모르겠다는 표정을 지으려 애썼지만 잘되지 않았다.

"그 사람이 누구죠?" 보이코가 물었다.

"기억 안 나요?" 보슈가 말했다. "그때 함께 일했던 직원이잖아요. 강도사건이 일어난 날 현장에 같이 있었고. 강도들이 그 여자 머리에 총을 겨눠서 당신이 금고를 열어줬는데."

보이코가 힘차게 고개를 끄덕였다.

"아, 아세베도, 네, 기억하죠. 너무 오래 전 일이라 바로 안 떠올랐네요. 지금은 여기서 일 안 합니다. 그때 떠났죠."

"그만뒀다는 얘긴 들었습니다."

"네, 그만뒀죠. 스트레스가 너무 심하다고 하더라고요. 강도들이 다시 돌아올 것 같아 무섭다고."

"그리고 또 아세베도가 당신 여자친구였다는 얘기도 들었는데요. 그래서 혹시……."

"아뇨, 아뇨, 아뇨. 여자친구 아닌데요."

보이코는 공격이라도 막는 양 두 손을 들어 방어하는 시늉을 했다.

"네, 지금은 아닐지 모르지만 그땐 여자친구였잖아요." 보슈가 말했다. "아세베도가 살고 있던 보니 브레이 아파트에도 자주 갔고요. 그건 기억하죠?"

보이코는 기억이 잘 안 난다는 듯 입을 벌린 채 잠시 천장을 쳐다보았다.

"아뇨, 그 여자 남자친구는 우리와 같이 일했던 경비원이었어요." 보이코가 말했다. "그 둘이 사귀었는데."

보슈는 식탁 위로 허리를 굽히고 남자 대 남자로 비밀 이야기라도 나누듯 목소리를 낮추었다.

"이봐요, 맥심, 이거 수사 자료에 다 나와 있어요." 보슈가 말했다. "당신과 아세베도가 그렇고 그런 관계였다는 거. 그래서 당신이 금고를 열었다는 거."

"아뇨, 무슨 그런 말을." 보이코가 발끈했다. "수사 자료에서 그거 빼줘요. 사실이 아니니까. 난 유부남입니다. 아내를 사랑하고요."

보이코는 마치 아내가 문밖에 서 있기라도 한 것처럼 문 쪽을 가리키며 말했다. 그 모습을 보자 보슈는 아까 그들을 맞이하고 다른 언어로 통화를 했던 접수 직원이 그의 아내가 아닐까 하는 생각이 들었다.

"이봐요, 맥스, 당신을 당황하게 만들거나 괴롭히려고 여기 온 거 아니에요." 보슈가 말했다. "그러니까 진정해요. 하지만 우리가 가진 수사 자료에 따르면 당신이 아세베도를 만나러 보니 브레이 아파트를 정기적으로 들락거렸다는 목격자들의 증언이 나와 있어요. 당신이 당시 담당 수사관이었던 브레일리 형사에게 그 사실을 인정했다는 내용까지 포함해서."

"아, 그땐 그랬지만 지금은 아니라고요." 보이코가 속삭이듯이 대꾸했다.

"그래요, 그때 얘기지." 보슈는 한 발짝 물러나주었다. "오래전 일이고, 그런 일 있을 수 있어요. 아세베도가 다른 남자, 그러니까 경비원과 사귀는 걸 알고 있었다고 했는데, 맞죠?"

보이코는 자신이 불륜을 인정함으로써 질문 공세의 문을 열었음을 깨닫고 고개를 가로저었다.

"몰랐다가 나중에 알게 됐어요." 그가 말했다.

"그래서 그만뒀죠."

"아세베도를 만나러 보니 브레이 아파트에 가는 걸 중단했다고요?" 보슈가 물었다.

"네, 그랬어요."

"왜 아세베도한테 경비원을 그만 만나라고 하지 않았죠? 당신이 상관이었는데. 왜 당신 쪽에서 그만둔 겁니까?"

"나한텐 아내가 있었으니까요. 실은 정말로 끝내고 싶기도 했고요. 시작은 아세베도가 했지만, 나 역시 큰 실수를 저질렀다는 걸 깨달았거든요."

"아세베도가 먼저 당신한테 접근했단 뜻입니까?"

"네, 말씀하신 그대로예요."

보슈는 보이코가 어떻게 이용당했는지 이해했다는 것처럼 고개를 끄덕여 보였다.

"좋아요. 그만두기 전에는 아세베도의 아파트에 얼마나 자주 갔습니까?"

"아주 자주는 안 갔어요."

"애너 아세베도는 지금 어디 있죠, 맥심?"

보이코는 용서라도 빌듯이 두 손을 모았다.

"모르죠. 진짜로 모릅니다. 그녀가 직장을 그만둔 이후로는 소식을 몰라요."

"그 후로 아세베도를 본 적이 없다고요? 하지만 목격자들은……."

"글쎄, 아니라니까요! 목격자 누구요? 버로가?"

21년 전에 함께 일한 경비원의 이름을 일부나마 기억하고 있다니, 보슈로서는 꽤 흥미로웠다.

"목격자 신원을 밝힐 수는 없고요." 그가 말했다. "어쨌든 당신은 그 이후로 애너 아세베도를 한 번도 본 적이 없다, 그거죠?"

"그렇다니까요." 보이코가 말했다.

"통화는? 그 뒤로 통화를 한 적은 있습니까?"

"세금 때문에요."

"세금? 무슨 뜻이죠?"

"그 여자가 국세청에 세금 환불을 신청하고 싶다며 새 주소를 알려줬어요. 거기로 세금 신고서를 보내달라고요."

"W-2나 1099형식 같은 거요?"

"네, 맞아요."

"그러니까 아세베도는 강도사건 이후에 직장을 관뒀지만, 새로 바뀐 주소를 당신한테 알려줬다?"

"네, 그랬다니까요."

보슈는 침착한 어조를 유지하려고 애썼지만 잘되지 않았다. 보이코의 대답으로 애너 아세베도를 찾을 수 있다는 희망이 되살아났기 때문이었다.

"이지뱅크에 직원 기록을 갖고 있죠, 맥심?" 보슈가 물었다.

"그럼요."

"그럼 애너 아세베도의 자료도 아직 있겠군요? 그 주소가 적힌 자료 말입니다."

"하지만 20년 전 건데."

"알아요. 하지만 어쨌든 직원이었으니 자료가 아직 남아 있을 수 있잖아요."

"네, 그거야 그렇죠."

"어디에 있습니까? 자료가 이 건물 안에 있나요?"

"네, 원하시면 확인해 볼게요."

"좋아요, 확인 좀 해줘요. 지금 당장. 기다릴 테니까."

보이코가 일어나서 방을 나갔다. 보슈는 손목시계를 보았다. 오후 5시가 되어가고 있었다. 이 마지막 몇 분이 오늘 하루 전체를 구해 낼 큰 정보를 가져다줄 것 같다는 예감이 들었다.

"무슨 생각 해?" 보슈가 소토에게 물었다.

소토는 입술을 꽉 다문 채 잠깐 생각한 다음 대답했다.

"형사님이랑 똑같은 생각일 것 같은데요." 소토가 말했다. "두 남자 모두 아세베도가 먼저 접근했다고 했잖아요. 그게 좀 이상해서요. 아세베도가 무슨 색골이라도 되는 것처럼, 아니면 다른 계획이 있었던 것처럼요."

보슈는 손가락으로 소토를 가리켰다. 아닌 게 아니라 그도 같은 생각을 하던 중이었다.

"거기에다 사라졌다는 것까지 감안하면, 뭐가 나오지?" 보슈가 물었다. "아세베도가 살던 곳을 떠났다는 얘기를 하는 게 아니야. 정말 뿅 하고 사라졌잖아."

"용의자 명단 맨 위에 적을 사람을 찾은 것 같네요." 소토가 말했다.

보슈는 고갯짓으로 문을 가리켰다.

"보이코가 돌아오면 그날 일에 대해서 물어보자고." 그가 말했다. "강도사건 용의자들에 대해서. 그들이 진짜로 백인이었는지 확인해야 해. 만약 그렇다면, 아세베도의 삶을 들여다보면서 아세베도와 용의자들과의 교차점을 찾아야겠지. 자네 표현대로 하자면, 연결 고리 말이야."

소토가 대꾸하기 전에 문이 열리고 보이코가 돌아왔다. 손에 종이 한 장이 들려 있었다.

"주소 여기 있어요." 보이코가 자랑스럽게 선언하듯 말했다.

보이코는 보슈와 소토 사이에 종이를 놓은 뒤 아까 앉았던 자리로 돌아갔다. 보슈가 식탁 위로 몸을 기울여 종이를 보았다. 1993년 소득액과 세금 공제액에 대한 국세청의 W-2 서식이었다. 이름은 애너 마리아 아세베도로 기재되어 있고, 캘리포니아주 칼렉시코의 주소가 적혀 있었다.

"칼렉시코?" 소토가 물었다. "칼렉시코에 뭐가 있죠?"

"아세베도가 그리로 이사 간 거죠." 보이코가 하나 마나 한 소리를 했다.

소토가 바닥에서 가방을 집어 아이패드를 꺼냈다. 보슈는 보이코를 쳐다보았다.

"아세베도가 칼렉시코 얘기를 한 적이 있습니까?"

"아뇨, 그런 기억은 없는데."

"가족은? 거기에 가족이 있었나요?"

"아뇨, 아세베도는 여기 LA에서 태어났어요. 자기 말로는 그래요. 그리고 가족은 멕시코에 산다고 했는데."

"멕시코 어디라고 했는지 기억해요?"

"아뇨, 그건……."

"보슈 형사님." 소토가 끼어들었다. "이것 좀 보세요."

소토가 아이패드를 보슈에게 건넸다. W-2에 나온 주소를 구글 스트리트 뷰로 찾아 놓아서 지금 보슈의 눈앞에는 1994년 초에 국세청의 세금 신고 서식이 배달된 주소지의 사진이 있었다. 스페인 미션 양식의 커다란 건물이었다. 학교 같아 보였지만, 현관 앞 타일을 깐 진입로 옆에 서 있는 표지판을 자세히 읽어보니 아니었다.

성스러운 약속 수녀회

1909년 설립

샌디에이고 대교구

단편적인 사실들이 비틀비틀 자기 자리를 찾아가고 있었다. 이지뱅크 강도사건과 보니 브레이 방화사건은 1993년 10월에 발생했다. 그로부터 6개월 후 1993년도 세무 신고를 했던 시점에, 애너 아세베도는 캘리포니아와 멕시코 국경 마을의 수도원에서 살고 있었던 것이 틀림없었다.

아세베도가 거기로 간 이유 역시 점점 더 분명해지는 참이었다. 속죄, 구원, 피신처. 보슈의 머릿속에 제일 먼저 떠오른 단어들이었다.

34

이제 수사는 걷잡을 수 없을 정도로 탄력이 붙었다. 그날 밤 두 사람은 차에 기름을 가득 채우고 편의점에서 간단한 요깃거리를 산 뒤 300킬로미터가 넘는 거리를 달려가기 시작했다. 보슈는 동쪽 방향 10번 고속도로를 달리다가 인디오에서 남쪽으로 방향을 바꿔 86번 주간 고속도로를 탔다. 그들은 보레고 스프링스를 지나 솔턴 호수를 끼고 계속 달렸다. 동쪽으로 저 멀리 초콜릿 산맥이 보이는 광활하고 황량한 지역이었다.

"여기 와보신 적 있어요?" 소토가 물었다.

"오래전에." 보슈가 말했다.

"수사 때문에요?"

소토가 물었을 땐 보슈도 마침 그 사건을 생각하던 참이었다.

"그렇다고 할 수 있지." 그가 대답했다.

"파트너를 찾느라."

"파트너요? 무슨 일이 있었는데요?"

"말하자면 길어. 책 한 권을 써도 될 만큼. 파트너가 변절했는데 그 후로…… 돌아오지 못했지."

"실종됐다는 뜻이에요?"

"아니, 죽었다는 뜻이야."

보슈는 소토를 흘끗 쳐다보았다.

"파트너 배정될 때 이미 나에 대해 알고 있었지?" 그가 물었다.

"글쎄요, 저도 갑자기 통보받은 거라." 소토가 말했다.

"자네도 알겠지만, 난 두 명의 파트너를 잃었어. 한 명은 총에 맞았지만 살아남았고, 결국 스스로 목숨을 끊은 파트너가 한 명 있지. 파트너가 바뀌고 나서 한참 후에 자살했으니 정확히 말하자면 파트너라고 할 수 없겠만."

이 말 이후 몇 킬로미터를 달리는 동안 차 안에는 무거운 침묵이 흘렀다. 소토는 사막의 붉은 노을을 감상하다가 이윽고 다시 아이패드 화면을 보기 시작했다.

"이 아래쪽은 되게 이상한 동네야." 한참이 지나 보슈가 입을 열었다. "국경을 사이에 둔 두 도시 말이야. 우리 쪽은 칼렉시코, 저쪽은 멕시칼리. 일이 어떻게 돌아가는지 이해하기 힘든 곳이지. 전에 여기 왔을 때가 기억나는군. 그땐 내 파트너 사건이 일어나기 전이었어. 규정대로 경찰서에 들어가서 출장 온 경찰관이라고 신고를 했지만 아무도 날 도와주지 않더군. 그다음에는 국경을 넘어갔고, 거기서 만난 친구는…… 수사관이었는데, 유일하게 부패하지 않은 경찰관이었지. 수사를 제대로 하고 싶어 하는 유일한 사람이었어. 이쪽저쪽을 통틀어서 말이야."

소토는 대꾸하지 않았다. 지금껏 보슈와 일했던 이들 중 죽은 사람이 몇 명인지 헤아리고 있는 것 같았다.

"어쨌든 이상한 동네야." 보슈가 말했다.

"자네도 긴장 늦추지 마."

"네, 알겠습니다." 소토가 말했다. "현지 경찰서에 신고하러 들어갈 거예요?"

보슈는 고개를 가로저었다.

"그럴 필요 없을 것 같은데."

"저도 그렇게 생각해요."

"아이패드에서 뭐 알아낸 거 있어?"

"많진 않아요. 여긴 와이파이나 무선 신호가 안 잡혀요. 하지만 아까 도시 가까이 있을 때 성스러운 약속 수녀회를 검색해서 자료 다운 받아 놨어요. 캘리포니아, 애리조나, 텍사스에 수녀원이 있더라고요. 국경에만 다섯 군데 분원이 있고, 멕시코에도 두 군데 있어요. 오악사카랑 게레로에."

"무슨 일을 하는 곳이야? 교리를 가르치고 세례를 주고, 뭐 그러는 건가?"

"그런 일도 있지만, 더 힘들고 위험한 일도 해요. 거기 수녀들은 전원이 서원을 하더라고요. 청빈, 순결, 순종을 맹세하죠. 성스러운 약속은 이 세상에서 고통 받고 희생하며 사는 대가로 천국에서 영원한 생명을 누리게 하겠다는 예수의 약속을 의미한대요. 수녀들은 선교 활동을 해요. 아주 위험한 지역으로 가서 주님의 말씀을 전하는 거죠. 마약 카르텔이 지배하는 지역, 양귀비밭 천지인 게레로나 몬태나 같은 데로요. 그렇게 선교하러 갔다가 돌아오지 못하는 수녀도 많대요. 수녀원마다 그런 수녀들의 이름을 적은 추모의 벽이 있다고 하네요. 사고 현장에 세워놓은 추모비 같은 건가 봐요."

"카르텔 조직원들이 수녀들이라고 안 건드릴까?"

"안전한 사람이 어딨겠어요, 그 동네에."

보슈는 한동안 상념에 빠졌다. 수녀라는 단어를 듣자 그에게 어머니의 사망 소식을 전해 주었던 수녀가 떠올랐다. 어머니가 주 정부에 양육권을 빼앗기는 바람에 당시 열한 살이었던 그는 임시로 카운티 아동보호 센터에 입소해 살고 있었고, 수녀는 그곳의 사감이었다. 애초에는 센터에 일정 기간만 머무는 것으로 되어 있었지만, 그날 그의 인생이 완전히 바뀌었다. 그 후로 그는 수녀라는 단어를 들을 때마다 죽음을 함께 떠올리게 되었다.

"아세베도를 만나면 무슨 말을 하죠?" 소토가 물었다. "그러니까, 이렇게 오랜 세월이 지난 후에도 거기 있으면요."

"아세베도가 수녀든 수녀원장이든 무슨 상관이야." 보슈가 말했다. "그 여잔 용의자니까 용의자로 대하면 되는 거야. 기억해, 보니 브레이 아파트 화재의 범인은 둘이고, 그중 한 명이 교황이라 해도 우리와는 상관없는 일이라는 거. 잡아 처넣으면 그뿐이지. 그리고 애너 아세베도는 그 두 범인과의 연결 고리야. 물론 그녀는 범인들이 뭘 하려는 건지 몰랐을 수도 있어. 아마 몰랐을 거야. 그러니까 수녀원으로 들어갔겠지."

"맞아요."

그들은 더 이상 아무 말 없이 달렸고, 보슈의 기억은 매클래런 아동보호 센터에서 겪었던 운명의 그날로 돌아갔다. 어머니의 사망 소식을 들은 보슈는 수녀를 뿌리치고 수영장 물속으로 뛰어들었다. 수영장 바닥에 잠겨 있는 힘껏 소리를 질렀지만, 물 밖으로는 아무 소리도 새어 나가지 않았다.

그들은 밤 9시가 조금 지나서 칼렉시코에 도착했다. 주소를 휴대전화 GPS 앱에 입력해 둔 소토가 보슈에게 도시의 서쪽 지역으로 가라고 지시했다. 수녀원은 주거 구역인 노소트로스 거리에 있었다. 보슈는 수녀원 바로 앞에 차를 세우고 문을 열었다.

"아세베도 사진 갖고 가자." 그가 말했다. "혹시 모르니까."

"네." 소토가 말했다.

깜깜한 밤, 수녀원 앞쪽 잔디밭을 따라 늘어서 있는 나무 어딘가에서 매미가 시끄럽게 울어댔다.

"윽, 저 소리 진짜 싫어요." 소토가 말했다.

"왜?" 보슈가 물었다.

"글쎄요, 성서나 영화에서는 저 울음소리가 항상 나쁜 소식을 상징하잖아요."

"그건 메뚜기고. 저건 매미거든."

"그거나 저거나요. 저 소리도 나쁜 소식을 뜻하는 걸 거예요. 두고 보세요."

수녀원 출입문은 잠겨 있지 않았다. 보슈와 소토는 문을 열고 들어가 현관을 향해 걸어갔다. 옆쪽에 난 창문으로 보니 건물 안은 불이 모두 꺼져 있었다. 반짝이는 초인종 단추가 눈에 들어와 보슈는 초인종을 세게 눌렀다.

"아세베도가 침묵을 맹세해서 우리 질문에 대답할 수 없으면 어떡하지?" 기다리는 동안 보슈가 물었다.

"침묵 서원이란 말은 수녀원 자료 어디에서도 못 본 것 같은데요." 소토가 말했다.

"농담이야. 누가 나온다."

유리 뒤에서 다가오는 그림자가 보였다. 곧 수녀복 차림을 한, 놀라울 정도로 젊은 여성이 문을 열었다. 짙은 색 눈에 예쁜 얼굴이었다. 수녀는 30센티미터 정도만 문을 열어두었다.

"네, 무엇을 도와드릴까요?" 수녀가 물었다.

"수녀님, 밤늦게 찾아와서 죄송합니다." 보슈가 말했다. "저흰 로스앤젤레스에서 온 경찰입니다."

보슈가 수녀에게 경찰 배지를 보여주었고 소토도 따라 했다.

"우리가 찾는 여자가 이 수녀원에 있을 가능성이 있어서 왔습니다." 보슈가 말했다. "그 여자를 꼭 만나야 하거든요."

수녀는 어리둥절한 표정이었다.

"오늘요?" 수녀가 물었다. "오늘은 방문객이 아무도……."

"아뇨, 사실 그 여잔 20년쯤 전에 이곳에 왔습니다." 보슈가 말했다.

수녀는 한참이나 그를 바라보았다. 애너 아세베도가 수녀원에 왔을 때—정말 왔다면 말이지만—이 수녀는 아마 세 살쯤 되었을 것 같았다.

"무슨 말씀이신지 이해가 잘 안 가는데요." 수녀가 말했다.

보슈는 부드럽게 미소를 지으며 고개를 끄덕였다.

"혼란스럽게 해서 미안합니다." 그가 말했다. "오래전에 로스앤젤레스에서 일어난 미제사건 때문에 한 여자를 만나야 해요. 우린 미제사건을 수사하는 형사고요. 가장 마지막으로 알려진 이 여자의 주소가 여기 수녀원입니다. 1994년에 우편물을 이곳으로 보내달라고 요청한 기록이 있어요. 이름은 애너 마리아 아세베도. 아는 이름입니까? 그 여자가 여기 있나요?"

반응을 보아하니 이 수녀는 아무것도 모르는 것이 분명했다.

"수녀님이 여기 오기 훨씬 전의 일일 텐데, 당시 일을 알 만한……."

"이 사람이 아세베도예요." 소토가 끼어들었다.

애너 아세베도의 마지막 운전면허증 사진을 내민 채였다. 수녀는 몸을 숙여 현관 등의 희미한 불빛 아래 사진을 들여다보았다.

"아, 에시 수녀님 같네요." 수녀가 말했다. "근데 그분은 여기 안 계시는데요."

보슈와 소토는 서로를 바라보았다. 애너 아세베도는 보니 브레이 화재 때 어린이들을 구하다가 숨진 어린이집 선생님의 이름으로 자기 이름을 바꾼 것이다.

"확실합니까?" 보슈가 물었다.

"아, 확실하진 않지만 그분과 비슷한 것 같아요."

"그게 완전한 이름인가요? 에시 수녀님?" 소토가 물었다.

"아뇨, 완전한 이름은 에스터예요." 수녀가 말했다. "에스터 곤살레스 수녀님. 여기선 줄여서 애칭으로 부르고요. 원래 이름은 너무 형식적인 것 같아서."

"수녀님 이름은 뭐죠?" 보슈가 물었다.

"테레사 수녀입니다."

보슈는 테레사 수녀에게 사진을 다시 한 번 보고 에시 수녀가 맞는지 확인해 달라고 부탁했다. 수녀는 시키는 대로 하고는 고개를 끄덕였다.

"지금은 훨씬 더 나이가 드셨지만요." 수녀가 말했다. "제럴딘 수녀님이 여기 가장 오래 계셨으니 확실히 아실 거예요."

"제럴딘 수녀님을 만날 수 있을까요? 굉장히 중요한 일이라서 그럽니다."

"여기서 기다려주시겠어요? 아직 안 주무시는지 보고 올게요."

"네, 부탁합니다. 참, 그 전에, 에시 수녀가 어디 갔는지 알려주시겠어요? 여기 안 계신다고 했는데."

"제럴딘 수녀님이 깨어 계시는지 보고 올게요. 저는 수녀원을 대표해서 말할 자격이 없거든요. 사진을 가져가도 될까요?"

테레사 수녀는 소토에게서 사진을 받아 든 뒤 문을 닫고 들어갔다. 보슈와 소토는 서로를 쳐다보았다. 퍼즐이 착착 들어맞고 있었다.

"아세베도가 에시 선생님 이름을 따서 개명했어요." 소토가 말했다. "그게 죄책감 아니면 뭐겠어요."

보슈는 고개를 끄덕이면서도 흥분감을 드러내지 않으려 애를 썼다. 에스터 수녀는 수녀원에 없다. 만일 그 수녀가 정말 애너 마리아 아세베도라 해도 그녀를 찾아내는 일이 남아 있었고, 불을 낸 범인들이 누군지 그녀가 말해줄 수 있는지도 두고 볼 일이었다.

5분쯤 지나자 문이 다시 열렸다. 그 젊은 수녀가 사진을 소토에게 돌려주더니 제럴딘 수녀님이 기다리고 계신다고 알렸다.

그들은 수녀의 안내를 받아 건물 안으로 들어가서 복도를 걸어갔다. 한쪽 벽면은 목숨을 잃은 수녀들을 위한 추모의 벽으로 꾸며져 있었다. 아홉 명의 이름과 사진이 붙어 있었는데, 모두 수녀복 차림이라 다 똑같아 보였다.

그들은 구석에 놓인 낡은 상자형 텔레비전 말고는 가구가 거의 없는 방에 도착했다. 다른 수녀가 그들을 기다리고 있었다. 60대의 그 수녀는 무테안경 너머 날카로운 눈으로 그들을 지켜보았다. 나이 든 수녀의 눈을 보며 보슈는 아마 저 눈 또한 자기 눈만큼 오랜 세월 수많은 것을 보았으리라 생각했다.

"형사님들, 어서 앉으시죠." 제럴딘 수녀가 말했다.

"제럴딘 터너 수녀입니다. 하지만 여기 사람들은 그냥 G 수녀라고 부르죠. 형사님들이 테레사 수녀에게 준 사진 속의 여성은 우리 에스터 수녀인 것 같은데요. 수녀님한테 뭔가 일이 생긴 겁니까? 무슨 일 때문에 그러시죠?"

보슈는 커피 테이블을 사이에 두고 제럴딘 수녀의 맞은편에 놓인, 도톰하게 속을 댄 장의자에 앉았다. 소토가 그의 옆에 앉았다.

"G 수녀님, 우리는 에스터 수녀님의 소식을 전하러 온 게 아닙니다." 보슈가 입을 열었다. "현재 수사 중인 사건과 관련해 에스터 수녀님의 도움이 필요해서 찾아왔어요."

G 수녀는 쿵쾅거리는 가슴을 진정시키려는 듯 한 손을 가슴에 얹었다.

"오, 하느님, 감사합니다." 수녀가 말했다. "난 또 최악의 일이 일어난 줄 알고요."

"에스터 수녀님은 정확히 어디 있습니까?" 보슈가 물었다.

"멕시코 게레로로 선교 활동을 가셨어요. 아유틀라라는 마을인데, 요즘 거기서 마약 카르텔 조직원들과 단속 경찰들 사이에 전투가 벌어지고 있다는 보도가 나오는 데다 일주일이 넘도록 수녀님한테서 소식이 없어 걱정하던 차였습니다."

"거긴 왜 갔습니까?"

"우리에겐 선교의 의무가 있거든요. 우린 책과 의료 용품, 주님의 말씀을 갖고 가서 거기 아이들에게 전합니다. 그게 우리의 소명이죠."

"에스터 수녀님이 연락을 주거나 돌아오시기로 한 날이 언제죠? 약속한 기한이 지났나요?"

"아뇨, 지나지는 않았어요. 앞으로 2주는 더 있다가 돌아올 예정이죠. 하지만 본원과의 연락은 매주 하기로 되어 있거든요. 여기가 본원이고요. 그런데 소식을 들은 지 열흘이 됐어요."

보슈는 고개를 끄덕였다. G 수녀는 에스터 수녀를 위해 짧은 화살기도를 바친 후 성호를 그었다.

“20년 전 에스터 수녀님이 이곳에 처음 오셨을 때도 수녀님은 여기 계셨나요?” 소토가 물었다.

“있었죠.” G 수녀가 말했다.

“그때 있었던 수녀님들 중 지금까지 남아 있는 사람은 저밖에 없어요. 많은 분이 주님 곁으로 가셨죠.”

“에스터 수녀님이 여기 오셨을 때의 상황 기억하십니까?” 소토가 물었다.

“오래전 일이네요.” 수녀가 말했다. “에스터 수녀님이 로스앤젤레스에서 오셨다는 건 기억나요. 천사의 도시에서 천사가 날아온 것 같았죠.”

“그게 무슨 말씀입니까?” 보슈가 물었다.

“당시 우리 수녀원이 경제적으로 굉장히 어려웠거든요.” 수녀가 말을 이었다. “은행 대출 상환 만기가 한참 지났는데도 못 갚고 있었죠. 그래서 우리가 본원이라 부르는 이 아름다운 집을 잃을 위기에 처해 있었는데, 에스터 수녀님이 오신 거예요. 수녀님이 대출 빚을 전부 갚아줬습니다. 그러더니 우리 수녀회에 입회하고 싶다고 하더군요. 우리는 받아들였죠. 에스터 수녀님은 수련 기간을 거친 다음 첫 서원을 했고요.”

보슈가 고개를 끄덕였다.

“에스터 수녀님이 하신 일을 보시겠어요?” G 수녀가 물었다.

“무슨 말씀이시죠?” 보슈가 물었다.

수녀는 자기 오른쪽에 있는 낡은 텔레비전을 가리켰다.

“수녀님들의 선교 활동을 영상에 담아 보관하거든요. 기부금 모금에 도움이 되니까요. 에스터 수녀님의 최근 선교 활동을 담은 영상이 DVD

플레이어에 들어 있을 겁니다. 수녀님이 치아파스에 있는 학교에 가셨을 때예요. '신투로네스 데 미세리아'라고 들어보셨습니까?"

보슈가 통역을 바라며 소토를 돌아보았다.

"거주 구역을 가리키는 말이에요." 소토가 말했다.

"빈민촌."

"치아파스는 멕시코에서도 가장 빈곤한 지역이죠." G 수녀가 덧붙였다.

이어 수녀는 테이블에 놓인 리모컨을 들고 TV와 DVD 플레이어를 틀었다. 화면에 흰 수녀복을 입은 수녀 둘이 허름하기 짝이 없는 교실에서 어린이들에게 음식을 나눠주는 모습이 나왔다. 어린이들은 더러운 옷을 입고 있었고, 배가 불룩한 아이도 많았다. 어느 수녀가 에스터 수녀냐고 물을 필요는 없었다. 사진에서 본 애너 아세베도가 수녀복 차림으로 거기 있었다.

G 수녀가 DVD를 빨리 감아 수녀들이 수업을 하는 장면으로 가서 멈췄다. 에스터 수녀가 가죽 장정에 화려한 금박으로 장식된 성서를 든 채 읽어 내려가고, 대여섯 살에서 10대 초반의 어린이들이 홀린 듯이 귀를 기울이는 모습이었다.

G 수녀는 다시 비디오를 빨리 감다가 수녀들이 포장도로도 전신주도 없는 오지 마을을 떠나는 장면에서 멈췄다. 수녀들은 색상이 화려하지만 낡은 버스에 오르는 참이었다. 버스 앞 유리에는 '크리스토발 데 라스 카사스'라는 목적지가 적혀 있었다. 보슈는 한 번도 들어본 적이 없는 지명이었다.

여덟 살쯤 되어 보이는 사내아이가 에스터 수녀를 떠나보내기 싫은지 그녀의 흰 수녀복을 꽉 붙든 채 울고 있었다. 에스터 수녀는 아이의 뒤통수를 쓰다듬으면서 아이를 달랬다.

G 수녀가 TV를 껐다.

"저분이 에스터 수녀님이에요."

"보여주셔서 감사합니다." 보슈가 말했다.

혹시 G 수녀가 심상찮은 분위기를 느끼고 에스터 수녀에 대한 동정심을 불러일으키기 위해 비디오를 보여준 것은 아닐까 하는 생각이 들었다. 소토가 무슨 말인가 하려고 했지만, 보슈가 그녀의 팔을 잡아서 막았다. 지금으로선 필요한 것을 모두 얻었다. 질문을 너무 많이 하면 의심을 살 수도 있었고—이미 의심을 사지 않았다면 말이지만—LA경찰이 찾아왔다는 말이 에스터 수녀의 귀에 들어가지 않을까 걱정도 되었던 것이다. 보슈 자신이 직접 만나 얘기하기도 전에 에스터 수녀를 겁먹게 하고 싶진 않았다.

"수녀님, 혹시 에스터 수녀님이 무사히 돌아오시면 저희한테 연락주실 수 있을까요? 그때 에스터 수녀님을 만나러 다시 오겠습니다. 이렇게 불쑥 찾아와서 죄송하고, 시간 내주셔서 감사합니다."

그러곤 보슈는 자리에서 일어났다.

"무슨 일 때문인지 말씀해 주시겠어요?" G 수녀가 물었다.

"그러죠." 보슈가 흔쾌히 대답했다. "테레사 수녀님께 들으셨는지 모르지만, 우린 미제사건 전담반 소속입니다. 종결되지 않은 오래된 사건, 오래전에 일어난 범죄를 해결하려고 노력하죠. 당시 에스터 수녀님은 애너 아세베도라는 이름의 직장인으로, 범죄의 목격자였습니다. 우리는 지금 그 범죄를 다시 살펴보는 중이고요. 그래서 수녀님을 만나 당시엔 경찰에게 말하지 않았지만 이후 새로이 기억난 것이 있었는지 물어보고 싶은 겁니다. 우리의 기억 속에 각인되어 있다가 세월이 흐르며 불쑥불쑥 의식의 수면 위로 떠오르는 것들이 얼마나 많은지 알면 수녀님도 아마 놀라실 겁니다."

G 수녀는 손목시계를 확인하더니 의심스러운 표정으로 보슈를 마주 보았다.

"네, 그럴 것 같네요." 수녀가 말했다. "명함을 주고 가시면 에스터 수녀님이 돌아오자마자 전화드리라고 할게요. 그게 주님의 뜻이라면 말이죠."

"크게 신경 쓰지 않으셔도 됩니다, 수녀님." 보슈가 말했다. "우리가 다시 연락드릴 테니까요."

보슈는 새벽 2시가 넘어서야 집에 돌아왔다. 집 안의 불은 모두 켜져 있었지만 고요했다. 딸의 침실 문은 닫혀 있었다. 이미 한참 전에 자러 들어갔을 것이다. 그는 칼렉시코에서 올라오면서 딸과 통화를 했었다.

긴 하루였고, 대부분의 시간을 차에서 보냈지만, 보슈는 흥분감을 쉽게 가라앉힐 수가 없었다. 그는 뒤쪽 베란다로 나가 난간에 기대선 채 도시의 야경을 바라보며, 보니 브레이 사건 수사와 관련해 그날 하루 동안 일구어낸 진전 사항을 정리했다. 아침에 크라우더 반장에게 보고할 생각이었다. 그런 다음 마약 카르텔이 장악하고 있는 게레로의 산악 지대로 에스터 곤살레스 수녀라 불리는 애너 아세베도를 찾으러 갈 것인지, 아니면 그녀가 미국 땅에 돌아올 때까지 기다리는 것으로 만족할 것인지 결정해야 했다. 어느 쪽이든 위험부담이 있었고, 보슈는 반장에게 결정권을 넘길 생각이었다.

더하여 애너 아세베도가 에스터 곤살레스 수녀로 개명한 것이 적법한 절차에 따라 이루어진 일이었는지, 만일 그랬다면 소토가 그녀의 소재 파악에 나섰을 때 왜 개명 기록이 검색되지 않았는지도 알아볼 필요가 있었다. 아세베도는 유효한 여권을 가지고 멕시코로 넘어갔을 테고, 그렇다면 개명한 기록이 어딘가에 있어야 했다.

소토의 노력에 대해 생각해서인지 텔레파시라도 통한 모양이었다. 휴대전화가 진동해 주머니에서 전화기를 꺼내 보니 소토의 이름이 화면에 떠 있었다.

"루시?"

"보슈 형사님, 주무셨어요?"

"아니, 아직. 어디야?"

아까 칼렉시코에서 돌아오면서 경찰국 건물 지하 주차장으로 들어가 소토의 차 앞에 그녀를 내려주었었다.

"사무실요. 열쇠를 여기 두고 왔거든요."

보슈로서는 그 말의 진위가 의심스러웠다.

"그래서?"

"그래서 올라온 김에 이것저것 확인을 해봤어요. 〈라 오피니온〉에 실린 메르세드 사건 기사도 검색해 봤고요. 어떻게 나왔는지 보려고요."

"잘했네."

"기사는 잘 나왔더라고요. 내용도 괜찮고, 제 말이 잘못 인용되지도 않았고, 우리가 살인 무기를 회수했다는 얘기도 제대로 나왔어요. 그래서 화면을 스크롤 해서 댓글을 확인했죠. 무슨 얘긴지 아시죠?"

"아니, 잘 모르겠네. 사실 나 신문 안 읽거든. 종이 신문이든 인터넷판이든. 그래도 얘기 계속해 봐."

"인터넷판에서는 독자들이 기사에 대한 자기 의견을 적을 수 있거든요. 이 기사에도 댓글이 몇 개 달렸는데, 그중 하나는 그 익명의 제보자가 쓴 게 분명해 보이더라고요. 이분, 포기를 모르네요. 만나서 얘기해 봐야 할 것 같아요."

"뭐라는데?"

"스페인어로 썼는데, 요지는 경찰이 거짓말쟁이라는 거예요. 제보를 통해 범인이 누군지 알아냈는데도 시장과 시장 배후의 진짜 책임자를 보호하기 위해서 사건을 은폐하고 있대요."

보슈는 한동안 그 말에 대해 곰곰이 생각해 보았다.

"그 여자가 얘기하는 사람, 세야스 맞지?"

"네."

"진짜 책임자라는 건 누굴까? 브루사드?"

"그런 것 같아요."

"그 여자는 거기에도 이름 안 밝혔어?"

"네. 댓글 작성자 난에는 아무 이름이나 단어를 써도 되거든요. '로세Lo sé'라고 썼더라고요. '나는 알지'라는 뜻이에요."

"누군지 추적할 수는 있나?"

"법원 명령이 있으면요. 법원 명령 없인 신문사에서 안 도와줄 거예요. 사실 전 그쪽에서 받을 때까지 계속 전화해 볼까 생각 중이었어요. 그러다 통화가 되면 약속 잡아 만나고요."

"아니, 그러지는 마. 겁이 나서 휴대전화를 버릴 수도 있어. 익명을 원하는 데는 이유가 있을 거야."

"그럼 어떡해요?"

"핑잉pinging을 해보자."

"네, 좋아요."

"이제 퇴근해, 루시. 잠 좀 자둬. 아침에 시작하자고. 영장에 서명해

줄 판사를 알고 있어."

"네, 알겠습니다."

"그리고 수고 많았어. 이젠 자넬 따라가기가 힘들어지는군."

"감사합니다, 보슈 형사님."

마지막 말을 칭찬의 의미로 한 것인지 보슈 자신도 확신할 수 없었다.

35

목요일 아침, 드디어 보슈가 소토보다 일찍 출근했다. 24시간 영업하는 스타벅스에서 산 커피를 들고 동이 트기도 전에 사무실에 도착해 보니 아무도 없었다. 그는 소토의 책상에 놓인 제보 쪽지들을 훑어본 뒤 오를란도 메르세드 피격사건과 관련해 사건의 은폐 및 조작을 거듭 주장해 온 익명의 제보자가 사용한 휴대전화의 위치 추적을 위한 영장 신청서를 작성하기 시작했다.

휴대전화의 도래는 지난 20년에 걸쳐 법 집행기관의 수사 기법을 획기적으로 바꿔놓았다. 1994년에 제정된 범죄수사 통신지원법은 급변하는 통신 산업의 환경과 최신 통신 기술을 악용하는 범죄자들의 수법에 대응하기 위해 거의 매년 개정을 거듭하며 그 내용이 확대되었다. 법은 통신기기 제조업체들과 통신사업자들에게 모든 기기와 시스템에 감시 기능을 장착할 것을 요구했고, 덕분에 핑잉이 가능해졌다. 등록되지 않은 휴대전화나 일회용 휴대전화는 합법이든 불법이든 익명의 통신을 위한 완벽한 도구로 보일지 몰라도 무선 기지국과 지속적으로 통신을 하기 때문에 기기의 위치 추적이 가능했다. 법원이 승인한 영장이 있으면, LA 경찰국 첨단기술팀은 해당 기기에 전파를 보내—이 과정을 '핑잉'이라고 불렀다—그 위치의 좌표를 경도 위도 45미터 범위로 파악해냈다. 첨단기술팀은 늘 신속했다. 영장을 손에 넣는 순간으로부터 두 시간 이내에 작업을 시작하곤 했다.

그것이 바로 보슈가 일찍 출근한 이유였다. 셔마 바틀렛 판사가 하루 일과를 시작하기 전에 책상에 영장 신청서를 올려놓을 생각이었다.

보슈에게 휴대전화 핑잉은 처음이 아니었다. 핑잉은 미제 살인사건 용의자 추적에 유용한 도구였다. 오래전 사건을 들여다보면 용의자의 소재 파악이 신원 파악보다 더 어려운 경우가 많았다. 핑잉을 위해서는 모든 휴대전화 번호와 각 번호당 통신사업자가 명시된 데이터베이스가 필요했다. 범죄수사 통신지원법에 따라 일회용 휴대전화의 통신사업자도 목록에 이름을 올려야 했다. 보슈는 5분도 채 걸리지 않아 문제의 제보자가 쓴 휴대전화 번호의 통신사업자를 확인했다. 이어 그는 자신의 컴퓨터에 저장된 서식을 이용해 영장 신청서 작성을 시작했다.

신청서를 출력했으니 이제 출발 준비는 끝난 셈이었다. 먼저 보슈는 첨단기술팀에 전화를 걸어 책임자인 경사에게 오늘 오전 중에 최우선 순위로 배정된 핑잉 영장을 가지고 들어가겠다고 미리 알려놓았다. 첨단기술팀에는 주로 마약사건 관련 영장들이 쌓여 있었다. 전 세계 어느 곳에서든, 일회용 휴대전화는 마약 판매상들이 선호하는 도구였다. 하지만 그 모든 마약사건 영장들을 제치고 최우선순위가 되는 것은 살인사건과 관련된 핑잉 영장이었다.

이젠 근처 스타벅스에서 커피와 페이스트리를 사서 영장 신청서와 함께 판사의 책상에 올려둘 계획이었다. 보슈는 소토에게 메모를 써서 그녀의 책상에 놓은 뒤 사무실 문을 열고 나가다가 막 들어오던 소토와 부딪칠 뻔했다.

"일찍 나오셨네요, 보슈 형사님."

"응, 핑잉 영장 신청서 때문에. 책상에 메모 남겨놨어. 판사 만나러 가는데, 아마 점심시간 전에 준비 다 끝날 거야."

"와, 그렇게 빨리요?"

"자넨 아세베도와 보니 브레이 건에 관해 반장에게 어떻게 얘기할지 생각해 놔. 첨단기술팀이 핑잉 하는 동안 우린 반장에게 보고나 하자고." 보슈는 조금 전에 작성한 영장 신청서가 든 서류철을 들어 보였다.

"네, 알겠습니다."

"컨디션 괜찮아, 루시?"

열흘 가까이 수사에 매달리는 동안 쌓인 피로가 드디어 온몸을 덮친 듯 소토는 지친 기색이 역력했다.

"네, 좋아요. 커피 한 잔 마시면 돼요."

"판사한테 들고 갈 것 좀 사러 스타벅스에 들를 건데, 같이 갈래?"

"아뇨, 전 됐어요. 가방 놓고 1층에 내려가서 사 올게요."

"또 자판기 커피? 진짜?"

"네, 어서 가세요. 빨리 영장 받아 오셔야죠."

"알았어. 이따 보자고."

보슈는 라테 한 잔과 아메리카노 한 잔을 판지로 만든 테이크아웃 캐리어에 담아 들고 있었다. 캐리어 덕에 법원의 붐비는 엘리베이터 안에서도 커피를 흘릴까 걱정할 필요가 없어서 좋았다. 판사가 어떤 커피를 좋아하는지 몰라 둘 다 준비했다. 바나나 땅콩 빵과 블루베리 머핀도 하나씩 사 왔다. 판사가 원하는 대로 골라 먹으라고 할 생각이었다.

바틀렛 판사의 법정은 111호였다. 법정 안에는 서기를 빼고 아무도 없었다. 서기는 판사석 오른편 자기 책상 앞에 앉아 있었는데, 고개를 숙이고 오전 일정표를 점검하느라 보슈가 다가오는 것도 알아차리지 못했다.

"밈?"

그의 목소리에 서기가 펄쩍 뛸 듯이 놀랐다.

"미안." 보슈가 재빨리 말했다. "놀라게 하려던 건 아닌데. 들어가서 판사님 아주 잠깐만 좀 뵐 수 있을까? 판사님 드리려고 라테랑 아메리카노도 사 왔어."

"판사님은 차를 드시고, 그것도 손수 우린 것만 드시는데요." 밈이 말했다.

"아."

"전 라테 마실게요."

"그래, 여기."

보슈는 캐리어에서 라테 컵을 꺼내 서기의 책상에 내려놓았다.

"판사님이 머핀이나 바나나 땅콩 빵은 좋아하실까?"

"다이어트 중이세요."

보슈는 아무 말 없이 빵이 담긴 종이봉투를 서기의 책상에 내려놓았다.

"지금 만나실 수 있는지 가서 여쭤볼게요." 밈이 말했다.

"고마워."

보슈의 핑잉 영장 집행은 첨단기술팀의 마셜 플라워스 형사가 맡았다. 문제의 휴대전화 통신사업자 측에 연락해 핑잉을 시작하는 것이 그의 일이었다. 이 작업의 비용은 경찰국에서 부담하는데, 첨단기술팀에 배정된 예산이 한정되어 있기 때문에 핑잉 작업은 시간을 두고 간헐적으로 진행되었다. 전화기가 계속 켜져 있고 핑잉 간격을 좁히면 추적이 확실히 가능하다는 결론이 나올 때까지는 시간당 두 번씩이었다.

플라워스는 보슈에게 두 시간쯤 지나야 결과가 나오기 시작할 테니 사무실로 돌아가서 기다리라고 했다. 휴대전화의 좌표가 나오면 해당 위치가 표시된 구글 맵 링크를 걸어 이메일로 보내겠다는 얘기였다. 그보다는 소토가 구글 맵을 더 능숙하게 다루기 때문에 보슈는 그녀의 이메일 주소를 알려주었다. 휴대전화 위치 추적이 시작되면 보슈 자신은 운전기사 노릇을 할 생각이었다.

사무실에 들어서자 자리에 앉아 있던 소토가 그를 보고 돌아오는 즉시 반장실로 오라는 크라우더 반장의 말을 전했다. 반장실에 가보니 새뮤얼스 경위가 반장과 함께 그들을 기다리고 있었다.

"자, 이제 들어볼까요?" 새뮤얼스가 말했다. "지난 이틀간 둘이서 캘리포니아주 곳곳을 누비고 다녔던데. 성과가 있었겠죠, 당연히?"

새뮤얼스는 크라우더의 충견이었고, 보아하니 이제 목줄이 풀린 모양이었다. 그가 개회 선언 했다는 사실은 크라우더가 결과를 기다리다 지쳐서 보슈와 소토 팀의 감독권을 자신의 개에게 일임했다는 뜻으로 해석할 수 있었다.

보슈와 소토는 반장실로 오면서 보고의 책임을 분담해 두었었다. 소토는 보니 브레이를, 보슈는 메르세드 사건의 보고를 맡기로 했다.

크라우더 반장은 보니 브레이 사건의 수사 상황부터 듣고 싶다고 말했다. 어쨌든 그것이 더 큰 사건이었기 때문이다.

“그건 제가 말씀드리겠습니다.” 소토가 말했다. “어제 보니 브레이 방화사건과 거의 동시에 발생한 이지뱅크 강도사건의 공범의 신원을 확인했습니다. 지난번 보고에서 말씀드렸듯이, 우리는 강도들이 경찰의 관심을 돌리기 위해 방화를 저질렀다는 가정하에 수사를 진행 중이거든요. 이젠 그 공범을 찾는 일만 남았습니다.”

“어제 하루 종일 한 일이 그건가?” 새뮤얼스가 말했다. “그 여자를 찾아 사방팔방을 돌아다녔다고?”

“반나절이었습니다, 경위님. 하지만 그 여자가 해외로 나갔기 때문에 돌아올 때까지 기다리기로 결정했고요.”

새뮤얼스와 크라우더가 아무 대꾸도 않자 보슈가 급히 끼어들었다.

“아니면, 반장, 아카풀코 출장을 허락해 주면 좋겠는데. 그 여자가 거기 게레로주 어딘가에 있거든. 산악 지역에. 우리가 아카풀코로 날아가서 가이드를 구하고 지프를 빌려 찾으면 되잖아.”

표정을 보니, 반장은 형사팀을 비행기에 태워 아카풀코라는 휴양지로 급파할 생각이 전혀 없는 것 같았다. 비록 그들의 최종 목적지가 게레로의 험악한 산악 지역이라 하더라도 말이다. 10층에서 검토할 예산 보고서에 그 내용을 넣는다는 생각만으로도 이마에 식은땀이 흐르는 모양이었다.

“그 공범은 곧 돌아온대?” 새뮤얼스가 물었다.

“2주 안에 올 예정이랍니다.” 소토가 말했다.

“그럼 그때까지 기다리지 뭐.” 크라우더가 말했다. “그사이에 두 사람 할 일 많잖아요. 그럼 이제 메르세드 사건으로 넘어가죠. 현재는 어떤 상황이죠?”

보슈가 바통을 이어받았다.

"오늘 착수한 일이 하나 있어." 보슈가 말했다. "정보를 가진 것으로 판단되는 사람이 있거든. 익명으로 반복해서 제보 전화를 걸었고, 어제자 〈라 오피니온〉 인터뷰 기사에도 댓글을 달았더라고. 한 시간 전에 핑잉 영장 발부받아서 그 여자 휴대전화에 작업 시작했으니 오늘 중으로 소재 파악해서 직접 만나볼 수 있을 거야."

"그 여자가 뭐라고 했는데요?" 크라우더가 물었다.

"전 시장이 총격사건의 배후를 알고 있고, 사건을 은폐했다고 생각하는 것 같아." 보슈가 말했다.

"아르만도 세야스 얘기하는 거예요, 지금?" 크라우더가 물었다. "그 여자 미쳤나 보네. 지금 둘이서 미친 여자를 뒤쫓고 있다는 겁니까?"

"일관되고도 강경한 주장이야." 보슈가 말했다. "여자를 찾아서 얘기를 들어볼 이유가 충분하다고 생각하는데. 가능성이 낮긴 해도, 가끔은 그런 데서 큰 성과가 나오기도 하니까."

"가능성이 낮긴 해도?" 새뮤얼스가 보슈의 말을 되풀이했다. "일주일이 넘도록 매달려서 얻은 게 고작 가능성 낮은 제보자라는 겁니까? 현상금 타보겠다고 개소리를 늘어놓는 정신 나간 여자? 지금 장난합니까, 보슈 형사?"

"다른 단서들도 확보했고, 용의자도 한 명 특정했어." 보슈가 침착하게 대꾸했다. "하지만 수사를 하다 보니 이 여자를 만나봐야 할 필요성이 생겼고……."

"지금 당신이 자원을 얼마나 낭비하고 있는지 알아요?" 새뮤얼스가 보슈의 말을 잘랐다. "어쨌든 이제야 처음으로 입 밖에 꺼낸 그 용의자가 누군지 들어나 봅시다."

"월먼. 살인 무기의 주인." 보슈가 대답했다. "보고서에 써놨잖아."

“그 사람은 죽었다면서요.” 새뮤얼스가 발끈해서 말했다.

“맞아, 죽었지. 하지만 우린 그 친구가 총을 쐈다고 생각해.” 보슈가 맞받았다.

“왜 총을 쐈는데요? 누굴 위해서?”

“그건 알아보는 중이야.” 보슈가 말했다. “그의 집에서 수거한 다른 총기들은 샌디에이고와 라스베이거스에서 발생한 살인사건에 사용됐던 것으로 밝혀졌어. 월먼은 청부살인업자였던 것 같아.”

“그럼 월먼을 고용해 마리아치 광장으로 총을 쏘라고 시킨 사람은 누구죠?” 크라우더가 물었다.

“지금 그걸 알아보고 있다니까.” 보슈가 말했다. “석연찮은 부분들을 하나하나 확인하는 중이라고. 이 익명의 제보자가 그 중 하나고.”

새뮤얼스는 쉽게 누그러지지 않았다. 그가 경멸어린 표정으로 고개를 가로저었다.

“금요일까지 시간을 줄게요.” 새뮤얼스가 말했다. “그때까지 결과 가져와요. 안 그러면 결과를 가져올 만한 다른 팀을 투입할 테니까.”

“좋아, 자네 뜻대로 해.” 보슈가 말했다.

“당연히 그래야죠, 내 뜻대로.” 새뮤얼스가 말했다. “이제 나가봐요.”

보슈와 소토는 조용히 칸막이 자리로 돌아왔다. 이를 얼마나 악물었는지 보슈는 턱이 아플 지경이었다. 긴장을 풀고 마음을 가라앉히려 했지만 도무지 뜻대로 되질 않았다. 당장이라도 반장실로 돌아가 새뮤얼스를 유리창 밖으로 던져버리고 싶었다. 그 인간은 형사가 아니었다. 사건을 수사한 적이 한 번도 없었다. 형사들의 노력을 무시하고, 어려운 수사에 있어 아무런 인내심도 보여주지 않는 것이 형사들에게 동기를 부여하는 최선의 방법이라고 믿는 행정가. 그는 보슈가 경찰 일을 그만둔 이후 단 한 순간도 그리워하지 않을 타입의 관료였다.

자리로 돌아온 보슈는 의자에 앉아 압지에 두 손바닥을 대고 손가락으로 톡톡 치면서 가슴속의 나쁜 에너지가 사라지기를 기다렸다.

"총기에 대해서는 아직 보고하지 않는 게 좋겠다고 하셨잖아요." 소토가 그의 등에 대고 말했다.

"뭐라도 던져줘야 했어." 보슈가 소토를 돌아보지 않고 대답했다. "거길 빠져나오려면 말이지."

이어 그는 고개를 들어 반장실을 바라보았다. 새뮤얼스가 아직도 그 안에서 두 손으로 손짓을 해가며 크라우더에게 열변을 토하고 있었다.

"보슈 형사님!" 소토가 그를 불렀다. "첨단기술팀에서 핑잉 결과가 왔어요."

보슈는 앉은 채로 회전의자를 돌려 소토의 책상 쪽으로 끌고 갔다. 소토가 이미 마셜 플라워스의 이메일로 받은 링크를 클릭해, 곧 컴퓨터 화면에 구글 맵 페이지가 떴다. 문제의 주소지는 멀홀랜드 드라이브, 로럴 캐니언 대로와 카후엥가 고갯길 사이에 있었다.

"스트리트 뷰 열어봐." 보슈가 지시했다.

소토가 무선 마우스를 누르자, 화면은 익명의 제보자가 소유한 휴대전화의 발신 신호가 잡힌 주소지의 거리 사진으로 바뀌었다. 가드레일이 세워진 도로가 보이고, 그 너머 아래쪽에 도시의 전경이 광활하게 펼쳐진 모습이었다.

"아무것도 없는데요."

소토가 마우스로 이미지를 움직이려는 순간 보슈가 그녀의 팔을 잡았다.

"잠깐만." 그가 말했다. "저긴 브루사드의 집인데."

"네? 집이 어딨어요? 없는데. 어떻게 아세요?"

"가봤으니까. 차로 지나가다가 봤거든. 저긴 브루사드의 집이야. 멀홀랜드에서 길을 따라 내려가야 돼. 집이 아래쪽에 있어서 거리에서는 안 보여."

"세상에. 그럼 제보자의 전화기가 브루사드의 집 안에 있다는 뜻이잖아요. 익명의 제보 전화는 그럼…… 브루사드의 아내예요! 그동안 그의 아내가 그를 밀고하려고 애를 썼던 거군요."

36

브루사드의 집으로 직접 찾아가는 것은 너무 위험하다는 게 그들이 내린 결론이었다. 그가 집에 있을지 없을지 알 수 없는 데다, 설령 없다 해도 집 외부에 설치된 여러 대의 카메라로 미루어 아내뿐 아니라 실내 곳곳을 감시하기 위해 내부에도 감시카메라를 설치해 놓았을 것 같았다. 결국 보슈와 소토는 한 블록 떨어진 전망대에서 그 집을 지켜보기로 결정했다. 마리아 브루사드가 나오기를 기다렸다가 적절한 순간에 접근해서 익명의 제보 전화에 대해, 또 메르세드 피격사건에 관해 무엇을 알고 있는지 물어볼 계획이었다.

그들은 서로 떨어져 감시하기로 했다. 한 명은 차에 남아서, 다른 한 명은 전망대 벤치에 앉아서 지켜보며 50미터쯤 떨어진 곳에 자리한 브루사드 저택의 앞뒤 양면을 살폈다. 너무 지루해지지 않도록 30분마다 자리를 바꿨고, 그때마다 충분히 쉬면서 사건의 진행 상황이나 각자 머릿속에 떠오른 것들에 대해서 논의했다.

그렇게 교대하는 시간에 보슈는 언젠가 멀홀랜드 드라이브에서 잠복

근무 중에 생긴 일을 소토에게 들려주었다. 20여 년 전, 보슈가 할리우드 경찰서 형사과에서 제리 에드거와 한 조로 일하던 시절이었다. 에드거는 맞춤 정장과 술 달린 구두를 좋아하는 멋쟁이였다. 그들은 연쇄 강간 및 살인 사건 용의자의 집을 감시 중이었는데, 용의자가 집 안에 있는지조차 모르는 상태였다. 추운 겨울이었지만 창문을 모두 닫아둔 탓에 차 안이 후덥지근해 보슈와 에드거는 재킷을 벗어놓았다. 해가 떨어졌는데도 감시하는 집에서는 불빛이 전혀 새어 나오지 않았다. 한 시간쯤 지나자 사방이 완전히 캄캄해졌고, 여전히 집 안 어디에서도 불빛은 볼 수 없었다. 기다리다 지친 보슈는 언덕을 내려가 집 뒤쪽으로 가서 안에 사람이 있는지 살펴보겠다고 했다. 에드거는 가지 말라고 잡았다. 이렇게 어두운데 언덕에서 미끄러져 옷을 버리거나 다치면 어쩔 거냐는 얘기였다. 보슈는 뒷좌석으로 팔을 뻗어 재킷을 집어 들며 걱정하지 말라고 말했다.

역시나 보슈는 언덕에서 미끄러져 넘어졌다. 몇 군데 긁히고 멍이 들긴 했지만 크게 다친 곳은 없었다. 다만 옷에 진흙이 잔뜩 묻고 재킷의 어깨와 소매를 잇는 솔기가 찢어졌다. 그리고 그는 문제의 집이 비어 있다는 것을 확인했다.

잠복근무가 헛일이라 판단한 보슈와 에드거는 할리우드 경찰서로 돌아왔고, 사무실의 환한 형광등 불빛 아래서야 진흙 범벅에 여기저기 찢긴 재킷이 사실 에드거의 옷이었음을 깨달았다.

그 이야기에 소토는 박장대소를 하느라 "차다!"라고 외치는 보슈의 목소리도 듣지 못할 지경이었다.

보슈가 소토의 팔을 잡고 다시 말했다.

"차가 나온다니까." 보슈는 그들이 타고 온 포드를 가리켰다. "가자."

"그 여자예요?" 소토가 물었다.

"운전자는 안 보여. 근데 여자가 타는 차야."

"진심이세요? 대체 뭘 보고 여자가 타는 차라고 하시는 거예요?"

"확실하진 않은데, 여태껏 남자가 저 차를 모는 건 못 봤거든."

그들은 재빨리 포드에 올랐고 보슈가 시동을 걸었다. 브루사드 저택을 빠져나온 차가 그들이 있는 쪽으로 오고 있었다. 보슈는 차가 전망대 주차장을 지나가 멀홀랜드 드라이브로 진입하기를 기다렸다. 차는 은색의 2인승 메르세데스였다. 창문마다 어둡게 선팅이 되어 있어 누구인지 확인은커녕 운전자의 성별조차 알 수가 없었다. 보슈는 자신이 차에 대해 했던 얘기가 성차별적인 발언임을 의식했지만, 그의 직감은 저 차의 운전자가 여성이라 말하고 있었다. 그것이 차종 때문이든 아니든, 그는 직감을 믿고 나아가야 했다.

"그 여자 같은데." 보슈가 말했다.

"그랬으면 좋겠네요." 소토가 대꾸했다.

소토가 상황실에 전화해서 메르세데스의 차량 번호를 불러주며 조회를 요청했지만, 운전자 확인에는 전혀 도움이 되지 않았다. 차는 브루사드 콘크리트 디자인 법인 명의로 등록되어 있어서 브루사드 부부 중 누구라도 몰고 다닐 수 있었다.

보슈는 멀홀랜드 드라이브를 서쪽으로 달려가는 메르세데스와 어느 정도 거리를 둔 채 따라갔다. 로럴 캐니언 교차로에서 메르세데스가 직진하자, 보슈의 머릿속엔 그 차가 일부러 자기들을 끌고 다니는 것 같다는 의심이 들기 시작했다. 전망대에서 집을 감시하는 보슈와 소토를 발견한 누군가가 메르세데스를 끌고 나와 한가롭게 산길을 달리며 잠복근무를 방해하는 건 아닐까 하는 생각이었다.

그러나 마침내 메르세데스가 우회전을 하더니 콜드워터 캐니언 대로를 타고 산의 북쪽 능선을 내려가기 시작했다. 셔먼 오크스나 반 누이스로 향하는가 싶었지만, 차는 벤투라 대로 바로 앞에서 급히 방향을 틀더니 겔슨 슈퍼마켓 주차장으로 들어갔다. 보슈도 속도를 내어 달려가 그곳으로 따라 들어갔다. 메르세데스를 발견한 그는 주차 공간 한 칸을 사이에 두고 그 옆에 차를 세웠다.

메르세데스 운전석 문이 열리더니 과연 여자가 내렸다. 키가 작았고, 옅은 색 블라우스와 은색 바지에 무릎까지 내려오는 롱코트를 입었는데 단추는 채우지 않은 채였다. 그리고 흑갈색 머리를 예상하던 보슈로서는 놀랍게도, 여자의 머리는 금발이었다.

"그 여자 맞아?" 보슈가 물었다. "금발이었나? 시장 선거 때 사진에선 흑갈색 아니었어?"

"맞아요." 소토가 말했다. "3년 전에 발급된 운전면허증에서도 흑갈색이었는데."

보슈가 차 문을 열었다.

"들어가보자."

여자를 따라 들어간 보슈와 소토는 카트를 하나 밀면서 첫 번째 통로를 걸어가는 여자의 모습을 지켜보았다. 겔슨은 가격보다 품질에 관심 있는 손님들의 욕구에 맞춘 고급 슈퍼마켓이었다. 카트를 채우면서 가격표를 한 번도 확인하지 않는 모습을 보니 마리아 브루사드가 맞는다는 확신이 들었다. 다만 금발이라는 사실이 도무지 이해가 가지 않았다.

"염색했을 거예요." 보슈와 함께 여자가 있는 농산물 코너를 향해 자연스럽게 다가가면서 소토가 작은 소리로 말했다.

"어떻게 알아?" 보슈도 낮은 소리로 물었다.

소토가 휴대전화를 들어 보였다. 화면에는 구글에서 찾은 찰스와 마리아 브루사드의 사진이 있었다. 카메라 앞에서 서로 포옹하는 모습이었다. 사진 속 마리아는 짙은 갈색 머리였다.

소토가 엄지손가락으로 화면을 넘기자 다음 사진이 나왔다. 이번 사진에서는 마리아가 금발이었다.

"염색한 게 분명해요." 소토가 말했다. "여기 날짜로 판단컨대, 작년 언젠가 한 것 같아요."

"그렇군." 보슈가 말했다. "가서 말 걸어보자."

그들은 각각 바나나가 진열된 모퉁이 진열대의 양쪽에서 그녀를 향해 다가갔다.

"브루사드 부인?" 보슈가 물었다.

여자는 미소를 띤 채 바나나 다발을 향해 숙이고 있다가 고개를 들었다. 낯선 사람의 얼굴을 보자 그녀의 표정이 미소 지은 채 얼어붙었고, 그의 손에 들린 경찰 배지를 보고는 산사태가 나듯이 그 미소마저 무너져 내렸다.

"네?" 여자가 말했다. "무슨 일이시죠? 뭐가 잘못됐나요?"

"부인의 남편에 대해서, 그리고 부인이 걸었던 전화에 대해서 이야기를 좀 나누고 싶은데요."

"무슨 말씀이신지 모르겠네요. 남편한텐 아무 일 없어요. 15분 전까지 집에 같이 있었는데요."

"부인의 집에서 걸었던 익명의 제보 전화를 얘기하는 겁니다." 소토가 말했다.

마리아 브루사드가 깜짝 놀라 돌아섰다. 소토가 뒤에 있다는 걸 모르고 있던 모양이었다.

“그게 무슨 소리예요?” 여자가 긴장한 목소리로 말을 이었다. “난 경찰에 전화한 적 없는데. 익명으로든 실명으로든, 한 번도 안 했어요. 무슨 일로 전화를 했다는 거죠?”

보슈는 마리아 브루사드를 물끄러미 바라보면서 그녀의 생각을 읽어내려 애를 썼다. 뭔가 이상했다.

“오를란도 메르세드 피격사건에 관해서요.” 보슈가 말했다.

보슈는 그녀의 눈빛이 반짝이는 것을 놓치지 않았다. 뭔가 아는 눈치였지만, 그것이 그의 입에서 나온 이름에 대한 것인지, 다른 무엇인지는 알 수가 없었다.

“가까이 오지 말아요.” 그녀가 말했다.

마리아 브루사드는 쇼핑 카트에서 지갑을 꺼내 들고는 보슈와 소토 사이를 지나쳐, 하이힐이 허용하는 한 가장 빠른 걸음으로 자리를 떴다.

소토가 돌아서서 그녀를 따라가려고 했다.

“브루사드 부인…….”

보슈가 소토의 팔을 잡았다.

“잠깐만.” 그가 말했다. “뭔가 이상해. 저 여잔…….”

보슈는 말끝을 흐리더니, 휴대전화를 꺼내 최근 통화 목록으로 들어가 그날 아침에 통화한 첨단기술팀 번호를 눌렀다. 상대가 전화를 받자 마셜 플라워스를 바꿔달라고 한 뒤 슈퍼마켓 출입구를 향해 걷기 시작했다.

“가자.”

“어딜요?” 소토가 물었다. “이제 어떻게 하려고요?”

플라워스가 전화를 받았다.

“마셜, 그 전화에 핑잉 한 번만 다시 해줘.” 보슈가 다급하게 말했다.

플라워스는 어리둥절한 목소리였다.

"무슨 말이에요?"

"그 휴대전화에 핑잉 하라고. 지금 바로."

"20분 전에 했는데요. 오전 내내 움직이지 않았어요, 형사님."

"다시 해보고 전화해 줘. 당장."

보슈는 플라워스가 뭐라 항의를 하기도 전에 전화를 끊었다. 슈퍼마켓에서 나오자, 마리아 브루사드가 자기 차를 향해 걸어가는 모습이 보였다. 그녀는 통화를 하고 있었다.

"망했다. 우리가 일을 망쳤어." 보슈가 말했다.

보슈는 포드를 향해 걷다가 갑자기 뛰기 시작했다. 소토도 쫓아 뛰어가서 차 지붕 너머로 보슈에게 물었다.

"보슈 형사님, 지금 무슨 말씀 하시는 거예요?"

"내가 본 여자는 갈색 머리였어. 빨리 타."

보슈는 벤투라 대로로 들어서자마자 가속페달을 밟았다. 브루사드의 저택으로 돌아가되 왔던 길을 택하지는 않을 생각이었다. 너무 느렸고, 그 집으로 들어가는 진입로가 멀홀랜드 드라이브에 있는 것 같지 않기 때문이었다. 그는 앞 유리 위에 놓인 경광등을 켰지만, 사이렌은 교차로에서 필요할 때 쓰려고 아직 켜지 않았다.

"보슈 형사님, 내가 본 여자라뇨?" 소토가 물었다. "도대체 무슨 말씀이세요?"

"잠깐만."

보슈는 퉁명스레 되받고는 휴대전화를 꺼내 플라워스에게 다시 전화를 걸었다. 한참 신호가 간 뒤에야 플라워스가 전화를 받았다.

"플라워스, 어떻게 됐어?"

"방금 좌표 나왔어요. 아무 변화 없는데요, 형사님. 아까랑 똑같은 위치예요."

보슈는 전화를 끊고 운전석 옆 콘솔 트레이로 휴대전화를 던졌다. 스스로에게 화가 나 견딜 수가 없었다. 그는 잠시 소토를 바라보았지만 이내 고개를 돌렸다. 교통량이 많은 벤투라 대로를 시속 100킬로미터로 달리고 있는 만큼 전방을 주시해야 했다.

"'내가 일을 망쳤어'라고 하는 게 맞겠지. 자네가 아니라 나니까."

"보슈 형사님, 도대체 무슨 일이에요? 무슨 말씀을 하시는 거예요?"

"며칠 전 밤에 나 혼자 멀홀랜드의 그 전망대에 갔었어. 브루사드의 집을 살펴보러."

"왜요?"

"모르겠어. 브루사드가 어떤 사람인지 관찰하고 싶었던 것 같아. 한 번 보고 싶기도 했고."

"그래서요? 무슨 일이 있었는데요?"

"아무 일도. 하지만 불이 켜져 있어서 집 안을 들여다볼 수 있었지. 망원경을 갖고 있었거든. 부엌에 한 여자가 있더라고. 식기세척기에서 그릇을 꺼내고 있더군. 갈색 머리였어, 금발이 아니라. 그걸…… 그걸 생각 못 하고 있었어, 아까 슈퍼마켓에서 그 여자를 만난 뒤에야 기억이 난 거야."

"그게 무슨…… 그 여자가 누구였는데요?"

"가정부. 우리의 제보자는 가정부였어, 브루사드의 아내가 아니라. 그리고 이제 브루사드도 우리 움직임을 알게 됐어. 아내가 아까 남편한테 전화했으니까."

소토는 방금 들은 얘기를 정리하느라 잠시 아무 대꾸도 없었지만, 곧 보슈와 같은 결론에 도달한 것 같았다.

"빌어먹을."

"그러게." 보슈가 말했다. "잠깐 오른쪽 확인해 줘."

저 앞에 보이는 로럴 캐니언 대로와의 교차로에서 신호가 빨간불로 바뀌려는 참이었다. 보슈는 사이렌을 켰다. 그는 왼쪽을, 소토는 오른쪽을 확인했다.

"차 없어요!" 소토가 소리쳤다.

보슈는 파트너의 말을 믿고 오른쪽은 확인하지 않았다. 왼쪽 도로에도 차가 없다는 것을 확인한 순간 쏜살같이 내달려 교차로를 통과했다.

"아이패드 갖고 있어?" 보슈가 물었다.

"네, 가방에요." 소토가 말했다. "왜요?"

"브루사드의 집이 보이는 지도를 불러내봐."

소토가 가방에서 태블릿 PC를 꺼냈다.

"뭘 찾으면 되죠?"

"멀홀랜드 위쪽에 요새 같은 집이 있어. 콘크리트로 덮인 둥근 지붕 집. 아래쪽에는 수영장이 있고."

"네, 아까 봤어요."

"그 아래쪽에 집으로 들어가는 길이 있을 거야. 수영장 관리인이 들어가는 길. 그쪽 거리 이름이 뭐지?"

"찾아볼게요."

소토는 길 찾기를 시작했고, 보슈는 운전에 집중했다. 벤투라 대로는 4차선 도로라 속도를 줄이지 않고 곡예 운전을 하기에 충분했다.

"찾았어요." 소토가 소리쳤다.

"바인랜드에서 오른쪽요. 거기로 올라가면 돼요."

30초 후 바인랜드가 나타났다. 보슈는 우회전을 해서 2차선의 가파른 도로를 달려 주거 구역을 지나갔다. 길이 이리저리 굽은 데다 길가에 주차된 차들 때문에 폭이 좁아져 보슈는 속도를 낮췄다. 다행히도 추월해야 할 다른 차는 거의 없었다.

"자, 이제 어디서 빠져야 돼?"

"라이트우드 드라이브에서 우회전이에요." 소토가 말했다. "그런 다음 라이트우드 레인에서 좌회전. 그러면 그 집 바로 밑에 도착해요. 거기 출입문이 있을 거예요."

보슈는 우회전을 했고, 곧바로 다시 좌회전을 했다.

"다 왔네요."

"그러네."

그들은 멀홀랜드 드라이브와 나란히, 바로 그 밑을 달리고 있었다. 보슈는 앞으로 몸을 굽혀 창문을 통해 위를 올려다보았다. 각도가 안 좋았다.

"저 위쪽이야." 보슈가 말했다. "집 보여?"

소토가 창문을 내리더니 고개를 내밀고 위를 올려다보았다.

"아뇨, 안…… 잠깐만요, 네, 지금 거의 다 왔어요." 소토가 말했다. "바로 이 위에요!"

소토의 목소리에서 두려움과 다급함이 느껴졌다. 자신이 길 안내를 잘못한 것이 아니기를 바라는 것이다. 보슈는 주택 두 채 사이에 움푹하니 들어간 넓은 콘크리트 경사로로 들어섰다. 정면에 굳게 닫힌 철문이 보이고, 그 뒤쪽 오른쪽 벽에는 시 정부에서 지급하는 쓰레기통 세 개가 나란히 놓여 있었다. 재활용품 쓰레기통은 파란색, 정원에서 나온 쓰레기를 넣는 통은 초록색, 일반 쓰레기통은 검은색으로 칠한 LA식이었다. 그 너머로 보이는 공간은 어둠에 잠겨 있었다. 철문에는 쇠사슬이 감겨 있고, 그 위 콘크리트 벽에 CCTV 카메라가 설치된 것이 보였다. 보슈가 멀홀랜드 드라이브에서 확인했던, 브루사드의 저택에 달려 있는 것과 같은 모델인 듯했다.

"여기네." 보슈가 말했다.

"쇠사슬은 안쪽에서 맹꽁이자물쇠로 잠겨 있어. 어디 집으로 들어가는 문이 어디 따로 있나 보군."

"이제 어쩌죠?"

"타이어 떼어내는 지렛대로 사슬을 끊을 수 있어."

"카메라가 있는데요."

"브루사드가 보고 있지 않기를 바라야지. 해보자."

보슈는 차 트렁크에서 쇠 지렛대를 꺼낸 뒤 재빨리 철문으로 가서는 긴 지렛대의 끝을 쇠사슬 고리 안으로 밀어 넣었다. 이어 그는 지렛대를 감아서 쇠사슬에 압력을 가하려다 말고 소토를 바라보았다. 이런 건 그녀에게 새로운 영역이었다.

"지금은 위급 상황이야." 보슈가 말했다.

"당장 안으로 들어가야 한다고."

보슈는 지금 살인사건 수사 중 용의자의 집에 무단 침입하는 상황과 관련한 법적인 근거에 대해 얘기하고 있었다. 개인에게 임박한 위험은 법원의 명령 없이 행동하고 진입할 수 있는 위급 상황에 해당했다.

"맞아요." 소토가 말했다. "그러네요. 생명에 급박한 위협이 되니까요. 우리의 증인이 저 안에 있고, 용의자가 그 사실을 안다고 믿을 만한 확실한 이유가 있잖아요."

보슈가 고개를 끄덕였다.

"자, 마음의 준비를 해."

"뭐에 대해서요?"

"뭐에 대해서든."

37

쇠사슬은 그들에게 큰 걸림돌이 아니었다. 보슈가 사슬 고리 하나를 손쉽게 풀어내, 두 사람은 곧 대문 안으로 들어갈 수 있었다. 보슈와 소토는 쓰레기통 주위를 돌아서 저장고를 통과한 뒤 건물 뒤쪽 철문을 향해 다가갔다. 보슈가 손잡이를 당겨보니 문은 잠겨 있지 않았다. 그는 소토를 돌아보며 속삭였다.

"준비됐어?"

"네."

보슈는 권총집에서 권총을 꺼내 내려 들었다. 소토도 따라 했다. 문을 열자, 지난번에 근처 전망대에서 보았던 콩팥 모양의 수영장을 둘러싸고 있는 데크가 나왔다. 인적은 없었지만, 등받이가 뒤로 젖혀진 긴 의자 옆 테이블에 얼음을 띄운 음료가 담긴 컵이 놓여 있었다. 그 옆에는 재떨이와 담배 한 갑, 일회용 라이터도 있었다.

여기서 집 안으로 통하는 문은 보이지 않았다. 가파른 언덕을 따라 발코니 세 층이 계단식으로 이어져 있었는데, 그중 첫 번째 발코니로 올라가는 콘크리트 계단이 저 앞에 보였다. 보슈는 고개를 들어 세 층의 발코니 모두 비어 있는 것을 확인했다. 그가 총으로 계단을 가리켰고, 이제 두 사람은 그쪽으로 걷기 시작했다.

파라솔과 테이블이 놓인 첫 번째 발코니에는 실내로 이어지는 양문형 입구들 그리고 두 번째 발코니로 올라가는 계단이 딸려 있었다. 안쪽 커튼은 젖혀진 채였는데, 보아하니 커다란 침실은 비어 있는 것 같았다. 보슈는 문손잡이를 하나하나 확인하다가 잠겨 있지 않은 문을 찾아냈고 경보가 울릴지 모른다는 생각을 하면서 그 문을 열었다.

그러나 경보는 울리지 않았다. 들리는 거라곤 집 안에서 나오는 듯한 사람들 목소리뿐이었다.

보슈가 침실 안으로 들어서자 소토도 따라 들어갔다. 방을 가로질러 가는데 집 안의 목소리가 더 커졌다. 그중 하나는 화난 말투였지만 내용이 분명하게 들리지 않았다. 실외뿐 아니라 실내에도 노출 콘크리트 디자인이 반영된 탓에 사방이 콘크리트 벽이었고, 그래서인지 목소리가 메아리처럼 울려 퍼지고 뭉개졌다. 보슈가 확실히 알 수 있는 건, 남성이 여성을 향해 소리치고 있으며 여성은 한 마디도 제대로 하지 못하고 있다는 사실뿐이었다.

그들은 재빨리 침실을 가로질러 복도로 나갔다. 복도는 또 다른 침실과 엘리베이터와 계단으로 이어졌다. 목소리가 위층에서 들려왔기에 보슈는 계단을 올라갔다. 소토도 뒤따르고 있었다.

계단을 오르니 그 집의 중간층이 나왔다. 커다란 복도에 세 개의 문이 있었다. 목소리는 열려 있는 방에서 나오고 있었고, 이젠 그 내용이 더 선명하게 들렸다.

"무슨 얘길 했느냐니까?" 남성이 고함을 쳤다.

"아무 말도 안 했어요." 여성이 대답했다. "전 정말……"

살이 살을 때리는 소리가 들렸다. 주먹으로 치는 것이 아니라 손으로 뺨을 때리는 소리 같았다. 보슈는 총구가 위를 향하도록 총을 올려 든 채 그 방으로 빠르게 걸어 들어갔다.

짙은 갈색 머리 여자가 한 손으로 뺨을 만지며 다른 손으로는 책상을 붙잡고 바닥에서 일어서는 중이었다. 유니폼을 입지는 않았지만 허리에 둘린 앞치마가 보였다. 남성은 문을 등지고 선 채 그녀를 위협하고 있었다. 키와 덩치가 여성의 두 배는 되는 것 같았다. 대각선의 멜빵이 널찍한 등을 가로질렀다. 브루사드였다. 여자가 일어서자 그는 그녀를 또 때리려고 오른손을 쳐들었다. 보슈는 브루사드의 손이 검은 물체를 감싸 쥐고 있는 것을 보았다.

"제발, 이러지 마세요." 가정부가 애걸하듯 말했다.

"말하라고!" 브루사드가 으르렁거렸다.

"꼼짝 마! 경찰이다!" 보슈가 외쳤다.

순간 두 발의 총성이 울려 퍼졌다. 총알이 브루사드의 윗몸을 명중했다. 멜빵이 그린 Y 자의 바로 윗부분이었다. 피격의 충격에 그의 등이 잠깐 활처럼 구부러졌다. 그러나 곧 팔이 무거운 돌덩이처럼 툭 떨어지더니 브루사드가 바닥으로 쓰러졌다. 보슈는 그의 척추가 박살 나고 신체의 기본 골격이 한순간에 부서져버렸음을 알 수 있었다. 브루사드가 들고 있던 물체가 그의 옆에서 나뒹굴었다. 그가 격노해 책상에서 집어 든 스테이플러였다.

보슈는 자신이 그를 쏘았는지 확신할 수 없어 얼떨떨한 기분으로 총을 내려다보았다. 곧이어 그의 시선이 소토를 향했다. 그녀는 두 손으로 총을 감싸 쥐고 사격 자세를 취하고 있었다. 손가락은 방아쇠에 올라가 있었다. 소토가 총을 쏜 것이다.

이때 책상을 짚고 서 있던 여자에게서 날카로운 비명이 터져 보슈는 그쪽을 돌아보았다. 여자가 브루사드를 내려다보며 두 손으로 입을 가린 채 비명을 질러대고 있었다.

"루시!" 보슈가 소리쳤다. "총 집어넣고 저 여자 데리고 나가."

소토는 권총을 총집에 넣으면서 보슈 옆을 지나쳐 쓰러져 누운 브루사드를 빙 둘러 여자에게 갔다. 이어 가정부의 팔과 어깨를 조심스럽게 붙잡고 부축해서 다시 보슈 옆을 지나 방을 나갔다. 보슈는 브루사드에게서 눈을 떼지 않았다.

"여자 안정시키고, 그 부인 맞을 준비 해." 보슈가 말했다. "곧 도착할 거야."

"알겠습니다." 소토가 말했다.

보슈는 브루사드에게 다가가 곁에 쭈그리고 앉았다. 열린 눈꺼풀 안에서 눈동자가 움직이고 있었다.

보슈는 총을 총집에 넣고 브루사드 위로 몸을 숙였다.

"브루사드, 내 말 잘 들어." 그가 말했다. "시간이 얼마 없어. 당신은 살아나지 못할 거야. 유언이라도 하고 싶나? 나한테 하고 싶은 말 있어?"

브루사드는 입을 열었지만 아무 소리도 나오지 않았다. 눈만 끔벅일 뿐이었다. 보슈는 잠깐 기다렸다가 다시 설득을 시도했다.

"당신이 월먼을 시켜서 메르세드를 쐈지? 그런 다음엔 월먼을 죽였고. 인정해, 브루사드. 지금이 당신 생의 마지막 순간이야. 다 털어버리고 평화롭게 가라고."

브루사드의 입술이 움직이더니 공기 빠지는 소리가 들렸다. 폐가 기능을 다해가고 있었다. 보슈가 더 몸을 기울이자 그의 입에서 속삭임 비슷한 것이 흘러나왔다.

"지랄 마."

보슈는 몸을 뒤로 젖히고 브루사드를 잠시 바라보다가 다시 한 번 시도했다.

"세야스도 알고 있지? 자네 가정부가 현상금을 기대하고 세야스에게 얘기했을 테니까. 근데 세야스는 현상금은 주지도 않고, 그 정보로 자넬 협박했지. 내 말이 맞으면 고개 끄덕여."

브루사드의 입 근육이 웃음을 지으려는 것처럼 씰룩씰룩 움직였다. 그가 다시 뭐라고 속삭이기 시작했다. 보슈는 죽어가는 남자에게로 몸을 더 숙이고 고개를 돌려 그의 입 앞에 귀를 댔다.

"웃기시네. 아무것도……."

보슈는 잠자코 기다렸지만, 더 이상 말이 나오지 않았다. 고개를 돌려 브루사드를 내려다보니 눈의 움직임이 멎어 있었다. 사망한 것이다.

보슈는 일어서서 방 안을 둘러보았다. 브루사드가 여러 정치인이나 유명 인사와 찍은 사진들이 벽에 걸려 있는 것으로 보아 그의 서재인 것 같았다. 책상으로 걸어가 거기 놓인 물건들을 살펴보았다. 서류 위에 아이폰이 있었다. 보슈는 재킷 주머니에서 라텍스 장갑을 꺼내 꼈다.

아이폰에는 비밀번호가 걸려 있지 않았다. 최근 통화 목록을 열어보니 브루사드가 15분 전에 '마리아'라고 저장된 연락처에서 전화를 받았다는 사실을 알 수 있었다. 보슈가 추측한 대로 브루사드의 아내는 슈퍼마켓에서 두 경찰을 만난 뒤 남편에게 전화를 걸었고, 이에 그는 가정부가 무엇을 아는지, 또 그것을 누구에게 얘기했는지 알아내기 위해 그녀를 닦달하고 있었다. 보슈와 소토의 실수가 이 모든 일의 시작이자 끝이었다. 가정부가 아닌 브루사드의 아내에게 초점을 맞추는 바람에, 브루사드를 체포하고 세야스도 이 일에 개입되어 있다는 자백을 받아낼 기회를 놓친 것이다.

보슈는 아이폰을 책상에 내려놓고 방에서 나온 뒤 문을 닫았다. 상황실에 전화해 총격사건에 대해 알려야 했지만, 상황 정리부터 먼저 해두고 싶었다.

"루시?"

"여기요."

중간층에 있는 방들 중 한 곳에서 소토의 목소리가 들렸다. 보슈가 처음 열어본 문 너머는 화장실이었고, 두 번째 방에 소토가 있었다. 안락한 1인용 소파가 두 줄로 놓인 영화 감상실이었다. 첫 줄의 소파에 가정부가 앉아 있고, 소토는 그 앞에 서 있었다. 소토가 걸어오더니 보슈에게 복도로 나가자고 손짓했다.

"알리시아, 거기 잠깐 있어요." 소토가 말했다. "난 여기 복도에 있을 거예요."

소토는 둘이서 조용히 이야기할 수 있도록 문을 닫고는 걱정스러운 표정으로 보슈를 바라보았다.

"죽었어요?"

보슈가 고개를 끄덕였다. 소토의 얼굴이 하얗게 질렸다.

"걱정할 것 없어." 보슈가 말했다. "잘 쐈어. 저 여자를 치려고 했잖아. 해야 할 일을 한 거야, 루시아. 자네는 괜찮아?"

"뭐였어요? 들고 있던 게 뭐였죠?"

"스테이플러."

"스테이플러요? 맙소사."

"그게 뭐였는지는 중요하지 않아. 저 여자를 치려고 했고, 하마터면 그녀는 죽을 수도 있었어. 자네 괜찮은 거지?"

"네." 소토가 말했다. "일이 너무 순식간에 일어났어요. 지난번하고 달리."

"큰 문제 없을 거야. 가정부는? 상태가 어때?"

"이름은 알리시아 나바로예요. 자기가 익명의 제보자라고 인정했어요. 브루사드가 전화를 받고는 길길이 날뛰면서 밀고 때리고 난리도 아니었대요. 누구한테 얘기했는지 불라면서요. 그 사람 아내가 전화한 게 틀림없어요."

"생명의 위협을 느꼈대?"

"네, 그럼요."

"좋아. 시장, 아니 세야스에 대해서도 물어봤어?"

"그 얘길 하던 중이었어요. 근데 시장하고 직접 얘기한 건 아니래요. 시장은 만난 적도 없다네요. 스피박이었어요. 10년 전에 현상금이 걸렸을 때 스피박이랑 얘기했다더라고요. 이 집에서 브루사드와 윌먼이 마리아치 광장 총격사건에 대해 대화하는 걸 알리시아가 우연히 들었대요. 그래서 브루사드가 배후라는 걸 알게 된 거죠. 그러다 세야스한테서 현상금 얘기가 나오니까 경찰이 아니라 세야스 쪽에 연락을 시도했고요. 어찌어찌 스피박이랑 통화가 됐는데, 그 사람이 정보만 다 가져가고 돈은 주지 않았대요. 현상금은커녕 협박을 했다네요. 진실을 밝히면 위험해질 거라고. 한마디라도 뻥긋하면 알리시아의 가족 모두 추방되게 만들 거라고 했대요."

"개새끼." 보슈가 말했다. "경찰이 사건을 해결하면 자기네한테 이로울 게 없으니 입을 막은 거군. 메르세드가 완벽한 피해자가 되길 바랐던 거야. 경찰이 신경 쓰지 않는 지역에서 총에 맞아 마비된 피해자로 있어주길 원했던 거지.”

“게다가 돈도 걸려 있었고요. 스피박은 브루사드한테서 영원히 돈을 우려낼 수 있겠다 싶었을 거예요.”

“선거 때마다 돈 걱정은 없었겠지.”

“그래서, 이제 어떻게 하죠?”

“알리시아의 진술을 녹음해 놔. 우린……”

“이미 녹음되어 있어요. 휴대전화 녹음 기능을 쭉 켜놨거든요. 여기 도착한 이후로 줄곧.”

소토는 작은 가방의 앞주머니에 손을 넣어 휴대전화를 살짝 꺼내 보였다.

“총격도 녹음되어 있어?” 보슈가 물었다.

“네.”

그 녹음이 유리하게 작용할지 불리하게 작용할지 감이 잡히지 않았다. 그에 대해서는 좀 더 생각해 봐야 했다. 어쨌든 당장은 해결해야 할 더 긴급한 문제가 있었다. 조금 전 위층에서 문이 닫히는 소리가 난 터였다. 하이힐을 신은 누군가가 바로 위층을 걷고 있었다. 소토의 눈이 천장으로 향했다. 보슈가 속삭였다.

“들어가서 알리시아랑 있어. 마리아는 내가 맡을게. 마리아를 안정시킨 다음 경찰관 총격사건 수사팀을 부르지.”

“네.”

“자넨 수사팀이랑 여기 있어야 할 거야. 난 최대한 빨리 나갈거고.”

“어딜 가시게요?”

보슈가 대답하기 전에 위층에서 남편을 부르는 마리아의 목소리가 들렸다.

"브루스? 당신 어디 있어? 알리시아?"

보슈는 소토에게서 돌아서서 위층으로 올라갔다. 그가 계단을 다 올라가기도 전에, 마리아 브루사드가 층계참에 나타나 그를 보고는 비명을 질렀다.

"여기서 뭐 하는 거예요? 남편은 어디 있죠?"

보슈는 두 손을 들어 진정하라는 시늉을 하면서 남은 계단을 서둘러 올라갔다. 그러곤 두 손으로 그녀의 양어깨를 붙잡아 계단에서 돌려세우려 했지만, 마리아는 그의 손길을 뿌리치려고 애를 썼다.

"건드리지 마! 찰스는 어디 있죠? 브루스, 이 사람들이 무슨 짓을 한 거야?"

보슈는 자신을 뿌리치고 계단으로 가려는 마리아 브루사드를 가까스로 벽으로 밀어붙였다. 수갑을 채울까도 생각했지만, 그렇게까지는 하지 않기로 했다.

"브루사드 부인, 진정해요."

"아뇨, 진정하지 않을 거예요. 남편을 볼 때까진요. 브루스!"

그녀가 다시금 몸을 들썩여, 보슈는 그녀를 벽에 붙인 채 단단히 눌렀다. 그러고는 숨을 크게 들이쉰 뒤 그녀의 귀에 대고 속삭였다.

"유감스럽게도, 브루사드 부인, 당신 남편은 사망했습니다."

고막을 찢을 듯한 비명 소리가 저택 안에 울려 퍼졌다. 10분 사이에 벌써 두 번째였다.

보슈는 마리아 브루사드의 몸이 축 늘어지는 것을 느꼈다. 그는 벽에서 물러나 그녀를 부축하여 거실로 데려갔다. 여자를 소파에 앉히고 난 뒤 그는 휴대전화를 꺼내 전화를 걸기 시작했다.

38

세야스 주지사 후보 선거운동 본부는 로스앤젤레스에서 가장 오래된 건물인 아빌라 어도비 근처 올베라 거리에 사무실을 마련해 개소 준비를 하고 있었다. 이 도시가 탄생한 바로 그 자리에서 선거운동을 시작한다는 상징적인 의미를 겨냥한 것이다. 이제 로스앤젤레스뿐 아니라 캘리포니아 전체를 위한 새로운 시작을 준비하는 참이었다. 앞쪽의 주요 사무실에서는 책상을 들여놓고 전화 부스를 설치하느라 사람들이 부산하게 움직이고 있었다. 주지사 후보를 위해 일하는 자원봉사자들이 귀에 연필을 꽂은 팀장의 지시에 따라 세 개의 사무실을 바삐 오갔다. 보슈는 대형 사무실로 들어가 연필을 귀에 꽂은 팀장에게 코너 스피박이 어디 있는지 물었다. 그녀는 보슈와 일행 두 명을 잠깐 쳐다보았지만 용건은 묻지 않기로 마음먹은 듯했다.

"코너, 손님 왔어요." 팀장이 큰 소리로 불렀다.

"나 여기 뒤쪽에 있어." 선거 전략 책임자의 대답이 들렸다.

팀장이 연필을 빼서 그것으로 사무실 뒤쪽 벽에 나란히 난 문들 중 하나를 가리켰다. 보슈는 그리로 가서 작은 방으로 들어갔다. 방에는 책상 하나가 있었고, 그 너머에 편안히 앉아 있는 스피박의 모습이 보였다. 책상 뒤편 벽면에는 보슈가 주초에 베벌리 힐튼 호텔에서 뜯어냈던 '모두를 위한 것이 아니면' 포스터가 또 붙어 있었다. 보슈를 뒤따라 들어온 이들 중 마지막 사람이 문을 닫았다.

"보슈 형사님, 여기까지 웬일이십니까?" 스피박이 물었다.

"뜻밖인가요?" 보슈가 되물었다.

"그렇죠. 그래도 반갑긴 하네요. 누구를 데려오신 거죠? LA 최고의 형사님들인가?"

보슈는 왼쪽과 오른쪽을 돌아보며 로드리게스와 로하스 형사를 소개했다.

"기억 안 납니까?" 보슈가 말했다. "메르세드 피격사건 발생 당시 담당 형사들인데."

"아, 네, 기억나죠, 물론." 스피박이 말했다. "사건에 관해서 시장님께 말씀드릴 새 소식이라도 갖고 오신 건가요?"

보슈가 고개를 끄덕였다.

"선거운동을 위해 새로운 물주를 찾을 필요가 있겠다는 소식을 갖고 왔죠."

스피박이 어리둥절한 표정을 지었다.

"네? 왜요?"

"찰스 브루사드가 수표를 쓸 일은 이제 없을 테니까."

어리둥절한 표정은 이제 의심스러운 표정으로 바뀌었다.

"그게 무슨 말씀이신지……."

"사망했다는 뜻입니다."

보슈는 반응을 기다렸지만 스피박의 표정은 흔들리지 않았다. 잠시 뒤 보슈는 이번에는 틀림없이 그 표정을 바꿔놓을 다음 소식을 전했다.

"시장님이 후원자 말고도 선거 전략 책임자까지 새로 찾아야 하겠는데요. 스피박, 당신을 살인 방조 혐의로 체포합니다."

스피박이 껄껄 웃다가 갑자기 웃음을 멈췄다.

"재밌네요, 형사님."

보슈는 웃지 않았다.

"일어서요, 스피박." 보슈가 말했다.

"뭐야, 이거 진담이에요?" 스피박이 말했다.

"완전 진담. 일어나라니까."

"그럴 리가. 무슨 근거로 날 체포한다는 겁니까?"

"10년 전 찰스 브루사드의 고용인이 당신한테 얘기해 준 사실을 근거로. 그 여자가 그랬잖아요, 브루사드와 데이비드 월먼이라는 남자가 오를란도 메르세드의 피격사건에 관해 얘기하는 걸 들었다, 월먼이 브루사드의 청탁을 받고 메르세드를 쐈다더라."

보슈가 양옆에 서 있는 형사들을 손짓으로 가리키며 말을 이었다.

"또 당신은 그 정보를 여기 담당 형사들에게 전달하는 대신 혼자 간직하면서 브루사드가 아르만도 세야스의 선거운동에 계속해서 거액을 기부하도록 협박하는 용도로 사용했고."

스피박이 다시 웃음을 터뜨렸지만, 이번에는 왠지 그 소리에 불안감이 어려 있었다.

"그 무슨 말 같잖은 소리를." 그가 말했다. "하지만 설령 그게 사실이라 해도, 살인 방조 혐의는 성립 안 될걸요. 내가 변호사는 아니지만 그 정도는 알죠. 법정에서 웃음거리만 될 뿐 받아들여지지 않을 겁니다."

"메르세드 사건 얘기라면 당신 말이 맞겠지." 보슈가 말했다. "근데 그 얘기가 아닌데 어쩌지? 당신은 브루사드와 월먼을 체포할 만한 정보를 갖고 있었어. 그리고 그때 그 둘이 체포됐다면, 월먼이 자유롭게 돌아다니다가 메르세드 피격사건이 나고 7개월 후에 샌디에이고에서 서른여덟 살의 가정주부를 살해하지 못했겠지. 당신은 그 청부살인이 가능하도록 도운 거야. 그래서 살인 방조 혐의로 체포한다는 거고. 자, 일어서요. 더 말 안 합니다."

보슈는 한쪽으로 책상을 돌아가기 시작했고 로드리게스는 다른 방향에서 책상을 돌아갔다. 스피박이 재빨리 일어서더니 이 상황을 막아보겠다는 양 두 손을 들어 둘을 제지했다. 두 형사는 스피박의 팔을 하나씩 잡고 거칠게 등 뒤로 돌렸다. 보슈가 로드리게스에게 고개를 끄덕이자, 로드리게스가 스피박의 손목에 수갑을 채웠고, 로하스는 외투 주머니에서 미란다원칙이 적힌 카드를 꺼내 읽기 시작했다.

"지금 읽어준 권리들 이해합니까?" 로하스가 끝으로 물었다.

스피박은 대답하지 않았다. 일종의 몽상에 빠진 채, 자신의 상황에 대해 생각하는 것 같았다.

"권리들 이해하냐니까?" 로하스가 퉁명스럽게 다시 물었다.

"그래요, 이해해요." 스피박이 말했다. "이봐요, 보슈 형사님, 이러지 말고, 대화로 잘 해결해 봅시다. 그게 좋지 않겠어요?"

"글쎄, 그런가?" 보슈가 말했다.

"까놓고 말해서, 당신이 정말로 원하는 사람이 나예요? 아니잖아요."

"뭐, 당신도 꽤 괜찮아 보이는데. 브루사드는 죽었고. 월먼도 죽었고. 이제 당신만 남았잖아."

스피박은 방 안에 있는 이들을 둘러보았다. 보슈에게서 로드리게스에게로, 이어 로하스에게로 눈길을 돌렸다가 다시 보슈를 돌아보았다.

"세야스를 넘길게요." 절박한 목소리였다. "세야스도 알고 있었어요. 모든 걸 알고 승인했다고요."

"증거가 있습니까? 아니면 그냥 당신 증언뿐인가요?" 로하스가 물었다.

"이메일과 메모가 있어요." 스피박이 재빨리 대답했다. "만일의 경우를 대비해서 모든 걸 적어놨거든요."

"녹음 기록은?" 로드리게스가 물었다. "세야스의 목소리를 테이프에도 담아뒀어요?"

"아뇨, 하지만 녹음할 수 있어요. 내가 도청을 하면 되니까. 나를 보내주면 세야스한테 가서 브루사드가 죽었고, 우리가 노출될 위험이 있다고 말할게요. 그러면서 녹음도 하고 영상도 찍고, 시키는 대로 다 할게요. 세야스는 지금 행콕 파크 자택에 있어요. 조금 전에 통화했거든요. 브루사드 사망 소식이 언론에 알려지기 전에 일을 끝내야 해요. 어때요? 당신이 원하는 사람은 세야스잖아요, 내가 아니라."

보슈가 로드리게스에게 고개를 끄덕이자, 로드리게스가 다가가 스피박의 손목에서 수갑을 풀어주었다. 바라고 예상했던 대로 일이 진행되고 있었다. 스피박을 체포한 것은 엄포를 놓기 위한 연극이었다. 그가 도덕적인 범죄를 저지른 것은 맞지만, 살인 방조 혐의로 그를 기소한다는 건 법적으로 무리였다. 결국 보슈가 이런 연극을 꾸민 건 스피박의 협조를 얻어내기 위해서였다.

스피박의 손목에서 수갑이 풀리자, 보슈는 그의 어깨를 부드럽게 내리눌러 의자에 앉혔다. 그런 뒤 자신은 책상 가장자리에 걸터앉아 그를 내려다보았다.

"그럼 기회를 한번 줘볼까?"

"망치지 않을게요. 나만 믿어요." 스피박이 말했다.

"망치면 뭐, 당신을 다시 잡아넣으면 되니까. 무슨 말인지 알지?"

"알았어요, 약속해요. 세야스를 넘길게요."

"지금부터 이렇게 하지. 우린 용무를 다 마치고 돌아가는 척 여길 나갈 거야. 저 밖에 있는 사람들은 아무것도 몰라야 돼. 유니언역 앞에 있는 주차장까지 걸어간 다음 거기서 당신을 기다릴게. 15분 줄 테니까, 밖에 있는 부하 직원들한텐 후보님 만나러 간다고 하고 나와서 그리로 오는 거야. 딴생각이 있다면 연료 탱크를 가득 채운 제트기라도 대기시켜놓는 게 좋을 거야. 우리가 바로 찾아 나설 테니까."

"알았어요. 갈게요, 간다고요. 약속해요."

"좋아. 그럼 우린 당신을 검찰청으로 데리고 갈 거야. 거기 가면 검사가 당신한테 거래 내용을 설명해 줄 거고. 우리가 뭘 기대하는지, 당신은 그걸 넘기는 대가로 뭘 받게 되는지 말이야."

"알고 있었어요? 내가 거래에 합의할 거라는 걸?"

"그냥 계획이 있었다고 해두지. 큰 물고기를 잡고 싶으면 작은 물고기부터 잡아야 하는 법이거든. 할 거야, 말 거야, 스피박?"

"그래요, 합시다."

"15분이야. 늦지 마."

보슈는 책상에서 내려선 뒤 스피박의 머리 너머 벽을 쳐다보았다. 그는 스피박 옆을 돌아가 벽에서 포스터를 잡아 뜯어 바닥으로 내던지곤 방을 나갔다.

39

브루사드 피격사건이 있고 2주가 지난 금요일 정오가 되어서야, 보슈는 새 자리에 앉아 있는 루시 소토를 만나러 갔다. 주 4일 근무 선택제 덕분에 금요일의 사무실은 절반쯤 비어 있었다. 나머지 형사들은 점심을 먹으러 나가고 없었다. 소토는 경찰관 관련 총격사건 수사와 심리 평가 결과가 나올 때까지 내근직에 배정되었다. 업무 복귀 명령이 있기 전까지는 반장실 앞에 있는 책상에서 일해야 했다. 제보 전화를 받는 것이 그녀의 업무였다. 홀컴은 파트너와 수사하러 나가고 없었다.

"그래, 위에서는 뭐래?" 보슈가 물었다.

"어제 이노호스 박사님이 심리 평가 결과지에 업무 복귀 명령 도장을 찍어줬어요." 소토가 말했다. "경찰관 관련 총격사건 수사팀에서는 아직 아무 연락 없지만, 반장님이 월요일부터 제자리로 돌아가래요. 제가 반장실에 바짝 붙어 앉아서 뭐라도 엿들을까 봐 신경이 쓰이나 봐요."

보슈는 고개를 끄덕였다. 소토가 '경찰 수사계'라는 새로운 명칭 대신 '경찰관 관련 총격사건 수사팀'이라고 부른 것이 마음에 들었다. 구닥다리인 자신을 존중하는 느낌이었다.

"잘됐네." 그가 말했다. "경찰관 관련 총격사건 수사팀하고는 아무 문제 없을 거야. 서류 작업 때문에 일처리가 워낙 오래 걸릴 뿐이지."

"전 잘 모르겠어요." 소토가 말했다. "1년도 안 되는 사이 두 건이나…… 저한테 어떤 일정한 패턴이 있다고 생각할지도 모르잖아요."

보슈는 얼굴을 찌푸렸다.

"25년 전이었다면 그런 패턴을 보여준 공로로 훈장을 수여하고 연봉을 인상해 줬을걸."

"시대가 바뀌었잖아요."

보슈는 고개를 끄덕이고 다른 화제로 넘어가기로 했다. 다음 얘기도 그리 편안한 내용은 아니었지만.

"저 말이지…… 에스터 수녀 소식이 있어."

"뭔데요? 수녀원으로 돌아왔어요?" 소토가 흥분을 감추지 않고 물었다.

보슈는 고개를 가로저었다.

"아니, 영영 돌아오지 못할 거야. 어제 제럴딘 수녀와 통화했는데, 마약 카르텔 조직원들에게 살해됐대."

"아, 맙소사!"

"카르텔 조직원들이 마을로 쳐들어와 수녀를 끌고 나와서는 그녀가 멕시코 경찰의 정보원이라고 주장했대. 수녀한테 온갖 몹쓸 짓을 한 뒤 죽여서 길바닥에 던져놓고 가버렸다는군."

소토는 멍하니 허공을 바라보았다. 생애 마지막 날들에는 에스터 곤살레스 수녀라 불리던 애너 아세베도의 운명에 대해 생각하는 것 같았다.

"믿기지 않네요." 소토가 중얼거렸다.

"나도 그래." 보슈가 말했다. "적어도 아직까진. 그래서 내려가보려고. 칼렉시코로. 오늘 시신이 국경을 넘어온다더라고. 수녀원 뒤뜰 묘지에 매장할 거래. 가서 확인을 해봐야지. 제럴딘 수녀가 에스터 수녀의 방과 소지품을 보여주겠대. 자네도 같이 갈 건지 물어보려고 왔어."

"전 이 책상에 붙어 앉아 있어야 돼요. 반장님이 허락 안 해……."

"그래서 내일 가려고. 토요일은 자네도 쉬잖아. 반장이 이래라저래라 할 수 없지. 일요일이 장례식이라니 내일 안 가면 영원히 못 보는 거야."

소토는 보슈의 말이 끝나기도 전에 고개를 끄덕이고 있었다.

"갈래요."

"좋아." 보슈가 말했다. "일찍 출발할 거야."

"저도 일찍 가는 게 좋아요."

보슈는 미소를 지으며 고개를 끄덕였다.

"알아. 7시에 여기서 보자고."

소토의 얼굴에 다시 멍한 표정이 드리웠다.

"왜?" 보슈가 물었다.

"그냥 그런 생각이 드네요." 소토가 말했다. "우리가 수녀원에 왔었다는 얘기를 제럴딘 수녀가 에스터 수녀에게 했을까요?"

"응." 보슈가 말했다. "내가 물어봤어. 우리가 찾아왔었다고 에스터 수녀에게 말했대. 우리가 다녀가고 2~3일 지난 후에 연락이 왔길래 그때 얘기했다더군."

"그렇군요." 소토가 말했다. "그럼 혹시 에스터 수녀가……."

소토는 말꼬리를 흐렸지만, 보슈 또한 그녀가 무슨 생각을 하는지, 또 무엇을 물어보려는지 알고 있었다. 혹시 에스터 수녀가 일부러 누군가를 밀고한 건 아닐까? 그 소문이 마약 카르텔에 들어가면 조직원들이 정보원을, 설령 그 정보원이 선교 활동을 하는 수녀라 해도 즉각적이고도 확실하게 응징할 테니까?

"그래, 내 생각도 그래." 보슈가 말했다.

토요일 정오, 보슈와 소토는 성스러운 약속 수녀회에 도착했다. 칼렉시코 시내에 자리한 장례식장부터 들렀다 오는 길이었다. 장례식장에서 그들은 에스터 수녀의 시신을 보고 사망 사실과 신원을 확인했다. 보슈가 첨단기술 수사팀의 플라워스에게서 빌려 온 휴대용 지문 인식기로 시신의 엄지손가락 지문을 채취해 캘리포니아주 교통국 데이터베이스로 보냈다. 지문은 애너 마리아 아세베도가 사라지기 전인 1992년 마지막으로 운전면허증을 신청할 때 채취했던 지문과 일치하는 것으로 밝혀졌다.

젊은 테레사 수녀가 수녀원 문을 열고 그들을 맞아들였다. 제럴딘 수녀로부터 로스앤젤레스에서 형사들이 방문하면 에스터 수녀의 방을 보여주라는 지시를 받고 기다리던 참이라고 했다. 그들은 계단을 이용해 위층으로 올라가서 긴 복도를 걸어갔다. 문 사이사이의 게시판에 성화 복사본과 성서 구절을 적은 카드가 잔뜩 붙어 있는 것만 빼면 대학교 기숙사의 복도와 비슷했다.

"주무시고 내일 장례미사 참석하실 건가요?" 테레사 수녀가 물었다.

"아뇨, 오늘 잠깐 있다가 갈 겁니다." 보슈가 말했다.

"아, 아쉽네요. 아주 특별한 미사가 될 건데요. 주님의 품으로 돌아가는 에시 수녀님께 작별 인사를 하는 시간이니까요."

보슈는 딱히 할 말이 떠오르지 않아 고개만 끄덕여 보였다.

테레사 수녀는 복도 오른쪽 마지막 문 앞에서 걸음을 멈췄다. 문틈에 성화를 그린 카드가 여러 장 꽂혀 있었다. 수녀가 카드들을 빼낸 뒤 문을 열었다. 문은 잠겨 있지 않았다.

"방이 작아요." 테레사 수녀가 말했다. "세 사람이 들어가면 비좁을 테니 저는 이만."

"그래요, 고맙습니다." 보슈가 말했다. "오래 걸리진 않을 겁니다."

테레사 수녀가 복도를 흘끗 쳐다보았다. 마치 제럴딘 수녀의 눈길 없이 그들 셋만 있다는 사실을 확인하려는 것 같았다.

"그런데 뭐 하나 여쭤봐도 될까요?" 수녀가 물었다. "두 분은 뭘 찾고 계시는 건가요? 에시 수녀님이 무슨 짓을 했다고 생각하시는 거죠? 전 에시 수녀님만큼 좋은 분을 본 적이 없어요."

보슈는 잠깐 생각했다. 한 인간이 다른 인간에 대해 간직한 생각과 감정을 더럽힐 필요는 없을 것 같았다. 그 다른 인간이 고인이라면 더더욱. 게다가, 언론에 기사가 나오면 테레사 수녀도 곧 알게 될 터였다.

"우린 그냥 에시 수녀님이 오래전에 LA에서 사라진 여자가 맞는지 확인하려는 겁니다."

"아, 그렇군요." 테레사 수녀가 말했다. "전 혹시라도 굉장히 나쁜 일과 얽혀 있어서 내일 에시 수녀님이 주님의 품으로 돌아가심을 축하할 수 없게 될까 봐 걱정했거든요. 묘비에 뭐라고 적을 건지 아세요?"

"아뇨, 뭔가요?"

"사실 수녀님이 이미 묘비명을 정해 두셨어요. 유서에 써 있었죠. '에스터 곤살레스 수녀, 어린이들을 위한 구원을 어린이들과 함께 찾다.' 아름답지 않나요?"

보슈가 고개를 끄덕였다.

"어린이들을 위한 구원을 어린이들과 함께." 그가 중얼거렸다.

"네." 테레사 수녀가 말했다. "오래전에 써놓으셨더라고요. 저기 침대 위에 있는 낡은 상자 속에서 유서가 나왔어요."

테레사 수녀가 열린 문 틈으로 방 안을 가리켰다.

"그렇군요, 고맙습니다, 수녀님." 보슈가 말했다. "아까도 말했지만, 오래 걸리지 않을 겁니다."

"제 방은 복도 저 반대편 왼쪽 끝 방이에요." 수녀가 말했다. "제가 제일 막내라서요."

수녀는 자랑스러운 듯 발꿈치로 바닥을 두드렸다.

"알았습니다. 끝나면 그리로 가죠."

보슈가 먼저 돌아서서 방 안으로 들어갔고, 소토가 뒤를 따랐다. 예상대로 방 안에는 가구가 별로 없었다. 1인용 침대가 놓여 있고, 나무로 된 침대 머리판 위 벽에 십자고상이 걸려 있었다. 침대 옆엔 작은 탁자와 서랍장과 책상이 있었고, 책상 위 벽에 붙은 한 단짜리 책꽂이에는 책이 몇 권 꽂혀 있었다. 문 없는 붙박이장은 유니언역에 있는 오래된 전화 부스만 한 크기였지만, 그 안에 걸려 있는 몇 벌의 옷을 보관하기에는 충분했다.

보슈와 소토는 떨어져서 각자 서랍을 열어보기 시작했다. 대개는 비어 있거나, 청빈서원에 충실한 수도자답게 소박한 옷가지와 소지품이 들어 있었다. 보슈는 테레사 수녀가 가리켰던 상자를 열어보았다. 안에는 주로 낱장으로 된 메모지들이 있었다. 설교와 기도와 성서 구절을 적어놓은 것들이었다. 많은 메모지에서 '구원'이라는 단어에 밑줄이 그어져 있는 것이 눈에 띄었다. 에페소서, 갈라디아서, 로마서……. 반쪽짜리 종이며, 봉투며, 종잇조각마다 성서 구절이 적혀 있었다.

보슈는 그중 봉투 두 장을 골라 재킷 안주머니에 밀어 넣었다.

야훼께서 구해 주신 자들 모두 노래하여라.

원수의 손에서 구해 주시고.

- 시편 107:2

그리스도께서는 우리를 위하여 당신의 몸을 바치셔서

우리를 모든 죄악에서 건져내시고 깨끗이 씻어주셨습니다.

그래서 우리는 그분의 백성으로서 선행에 열성을 기울이게 되었습니다.

- 디도서 2:14

보슈는 상자 속으로 더 깊숙이 손을 넣어 더듬다가 접힌 종이 한 장을 꺼냈다. 펼쳐보니 에스터 마리아 곤살레스의 출생증명서였다. 1972년에 노스캐롤라이나주 하이드카운티에서 발급된 것이었다. 공문서 종이에 인쇄된 진본 같아 보였지만 보슈가 생각하기엔 틀림없는 가짜였다. 가짜 신분으로 살아가는 가장 쉬운 방법은 사기를 칠 장소에서 멀리 떨어진 주의 작은 시골 카운티에서 발급된 가짜 출생증명서를 만드는 것이다. 캘리포니아에서는 출생증명서만 있으면 운전면허증이 발급되었다. 문제는, 출생증명서에 전국 표준 서식이 없다는 점이었다. 전국 수천 개의 카운티가 저마다의 서식에 따라 증명서를 발급했다. 제출된 문서가 공식적이고 합법적인 진본처럼 보였다면, 캘리포니아 교통국 직원이 노스캐롤라이나주 하이드카운티에서 발급된 출생증명서를 가짜라고 의심하기는 어려웠을 것이다.

운전면허증은 완전한 신분 세탁으로 가는 길의 한 단계일 뿐, 사회보장 번호와 여권이 갖추어져야 했다. 보슈가 쥐고 있는 문서가 많은 것을 설명해 줄 터였다.

보슈는 출생증명서를 재킷 주머니로 쓱 밀어 넣으면서 침대에 걸터앉았다. 그는 상자 뚜껑을 덮은 후 소토를 쳐다보았다. 소토는 아직도 붙박이장을 살펴보고 있었다.

"찜찜하지 않아?" 보슈가 물었다.

소토가 돌아서서 보슈를 바라보았다.

"왜 찜찜해요?"

"글쎄." 보슈가 말했다. "속죄 방식을 자기가 선택했잖아. 여기 와서 선교 활동을 하고, 아이들을 돌보고, 청빈서원을 하고, 수녀원의 부채를 갚아줬지. 하지만 '내 책임입니다' 하고 자수하지 않았어. 죽은 아이들 부모들한테 아이들이 희생된 이유를 설명해 주지 않은 거지."

보슈가 상자를 가리켰다.

"그 여잔 줄곧 구원에 대해 이야기했어. 하지만 그 모든 것을 자기 스스로 선택했지. 그 여자가 빼앗긴 건 아무것도 없었고. 무슨 말인지 알겠어?"

소토가 고개를 끄덕였다.

"네." 소토가 말했다. "이 일에 대해 감정 정리가 끝나려면 시간이 좀 걸릴 것 같아요. 정리가 되면, 제 기분이 어떤지 말씀드릴게요. 괜찮죠?"

"그럼, 괜찮지."

소토는 다시 붙박이장을 살펴보기 시작했고, 보슈는 책상으로 다가갔다. 책상 위에 사적인 성격의 물품은 하나도 없었고, 하나 있는 서랍 속에도 상자에 들어 있던 것처럼 구원과 어린이와 관련한 인용구를 적어놓은 쪽지들만 가득했다.

보슈는 서랍을 닫고 고개를 들어 책꽂이를 바라보았다. 서로 다른 판본의 성서 네 권과 스페인어 사전 한 권, 성체와 교리와 교수법에 관한 책들이 꽂혀 있었다.

보슈는 첫 번째 성서를 뽑아서 펼쳐보았다. 자신의 죄를 모두 적어 고이 접어둔 쪽지가 책갈피에서 떨어지지 않을까 하는 기대와 함께.

대신 그는 그리스도가 하늘로 승천하는 모습이 그려진 카드를 발견했다. 카드는 사도행전의 한 페이지에 꽂혀 있었다. 그 페이지의 구절 중 몇 개의 단어에 밑줄이 그어져 있었는데, 그것을 순서대로 연결해서 읽으니 한 문장이 완성되었다.

회개하라…… 그러면…… 너의 죄가 가려질 것이다.

"보슈 형사님."

보슈가 소토를 돌아보았다. 소토는 바닥에 쭈그린 채였고, 앞에는 앨범이 펼쳐져 있었다. 그녀가 신문 조각 하나를 보슈에게 들어 보였다.

"이게 앨범에 들어 있었어요." 소토가 말했다. "이 사람들 맞죠?"

보슈는 신문 조각을 받아 들어 자세히 들여다보았다. 색 바랜 그 신문 조각에는 두 남자의 머그샷이 나란히 붙어 있었다. 보슈는 노스할리우드 은행 강도들을 금방 알아보았다. LA에서 이들을 알아보지 못하는 경찰은 아마 없을 것이다.

보슈가 고개를 끄덕였다.

"맞네."

"그럼 거스 브레일리 형사의 말이 맞았던 거네요?"

보슈는 사진을 뚫어지게 쳐다보았다. 그날의 기억이 떠올랐다.

"그런 것 같아." 보슈가 말했다. "하지만 당시 브레일리는 두 사건의 연결 고리를 찾아내지 못했던 거지."

소토가 다가와서 의자 옆 침대에 걸터앉아 신문 조각 속의 사진을 같이 들여다보았다.

"하지만 아세베도가 그 강도들과 함께 찍은 사진이 아니니, 이걸로는 아무것도 입증하지 못해요." 소토가 말했다.

"법정에서는 인정 안 하겠지." 보슈가 말했다. "하지만 나한테는 많은 것을 증명해 주고 있어."

"이 세 사람은 어떻게 서로를 알게 되었을까요?"

"좋은 질문이야. 두 남자가 어디 헬스장에서 처음 만났다는 기사를 본 기억이 나. 베네치아였던 것 같은데."

"아세베도는 베네치아에서 멀리 떨어진 곳에 있었잖아요. 다른 어딘가에서 만난 게 틀림없어요."

"검사한테서 사건 종결 승인을 받고 싶다면 그 장소를 찾아내야 돼."

"이걸 언론에 뿌리면 어떨까요? 연결 고리를 설명할 만한 사람이 나타날 수도 있지 않을까요?"

보슈는 잠시 그 방법에 대해 생각해 보았다. 21년 전에 일어난 일이라 가능성이 별로 없었지만, 소토에게 회의적인 태도를 보여주고 싶진 않았다.

소토도 보슈의 마음을 읽은 모양이었다.

"아이들을 잃은 부모들은 알아야죠." 소토가 말을 이었다. "에시 곤살레스 선생님의 유족도요. 진짜 에시 곤살레스 선생님 말이에요."

소토는 보슈가 쥐고 있던 신문 조각을 빼앗아 들고 사진을 자세히 들여다보았다.

문득 보슈는 뭔가를 기억해 내고 손가락을 소리 나게 맞부딪쳤다. 거스 브레일리와 통화한 이후 내내 찜찜했던 것이 풀리는 순간이었다.

"바졸!" 보슈가 말했다.

"네?" 소토가 되물었다.

"갑자기 생각난 게 있어. 그 총격전이 있던 날…… 난 총격전이 거의 끝나갈 때쯤 거기 출동했고, 증거 감식팀에 배정됐어. 범인들의 차를 맡았지."

보슈는 소토가 들고 있는 신문 조각 속의 남자들을 가리켰다.

"사실 증거 감식팀이 올 때까지 차량을 지키고 서 있는 게 내 일이었어. 근데 그날은 감식팀을 사방에서 불러대는 바람에 요원들이 현장에 도착할 때까지 두 시간이나 걸리더라고. 사건 현장이 거의 다섯 블록에 걸쳐 이어져 있었거든. 그래서 기다리는 동안 내가 먼저 장갑을 끼고 차를 샅샅이 조사했지. 뒷좌석에 군용 담요로 뭔가를 덮어놨더군. 담요를 걷어보니까 총이 몇 자루 있고, 화염병 하나가 안전벨트에 고정된 채 놓여 있었어."

"바졸로 만든 거였어요?"

"몰라. 성분 분석이 어떻게 나왔는지도 모르겠고. 하지만 지금이라도 확인할 수 있을 거야. 어쨌든 화염병을 사용했다는 사실이 이 친구들과 보니 브레이를 연결하는 또 다른 연결 고리인 셈이지."

소토가 고개를 끄덕였다.

"어떻게 생각하세요? 아세베도는 범죄를 계획한 브레인이었을까요, 아니면 잔심부름꾼에 불과했을까요?"

보슈는 잠시 생각하다가 고개를 가로저었다.

"그건 알 수 없지. 아세베도는 버로스와 보이코를 능란하게 갖고 놀았어. 그들에게 접근해 자기 사람으로 만들었고, 자기가 위협을 받으면 그들이 금고실 문을 열지 않을 수 없으리라는 걸 알았지. 하지만 그 모든 게 이 강도들의 지시를 받고 행한 짓일 수도 있어. 어느 쪽인지는 이제 알 수가 없게 됐고."

그들은 잠시 말없이 앉아 있었다. 보아하니 소토는 뭔가 하고 싶은 말이 있는 듯했다. 마침내 그녀가 입을 열었다.

"다를 거라고 생각했어요."

"뭐가?" 보슈가 물었다.

"경찰관이 되고 싶다고 생각한 이후로, 전 줄곧 그 사건을 해결하는 날을 꿈꿔왔어요. 그 목표가 제게 동기를 부여했죠. 제 안에서 불길이 활활 타올랐어요. 무슨 말인지 이해하시죠?"

"응."

보슈는 언젠가 불타는 방의 문을 여는 것에 대해 소토에게 했던 말이 떠올랐다.

"그리고 지금, 전 여기에 있네요." 소토가 말했다.

"자네가 해결한 거야."

"하지만…… 그동안 꿈꿔온 모습이랑은 너무 달라요."

보슈는 고개를 끄덕였다. 해줄 말이 없었다. 잠시 후 소토는 마음속 불안은 제쳐둔 채 긍정적인 어조로 입을 열었다.

"이제 여기 일은 끝난 것 같네요. 집에 가고 싶어요, 보슈 형사님."

보슈가 한 번 더 고개를 끄덕였다.

"그래." 그가 말했다. "가자."

40

월요일 아침, 보슈가 출근했을 때 소토는 이미 와서 자기 책상 앞에 앉아 있었다. 알고 보니 일요일에 사무실에 나왔다가 집에 가지 않고 밤을 새운 뒤였다. 크라우더 반장에게 제출할 보니 브레이 사건 수사 보고서를 작성하러 왔었다는 것이다. 반장이 보고서를 승인하면 검찰청에 제출할 예정이었다. 범인 체포와 기소가 아닌 다른 방식으로 사건이 종결된 경우엔 검찰의 최종 승인을 받아야 했다. 보슈는 소토에게 보고서 작성을 맡긴 터였다. 그 사건은 여러 의미에서 그녀의 사건이었으니까.

무려 열두 페이지에 달하는 보고서였다. 철저하고 완벽한 보고서를 읽어 내려가며 보슈는 자기도 모르게 여러 차례 고개를 끄덕였다. 소토는 그동안 그들이 모아들인 사실들을 대단히 논리적으로 배열했다. 하지만 보니 브레이에 불을 지르고 잠시 후 이지뱅크에서 강도질을 한 두 범인과 애너 아세베도가 어디서 어떻게 만나게 되었는지, 그 정확한 연결 고리는 밝혀내지 못했다.

크라우더 반장에게 불리한 일은 없으니 반장의 반발을 살 것 같지는 않았다. 반장은 중대 사건을 종결했다고 발표할 수 있고, 그런 그의 주장이 잘못되었음을 입증할 만한 재판은 없을 것이었다. 그에게는 모든 것이 완벽한 셈이다. 그러나 그다음 단계가 문제였다. 자백이나 결정적인 증거는 물론, 모든 관계자들의 사이를 명확하게 설명해 줄 직접적인 연결 고리도 없는 터라 검찰이 종결 승인을 해줄지 의문이었다.

하지만 검찰을 움직일 방법이 있다는 걸 보슈는 알고 있었다. 사건 종결은 언론에 대서특필될 기삿거리였다. 피해자들의 숫자나 죽은 피의자들의 신원뿐 아니라, 담당 수사관이 누구인가 하는 점이 시민들의 큰 관심을 불러일으킬 수 있었다. 소토는 사건 보고서에 그 방화 및 살인 사건과의 개인적인 인연을 밝혀두었다. 이 모든 내용이 사건의 공식적인 종결에 힘을 보탤 것이었다.

사건 보고서를 다시 한 번 읽었을 때, 보슈가 소토에게 던져야 할 질문은 단 하나뿐이었다.

"루시, 이 사건과의 개인적인 연관성을 드러내도 정말 괜찮겠어?"

"네, 그것도 제 역사잖아요. 그 때문에 곤란한 일이 생기더라도, 이젠 얘기할 때가 됐어요."

보슈는 고개를 끄덕였다. 사연을 밝히지 말라고 소토를 설득할 생각은 없었다. 소토의 말이 옳았다. 그것은 그녀의 역사였고, 이젠 그 역사를 이야기할 때였다. 하지만 그러면 보니 브레이 방화 및 살인 사건이 그녀가 경찰국에 지원한 주요 동기라는 사실을 숨겼다는 사실이 드러나게 될 터였다.

보슈의 책상에 있는 전화가 울려서 그는 전화를 받았다. 크라우더 반장이었다.

"해리, 잠깐 들어와요."

"알았어." 보슈가 말했다. "안 그래도 소토랑 보고하러 가려던 참이야."

"아뇨, 당신만. 혼자 와요. 지금 바로."

"하지만 소토가……."

"혼자 오라고요."

보슈가 뭐라 더 말하기도 전에 크라우더는 전화를 끊어버렸다. 그는 수화기를 내려놓고 소토에게 보고서는 나중에 제출하자고 말한 뒤 형사과 사무실을 빙 둘러 반장실로 가서 열린 문 안으로 들어갔다. 반장의 책상 앞에 놓인 의자에 새뮤얼스 경위가 앉아 있었다.

"해리, 앉아요." 크라우더가 말했다.

"됐어. 그냥 서 있을게."

"이 얘기 듣고 펄펄 뛰면 안 돼요."

"무슨 얘기?"

"조금 전에 검찰청에서 전화를 받았는데, 세야스를 기소하진 않겠다네요."

보슈가 무슨 말인지 알아듣고 반응하기까지는 조금 시간이 걸렸다.

"겁쟁이 새끼들." 보슈가 말했다. "기가 막히는군."

"전화한 볼런드 검사 말로는 유죄 평결을 받아낼 만한 증거가 없대요. 독자적인 보강증거가 하나도 없다더라고요. 녹음테이프를 들어보니 세야스가 조금이라도 자신의 죄를 인정하는 말은 한 마디도 하지 않았다던데요. 스피박을 아주 갖고 놀았대요. 게다가 스피박이 내놓은 증거라는 것들은 전부 말도 안 되는 헛소리뿐이라 어떤 변호사라도 순식간에 깔아뭉갤 수 있다더라고요. 법정으로 가면, 특히 세야스가 동쪽 지역 출신의 배심원단을 얻게 되면, 볼 것도 없이 세야스가 이길 거랍니다."

보슈는 별 대단한 소식도 아니라는 듯 어깨를 으쓱였다.

"다른 검사랑 다시 해볼게." 보슈가 말했다. "볼런드는 어둠을 무서워하는 어린애일 뿐이야. 아니면 뇌물이라도 먹었든지."

"아뇨, 해리, 세야스를 다시 기소하는 일은 없을 거예요." 크라우더가 말했다. "볼런드 검사의 결정이 아니에요. 저 위에서 내려온 거라고요. 그 사건은 끝났어요. 럭키 루시가 브루사드를 사살한 것으로 끝. 완전 종결. 이제 세야스가 주지사 관저에 입성할 가능성은 사라졌고, 어떤 후보도 다시는 스피박을 고용하지 않을 거라는 사실에서 위안을 찾아요. 지난 2주 내내《로스앤젤레스 타임스》가 실컷 떠들어댄 탓에 둘 다 완전히 재기 불능이 됐거든요."

보슈가 약속을 지킨 덕분에 버지니아 스키너는《로스앤젤레스 타임스》를 선도하는 대표 기자가 되어 있었다. 하지만 지금 그런 건 하나도 중요하지 않았다. 보슈는 갑자기 이 모든 것에 혐오감을 느꼈다.

"됐어? 이야기 끝이야?" 그가 물었다.

"아뇨, 안 끝났어요." 크라우더가 말했다. "경위?"

새뮤얼스가 일어나 보슈 앞에 섰다. 무슨 말을 하려는 건지 몰라도, 그 말을 하게 되어 기쁜 기색이 역력했다. 보슈에게는 좋지 않은 소식임이 틀림없었다.

"보슈 형사, 총과 배지를 반장님 책상에 올려놔요." 새뮤얼스가 지시했다.

"무슨 얘길 하는 거야?" 보슈가 물었다.

"총과 배지 책상에 올려놓으라고요. 지금 당장. 지금부터 감찰 결과가 나올 때까지 정직입니다, 보슈 형사."

보슈는 크라우더를 흘끗 쳐다보았다. 반장은 무표정한 얼굴로 그들을 지켜보고 있었다. 그에게서는 아무 도움도 기대하지 않는 편이 나았다. 새뮤얼스는 당당한 자세로 책상을 가리키고 있었는데, 필요하다면 물리력 행사도 주저하지 않을 모양새였다. 그는 보슈보다 젊은 데다 덩치도 훨씬 컸다. 상대가 안 됐다.

보슈는 총집에서 천천히 권총을 빼내 책상에 올려놓았다. 배지도 그렇게 했다. 크라우더가 즉시 그것들을 집어서 책상 서랍에 넣었다.

"도대체 무슨 소리를 하는지 모르겠고, 내가 무슨 잘못을 했다는 건지도 모르겠군." 보슈가 말했다. "소토와 나는 지난 20년간 이 도시에서 일어난 일들 중 가장 큰 사건을 종결하려는 참인데, 지금……"

"무슨 일인지 알고 싶어요?" 새뮤얼스가 말을 자르고 끼어들었다. "내가 무슨 소리를 하는지 직접 확인하시죠. 조금 전에 경감님께도 보여드린 건데……."

새뮤얼스가 서랍 네 개짜리 파일 캐비닛 위에 놓인 텔레비전을 향해 걸어가더니 모니터 밑에서 리모컨을 집어 들고 재생 버튼을 눌렀다. 어두운 방이 화면에 나타났다. 저 뒤쪽 닫힌 문 옆에 직사각형의 전면 유리창이 나 있어서 바깥의 빛이 약간 들어왔다.

"특수강도사건 전담반의 갠들 경감은 펜을 수집하는 취미가 있는데, 알고 있었어요?" 새뮤얼스가 물었다.

"아니, 몰랐는데." 보슈가 말했다. "그런 걸 누가 신경이나 쓰겠어?"

"갠들 경감 본인은 신경을 쓰죠. 근데 문제는, 그의 사무실에 들어오는 사람들이 종종 펜을 훔쳐 간다는 거예요. 개중엔 값이 꽤 나가는 것도 많아서 경감이 사무실 책꽂이에다 카메라를 설치해 뒀는데, 뭐가 잡혔는지 한번 봐요."

화면 속의 사무실 문이 열리더니 천장 등이 켜졌다. 안으로 들어오는 보슈의 모습이 보였다. 그는 뭔가를 쓰레기통에 던지고는 강도사건 일지를 모아두는 책꽂이로 걸어갔다.

"무단 침입을 했네요, 보슈 형사." 새뮤얼스가 말했다. "노조 대표한테 연락해요, 곧 필요해질 것 같다고."

"말도 안 돼. 이건 너무하잖아." 보슈가 말했다. "강도사건 일지를 봐야 했어. 그래서 들어간 거고, 사무실에서 아무것도 훔치지 않았다고."

"규칙은 규칙이죠." 새뮤얼스가 말했다. "잠긴 문을 따고 들어갔잖아요. 갠들 경감이 쓰레기통에서 구부러진 클립을 발견했다더라고요. 뭘 훔쳤든 안 훔쳤든 불법 침입이라고요. 체포되지 않은 걸 다행으로 알아요. 여기 마음씨 착한 경감님이 그럴 필요까지는 없다고 하셨으니 감사하게 생각하시고."

보슈는 다시 한 번 크라우더를 쳐다보았다.

"당신이 승인한 거야, 이거?" 보슈가 물었다.

"그래요, 해리." 크라우더가 말했다. "당신은 경감 사무실에 무단으로 침입했어요. 꼭 그래야 했어요? 아무리 사건 때문이라지만, 그렇게까지 할 일이었냐고요."

"집으로 돌아가요, 보슈 형사." 새뮤얼스가 말했다. "추가 조사가 있을 때까지 정직이니까. 조사 일시와 권리위원회 심리 참석 관련해서는 나중에 연락이 갈 겁니다."

얼마나 기가 막힌지, 보슈의 몸은 움직이는 능력마저 잃은 것 같았다.

"집에 가라고요." 새뮤얼스가 다시 말했다. "그리고 그런 짓에 파트너를 끌어들이지 않았기를 진심으로 바랍니다. 젊은 인재를 이런 일로 잃고 싶지 않으니까."

보슈는 겨우 의지를 끌어모아 발을 움직였다. 돌아서서 문을 향해 걸어가는데 새뮤얼스가 그를 다시 불러 세웠다.

"당신처럼 퇴직이 얼마 안 남은 사람이라면, 이런 일로 불려 다닐 것 없이 지금 조용히 나가는 것도 한 방법일 것 같은데." 그가 말을 이었다. "일이야 할 만큼 했잖아요. 이렇게 옥신각신하면서 끝까지 붙어 있을 필요가 있을까요?"

보슈가 돌아보니, 새뮤얼스는 제복 셔츠의 왼쪽 가슴에서 경찰 배지를 떼는 시늉을 하고 있었다.

"이걸로는 약해, 새뮤얼스." 보슈가 말했다. "자네처럼 말이야."

보슈는 천천히 반장실을 나와 자리를 향해 걸어갔다. 동료들의 눈길이 느껴졌다. 그가 배지와 총을 반납하는 모습을 유리창 너머로 지켜본 모양이었다. 이미 말이 퍼지기 시작했다. 형사들로 가득한 사무실에서 이런 얘기가 조용히 수그러들 리 없었다.

책상 앞에 앉아 있던 소토는 보슈가 칸막이 자리로 들어오자마자 의자를 돌려 앉았다.

"보슈 형사님, 무슨 일이에요?" 소토가 물었다. "반장님이 총과 배지를 거둬 갔다면서요."

보슈는 소토에게로 의자를 끌어가 앉은 채로 그녀에게 몸을 기울였다.

"나 정직당했어."

"네?" 소토가 소리쳤다. "왜요?"

"내 말 잘 들어. 누가 와서 내가 특수강도사건 전담 반장실에 침입한 날 자넨 뭐 하고 있었는지 물으면, 거기 안 따라갔다고 말해. 자넨 여기 있었고, 나 혼자 갔다고 하라고. 알았어?"

"아뇨, 보슈 형사님, 저만……"

"반드시 그렇게 해야 돼, 루시아. 나도 똑같은 말을 할 거야. 자넨 거기 없었어. 그리고 진짜 없었잖아. 바깥 복도에 있었으니까. 직업심의국에서 나온 사람이 물어도 자넨 그냥 자네 자리에 있었다고 말해. 알아들었지?"

"네, 알았어요."

보슈는 반장실을 흘끗 쳐다보았다. 새뮤얼스가 문간에 서서 그를 바라보고 있었다. 5분 안에 순경들을 불러 보슈를 여기서 끌어내라고 할 기세였다.

"이런 일 몇 번 겪어봤어." 보슈가 소토에게 말했다. "자네 자신을 보호해. 그러면 괜찮을 거야. 나도 그럴 거고. 이런 일쯤 이겨낼 수 있어."

이어 그는 아주 낮은 목소리로 덧붙였다. "내가 원한다면 말이지."

보슈는 자기 책상으로 의자를 끌고 돌아가서 개인 물품을 정리하기 시작했다. 딸 사진을 제일 먼저 챙겼다. 이 책상으로 다시 돌아오게 될지 알 수 없었다.

팀 마샤가 자기 칸막이 자리에서 고개를 내밀고 물었다.

"저기, 해리, 돌아올 때까지 주차 공간 내가 써도 돼?"

그 말에 보슈는 웃음이 나왔다.

"엿 먹어라." 그가 대꾸했다.

짐을 다 꾸려 서류 가방에 넣고 떠날 준비를 마친 뒤, 보슈는 소토를 돌아보았다. 그녀는 의자에 앉은 채 그를 노려보고 있었다.

"이건 옳지 않아요." 소토가 말했다.

보슈는 몇 걸음 다가가 허리를 굽히고 그녀의 어깨에 손을 얹었다.

"이건 옳고 그름의 문제가 아니야." 보슈가 말했다. "난 괜찮을 거야. 자네가 잊지 말아야 할 것은, 자넨 훌륭한 수사관이라는 사실이야. 남이 모르는 것들을 아는 사람이지. 그러니까 여기 바보들이 자넬 끌어내리도록 내버려둬선 안 돼. 자넨 할 일이 많아, 루시."

"알았어요." 소토는 고개를 끄덕였다. "눈물 나올 것 같아요."

"그러지 마." 보슈가 말했다. "사건 보고서 가지고 들어가서 그 사건 종결해. 하루 이틀쯤 행복감을 만끽하다가 다시 일 시작하고. 자넬 기다리는 사건들이야 뭐 겨우 1만 건이나 될까 싶긴 하지만 말이야."

소토는 다시 고개를 끄덕인 뒤 웃으려고 애를 썼지만 잘되지 않았다. 입을 떼기조차 힘든 듯했다.

보슈는 그녀의 어깨를 한 번 꽉 잡았다가 놓고 자리로 돌아갔다. 곧바로 의자에서 서류 가방을 집어 들고 출입문을 향해 걷기 시작했다. 문에 다다르기 전에, 뒤에서 박수 소리가 들렸다. 돌아보니 소토가 책상 옆에서서 손뼉을 치고 있었다.

곧 팀 마샤도 자리에서 일어나 손뼉을 쳤다. 그러자 미치 로버츠가 따라 했고, 다른 형사들도 하나둘 박수를 치기 시작했다. 보슈는 그들을 향해 돌아섰다. 그는 고개를 숙여 감사를 표하고는 주먹을 들어 가슴에 대고 툭툭 두드렸다. 그런 뒤 사무실을 나갔다.

감사의 글

대단히 다양한 방식으로 이 소설의 집필을 도와주신 여러분께 감사드립니다.

형사: 릭 잭슨, 팀 마샤, 미치 로버츠.

편집자: 아샤 머크닉, 빌 매시, 패멀라 마셜.

연구원: 데니스 '시스코' 보이체홉스키.

가족: 린다 코넬리, 매컬레브 코넬리 및 모든 코넬리 가족.

독자들: 테릴 리 랭크포드, 헨릭 배스틴, 존 휴턴.

지원팀: 헤더 리조, 제인 데이비스, 메리 머서, 수 릴리크.

출판사: 이 책은 물론 이전의 많은 책이 출판되기까지 열심히 일해 준 아셰트 출판 그룹의 여러분.

여러분이 없었다면 이 책은 나올 수 없었을 것입니다.

모든 분께 감사드립니다.

옮긴이 한정아

서강대학교 영문학과와 한국외국어대학교 통역번역대학원 한영과를 졸업했다. 한양대학교 국제어학원에서 재직했으며 현재 전문 번역가로 일하고 있다. 옮긴 책으로 마이클 코넬리의 『배심원단』, 『블랙박스』, 『드롭: 위기의 남자』, 『다섯 번째 증인』, 『나인 드래곤』, 『혼돈의 도시』, 『클로저』, 『유골의 도시』, 『엔젤스 플라이트』, 『보이드 문』 등이 있으며, 그 밖에 『다음 사람을 죽여라』, 『헛된 기다림』, 『소피의 선택』, 『속죄』 등이 있다.

1판 1쇄 인쇄 2021년 6월 11일
1판 2쇄 발행 2021년 7월 20일

지은이 마이클 코넬리
옮긴이 한정아

발행인 양원석 **편집장** 김건희
디자인 정세화, 김미선 **영업마케팅** 조아라, 신예은, 이지원

펴낸 곳 ㈜알에이치코리아
주소 서울시 금천구 가산디지털2로 53, 20층(가산동, 한라시그마밸리)
편집문의 02-6443-8902 **도서문의** 02-6443-8800
홈페이지 http://rhk.co.kr
등록 2004년 1월 15일 제2-3726호

ISBN 978-89-255-8875-9 (03840)